「空間」の
エリザベス朝演劇

劇作家たちの初期近代

川井万里子

九州大学出版会

「オベロン」会の仲間たちに捧ぐ

はじめに

エリザベス朝演劇とは、世界の演劇史上まれに見る演劇的エネルギーの爆発を見た一六世紀後半から一七世紀前半、テューダー朝とステュアート朝（ジャコビアン期）にまたがる一時期に生み出された英国演劇の総称である。その開始と終焉の指標を、ノートンとサックヴィル共作『ゴーボダック』（一五六一）と一六四二年の劇場閉鎖と仮定すると、約八〇年間の演劇の興隆期は、宗教改革からイギリス革命（ピューリタン革命、市民革命）に至る約百年の中にすっぽりと収まる。エリザベス朝演劇がいかなる時代背景のもとに生まれ発展を遂げたのか、百年の歴史の輪郭を振り返ってみよう。

百年の起点は、言うまでもなくヘンリー八世（在位一五〇九―四七）の離婚問題を契機とする宗教改革であり、改革の眼目は、一五三二年「上納禁止法」（国内聖職録に対する教皇権の干渉拒否）、一五三三年「上告禁止法」（国王裁判権の定立）を経て、英国が宗教的にも政治的にも大陸諸勢力から完全に独立した主権国家であることを宣した一五三四年の「国王至上法」の制定とイングランド国教会の創設、そして一五三六年以降の修道院解散であった。このとき、ヘンリー八世のもとで宗教改革を断行したのが王璽尚書トマス・クロムウェル（一四八五―一五四〇）であった。テューダー朝第一代のヘンリー七世の官僚の多くは聖職者か貴族が占めたが、ヘンリー八世の官僚は世俗化してジェントリが多く進出、クロムウェルはその筆頭であった。彼は終始実務的な現実主義者であり、教皇権に対して不信の念を抱き、自主独立の主権国家の樹立をめざした。クロムウェルの政治指導の下に、宗教改革の一連の法令が議会制定法として布告されたことは重要である。議会との対抗の上に、あるいは無議会のうちに開花した大陸絶対主義と違い、英国の絶対君主は議会の支持を受けた「議会における王」であり、同時に制定法は議会のみならず王権をも拘束するものであった。

そして百年の終点はステュアート朝チャールズ一世（在位一六二五―四九）治世のイギリス革命である。すなわち一六四一年の「三年会期法」（国王の召集なしでも三年に一度は議会を開催すべし）、「議会解散反対法」（議会の同意なしの解散無効）、絶対王政の司法機関である星室庁裁判所および教会裁判所である高等宗務裁判所廃止、「船舶税不法宣言」（議会の承認なしの課税不法）、「大抗議文」（国王の外交、任命は議会の同意に基づくべし）を経て、一六四二年内乱勃発（劇場閉鎖の年でもある）、一六四九年国王処刑・王政廃止・共和制成立に至る過程である。宗教改革の一連の法令を立案したのは英国初の議会制政治家と呼ばれるトマス・クロムウェルであり、内乱以後イギリス革命を推進したのは議会派の指導者オリヴァー・クロムウェル（一五九九―一六五八）であった。トマスとオリヴァー、ジェントリ階級のクロムウェル家出身の二人の政治家が四代百年をはさんで英国の近代化を決定づけた大改革と大革命を担ったのである。

一五三四年の「国王至上法」は、近代英国の成立を画した重要な制定であったが、続く修道院解散は、新興ジェントリ階級の積年の垂涎の的であった教会財産に対する利害意識を背景に断行された。一五三六年小修道院解散、国王増収裁判所《コート・オブ・オーグメンテイション》開設、一五四七年付属礼拝堂解散等によって、少なくとも英国全領土の三分の一以上を占めると計算される修道院・礼拝堂領地が王権によって没収されたが、一五四三年から一五五一年に至る対フランス戦争の戦費を賄うためにその大部分は売却または賜与されてしまった。一五三八年から一五六三年に至る二五年間の修道院領地の大量処分は土地市場を活発化させ、一五四〇年の遺言法の法的緩和と結びついて土地売却がもはや不道徳とは考えられなくなった心理的風土を作り出し、広汎な土地再配分と土地所有者階級の先例のない社会的移動をもたらした。

土地を取得して新たな支配層として上級ジェントルマン階級に参入した者は旧封建貴族に対抗する新貴族として

ニューメン（新興階級）と呼ばれた。土地を得た中小ジェントリ、ヨーマン、商人たちは政治的、宗教的影響力をもつ中産階級《ジェントリ》として治安判事など地方統治を支配し、下院の議席を満たし、諸大学と法曹学院に流入して法律家や医者等の専門職階層を形成した。彼らは、相対的に衰弱してゆく王権と貴族と聖職者に代わって社会の中核を占め、やがてイギリス革命の議会派の核勢力となる。政治的絶対主義的干渉政策に抗する議会主権への志向、コモン・ローの尊重、財産権をはじめとする私権の確立、そこから派生する社会契約の不可侵、総じて近代市民社会に適合的な新しい生活の諸規範が生み出されていった。封建的身分制や家父長制にゆるみが生じ、個人の意思、力量と自己責任による自由競争を重んじる新興中産階級の意識が中世の他律的・互恵的な農村共同体の人間関係を解体させた。友愛で結ばれた男女が家庭の共同責任者であるとのピューリタン的結婚観が女性の立場を強化し、家庭内ヒエラルキーに反抗して、強い意思と自我を以て欲望のまま自由に生きようとするニューウィメン（新しい女性たち）も出現した。商工業の発達はロンドンの人口増と繁栄をもたらした（議会派の財政基盤を支えたのはロンドンの商工業者たちであった）。王立取引所を創設した大商人トマス・グレシャム（一五一九―七九）の遺言で一五九七年に創立された私設公教育機関グレシャム・カレッジ（その発展と言うべき王立協会の設立は一六六〇年）が重視したのは権威主義的なオックスフォード、ケンブリッジ両大学のスコラ哲学の体系に対抗して実用的で分かりやすい航海術、幾何学、数学、医術、解剖学、語学などであった。思弁や理念より事実と実験と経験を重んじる近代科学、医学、薬学の発達、批判的な政治哲学や歴史学への志向、地理上の諸発見、新世界への関心、地動説や無限宇宙多元的世界観を含む新しい宇宙観の顕現などがそれまでのものの見方や世界観を根底からゆるがした。汎ヨーロッパ的芸術様式としての国際マニエリスムの影響が英国の商業演劇にも浸透しつつあった。

つまりエリザベス朝演劇は、中世末期から初期近代（近世）に至る、宗教改革からイギリス革命に至る、英国が近代国家としての基礎固めをするいわば産みの苦しみの百年の最中に誕生し、発展し、終焉を迎えたのである。ハムレットが「芝居の目的は今も昔も、……時代のありのままの姿を写し出すこと」というように、エリザベス朝演劇は広義の近代化一世紀の激動の英国社会の歴史的、政治的、経済的、文化的諸相を生き生きと写し取った。古い制度は混乱・動揺し新しい秩序はまだ確立していない。挫折と戸惑いの一方で新しい可能性も開けた。新旧の制度、慣習や思想が入り乱れる初期近代の豊饒なる混沌を活写する人間ドラマは、四百年の時空を超えて近代の行き詰まりを生き、脱近代を模索する現代のわれわれにも強く訴えてくる。

*

ロンドンの最初の劇場、劇場座は一五七六年にシティ北郊のショーディッチに名優ジェイムズ・バーベッジ（一五三〇?―九七）によって開かれ、第二の劇場カーテン座が数カ月後に近くに建てられ、バーベッジと息子リチャード・バーベッジは、旧ドミニコ会修道院の所領に黒僧座が開場するのに協力したが、これらの劇場は、劇場を悪徳と疫病の温床として非難するピューリタンの勢力が強いロンドン市当局の攻撃に絶えず晒された。

しかし川向こうのサザックはロンドン市の威嚇的な拘束から逃れることができ、しかも船や橋によってすぐに行くことができる土地であった。修道院解散時に、サザックの農地でかつてバーモント修道院と、セント・メアリ・オーヴァリー修道院が所有していた土地が国王の所有に帰した。一五五〇年にその地区は約千ポンドでロンドン市に売却されたが、売却から除外された二つの区域があった。ひとつはクリンク監獄の周辺にあり、他はパリス・ガーデンと呼ばれる区域であって、エリザベス朝演劇がロンドン市の取り締まりと検閲を受けることなく発達したのはこの二つの区域においてであった。薔薇座は一五八七年の設立、続いて一五九六年に白鳥座、一五九九年に地球座にシェイクスピアが一〇分の一の株を所有し、一六一三年に希望座が創設された。シティの区域外であるサザックのバンクサイド地帯に完成したこれらの公衆劇場群を本拠地としてエリザベス朝演劇は絢爛と開花するが、それを可能にした土地は宗教改革の修道院解散によって準備されたのである。

典型的な公衆劇場であった地球座は、張出し舞台の上の星辰が描かれた天井の部分は「天」と呼ばれ、舞台の下の奈落は「地獄」と呼ばれ、そして両者の間に位置する舞台そのものは天井と地獄の間にあって、人間の生きる空間としての「地上」、「この世」を表していた。劇場は天国と地上と地獄をそなえた一個の小宇宙であり、調和にみちた音楽を奏でながら回転する九重の天球およびその外の神の領域からなる大宇宙と照応すると考えられていた。大宇宙の中心にある地球、そのまた中心にある地球座の舞台で演じる役者は劇場の中心、つまり地球と宇宙の中心に位置していたことになる。劇場の空間が宇宙の空間と連続しているゆえに、舞台で役者が演じる人為は個人の経験を越えてはるかな宇宙的反応を呼ぶという大小宇宙呼応の思想はエリザベス朝演劇のすみずみにまで浸透して、特有の広がりのある宇宙感覚を生み出したのである。

*

本書はいくつかの劇作品を通してエリザベス朝演劇の面白さを味わおうとする試みであるが、その際、なんらかの意味で「空間」に関するテーマを含む作品を選んだ。

第7章で取り上げる『リア王』のゴネリルは、彼女の父への愛に匹敵するこの世でもっとも尊い宝として「視覚」と「自由」と共に「空間《スペース》」を挙げている。「空間」は人がそこに帰属し、根をおろし自己のすべての関係をそこへと関係づける人間存在の必須の基盤である。ドイツ語で「自宅」「郷里」を意味するheimを語根とするheimlichkeitは自己の根源に帰った時のはっとして「気のおけない気楽さ」を表すが、unheimlichは本来居着いていた場から引っこ抜かれて疎遠な場所に投げ出されてある「落ち着けない」「疎遠な場所にある」「不気味な」気分を表す形容詞である。自己の存在の根源としての空間に根付くという人間的営為は、自己を取り巻く世界と隣人への信頼関係なくして成立しない。「空間」と人間との関係は、世界と人間との、そして人間と人間との関係を明確に浮き彫りにする重要な本質規定のひとつである。

第1部の「空間」のテーマは土地・屋敷への執着である。一六世紀後半、修道院解散後の土地市場の活発化に伴い、個人の政治的・社会的地位が土地の所有如何によって決められるという状況の下で、土地所有熱・競争が英国社会を席巻したが、初期エリザベス朝演劇の一ジャンルである家庭悲劇のメインテーマは土地獲得にまつわる確執であった。第1章でジャンルとしての家庭悲劇について概略した後に家庭悲劇の二つの代表作を取り上げた。

第2章　作者不詳『フェヴァシャムのアーデン』。ケント州の小町フェヴァシャムで市長を務めたこともある上級市民アーデンが、解散後の修道院領地獲得を狙うことで家庭と地域社会にもたらした波紋を描く。土地獲得による社会的上昇を望むアーデンと夫殺しを企む自己主張の強い妻アリスは当時のニューメン、ニューウィメンのひとりと言えよう。

第3章　トマス・ヘイウッド『優しさで殺された女』。ヨークシャー州の田舎屋敷《カントリーハウス》を舞台に、広間《ホール》での公益的活動から身を退いて私的な空間である書斎《スタディ》や寝室《ベッドチェンバー》に引きこもる裕福な郷紳《ジェントリ》のエゴイスティックな安定生活志向《セレニティ・シンドローム》の陥穽を描く。土地持ち中産階級の退行的、個人主義的、自閉的精神状態の表出に優れた現代性が感じられる。

第2部の「空間」のテーマは劇場的都市ロンドンである。ロンドンは一六世紀末に人口一二万を超え、商工業、貿易、情報、娯楽、社交を集約した英国一の大都市で、劇場群を擁しただけでなく、あらゆる種類、出自、職業の男女が集うその雑踏自体が劇場的見せ物《スペクタクル》であった。

第4章　『ベン・ジョンソンとロンドン』。ロンドンという初期近代の都市空間に深く根ざして生きたジョンソンと、ロンドンを舞台とした彼の戯曲群との関係を論じる。

第5章、第6章　国際都市ロンドンにおけるオランダ人という特異なテーマを描いた都市喜劇《シティコメディ》二編――トマス・デッカー『靴屋の祭日』とジョン・マーストン『オランダ人娼婦』について。両作品の相違に二人の劇作家の資質の違いとエリザベス朝末期とステュアート朝（ジャコビアン期）初期の都市エトスの変化を見る。

第3部は王国という壮大な空間の運命を描くシェイクスピア作品二編を取り上げる。

第7章　『リア王』は、国王の老衰、退位に伴なう王国分割（主筋）と、兄の土地を奪う庶子の姦計（副筋）というダブル・プロットで国と家庭における世襲所領の継承というリアルな空間のテーマが展開する。土地の分配をめぐる骨肉の争いと王国滅亡の危機の中で家父長的身分制、嫡男相続制、後見人制度、軍制などを含むシェイクスピア時代の社会構造の底深い変化が明らかになる。ケルトの古代民話に想を得た老王の怒りが天地をゆるがし、大小宇宙の交感というエリザベス朝時代の宇宙観を実感させる。

第8章『シンベリン』は、古代ブリテン王国の為政者の世代交代をラドタウン（ロンドンの古名）の宮廷と緑の世界（ウエールズの山岳地帯）との対比において描く牧歌的悲喜劇である。空間的テーマである「場所《プレイス》」（場、位置、立場、状況）が変わると人物たちの異なる側面が繰り出され、人間存在の多面性と、不確実性を示唆する。宮廷を脱出しミルフォード・ヘイヴン（テューダー朝始源神話の地）をめざす若き王女の旅路は新鮮な冒険にみちている。

第4部のテーマはマニエリスム演劇の空間構成である。汎ヨーロッパ的な国際マニエリスムの影響下にあった後期エリザベス朝演劇（ジャコビアン演劇）の四悲劇の特徴を空間構成に留意して論じる。

第9章　シリル・ターナー『復讐者の悲劇』。マニエリスムの一般的概念と歴史的意義については「はじめに」で述べる。マニエリスムの明確なメルクマールのひとつは数学的遠近法で整合的に秩序づけられたルネサンスの三次元空間の崩壊と、人間の不安な無意識世界を象徴する深奥的無限界の幻想空間の現出である。その他、強烈な明暗法、異次元世界への開口部、舞台と観客の間に介在する語り手、イリュージョニズムと細部のリアリズムの混合、周囲の空間（世界）に違和して激しく身をよじる蛇状人体その他について検討する。

第10章　ジョージ・チャップマン『ビュッシイ・ダンボア』。緑陰から地下世界への主人公の道行きを通して、上昇を切望しつつ下降せざるを得ない人間存在の不条理を描く。ビュッシイと運命をともにするタミラの憂愁に近代的自意識に目覚めた新しいヒロイン像を見る。地動説によって、宇宙の不動の中心的地位から追放された人間の寄る辺なさや、発見された新世界の脅威におののく旧世界の自信喪失ぶりも語られる。

第11章　ジョン・ウェブスター『白悪魔』。劇中劇的二重空間の多用、視点の移動・回転視点、人物間の意識のずれを顕わにする舞台空間の人物配置、内舞台で演じられる象徴的な黙劇の方が、前舞台の生身の現実より心理的にリアルな前景であると感じられる逆遠近法などを指摘した。

第12章　トマス・ミドルトン『チェンジリング』。整合的シンメトリーの外観とうらはらな迷宮的内部構造を持つビアトリスの城。デ・フローレスの案内による生暖かい内臓感覚に満ちた城内の迷路めぐりが圧巻である。劇の進行とともに副次的、周縁的存在であった気違い病院が前景に大きく現れ、主筋の舞台である理性の象徴である城を圧倒してゆく。

＊

もちろん空間のテーマは劇中の内容の一部に過ぎず、個々の作品世界は広く深い。また本書で取り上げた作品の絶対数は、現存する作品六〇〇以上とされるエリザベス朝演劇の総体に比してあまりにも少ない。ポロニアスが「悲劇、喜劇、歴史劇、牧歌劇、牧歌的喜劇、歴史劇的牧歌劇、悲劇的歴史劇、悲劇的喜劇的歴史劇的牧歌劇……」と数え上げるようにエリザベス朝演劇のジャンルも内容も多彩でとうてい一冊で網羅しきれるものではない。

しかし、本書で取り上げた諸作品の中でも、土地家屋敷の所有という空間の外在的で物質的《フィジカル》な側面へ集中した初期の家庭悲劇から、繁栄するロンドンの都市空間に住み分ける人々の生活や風俗、さらに神話的古代ブリテンとルネサンス・イングランドをへだてる時空の壁を楽々と越えて、世襲所領の継承のつまずきから存亡の危機に直面する国家と背後にある大宇宙の運命や、「場所《プレイス》」によって違って見える人間存在の不思議と成長の過程へと関心を拡大し、やがて内在的な不可視、不可触の空間――人間の意識下の広大な闇の領域へとまなざしを移してゆく内省的な後期の作品群まで、エリザベス朝演劇の多様性と変遷をある程度辿ることができる。そして中世後期から近代初期へと移り変わる転換期の社会の諸相をダイナミックに描いたエリザベス朝演劇の魅力と面白さを十分に味わうことができる。エリザベス朝演劇の諸作品を「空間」と人との関係を糸口に読み解き、初期近代に生きる人々の生《なま》の喜怒哀楽に迫りたいという意図から本書の題を『「空間」のエリザベス朝演劇――劇作家たちの初期近代――』とした。

「空間」のエリザベス朝演劇——劇作家たちの初期近代／目次

第1部

土地・屋敷への執着

第1章　ジャンルとしての家庭悲劇

『フェヴァシャムのアーデン』は、前期エリザベス朝家庭悲劇と呼ばれるジャンルの、厳密に言うと最初のとは言えなくとも、（一五七〇年代の後半に書かれて題名しか残っていない『殺人者ミカエル』と『ある継母の残酷さ』がこのジャンルの先駆的作品ではないかと推定されている）初期の重要な作品である。家庭悲劇とは、H・H・アダムズの定義によれば、「貴族より下の階級の者を主人公とし」、「劇場に来た市民の観客に、舞台上で演じられる自分たちのと同じ生活や習慣から道徳や信仰を学ばせ」、「最後は主人公の死で終わる劇」を指す。(1) 一六世紀後半、ロンドンの公衆劇場の観客の大きな部分を広義のジェントルマン、商人、手工業者、職人、主婦、学生、農民、兵士などからなる市民たちが占めるようになると、彼らは絵空事の世界より自分たちの生活に近い内容の現実的な芝居を求めた。彼らが歓迎したのは当時の芝居の主流であった歴史劇、英雄的ロマンス、ラテン劇、神話劇などではなく、普通の市民の日常生活、とくに家庭を中心とした人間関係を描いた悲劇、喜劇、悲喜劇を含む家庭劇であった。社会の中核として自らのあり方や文化に自信を持ち始めた市民層が、虚構の世界より市民の日常世界の今を描く劇に関心を寄せたのは自然であった。なかでも家庭悲劇は、悲劇には国王や貴族や歴史上の人物たちの崇高壮大な物語がふさわしく、一般市民の日常生活や家庭内の出来事などは喜劇の題材であるというそれまでの常識を破って、市民の日常生活の問題が優れた悲劇の主題となり得ることを証明した点で画期的な意味を持っていた。悲劇と喜劇の領域を峻別したアリストテレス以来の古典主義的規範の影響が大陸に比して小さかったエリザベス朝演劇の中でも、公衆劇場では自由な試みが行われ易かったのである。

家庭悲劇の多くは、実際に起こった市井の殺人事件を題材に、同時代の諸問題の実例を舞台で示して、観客を楽しませつつ道徳や信仰を学ばせることを意図した。トマス・ヘイウッドは散文『俳優の擁護』で、舞台の殺人事件を見て罪を告白した女の例を引いて、「我々は醜い悪徳を描いて、観客の悪徳への嫌悪感をさらに掻き立てようとする」と家庭悲劇の教化的効用を強調している。(2) 家庭悲劇の教訓的傾向、とくに「誘惑、罪、悔悛、罰、神の許し」という基本構造に、一四世紀以来の道徳劇の伝統の影響を見るのが一般的な見方である。H・H・アダムズは市民を真面目な劇にふさわしい主人公として初めて登場させたのが道徳劇であり、そのプロットと道徳観は自然に家庭劇に発展したと述べ、A・M・クラークは道徳劇のリアリズムと道徳的関心が、M・C・ブラッドブルックは道徳劇の寓意的人物の対話が、M・ドランは道徳劇のプロットとくに放蕩息子型が家庭悲劇に継承されたと指摘している。(3) 家庭悲劇は同時代の現実の事件という新しい素材に、道徳劇をはじめとして、『為政者の鏡』、教会の説教集、市井に流布した行儀本などに盛られた教訓を盛り込んだのである。劇の最後に、主人公の罪人が「死刑台上の改悛の辞」を述べて神の赦しを請うという家庭悲劇特有の慣習によって、家庭悲劇の悲劇としての緊迫感はしばしば削がれるが、この一種のデウス・エクス・マキーナともパリノードとも言えるいささか安易な道徳的結末は、スキャンダラスな殺人事件の劇化によって時宜的関心をそそる家庭悲劇が、市民権を得るための安全弁であったと言える。そこに道徳劇から近代劇への過渡的演劇という家庭悲劇のひとつの限界が見られる。

A・クラークの調べによれば、一五九〇年頃から一六四〇年頃までに、悲劇、喜劇、悲喜劇を含む家庭劇のジャンルに属すると思われる劇が七七編書かれたが、そのうち現存する作品は悲劇七、喜劇及び悲喜劇六、悲劇か喜劇か悲喜劇か不明なもの二三である。また、制作上演されたが、その後散逸して作者、題名、初演劇団名などしか分かっていない作品は悲劇二六、喜劇一五である。したがって、家庭悲劇と特定できて今日作品として読めるのは次の七編のみである中で、『優しさで殺された女』以外はすべて年代記、バラッド、チャップブック、パンフレットなどに記録された当時の実際の殺人事件に基づいている。

一　作者不詳『フェヴァシャムのアーデン』(*Arden of Feversham*)
制作一五九一―九二年、出版一五九二年、一五九九年、一六三三年、初演劇団不詳
(フェヴァシャムの元市長トマス・アーデンの妻による殺害、一五五一年二月一五日)

二　作者不詳『美人への警告』(*A Warning for Fair Women*)
制作一五九三―九九年、出版一五九九年、初演宮内大臣一座
(ロンドンの商人ジョージ・サンダースの妻及び愛人ジョージ・ブラウンの共謀によるサンダース殺害、一五七三年)

三　ロバート・ヤリングトン『二つの嘆かわしい悲劇』(Robert Yarington, *Two Lamentable Tragedies*)
制作一五九四年頃、出版一六〇一年、初演海軍大臣一座(?)

(二つの悲劇のうち英国版プロットの種はロンドンの居酒屋店主トマス・メリーによる蠟燭商トマス・ビーチ殺害、一五九四年八月二三日)

四　トマス・ヘイウッド『優しさで殺された女』(Thomas Heywood, *A Woman Killed with Kindness*)
制作一六〇三年、出版一六〇七年、初演アン女王一座

五　作者不詳『ヨークシャーの悲劇』(*A Yorkshire Tragedy*)
制作一六〇五年頃、出版一六〇八年、一六一九年、初演国王一座
(ヨークシャーのジェントルマン、ウォーター・カルヴェリーの妻子殺傷による処刑、一六〇五年四月二〇日)

六　トマス・デッカー、ジョン・フォード、ウィリアム・ローリー共作『エドモントンの魔女』(Thomas Dekker, John Ford, William Rowley, *The Witch of Edmonton*)
制作一六二一年、出版一六五八年、初演王子一座
(エドモントンの魔女エリザベス・ソーヤー処刑、一六二一年四月一九日)
七　ウィリアム・サンプソン『婚約を破った女』(William Sampson, *The Vow Breaker*)
制作一六二五年頃、出版一六三六年、初演劇団不詳
(クリフトンのジェントルマン、ジャーマンの妻アンの元婚約者ベイトマンの怨霊による殺害、殺害の年月日は不詳)

これらの劇の初演劇団として、海軍大臣一座、宮内大臣一座、国王一座などの名が挙がっていることは、実事件を中心として一般市民の日常を描いた家庭悲劇が当時の有力劇団の演目として認知されていたことを意味している。

従来の悲劇と一線を画する新しい劇を創造したいという家庭悲劇作家たちの意欲は次のように表明されている。

みなさま方、どうかこの裸の悲劇をご容赦くださいますよう。
ここには作品を耳や目に快くする
凝った言い回しや見せ場があるわけではございません。
と申しますのも、単純な真実だけで十分に快いものでございまして
それ以外の見掛け倒しの飾りなど必要ないからでございます。
(『フェヴァシャムのアーデン』エピログ、一四―一八)

真実は悲しみつつこれら悲しむべき事件の真実を語ります。

（『二つの嘆かわしい悲劇』序幕）

場面はロンドン、みなさま方が生まれ育ったホームグラウンド、
重要事を語るには
ささやかすぎる話題と規模の
真実の、土着の悲劇をご容赦願いたい。

（『美人への警告』序幕　九五：エピログ、二七二九―三一）

壮麗な劇を期待なさらないで頂きたい、われらが詩女神《ミューズ》は
ささやかな主題と場面が気に入りですので。

（『優しさで殺された女』プロログ、三―四）

真実は作者に申します、このたびはあえて
かつて語られたことがないほどの真実の物語を語ります、と。

（『婚約を破った女』プロログ、一―二）

一様に故意に卑下した調子ながら、天下国家の「重要事を論じる」「壮麗な劇」と訣別して、主としてロンドンを中心とした「土着の」「ホームグラウンド」を舞台に、「真実の物語」（実際の事件）を通して身近な「飾りのない主題」を虚飾なく描く新しい「裸の悲劇」を創造したいという芸術意思は共通である。

家庭悲劇が流行した一六世紀後半から一七世紀初頭は、英国社会の経済的、社会的、宗教的激動期であり、価値観の過去からの継続性や安定は失われ、伝統的な人間関係や秩序の枠組みから逸脱した犯罪、暴動、放浪が横行した時代であった。とくに家庭悲劇の最盛期であった一五九〇年から一六一〇年頃は、英国における私生児の出生数がひとつのピークに達し、家庭内秩序の危機が強く意識された時期であった。[5] 一五九〇年代の一〇年間に『フェヴァシャムのアーデン』に加えて『美人への警告』およびベン・ジョンソンとトマス・デッカー合作『プリマスのペイジ』(一五九一年に夫殺しで処刑されたプリマスのペイジ夫人の悲劇。一五九九年海軍大臣一座により上演されたという記録はあるが、作品は残念ながら失われている)という妻が夫殺しに関与する家庭悲劇が三編書かれ上演されている。宗教改革によってそれまで地域社会の教化役、まとめ役を果たしていた修道院や教会の機能が弱まるにつれて、社会共同体の最小単位としての家庭は社会の秩序維持装置として前にも増して重要視されるようになったが、皮肉にも社会秩序の動揺や人間関係の混乱がもっとも尖鋭化して現れるのが家庭だったのである。家庭悲劇は主として一家庭内の人間関係の破綻という小さな覗き孔から、同時代のさまざまな問題を見つめようとしたのである。その具体例を後で詳述する『フェヴァシャムのアーデン』と『優しさで殺された女』を除く五編の家庭悲劇に瞥見したい。

＊

『美人への警告』の冒頭、ビリングスゲイトの裕福な商人ジョージ・サンダースの妻アンは幼い息子と家の戸口に佇み、「主人が王立取引所から急いで帰ってくるのを待っていますので、通りを行き来する人には気をとめませんの」(三五六—五八)と語る。アンはルネサンスの性的規範が是認した控えめで夫と子供にのみ関心を自己限定する貞淑な妻である。うら若い母親と、母に甘えて復活祭用の羽根飾りのついたベルベット帽をねだる子供の姿は中産家庭の幸福を表象する一幅の絵となっている。

しかし帰宅した夫は、長時間辛抱強く彼の帰りを待ち続けた妻の心情を気にも止めず、「夕飯はまだか？」とだけ言い、「冗談好きで面白い話で楽しくしてくれる」隣家の未亡人ドルーリ夫人を夕卓に呼んでいないのは妻の手落りだと言いたげである。ありふれた日常風景に夫婦の心理の小さなずれを描く筆致は軽妙である。しかし、貞淑なアンが夫との関係により深刻な間隙を感じ、口達者なドルーリ夫人の口車に乗せられて連隊長ジョージ・ブラウンし不義を犯すきっかけとなったのは、生地屋と帽子屋への彼女の支払いを夫が延ばすという小事件であった。王立取引所で債務帳消しをするために手持ちの現金一、五〇〇ポンドを支払ったサンダースは、アンのリネンや手袋、財布、香水などの細々した買い物代金三〇ポンドの調達を先送りにする。彼にとって「公的、男性的、大事な」王立取引所での義務を「私的、女性的、些細な」家庭内事項に優先させるのは当然であった。だが、召使から夫の支払い拒否を聞いたアンは、夫にすべてを依存する妻の公的立場の弱さ、自律的な自己同一性の欠如を痛感する。サンダースにとっては「そんなに些細なことでこちらの大事が邪魔されてはかなわない」（五七八―七九）のであるが、アンにとっては夫に用立てを断られたために約束の日に商人たちに支払いを果たせないのは、公衆の面前で致命的に面目を失うことであった。

わたしの信用に傷がついても
すこしも気にして貰えないのだわ。
かならずお支払いします、
とお店の方々においでいただいたのに、
購入して、ちゃんとこの手に商品を届けていただいた人たちに、
お払いできないなんて、
よほどけちで、貧しい女だと思われてしまいます。

彼女は夫の命令を伝えた召使にさえ及ばない自分の立場の弱さを訴える。

わたしは女ですから、夫がわたしを支配するのは
仕方がないと思っていますわ。
でも召使の男までがわたしを脅しつけて
それも公衆の面前で、ね、ドルーリさん……
本当言って、わたくし心の底から情けない想いをしましたの。

（六二九―三五）

（六五五―五九）

夫の信用で支払いを延期することを拒否し、即金払いを主張するアンに二人の商人は驚くが、夫のやり方を受け入れないアンの決意は家庭内ヒエラルキーに対する無言の抵抗となる。アンの夫への不満を見て取ったドルーリ夫人はその不満の種火に油を注ぎ、口を極めてブラウンを褒めちぎる。その後のアンの不倫と夫殺しへの加担は、F・ドランの言う「地位と独立へのアンの挫かれた欲望の生き生きとした劇化[6]」である。アンの内的葛藤の掘り下げが浅い、プロットの節目を三つの黙劇での説明的暗示で済ませる劇的証明の不足（中で黒いカーテン、鮮血の酒を盛った髑髏の杯、揺らめく蠟燭の灯影、黒い梟と烏、不思議な鐘の音、復讐の女神たちの乱舞を伴う宴で、追放される「貞節」によってアンの変節を暗示する第一黙劇は視覚的効果に優れている）、罪発覚後の冗漫な結末などの弱点があるが、日常の些細な感情の亀裂からもろくも崩壊してゆく平和な中産家庭の描写は的確である。商品の支払い期限を守ることで自律した自己を表明したい妻と、妻の心理に鈍感な夫とのずれにプチブルジョア社会の新しい

男女の心理力学が暗示されて新鮮である。アンのナイーヴな虚栄心に乗じてジェントルマンである連隊長との再婚という「出世の梯子」を勧める能弁な未亡人ドルーリは、ミドルトンの『女よ女に心せよ』（一六二一）の辣腕の女衒リヴィアに、アンへの一途な愛で身を滅ぼすブラウン（ブラウンは現存の家庭悲劇の中で最後まで節を曲げない唯一人の恋人である）は、華々しい世俗的恋愛で破滅するシェイクスピアのアントニー（一六〇七）やウェブスターの『白悪魔』（一六一二）のブラキアノに、つまり後期エリザベス朝家庭悲劇のより円熟した主人公に発展すべき原型的人物である。

*

『二つの嘆かわしい悲劇』の冒頭、「殺人」は繁栄するロンドンの町では犯罪が少な過ぎて自分の出番がないと嘆く。

華やかな通りを一本残さず辿ってみたが無駄だった、
この幸福な町の曲がり角を盲目めっぽう曲がっても、
目に付くのは富と平和と治安のよさばかりで、
流血や謂《いわれ》なき死のことなど思いつく
人間には一人も出くわさなかった。
みんなが堅気の儲けの多い商売に精を出して、
この世での生活に必要なものを得ている。
偉くなろうとして、敵であれ味方であれ他人に
略奪、ゆすり、殺しや死をしかけようなんて思いついて、

まともな心を汚すなんて奴は誰もいない。

（プロログ）

平和で秩序あるロンドンの町並みの賑わいと人々の豊かな暮らしが眼前に浮かぶが、この台詞の直後に、テムズ通りランバートヒルの小居酒屋で、店主メリーがつぶやく「取るに足らない不満だらけの生活だ」を筆頭に、「つましい生活」「体の具合がよくない」「俺の貧しさ」「君の貧しさ」など生活の苦しさ、辛さ、疲れを訴える酔客たちの会話が約一〇〇行続く。「幸福な町」ロンドンの平和と繁栄は見かけだけのもので、一皮むけば貧民の不満と不安の声が渦まいているのだ。有名な旅籠屋「三羽の鶴亭」近くに住むメリーは、「誠実な男で店をきちんとおさめ仕切っている」「正直で毒のない愛嬌に満ちた話ぶり」と噂され、「町一番のビールを供す店」と評価される彼の居酒屋は客の入りも悪くないが、彼は「より大きな財産と名誉」への強い憧れを「神の思し召しを辛抱して待て」との仲間の助言で辛うじて抑えて暮らしている。そして客の一人である蠟燭商トマス・ビーチの店の繁盛を漏れ聞き、「奴の持ち金を自分のものにしよう」と思い立ちビーチを惨殺するに至る。

大方の家庭悲劇の主人公は裕福な中産階級の出であるが、メリーの物語の人物たちは小商人、小地主、農場労働者、日雇い、召使など、つまり一六世紀後半の英国人口の大半を占める貧しい大衆である。ビーチの繁栄といっても「借金がそれほど多くない」「まさかの時のために二〇ポンドほどの蓄えがある」という程度のもので、彼もメリーの居酒屋で二杯の度の強いビールで仕事の憂さを晴らす小売商に過ぎない。メリーの殺人動機もビーチへの個人的怨恨は皆無で、金を奪って「ものを買うために四〇ポンドほど蓄えれば……ロンドンの城壁内の誰にも負けず楽しく暮らせる」という驚くほど単純なものだ。

K・ライトソンが概括するように、一六世紀末から一七世紀初頭にかけて英国の人口増加と経済活動の活発化で国民経済は全体としては繁栄したが、市場経済に対応できるのは少数の都市エリート商人など富裕層に過ぎなかった。相次ぐ凶作による食料飢饉と物価上昇は、投機的商人や上層ジェントリに大きな利潤機会を提供する一方、メリーのようなその日暮らしの零細小売り商や彼の店の客たちのような賃金労働者たちの所得激減をもたらし、社会の貧富の分極化をすすめ食料暴動を頻発させた。(7)「ビール、パン、肉、薪、石炭その他の必需品も買えない」とメリーが嘆くように、繁栄から取り残された国民の多くは飢餓線上の苦闘を強いられていたのだ。次の対話は、高価な輸入品が国産品の需要を圧迫し、贅沢品は溢れているのに必需品が足りない、豊富の中の貧困という当時の社会経済環境の逆説的兆候を衝いている。

ニコラス　俺はどんなガスコーニュワインよりこういうビールの方が飲みたいね。だが質のいい地元産より外国産を珍重して値段を吊り上げるのがイギリス流ってわけさ。

メリー　まったくだ。みんながお前と同じ考えなら俺の貧乏も改善するし、フランス商人も商売替えというわけだが。

（行数表示なし）

劇の冒頭で「殺人」が述べた「儲けのいい商売」に潤うのは少数に過ぎず、大多数の貧民はメリーと同様一触即発の不満と怒りを内向させている。メリーの忠実な召使のハリーが「具合が悪くて台所の火のそばで寝ている」のも貧困と病いが日常化した庶民の暮らしの象徴と感じられる。メリーの犯罪を知りながら、兄の家に寄食する未婚の妹としての遠慮から告発できずに兄とともに刑死するスーザンの不幸も見逃せない。メリーの悲劇は「豊かで平和で統治のいい」社会の表層と、裏面にある暗部との落差を示唆し、貧富の分極化という初期近代英国の大きな社会問題の一端を鋭く衝いているのである。

*

『ヨークシャーの悲劇』の冒頭、召使たちは、「若主人」がとうの昔に他の女性と結婚して子供も二、三人儲けた上に身を持ち崩してしまったにも拘わらず、「愛する人の長い不在を身も世もないまでに嘆き暮らしている」若い女性のことを噂している（一、一―五二）。その女性のことはその後二度と言及されないが、主人公の過去に妻以外の女性との関係があったことが推察される。この悲劇の主材源であるヨークシャーの名家出身のジェントルマン、ウォーター・カルヴェリーの妻子殺傷事件を描く作者不詳のパンフレット「まことに自然の情に反する流血の悲劇」（一六〇五）（このパンフレットの方が劇より後に書かれたとの説もある）と、同じ題材を扱うジョージ・ウィルキンズの悲喜劇『強制された結婚のみじめさ』（一六〇六年頃）には主人公の乱行の原因が、相愛の妻がありながら強制されて第二の妻を娶った二重結婚の不幸であることが明示されている。強制結婚の災禍というテーマは『エドモントンの魔女』『婚約を破った女』でも扱われ、この問題への家庭悲劇の関心の強さが窺われる。しかし『ヨークシャーの悲劇』では、前述の召使たちの曖昧な会話と、「世間体のために」結婚したと語る「夫」と「妻」との不仲以外に「夫」の二重結婚を暗示する台詞はない。むしろ明確で合理的な理由のないまま、悪魔的な衝動に駆り立てられるようにひたすら自己破滅の道を堕ちてゆく男の暴虐の数々――妻子虐待、ばくち、娼婦との遊蕩、土地財産の蕩尽、有為の弟を債務牢に追いやるなどが語られる。

人が狂気だと呼ぶ者は他人を危険に陥れるが、
自らを傷つける者は気違いを超えている。
彼自身の言葉が名門の家名を汚す
不正な醜聞を公にするのだ。

（二、一〇七―一〇）

本劇では、実在の名家カルヴェリー家への遠慮からか、人物たちは固有名詞ではなく「夫」「妻」「息子」と呼ばれている。ヨークシャーの風の吹く寒い風土に佇む広壮だが荒れて古びた館。社会から隔絶された館内で生活感を滲ませるのはわずかにオリバー、ラルフ、サムなど名前のある召使たちの囁く低い不安な声と、命を賭して主人の暴行を阻止して傷つく無名の召使の行為のみである。外から訪れて主人公を諫める顔のない「三人の紳士」と大学の「学寮長」の声も、異界からのそれのように非現実的でうつろに響く。閉ざされて窒息的な館の中で進行する悪夢的な惨劇には、「夫」「妻」「息子」など体温を感じさせない人物の無記名性がふさわしい。一種シュールな劇の雰囲気と抽象化された人物たちの仮面性が不思議な効果を挙げている。

だが、ひたすら家族を破壊しようとする「夫」の所行から逆に家庭の持つ社会的重要性が浮かび上がる。コメンソリに従えば、家庭の成員であることがアイデンティティと生存の条件であった初期近代英国社会において、家庭を解体させ家名を汚す主人公の行為はその「社会的絶滅」を意味した。(8)

滅びていく男だ、
家を荒廃させ、汚名を
名誉ある先祖たちに着せて。

（九、三二―三四）

自己破滅型の「夫」と、あくまで理想の妻たる「優しさ」と「従順さ」を保ちつつ現実的計算を忘れない「妻」の賢夫人ぶりとの対比が鮮やかである。「わたくしどもの家庭内の不祥事を外に広げるべきでしょうか？　扉の中の悲しみだけで充分です」(三、五—六)と身内の不幸が社会化することを恐れる「妻」の「夫」救済作戦——「夫」のために宮廷での官職を得ようと、馬で独力ロンドンに出かけ有力な叔父に助力を頼むことと、「夫」の助命を最後まで裁判所に懇請すること——の背後には、結婚によって「夫」のものとなった自己の土地財産の保持という「妻」の側の切実な打算もあるとコメンソリは指摘する。[9] しかし「妻」の賢さは「夫」を一層いらだたせ、彼の絶望は自らの生涯そのものへの全否定へと極まる。

A・C・コーリーとB・ゲインズは、『フェヴァシャムのアーデン』『二つの嘆かわしい悲劇』などは殺人者の「死刑台上の悔恨の辞」という家庭悲劇の慣習で魂の堕地獄という究極的なキリスト教的悲劇を回避しているので道徳的な劇であっても真の悲劇とは言えないが、『ヨークシャーの悲劇』の「夫」は悔悛も弁解も神との和解もなしに永遠の堕地獄を自己の運命として受け入れているという。[10]

天国が忘却の彼方に沈めば、人間は暗闇に閉ざされる。(一〇、二七)

本劇は荒削りな小品ながら、破滅への妥協なき意志と情熱を異常なスピード感と緊迫感をもって描いた家庭悲劇中の異色作である。

*

『エドモントンの魔女』の材源となったパンフレット「魔女エリザベス・ソーヤーの驚くべき真実」(一六〇五)は牧師ヘンリー・グッドコールがニューゲイト獄中のエリザベス・ソーヤーを訪ねて試みた聞き書きの記録だが、超能力を持つ魔女の危険性に関する当時の社会常識をなぞった警世の書の域を出ない。しかし、『エドモントンの魔女』はパンフレットに書かれた事実を踏襲しつつも、その解釈において魔女を超自然的存在と捉えず、地域社会の差別と虐待によって追い詰められた社会的弱者の歪められた形であるとして、魔女誕生の社会的環境を活写した。ジャコビアン期の主な魔女劇――ジョン・マーストン『ソフォニスバの悲劇』(一六〇四―〇六)、シェイクスピア『マクベス』(一六〇六)、トマス・ミドルトン『魔女』(一六一五)など――が、魔女を超能力をそなえた超自然的悪霊の一種として描いたのに対して、本劇は、村人たちが期待する「魔女」像に自己を押し込めることでしか生きられない貧しい一老女の屈辱と怒りを描いた。初めて魔女の社会的根源をえぐり出した本劇は、英国の初期魔女劇の中で特異な地位を占めている。魔女の筋を担当したデッカーの社会正義、家庭悲劇としての若ソーニーの重婚の悲劇を担当したフォードの感傷的抒情性、若バンクスの逸話を書いたローリーの喜劇性がうまく絡みあった共作である。

爵位ジェントルマンのサー・アーサー、零落したジェントルマンの老ソーニー、富裕な独立自営ヨーマンの老カーターを上層部に、小地主老バンクス親子、貧農ラトクリフ以下最下位のソーヤーまでの人物配置はそのままエドモントン地域社会の階級構成を表している。責任ある最高位にありながら道義的頽廃を露呈するアーサーは、この共同体の中心に巣食う利己的で偏狭な頑迷さを暗示している。乳搾り、バター作り、牧場や沼地での逢引き、村人たち総出のモリスダンスなど田園暮らしの楽しさがふんだんに語られる半面、閉鎖的な地域社会の暗い抑圧的人間関係も次第に明らかになる。

第一幕は中央に立つ若ソーニーの周りに人々が集まり、やがて地縁血縁で結ばれた人で舞台が一杯になる。それは若ソーニーがいかに地域で愛されているか、同時にいかに複雑な人間関係に縛られているかを視覚的に表す工夫である。彼は周囲の期待に合わせようと努めるあまり、心ならずも二重結婚の罪を犯す。一転して第二幕の冒頭空白の舞台にただ一人登場するソーニーの孤影は地域共同体からの徹底的な疎外を象徴して、すさまじいばかりの孤独感を漂わす。貧困、老醜、女性、未婚に加えてソーヤーの「ギャロップする舌」が人々の反感を買う。

なぜわたしに矛先を向けるのか？　なぜ世間はしつこく
醜聞好きの悪意をこのわたしに投げかけるのか？
わたしが貧しく、醜く無知な上に
自分自身より強い何か邪悪な力で
たわめられた弓のように背中が曲がっているせいなのか。
だからといってわたしはみんなの口から吐き出される
汚物や塵あくたが落ちて流れ込む
下水にならなくてはならないのか？　わたしを魔女と呼ぶ者がいる。
そして　わたしのことは何も知らないのに、
わたしに魔女になる方法を教えてくれる。

（二、一、一―一〇）

エドモントンのような農業と牧畜を主とする小村落では、天候季節の不順、穀物の不作、家畜の疫病、嬰児の死、家庭不和など貧しい村民の生活を脅かす不安材料に事欠かない。村民たちはソーヤーのような社会的弱者を魔女に仕立て迫害することでやり場のない不満不安を晴らす。

飼っている家畜がころぶ。女房たちがころぶ。娘どもがころぶ。
女中たちもころぶ。この獣みたいな魔女が
われわれの間で草を食むのを許す限り、
おれ達自身も立っていられない。

（四、一、一五―一八）

“fall”, “graze”, “stand”の語にはbawdyな含意がある。ソーヤーが小地主オールドバンクスの地所内で薪を拾って魔女呼ばわりされる場面は、英国での魔女裁判（包括的な魔女法の制定は一五六三年）が、公的な入会権が保証されていた土地の私的囲い込みを認めた囲い込み法との抱き合わせで行われたことを想起させる。[11] 貧農ラトクリフの妻アンがソーヤーの飼豚に石鹸を舐められたという理由で魔女と罵り彼女の激怒を買う場は、連帯すべき被抑圧者同士が憎しみあう哀しさを表現している。モリスダンスは、歌と踊り、華やかな衣装と先祖伝来のホビーホースの行列で地域社会の豊穣と繁栄を祈念する祝祭行事だが、人々に調和をもたらすべき踊り手たちが実はもっとも残酷にソーヤーを虐待し、その小屋に火を放つのである。

魔女を燃やせ、魔女だ、魔女だ、魔女だ、魔女だ！
出ていけ、魔女！　打ちのめせ、蹴飛ばせ、奴を火にかけろ！

（四、一、一九：三三）

魔女は偏狭な地域社会に不可欠の自浄装置であり、人々から吐き出される汚辱の一切が魔女という「下水」に捨てられるのだ。ソーヤーは迫害に耐えきれず、村人の偏見通りの魔女に変身して、使い魔である犬を手下に村民への復讐を開始する。空中飛行やサバトなどの大陸型魔女に対して、純粋に英国土着型であるこの使い魔犬は本劇で異常な生気を放ち、奇妙な実在感をもって舞台をかけまわり、壁をよじのぼり、狂言まわしとして人々を操る。愛に飢えるソーヤーは「毛むくじゃらのお前の気持ちのいいくすぐりで、嬉しさのあまり老骨も笑うよ」と夢中で犬をかき抱くが、犬は次第にソーヤーから離れ、独自の支配力をふるって若バンクスを池に嵌め、アンを狂死させ、若ソーニーにナイフを渡してスーザンを殺害させて彼の罪を発覚に導き、最後にソーヤーをも捨て去る。

犬はモリスを踊り、村の踊り手たちもモリスを踊る。

（三、四、五七）

今日はどうやら悪魔がわれわれの中にいるみたいだ。

（三、四、七六―七七）

犬は村人たちの中に溶け込み、別々に進行する若ソーニーの二重結婚とソーヤーの魔女転身という二つの悲劇を結びつける共同体内部の集団的悪意の象徴となる。若バンクスらが棒で村の境界線外に叩き出そうとしても、住みついた犬を追い出せない。つまり外在的な悪魔が取り憑いたというより内在的な悪意が村人たちを突き動かしているのであり、若ソーニーとソーヤーは共にその犠牲者なのである。最初はソーヤーに呼び出された魔女の使い犬として、やがては独立した悪魔の本性を剝き出しにして暗躍する犬役の演出は本劇上演の成否の一つの鍵である。本劇は二〇世紀に五回上演されたが特に一九八一年のバリー・キール演出の王立シェイクスピア劇団公演で、マイルズ・アンダーソンがデフォルメされた化粧と毛羽立つ衣裳を着け、衝撃的な演技力をもって犬であり人間であり象徴的な力でもあるこの難役に挑んだ(12)。劇のひとつのクライマックスである若ソーニーのスーザン殺害の場で、犬は長い投げ縄を二人にかけて舞台を駆け回り、縄の輪を次第に狭めて若い男女を追い詰める地域社会の抑圧的力を鮮烈に表現したのである。

＊

『婚約を破った女』は『北国のブラック・ベイトマン』（デッカー、チェトル、ドレイトン、ウィルソン合作、一五九七年海軍大臣一座で初演という記録だけ残っているロストプレイ）の約三〇年後のリメイクであると考えられている。材源の一つで作者不詳のバラッド「すべての娘への神の警告、クリフトンのジャーマンの妻に下された神の審判を例として」（一六〇三）の結論、「すべての秘密の誓いを聞かれる神は、誓いを等閑視する者に恐ろしい復讐を下し給う」が劇のテーマである。冒頭で交わされる愛の誓いは、法的婚姻に匹敵するものと考えられたから、アンの裏切りは姦通とみなされている。劇中繰り返し鐘の音のように響きわたる若ベイトマンの「お前が生きていようと死んでいようと、かならず我がものにしてみせる」（一、一、三七）の執念が実現して、アンが怨霊に取り憑かれて水死する結末が扇情的である。主人公の不在中に生じる背信行為という設定は『フェヴァシャムのアーデンや『優しさで殺された女』にも共通する。ベイトマンの出征先という以外に劇的意味はないリースにおける英仏スコットランド戦（一五六〇）の描写が劇の半分近くを占めるが、冗漫な年代記風描写の混入が、ジャンルとしての家庭悲劇の衰弱を物語っている。

まとまりのない構成と生硬で古風な主要人物たちはさておき、ここではアンの従妹で親友、アンの悲劇に終始立ち会い鋭い批評を放つ脇役のアーシュラに注目したい。「すすより白く、白い雪より黒い女」と揶揄されるアーシュラの冗談と真面目のないまぜの台詞が、感傷的なメロドラマにスパイスを効かせている。戦地に赴く若ベイトマンとアンが永遠の愛を誓いあうのを聞いて、アーシュラは

あたしはできる限りキューピッドの束縛から自由でいたいわ、聞いてる？　恋人さん、彼女を摑まえてもずっと摑まえておくのは無理よ。信用しちゃだめ。わたしたち女の子の操なんて駐屯中の騎士並み、今日愛を誓っても明日は破ってけろりとしている、ボーとしていないで。ねえ、ねえ、あたしが彼女を自分のものにして摑まえておけるかしら、もしあなた方ふたりのどちらかが一年以内に今の誓いを後悔したら、ダンモアで脇腹肉のベーコンのご褒美は貰えないわよ（結婚式後一年と一日経ても喧嘩をしない夫婦にダンモアの脇腹肉ベーコンの塊

を褒美に与えるというロバート・フィッツウォーターが一二四四年に定めた法のパロディ＝訳注）。恋する女はタゲリ鳥みたいなの、いったん殻から這い出るとリスみたいに昔の恋人から逃げ出しちゃう。女の心は音域が広くてヴァージナルのハンマーみたいにめまぐるしく動く。タイミングよく止めないと音楽がだめになってしまうわ。

（一、一、五九―七二）

と茶化しながらアンの裏切りと悲劇的結末を暗示する。アンに土地持ちのジャーマンとの結婚を強要する叔父老ブートの功利的結婚政策をも、彼女は舌鋒鋭く批判する。

若い女は金持ちの金袋の跡継ぎになる位なら、豚の背骨の跡継ぎになった方がましよ！　わたしたちは子孫を増やすバーバリー馬やスペイン麝香猫みたいに、家と家、土地と土地を結びつけるために結婚させられるのだから、愛なんか糞食らえってわけ！　最高の嫁資だった処女の誇りも今じゃ召使の仕着せの上着みたいにすり切れて、ここ七年くらいブラシひとつ当てて貰ったこともない。

（一、一、一三八―四四）

アーシュラの嘆きはジョージ・チャップマンの喜劇『メイ・デイ』（一、一、一八七―九四）の娘エミリアの家父長制と金銭万能主義に縛られた結婚制度への嘆きに繰り返される――「習慣によって特権化、公式化された親の仕打ちはひどすぎる。天の定めた掟は調和のとれた心と心を婚姻によって結びつけ、人の生活の一番の慰めと愛すべき神の似像としての人間を殖やすはずなのに、今では富を殖やすためのものになってしまった。わたしたちは富を牛み出さなきゃならない。そしてカッコウみたいに他人の卵を孵し、男と女でなく材木や石を選んで組み合わせ、家と家を結びつけるのだわ」。
そして『婚約を破った女』のアンが若きベイトマンを捨ててジャーマンに嫁した時、アーシュラは「美徳の鉱山を捨てて肥やしの山を選んだわけね」（一、四、三五―三六）と総括する。若い男女の契りを反古にして功利的価値観を強要する親の強権と、親の強制に抗えない娘の弱さと薄情さへの批判、息子の自殺を嘆く父親の真情、幽界から訪れて愛の権利を要求する怨霊の執念、二人の父親の和解などに本劇の眼目があり、アーシュラ役は点描に過ぎないが、生き生きとした自分の言葉で本音を語る彼女の台詞に、後にシェイクスピアをはじめとする盛期エリザベス朝演劇に生動する「賢い道化」の萌芽が見られるのである。

*

以上、わずか五編の現存する家庭悲劇の、それも全体像ではなく特徴的な部分を取り出して瞥見したが、その不十分なスケッチからでも家庭悲劇が提示しようとした問題の多様性の一端は窺えよう。劇の背景としてロンドンを中心とした一六世紀英国の町や村の地理、生活、風俗などが色彩ゆたかなローカルカラーとともに驚くほどリアルに再現され、自分たちの住む世界空間の細部に改めて目を凝らした市民の眼差しが感じられる。実際の殺人事件に基づいたプロットが多いが、殺人の場面そのものを見せ場とするのではなく、そこに至る心理的社会的経済的動機が追求されている。動機の多くは王侯貴顕の壮大華麗な悲劇のそれに比していかにも卑小だが、卑小であるが故に切実であり、近代初期の移りゆく社会の実相を映して真実味がある。観客は見知った環境に生起する同時代の事件と躍動する人物の姿に、自己の写しを見てその喜怒哀楽を共有したのであろう。彼らにとって、家庭悲劇は単なる娯楽を越えて自分と世界を考える場となったのである。道徳的枠組みと黙劇や寓意的人物などを道徳劇から継承した家庭悲劇は、中世演劇の掉尾を飾るとともに、近代的な市民社会の生活感情を盛り込んで近代リアリズム市民劇の嚆矢となった。初期エリザベス朝家庭悲劇に発する水脈はシェイクスピア、ウェブスター、ミドルトン、ベン・

ジョンソンなど盛期エリザベス朝演劇を経て、イプセン、バーナード・ショー、ユージン・オニール、テネシー・ウィリアムズ、アーサー・ミラーなど、家庭の人間関係を通して社会と人間の真実を追究した二〇世紀の近代劇にひそかに流れこんでいるのである。

注

（1）H.H. Adams, *English Domestic or Homiletic Tragedy 1575 to 1642*, Columbia U.P., New York, 1943, pp.100-08
（2）T. Heywood, "An Apology for Actors", Reprinted for the Shakespeare Society, London, 1841, p.54
（3）Adams, p.55
M.C. Bradbrook, *Themes and Conventions of Elizabethan Tragedy*, Cambridge U.P., Cambridge, 1960, p.44
M. Doran, *Endeavors of Art: A Study of Forms in Elizabethan Drama*, Wisconsin U.P., Madison, 1954, p.143
A.M. Clark, *Thomas Heywood*, Basil Blackwell, Oxford, 1931, pp.227-28
（4）A. Clark, *Domestic Drama: A Survey of the Origins, Antecedents and Nature of the Domestic Play in England, 1500-1642*, 2 vols, Salzburg U.P., 1975, pp.403-35
（5）V. Comensoli, *Household Business: Domestic Plays of Early Modern England*, Toronto U.P., Toronto, 1996, p.65
（6）F. Dolan, "Gender, Moral Agency, and Dramatic Form in *A Warning for Fair Women*", *Studies in English Literature* 29, Spring, 1989, p.202
（7）K. Wrightson, *English Society 1580-1680*, Hutchinson, London, 1982, pp.119-48
（8）Comensoli, pp.99-100
（9）Comensoli, pp.101-02
（10）A.C. Cawley & B. Gaines, "Introduction" to *A Yorkshire Tragedy*, The Revels Plays, Manchester U.P., Manchester, 1986, pp.16-17
（11）Comensoli, p.123
（12）Robert Barker, 'An honest dog get': Performing *The Witch of Edmonton*, *Early Theatre*, 12.2（2009）, pp.173-75

第2章　『フェヴァシャムのアーデン』——修道院領地とアーデン

劇の冒頭、妻の浮気に悩むアーデンを励まそうと、親友のフランクリンがフェヴァシャム修道院領地払い下げを認可する許可状を持って登場する。フランクリンは材源の一つとされるホリンシェッドの『年代記』にはない作者の創作だが、常にアーデンと行動をともにし、語りかけ、その本音を引き出して観客に伝え、コメントするコロス的役割の人物である。

アーデン、元気を出してもう萎れるのはやめたまえ、
サマセット公爵殿が、
有難くも君と君の子孫に
陛下からの勅許状の書面をもって、
フェヴァシャム修道院の
土地すべてを下賜されたぞ。
これが証文だ（書類を渡す）。
封印の上、公爵殿と陛下のご署名もある。

読んでその憂鬱な気分を捨て去りたまえ。

（一、一―九）

しかし、待望の勅許状を目にしても、「書面」の語が「モズビーと妻の間に行き交うラヴ・レター」（一、一五）を連想させ、アーデンの気分はいっこうに晴れない。彼はいっそ「天空というベールの代わりに大地がわたしの頭上に垂れこめて覆ってくれればいいのに」と、天地転倒のイメージを用いて墳墓に埋葬された自らの姿を思い描き、死への願望を漏らす始末である。劇冒頭の十数行で、アーデンの土地獲得という社会的成功と家庭内不和に悩む私的不幸の対比と、死を志向する彼の生涯の悲劇的展開を暗示するばかりか、アーデンが獲得した土地がフェヴァシャム修道院跡地であることから、彼が生きる時代が宗教改革後の修道院領地再配分という一六世紀半ばの英国史上の一大転期であることを知らせる。必要な情報を簡潔に伝えて、観客を一気に劇の核心に引き込む優れた導入部である。本章ではアーデンの修道院領地獲得への努力と成功が、彼の家庭と地域社会にどのような影響をもたらしたかを探り、作者の意図を明らかにしたい。

フランクリンの台詞にあるサマセット公爵は摂政エドワード・シーモアを、陛下とはエドワード六世（在位一五四七―五三）を指すが、L・C・オーリンによれば、史実のトマス・アーデンがフェヴァシャム修道院跡地を一一七ポンド三シリングで購入したのはエドワード六世ではなくヘンリー八世（在位一四九一―一五四七）治下の一五四五年三月二四日であった[1]。アーデンの土地獲得は一五三八年頃から盛んに行われた修道院跡地所有権移動の一例であった。L・カストによると、フェヴァシャム修道院は一一四七年にステファン王によって建立されたが、宗教改革後、一五三八年にヘンリー八世の王璽尚書トマス・クロムウェルの首席代理人ドクター・レイトンの管理下に置かれたのち、一五四〇年にサー・トマス・チェイニー（劇中ではチェイニー卿）に払い下げられ、やがてアーデンに買い取られたのである。サー・トマス・チェイニーは国王増収裁判所（接収した修道院財産を管理分配して王室財産の増加を図るためにヘンリー八世によって創設された役所）の要職にあり、英国南東部海上防衛の拠点として特別港であった五港の監督権をも掌握していたが、修道院跡地払い下げによるケント州での最大受益爵位士の一人でもあった。[2]劇中で遭遇したチェイニー卿とアーデンの親しげな会話と卿の居城への招待が、アーデンの修道院領獲得に尽力した史実のチェイニー卿のあり方を反映している。

宗教改革で解散に追い込まれた修道院の領地は王室に接収されたが、対フランス戦などで財政逼迫していた王権がそれらを大量に土地市場に放出した結果、ノルマン征服以来の土地所有革命と言われた土地所有権の大移動を招来したことはよく知られている。一五三五年当時、英国には八〇〇以上の修道院があり、これらの修道院は英国全領土の約五分の一とも三分の一とも言われる土地を所有し、その年収は約一三万ポンド（二一世紀の貨幣に換算すると約二千万ポンド以上）に達していた。[3]放出されたこれらの土地財産が資本となり、英国経済は飛躍的に発達するが、土地を取得して新たな支配層として上級ジェントルマン階級（地主階級）に参入した者は、旧封建貴族に対抗する新貴族としてニューメン（新興人種）と呼ばれた。L・ストーンはエリザベス朝の行政を支配した一〇名の有力貴族のいずれもがヘンリー八世によって修道院領を与えられたニューメンであったと指摘しているが、[4]そのひとりがアーデンに修道院領地払い下げの許可を与えたサマセット公爵で、彼自身修道院領漁りで有名な人物であった。修道院領地払い下げによる土地市場沸騰は旧新勢力の交代を促し、英国を中世から近代初期へと大きく旋回させる契機のひとつとなったのである。

英国中世の封建社会において、土地はもっとも市場にもたらされにくいものであった。土地は半ば神聖視され農地を分割、売却あるいは抵当権を設定することは、家族の社会的地位を低下させることとして忌避された。地域共同体も土地が部外者の手に渡ることを嫌い、土地をできるだけ完全な形で次世代に継承させることを当然の前提としていた。だが地域行政機構の中で教育、救貧、施療、裁判など公益的役割を果たしてきた修道院の解散と領地の私人への再配分は、土地保有上の一大革命、すなわち共同体的、制限的、かつ公益考慮的保有から、近代的、私権的かつ絶対的な保有への決定的な変化をもたらした。土地を他の商品と同等に扱う広範に開かれた土地市場の出現が、それまでにすでに胎動しつつあった近代的経済的個人主義——絶対的私権と私利私欲の無拘束な発動——を明確に容認した結果、人々は狂熱的な土地取得競争へと駆り立てられたのである。

当時の英国は圧倒的に土地に基礎を置く農村社会であり、年収千ポンド以上、普通は数千ポンドの年収のある土地所有が支配層たるジェントルマンの必須の資格であった。土地は単なる資産以上の社会的地位の象徴であり、ジェントルマンの体面を保つには十分な土地所有による不労所得が絶対条件だったのである。階級は固定的ではなく、土地所有の如何によってつねに没落と上昇の変化に晒されていた。現存の家庭悲劇のほとんどすべてに土地という空間的テーマをめぐる確執が描かれていることが、一六世紀後半から一七世紀初頭の世相を伝えている。たとえば『二つの嘆かわしい悲劇』のジェントルマン、ファレリオは兄の遺産を奪うために甥を殺し、「兄の小作人はわたしに小作料を払い、わたしを地主と認めた」と狂喜する。『優しさで殺された女』のジェントルマン、サー・フランシス・アクトンは大切なものとして「土地、名誉、そして全世界」と土地を筆頭に挙げ、サー・チャールズ・マウントフォードは先祖伝来の土地を失って「家名がジェントルマンの名簿から抹殺されて、ただの田舎者になってしまう」ことを何よりも恐れている。『ヨークシャーの悲劇』のジェントルマンの主人公の没落は土地が抵当に入った時から始まるが、彼は「わたしの土地は満月のようにわたしの周りで輝いていたのに、今はその月は欠けて、やせて糸のように細くなってしまった。月が自分のものであったことを思うと気が狂いそうになる」と嘆いている。『エドモントンの魔女』は抵当に入っている父親の土地を救うために二重結婚に追い込まれる青年の悲劇であり、『婚約を破った女』は婚約者を捨てて土地持ちの老人に嫁いだ娘の悲劇である。

『フェヴァシャムのアーデン』でも、町全体を覆う脅迫観念めいた土地所有願望は、召使のマイケルや浮浪者ブラックウィルらの台詞に表れている。

マイケル　だって僕は兄さんを殺して
ボルトンの農場を自分のものにするつもりなんです。
一発ふりおろして殺《や》っちまえば家と土地が手に入るなら
誰だって殺《や》ってみるでしょう。

（二、一七二―七五）

ブラックウイル　なにぃ、二〇エンジェル金貨だって？
仲間のシェイクバッグと俺に二〇エンジェル金貨くれりゃ
あんたの親父だって殺《や》ってやるよ。
殺《や》れば親父さんの土地があんたのものになるっていうんなら。
シェイクバッグ　そう、あんたの母親、姉妹、兄弟、親戚ぜーんぶだって。

（二、八七―九二）

土地獲得のためなら親兄弟の殺害も辞さないという過激な台詞が、アーデンやその名も小地主を表すフランクリンはもとより、土地所有の可能性から最も遠い召使や無宿者に至るまで土地所有熱に浮かされていることを示している。L・カストによると、ケント州で修道院領地払い下げによる顕著な土地獲得者はトマス・チェイニーに次いで国会議員で法律家のエドワード・ノースであった。ノースは土地獲得のほか国王増収裁判所の財務職により、さらに二人の裕福な未亡人との結婚によって財をなした典型的なニューメンの一人であり、最初の結婚相手の未亡人アリス・スクワイアの連れ子が娘アリスであった。ノースは二度目の結婚の後、爵位士に叙せられ　五六四年に死亡したが、国会議員時代に雇っていたのが青年トマス・アーデンであった。有能な実務家であったアーデンはノースの元で国王増収裁判所でも働き、彼からニューマンとしての処世術を学んだに違いない。商才を見込まれたアーデンはノースの継娘アリスと結婚、多くのノース一族、たとえばロージャー・ノース（後に男爵）、サー・トマス・ノース（プルタークの翻訳者）、ウィリアム・サマセット伯爵などの縁者を得た。[5] アーデンの結婚がケント一帯の地域社会でどう受け止められていたかを小農グリーンの台詞が示している。

え、アーデンの奥様、あの根性曲がりの男が
そんなに邪険にあなたを扱っていいのでしょうか？　あなたのお生まれや、
ご立派なお知りあいの方々や、持参金などを有難く思わないで。
そうですとも、ケント中の人間があなたのお家柄とご身分を存じておりますのに。

（一、四八八―九一）

アーデンは「由緒正しいジェントルマン」であるとフランクリンに自負しているが、ホリンシェッドの『年代記』の編者の一人ジョン・ストウの手稿「ケントのフェヴァシャムで起きた恐ろしい殺人の話」にはアーデンの母親がノリッジで息子が嫌がるにも拘わらず物乞いをやめなかったという記述があり、[6] かなり貧しい出自が推定される。貧しいが頭のよい青年が役人の秘書から身を起こし、勤勉と努力と才覚を認められ、結婚により社会的上昇を果たしたが、旧修道院領の市場放出という時代の好機を捉え、土地獲得によってニューメンの一人に成り上がろうと志したのは当然の成り行きであった。

旧修道院領は主として一五三〇年代後半から一五四〇年代初頭にかけて払い下げられたが、土地を購入したのはD・アットウエルが指摘するように、旧封建貴族ではなく多くは法律家、会計士、商人、金融業者らの専門職や小ジェントリやヨーマンなどであった。旧封建貴族が土地管理による固定収入と結婚と相続による土地獲得に頼った

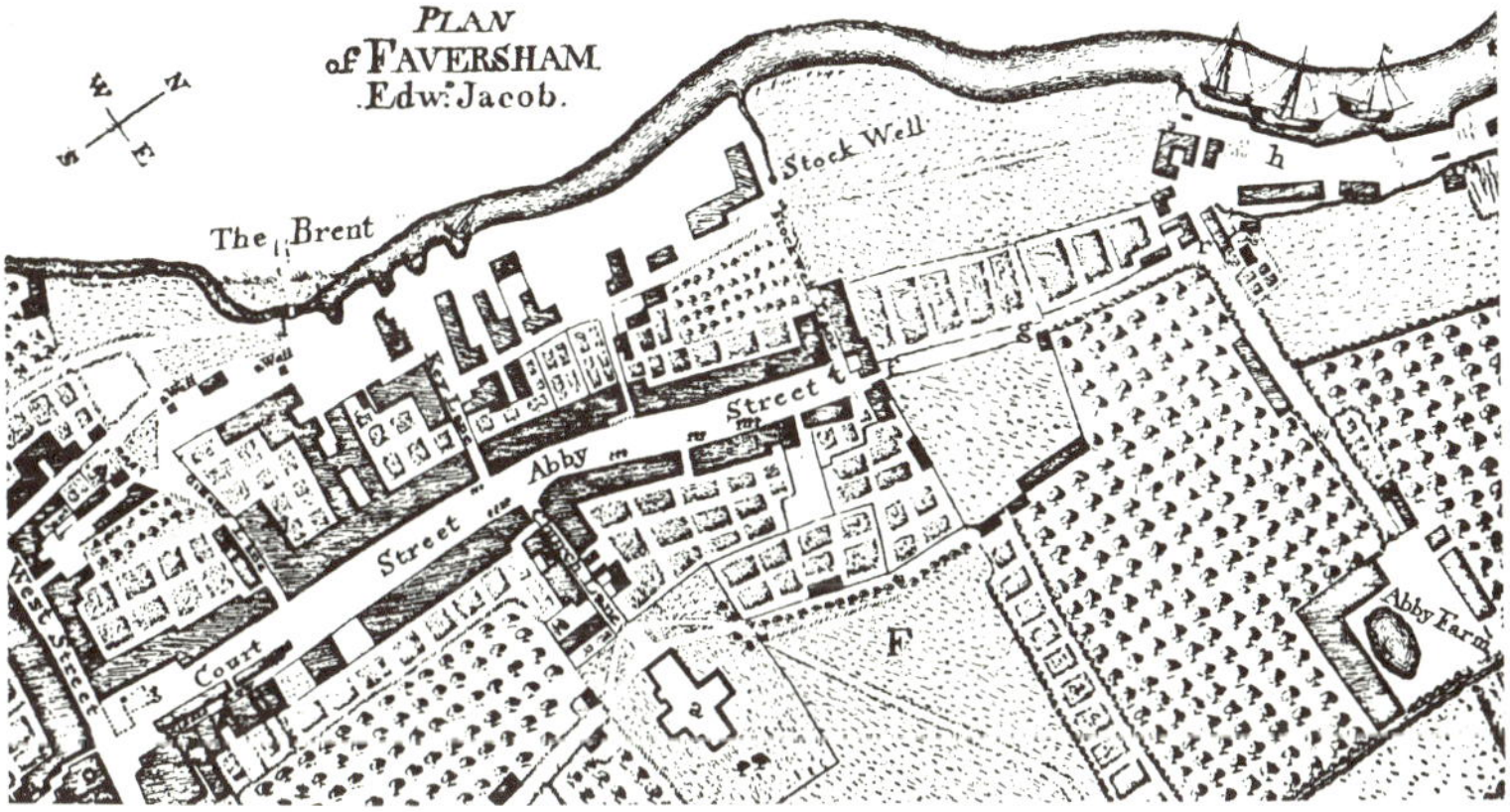

図１　フェヴァシャム略地図（エドワード・ジェイコブ『フェヴァシャム史』(1770) より）
Ｆ：アーデンの遺体が見つかった野原
ｈ：港

のに比して、法律家、商人、金融業者たちは、土地管理以外の生業の現金収入で購買力があった上に、土地獲得による社会的身分上昇への欲求が既存貴族より強烈だったからである。(7) アーデンは穀物、材木、土地などの売買を手がける商人で、国王増収裁判所や税関に勤め市参事会員や市長職も経験した役人でもあったから、修道院領地獲得に最も熱心な中級ジェントルマンの一人であった。アーデンは水夫のリードに修道院領の地権を「高い金を払って買った」と説明しているが、実際彼は資金捻出のためによく働く。早朝から港の荷降ろしに出かけ、労働を嫌う爵位士の娘である妻に「倹約家の夫は金貨を袋にいくつも貯めこんでいる」と半ば侮蔑の目を向けられるほどである。

フェヴァシャム（図１）は、一六世紀当時英国一裕福な州であると言われたケントの港町で、ロンドンという大消費都市から東に四七マイルという好立地からロンドンへの穀物供給地として栄えていた。フェヴァシャム名産の牡蠣はフラッシング（ブラックウィルはアーデン殺害後、牡蠣船に乗ってフラッシングに高跳びする）に輸出されていたから、アーデンが検査した積み荷の中身はロンドン向けの穀物のほかに、オランダ向けの牡蠣もあったかもしれない。劇中、フェヴァシャムの住民たちの台詞に頻出する四季、天候、農耕、草花、森、丘、狩猟、牧畜、小動物や昆虫などのイメージから、農業牧畜などを生業とする緑豊かな田園町の景観と生活が想像される。

最後のアーデン家の晩餐に「モズビー、フランクリン、ブラッドショー、アダム・ファウルさんをはじめ、その他の近所の方々や友人たち」が招待されていることからも窺えるように、人々は小農社会の共同体的なつきあいの中で暮している。彼らはケントの人間なら出自、職業から日常の行動まで熟知し、互いに観察と噂の対象にしている。アリスとモズビーの不倫は「ケント中の騎士やジェントルマンが食卓の噂話にしている」し、ブラックウィルは銀皿泥棒の容疑者としてただちにジャック・フィントンを特定するし、アーデン殺害後、夫の不在を主張するアリスに対して市長は「一時間前にご主人がこの家に入るのを見ました」「ご主人がこの家におられるという通報を受けています」と反証を挙げて捜査を強行する。「骨の髄まで覗き込む近所のひとたちの噂話」が示唆する緊密な人間関係と情報網は、互恵的であると同時に参加と同化を強制する相互監視システムとして機能している。

濃密な人間関係に閉ざされて暮す彼らにとって世界はフェヴァシャムとケント、そしてロンドンで完結しており、アリスが犯行後の逃亡地としてブラックウィルに勧める「スコットランドやウェールズ」でさえ治外法権の未知の世界である。だが、フェヴァシャムの東北部にロンドンに通じる水路が閉鎖社会の突破口のように開けていて、アーデンは満潮時のフェリーを利用して出かけてゆく。農業中心の静態的地域共同体から足しげく抜け出して水路商業都市ロンドンに赴くアーデンの姿は、ようやく活発になりつつあった商業資本のダイナミックな力を象徴しているように思われる。

事実アーデンは劇の題名で居住地をフェヴァシャムと特定されながら、ほとんど自宅に不在である。親友フランクリンと連れ立ってロンドンに出かけ、オルダスゲイト通り（当時オルダスゲイト通りは高官たちが邸宅を構えるファッショナブルな地域で、地主フランクリンの住まいとしてふさわしい場所であった）のフランクリンの家に泊まり帰ってくるという劇前半の円運動、そしてチェイニー卿の招待を受けてフランクリンと出立し、卿の城館のあるシェピー島に渡り、卿の城館（ショウローにあるその城館は、一五三二年に卿がヘンリー八世とアン・ブリンを接待したことのある由緒ある館である）で歓待を受けて戻ってくるという後半の円運動という二つの円運動の途上にあってアーデンはたえず動いている。二つの円環運動のうち前半のロンドン滞在はさまざまな商業活動を、後半のシェピー島訪問は劇中人物中最高位の爵位貴族チェイニー卿との接触を社会的上昇に役立てたい野心を表す。二つながらニューマンとしてのアーデンにとって不可欠の公的活動である。チェイニー卿の城館での「いろいろの話し合い」の一つは修道院領地譲渡の交渉であったのかも知れない。

アーデンが唯一自宅でくつろぐ機会、それは皮肉にも彼が晩餐のあとの西洋双六《バックギャモン》遊びの最中に、妻アリスとその愛人モズビー、彼らに雇われた殺し屋ブラックウィルらに襲われ、惨殺される最終場面なのだ。夏の晴れやかな早朝に始まる劇は、聖ポール寺院側廊のむんむんする雑踏やオルダスゲイト通りの屋敷の寒く暗い夜や、霧深い夕暮れの水路の薄暮を経て吹雪の夜の惨劇で終わる。その間時間の経過はほんの二、三日の出来事に感じられるが、季節は夏から冬に展開し、犯罪心理の深化とともに自然光とは違う明暗の変化が見られるなど、柔軟な心理的リアリズムが用いられている。

「今期法廷開期中はロンドンでわたしのところに泊まればいい」「今期の法廷開期中はずっとロンドンに滞在の予定だ」などの台詞から、アーデンが商用でロンドンに数カ月間滞在することが珍しいことではなかったことが分かる。だが、アーデンの頻繁な長期不在は家庭内秩序の空洞化を招く。「心配いりません。主人は留守ですから」と呟きながら妻アリスが夫の不在に乗じて、仕立屋上がりのモズビーとの不倫を『慈雨にうたれた雑草のように』繁茂させている家庭に、アーデンの居場所はない。

アーデン　家は居心地が悪い。あそこではくつろげないのだ。
フランクリン　じゃあ、ロンドンのわたしのところに泊まればいい。家には帰らないで。
アーデン　そうするとあの卑劣なモズビーがわたしの不在をいいことに

部屋を不当に占拠するのだ！

（四、二七―三〇）

修道院領地獲得のための経済活動による「不在」によって、「部屋」（家長として占めるべき場所、地位）と「寝台」（妻に対する性的専有権）をモズビーに奪われたアーデンは、更なる外での活動に逃避するしかない。劇中には明言されていないが、ホリンシェッドによると、アーデンとモズビーは同じくエドワード・ノースの元使用人であり、モズビーはアーデンを追う形でアリスの夫の地位を狙うのである。しかし、『年代記』が「妻の縁故から得られる利益」を失いたくないばかりに妻の不倫を黙認し、モズビーを家に招いたと記しているアーデンを、劇作家は妻を溺愛するあまりに「どんなことでもお前の好きにしたらいい」と気弱く呟く甘い夫に変更させている。それはアーデンを功利主義一辺倒の平板な性格として描くのを避けるためと、強欲地主として地域社会に対するアーデンの加害者ぶりと、家庭内で気の強い妻のいいなりになる彼の被害者ぶりとを対比させる狙いがあったのであろう。

修道院領地放出が単なる経済革命にとどまらず、いかに底深い変化を社会倫理全体にもたらしたかは、R・H・トーニーの『宗教と資本主義の興隆』に詳しい。土地市場の動向と個人主義の成長の関係を論じつつトーニーは、自然法は中世において経済上の私利に対する道義的制約の根拠として求められた神の命令を意味したが、一七世紀までに起きた革命的変化によって自然は人間の欲望を意味するようになり、自然権が私利に自由な活動を許すべきであるという主張のひとつの理由として当時伸長しつつあった個人主義に迎えられたと述べている。(8) 土地市場の自由化が容認した個人主義――個人は自分の欲望に対してなにものにも干渉されない絶対的権利を持つという近代的所有の観念――は家父長制的家庭倫理に束縛されていた女性たちの自我をも解放した。モズビーとの婚姻外恋愛の自由を主張するアリスは叫ぶ。

どうして夫はわたしたちの愛の収穫の山に無粋な鎌を突っ込むの、
夫といとしいあなたと何の関係があるの、
なぜ夫は自分自身を律しようとしているわたしを支配しようとするの？

（一〇、八三―八五）

これはローマ・ギルが「ニューウーマン」と呼んだ当時の自己主張の強い女性の声を代弁している。[9] ニューマンが公共性の高い修道院領を私物化したように、ニューウーマンも婚姻の社会的義務責任より自己の欲望を優先させる。「奥様は高貴な心を示していらっしゃる。嫌いな男と生きるくらいなら、生命をかけて愛する人と死んだほうがましだと」という絵師クラークの称賛は、情欲のために夫の死を画策するアリスのような欲望主義を容認する世論が一部にあったことを示している。アリスはエドワード・ノースの絶大な父権支配のもとにアーデンと結婚したが（劇中アーデン、アリス、モズビーの三人とマイケル、スーザン、クラークの三人は二つの相似形の三角関係として描かれ、スーザンの結婚を決定するのが本人の感情よりも兄モズビーの「許可」であることが、アリスの結婚もノースの「許可」により決定されたことを暗示する）、兄、父などの後見人の結婚「許可」は修道院領地をアーデンに払い下げた国王の「許可」と同じ“grant”の語である。女性を土地と同じ不動産とみなし、その処分を後見人の「許可」に任せるのが家父長制的結婚である。

オーリンによれば、ノースは実子の二男二女を裕福な未亡人や有力貴族と結婚させたが、継娘のアリスだけは雇い人と結婚させた。[10] ノースの支配を逃れ、夫不在の今、彼女は制度としての「結婚は言葉に過ぎない」「誓いは言葉、言葉は風、そして風は変わりやすいもの」、主体的に選んだ「情夫モズビーこそ至上の資格を持つ人」と主張する。しかし、アーデンには妻の主体的な自律願望が理解できない。彼は「わたしは自分の妻に対する権利を主張せざるをえない」（「権利」“mandate”の語は元来領土や植民地の委託統治を意味する。妻を領地なみの財産とみなし

図2　フェヴァシャムの修道院通りに現存するアーデンの家。1階手前角の居間でアーデンは殺害された。

支配しようとするアーデンの意識を表している）と主張して、妻を所有物として愛玩しようとして激しく拒否される。アーデンの死後、新旧二つの時代の境目を生きたニューマンにふさわしく中世のフェヴァシャム修道院の遺構の一部にハーフティンバーの新様式を継いだアーデン邸（その家屋敷は今も現地に現存している）（図2）からアリスの贅沢な衣装が夥しく出てきたことが、身分高い妻を己が勲章として美しく着飾らせて鑑賞しようとしたアーデンの意識を示唆している。

他の家庭悲劇の女性たちが不義密通に陥った瞬間、「あなたの言葉でわけの分からないものを考えさせられ、疑いと恐れの重荷を負ってしまった」（『美人への警告』）、「わたしは自分でもなんだか分からないことをやってしまった」（『優しさで殺された女』）、「わたしは自分自身を失ってしまってどこにいるのか分からない」（『婚約を破った女』）と、受身な戸惑いを見せるのに比して、アリスは自らの情欲を合法的婚姻より上位に置き、その行為が社会の倫理に反していることを承知の上で、「なにが起ころうと、覚悟はできています」（一、二一九）、「障害物はかならず取り除いてみせます」（一、一三八）と言い切る。アリスは、エリザベス朝初期家庭悲劇の弱い女性たちより一七世紀初頭の盛期悲劇群の、たとえばシェイクスピアのクレオパトラ、ウェブスターのヴィットリアやモルフィ公爵夫人、ボーモントとフレッチャーのイヴァドニなど、意志強固なヒロインたちの姉妹と言える。アリスをめぐる台詞にちりばめられた矛盾語法や暴力のイメージ（たとえば、巨大な城塞を地面に引き倒す小さな白い女の手、女の胸の鋼鉄の壁を破壊する甘い言葉、壁に炸裂する砲火のように心を木っ端みじんに打ち砕く溜息など）は体制転覆的なアリスの激しいエネルギーを示唆している。

しかし、アリスとモズビーは因習的婚姻制度に反抗して相思相愛を貫くロマンティックな恋人ではない。近代の恋人たちにヒロイックであることを許さないのだ。献身と自己犠牲を通して自己浄化と高揚を遂げる中世ロマンスの恋人たちと違って、アリスとモズビーは、自己愛と打算による疑心暗鬼の駆け引きに終始する。ホリンシェッドと劇はともに百合亭に滞在中のモズビーからアリスに絶縁状が届けられる場面を冒頭に置くが、劇作家はその後の二人の和解と二年間の同棲という『年代記』の記述を省略することで、二人の和合より確執と対立を強調する。モズビーは舞台に初登場するなり「向こうに行ってくれ。話しかけないでくれ」「俺を他人と思ってくれ」とアリスへの嫌悪反発を顕にしながら、彼女の夫になった場合に入手する財産とジェントルマン身分には異常に執着している。したがってアリスは夫の殺害計画を、ともすれば離反してゆくモズビーを我が身に引き留めておくための最大の武器にせざるを得ない。輝く星と化してモズビーの抱擁の天空をめぐるという美しい宇宙幻想は、アリスの自己愛から生まれた自己欺瞞の夢に過ぎない。

クリストファー・マーロウはすでに『ダイドウ・カルタゴの女王』(一五八七)で女王の恋愛幻想と男の現実的打算との対立を描いたが、ブルジョア社会形成期の『フェヴァシャムのアーデン』では、モズビーの「俺だけが自分自身の王様になれる」という肥大化したエゴイズムの打算に市場原理が導入される。彼は常にアリスとの関係で得られる「利益」「信用」「財産」「嫁資」「富」と「無価値の銅貨」「贋金」の損得計算に余念がない。C・ベルゼイの表現で言えば、「モズビーは経済的個人主義の世界の一部であり、悲劇は秩序の崩壊の例、つまり市場経済における契約による交換が旧い義務、旧いヒエラルキーに代わる時に必然的に生じる女性と財産の強奪なのだ」[11]。アーデンとの婚姻の忠誠と義務を廃棄したアリスは逆に今モズビーによって信義を廃棄され、代わって市場経済的交換価値を強奪されようとしている。一族の汚辱となった身分卑しい職人との醜聞におののくとともに、「生きて愛するの。愛なくしてなんの人生?」という恋愛至上主義をモズビーの打算に打ち砕かれて幻滅するアリスと、アリスの強烈な自己愛と強引さに恐怖と憎悪を覚え、彼女を知る以前の無垢と平安を哀惜しつつ、「喜びが住む場所を探そうとしてもそこへの道はわたしの後ろで垣根に閉ざされて（"hedged"の語が生垣で囲って野を塞いだエンクロージャーを連想させる）戻れない」と嘆くモズビー。二人は互いに疑念と嫌悪と恐怖を抱きながら、共犯者としての絆を強めてゆく。

ホック祝節月曜日に待ち伏せされ身代金を要求される旅人、鹿狩りの網で捕えられる獲物、そしてタオルで絡めとられ殺害される最後と三つの〝罠〟のイメージがアーデンに用いられているが、アリスもティシフォンの蛇のように締め付ける夫の抱擁から逃れようとして「モズビーの誘惑の言葉」に絡めとられ、モズビー自身も行き止まりの垣根を前に行き暮れている。三人とも意に反して三様の罠に落ちているのだ。とくにアリスとモズビーが行く手に不毛と破滅を予感しつつ、不可避な力に押されるようにアーデン殺害に向けて一歩また一歩と結束を固めてゆく過程を対象化して描く乾いた筆致に作者のリアリズムが冴える。

ブラックウィルの元朋友の金銀細工商ブラッドショーは「時代が変わったのだ」と言う。修道院解散は中世的秩序の断絶のひとつの象徴であった。歴史の持続性が断たれる時、言葉の持続的な信憑性を支えた相互信頼や責任感も失われる。発せられた途端にたちまち失効する言葉の軽さ、その場限りの約束の頼りなさ、人間の心の定めなさを誰よりも痛感しているのがアーデンとアリス自身である。アリスの心変わりを嘆くアーデンは、蜜月時代に妻と交わした甘美な会話を空しく思い出し（一、六〇―六五）、アリスは帰らぬ日の夫との愛の記憶を苦く振り返る。

以前は――それも大して昔じゃない気がするけど！
名誉の称号だろうが、殿様の命令だろうが
あなたをこのわたしの抱擁から引き離すことはできなかった。
でも、わたしの魅力が衰えたのか、それともあなたの気持ちが萎えたのか……

（一〇、一四―一七）

今では二人は心にもない世辞を交わし、アリスは夫との別れを惜しむかに装いつつその死を願い、おのが利益のためにマイケルとクラークを二枚舌で操作し、夫の非行の作り話で免責を図り、流血を豚の血、葡萄酒と言い偽るアーデンとの誓約を破ってアリスとの関係を絶たないモズビー、ロンドン滞在二カ月の予定をアリスには一カ月と安請け合いするフランクリン、保身のために扉の鍵、馬のひずめ、財布の嘘を繰り返すマイケル。この劇の主要人物はいずれもその場かぎりの言い逃れや虚言を弄して恥じない。ただ一人、社会の底辺を生きる殺し屋のブラックウィルだけが「ちぇ！　誓いなんぞ五百回だって破ったことがあらあ！」とほざきながら、「約束は約束だから」と度重なる挫折にもめげず、請け負ったアーデン殺しの仕事をやりとげようと頑張る姿が笑いを誘う。変わり身の速さを競う人物の中で、彼だけが「昔と変わらぬ名誉ある心を保っている」。「誓いは言葉、言葉は風、そして風は変わりやすいもの」というアリスの台詞には言い知れぬ虚無感が漂う。人物たちはフェヴァシャム小農共同体の旧来の緊密な人間関係に縛られているが、その関係性を保証していた忠誠、責務、言葉への信頼性は失われ、相互不信に苛まれつつ生きている。

修道院領地獲得のためのアーデンの不在は家庭内ヒエラルキーの転覆と混乱を招いたが、彼の土地取得は地域社会にも大きな傷痕を与える。モズビーは「今はあなたのものになったあの修道院跡地は以前に、サー・アントニーエイジャーに仕えるグリーンという男がわたしに譲ると言ったことのある土地です」と、土地の権利がいくらか自分にもあると言いたげな口調であるが、もっと激しい恨みをアーデン不在中にアリスにぶちまけるのが小農グリーンである。

ご主人はわたしをひどい目に遭わせなすった、
わたしのものであるわずかな土地を捩りとるなんて。
土地はわたしの命で

それだけが親からもらった財産だったのに
……
だが、あの人がわたしの土地を取り上げたのだと分かった以上、
あの人が富をかき集めようと気に病んでいる分、
こっちの生命なんて少しも惜しくない。
わたしからだと伝えてください。復讐してやるつもりだと。
修道院領地が元通りだったらよかったのにと、後悔させてやるんだ。

（一、七〇―七三、四七八―八二）

旧修道院領地の所有権の移動の際に、修道院がそれまで小作人に貸していた領地の貸借権が期限内であるにも拘わらず抹消されたり、地代の値上げによって借り続けることが不可能になったりして借地人の恨みを買うことは珍しくなかった。普通なら「我が身から土地を奪われた」というところを、「わたしのものである小さな土地からわが身が捩りとられた」という誇張法にグリーンの無念さが込められている。また「親から相続した」借地権を奪われたという彼の訴えは、修道院領をめぐる地域社会の権利関係と人間関係が、アーデンの土地買収によって破壊されたことを意味する。

アリスの「アーデンが生きている限りは」とわざと限定しての「以前のいかなる貸借関係も無効です」の言葉がグリーンの復讐心を掻き立てる。すかさずアリスは前金一〇ポンド、殺人の成功時の二〇ポンドと土地の貸借権の復活を条件に、グリーンにアーデン暗殺を請け負わせる。モズビーの功利主義に幻滅したアリスが、夫の命を売り払う契約を結ぶことで、彼女もまた経済的個人主義の一部であることを暴露する。彼女の自律願望が唯一実現したのが夫の殺害を決めた瞬間であるのも無惨である。グリーンの登場は、毒入り肖像画、十字架、朝粥などの殺人計

画が失敗に終った後であり、グリーンが引き受け、ブラックウィルとシェイクバッグの二人の殺し屋を前金一〇ポンド、成功時二〇ポンドの約束で雇い入れることで、アーデン殺しは俄かに現実味を帯びる。

ブラックウィルが「犬を盗んで一〇ポンドもらったことがあるのに人一人を殺して一〇ポンドか」（二、七五）とぼやくように、土地の価値は高騰しているのに人間の生命の値段は限りなく下落している。殺人や死を表す語が五〇回以上頻用されるこの劇で、「金さえくれりゃ、壁の方を向いて立ち小便しているところをブスッと殺《や》ってやらあ」というブラックウィルの台詞ほど人間の生命から一切の尊厳が剥奪された初期近代の唯物的社会の精神風景を直截に表現した言葉はない。劇の後半アーデンは「とがり耳の犬」、アリスは「蛇」、マイケルと絵師は骨を奪い合う「駄犬」、グリーンは針を持つ「蜂」に喩えられるのも、人物たちが精神を失って人間以下の存在に墜ちてゆくことの表れであろう。

しかし、アーデンが修道院領地を購入しなければグリーンの恨みを買うこともなく、暗殺計画は具体化されることはなかった。購入を後悔するであろうとのグリーンの予言は的中する。アーデンが不在でなければ、またアリスが協力者を求めていなければグリーンとアリスの契約は成立しなかった。複数の人物の思惑を巧みに交錯させることで、劇作家はアーデンの殺人計画の現実化という作中最大の劇的転換点を必然化すると同時に家庭と地域が連動していることを示唆するのである。グリーンの怨念は「フェヴァシャムのアーデンは修道院の土地の件でわたしを酷い目に遭わせたのだ。全く不当な扱いをしたのだ。どうしたって死をもって復讐するしかない」（二、九一―九三）と繰り返され、アーデンの死の不可避性を決定づける。

グリーンよりさらに強い土地に関する怨憎でアーデンに直訴するのが水夫のリードである。彼はアーデンの修道院領地買収によって、又貸ししていた領地内のわずかな土地の賃料を失い、寄る辺なき浮浪者の身に堕ちたと訴える。

あなたのところに来たのは、あなたが不当にも
あっしから奪いなさったちょっとばかりの土地のことでして、
貸し料なんてほんのわずかのものですが、
女房と餓鬼どもの助けにはなりまさあ。
奴らをないないづくしの素寒貧なままフェヴァシャムに残していくんで。
お願えだ、奴らに土地を返してやっておくんなさい！
（一三、一二―一七）

そして訴えが拒否されるとリードは恐ろしい呪詛の言葉を吐く。

あんたがわたしに渡さないあの地所が――
口にするだに悩ましい限りだが――
あんたに破滅をもたらしますように！
一番親しい友達に滅多切りにされ
打ち捨てられて驚愕した人々の視線に晒されればいいのだ
あんたかあんたの家族があの土地で災難に遭うとか
気が狂って呪われた命に終止符を打てばいいのだ。
（一三、三二―三八）

アーデンはリードの呪い通り、「一番親しい友達に滅多切りにされ、打ち捨てられて驚愕した人々の視線に晒され

る」死に方をする。自らを定住者として繋ぎとめる土地を失ったグリーンやリードはその日暮らしの日雇い労働者に、さらにはブラックウィルやシェイクバッグのような浮浪者群への参入を余儀なくされる。ブラックウィルとブラッドショーは英仏戦争の元兵隊仲間だが、前者は失業した帰還兵士として殺し屋稼業で日銭を稼ぐ浮浪者に身を落とし、後者は銀行の前身たる金銀細工商として今をときめいている。『フェヴァシャムのアーデン』は一田舎町の人物群の浮き沈みを通して流動化した階層社会を示唆するが、中でもアーデンの土地獲得とグリーンの土地喪失はジェントルマンの勃興とヨーマンの没落という一六世紀英国の最大の歴史的変化を裏づける具体例となっている。

M・ホワイトは、一六世紀当時の地主の強欲を諫めるパンフレットや祈禱書、たとえばロバート・クローリーのパンフレット『富への道：暴動防止法』（一五五〇）中の「良心のない人、神への恐れを欠いた人、神が存在しないかのように生きる人。すべてをわが手に握りしめたがる人間」はグリーンの言う「ご主人の気持ちの中で富への欲望は限りなくいつもがつがつ大口あけて利得を求めているのです」（一、四七四―七七）と酷似しているし、一五五三年に制定された「私的な祈禱のための指南書」中の「強欲なやりかたで家や土地の賃料を搾り取ったり値上げをしたりすることのないように」との地主への祈りの裏返しが、リードのアーデンへの呪詛と復讐の祈り（一三、四二―五三）であると指摘している。[12] 一六世紀末は地主の土地独占、地代値上げ、囲い込みなどで農民一揆が相次いだ時期であった。土地を独占してグリーンやリードが地権の返還を「いくらお願いしても、丁寧に頼んでも無駄で……石のように無慈悲な彼の胸には思いが届かない」ために、「宗教心が人一倍篤い」「非常に信心深い」グリーンさえ復讐を誓う。アーデンは、農民を暴動に追い込む強欲地主の一人として描かれている。

G・A・サリヴァンによれば、モラル・エコノミーが衰退した一六世紀後半から宮廷での官職漁りやロンドンでのビジネスのために在地での責任を放棄する不在地主が増え、ジェイムズ一世は「地主たちの在所で貧民が主人から受けている日常的な施しの救済が失われた」と嘆いたという。[13] 在地フェヴァシャムをよそにロンドンでビジネスに打ち込むアーデンの姿は新しい時代の不在地主のひとつの姿であろう。

ホリンシェッドによれば毎年フェヴァシャムの聖バレンタイン祭は修道院所有地と周囲の土地を利用して行われ、収益を修道院と住民が折半していたが、アーデンは収益を独占するために市長時代に祭りを自己所有の修道院跡地でのみ行ったために町民の怒りを買い、彼が殺されたのも祭りの夜であったという。劇中ではアーデンが祭りに出かけたという言及が二度なされ、その夜アーデンは殺される。「祭り」と聞いただけで、観客は伝え聞いたバレンタイン祭りをめぐるアーデンの利己的な行動を思い出したのかも知れない。

アーデンが正当な対価を支払った修道院領地購入は国家の「許可」や「勅許」で保証される合法的な行為であった。だが、社会の底辺を放浪する浮浪者ブラックウィルの視点では、それは暴力的な殺人に等しい。

そう、もし年中こんな仕事にありつけたら、殺しが職業になって、法に触れる危険なく殺せるわけだ—　ちぇ、おれはその殺し屋組合の役員になってやらあ—

（二、一〇八—〇九）

殺し屋が請け負う殺人は犯罪になるが、アーデンの強引な土地買占めは「法に触れない」。国営殺人組合の役員になりたいというブラックウィルの台詞は、地域住民の生存権を脅かす土地買占めを容認する国家権力への痛烈な皮肉となっている。

アーデンは経済活動によって不在家長、不在地主となって家庭と地域の中心を空位化し、妻、召使、小作人を監督支配する立場から逆に見張られる立場に転落する。鹿狩で小高い丘から獲物を「見張っていた」アーデンが、ふいに猟師から網をかけられ、「われわれが狙っている獲物はお前だ」と刀をつきつけられる夢が象徴するように、アーデンは周囲の全員から狙われる「獲物」になる（「獲物はお前だ」の台詞は最終場面のモズビーの「捕まえた」という殺人開始の合言葉と呼応する。そして猟師の網を示す“beguiling home”はアーデンを破滅させる彼の「家庭」

図３　トマス・アーデンの殺害図。『フェヴァシャムのアーデン』第三版（1633），表題頁の木版画（作者不詳）

やホームグラウンドとしてのフェヴァシャム地域社会を暗示する)。アーデンは、勇気や策によってではなく加害者たちの意図に完全に無知であるということによって危機を逃れ続け、シェイクバッグを「アーデン、あんたにはすばらしい神の加護がついている」と感嘆させる。しかしアーデンは「椅子」(エリザベス朝の家庭においてスツール型ではない背もたれのある椅子は通常一つしかなく家長のものであった)をモズビーに占拠され、客用のスツールに身を置いた瞬間、つまりモズビーと立場が逆転した瞬間殺される。「モズビー！　マイケル！　アリス！　お前たちは何をするのだ」(一四、二三)という叫びは客、召使、妻が家長である自分を殺害するという家庭内秩序転倒への驚愕と怒りの絶叫である(図３)。

彼の遺体が自宅の“counting room”(商取引の計算などを行う事務室)に置かれたのは、ニューマンとして損得計算に終始した彼の生き方にふさわしい。だがその計算はことごとくはずれ、彼は不名誉な死を与えられ、遺体は地域社会の怨念が染み込んだ修道院領地内に放置される。

> アーデンが殺されて倒れていた場所は、
> 彼が強制的に暴力でリードから奪った土地でありました。
> そして、草の上にはその体の跡がそのままくっきりと残り、

殺人が行われて二年以上もはっきりと見分けられたのでございます。

（エピログ、一〇―一三）

「彼が強制的に暴力でリードから奪った土地」という言い方は、エピログを語るフランクリンがそれまでのアーデンの親友かつ擁護者という立場から抜け出して、作者あるいは観客を代弁するコロス役として、アーデンの生涯の意味を総括していることを示す。そして遺体の形に二年以上草木が生えなかった荒地はアーデンの土地取得が公私の生活に刻印した修復不可能な傷痕と愛されることの絶えてなかった彼の生涯の不毛性を物語る。

『フェヴァシャムのアーデン』は修道院解散と土地市場の開放に反応する家庭と地域社会のドラマを描き、背後に激動する時代を暗示した。その結果、『年代記』に記録された田舎町の一家庭の殺人事件が、特殊な醜聞として片づけられることなく、一六世紀半ばの英国社会の本質を映し出す当時の現代劇となった。土地を買って上昇を図るアーデンのようなニューマンや、階層社会を底辺からはね返そうする出世主義者モズビーや、伝統的婚姻制度に抗して主体的自我を主張するアリスのようなニューウーマンの出現は時代的要請であり、三人の悲劇は崩壊する旧秩序に伴う犠牲であったとも言える。時流に乗ることをのみ目指したアーデンは、自らの行為の意味と影響を少しも理解しないまま死ぬ。モズビーが最後に、「あんたがプレス用アイロンのことでおれを侮辱したからだ」と叫びながら短剣を振るうのは、彼の殺人動機が恋愛よりもアーデンから受けた階級的侮辱への怨念であったことを示している。アリスの夫殺しは、君主に対する臣下の反逆罪に準じるとされ、彼女は絞首刑でなく生きながらの焚刑という極刑に処せられた。三人のありかたに一定の歴史的必然性を認めつつ、そのエゴイスティックな近代的個人主義が結果する災禍を強調し、解体する旧秩序を懐旧するドラマの展開に、中世から初期近代への時代の過渡期を生きた作者の両義的な視線が表れている。しかし、それまでの悲劇の王道であった王侯貴族の壮大な虚構の世界と訣別し、実事件に基づく市民階級の家庭悲劇というローアングルで、同時代の問題を虚飾なく描いた「この裸の悲劇」（エピログ、一四）は、近代リアリズム演劇のひとつの出発点となったのである。

注

（1）L.C.Orlin, *Private Matters and Public Culture in Post-Reformation England*, Cornell U.P., Ithaca and London,1994, p.29

（2）*L.Cust*, *"Arden of Faversham", Transactions of the Kent Archaeological Society*, Mychell Hughes & Clark, London, 1929, p.101

（3）A.Savine, "English Monasteries on the Eve of the Dissolution", *Oxford Studies in Social and Legal History*, ed. P.Vinogradoff, vol.i, 1909, p.100 quoted in R.H. Tawney, *Religion and the Rise of Capitalism*, Harcourt, Brace and Company, New York, 1926, p.308

（4）L.Stone, *The Crisis of the Aristocracy 1558-1641*, Abridged edition, Oxford U.P., Oxford, 1967, p.66

（5）Cust, p.102

（6）L.Wine, "Introduction" to *The Arden of Faversham*, The Revels Plays, Methuen, New York and London, 1973, p.xxxvi

（7）D.Atwell, "Property, Status, and the Subject in a Middle-Class Tragedy", *English Literary Renaissance*, 21, 1991, p.337

（8）R.H.Tawney, *Religion and the Rise of Capitalism*, Harcourt, Brace and Company, New York, 1926, pp.179-80

（9）Roma Gill, "Quaintly Done: A Reading of *The White Devil*", *Essays and Studies*, 19, 1966, p.59

（10）Orlin, pp.23-24

（11）C. Belsey, "Alice Arden's Crime" in *The Subject of Tragedy: Identity and Difference in Renaissance Drama*, 1985, pp.132-33

（12）M.White, "Introduction" to *The Arden of Faversham*, New Mermaids, A & C Black, London, 1990, pp.xvii-xviii.

Robert Crowley, *The Way to Wealth*, Early English Text Society Extra Series, No.XV, 1872, pp.129-50

（13）G. Sullivan, Jr., "Arden Lay Murdered in that Plot of Ground: Survey in the Land and *Arden of Faversham*", *ELH*, 61, 1994, pp.234-36

第3章　広間《ホール》の衰退——『優しさで殺された女』における田舎屋敷《カントリーハウス》

トマス・ヘイウッドの家庭悲劇『優しさで殺された女』（初演一六〇三年、初版一六〇七年）で、主筋の舞台となる田舎屋敷《カントリーハウス》（全一七場のうち一〇場が屋敷の場である）という空間は、主人公フランクフォードのライフスタイル、人間関係、心理や価値観を示す優れた代喩となり、副筋の土地・屋敷のテーマとも呼応して大きな役割を果たしている。田舎屋敷の内部構造はこの劇を読み解くひとつの鍵と言えるが、とくに、屋敷内での広間《ホール》のあり方はフランクフォードの生活感情を示唆して興味深い。

劇の冒頭、ヨークシャーの郷紳フランクフォードの田舎屋敷は館主の結婚の祝宴で沸いている。「荘園を三つも四つも持っている」裕福な地主フランクフォードは、名前が示唆するように（frank = free from anxiety, generous, *OED*）人つきあいのよい紳士で、その結婚を祝って大勢の客が集っている。客間《パーラー》では郷紳たちが笑いさざめきながら新郎新婦に新床の「シーツのゆさぶり」の踊りをすすめ、広間では、農民たちが日頃の厳しい労働を暗示する頑丈な重い鋲靴のまま、花やレースリボンで着飾った村娘たちと楽隊にあわせてジグステップを踏んでいる。

ほら、みんな浮かれて
水車小屋の馬みたいにがんばってぐるぐる回っているが……

明日になれば広間の床は連中の長靴で挽臼の表面みたいに穴ぼこだらけになってしまう…踊りの芸は下手だけど、
重い鋲靴でどたばた木床を踏みつけるのだから。

（一、八一―八二、八九―九〇）

台所《ヤード》でも召使たちが「乾草踊り」や「月曜日には肌着《スモック》をおつけ」などの田舎踊りで「おおいに盛り上がっている」。客間、広間、台所に分居する紳士《ジェントルメン》（地主階級）、農民、召使は一六世紀英国社会の基本的三身分であり、屋敷に集う人物構成は当時の社会構図の縮図と言える。やがて「広間に行きたまえ。行って客をもてなすんだ」というフランシスの掛け声で広間に赴いた領主フランクフォード夫妻を先頭に、郷紳たちと農民たちが輪になって踊る祝賀風景は、黄金時代再来かと思わせる荘園共同体の和合の至福を象徴する。台所の召使たちの踊りと歌も広間のそれと呼応して屋敷全体が祝祭的雰囲気に包まれる。しかし以後、劇中で広間が大勢の異階級の人間の和合的集合の場として使われることはない。

劇の進行に伴い、屋敷には広間、客間、台所のほかにウェンデルのような長期滞在型の食客用の部屋、クランウェルのような一時的な客人を泊める部屋、家族用食堂《ダイニングルーム》、控えの間《ドローイングルーム》、フランクフォードが一人物思いにふける書斎《スタディ》、アンの私室《プライベートチェンバー》、子供部屋、寝室《ベッドチェンバー》、召使たちが寝る部屋《ケネル》などが、外には、外門、内門、厩舎、広い野《フィールド》（畑）、醸造設備、地下の貯蔵庫《セラー》などがあることが分かる。この自給自足的な小田舎屋敷こそフランクフォードが愛してやまない小世界なのだ。

一般に田舎屋敷の内部は広間や客間などの公的空間と、家族や個人生活のための私的空間に分かれるが、歴史的には戦にそなえた王族や豪族が家臣を集めて住む要塞や城郭を起源とする田舎屋敷の中心は広間であり、そこから各機能を持つ部屋が独立分化して居住部分を形成していったのである。マイケル・トムソンが『中世の広間《ホール》・世俗

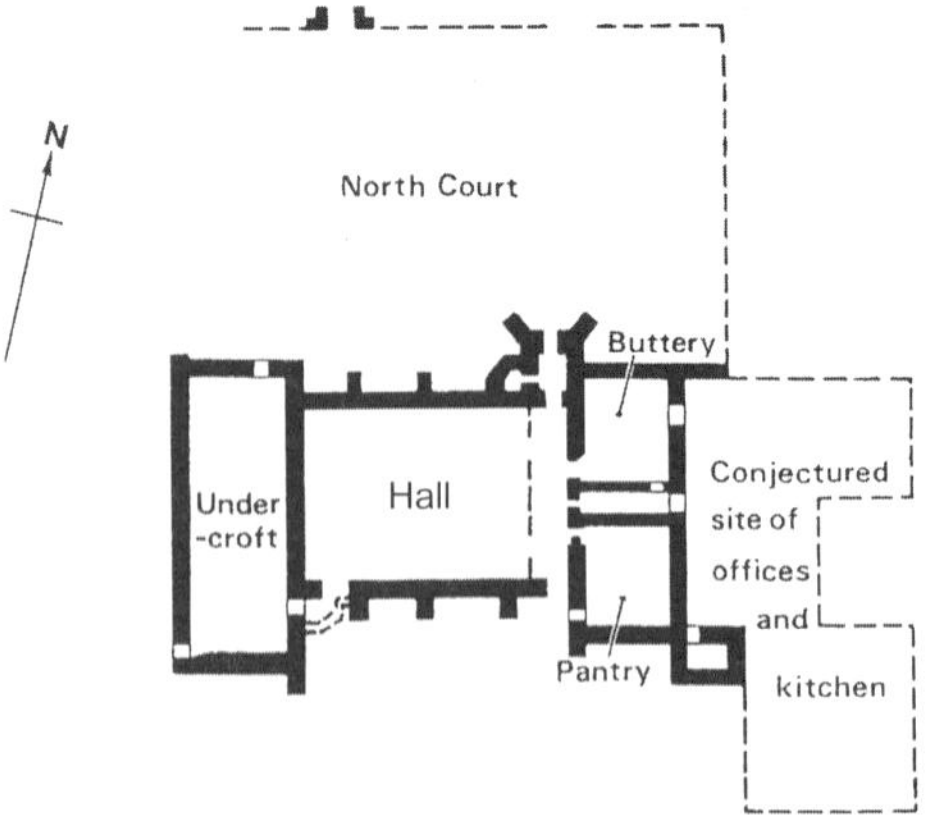

図1　ペンズハースト・プレイス，ケント，1341年頃

図2　ペンズハースト・プレイス，広間

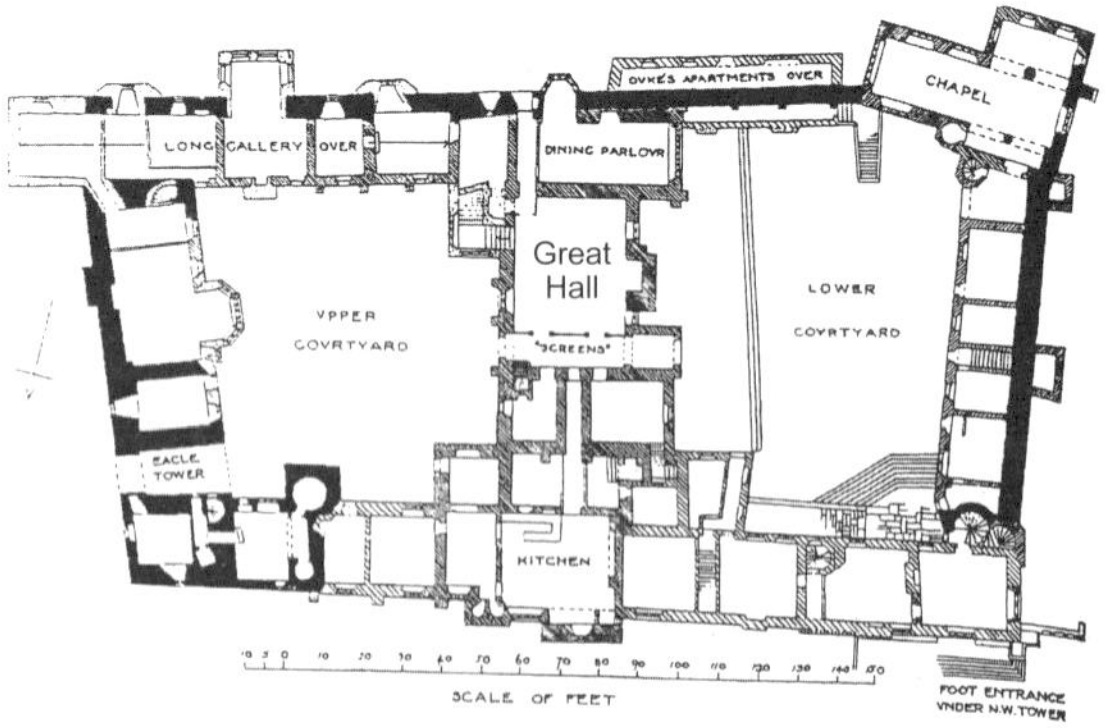

図3　ハドン・ホール，ダービシャー，1070年頃

図4　ハドン・ホール，広間

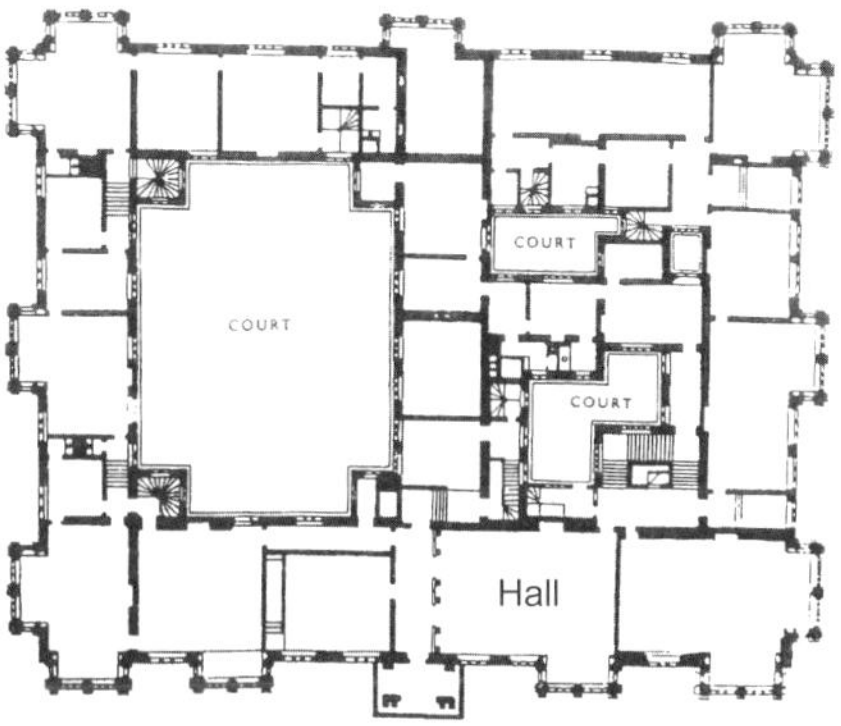

図5　ロングリート，ウィルトシャー，1572年

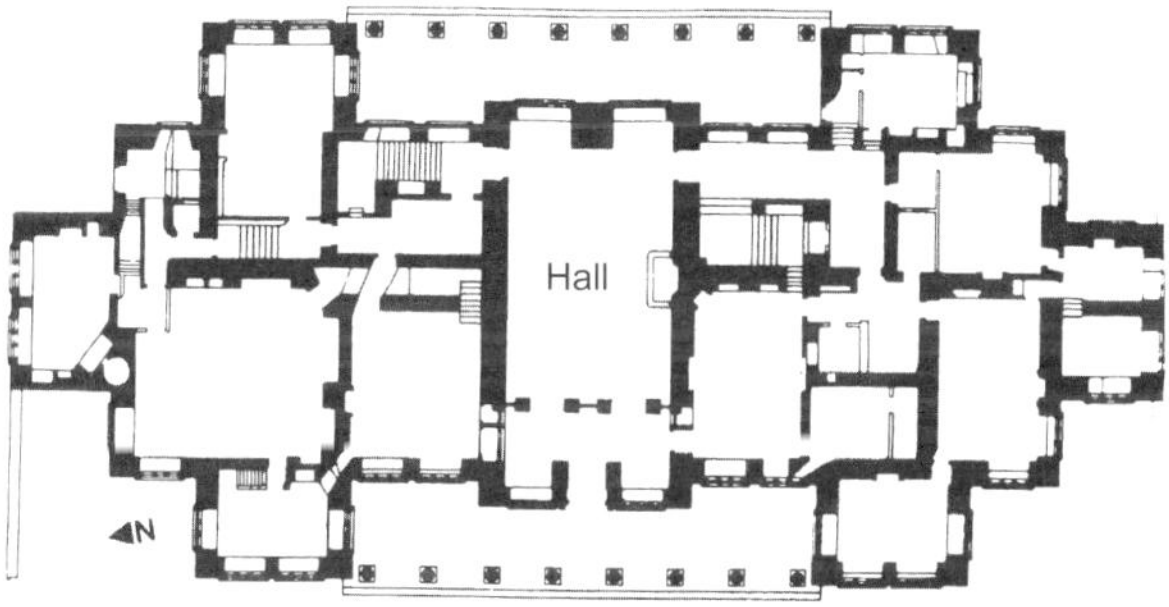

図6　ハードウィックホール，ダービシャー，1590－97年

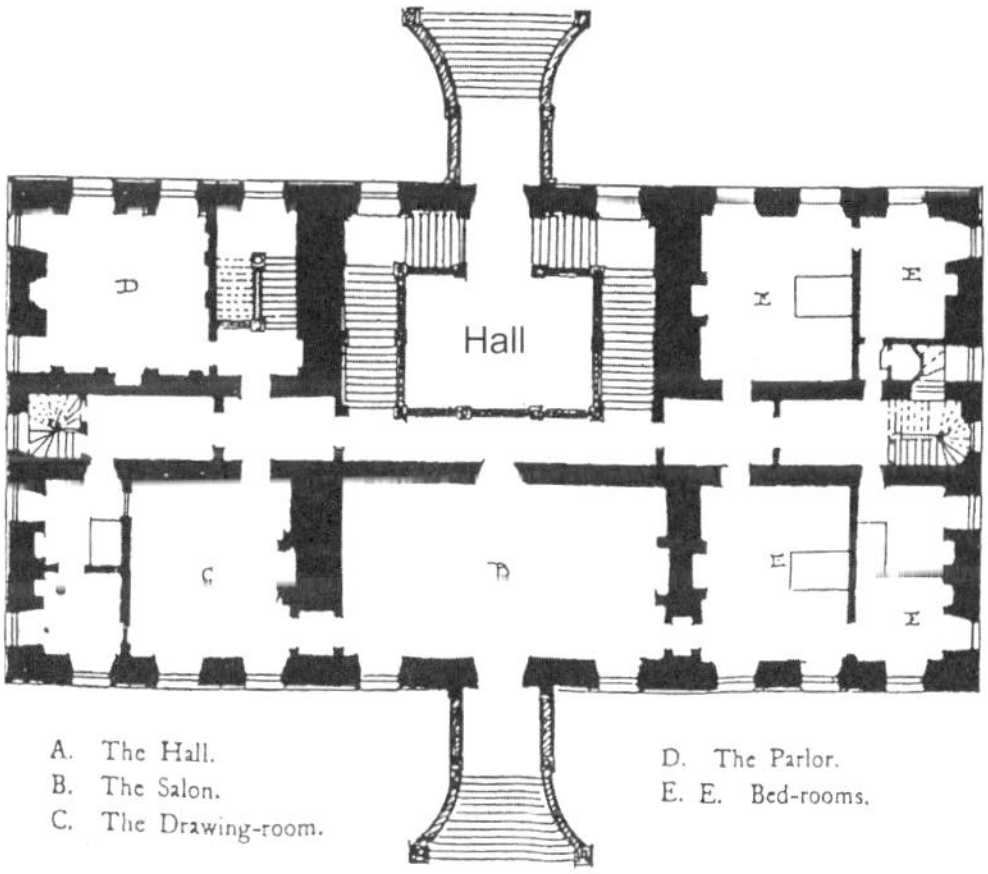

図7　コールヒル，バークシャー，1650年頃

的家庭生活の基盤六〇〇—一六〇〇年』で指摘しているが、八世紀初頭の英雄叙事詩『ベオウルフ』に「デンマーク王フローズガールは戦で勲を立て、酒宴のための広く立派な広間を建てることにした。人々はその広間のすばらしさを口々にほめたたえた」という一節があり、『ベオウルフ』も王権を象徴する大広間で歌い継がれるために作られたものであった。同じく八世紀のビードの『英国教会史』（七三一）にも人の一生を広間をよぎってゆく雀の飛行にたとえる記述があり、入口と出口の相対する二つの扉と中央に切られた炉という広間の原型がすでに八世紀に形成されていたことを示唆している。また、九世紀のウェールズ語で書かれた詩には「シンディランの広間は今夜は暗く、火も消え、寝床もない。わたしはしばらく涙を流し、その後は言葉もない。シンディランの広間……ああ胸がつぶれる。広間に天井なく、火なく、主君亡く、わたしだけが生きている」と広間の廃墟を前にした嘆きが詠われている。広間は家臣たちにとって主君への忠勤を示し、仲間とともに主君の恩顧に与るかけがえのない空間であり、広間からの追放は、生の意義の喪失を意味した。[1] ノルマン征服（一〇六六）後、ノルマン人の二階家の形式に倣って二階に二層吹き抜けの広間を配することもあった。一二世紀末から一四世紀中半頃が城や修道院や館における広間の建設の最盛期であり、騎士や家臣たちは病気や疲労以外の理由では広間外での食事が許されなかったほど、広間での会食は主君への帰属と忠誠を表現する不可欠の象徴的行為であった。[2]

一四世紀の伝統的な田舎屋敷、たとえばベン・ジョンソンが「その気前のよい食卓」をほめたたえたペンズハースト・プレイス（ケント、一三四一年頃建築。その後屋敷は増築された。図1・2）やハドン・ホール（ダービシャー、一〇七〇年頃から建築がはじまり、ペンズハーストより二、三〇年後に建築された広間を擁す。その後幾度かの増築は、中世の田舎屋敷建築の伸長の軌跡を示す。図3・4）などの広間は屋敷の主要部分を占め、領主、家族、使用人、客人たち、領民たちが食事、歓談、接客、舞踏、相談、告知、裁判などを共にした荘園共同体の中心的場所であった。一七世紀半ばの法学者ジョン・セルデンは『テーブル・トーク』（一六八九）で旧い広間を回顧して「広間は領主が食事をする場所であった。そうでなければなぜそんなに大きく作る必要があるのか？　そこで領主は周りに集う召使や郎党たちを見まわした。領主は病気の時以外は一人で食事をとらなかった。領主が蟄居したら彼の権威は損なわれてしまう。いや、国王だって広間で食事をとり、家臣たちがともに座すのだ。それでこそ国王は臣下たちを理解できるからだ」と述べている。(3) 広間は封建時代の主従の保護と忠誠、統一と結束の関係の確認の場であった。田舎屋敷の広間奥の一段と高いデイスのハイ・テーブルには主人が、執事とジェントルマン階級の上級使用人たちは右側に、施物を配る係や召使たちは左側に座し、食卓の残りものは門のところで待っている多くの貧者に与えられた。ハドン・ホールのように広間を心臓部として両翼に居住部分を抱いた有機的人体を思わせる構造の旧い田舎屋敷自体が地域社会の精神的、物質的支柱であったが、とりわけ屋敷の郎党、農民、近在の者客人、貧者、旅人などがひとしく与る広間の食卓は、荘園領主の〝もてなし《ホスピタリティ》〟と〝施し《チャリティ》〟と〝家政《ハウスキーピング》（統治）〟の表象であった。『優しさで殺された女』の冒頭の広間の祝賀風景を彷彿させるその和合の様を、田園詩人ロバートヘリックは「まるでサトゥルヌスの統治した黄金時代のように、笑いさざめきと陽気な気分が開放的な広間を満たした」と称揚した。(4)

しかし、L・C・オーリンが指摘するように一六世紀前半の宗教改革によって王権が没収した修道院領地が、役人、商人、ヨーマン、ジェントルマンらに払い下げられ（一五三六年の第一回修道院解散令発令後、没収地の管理運営にあたった国王増収裁判所《コート・オブ・オーグメンテイション》の局長に与えられた払い下げ許可《グラント》に続いて二二四件の許可が発令された）、(5) 土地成金（いわゆるニューメン）が続々と誕生するようになると、土地や領主館の公共性の観念は薄れ、土地家屋が個人の財力の証とみなされる風潮が強くなった。とくに、一五七〇年頃から一六四〇年頃、つまりエリザベス朝末期からジェイムズ朝にかけてのいわゆる「大建築時代《グレート・ビルディング・エイジ》」に建てられた新興の宮廷官吏たちの豪壮な田舎屋敷では、それまで間取りと機能の上で屋敷の中心的役割を担っていた広間は次第に縮小衰退してゆく。エリザベス朝後半に建てられた豪壮無比ないわゆる「怪物的邸宅《プロディジー・ハウス》」（ロングリート・ハウス、バーリ・ハウス、ウォラトン・ホール、ウィンブルドン、ティブルズなど）では広間の位置は片隅に押しやられ、機能的にも枢要な地位からはずされている（図5）。これらの大邸宅を建てた高位官職保持者たちは、ロンドンや宮廷での仕事に忙しい不在地主であり、住むためではなく自己の権勢を見せるために建てた屋敷は、ときに女王や王の一行を迎えて華々しく接待するための空間に過ぎなかった。戦乱の時代はすでに終わりを告げ、新しい田舎屋敷では外敵からの守りを重視した内向的構造より見せるための外向的な構造が好まれ、地元産の建材以外にも、大理石やガラスなどの贅沢な新建材が使われ、イタリアなど大陸の建築様式のシンメトリカルなファサードが多用された。旧い田舎屋敷の特徴であった屋敷と地域社会との絆は軽視され、個人の権勢が誇示された。イギリス最初の諷刺詩作家を自称するジョセフ・ホールは広壮な屋敷の「立派でまばゆい広間を見て期待しても」そこではすでに「もてなしの精神は死に絶えている」と揶揄した[6]。地域との連携から個人主義へ、無名性から独自のデザインへ、実用性から装飾性へ、水平性から垂直性へと田舎屋敷の目的と様式が変化したのである。同時に饗宴の場は広間から特別に設けられた二階のグレート・チェンバーに移り、一階広間は召使たちだけが食事をするところに格下げされ、ついには縮小されて居住性を失い、玄関や階段に直結して通過するだけの単なるエントランスホールとなってゆく（図6・7）。

『優しさで殺された女』の舞台である一六世紀後半の田舎屋敷でも、フランクフォード夫妻は日常的には客と広間でなく食堂で食事をとり客間で寛いでいる。「広間で召使どもの晩餐といこうじゃないか」（八、三）、「ニコラス、こんなところで何をしている。なぜ仲間と広間で食事をしないのか」（八、二三〜二四）などの台詞から、広間は普段は召使たちが食事をする所で、主人の婚礼のような特別の機会にのみ地域に解放され、歓待の場として使われていることが推察される。フランクフォード（彼は宮廷官吏でも爵位士でもなく単に旦那《マスター》と呼ばれる郷紳に過ぎない）の小規模田舎屋敷でも、家族生活の場としてプライヴァシーが重視され、広間は配置と機能の両面で屋敷の中心的地位を失って新興貴族の屋敷型へと移行している。かつて領主と家族と領民と召使たちが常時そこへ向かって集まった広間はその日常性と求心的な公的機能を失い、日常的には召使たちの専用、たまに領民に解放される場へと変化格下げされているのである。それは、館主フランクフォードの生活の主要部分が広間という公的空間から家族との私的領域に退いて個人主義的な色彩を強めていることを示している。劇の進行はフランクフォードの居場所が広間や客間から屋敷奥の最も私的で内的な空間である書斎や寝室へと退行、内閉してゆく過程でもある。

かつて荘園領主は、広間で領民たちをもてなし、相談にのり、地域のまとめ役をもって任じていた。気前のいいもてなしのために家産を傾けたペンズハーストの当主ロバート・シドニーは別としても、たとえば『カンタベリー物語』のプロログの郷紳（ソランクリン）は、広い土地を所有し美食を楽しむ一方で自己の身分の社会的責任を自覚して、州知事、会計検査官、巡回裁判所の議長を務め州を代表して議会に出たりするなど、地方公共のために尽力している。しかし、フランクフォードは婚礼の後たまに私的な客を迎える程度で公共への関心を示さず、「より重要な私用に忙殺されて」（一一、二九―三〇）、地主仲間の訴訟事件の調停役を辞退して屋敷内の家庭生活《ドメスティシティ》に専心している。劇中言及される三件の裁判（フランクフォードが急な外出の口実として考え出す架空の裁判とサー・チャールズの殺人と借金をめぐる裁判）は、この劇の地主階級《ジェントルメン》の関心が公益より自らの利害に集中していることを暗示している。小規模な核家族を営むフランクフォードには「この地方の紳士や淑女の方々」や「大勢の紳士や近所の仲のよいお友だち」とのつきあいも同類同士の社交に過ぎず、夫婦の社会生活《パブリック》の広がりのなさが「仲　間《コンパニオン》」としてのウェンデルへの異常な執着と不倫という不幸の遠因であるかに思われる。

その代わり、フランクフォード夫妻は屋敷内でたえず召使たちに囲まれ、観察され、評価され続けている。公的饗宴がしばしば開かれた大貴族の広壮な田舎屋敷では、召使専用の階段や別棟が設けられ、召使と家人や客人が接触する機会は少なくなっていったが、フランクフォードの屋敷では主人と召使たちは昔ながらの濃密な関係にある。ニコラスやジェンキンは屋敷を「われわれの家」（四、八九―九〇；六、一七八；一六、一一四）と呼び、自分たちを屋敷共同体の欠かせない成員と自覚し、主人を愛し、誇りをもって奉公している。ウェンデルが「人前で《パブリックリー》」食事をとるのはいやだと言い（一一、九一）、アンがウェンデルの求愛が「人　目《パブリック》につきすぎる」（一一、九二）と言うように、この屋敷では、公共性《パブリック》は召使たちの目に言動が晒されることの意に矮小化されている。直感的にウェンデルの悪魔性を見抜いてアンとの密通を発見して主人を教うニコラス、フランクフォードの振り上げた刀をアブラハムのイサク殺しを阻止した「天使のように」抑える女中、ウェンデルに「この家から退散してもらおう」と迫るジェンキン、そしてアンを「罪を犯すとはこのようなこと。自分の家にいながら恥ずかしくて召使たちの顔も見られない」（一三、一五一―五二）と嘆かせる召使たち。彼らは主人一家を見守り、批判し、導き、教育する役割まで担っている。食堂から客間に向かう途中でニコラスに呼び止められたフランクフォードは、彼を召使の居場所である広間に追いやることで主従の距離を教えようとするが、密告の真実を知った後は階級差を越えて彼だけを頼みとする。カードゲームの場面でもニコラスは守護聖人セント・ニコラスのごとく主人に寄り添って立つ。この劇で観客が共有する常識《ノーマリティー》と現実的な秩序感覚を発揮するのは道化役の召使たちであり、冒頭の広間で提示された和合的人間関係から逸脱して姦通、裏切り、暴力、殺人を犯すのは主筋副筋とも地主ジェントルマンたちである。

冒頭の祝宴以外に食事の場面が三回ある。食事は屋敷の生活秩序の中でも重要な地位を占め、食事の定刻が過ぎるとたちまち「夕食が少なくとも一時間は遅れている」との叱責の声が飛ぶ。食事の度ごとにトランペットやドラムの合図で広間の三つのドアが開けられ、給仕が列をなして一段と高いデイスのハイテーブルに座す主人一家と客と郎党をもてなしたペンズハーストの食事風景にはおよばないまでも、フランクフォードの屋敷では、厳守された時間に仕着せを着たジェンキンが、残り物を入れる容器、木のナイフ、塩、ナプキン類、テーブル掛、蠟燭などを持つ召使たちを従えて「さあ、隊伍を組んで行進し、軍隊のように退却しよう」（八、ト書）と指揮をとる食事は屋敷の神聖な儀式である。一六世紀後半の潤沢な消費財の普及とともに、食卓を飾る調度で社会的地位を誇示する傾向が強まり、意匠を凝らした塩入れ、テーブル、椅子、テーブル掛などが銀器とともに珍重された。儀式化された食事に象徴される豊かで秩序ある田舎屋敷の日常と「非のうちどころない飾り」（四、一二）としての妻の所有こそがフランクフォードの「この世での最高のしあわせ」（四、一三―一四）である。チャールズがアンを夫フランクフォードに「ぴったりのスーツ」「首を飾る金鎖」（一、五九：六四）と称し、彼女の資質《オーナメンツ》を「高貴な生まれ」、「君主の娘にふさわしい教育」、「あらゆる言語の習得」と「すべての弦楽器の才」などとカタログ化する台詞（一、五―二二）には妻を消費財の一部としてみなす中産階級の意識が表れている。

広間に代わる気に入りの書斎でフランクフォードがジェントルマン身分の我が身の幸を自賛する独白

なんとしあわせなことか。
余人は知らず、この俺はたとえ地位は高くなくとも
心は満ち足りている。
身分は紳士だし、家柄の点では
王侯にひけはとらぬ。立派に肩を並べられる。
紳士としての体面を維持するための収入も十分だ。
心の面を見ても俺はあらゆる学芸に通じ、思想は豊かだし、
時間も実り豊かに使ってきた。
だが、その上、この世の幸福の極致とも言えるもの、
美しく貞節で愛情こまやかな
妻を俺は持っている。
完璧で誠実で女の鑑とも言える妻だ。
もしも、この世にこれらすべてを自分のものにした真に
幸福な男がいるとすれば、この俺がそれだ。

（四、一―一四）

について、リック・バワーズは、頻用される "I" "my" の語や "companion" "possessed" "revenues" "sufficient" "proficient" "felicities" "ornament" などの多音節語が自己中心的で自己満足的な彼の心理を効果的に表現していると指摘している[7]。

ジェントルマン身分と蓄財と貞淑な妻という至福の三条件を数えあげる彼の独白の直後に、ウェンデルが性欲の象徴としての馬にまたがり泥と汗まみれで駆け込んでくる姿（四、二一―二五）は、穏和でピューリタン的な秩序感覚のフランクフォードと対照的な狂熱的情熱を強調する。ウェンデルはチャールズの殺人罪と投獄という重大情報を屋敷の主人に話す（鷹狩りではフランシス側につきながら、チャールズの不幸をいち早くフランクフォードに注進するウェンデルの態度にその定見のなさが表れている）前にすでにアンに話しており、フランクフォードは書斎に現れた（つまり彼の内面世界に踏み込んだ）二人を迎えて「なんの知らせだ、アン。なんの知らせです、ウェンデルさん」（四、三八）と遅れをとった対応をしている。これはフランクフォードの家父長としての権威の失墜と、彼の知らない情報を共有するウェンデルとアンの仲を予告する伏線となっている。そしてニコラスから二人の密通を知らされた時、フランクフォードは「夕食をすませたばかりでナプキンで服からパン屑を払いながら」（八、ト書）という最もくつろぎ満ち足りた姿である。安寧《セレニティ》シンドロームとでも言うべき彼の安楽生活志向が音を立てて崩れ落ちる瞬間である。

夫の留守中ウェンデルの激情に直面したアンは、初めて屋敷の「飾り」でない生身の女として求愛された衝撃に我知らず「罪の迷宮」（六、一六一）に迷い込むが、彼女の不義を確認した時フランクフォードがまず口にするのは「娯楽も、衣服も、装身具も、わたしの身分には過ぎるくらいに与えたのに」という裏切られた物的寛大さへの恨みである。ヘンズロウの『日記』の本作品に関する女性用黒ベルベット一着六ポンド一三シリングという記述が示唆するアンの異常に豪華な舞台衣裳は、モノを与えることを愛と錯覚したフランクフォードのフェティシズムの象徴であろう。彼は「貧しく金がないがよい家柄の」（四、三一―三三）ウェンデルにも「財布、召使、馬」（四、六五、七一）と「ヨークシャーの最良最上の人たちとつきあう特権」（六、三九―四〇）を与え親友として遇した。しかし、妻や友を得るために彼は自身の全人格ではなく所有物の一部を与えたに過ぎない。気前のよい贈り物を与える彼は、見返りが愛ではなく恩義と義務感に過ぎないことに気づかない。必要が満たされれば義務感は薄れる。彼は妻と友人にありあまるモノを与えたが、彼らの心を捉えることも、彼らの本質を理解することもできなかった。一方的な恩恵は受ける側の自律心を損なう。チャールズはフランシスの過大な恩恵を受けて「親切が重荷になって押しつぶされ、おれは頭をうなだれ魂は立って歩くことができない」（一四、六三―六四）と嘆き、借財の返済で自信を回復しようとする。ウェンデルもフランクフォードの過剰な厚遇によって失われた主体性の回復を裏切り行為によって図ろうとする。一七世紀当時すでに諺化していた“To kill with kindness（Tilley k51）”という矛盾語法には“誤ったあるいは過大な親切は相手に致命傷を与える”という含意、つまり“to destroy or fatally harm by mistaken and excessive kindness（*OED* 初出一五五八）”という含意がある。極言すれば、フランクフォードの過大な親切こそがウェンデルの背信行為とアンの死という破壊的結果を招いたとも言える。

劇中劇的な構造を持つカードゲームの場面では、二重の意味を持つゲーム用語の応酬が、三人の隠された関係を暴く。ウェンデルとアンはペアを組んで「汚い手を使い」、アンは「二つの情熱」を使い分け、ウェンデルは「扉の外に追い出されるべき悪党（ジャック）」であるのに、皮肉にもフランクフォードの方が「遅く帰って家から締め出されてしまう」「間抜け」（八、一三五：一四一：一四三：一四九：一六二）となる。やがてウェンデルはフランクフォードの故意の不在に乗じて「不在のフランクフォードに替わり実在のフランクフォードになり、主人として屋敷を支配し」（六、七五―七六）、「屋敷の最も芳醇な快楽」（一一、六四）であるアンの肉体を享受する。屋敷の私的領域の最深部のアンの私室へのウェンデルの侵入と、「さあ、奥に参りましょう」（一一、一一三）とのアンの誘いがウェンデルの最終的勝利とアンの完全な譲歩の表現となる。屋敷の構造が人物の心理的メタファーとして有効に使われている。

「もう寝てくれ」「寝室へ行ってくれ」「お休み」「先に行ってくれ、急いでベッドに行くから」「ベッドに入ろう、休まらないが」（八、二〇七—〇八：八、二二二、二二五、二二七）など寝室とベッドに関する台詞の多さが、活動的生より休息を好むフランクフォードの気質を示唆している。かつて田舎屋敷において、もっとも重要な空間は地域に開かれた大広間であったが、フランクフォードにとっての屋敷の聖域は広間の対極にあるもっとも私的な密室——安心して内面を吐露できる書斎と、妻と二人安穏の夢を紡ぐ寝室であった。繭《コクーン》のような生暖かく矮小な寝室に幸せを閉じ込めようとしたフランクフォードはいやおうなくそこから引きずり出されてしまったのだ。

悲劇のクライマックスは、自己の存在の基盤とも恃む屋敷から締め出されて深夜門外に立ち尽くすフランクフォードの孤影である。オーナーでありながら偽の鍵束を手に泥棒猫のように物陰にひそみ、闇に沈む我が家の黒いシルエットを窺うその姿は哀切である。

これが我が家の外門を開ける鍵だ、
これが広間の扉で、これが控えの間だ。
だが、これだ、我が恥辱への女衒をつとめる扉だ、
血をしたたらせる我が苦渋の想いの泉でも源でもある場所、
神聖なる婚姻の浄められた秩序とまことの契りが
冒瀆された部屋の鍵だ。
この鍵は汚されたわたしの寝室へと導く、
かつてはこの世の天国、いまでは地上の地獄、
熟れた罪が巣くうあの場所。

（一三、八—一六）

心やすまる屋敷の生活の至福の象徴であった寝室が一転、苦悩と罪の源泉となる。劇の冒頭の書斎でおのれの幸を数え上げた独白《モノローグ》の裏返しである門外の独白の中で、田舎屋敷は有情の人の形をして恥辱に身をよじり血の涙を流す。外門、広間、控えの間、寝室への推移は、フランクフォードが外的世界から自己の内奥へと向かう道程であり、ウェンデルによるアンの身体深部への侵犯の比喩とも平行する。門は女性性器、門の鍵を開けるは性行為のメタファーであり、ウェンデルはアンの口を「接吻でノックする逸楽の門」（六、一六一）と表現する。ウェンデルにとっての「逸楽の門」はフランクフォードにとっての「地獄の門」であり、戸締まりの役目を担わされて「こうしてだんだんに俺は女衒の役目に這い込むのだ」（一三、一二二）とつぶやくジェンキンは地獄の門番となる。「かつてはこの世の天国、いまでは地上の地獄」の台詞によって一家庭の情痴事件が至福の栖たる天国から原罪によって追放される人間共通の運命の表象ともなる。そしてフランクフォードが寝室の「最後の扉」を開けて眠る二人を見出した時、屋敷の最も美しい「飾り」であったアンは「家の汚点」（一三、一一九）に、「友」であったウェンデルは「ユダ」（八、一〇六：一三、七七：七八）「カイン」（一六、一一：一二七）に変身する。もっとも信頼していた二人に裏切られて「おお、なんということだ。行為を元に戻し、過去を取り戻すことさえできれば」と永久に失われた平安を哀惜するフランクフォードの叫びは痛切である。

しかし彼は全存在をかけて二人と対決することはしない。フランクフォードは聖なる避難所である「書斎に退いて」熟慮の結果、妻に「家」からの追放を宣し、ウェンデルの逃走を許す（以来外国にさまよい出て恥辱の噂が収まるのを待つというウェンデルは、同じくヘイウッド作の悲喜劇『英国人旅人』の主人公ジェラルダイン同様、在所に根付くことなく諸国遍歴する無責任なジェントルマン蕩児の典型だが、衰弱死を強要されるアンに比して甘い処遇を受けている）。W・F・マクネイアによれば本劇の主筋の材源はW・ペインター編『快楽の宮殿』（一五六六の妻の不義に残虐な復讐をするイタリア人の話ではなく、主としてG・ギャスコイン原作、R・グリーン翻案の『ある英国人娼婦の改心』（一五九二）の不倫妻とその愛人を悔い改めさせ仲良く暮らした夫の和解話であるという(8)

しかし、フランクフォードがアンと和解するのはアンの衰弱死が決定してからである。彼がアンに暴力による死でなく、追放と隔離による心理的な屈辱と未来の否定という事実上の死刑を与えることが真の「優しさ」と言えるのか。妻を「優しさで殺す」という措置を宣言した瞬間、処罰の残酷さを感じとったコロス役のクランウェルは思わず「フランクフォードさん！」と驚愕の声を上げている。アンに所持品一切を持ち去るように命じるフランクフォードにとって、「家」の秩序の回復の方が、アン喪失の痛手より大事であるかに見える。アンが去った後もその痕跡が残っていないか一部屋ごとに点検し回る行為に「家の汚れ」から屋敷を守ろうとする彼の偏執狂的執念が感じられる。

田舎屋敷はフランクフォードの人格のメタファーとして人間化されているが、チャールズに唯一残された先祖伝来の土地と別荘「快楽の家」（五、四六）も、三百年間犯されたことのない純潔の処女として擬人化されている（七、二三）。その所有地の処女性を死守するためにチャールズは妹の処女性と生命を犠牲にすることをあえて辞さず、フランシスはチャールズのその決意を「名誉ある考え」（一四、一四〇）と称揚している。チャールズ、フランシス、シャフトンらの土地をめぐる確執は、主筋のフランクフォードの屋敷への執着の背景にある中産階級固有の異常なまでの土地所有欲を拡大戯画化したものと言える。土地所有こそが社会階級階位内の地位獲得の要であった当時、六代三百年に及ぶ努力によって「モグラ塚のようにささやかなものから山のような広大な土地に増やし」（七、一五一二〇）、家紋を許されるジェントルマン身分となったチャールズ一族の領地形成の歴史は、フランクフォードやフランシスも含めた劇中の地主たちの荘園形成の典型的過程であろう。だが、没落して無宿のジェントルマンのウェンデルや、鷹狩りによる殺人や裁判で先祖伝来の土地屋敷を失い「ただの田舎者になること」（五、八）をひたすら懼れるチャールズや、チャールズのわずかに残された土地を奪おうと図るシャフトンや、屋敷をあやうくウェンデルに乗っ取られそうになるフランクフォードの例からも窺われるように、領地は固定したものでなく、つねに損失やさらなる獲得の可能性を含む流動的なものであったから、土地財産の継承、維持、拡張の責務はかれらにとって強迫観念と化した。

この劇の成功は住む人の精神の宿りとしての屋敷の構造を作劇術の中心に置いた点にある。フランクフォードの田舎屋敷における広間の衰退は中世的封建的荘園共同体の解体と、モラルエコノミーの衰弱を意味した。フランクフォードが破産したチャールズの窮状に「友人たちは冷たいであろう」（四、六〇）と予測するように、共助連帯精神の薄れた近代的個人主義的経済意識の中で、彼らは「自己の利益と快楽」（五、五三）の追求に専心し、他者への感情移入と自分自身への想像力を失っている。大切な屋敷を流血で汚さないために妻の追放という措置をとるフランクフォードの「優しさ」（一三、一五七）と、先祖伝来の土地を守るために妹の貞操を売る決意をするチャールズの借金を肩代わりすることでスーザンの愛を買うというフランシスの「奇妙な優しさ」（一一、一一九）とが呼応する。「優しさ」の語に作者がどれほど意識的にアイロニーを込めているかは即断できないが、その語に近代初期中産階級の心理的微温性、打算性、退行性、幼見性と矮小性が読み取れる。しかし盛期エリザベス朝悲劇の巨大悲壮な情念に比していかにも卑小なそのエトスの表出にこそ本劇の持つ優れた現代性がある。公共に開かれた広間より書斎と寝室という私的空間に引きこもる「優しい」一紳士の悲劇を田舎屋敷のヴィヴィドな日常描写を通して語るという「ささやかな主題」によって、現代に通ずる中産階級の土地屋敷への執着とエゴイスティックな安定生活志向《セレニティー・シンドローム》の陥穽を鮮やかに浮き彫りにした点で、プロローグの「小枝が柱となり」「不毛の舞台が広大な山野に」「小川が大海に」なるようにと願う作者の野心は満たされていると言える。

注

（1）Michael Thompson, *The Medieval Hall: The Basis of Secular Domestic Life, 600-1600 AD*, Scolar Press, Aldershot, 1995, pp. 11-12.

（2）Thompson., p.116

（3）William A. McClung, *The Country House in English Renaissance Poetry*, University of Califormea Press, Berkley, 1977, p.33.

（4）McClung., pp.105-6.

(5) Lena Cowen Orlin, "Man's House as His Castle in *Arden of Feversham*", *Medieval and Renaissance Drama in England*, 2, 1985, p.59.
(6) McClung, p. 43.
(7) Rick Bowers, "*A Woman Killed with Kindness*: Plausibility on a Smaller Scale", *Studies English Literature*, 24, 1984, p.296
(8) Wald F. McNeir, "Heywood's Sources for the Main Plot of *A Woman Killed with Kindness*", *Studies in the English Renaissance Drama: In Memory of Karl Julius Holzknecht*, ed. Josephine W. Bennett, New York U.P., 1959, pp.189-211.

第2部

劇場的都市ロンドン

第4章　ベン・ジョンソンとロンドン

面白かろうが、退屈だろうが、
この喜劇をひたすらシティのために捧げる。

（『東行きだよ』プロローグ、一三－一四）

ロンドンよ、この道徳劇の中に、
お前の砂時計が回転するさまを見よ。

（『東行きだよ』五、五、二〇五－〇六）

ここには輸入したものは何もないかもしれないが、
貴婦人、貴人、騎士、郷紳、
侍女、女房、
ホワイトフライヤーズの男女のための価値あるものがある。

（『エピシーン』第一プロログ、二一－二四）

我が場面はロンドン、なぜなら我が国の歓楽ほど楽しいものは、
よその国では見られないし、
この風土には、どこよりも面白いことどもが生まれるから。
娼婦、女衒、田舎紳士、ペテン師、その他、沢山の人間たちがやっていることを、
今仮りに気質《ヒューモア》と呼ぶが、それこそ、
舞台で活躍してくれる主役であり、
喜劇作家の怒りや諷刺の対象になってきたものなのだ。

（『錬金術師』プロログ、五―一一）

この劇の言葉は、スミスフィールドの屋台店、そこらで売れるブタのおじやの下品な味がする。

（『バーソロミューの市』序劇、一五〇―五二）

＊

ベン・ジョンソンの喜劇中、ロンドンという都市空間を舞台にしているのは、『十人十色』（初版一五九八）、『東行きだよ』（チャップマンとマーストンとの合作、初版一六〇五）、『エピシーン、または無口な女』（初演一六〇九）、『錬金術師』（初演一六一〇）、『バーソロミューの市』（初演一六一四）、『悪魔はまぬけ、または騙されたペテン師』（以下『悪魔はまぬけ』と記す）（初演一六一六）、『新聞屋』（初演一六二五）、『磁気の女、または和解した気質《ヒューモア》』（初演一六三二）などである。代表作『ヴォルポーニ』（初演一六〇六）の舞台はヴェニスであるが、内容的には一連のロンドン喜劇の延長線にあり集大成でもある。

ジョンソンは、一五七二年（または七三年）にロンドン市内（か、ごく近く）に生まれて、一六三七年に死ぬまで生涯のほとんどをロンドンで過ごした。外国に行った経験と言えば、一五九一年頃（一八、九歳頃）、フランダースで、スペイン軍と戦っていた英国軍に身を投じたこと、一六一二―一三年に、サー・ウォーター・ローリーの令息の家庭教師として大陸に遊んだこと、一六一八―一九年にスコットランドへ徒歩旅行をしたことぐらいである。彼は一生の大半を過ごしたロンドンに強烈な愛情と憎悪で縛りつけられていた。ロンドンの喜怒哀楽、それはジョンソンが最初から知っていた世界であり、社会であり、共同体であり、そこで生起することどもは、すべて彼にとって自家薬籠中どころか、それこそ大脳皮質のもっとも古いあたり、識閾下の領域に組み込まれ、しっかり彼自身の一部分になっていた。

全盛期のジョンソンは、戯曲、仮面劇、詩、批評などでロンドン文壇の大御所として君臨し、学識を誇り睥睨するジョンソンを評して、チャップマンは皮肉まじりに「偉大なベンよ、あなたは天に動かぬ恒星のようにあらゆる人の称讃を浴びて人々を動かしている」と書いた(1)。ブレッド通りとフライディ通りの間にあった「人魚亭」や、フリート通りの「悪魔と聖ダンスタン亭」の一室であるアポロの部屋には、彼を囲んで、ジョン・ダン、ロバート・コットン、クリストファー・ブルック、ジョン・ホスキンズ、リチャード・マーティン、イニゴ・ジョーンズ、ウィリアム・ヘイクウィル、ジョン・ボンドなど、文学者、古物研究家、法律家、下院議員、舞台演出家などを含む知的エリートたちのアカデミーが形成されたという。『悪魔はまぬけ』の中で、道楽のあまり一文無しになり、外套まで質入れしてしまったと嘆く若者を諌める台詞がある。

しょっ中お前にも言ったじゃあないか、
緋の服やら金のレース、カットワークをほどこした高価な服のせいだよ。
立派な靴下には、満開のバラ形のリボンをつけて、食べ物ときた日にゃ、このロンドンで、キジとかシギなど珍奇なものばかり！
「地球座」や「人魚亭」には通いづめ、お偉方たちにぴったりとくっついて、
テーブルに座りこみ、
ベルベットづくめで、淫らな話に花を咲かせる。

（『悪魔はまぬけ』三、三、二二―二八）

こうした若者の姿は、その頃ジョンソンが、身近に見たであろうし、彼自身の生活もそれに劣らず派手やかなものであったに違いない。

当時のロンドンは、一五七六年にアントワープがスペインに破壊されて以来、それに代わる商業都市として、とくにヨーロッパの金融の中心として活況を呈していた。世紀末にロンドンの人口は一二万を超え、狭く入りくんだ道に人々はひしめき、馬車が埃を立ててゆきかった。喧騒をきわめた雑踏には、商人、金融業者、遠洋航海の船乗り、株式投機人、詐欺師、曲芸師から女衒、すりまで入り混じっていた。ジョンソンにとっては、きらびやかな廷臣、紳士、勤勉な商人、徒弟のみならず、街にあふれる「油ぎって酔っぱらって汗臭くって、薄汚れて、ぼろ着をまとってしみだらけの口ぎたなくののしる群衆」（『悪魔はまぬけ』）も、彼がよくその実体を知って、自分の身に染みこんだ実感のあるロンドンの風景であった。六〇余年にわたってロンドンに深く根を下ろしたジョンソンは、がっしりした体躯からほとばしる精力、猛々しいまでに攻撃的な精神、煮えたぎる創作意欲に物言わせて、ロンドン生活の明暗をグロテスクでオリジナルな詩的イメージに結晶させた。彼の欠点は、人物への愛情ある共感と感情移入が稀薄な点であるが、対象をつき放して観察する諷刺喜劇では、それが逆に最大の強みとなって、乾いて硬質な、稀有な喜劇が次々に生み出された。

ジョンソンが自信をもって世に問うたローマ悲劇『シジェイナス』（初演一六〇三）、『キャティライン』（初演一六

一一）、文学上の敵に悪口を浴びせかけた『へぼ詩人』（初演一六〇一）、官廷生活を諷刺した『気質直し』（初演一五九九）や『シンシアの宴』（出版一六〇一）、イニゴ・ジョーンズと組んでジェイムズ王のために描いた数多くの仮面劇などは、今日専門的な読者以外にはあまり顧みられないが、彼のロンドン喜劇は近年ますます評価が高まっている。そして、これらの傑作喜劇はロンドンという巨大な挺子があって初めて生み出されたのだった。

都会生活の社会的現実を、フィジカルでリアリスティックな手法で描く諷刺文学の伝統は、ローマのホラティウスやユウエナリスを開祖とするローマ様式（ローマ社会の物欲と権勢欲を笑う作風）の諷刺の中に見出される。ユウエナリスの「第三諷刺」（『ローマ』一〇〇—一三〇）の翻案は、ボワローの『パリの雑踏』（一六六〇—六）から、ジョン・オールダム（一六八二）や、ジョン・ドライデン（一六九三）の翻訳を経て、サミュエル・ジョンソンの『ロンドン』（一七三〇）や、ジョン・ゲイの『トリヴィア、あるいはロンドンの街を歩く方法』（一七一六）へと引き継がれたが、ジョンソンのロンドン喜劇もこの伝統の中に捉えることができる。ローマ様式の諷刺において、神話ロマンス、悲劇的な英雄物語、牧歌的な理想郷、外国の珍しい話、王侯貴族の運命などの主題は影をひそめ、当たり前の市井の人間の日常生活が描かれる。

コーラスがあなた方を、大海原を越えてよその国に連れてゆきはしない。
玉座が大音響と共にくずれおちて、少年たちを喜ばすこともしない。
目にも止まらぬ速さで天にかけのぼる花火が、
貴婦人方をこわがらせることもないし
嵐の接近を知らせるドラムが轟くこともない。
そうではなくて、人々が毎日したり言ったりしている行為や言葉、
そして喜劇が人間の犯罪ではなくて、愚行をからかい、

時代の像を示そうとする時に選ぶ
人物が描かれるのだ。

（『十人十色』プロログ、一五―二三）

ジョンソンは『磁気の女』の序劇、あるいはコロスの中で、自己の三〇年に及ぶ喜劇創作の歴史を振り返っているが、それによると『十人十色』に始まり『磁気の女』で輪を閉じる彼の喜劇「サイクル」はすべて、一七世紀初頭のロンドンの「世間の人々の近頃の気質《ヒューモア》と風俗《マナー》」を描いたものなのだ。それらはヒーローのいない都市生活の日常を描いてどれほどゆたかで力強い作品ができるかという一つの可能性を示しており、ジョンソンの後に続くシャーリー、コングリーヴ、ウィッチャリなど同じくロンドンを舞台とした風俗喜劇《コメディー・オヴ・マナーズ》を予告しながら、苛烈な諷刺精神において、これらの軽妙で逸楽頽廃に流れる王政復古時代の喜劇《レストレーション・コメディー》とは断然一線を画するのである。

まず、ロンドン地図（図1、サグデンの地誌辞典[2]やアガスの木版ロンドン地図[3]などを参考に作成）を参考に当時のシティを鳥瞰していかにジョンソンの世界が、当時のロンドンに密着していたかを見よう。西の方から見ると、ウェストミンスターと言えばジョンソンの母親は、夫の死後ウェストミンスターの煉瓦職人と結婚し、少年ジョンソンは、チェアリング・クロス近くのハーツ・ホーン小路に住んで、継父の職を継ぐべく育てられたが、燃えるような向学心をウェストミンスター学校の恩師ウィリアム・キャムデン（英国地誌『ブリタニア』（一五八六）やエリザベス朝の『年代記』（一六一五）などを著した歴史家）から古典の手ほどきを受けることでかろうじて満たしていた。

ウェストミンスター・ホールは人が集まるゴシップセンターなので『新聞屋』のボス、シンバルは、ウェストミンスター、王立取引所、ポールの側廊と宮廷の四カ所にそれぞれ「特派員《エミサリー》」を派遣して巷間のニュースを集めさせている。放蕩息子のペニイ・ボーイに父親の死（本当は死んでいないのだが）によって莫大な遺産がころがりこんだというビッグ・ニュースを聞きこんできたのはウェストミンスターの特派員であった。

ストランド通り南の新王立取引所（一六〇九年オープン）は、コーンヒルの旧取引所と共に、ロンドンの経済拠点で、店が立ち並ぶ買物の中心地であった。東洋からの珍奇な輸入品を並べた「中華店《チャイナ・ハウス》」には、『エピシーン』のマダム・ホーティやセントールら貴婦人たちが、四頭立て、六頭立ての馬車で乗りつける。キャプテン・オターも尻に敷くオター夫人もこうした「中華店」の女主人である。派手好みの騎士アモラス・ラ・フールは、ストランド通りに美しい家を持っていて、そこで芝居、宴会、大勢の客のもてなしをするのが趣味である。ホワイトフライヤーズに住む騒音恐怖症のジェントルマン・モローズは市内で一番やかましい場所は、ウェストミンスター・ホール、コックピット（不死鳥座）、タワー埠頭《ワーフ》、ロンドン橋、パリス・ガーデンそれにビリングスゲイトだと言っている。

　ビリングスゲイトは当時大きな水門のある漁港で、魚、塩、オレンジ、玉葱、小麦などロンドン市民のための生鮮食料品を満載した船がひしめき大変な活況を呈していた。ビリングスゲイトの「青い錨館」で『東行きだよ』のサー・ペトロネル・フラッシュらの一行は、ヴァージニア行きの壮行会を開き、嵐のテムズ川に乗り出すが、転覆して下流のカカルド・ヘイヴンや犬岬などに漂流する。カカルド・ヘイヴンはテムズ川南岸にあって、その名の通り二本の角が突き出た柱が目印の地点であった。「青い錨館」の他、ジョンソン劇に出てくる旅籠、居酒屋の類は、ジョンソン自身が「ベンの一族」を引き連れてよく出入りしたブレッド通りの「人魚亭」、フリート通りの「悪魔と聖ダンスタン亭」のアポロの部屋（ここで『新聞屋』のペニイ・ボーイと恋人ペキュニアがよく食事をする）、『新聞屋』のコック、リックフィンガーの店であるフリート通りのラム小路の「ミーター」、ピムリコ小路のケーキと酒で有名な「ピムリコ」、ウルサックの居酒屋、ブレインフォードの「三鳩亭」、フィッシュ通りの「王様の頭」「猪頭」「白鳥」、ホルボーンのダガーの居酒屋、ミルフォード小路の「ミルイーズ」、不死鳥座近くの「不死鳥」、ウィンドミルの「ウィンドミルの居酒屋」など多数で、彼のドラマの舞台として欠くことのできない場所である。

　ロンドン橋アーチの補修工事、橋まで泳ぎのぼってきたイルカの群（嵐の前兆という）、「小便《ピッシンリ》」水道の水道工事、下流のデットフォードに停泊中のドレイクのゴールデン・ハインド号への言及もある。また川下のラトクリフ

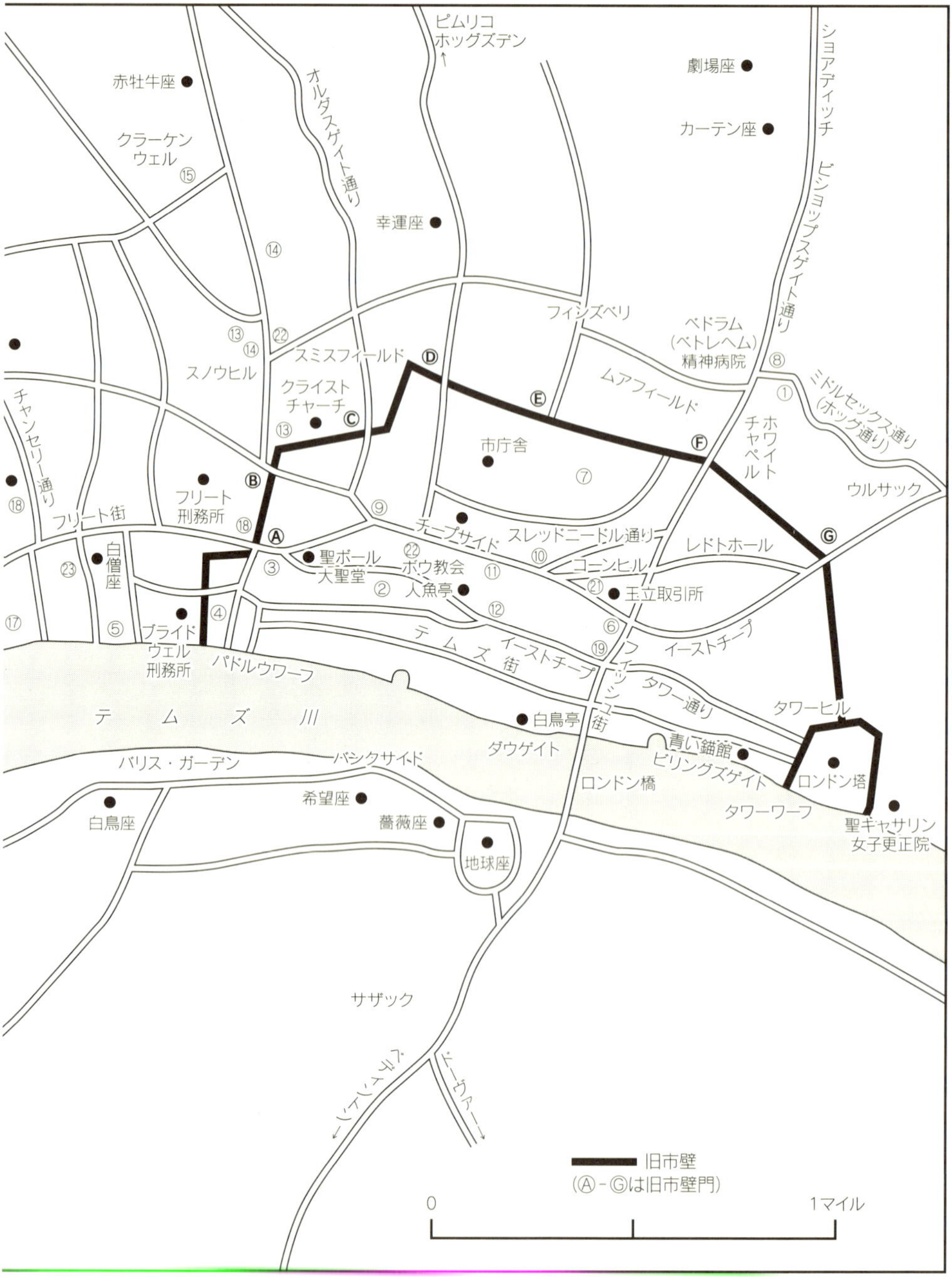
ピムリコ
ホッグズデン
赤牡牛座
オルダスゲイト通り
劇場座
ショアディッチ
カーテン座
クラーケンウェル
⑮
ビショップスゲイト通り
幸運座
⑭
フィンズベリ
ベドラム
（ベトレヘム）
精神病院
⑬
⑭
㉒
スミスフィールド
Ⓓ
スノウヒル
⑧
ムアフィールド
ミドルセックス通り
（ホッグ通り）
①
クライスト
チャーチ
Ⓒ
Ⓔ
チャンセリー通り
⑬
市庁舎
Ⓕ
ホワイト
チャペル
⑦
ウルサック
Ⓑ
フリート
刑務所
⑱
フリート街
⑨
チープサイド
スレッドニードル通り
Ⓖ
Ⓐ
白僧座
聖ポール
大聖堂
㉒
ボウ教会
レドトホール
⑩
コーンヒル
③
⑪
㉓
②
人魚亭
㉑
王立取引所
⑫
④
⑰
⑤
ブライド
ウェル
刑務所
⑥
テムズ街
イーストチープ
イーストチープ
⑲
パドルウワーフ
フィッシュ街
タワー通り
テムズ川
タワーヒル
白鳥亭
ダウゲイト
青い錨館
バリス・ガーデン
バンクサイド
ビリングズゲイト
ロンドン塔
ロンドン橋
希望座
タワーワーフ
白鳥座
薔薇座
聖キャサリン
女子更正院
地球座
サザック
ドーヴァー
旧市壁
（Ⓐ－Ⓖは旧市壁門）
0
1マイル

Ⓐ ラドゲイト
Ⓑ ニューゲイト
Ⓒ オルダスゲイト
Ⓓ クリプルゲイト
Ⓔ ムアゲイト
Ⓕ ビショップスゲイト
Ⓖ オールドゲイト

① ペティコート小路, スモック路地
② ワットリング通り
③ ナイトライダー通り
④ ブラックフライヤーズ, 黒僧座
⑤ ホワイトフライヤーズ
⑥ 王様の頭
⑦ 中華店
⑧ ペドラム通り
⑨ ゴールドスミス通り
⑩ オースティンフライヤーズ
⑪ ブレッド通り, フライデー通り
⑫ オールドジュアリー
⑬ カウ小路
⑭ パイコーナー
⑮ ターンブル通り, ピクトハッチ
⑯ インナーテンプル法学院
⑰ ミドルテンプル法学院
⑱ シーコール小路
⑲ 猪頭
⑳ ミルフォード小路, ミルイーズ
㉑ 小便水道
㉒ 聖バーソロミュー修道院
㉓ ラム小路, ミーター

第2部関連の16世紀末ころのロンドン地図

は『錬金術師』のフェイス、サトル、ドル・カモンが落ち合う手筈になっていたが、後にサトルとドルはフェイスを裏切って上流のブレインフォードに密会の場を変更してしまう。

貴族、ジェントリが多く住んでいたドルアリ通りから一転してスミスフィールドは庶民の街で『バーソロミューの市』が開かれるところだ。その先のクラーケンウェルの大衆飲食街パイコーナーはフェイスとサトルが初めて運命的な出会いをしたところである。クラーケンウェルのターンブル通り（『バーソロミューの市』のアーシュラの縄張り）や『十人十色』や『錬金術師』で言及されるピクトハッチ（エイモーやシザーリアンなど有名な女郎屋の経営者の名前も出てくる名うての悪所）、ロンドン郊外のランベス地区、コヴェントガーデン近くのバーミュダ界隈、ミドルセックス通り（ホッグ小路）のペティコート小路やスモック路地、ラドゲイト近くのシーコール小路（『錬金術師』のドラガーは、ここで親切な老婆に二日酔の薬酒を飲ませてもらった）、『十人十色』のキャプテン・ボバディルや『悪魔はまぬけ』のインクィティがうろついていたホッグ小路のあるホワイトチャペルなどは女衒、娼婦、ごろつきなどの巣窟、貧民街として悪名高く、当時のロンドンの雰囲気を伝える点景となっている。

リンカン法学院からニューゲイトのあたりは『悪魔はまぬけ』の舞台であるし、聖ポールの側廊は、伊達者たちが徘徊するロンドンでも有数の盛り場で、多種の掲示、看板などが貼られ、俗謡などの印刷物も売られるすばらしいゴシップセンターであった。人ごみの中には伊達者たちと連れだって遊び回る『東行きだよ』の不良徒弟クイックシルバーや、得意のほら話に花を咲かせている『十人十色』のボバディルの姿も見える。

ジョンソン自身も住みついて、彼の劇の多くを上演した黒僧座のある「ブラックフライヤーズの片隅」には、『錬金術師』のラヴウィットの家があり、疫病の流行に恐れをなして田舎に逃げだした主人の留守をいいことに、召使のフェイスらが、似非錬金術を餌に訪れるカモどもから金品を搾りあげている。ブラックフライヤーズ附近には、ピューリタンが多く住んでいたが狂信的牧師トリビュレーションやアナナイスも、まんまとフェイスらの餌食となってしまう。

ジョンソン劇で言及される劇場は、黒僧座、白僧座、地球座、白鳥座、不死鳥座、希望座などである。『東行きだよ』の遊び好きの騎士ペトロネルは、近頃のロンドンでは旅籠、居酒屋、芝居の類が火の消えたような淋しさだとぼやいており、当時ピューリタンの狭隘な芸術有害論や市当局の取締りが強化され、また疫病による劇場封鎖（一六〇三）の影響もあったことを示している。しかし旅籠や劇場の盛況は先述の通りであるし、『スペインの悲劇』『タイタス・アンドロニカス』『タンバレン』『ハムレット』などの劇や俳優の噂話はよくされて、新作の芝居はさっそく『新聞屋』のニュース種になり、それを見に行かずにいられない『悪魔はまぬけ』のフィッツドタレルも点描されて、当時のロンドンは、まだエリザベス朝演劇の熱気の中にあったことが感じられる。

さて、ブラックフライヤーズから眼を転じてチープサイドを見渡せば、商店がずらりと並んでロンドンの商業隆昌を謳歌している、とくに四階建てに統一された美しい家と店が軒を並べた「ゴールドスミス通り」は、見物《みもの》だった。そこに住む金銀細工商《ゴールドスミス》のタッチストン（『東行きだよ』）は、朝夕ボウベルの音を聞きながら商いにいそしんでいる。また、『新聞屋』の高利貸の老ペニィ・ボーイも「生粋のシティ育ち！　金銭の中心地、高利貸しの住処シルバー通りで、生まれ育った」と噂されている。

オールド・ジュアリーには『十人十色』の裕福な商人カイトリーと、遊び人ウェルブレッドとその仲間が住んでいて、ウィンドミルの紳士ノウウェル父子は、ムアフィールドを越えて彼らに会いに行く。ムアフィールドは、当時、乞食、浮浪人、犯罪者、廃兵、市内に入ることを許されなかった癩病患者などがさまよい、追い剝ぎなども出る淋しいところだった。ノウウェルを訪ねてくるいとこのスティーヴンは、ホッグスデンに住んでいるが、ジョンソンが一五九八年九月二十二日に海軍大臣一座の役者ゲイブリエル・スペンサーと決闘して殺害したのは、ホッグスデンフィールドであった。

旧王立取引所の裏には『磁気の女』の牧師の教会があるし、オールドゲイトの両面の女神像は、シティの平和と幸運を祈っていた。タワーにはライオンなどが飼われて観光客を集め、教区外のタワー構内ではノウウェルの息子は麗人ブリジェットと秘密結婚をする。

このように、シティ全域は文字通りジョンソンのホームグラウンドであり、彼はあらゆる横丁と小路を熟知し、そこにふさわしい人物を生動させることができた。『ドラモンドとの対話』の中で、シェイクスピアが海のないボヘミアで難船させたと嘲笑しているジョンソンは、事実と正確を偏愛した。だから、彼の劇中の各階級、各職業の男女（中にはスペイン、オランダ、フランスなどの外国人もまじっている）の生活、言葉づかい、服装、食べ物、教養、娯楽、また煩雑なほどに言及される時事的な事実や話題、そして全体を覆う成長期の資本主義的エトスの描写は、時代の側面史として興味がつきない。

だがジョンソンは、当時のロンドンの現実をありのままに描いたいわゆる写実的作家ではない。彼の最大の功績は、自分が精通したロンドンの歴史的、人間的現実から本質的エレメントを取り出し、独自のデフォルメを加えて硬質で鋭角的なダイヤモンドのような詩的イメージに再生させたことである。そのことによって、ジョンソンのロンドンは、あくまでリアルな土着性を保ちつつ、幻想的な魅力あふれる普遍的な都市風景となったのである。

ジョンソンは評論『森林、あるいは発見』の中で、詩人は創造者であり「芸なくして、自然は完全にならないし、自然なくして芸も存在しない」と述べている。そして『ドラモンドとの対話』の中で、シェイクスピアはこの「芸」に欠けていると非難している。この非難の当否は別として、ジョンソンは、自己のものとしたロンドンの生きた現実という「自然」に、創造者としての詩人の最高の職人芸で、詩的統一を与えんとしたのである。

詩人は、真実を書くことによらず、
真実らしくうまくこしらえたものを書くことによって信用を得る。

（『エピシーン』第二プロログ、九―一〇）

現実よりも、もっと真実らしく芸によって描かれた詩的真実こそ価値があるのだ。そして芸の決め手は言葉である。なぜなら

言葉というものは、人間を表すから。言葉は、その親である精神のイメージであり、われわれの最も奥深い所から湧き出るものなのだ。人間の形やその肖像に対して彼の話し言葉ほど、真実の鏡をかかげるものはない。（『森林、あるいは発見』二〇三一—三五）

ジョンソンは、人々の内奥から湧き出る言葉から、彼らの心象風景を抽出してグロテスクで極端な人物を創造する。彼の劇には、人間同士のぶつかり合いが彼らの内面に意味深い変化をもたらす真の意味でのドラマやプロットはない。ジョンソンの人物の性格は、始めから終りまで固定していて一方向に強められることはあっても、途中で発展したり、変化することはない。そこにあるのは、プロットでなく人物の動きあるいは組み合わせの面白さである。T・S・エリオットが言うように、現代人の熱狂的な共感を得るに違いない「獣性があり、感傷性の欠除があり、表面の洗練さが、そして大胆なデザインの多彩な駆使があるのだ」[4]。ジョンソンは、繰り返しなしで最大限に多様な人物と状況の組み合わせを、奇跡的な均衡の連続によって見事に操ってゆくので、人物たちは無理で不自然なポーズや、人間の能力、体力ぎりぎりのアクロバットを強いられる。彼らはロンドン生活の明暗をめぐってアラベスク模様の華やかなバレーを繰り広げるのだ。

まず、むんむんするような泥臭い群衆描写の中で、ロンドンの下町の縁日の楽しさと庶民のバイタリティを爆発させている『バーソロミューの市』を見よう。スミスフィールドの八月二四日、真夏の炎暑の中で、聖バルトロメロ大定期市に押しかけたのは、代書人とその家族、郷紳の放蕩息子と目付け役の従者、ピューリタン、治安判事夫妻、棒馬売り、生姜パン売り、バクチ打ち、すり、俗謡売り、焼き豚売り、給仕、馬子、暴漢、女衒、女郎屋の女

将、気違い、役人、レスラー、服地屋、リンゴ売り、ほくち箱売り、脱穀商その他多数。酒、タバコ、笛、タンバリン、太鼓、屋台店の呼売り、商売に余念のないすり、人形芝居の仕掛け花火。中でも圧巻なのが、「スミスフィールドの雌豚」焼き豚売りのアーシュラで、白く太い二の腕までまくりあげて、「地獄だって、豚あぶりの熱に比べりゃ、冷蔵庫みたいなもんだ」「あたしゃ体中が脂と火になった」と叫びながら、もうもうたる煙の中で盛んに豚を焼いている。ジュウジュウしたたる脂、肉の焦げるうまそうな匂いには、代書人の可愛い細君も、上品ぶって眉をしかめる母親の眼をぬすんで買い食いせずにいられない。その母親のダーム・ピュアクラフトだってスミスフィールドからスノウヒルに曲がるカウ小路の大道占師に、一週間以内に結婚しないと不幸になる、相手は気違いだと言われて、人ごみの中で気違いに色目を使っている。

「バーソロミュー馬鹿」の放蕩息子の「腹と頭の中には、祭りと太鼓と騒ぎが入っているので、もし誰かが彼の中を旅することになれば、祭りにあるどんなものよりすてきな景色が見られていい旅ができる。奴の頭にはトリ貝、小石、きれいな麦わら、鶏の羽に蜘蛛の巣までかかっているんだから」。彼は祭りに夢中になっている間に、外衣、帽子、刀、財布二つ、姉と従者、恋人まで失ってしまうが、それでも祭りが好きでたまらない。代書人リトルウィットの人形芝居にかかっては、ヒアロウとリアンダーのロマンティックな大悲劇もたちまちバンクサイドの娘っ子と染物屋の息子の話に、ヘレスポントの魔の海峡もテムズ川の水門パドル埠頭《ワーフ》に変わってしまう。

ピューリタンや治安判事の小ざかしい道徳談義などそっちのけで、全身で祭りを楽しむこれらの人々は、よそ者になんぞなりたいとも思わない。スミスフィールドの騒音と、遊びと脂っこい食物の匂いが一番好きなんだ。彼らの陽気な騒ぎはブリューゲルの『謝肉祭』や、ルーベンスの旋風のように踊る『農民の踊り』を思い出させる。我が眼で「毎年ごとの祭りの不祥事」を確かめんと乗りこんでいった治安判事のアダム・オーバードウでさえ、彼に地位を追われて気がふれ、「オーバードウ氏の認可が絶対」とうわごとのように呟やきながらさまようトラブルオールの哀れな姿には胸をつかれ、最後にバクチ打ちから「あんたもただのアダム、血と肉を持った人間」と逆に諌められる始末である。序幕でプロンプターが、作者の絶頂期に書かれた作品と述べているように、『バーソロミューの市』は、油の乗りきったジョンソンが、本然的な人間性と抑圧しがたい生命の横溢を明るい土着的な雰囲気の中で思いきり楽しんで書いた劇である。

同じく「シティとその仲間」に捧げられた『東行きだよ』も、新興商業都市らしいロンドンの商人の軒昂たる心意気と成功を描いて明るい作品である。マーストンが発案し、チャップマンが構成を、ジョンソンが全体的な助言を受け持ったと言われるこの作品は、ジェイムズ王の騎士乱造や、スコットランド人に対する諷刺（たとえば「新世界には、巡査も廷臣も弁護士もスパイもいないのでのびのび暮らせるが、ただ全世界にちらばっている勤勉なスコットランド人に会うことだけはまぬがれない」（三、三）など）が宮廷を刺激し、マーストンは行方をくらまして難を逃れたが、ジョンソンとチャップマンは投獄され、あやうく耳と鼻を削がれるところをロバート・セシルらの有力者の口添えもあって釈放され、ジョンソンは友人たちを招いて祝宴をはったという曰く付きの劇である。

また、この劇の最後でクィックシルバーは観客を、牢獄の周りに群がって放蕩騎士ペトロネルらの釈放の様子を見ようと騒いでいる物見高い市民に見立てて終りの辞を述べている。舞台の中に取り込まれた観客は、つい最近見聴きしたばかりの、もしかしたら自分たちの身の上にも実際に起こったシティの出来事を、単なる噂話でなく、演劇として客体化された形で、しかも自ら劇中の一員として参加して立ち合うというぞくぞくするような特権的楽しみを味わったに違いない。

ジョンソン劇に出てくる商人は、金銀細工商《ゴールドスミス》や飲食店の他、反物、タバコ、靴、薬、小間物雑貨、帽子、リネン、レース、仕立て、拍車、しろめ、真鍮金物、鋳物、ガラス器具、煉瓦、粘土、肉、魚、オレンジ、野菜、水などの各商人、店、行商など多種多彩で、ロンドンが貨幣経済の発達した商業の町であったことを改めて感じさせる。とりわけ、金銀細工商《ゴールドスミス》は、貴金属細工師であると同時に、その商人あるいは貴金属所有者であり、銀行金融業務も行い、しばしば鋳貨の量目鑑定の独占権も与えられていた。つまりイングランド銀行設立（一六九四）以前の金融業務の実権を握っていたわけで、封建的諸勢力に対する新興資本の金融部門の実力者であった。第2章『フェヴァシャムのアーデン』で兵士あがりの出世頭ブラッドショーが金銀細工商であったことも思い出そう。

『東行きだよ』の金銀細工商タッチストンは、「しっかりやれよ《ワーク・アポン・ザット・ナウ》」が口ぐせで、堅実、勤勉、誠実を旨とする商人道徳の名前通り試金石として機能している。反対に、テムズ川の舟子たちの叫びをもじった『東行きだよ《イーストワード・ホー》』は、徒弟クイックシルバーの口ぐせ「日が沈む西でなく、日の出る東行きだよ」や騎士ペトロネルのどこか東の方角にある筈の架空の城にかけて、地に足のつかない非現実的な野心や夢を諷刺している。麦芽売りとクライスト・チャーチの生姜パン売り女の子供として生まれ、金銀細工商として成功したタッチストンの誇り、薄利多売、質実、誠意などを第一とする商売方針や生活態度、次女の婿として見込んだ実直な徒弟ゴールディングが市参事会員に出世する喜びなどは、一方に、市民生活を軽蔑し貴族にあこがれて、自堕落な騎士ペトロネルと結婚して散々な目に遭う長女ガートルードや、紳士階級の出を鼻にかけて乱行の挙句タッチストンに勘当され、ペトロネルと行動をともにして「クワックサーバー（いかさま師）」に落ちぶれる徒弟クイックシルバーらが活写されているからこそ、生き生きした説得性を感じさせるのだ。

貴族貴婦人に憧れる商人の女房は、『気質直し』のファレスや『シンシアの宴』の商人の妻などの例があるが、『東行きだよ』のガートルードは断然生彩を放っている。ボウベルの音、シティに漂うニューキャッスル産の石炭の匂い、商人の平帽子や「いらっしゃいませ」の決まり文句、つましい暮らしへの悪口をまくしたてる啖呵、レディの称号、馬車、侍女、ペチコート、リネン、銀の束髪ピン、波うって広がるスカートへのがむしゃらな憧れ、ペトロネルや高利貸セキュリティの甘言にまんまと乗る人のよさ、文字通りの空中楼閣を探しに東方に出発する哀れな滑稽さなど、目に見えるように描かれている。

また、「世間のやり方は、外科医のメスみたいなもの、他人の傷口を探りながら、自分はなにも感じない。ずるくて巧妙で、鋭いほどいいのさ」とつぶやいて新妻ガートルードの土地を売り飛ばしてヴァージニアに高飛びしようとして失敗する、派手好きで憶病な騎士ペトロネルの描写も巧みだ。共作者チャップマンは、約一〇年前の一五九六年に、サー・ウォーター・ローリーの第二ガイアナ遠征を祝して長詩「ガイアナ」の中で、「なんという名誉と永遠の名前を有する大事業だろう」とほめたたえた。(5) ローリーらエリザベス朝の栄光と愛国心を代表した騎士による国家的大事業であったヴァージニア植民地も今やペトロネルのような道楽騎士や社会の敗残者が国内で食いつめて借金に首が回らなくなって高飛びする地(シーガルの黄金づくめという新大陸の幻想は、トマス・モアの『ユートピア』を思わせる)として、徹底的に戯画化されている。幻滅したガートルードが今昔の騎士の違いを比べる一節は傑作である。

今日の騎士は、昔の騎士と全然違うわ、
彼は馬に乗り、我は徒歩で歩く、
彼は従士を連れ、我は従僕を連れる。
彼は鎧兜に身を固め、我は外套で身を包む、
彼は荒野や砂漠を征き、我は街をうろつく、
彼は名誉をかけて闘い、我はすぐに服を質に入れる。
彼は怪物の姿を見て飛びかかり、我は巡査の姿をみて逃げまどう。
彼は哀れな姫君を助け、我は非力の女を泣かす。

(『東行きだよ』五、一、三四―四一)

中世以来の誇り高き騎士は今や浪費とペテンで女から金を搾る街の寄食者となり果てた。『東行きだよ』は風俗喜劇と道徳劇を融合させながら旧貴族紳士の没落と、経済力を得て、市の支配層の中に食い込んでゆく商人層の姿を描

いて、デッカーの『靴屋の祭日』（初演一五九九）とともに、ロンドンの新興市民階級讃歌になっている。しかし、ジョンソンは、無一物になって残っているのは恥だけと嘆くベトロネルをしてなお「生きることは楽しい」と言わせているし、劇は一同の改心と幸福な和解のうちに終っている。

明るい雰囲気は、『十人十色』でも同じで、旧取引所でいそいそと立ち働く裕福な商人カイトリーの姿には商いの喜びが溢れているし、道楽息子とその遊び仲間に手を焼く老紳士ノウウェルも若い世代に理解を示す円満な人物である。空いばりの退役軍人ボバディルとその下宿先の水屋のコブ、短気な下級郷士ダウンライト、味な裁きをして丸くおさめる陽気な治安判事クレメントを含め人物はそれぞれに自己の欠点を矯正して和解するハッピーエンドでしめくくられる。三度も変装して狂言回しの役をするブレインワームは、クイックシルバー、フェイス、モスカなどのジョンソン劇特有の、主人を手玉にとってからかう頭のいい召使の原型的人物だが、彼の企みは、善意に満ちた「陽気な悪党ぶり」で、他の邪悪で苛烈な意志とは異質なものである。

以上『バーソロミューの市』『東行きだよ』『十人十色』の三つは、庶民の生命力や、新興市民の快活な姿を描いてメリーイングランドの雰囲気を感じさせるが、残る『エピシーン』『錬金術師』『悪魔はまぬけ』『新聞屋』『磁気の女』などは、それこそジョンソンの真骨頂であるところの人間の物欲、拝金主義、それのもたらす精神の荒廃を描いて他の追随を許さない痛烈な筆がえぐり出すロンドンの、いや初期近代資本主義社会の暗い心象風景である。

例えば、商人、市民であることの誇りと満足に充たされて堂々としていた『東行きだよ』のタッチストンに比して『悪魔はまぬけ』のギルトヘッドは、同じ金銀細工商でも自分の階級、職業に充足できずジェントルマンを憎み軽蔑しつつ息子をジェントルマンにしようと躍起になっている。正直と勤勉を是としたタッチストンに比して、彼は、ペテンで金もうけをする。

我々は馬鹿者たちを探し出して掛け売りをする。

店の帳簿は我々の牧場で畑なのだ。
そいつを広々と広げて待っていると馬鹿者が入ってくる。
奴らから一ポンドを搾り上げ、早速計算機にかけてしまうのさ。
これもお前をジェントルマンにするため！

（『悪魔はまぬけ』二、一、一六―二〇）

ギルトヘッドが「ジェントリはシティをすごく軽蔑している」と叫べば、下層ジェントリのミアクラフトは「こいつら市民たちは、全くサメみたいに強欲だ！」と怒っている。市民もジェントリも安定感がなくなり、互いに憎しみをぶつけあう。シェイクスピアの『ヘンリー六世』第二部の暴徒たちの嘆きが思い出される。

なにやらジェントルマンが幅をきかせるようになってこのかた、
イングランドもちっともメリーじゃなくなってきたな。
まったく情けねえご時世さ、職人なんざ、人間じゃねえと思ってやがる。

（『ヘンリー六世』第二部四、二、七―九）

同じジェントルマンでも、ミアクラフトのように土地を持たない貧しい下層紳士は、「馬鹿者たちを掘りおこし、貴婦人たちを耕して、奴らがどんなに肥えた土地なのか調べなければならない」という必要悪を公言してはばからない。そして商人ギルトヘッドと紳士ミアクラフトは結束して頭の弱い郷紳フィッツ・ドタレルをカモにしてサー・デューク・オヴ・ドラウンドランド（当時のケンブリッジやリンコン地方の沼沢地帯の埋め立て計画の諷刺）の称号と引きかえに土地と金をまきあげてしまう。地獄の威信を高めるために、ペテン師としてロンドンに派遣され、タイバーンで処刑されたすりの肉体を借りて張り切って現れた悪魔のバッグも逆に散々にいためつけられて、「人間の悪徳強欲ぶりを大学とするなら、地獄なんて中学並みだ」とほうほうの体で地獄に逃げ帰る。幕あきで、バックが叫ぶホウホウという声は、中世劇の冒頭に出てくる悪魔の叫びをパロディー化したもので、地獄も神も今や嘲笑の対象でしかなくなったことを暗示している。

『悪魔はまぬけ』が書かれた一六一四年はこの年に開かれた議会で窮迫する国庫支援の法案がなにひとつ成立せず、「無能議会」と呼ばれたようにジェイムズ朝中期の、政治的にも経済的にも危機的な状況にあった。スペインが新大陸から奪った莫大な金銀は、ヨーロッパの金貨の稀少性を失わせ、その価値を下落させ、物価を上昇させた。一六世紀の中頃から、すでにヨーロッパは急激なインフレになっていた。しかも絶対王政諸王の相次ぐ貨幣の改鋳に伴って貨幣価値は急速に低落し、物価の上昇は一段と進んだ。国王は、産業、企業、利潤の拡大を図ろうと企業家に各種独占権や特許状を授与した。劇中最も生彩を放っている下層紳士出の企業家ミアクラフトと、女企業家テイルブッシュも、盛んに「独占権」や「特許状」を連発している。彼らの考えつく「プロジェクト」とは、干しブドウやブルーベリーから酒を作る、爪揚子の全国販売、揚子の使用法のパンフレットの発行、ナプキン代りのフォークの普及（そのため需要が落ち込んで大ショックのリネン業者にもちゃんと話をつけておく！）、金銀スチールの独占販売、「一滴すりこめば、六〇歳の婆さんでも一六歳に見える」怪しげな化粧品の開発と販売の独占など、飛行機からラーメンまで売るという今日の日本の総合商社を連想させ、思わず苦笑させられる珍案続出である。

ミアクラフトやテイルブッシュばかりでない。金もうけのためにはペテン、詐欺も辞さない各種「企業家」がジョンソン劇に跋扈するようになる。『錬金術師』で、召使いのフェイスが、詐欺師サトル、娼婦ドルと組んで似非錬金術を餌に訪れる客から次々に金品を巻き上げるのも一種の企業である。錬金術の流行そのものが、一獲千金を狙う事業の一種であった。『新聞屋』で、市内の要所、国内はもとより、スペイン、コンスタンチノープル、モルッカ諸島、インド諸島、オランダ、日本のニュースまでかきあつめて整理し、ニュース特集として発行し、年間六千ポンドにのぼる収益を見込むというシンバルのアイディアも「すごい事業」である。また、『ヴォルポーニ』で、ヴェニスの雑踏にまぎれこんだ英国人ポリティック・ウッドビーも一種の企業家《プロジェクター》で、ヴェニスをトルコに売るとか、薫製ニシンの輸入、玉葱による疫病診断法など「国家的攻略」の珍案迷案の数々を披露して得意になっている。

　しかし、容易で迅速な富の獲得のための手段は、各種の企業、事業を始めるばかりが能じゃない。時代の波に乗って富を得て時めく者たちにたかり、ゆするという手もある。『エピシーン』で、裕福な紳士モローズの騒音恐怖症を利用して結婚話をもちかけ、財産をゆすろうとする甥ドーフィン・エウジェニの計画。『ヴォルポーニ』で、子のない老貴族ヴォルポーニの遺産を狙って群がる人間たち、それを逆に利用して散々に搾りあげるヴォルポーニと召使モスカ。『新聞屋』のペニィ・ボーイの恋人ペキュニアは、母方の家系において、西インド諸島のスペイン鉱山主の姫君というふれこみで、「新聞屋」の経営者たちは、彼女をパトロンに祭りあげようと近づくが、断わられて事業はたちまち霧散してしまう。まるで磁気を持っているかのように、魅力で人々をひきつける『磁気の女』の夫、サー・ジョン・ロードストンは、東インド会社の支配人を七年間つとめたから、未亡人の彼女には、少なくとも船六隻分の財産があるだろうと噂され、彼女の姪には求婚者が殺到している。

　金権主義、インフレ、物価騰貴の進行の中で、各種産業、企業、投機、思惑が流行し、きらびやかな商店に人々が群がって、道楽息子ペニイ・ボーイのように「ベルベット、薄物、スカーフ、刺繍、レース、銀器、金の室内便器、香水をしみこませたナプキン」を使い、「鹿肉、赤鹿のパイ、焼いた七面鳥、ヤマウズラ、キジ、白鳥、鯉、ヤス」などを食べて「飽食と過剰は、飢餓よりも多くの人間を殺した」と警告されるほどの贅沢な暮しをしているのに、他方、借金で債務者牢に投獄される者、あるいはホワイトフライヤーズやテムズ通りのコールハーバーなど、官権の及ばぬ債務者と犯罪者の避難所に逃げ込む者やヴァージニアに高飛びする者も少なくなかった。浮浪者取締法（一五七九）や、救貧法（一六〇三）にもかかわらず、浮浪者、乞食、無一文のごろつきが激増し、セント・キャサリンやブライドウェルなど転落女性や浮浪者を収容する施設では足りず、囲い込みで土地を失った農民、帰還兵士（慈悲で養われるウィンザーの兵士と蔑称された。第2章の『フェヴァシャムのアーデン』のブラックウィルがその一例）、廃兵（第5章デッカー『靴屋の祭日』のレイフがその一例）、脱走兵も都市に流れこんで貧民、無産者と化して秩序を脅かし、ムアフィールドや、貧民街にたむろした。

中世以来の身分的、農業的に規定され、基礎づけられた人間共存の内的構造や、社会構造は崩壊したのだ。農民の仕事の価格はすさまじく暴落し、穀物はもはや鐚一文にも値せず、買い入れる商品にはすべて金銭を要求された。『錬金術師』の全編にわたって、おびただしい種類の金銀貨が数えられている。エンジェル金貨、ノーブル金貨、エドワード・シリング、ヘンリー王金貨、ジェイムズ王金貨、エリザベス女王グロート、メアリ女王金貨、エドワード伯金貨、スペイン半金貨、クラウン銀貨……。金銀貨を数えあげるその耳ざわりな声は、執拗な鐘の音のように響きわたって、貨幣経済時代の到来を、すなわちすべての人間的な価値が、金銭の所有という一点によって定められ、計られる時代の到来を宣告しているのだ。

各階層の価値観、生活様式の違い、乖離と確執などはもはや問題でなくなった。貴族、紳士、市民、商人、老若男女を問わず、すべての人間が拝金主義一色に塗りつぶされ、サー・エピキュア・マモンの得意の合言葉「豊かなれ」に駆り立てられて輪舞を踊るのだ。ジョンソンは仮面劇『取り返された愛』の中で、黄金の神、ほてい腹のペテン師プルータスが、「この世に君臨し、契約、結婚、宗教までも支配し、子孫をどんどん繁殖させ、人間に最も尊敬されている。そしてかの黄金時代に愛が受け持っていた役目を、この新黄金狂時代でとりしきっているのだ」と皮肉った。愛の代わりに黄金に支配される人間。『エピシーン』の裕福な紳士モローズの徹底した人間嫌い、エゴイズム、彼の財産を狙う甥とその仲間、新しい女大学を結成しながら陰口を言いあう貴婦人たち。『錬金術師』でいがみ合いつつ欲のために団結するフェイスら三人組、彼らの悪事を知りつつ欲念のために見逃す主人ラヴウィット、黄金に目のくらんだピューリタンたち、猛禽類のように互いの喉笛を狙う『ヴォルポーニ』の人物たち。黄金のためには“cozen”,“cheat”,“game”,“conjure”など虚偽と詐欺が平気で行われ、荒涼たる人間模様がくりひろげられる。

人々の黄金に対する執着は恋情に近い。

金の肌ざわり、金の味、金の音、金の眠り……
いや黄金との愛のいとなみ……

(『錬金術師』四、一、二九―三〇)

彼らの夢は

ねっとりとした黄金の油を泳ぎまわり
二の腕まで金の蜜がからみついて、
あごの動きがとれなくなる

(『ヴォルポーニ』一、三、七〇―七二)

ことであり

なんならわしをつぶして金にしたっていい。

(『ヴォルポーニ』一、三、一三)

黄金の魔力に取り憑かれたエピキュア・マモンが登場すると、サトルらがたむろする貧相でいじましいブラックフラーヤーズの街角の風景は、たちまち色槌せて、新世界の夢幻的な黄金境《エル・ドラド》が現出し、まばゆいばかりの富と、はるかな東方の香りが舞台に溢れるのだ。

さあて、お前は新世界に足を踏み入れるのだ。
ここは富貴の国ペルー……
今こそ友に言おう。豊かなれという幸福な言葉を。

（『錬金術師』二、一、一―二：二三）

マモンの炎のようにひらめく赤い舌先から金、銀、宝石が妖しくきらめきながらこぼれおちる。

料理を盛るのはインドの貝が
黄金に打ち出された瑪瑙の皿、
ちりばめられたのは、エメラルド、サファイア、ヒアシンス、ルビー。
鯉の舌、ヤマネ、駱駝のかかとを
金のエキスで煮てとかした真珠と食べれば、
名高い食通アピシアスの癲病に効く料理になる。
そのおかゆを、ダイヤモンドと、
紅玉をとかした琥珀のスプーンで食べよう。

（『錬金術師』二、二、七二―七八）

マモンの言葉の錬金術によって、ラヴウィットの家は、まばゆい宮殿に変わり、娼婦ドル・カモンは、高貴の姫君になってうっとりと立ちつくす。

宮殿中の眼が、
輝く鏡のように燃えあがり
二〇種類もの宝石に飾られたあなたの姿を見て、こなごなに砕ける。
その光は、星々より明るくきらめき、
姫君の名が告げられると
女王様さえ青ざめる。

(『錬金術師』四、一、一三九―四四)

我々はマモンの恍惚の台詞と、みじめな現実とのギャップに笑うより、貧寒たる現実をかくも輝かしい幻想に変容せしめる言葉の魔力に驚嘆する。ジョンソンは、マモンの台詞に熱気と魔力をたたきこみ、ほしいままな詩的イメージを駆使している。

しかし、黄金の魔性と、快楽の底知れぬ凄味を描くには、ごみごみしたロンドンの日常性、土着性、地方性より、世界中の富をかきあつめて、この世ならぬ眩耀の美にゆらめくヴェニスこそ、その舞台にふさわしい。ジョンソンは、生き馬の目をぬくロンドンの修羅場に蠢めく金の盲者たちの生態を抽出して「世界の宝石箱」とたたえられた国際商業都市ヴェニスに躍らせた。イタリアルネサンス最後の都市として、地上的な悦楽の酩酊、倦怠、憂愁をただよわすヴェニスの不吉な美は『ヴォルポーニ』の雰囲気を決定している。冒頭で、ヴォルポーニが私室で厨子を開いて、見事に輝く宝をかきあげながら黄金を讃える際の叙情性は、柔軟で官能的なリズムを帯びている。

この世の魂、わたしの魂、
作物を産み育てる大地は、長い間、待ちこがれた太陽が
雄羊座の角を間からちらっと顔をのぞかせると胸をときめかせるが、
わたしはこのめざましい黄金の輝きを見るとき、さらに胸が躍るわ！
……
黄金こそは最良のもの、すべての喜びに優るもの、
子供、両親、友人、
その他はかない白日夢の喜びもお前にはかなわぬ。

（『ヴォルポーニ』一、一、四―七：一六―一八）

黄金をめぐって、強欲と虚偽のバレーを繰り広げる人物たちは、いずれも非人間化、獣化している。貴族ヴォルポーニ（狐）、居候モスカ（死体に卵を産みつける肉蝿）、弁護士ヴォルトーレ（はげたか）、老紳士コルバッチオ（大がらす）、商人コルヴィーノ（小がらす）、英国人騎士ウッドビー夫人（牝狼）など。彼らは悪の諸相を表す寓意に堕して生気を失うどころか、強烈な幻想の人生をまさに生きているので、劇中ただ二人の善良な人物ボナーリオとシリアこそ、無気力、愚鈍で薄汚く見えるほどだ。ヴォルポーニの非人間性、反自然性は、彼が養っている血肉を分けたらしい家族が、いずれも小びと、宦官、ふたなりという反自然的で病的な人物ばかりであることにも表れる。

ヴォルポーニとモスカは、すばらしいエネルギーで悪だくみに突進するが、奔流のようにほとばしる彼らの台詞の迫力は、創造的狂喜の域に達している。「運命がわたしに許すかぎりのすべての快楽を自由に生きること」だけを目標とするヴォルポーニを脅すのは、「時間は永遠に私達のものではない」という意識であり、しのびよる死と虚無の影である。「アイソーンのように魔法の力で過ぎ去った青春をとりもどす」「スコトーの若返りの霊薬」「恋の光は

ひとたび失えば、あとは無明長夜があるばかり、明日を待たないこの遊び」などの言葉は未来や永遠を持たないヴォルポーニの刹那の生をむさぼろうとする焦燥を示している。彼は一つ一つの悪だくみの成功に満足できず、過剰な好奇心と、傍観者にとどまれない、たえず一役演じたいという欲求に負けて自滅する。

しかしモスカの臨機応変の計略や酷薄な意志は、気まぐれな主人より一段と立ち優っている。彼はサーカスの曲芸師よろしく大活躍し自讃している。

まるで矢のようにのぼって飛び上ったかと思うとさっと下りてくる。星みたいにすっと空中を飛んでゆく。ツバメみたいにくるっと廻る。……どんな奴にもどんな時にも臨機応変、ぱっと頭にひらめけば、きっと表情も変えている。……こういう伊達男こそが真の居候。

(『ヴォルポーニ』三、一、二四―二九:三三)

モスカは、冷酷で大胆な打算と行動で、ブレィンワーム、クイックシルバー、フェイスらの召使役を凌駕し、居候がついに主人をおしのける悪魔的な存在に変貌する『シジェイナス』につながる。彼には自ら言うように、脱皮したばかりのしなやかな肢体を光らせて獲物を狙う蛇の生気がある。他の人物たちがあまりにもモスカの思惑どおりに動き過ぎるという観客の不満には

あんまり明る過ぎて、目が眩らんでいるんでしょうよ。みんな自分の望みにばっかり気をとられて夢中になっているものだからそれに反対のことは、どんなに確実な一目瞭然のことでもまるっきり認めようとしないんですよ。

(『ヴォルポーニ』五、二、二二―二七)

という弁解が用意されている。「自分の望みにばっかり気をとられて」目が眩み、自他の関係に盲目で愚かな人々の描写に皮肉と毒のあるユーモアがある。

ジョンソンの諷刺喜劇は一種の金ピカ時代であった物質的飽食の世紀末ロンドンの市民生活の明暗を活写した。『錬金術師』で、マモンの想像力は、ロンドンの日常生活をつきぬけて詩的幻想のうちに絢爛たる黄金境を作り出した。代表作の『ヴォルポーニ』ではヴェニスでもあり、ロンドンでもある都市を舞台に、欲念のあまり人間であることを脱して鳥や獣に変身した者たちが、ヴォルポーニとモスカの指揮のもとに跳梁し輪舞を踊る。人々の動きは誇張と省略で単純化され、リズム感あふれる幾何学模様にデザイン化される。風俗を越えてひとつの都市寓話に昇華したその人間模様は、エッジの効いた大胆な構図ゆえに今日なおモダンな輝きを放っているのである。

テキスト

C. H. Herford and Percy Simpson, ed., The Works of *Ben Jonson*, vols. XI, Clarendon Oxford, 1925

注

（1）"An Invective Written by Mr. George Chapman against Mr. Ben Jonson" 11. 161-3, P. B. Bartlet ed., *The Poems of George Chapman*, New York, Russell and Russell, p. 377

（2）E.H. Sugden, *A Topographical Dictionary to the Works of Shakespeare and His Fellow Dramatists*, Manchester U.P., Manchester, 1925

（3）エイドリアン・プロクー、ロバート・テイラー共編、小池滋訳『地図で読むエリザベス女王時代のロンドン』（一六世紀のロンドン）本の友社、一九七九

（4）T. S. Eliot, "Ben Jonson", *Selected Essays*, Faber and Faber, 1969, p. 159

（5）Chapman, "De Guiana", *The Poems of George Chapman*, p. 353

第5章　ロンドンのオランダ人(1)——トマス・デッカー『靴屋の祭日』

トマス・デッカー（一五七二?—一六三二）とジョン・マーストン（一五七六?—一六三四）はともに一五七〇年代初頭から一六三〇年代初頭までの同時代を生きた。デッカーは一六世紀末期の、マーストンは一七世初頭の国際商業都市ロンドンを舞台に市民喜劇『靴屋の祭日』（初演一五九九）と『オランダ人娼婦』（初版一六〇五）を書いた。両作品においてオランダ人が重要な役割を果たしている。ロンドンという都市空間におけるオランダ人という特殊な主題を両作家がどのように描き分けているのか。

はじめに

『靴屋の祭日あるいは紳士の職業（以下『靴屋の祝日』と記す）』は、一五九八年頃に書かれ（一五九九年七月一五日のヘンズローの日記にトマス・デッカーの『紳士の職業』という本を買うのに三ポンド支払ったという記録がある）、一五九九年に海軍大臣一座によって幸運座と宮廷で上演され、一六〇〇年に出版された。一七世紀に入ってからも上演記録はないものの、幾度も再演されたらしく、一六五七年までに六版を重ねた人気戯曲である。

デッカーの生涯についてはロンドンで生まれ育ったという以外、詳しくは知られていないが、R・C・ボールドはデッカーというオランダ系の名前から彼は低地地方からのオランダ人移民二世ではないかと推定している。[1] そうだとすると、そのことが本劇におけるオランダ人の活躍の描き方に影響を与えているのかも知れない。

劇は三つのプロットからなる。第一は靴屋の親方サイモン・エアのロンドン市長への出世、第二はリンカン伯ヒュー・レーシーの甥ローランド・レーシーと現ロンドン市長ロジャー・オトリーの娘ローズとの身分違いの恋と結婚、第三はエアの工房の職人レーフ・ダンポートの出征による妻ジェーンとの別離と再会である。第一と第二のプロットの材源は、バラッドやパンフレットを能くしたトマス・デロニーの散文の短編物語集『紳士の職業』[2]（一五九八）の中のサイモン・エアの物語と、エアの工房の三人の職人――フランス人ジョン、オランダ人ハンス、イギリス人ニコラスがエア夫人の女中フロレンスに求愛競争する物語と、クリスピンとアーシュラの恋物語であり、第三のプロットはデッカーの創作とされる。

一　舞台はロンドン

ロンドンで生まれ育ったデッカーは、この街を母になぞらえ、その胸から乳を吸ったと回顧している。『靴屋の祭日』の舞台も一六世紀後半のロンドンだが、デッカーは熟知している各地区、通り、路地裏、建物や居酒屋にそれぞれふさわしい人物やアクションを配することができた。ロンドン地図（前章図1）を東から西にたどって街のスポットとドラマの関係を探ってみよう。街の地誌についてはH・サグデン編のエリザベス朝演劇作品に関する地誌辞典[3]に負うところが大きかった。

まずサイモン・エアの店はロンドン塔近くのタワー通り（タワー・ヒルからイーストチープを結ぶ通り）にあり、靴型の看板を掲げている。彼が市長になって建てたレドンホール（屋根が鉛で葺いてあったのでこの名がある。穀物倉庫として建てられたが、食肉、羊毛、野菜、皮革などの市場となった）は王立取引所《ロイヤル・エクスチェンジ》近くのコーンヒルにある。レドンホールの新館で懺悔火曜日の靴屋の休日に、エアが主催する国王と職人総出の宴会で劇は大団円を迎える。

市長オトリーはコーンヒルの本宅のほかに、近郊の緑豊かな村オールドフォードに別邸を持ち、ここに娘ローズを軟禁したり、長官になったエアと職人たちを食事に招待したりする。オールドフォードの荘園に鹿狩りに来たハモンはここでローズを見初める。オトリーが出征兵士に召集令状や給料を渡し、エアの長官職就任を宣するのがチープサイド近くの市庁舎《ギルドホール》（ロンドンの市民生活の元締としての“Guildhall”は作中十数回言及される）で、リンカン伯が国王や市参事会員らと会うのはタワー・ヒル（ロンドン塔の北西の丘、政治犯の処刑台があった）である。

金の玉の看板が出ているハモン（職業不詳だが、金の玉から金銀商か金融業）の店があるのはリットリング通り（セント・ポール大聖堂の南西あたりの通りで、富裕層が住んでいた）で、ハモンが求婚するジェーンが洋裁店を営むのはオールドチェンジ通り（チープサイドと聖ナイトフライダーを結ぶ通り）である。オールドチェンジにはトマス・グレシャム（一五一九—七九）がニューチェンジに建て替える以前の王立取引所があった。

ハンスを介してエアとオランダ人船長が交渉するのはダウゲイト（ロンドン橋の西側にある水門）近くの居酒屋「白鳥亭」で、エアが工房を辞めようとする職人たちを引きとめるためにビール一ダースを注文する（と言っても彼は二杯分の代金しか払わないのだが）のがフィッシュ街近くの「猪頭亭」（シェイクスピア劇のハル王子やフォルスタッフがたむろした有名な居酒屋）で、オトリーのおごりの金貨二枚と新市長エアの金貨一枚で職人たちがビールを飲んだのがセント・ポール大聖堂北東の郊外地ストランド・ボウで、靴職人たちが集結して飲むのはオールドゲイト近くのアイヴィ通りの居酒屋「ウルサック」（おいしいパイで有名）である。

ハモンがローズと結婚式を行うはずであったのが聖フェイス教会（セント・ポール大聖堂の地下祭室）で、レーシーとローズが秘密結婚するのがサヴォイ教会（テムズ河北岸とストランドの間にある教会で、秘密結婚の結婚式がよく行われた）である。

作中には外国のも含めて三五ほど地名が出てくるが、すべて歴史的事実を踏まえて正確に選ばれた実在の地名である。そこに棲む人間の暮しと関連づけてロンドンの細部に息を吹き込み血を通わせたエリザベス朝劇作家の双璧はベン・ジョンソンとデッカーであろう。ジョンソンには諷刺色が、デッカーには生活臭が強いという違いはあるが。身分、職業、暮しによって住み分けられたロンドン地図は観客にとっても親しいものであった。彼らはロードムービーを観るように、本劇の展開とともに勝手知ったそれぞれの場所に躍動する人々の生活や事件を我が事のように共感して楽しむことができたのである。

二　弱小の靴屋組合

主筋である靴屋の親方サイモン・エアのロンドン市長への出世物語が、当時力をつけはじめたエリザベス朝市民階級の活力への賛歌となって、祭日的雰囲気を盛り上げていることに誰も異論はあるまい。「タワー通りの気違い靴屋」を自称するエアは、勤勉正直に靴作りに汗を流す職人の生活こそ誇り高い「紳士の職業」（"gentle craft" は "honourable occupation" の意）であると胸を張る。

働け、働け……てめえのおまんまのためだ、きりきり働け、おたんちん。（一、一、二一二―一三）

俺はサイモン・エアじゃねえのか？　この連中は俺の立派な職人たち、すばらしい靴作り職人仲間じゃねえというのか、みーんなそろって紳士の職業人じゃねえというのか？　俺は王様じゃねえが、れっきとした生まれよ。

手前は手技を使う職人“handicraftman”だが、心に技巧“craft”はございません。

（二、一、四二―四四）

（五、五、九―一〇）

L・C・ナイツは、この劇の人気は市民生活を下支えする職人たちの誇りと生活の喜びを理想化して謳歌したゆえであり、作中の親方と職人たちの関係――エアは職人たちとともに酒を飲み、冗談を言い、彼らの助言に耳を傾け、細君の小言から彼らを守る――が非常に魅力的に見えるのは、当時仕事が機械化し、雇用者と被雇用者との間の人間的絆が急速に失われつつあったからに他ならないと指摘している。[4]

だが当時のロンドンの現実に即してみると、靴屋の親方が職人たちに後押しされて市長に選ばれることはまずあり得ない話であった。S・P・シーヴァーが指摘するように、ロンドンは厳しく階層化された社会であり、歴代の市長は一二の大商業組合の中でも有力組合に属した商業エリート層から選出される慣習であったからである。[5] 一二の大商業組合とは織物商、食料品商、反物商、服飾小物商、仕立て屋、服地加工商、金銀細工商、毛皮商、金物商、塩商、魚屋、ワイン商で、とくに上位の三組合、織物商、食料品商、反物商は最有力であった。

それらに比べれば、靴屋組合 Cordwainers は組合の特許状とホールを一四四〇年代に取得した古い組合であったが、その製品（靴、皮ズボン、上着、皮手袋など）は必需品ではあっても単価の安い日用雑貨で、生産の拡大は望めず、親方が二人の徒弟 apprentice と一人の雇職人 journeyman をおいた程度の工房での小規模家内生産に限られていた。

そして靴屋組合の貧しさを表すエピソードとしてシーヴァーは、一六二七年に国王チャールズ一世がその年の商業組合からの強制借款として六万ポンドを割り当てた時、靴屋組合は、仕立屋組合の六、三〇〇ポンドや衣料品商組合の六、〇〇〇ポンドに比べれば極端に少ない三六〇ポンドしか負担しなかったことを挙げている。

劇中のサイモン・エアのモデルは一五世紀のロンドンに実在した人物で、デロニーその他の記述によれば、サフォーク出身の室内装飾業組合の組合員であったが、のちに反物商に転じ、一四三四年にロンドン長官、一四四五年にロンドン市長に選出され、一四一九年にレドンホールを建設、一四五九年に死亡している。彼は長官に選出される一五年前に、室内装飾業組合からより特権的な反物商組合に移籍しているのである。

劇中の現市長のサー・ロージャー・オトリーも有力な食料品組合の出身であり、エア自身、市長の娘ローズに羨望をこめて食料品商の男を婿がねとして選ぶように勧めている。

いや、あんたはお父さんの市長さんと同じ食料品問屋のお婿さんをもらえばいいのだ。食料品屋はおいしい商売だぞ。砂糖に干し杏……

（三、五、三四二―四四）

エアの工房で働く靴職人ファークも、富裕な食料品商への羨望をこめて市長オトリーが供した食事について「サー・ロジャー・オートミール（傍点筆者）の市長さんよ、食事がみんなあんな風だったら、俺はふにゃふにゃのプディングしか食べられないわけだ」と揶揄している。

では弱小の靴組合所属の靴工房の親方サイモン・エアがなぜ富裕な市長候補となり得たのか。それは彼が常日頃称揚する勤勉正直な労働の成果ではなく、たまたま雇った風来坊のオランダ人靴職人ハンス・ミュルテルの仲介でオランダ人船長の船荷の売買を引き受け、巨万の富を手にしたというお伽話的僥倖のお蔭に過ぎないのである。そのオランダ人靴職人ハンスというのが、実はリンカン伯サー・ヒュー・レイシーの甥ローランド・レーシーなのだ。彼は市長の娘ローズとの恋を遂げるために、軍務を放棄しエアの工房に潜伏する。そして知人のオランダ人船長を紹介する。こうしてエアの出世とレーシーの恋という二つのプロットが交錯する。

三　貴族への反感

劇は娘と甥の恋に反対するオトリー市長とリンカン伯との腹のさぐり合いという喜劇的対話で始まるが、慇懃無礼な二人の会話の底にあるのは市民階級と貴族階級の対立という劇全体の枠組み、つまり貴族の浪費と遊惰に対する市民の反感と、身分意識に捉われた貴族の市民蔑視との確執である。

この硬直した関係に、オランダ人職人と船長という「他者」が闖入することで、貧しい靴屋の親方の市長出世というロンドン市民階級内ヒエラルキーの逆転と、結婚による貴族と市民との融和と結合が成る。それは零細靴工房の粗野な親方が公益重視の名物市長になり、軟弱で利己的な青年貴族が愛を貫くことで国王から勲爵位に叙されるという、二人の個人的成長物語でもある。

なにしろ劇冒頭のリンカン伯の嘆きによると、甥のレーシー「以上の浪費家のぐうたら者は広い世界にふたりといない」。大陸旅行に出かければ半年でドイツもまわりきらないうちに叔父が用意した五百ポンド以上を使い果たし、従者はお払い箱、手形や信用書も無効、貴族の出自も顧みずウィッテンベルグで靴職人に身を落とす。心配した叔父が奔走してコネづけてやった名誉ある職務――ロンドン周辺から召集された民兵の連隊長として対フランス戦に出陣するという王命を従弟アスキューに任せて行方をくらませてしまう。秘密めかしてアスキューに囁く「これから三日ばかりどうしても抜けられない大切な仕事」というのが、ローズとの密会であるのが笑わせる。子供のいないリンカン伯の「土地、財産、相続権」継承予定者である若者の過保護の甘えぶりが鼻もちならない。

レーシーと娘ローズの結婚に絶対反対の市長オトリーの台詞、

商人は貴族さまとの縁組はご遠慮致します。
あの方々が一年間に珍しい絹や派手な衣装にお使いになる費用だけでも、
手前どもの収入では追いつきませんので。

（一、一、一二―一四）

レーシーと結婚しようとするローズを諫めるエアの台詞、

貴族だって！　だめ、だめ、歯の浮くようなお世辞を当てにしてはだめだ、
あの絹ずくめの連中は絵に書いた人形で見かけだけ。裏を見ればぼろぼろなのだ。

（三、五、四〇―四二）

行進するレーシーの華美な衣装や態度を揶揄する女中シビルの台詞、

派手なスカーフをこっちにひらひら、あっちもひらひら、ここんとこには鳥の羽をなびかせ、その上、宝石や飾りがぴかぴか、それから靴下止め。それがまたたいへんなしろもので、このオールドフォードのベリマウントさまのお部屋の黄色い絹のカーテンそっくり。……当たりの柔らかい方ですって、あの方が？　ええ、そうでございますよ、絞ったリンゴ汁みたいに甘ったるくて、口当たりがいいですわ。

（二、一、二五―二九：三七）

などは、浪費と奢侈に流れる享楽的な貴族に対する市民の側の批判と揶揄の声である。

ローズと密会するために軍務を放棄するレーシーの態度は、土地持ちの帯剣貴族の伝統的な役割——軍人として武功を挙げ国を守る——を忘れて私事を優先する一六世紀後半の貴族の傾向を象徴している。一五九〇年代のイングランドはフランスと低地地方に派兵していた上に一五九八年春にはエセックス伯が一万二、〇〇〇の軍隊を率いてアイルランドに進軍している。シーヴァーによると、一五九八年八月末にはロンドン市は二、一〇〇名の軍隊と四〇〇名の追加兵の徴兵を要請され、同年一二月にはさらに六〇〇名の徴兵を強制されている。[6] このような状況ではエア配下の実直な靴職人レーフが新婚の妻ジェーンから引き裂かれて、手作りの靴を形見に出征を余儀なくされる場面は、ロンドンの町かどで日常見られる風景であった。しかもレーシーが言う通り、「ロンドンの兵隊の徴発、給与、装備一切は市長の権限だから」、連隊長には「兵隊一人とりかえることもできない」。連隊長としてフランスに赴くべき貴族のレーシーが軍務を逃れてロンドンで女と逢い（そのくせ彼は行きもしない戦場でレーフの面倒を見ると安請け合いしている）、腕のいい職人のレーフが職場と家庭をさしおいて「非常に腹のすわった軍人」（“So resolute a soldier”）として戦地に送られ「土地と脚を失う」。レーシーの恋とレーフの出征のプロットもこうして絡み合う。傷痍軍人として帰還したレーフの妻をハモンから取り戻すべく出動する職人たちの活劇には、貴族や有閑階級が忌避する軍役を下支えする下級市民階級の怒りと連帯意識が感じられる。

　ジョージ・チャップマンの喜劇『メイ・デイ』（四、三、八七—九四）に戦争からの帰還兵士について語る台詞——「要するに、宴会の残りもので（散々飲み食いした挙げ句の残飯のことだが）まだいける場合は別の日のために取っておくし、形が崩れたものや、腐っちまったのはごみためとか料理場に送り込む。同じように戦いの余りもの、つまり傷痍軍人は牢屋や病院に送りこむのさ」——があるが、当時の帰還兵士、とくに傷痍軍人は過酷な扱いを受けることが多かったのである。

　こうしてレーシーは貴族の浪費、怠慢、無責任の典型として描かれる一方、旧世代の硬直した身分意識や功利的な職業観に捉われず愛に生きるロマンティック喜劇の主人公でもある。出世や公務には無関心だが、個人の幸福の追求にはどん欲で、恋のためなら身分も顧みずオランダ人職人に成りすましてエアの工房にもぐりこむ。「オランダ人職人ハンス」は材源のデロニーの物語にも登場するが、イギリス人青年貴族の仮の姿という新味を加えて、劇全体のテーマの一つである貴族と職人の融和のきっかけを作るというデッカーの工夫がある。また、エアはデロニーでは妻の頓知でギリシャ商船の貨物を売り富を得るが、デッカーではオランダ人職人ハンスの仲介でオランダ商船の積み荷を売る。オランダ人職人ハンスも、デロニーではフランス人ジョンの恋を邪魔した挙げ句、イギリス人ニコラスに負ける悪役であるが、デッカーでは自分の恋を成就するばかりかエアの市長就任を助ける善玉として描かれる。これらの点にオランダ人の存在のプラス価値を強調しようとするデッカーの意図が感得される。

レーシーは、プラウタスやコメディア・デラルテ以来の「いまどきの若者」――年寄りを出し抜いて身分違いの恋を達成し、共同体の生命力の再生を図る無鉄砲な若者の一人でもある。だが無鉄砲な割りにいざとなると腰砕けになり泣き言を漏らす彼は、恋人ローズの「絶望などなさってはだめ」との励ましでなんとか持ちこたえて叔父リンカン伯との最後の対決に臨む。弱気の若者と、しっかり者の娘という新世代のカップルの点描も愉快である。

四　オランダ人職人の雇用

工房でのエアは、早朝、職人たち、女房、女中をたたき起こして「やい、起きてこんか、ビール腹のすべたども……店をあけろ……さあ、急いで仕事だ、仕事だ」と怒鳴りちらしている。ファークが「こちとらは、はばかりながら結構なお店で働くご身分だ。雨が降ろうと降るまいが知ったことか」とつぶやくように、天候に関係なく、薄暗い店の中で早朝から晩まで手仕事に追われるしがない職人暮らしの親方である。

貴族や市長とハモンら上級市民、そして親方と職人たちの生活の経済格差は、出征兵士への餞別の額にも表れている。連隊長として対フランス戦に赴くはずの甥レーシーに餞別としてリンカン伯はポルトガル金貨三〇枚（ポルトガル一金貨は約四ポンドに相当。三〇枚の金貨のうち一〇枚はアスキューに、二〇枚は手金としてオランダ人船長に渡る）を、市長オトリーは二〇ポンドを贈る。同じ出征兵士への餞別でも靴職人レーフには、エアが六ペンス玉五枚、職工頭ホッジは一シル、職人ファークが二ペンス玉三枚である。

またリンカン伯や市長オトリーやジェントリーのハモンらが問題にするのは「財産一千ポンド」「持参金一千マーク」「手数料エンジェル金貨一枚」「手切れ金、金貨で二〇ポンド」などであるのに対して、エアの工房の話題は、職人仲間におごる「ビール八杯一シル」、「ビール一ダース」（ただし金は二杯分しか払わない）、「お使い賃三ペニー」などである。デッカーは金銭の出し入れ額を詳細に記すことで、ロンドンの階層化された暮らしぶりを生き生きと映し出すのである。

早朝から起き出したエアが「むだ口はやめて、さっさと働け」「それ縫え、それ刺せ、それ縫え」と叫び、ファークが「これじゃ当分しけだね "still a sign of drought"」とつぶやきながら、職人たちがルーティンワークに取りかかろうとした折も折り、見知らぬ職人風の男がオランダ語なまりの片言英語で酔っぱらいの唄を歌いながらふらりと現れる。

Der was een bore van Gelderland
　Frolic si byen;
He was als dronck he cold nyet stand,
　Upsolce si byen.
　Tap een de canneken,
Drincke, schone mannekin.

（二、三、三九—四四）

(R.C. ボールドによる英訳は There was a farmer of Gelderland. / Jolly they be; / He was so drunk he could not stand, / Tipsy (?) they be. / Tap once with the can, / Drink, pretty little man.)

T・ホエンセザールによれば、オランダ東部の州名 “Gelderland” は “geld”「去勢する」の言葉遊びで去勢不安を表す[7]。歌の大意は「(オランダ人の農夫が) 梅毒による去勢と酩酊 “als dronck” によって足腰が立たず “nyet stand”、性的不能 “cold” に陥り、千鳥足で “Tipsy they be”、缶入りの酒 “Tap oncewith the can” を飲み、取るに足らない男 “little man” になってしまった」である。ハンス・ミュルテルことローランド・レーシーが歌うこの唄はオランダ人は酒好きという英国人の偏見への諷刺であろう。

ホエンセザールは一六、七世紀にオランダ人の酩酊を主題としたインタルードがいくつも書かれたと言う。たとえば作者不詳の『富裕と健康』(一五五八) のアル中の失業者ハンスはロンドンの病院で死ぬし、アルピアン・フルウエル『類は友を呼ぶ』(一五六七) のハンスは人事不省になるまで酔いつぶれる。作者不詳の『弱者は壁に向かう』(一六〇〇) のハンス・ヤン・スメルトや、ウィリアム・ダヴナント『プリマスからの便り』(一六三五) の船長ハンス・バンブルとその仲間、そしてトマス・ナブス『花嫁』のオランダ人ワイン商ライニスらも飲酒ゆえに失敗する[8]。オランダ人は酒好きという偏見が一般に定着していたことは、ファークのハンス評――「こいつは酒が強いぜ。うんと飲むぜ」、ホッジの「船長とあいつが今白鳥亭で一杯やっているところだ」、船長の「ハイ、ワタシウントコ飲ンダアルヨ」、オトリーの「あの汚らわしい、酒好きのうすのろ、酔っぱらいの靴屋の職人風情」などの台詞が示している。

米村泰明は、ロンドンで最初にホップを用いたビールの醸造を始めたのはオランダ人とドイツ人であり、一五八五年にロンドンのビールの醸造所の半数は外国人の経営によるものであったこともオランダ人は酒飲みという偏見を助長したのであろうと述べている[9]。

ハンスの姿を目ざとく見つけたファークが、「あいつが靴屋の七つ道具を持ってなかったら、おれは命をやらあ。どこか、よその国の職人だぜ。親方雇ってやんな」と勧めるが、エアは「今は不景気だ。かまうな。ほうっておけ、職人は足りている」とそっけない。エアの返事は一五九〇年代のロンドンの不景気と失業者の増加を踏まえている。当時人口増加、毛織物工業の不況、戦費負担、食品価格の上昇、疫病の流行などが重なり失業者や浮浪者（中にはレーフのような傷痍軍人もいた）が増えた。D・ベヴィングトンは、一六世紀後半に、労働市場を圧迫する安価な移民の労働力を攻撃するパンフレット群、たとえば作者不詳の『公共福祉論』（一五四九）、エドワード・ハケ『今の時代への試金石』（一五七四）、フィリップ・スタブズ『悪弊の解剖』（一五八三）などがさかんに出回ったと述べている。(10)

だが冗談好きのファークはハンスのオランダ語なまりの片言英語を喜び、「は、は、は、こいつの言うことを聴いていると、可笑しくって、陽気になって、まじめくさってやるより仕事がうんとはかどる」と雇用を勧める。彼はハンスの仲間入りによってまじめくさった“working days”が陽気な“holiday”に変貌することをいち早く直感しているのである。

当時の英国人がフランス人、ウエールズ人、アイルランド人など外国人の片言英語をからかうことをいかに好んだかはシェイクスピアの『ヘンリー五世』（三、四：四、四：五、二）や『ウインザーの陽気な女房たち』（二、三、一：三、三）の当該場面からも察せられる。オランダ人ハンスや船長の目茶目茶英語も『靴屋の祭日』のアトラクションの一つであったに違いない。

しかし、エアにハンス雇用の決断を強いたのは、妻マージャリーの「ここは職人衆の言うことを聞いた方がいい」「職人は今でも足りないんだから、オランダ人“butter-box”ならみんな雇わなきゃならないよ」という一言（劇中「でぶのオランダ人」を表す俗称“butter-box”の語句をマージャリー一、ファーク二、オトリー一計四回使用している）という言葉と、ホッジの「きっと腕のいい職人だぜ……あんな男を逃すようじゃホッジはもうここには用がねえや」の台詞と、ファークの「ホッジが辞めればファーク様も辞めだ」という脅し文句だ。マージャリーはともかく、頼りの職工頭と第一職人に辞められては大変と、エアは「おれは職人がてめえの命より可愛いんだ。あいつに働く気があるんなら雇おうじゃねえか」と前言を翻えさざるを得ない。エアの出世のきっかけとなるハンスの雇用は、渋るエアの背中を押す職人たちの結束によって実現する。エアと職人たちのやりとりの間ハンスの台詞はないが、一喜一憂を表すパントマイムの身振りが観客を喜ばせたに違いない。ベヴィングトンはホッジやファークは外国人のハンスに国際的友愛の情を抱いていると言う[11]。彼らがそこまで高尚な連帯感を抱いたとは思えないが、異邦人の彼に腕一本の技と道具をたよりに渡り歩く独身の雇職人同士の親近感を覚えたことは確かであろう。それ以上にハンスの雇用に有利に働いたマージャリーの「オランダ人なら」とホッジの「腕のいい職人」などの語にこめられたオランダ人職人の持つ高い技能への期待がどこからきたものかを理解する必要がある。

五　オランダ人移民

イングランドとオランダの関係で忘れてはならないのはイングランドの毛織物工業に寄与したオランダ人移民の熟練織布工の歴史である。古くは一四世紀のエドワード三世治世（在位一三二七―七七）に、フランドルから多くの織布工を招いて彼らの進んだ技術でイングランドの毛織物製造業を発展させようとの試みがすでにあったが、特に一六世紀後半以降にネーデルラントでの迫害と戦火を逃れてやってきたプロテスタント系移民の熟練織布工はイングランドの毛織物業に大きく貢献した。

一六世紀の後半独立戦争の最中にあった南ネーデルラントではフィリップ二世の信任を得て一五六七年にフランドル総督となったアルヴァ公による宗教裁判が実施されると[12]、約一〇万人のプロテスタントが脱出し、イングランド、ラインラント、スイス、ホラント各地に移動先を求めた。その後七〇年代中葉、八〇年代後半にも難民の移動は続いた。移住してくれば、ほぼ間違いなく地元住民と摩擦や軋轢を引き起こすと予想されたこれらのプロテスタント亡命難民をむしろ積極的に受け入れたイングランド政府には、ヨーロッパで支配的なカトリック体制からプロテスタントを保護するという大義や政治的理由のほかに、外国人移民を通して大陸の高度な技術を取り入れようとの経済的利害意識があった。イングランドが産業先進国として自他ともに認められるようになるのは一八世紀以降であり、一六、七世紀のイングランドは大陸諸国に比してまだまだ遅れをとっているという意識が強かったからである。中でも宰相ウィリアム・セシル（一五二〇―九八）はプロテスタント亡命難民を積極的に受け入れ、新技術を有する外国人に一定期間パテント（特許）を付与して優遇した。結果、一六世紀後半に南ネーデルラントから来たプロテスタント織布工によって導入された新毛織物[13]は、少ない原毛で多量の製品を生産できる特色を持ち、一七世紀のレヴァント・地中海市場におけるイングランド毛織物輸出の興隆の基盤を作った。

須永隆によると、一五八〇年代から一七世紀前半までのロンドンにはシティとその周辺区に限ればおよそ六、〇〇〇人程度の外国人（ロンドン全体の人口の約五パーセント）がいたと推定され、その出身地でもっとも多いのがオランダで、次に神聖ローマ、フランス、イタリア、スペインと続く（たとえば一五七一年一一月一〇日のロンドンの外国人亡命者記載総数四、七五五人の出身地のうち一位はネーデルラントとオランダの合計で一、六三五人で、二位は神聖ローマ帝国五二五人、フランスは一四一人である[14]）。ロンドンのオランダ人亡命者はエドワード六世治下の一五五〇年に解体された修道院であるオースティンフライヤーズの教会を礼拝堂として認可され（フランス人教会はスレッドニードル通りにあった）、その周辺地域にオランダ人居留地が形成されたという。

エアはフランスに出征する靴職人レーフを励まして叫ぶ。

うんと暴れてこい。紳士の職業の名を挙げてこい。格式の高い靴屋のためだ。威勢のいい靴職人のためだ。聖マーティン区の華のためだ。ベドラム、フリート通り、タワー通りからホワイトチャペル一帯の気違い野郎のために大暴れに暴れてこい。フランス人の間抜け野郎どもをめちゃめちゃにたたきのめしてこい。

（二、一、二一五—一九）

ベドラム、フリート通り、タワー通り、ホワイトチャペル一帯は職人街で、その地域の靴職人仲間の代表として戦ってこいとレーフを激励する。ロンドンの地図（前章図1）を見ると、エアの店のあるロンドン東部のロンドン塔付近の職人街はオースティンフライヤーズ付近のオランダ人移民居留地一帯と近接、一部は重なっていることが分かる。聖マーティン区だけは西部にあるが、住民の半数は外国人であったと言う。ちなみに聖マーティンは聖ヒューとともに靴職人の守護聖人である。

その上興味深いのは、須永隆によれば、一五五〇年創設のオランダ人教会の最初の会員二三〇名のうち一番多いのが靴職人（靴修理工を含む）の五〇名で、次が仕立屋の四〇名であったことである[15]。要するにオランダ人は一六世紀末のロンドンで一番多い外国人であっただけではなく、エアが店をかまえる職人街のタワー通り近辺はとくにオランダ人移民の多い地域であり、エアの工房へのオランダ人雇靴職人の訪れはごく自然なことであった。オランダ人職人ハンスにファークやホッジが示した親近感、労働市場で競合する外国人移民に示したエア親方の敵愾心、オランダ人職人一般の高い技術に対するマージャリーやホッジが示す期待の背景には、オランダ人プロテスタント移民（熟練の織物工を含む）に対するロンドン市民の複雑な感情がある。ただし一五九七年の職人法では、外国人職人の場合、七年以上修行した者でないと雇ってはいけないと定められていたから、大陸旅行の途中で、ウィッテンベルグで数週間かせいぜい数カ月間靴職人修行を経験しただけのハンスことレーシーの資格では雇用はとうてい無理というのが現実であった。事実と夢、歴史とほら話が入り交じっているのが『靴屋の祭日』の世界なのである。

六　オランダ人船長と新市長誕生

ハンス（レーシー）は工房入りを果たすや軟弱な不良貴族の面影を払拭し、「ハイ、ハイ、ワタシ靴屋アルヨ」「アナタナニ言ウカワカラナイ。ワタシワカラナイアル」と笑わせながら、水を得た魚のように生き生きと職人仲間とともに仕事をし、歌い、踊り、「この連中の中でわたしはまるで帝王のように愉快に暮らしました」と胸を張る。

彼がオランダ人船長を連れてきた理由をホッジは「船王の商人は顔を出せないから代わりにあの船長が仲のいいハンスを通して親方のエアに品物の取引を申し込んだのだ」と説明する。シーヴァーによれば、外国人商人は自己の船荷を直接ロンドン市場で販売することは禁じられていたから、船長がオランダ語を解する市民ブローカー・ハンスを介してエアに船荷の販売を委託したのだ[16]。船荷は靴屋が通常扱う地味な日用品とは対照的な地中海の光と香りあふれる「キャンディー島」“Candy”（クレタ島のこと。ワインと砂糖の名産地として知られる）直送の高価な奢侈品の数々であった。船長は語る。

積ミ荷イッパイアルヨ……砂糖、霊猫香、アーモンド、薄物ローン、ソノホカタクサン、タクサンアルヨ。引キ受ケルヨロシイ、ハンス、オマエノオヤカタノタメ引キ受ケルヨロシ。船荷証券アルヨ。オマエノ親方サイモン・エアサン、タクサンモウカル。

（三、一、一―五）

「なにせ積み荷だけでも二、三〇万ポンドの値打ちがある」「支払い期間には相当の余裕がある」「積荷証券を見ても、一種類の商品だけでも、エアのもうけは軽く三千ポンドになる」という好条件だが、問題はオトリーが言う「たかが靴屋のサイモン・エアの親方がまさかあんな商品を引き取るだけの資力があるとはわたしは思いませんが」と、ファークの言う「ハンスの野郎、親方に融通してやれるかな、手金の二〇枚のポルトガル金貨がよ?」という懸念である。しかし、ハンス(レーシー)が叔父からもらった出征祝金の残余ポルトガル金貨二〇枚を供して問題を即決する。すでに軍役拒否と靴職人就職で二重に叔父の希望を打ち砕いたレーシーが、叔父が最も望まない形で叔父の金でエアを助けるという皮肉である。ハンスのような流れ者のオランダ人靴職人がなぜ金貨二〇枚もの大金を所持しているのか誰も怪しまないのも不思議なのだが、エアは「可愛いおれの職人が融通してくれた金貨のおかげで」「真赤なチョッキを着たり、金の鎖をぶらさげたりする」身分に急上昇するのである。

「なにせ積み荷だけでも、二、三〇万ポンドの値打ちがある」というファークの大言壮語についてはシーヴァーは当時の王室の借金の総額に近い額であり、一隻の商船の船荷の価値としてはいかにも非現実的であるが、エアの幸運夢物語の一部として観客は喜んで容認したのであろうと述べている[17]。

エアの方も抜け目なく「船長さん、この市での俺の顔を貸しますぜ」、つまりロンドンの正規市民権と市商業組合員権保持者としての自己の信用あっての取引であることを強調し、箔をつけるために市参事会員用の印形の指輪や縁つきのガウンにどんすの長衣まで着用して交渉に臨む。こうして富を手にしたエアは「国民の総意のもとに、来る一年間の任期を持って市の長官に推薦され」、「七名の市参事会員が死ぬか病気になる」という幸運もあってついに市長に選出される。

マージャリーは夫想いの忠実な女房だが、口やかましいのが欠点で、職人たちからは煙たがられ、女性差別意識丸出しのエアからは「下がれ、台所のごみくずめ、ひっこめクロぱんの唐人女め、消え失せろ、おれを怒らせるなよ、イーストチープのしがねえ売り子の身の上から、思いがけなくこの店のおかみさんに収まり、靴屋のサイモン・エアのつれあいになれたのはいったい誰のお陰だ」と口汚く罵られている。だが長官夫人に出世した彼女が有頂天になって「コルク靴、落下傘スカート、フランス頭巾、かつら、ベール」などの舶来の最新ファッションを身につけたがるのは、異国情緒あふれるオランダ商船の奢侈品の船荷が「期日までには大方さばけるはず」というロンドンの消費レベルの高さを暗示するエピソードとなっている。

ベヴィングトンによれば、長官や市参事会員以上の公職は年に一、二〇〇から一、五〇〇ポンドの出費を余儀なくされ、そのため五〇〇ポンドの科料を払って職を辞す者も少なくなかったと言う(18)。オトリーは「エアを市庁舎に送り込みましたので、奴が得た数千ポンドからいくらか出させるつもりです」と、財政負担を肩代わりさせるためにエアを市長職につけたと言わんばかりである。だが新市長となったエアに出費を厭う気配はない。彼は「店を閉めろ、職人ども、今日は休みだ、職人衆、今日は祭日だ」と靴屋の祭日の雰囲気を盛り上げ、店と道具を譲ってホッジを後任の親方とし、ファークを職工頭に昇格させ、獲得した富と権力を有効活用してハンスの金貨二〇枚を五倍の百枚にして返し、レーシーとローズの結婚に王の認可をとりつけ、レドンホールを建設し、徒弟たちと国王を盛大な饗宴に招待し、国王から皮革市定期開催の許可を獲得することに尽力する。

実に陽気な気違い親父で、ちょっと比類がございません。
お会いになりましたら、きっと陛下は市長とはお思いにならず、
乱暴な無頼の徒とでもおぼしめすことと存じます。
ところがおのれの職務に関しましては
万事実にまじめで慎重、
その上賢明でございますし、
厳粛な人々の間では、まことに厳粛そのもの、
いままでのどの市長にも決して見劣りいたしません。

（五、三、二―九）

という伝説的な名物市長の誕生である。

エアの出世とともに「俺たち靴屋の仲間に栄えあれ」と意気上がる職人たちであるが、中でもファークは「はねまわる」を意味する名の通りの身軽、機転、多弁の元気者で、劇中一番の生彩を放つ。彼は何でも口出ししてプロットを押し進める狂言回しであるが、臆せず市長オトリーと対等に渡り合う。

確かなこと？　じゃあ、聖ポール大聖堂の塔が街の標識の石よりちっとばかり高いのが確かなことじゃねえというんかね？　王立取引所のそばの小便水道がちょろちょろしか水が出ねえのが確かなことじゃないと言うのかね？　いやさ、この俺が元気者のファークだってのが確かなことじゃねえというのかね？　お前さんをだまくらかすほどわっちが卑しい奴だというんだね？

（四、五、一一二―一一五）

わっちは下郎じゃごぜえません。卑しくもなく、ただ身分が低いだけで、狡くもごぜえません。ちょっくら靴つくりの名人でして。

（五、二、一四三―四四）

大聖堂の塔の高さや取引所わきの水道の出の悪さまで知り尽くしたロンドンをこよなく愛し、身分は低いが生産的職業に誇りをもつ正直な職人こそこの街の主役であるという誇りである。

本劇には職人たちが騒ぐ場面が二回、つまりハモン襲撃とクライマックスの宴会とがある。シーヴァーによると、一五九〇年代のロンドンには少なくとも一万五千人の徒弟と一万二千人の雇職人がいたが、彼らの多くはホッジやファークと同じく身軽な独身者で、折りあらば路上で騒いだ。[19] 枢密院の圧力のもと、ロンドン市長は定期的に各地区の市参事会員に路上での騒動がないように監督強化の指令を出した。懺悔火曜日（断食日のレントの前日の無礼講の祭日）はメイ・デイとともに若者たちが無礼講で騒ぐ特権的な日であった。エアがレドンホールに国王と職人たちを迎えて供するガルガンチュア的饗宴は、貧しい靴屋あがりの新市長のポトラッチであると同時に、パンケーキデーの懺悔火曜日に押しかけたロンドン中の職人や小僧たちの天を衝く生活意欲の爆発である。

おお、兄弟たち！　極楽のようなご馳走が出るぞ。肉入りのパイがぽっぽと湯気を立ててあっちこっちとびまわる。牛肉とスープが人樽で次々に滑り込む。揚げ物とパンケーキが手押し車にのって押し寄せる。鶏やオレンジが背負いかごで飛び込む。玉子焼きやハム・エッグが大かごで、パイとプリンがシャベルでゆらゆらゆれながらくり出すぞ。

（五、二、一八八—九四）

「雑な仕事はハンスにあてがえ」とオランダ人靴職人への差別意識を隠さなかったエアも、「正直者の俺の職人ハンス」「俺の可愛いオランダ生まれの職人」「どうだ、俺と一緒に暮らさんか？」と態度を軟化させ、最後に貴族としてではなく「俺の腕のいい雇職人、ローランド・レーシー」としてそのアイデンティティを是認する。

秘密結婚用のサヴォイ教会でローズとの結婚を果たしたレーシーに、武功もないのに勲爵位が与えられ結婚が公認されるのは安易な結末であるが、それによって市長オトリーとリンカン伯は和解し、市民階級と国王を頂点とする貴族階級との融和が完成する。一体化したロンドン市民の祝祭的高揚感と幸福な熱気の中に劇は幕となる。

しがない靴屋の親方がロンドン市長に出世するという『靴屋の祭日』にふさわしい夢物語の決め手は親方とオランダ人靴職人とオランダ人船長との幸運な出会いである。親方の工房へのオランダ人靴職人の訪れは当時のロンドンのオランダ人移民の状況から見れば不自然ではないが、地中海からきらびやかな奢侈品を満載したオランダの宝船の到来はいかにも空想的に感じられる。

だが、オランダは一六〇二年にオランダ東インド会社を設立、東インドに進出してポルトガルから香料貿易を奪い、さらにオランダ西インド会社も設立するなどして次第に植民地を拡大し、一七世紀には海洋貿易立国として黄金時代を迎える。一五九九年に初演された『靴屋の祭日』に登場するオランダ商船も、オランダ海運業黄金時代のさきがけとしてテムズ河に入港したオランダ豪華商船の一隻であったという可能性は否定できない。上昇期のロンドンの市民階級の中核をなす手工業者の一代表としての親方と、一五八一年にネーデルラント連邦共和国としてスペインから独立し（正式に独立が承認されたのは一六四八年のウェストファリア条約）隆盛期に入ろうとするオランダの海運業界の担い手の一人としてのオランダ人船長との互恵的遭遇と、両者の仲介をしたオランダ人雇職人の活躍の物語には、オランダとイングランド両国の橋渡しとなりたいとのオランダ人移民二世のデッカーのひそかな夢が託されていたのかも知れない。

おわりに

テキスト

Thomas Dekker, *The Shoemaker's Holiday or the Gentle* Craft, ed. with Critical Essays and Notes by Alexis F. Longe, ed., C.M. Gayley, *Representative English Comedies*, vol.III, Macmillan, New York, 1914

注

（1） R.C.Bald, "Introduction" to Thomas Dekker, *The Shoemaker's Holiday Six Elizabethan Plays*, Houghton Mifflin Company, Boston, 1963, p.69

（2） "The Gentle Craft", *The Works of Thomas Deloney* ed. from the earliest extant edition of Broadsides with an introduction and notes by Francis Oscarmann, Clarendon Press, Oxford, 1912, pp.69-136

（3） E.H.Sugden ed, *A Topographical Dictionary to the Works of Shakespeare and his Fellow Dramatists*, Manchester U.P., London, Longmans, Green, 1925

（4） L.C. Knights, *Drama and Society in the Age of Jonson*, Penguin Books, Chatto and Windus, 1937, p.23

（5） S.Paul Seaver, "The Artisanl World", *The Theatrical City: Culture, Theatre and Politics in London, 1576-1649*, eds., David L.Smith, Richard Strier and David Bevington, Cambridge U.P., 1995, pp.92-93

（6） Seaver, pp.87-88

（7） Ton Hoenselaars, "The Topography of Fear: The Dutch in Early Modern Literature", *The Elizabethan Theatre* XV: Papers given at the Fifteenth and Sixteenth International Conferences on Elizabethan Theatre held at the University of Waterloo, Ontario, P.D. Meany, Toronto, 2002, p.230

（8） Hoenselaars, pp.223-24

（9） 米村泰明著「テューダー・インタールーヅに描かれる酪酊の戒め」『埼玉大学　紀要、人間学部篇』、第九号、二二三頁

（10） David Bevington, "Theatre as Holiday", *The Theatrical City: Culture, Theatre and Politics in London, 1576-1649*, eds., David L. Smith, Richard Strier and David Bevington, Cambridge U.P., 1995, p.111

（11） Bevington, p.110

（12） 宗教裁判によって、プロテスタントの指導者エグモント伯とホーン伯他一、五〇〇人にのぼるプロテスタントが逮捕処刑され、全ヨーロッパに衝撃を与えた。のちにゲーテは悲劇『エグモント』（一七八八）を、ベートーベンは『エグモント序曲』（一八一〇）を書いた。

（13） 旧来の「ダズン織り」「カージー織り」などとは区別されて「ベイ織り」「セイ織り」と呼ばれた薄手の毛織物。

（14） 須永隆著『プロテスタント亡命難民の経済史：近世イングランドと外国人移民』昭和堂、二〇一〇、四一六〇頁

（15） 須永隆、四七頁

（16） Seaver, p.93

(17) Seaver, pp.93-94
(18) Bevington, pp.108-09
(19) Seaver, pp.89-92

第6章　ロンドンのオランダ人(2)——ジョン・マーストン『オランダ人娼婦』

はじめに

『オランダ人娼婦』は一六〇五年六月二六日に出版組合登録簿に登録されたが、クォート版で出版されたテキストの表題紙に、「最近女王饗宴少年劇団によって黒僧座で上演された」とあるから、初演は一六〇五年半ばと推定されるが、上演の最初の記録は一六一三年である。

前口上で、マーストンは「この気楽な劇」の目的は「誰も怒らせない」ことと「教えるのではなく、ひたすら楽しませることにある」と述べ、解題《アーギュメント》は娼婦と妻の愛情の違い（主筋）と、機知に富む都会の不良青年の策略（副筋）であると要約している。主筋にはモンテーニュ『エセー』の中でも人間の自然な欲望について論じた第三巻第五章「ウェルギリウスの詩句について」からの引用が多く、プロットの材源はニコラス・ドゥ・モントリューのロマンス『ジュリエットの牧歌』（一五八五）であるとされる。

デビュー作『ピグマリオンの像の変容と諷刺詩数編』と『悪徳の懲罰』の二詩集が一五九九年のカンタベリ大主教の諷刺詩禁止令に触れて焚書処分となって以来、一五九九―一六〇二年の、世に「劇場戦争」と言われるジョンソン、デッカーとの中傷合戦、一六〇五年のジョンソン、チャップマンと共作した『東行きだよ』のスコットランド人諷刺がジェイムズ王の逆鱗にふれ、ジョンソンとチャップマンは投獄、マーストンは行方をくらますという筆禍事件など、誰かを「怒らせること」の多かったマーストンが、本作では「誰も怒らせない」、「教えるのでなくひたすら楽しませる」喜劇を目指すと言う。だが、ミドル・テンプルきっての諷刺家、毒舌家として知られ、「吠える諷刺家」の異名をとったマーストンのこの力作が、果たして彼の公言通りの気楽で無害な笑劇に止まり得るのだろうか。

一　オランダ人への偏見

一七世紀初頭の商業都市ロンドン、そこでは
ありとあらゆるものが商品として売られている。
名誉、正義、信義、
いや神様だっても売られている。

（一、一、一二五—一二七）

儲けさえ出せば、
こちらが何をやろうと狡《ず》るしているようには見えまい。

（三、三、五八—五九）

『靴屋の祭日』の主役であったもの作りに励む勤勉正直な職人たちは姿を消し、ここには悪徳商人たちが跋扈している。チープサイドの酒商マスター・マリグラフ（意気消沈、腹痛）は、「やがて市参事会員になろう」という野心家だが、客に出す酒に水を交ぜ、法外な料金を吹きかけ、「愛の家族」[1]の信徒として博愛主義にかこつけて夫婦で売春業を営んでいる（その上女房は時折り夫の目を盗んで火遊びを愉しんでいる）。同じチープサイドの金銀細工商マスター・バーニッシュの本業は高利貸しで、マリグラフは処刑場に引かれる途中でさえも、バーニッシュから借りた高利の借金のことを気にしている。彼らにとって正直な商売など軽蔑の対象でしかない。劇の冒頭のわずか五〇行足らずで"Shark"「人を食い物にする奴」、"cogging"「いかさまを働く」、"fornication"「密通」、"grows blind on the right side"「不正を大目に見る」、"have day"「堕地獄を延期する」、"pocket up"「くすねる」、"treacherous"「あてにならない」、"coney-catching"「お人好しをだます」、"counterfeit"「まがいもの」などの語が続出するように、詐欺と裏切りが横行する『オランダ人娼婦』の世界では、人を出し抜いて「利益の的を射抜く」"hit the mark of profit"者こそが「知恵者」"wit"として幅をきかせるのだ。

アンモラルで非情の商業都市ロンドンは、人口約一二万の約五パーセントが外国人という国際都市でもある。副筋の主人公コクルドモィ（偽金）は、マリグラフをペテンにかけようと外国人床屋に変装するが、「言葉はという――そうだ、スペインなまり、オランダなまり、ウェールズなまり、いや、北なまりの床屋でいこう！」と決めて、スコットランド人アンドルー・シャーク（詐欺師）を名乗る。

コクルドモィはフランス人行商人にも化けるし、主筋の主人公フリーヴィル（気まま）はフランス人の用心棒ドン・デュポンに変装する。当時のロンドンではスペイン、オランダ、ウェールズ、スコットランド、フランス人その他の外国人が珍しくなかったのである。わけてもオランダ人はロンドンで最大のマイノリティであったことは第5章の「靴屋の祭日」で既述した。

一六世紀のイギリス人の諸国観の一端を示唆しているのがシェイクスピアの『間違いの喜劇』のシラキューズの

アンティフォラスとドロミオの対話である。当時、セバスチァン・ミュンスターの有名な「ヨーロッパの女王」（一五七〇）を典型として、女性の身体の各部位を諸国と結びつけるイコノグラフィーが流行していたが、ここでも女中ネルの体の細部と世界の国々が関連づけられる。

ドロミオ　彼女の身体は天球のように丸味を帯びている。その中にはいろんな国が見えるよ。
アンティフォラス　彼女の体のどの部分にアイルランドはあるの？
ドロミオ　尻さ。沼地があるから分かる。
アンティフォラス　スコットランドはどこ？
ドロミオ　荒地が多いから分かった、たしかに手のひらの中だ。
アンティフォラス　フランスは？
ドロミオ　額にあるのさ、武装して、王家という毛が乱れかかってフラフラしているよ。
アンティフォラス　イングランドはどこ？
ドロミオ　白亜質の崖を捜したが、白いものは見つけられなかった。でもたぶんあごのあたりだ、フランスとの間をながれる塩辛い水っ洟のおかげで分かる。
アンティフォラス　スペインはどこだ？
ドロミオ　うん、見えないけれど、彼女の息の中にその存在を熱く感じるよ。
アンティフォラス　インド諸島のアメリカは？
ドロミオ　ああ、君、鼻の上さ。アメリカはルビー、ザクロ石、サファイアで飾りたてたその麗しい顔をスペインの熱い息の方に傾けているのでスペインの意気は上がり、鼻のところで武装船団が盛んに積み荷をしているよ。

アンティフォラス　どこにベルギー、ネーデルラントはあるのかな？
ドロミオ　そんな下の方ははしたないから覗かなかった。

（『間違いの喜劇』三、二、一一二―三一）

フランス、イギリス、スペイン、アメリカなどが理性の宿る頭部の各所にあるとされるのに対して、アイルランドとネーデルラントは下等な肉体性が強調される「尻」“buttocks”や「下腹部」“ow”にあるとされる。
低地地方の特徴についてジョン・リリーやトマス・デッカーも次のように揶揄している。

低地地方はこれまでポン引き、女衒、娼婦を生み育ててきた。
連中はフラッシング、スルイズ、グロインのあたりに棲み
フランスで病気になり、国境の下方で死んだのだ。

（ジョン・リリー『公明正大な争い』四、四、一九五―九七）

（“Flushing”には“flusey”「女性性器」、“Sluys”は“sluicy”「濡れた」、“Groyne”は“groin”「股間」、“Sickened in France”「梅毒にかかる」、“under the Line”「ベルトの下の下腹部」などの含意がある）。

あの最も熱い戦いの行われる湿った低地地方、あのグロイン地方で私は太股に負傷して足を引きずっていたが、今はすっかり良くなった。割れ目地帯では少々痛い目に遭った。砦を逃げ出す時に、二個の玉で鼻の頭を骨折して。あのゲルダーランドでも一生懸命やったが、裂け目のところであやうく爆破されるところだった。フランス軍にやられて髪の毛がみんな抜け落ちて、医者の厄介になったのだ。

（トマス・デッカー『貞淑な娼婦』第二部、五、二）

（"hottest service"「白熱した戦闘、あるいは性交」、"moist"「湿った」、"Groin"「股間」、"wounded in this thigh"「太股に負傷」、"breach"「割れ目」「裂け目」、"Geld"「去勢」、"French courtesy"「梅毒」などの含意がある）。

オランダ人男性を酩酊や怠惰を結びつける偏見については『靴屋の祭日』で既述した。T・ホエンセラーズによれば、海抜より低く、湿って多孔質の低地地方の風土が子宮や膀胱の弛緩、失禁、オランダ女性の性的放縦などの連想を生む。モンテーニュ『エセー』三、五、九七に依拠するフリーヴィルの「放縦が禁欲の価値を高めることもある」（二、一、一二〇）という台詞には、低地地方を性的に放縦な女人と表象することで、対比的に処女王エリザベスに統治される自国の健全で貞潔な価値を強調しようというイギリス人の愛国的自意識があり、その意識の底には異邦人という他者への不安と忌避の感情があるという[2]。

二　放蕩息子フリーヴィル

『オランダ人娼婦』という題名にはオランダ人女性に対するイギリス人の複雑な偏見と性の商品化というロンドンの商業主義への皮肉がこめられている。コクルドモィは「純潔、慎みといった神の与えもうた操、類まれな宝石を売る」売春業は、「ロンドンにある一二の同業組合の中でもピカ一のものだ」と茶化し、女衒の生涯は「悪の巷クラーケンウェルに生き、罪を購うブライドウェルに死す」と総括している。ロンドン北郊のクラーケンウェルは売春婦や追い剝ぎが出没する場所として知られ、テムズ河畔のブライドウェルには売春婦、女衒、浮浪者、犯罪人を収容する牢獄があった。劇の終盤、フリーヴィル殺害計画に失敗したフランチェスキナは、投獄とむち打ちのためにブライドウェルに送られる。そこで青い囚人服を着せられた娼婦たちがむち打ち刑のために集められる様は、デッカー『貞淑な娼婦』第二部、五幕に活写されている。

A・M・ハセルコンによれば、一六、七世紀のバンクサイドには多くのオランダ人娼館が立ち並んで繁盛し、とくに、「オランダ連盟《リーグ》」という名前の娼館が有名であったという(3)。一五四〇年代にヘンリー八世によってサザックの娼館が解散させられて以来、売春宿はロンドン全体に拡散したが、特にバンクサイド、ショアディッチ、東部郊外などが娼婦の多いところとして悪名を馳せたのである。

マーストンはミドル・テンプルに約一〇年間在籍したが、法学院から川向こうのバンクサイドへの船によるアクセスは容易であった。女衒のメアリ・フォーはフランチェスキナに紹介した客の中には「有り金は二シリングこっきりの法学院の貧乏学生」もいたと語っている。マーストンは自らバンクサイドに足を運んだか、あるいは遊び好きの法学院仲間の話からか、オランダ人娼婦のイメージを得たのであろう。

灯りを掲げた三人の小姓を従え、謹厳な友人マルルー（不幸）とともに登場するフリーヴィルは裕福な勲爵士の息子で、法学院生とは特定されていないものの、コクルドモイから「学者先生の君のことだ、キケロの『義務論』(4)は読んだだろう」と言われているから学問もあるらしい。メアリ・フォーが客として彼をフランチェスキナに推薦した理由が、「馬鹿で、浪費家、無類の女好きで女たらし」であるから、相当の放蕩息子であることは確かである。黒僧座の上席を埋めた観客——劇の後口上で「ヘリコン山の詩女神《ミューズ》を崇める皆様」と尊称されている教養ある知的エリートたちの多くは、フリーヴィルと同類の放埒で陽気な法学院在籍者であった。マーストン自身、高名な弁護士でミドル・テンプルの幹部スタッフでかつ法学の講師でもあった同名の父親の一人息子への期待を裏切って法律家への道を捨て、諷刺詩や劇の創作に血道をあげた不肖の道楽息子であった。父親は一五九九年に亡くなるが、遺書の中で、愛蔵の法律書を息子に遺贈したいが、息子はこれを喜ばないと嘆いた。「我がままで反抗的なわが息子は私が苦労して集め、喜びをもって読んだこれらの書に値せず、使わずに売ってしまうであろう。神の祝福によって彼がいつの日か真の自分に目覚めて芝居や空しい勉強や愚行の楽しみを捨ててくれればいいのだが(5)」と。

フリーヴィル像にはロンドンの雑踏を闊歩する当代の享楽的な洒落者たち《ギャラント》——流行の衣服に身を包んで芝居や熊虐めの娯楽や娼館通いで時間をつぶす連中——やマーストンにとって親しい法学院の陽気な遊び仲間たちの姿のみならず、親の意に背いて道楽に打ち込む「わがままで反抗的な」マーストン自身の戯画像もいくらか投影されているように思われる。

三　フランチェスキナ

フリーヴィルはモンテーニュ『エセー』三、五、九五—九六に依拠する「愛はすべての線が結ぶ中心、存在の共通の絆なり」(二、一、一一八—一一九)を信条とし、悪所通いも辞さない遊び人だが、マルルーは「肉欲こそ死に至る罪」(二、一、七一)と信じるストイックなモラリストで、娼婦の存在を蛇蝎のごとく嫌っている。フリーヴィルは馴染みのオランダ人娼婦フランチェスキナの魅力を吹聴してマルルーを辟易させる。

可愛い生き生きした目のオランダ娘だ。貞淑で心優しく、教会の財産とも言うべき人だ。ぽちゃぽちゃとむっちりした、丸いほっぺのオランダ女。女の持つべき徳は持ち、その徳にふさわしい美しさ。ぼくの知る限り、どんな思慮分別のある男にもお似合いの女さ。

(一、一、一四七—五一)

「オランダ人女性」を表す"frow"には「ふしだらな女」の、「教会財産」を表す"impropriation"には"property of bawdy house"の含意があるにしても、フランチェスキナの素の魅力に敏感なフリーヴィルのナイーヴな感性を示す台詞である。

実際、舞台に登場したフランチェスキナは輝くばかりの美しさで劇場を圧し、さすがのマルルーも「娼婦とはかくも優美な女性なのか？　自然が造った素晴しきよきものを、習慣が破壊したのか？」と驚きと興奮を隠さない。フランチェスキナ役は少年劇団中もっとも美形で、唄や踊りの上手な一〇—一四歳位の少年俳優が演じたという。劇中彼女はリュートやシターンを弾き、歌い、踊る。各幕の切れ目、バルコニーの場、マスクの場などで音楽の演奏や踊りがあり、フリーヴィルやコクルドモィがソロで歌い、ビアトリスが詩を誦詠する場面もあり、聖歌隊出身の少年俳優の音楽的才能と、踊りの巧みさや、みずみずしい容姿の魅力が十分に利用されているのである。

本劇ではオランダ語なまりの稚拙な英語が重要な意味を持つが、マーストンはイギリス在留のイタリア人医師の娘であった母メアリを通して外国語なまりの英語に特別な感性を磨いたに違いない。ジョン・マニンガムの有名なミドル・テンプル『日記』にある一六〇二年一一月のある日、マーストンがスペイン娘にあなたはきれいだとほめた私の言葉は詩人らしい嘘だったと語るエピソード[6]にもマーストンの外国人女性に対する屈折した感情が表れている。『靴屋の祭日』ではオランダ語なまりの片言英語はコミック・リリーフとして笑いの対象となっていたが、フランチェスキナの第一声は、片言英語のたどたどしさがかえって真率な感情表現になっており観客の嘲笑を許さない。

ワタシノ愛シノ人、アナタタクサンノ愛情ニワタシ何シタライイノカ？

（一、二、八二—八三）

外国人娼婦としてではなく、「貞淑で心優しい」一人の女として認めてくれるフリーヴィルの好意に全身全霊で応えようとの焦燥である。騙し騙される生き馬の目を抜く商業都市の雰囲気の中で、飾らぬ真情を吐露する美しい娼婦の周りにしんとして清新な空気が流れ、他の人物たちからの距離と孤立を生む。後に邪悪な復讐心の権化に変貌しても他からの距離と孤立感は最後まで彼女の身につきまとう。

だが、今やフリーヴィルは結婚のためにフランチェスキナを捨て去るつもりだ。彼女の心根の優しさに抱いた憧憬も「卑しい欲情、空しい情熱といったもろい下枝としてきれいさっぱり刈り取る」覚悟だと言う。

彼女を心から愛したこともあった。だが魂がこの肉体の不完全性を見せて、僕の愛情を法に適った愛の上に置き換えたのだ。そのことをこの浮気女が知ったら俺の目の玉くりぬくぞ。

（一、二、九二―九六）

フリーヴィルにとって「法にかなった愛」“lawful love”とはジェントルマンの家系と資産の継承のために有利な結婚――裕福な勲爵士《ナイト》の娘で従順な娘ビアトリスとの婚姻である。富裕層の由緒正しい出自のビアトリスへの求婚はin-law の正当な愛“love”として是認され、貧しい娼婦への情熱は out-law の欲情“lust”として排斥される。経済力や身分による性の格付けである。彼の心変りを知ったフランチェスキナの狂乱の態を見ることを、彼は何やら心待ちにしている口ぶりである。しかも結婚を決意した今も彼は売春宿の存続を切望している。

そう、我が家が女郎屋にならないようにね。妻帯した男たちは女郎屋を愛すべきだよ。イギリス人がオランダ低地地方を好むようにね。戦いは女郎屋とオランダでやってもらいたい。本国や我が家に戦いが及ぶのはまっぴらごめんだ。男ってのは頭をつっこむ穴が要るのだ。たとえ首くくりの輪に頭を入れることになろうともね。若者の欲望は大力無双のヘラクレスの棍棒でもぶちのめされないからな。

（一、一、六五―七一）

売春宿の存在が家庭の平穏維持に欠かせないように、オランダ低地地方の対スペイン独立戦争に援軍を派兵することは、イングランド本土での対スペイン決戦を回避するのに不可欠だという。[7] 当時のイングランドにとっての焦眉の問題であった対スペイン戦の脅威に絡めて、家庭内安寧を維持しつつ色欲を満足させたいプチブルジョアのエゴイズムと、国内平和の維持のためにオランダを利用するイングランドの国家的エゴイズムが対比させられる。つまりビアトリスのような人妻の貞操を守るのはフランチェスキナのような娼婦の性的奉仕だということになる。

四　娼婦と貧困

それにしてもなぜフランチェスキナは娼婦になったのか。フリーヴィルは娼婦の温床としての貧困に言及するが、社会問題として論じる気は更になく、「病に倒れた貧しい職人の女房」や「夫が外国の戦場に出陣中で生活の糧を欠く兵士の妻」や「宮廷の不運から放りだされた貴婦人の侍女」たちが「快楽を売るのがなぜ悪い」との冗談に紛らわせてしまう。

A・M・ハセルコンは貧困こそ娼婦を生み出す主因であり、一七世紀初頭のロンドンほど娼婦の数が増えた都市は近代のイングランドやアメリカの同規模の都市で他に例がないという。[8] 須永隆によれば、テューダーおよび初期ステュアート期を通して政府は基本的な租税政策として外国人からはイングランド人の二倍またはそれ以上の租税徴収を原則とし、土地の場合、年評価額一ポンド以上のものに対して八ペンス（イングランド人は半分）の税が、個人財産（goods）の場合には、評価額三ポンドのものについてはポンド当たり五シリング四ペンス（イングランド人は半分）が賦課され、もし財産（land and property）がこれらの評価額に満たない場合には、一人につき四シリングの人頭税が、子供（七歳以上）、大人を問わず課せられた。しかし、一五八二年時点では外国人の一、三五八人（七三％）が人頭税以上を支払う余裕のない（土地財産を持たない）貧しい人々であったという。[9]

劇中オランダ（人）の貧しさを表すエピソードとして、マリグラフが着用するスペイン製革胴着は高価な上等品だが、店で出す魚のフライは客の喉が乾いてビールを多く飲むように、オランダ製の安い粗悪な塩入りバターで揚げてある。フランチェスキナの（梅毒治療の）「薬の代金」や「ペチコートやマントの質出し代」もメアリ・フォーが負担したというエピソードも、やむなく娼婦となったフランチェスキナの経済的困窮を暗示している。

フランチェスキナの個有の魅力に対する感性を捨てたフリーヴィルは、ステレオタイプ化された娼婦を“a very publican”であると揶揄し、マルルーも“a common love”, “the common bosom”, “a creature of a public use”であると同調する。つまり不特定多数の男性に共有される女性の意である。メアリ・フォーがフランチェスキナにあてがった相手は「威張り屋のアイルランドの将校から、有り金はニシリングこっきりの法学院の貧乏学生……堅気の平帽子の町人から、金持ちの市民」に及ぶ。その上国際都市ロンドンでは

あんたにおつきあいさせたのは、スペインのお殿様ドン・カストール、イタリア人のマスター・ベローネ、アイルランド貴族のサー・パトリック、オランダのお大尽ハウンス・ヘルキン・グルケラム・フラップドラゴン。フランスきっての大立者とは特に懇ろさ。とどのつまりが今のイギリス男、誓って言うがまじめな紳士さ。（一、二、一一三―一八）

フランチェスキナの身体の各所に取り憑いて快楽を貪るスペイン、イタリア、アイルランド、オランダ、フランス、イギリス各国の男たちの絵図である。『間違いの喜劇』で女体を国々の集合体に見立てたドロミオとアンティフィラスの対話のひそみに倣いこの絵図を拡大すれば、フランチェスキナの身体はスペインに支配されて重税と宗教的弾圧に苦しみ、さらにフランス、イギリスなどの介入を受ける一六世紀ネーデルラント国そのものの代喩となる。“common”の語の連想から、一六世紀半ばのアントワープがドイツ、イギリス、イタリア、フランドル、スペイン、

ポルトガルの商館がたちならぶ共同市場《コモンマーケット》と呼ばれたことも思い出される。T・ホエンセザールによれば、"a very publican"という語句の"publican"には「収税吏」「金目当ての」などの含意の他に、王政のイングランドに対してRepublic of Netherlandsとして独立したオランダ共和制へのイギリス人の敵愾心がこめられている。また、フリーヴィルがフランチェスキナを評して"hellish", "hell", "devil", "the end of hell"など、地獄や悪魔の比喩を頻用するのも、地底(地獄)に近い低地地方の地形からの連想だという(10)。

五　復讐心

フランチェスキナの心情をもはや理解しようとしないフリーヴィルは、顧客一人を失ったくらいで娼婦が狂乱するとは笑止千万と、「なんと、男に捨てられ、妖婦は髪ふり乱して怒り狂ったか」と冷笑する。即物的なメアリーフォーも、

捨てられちまったんだよ。あんたを世間に放り出して——だからどうだっていうのさ。青に白、黒と緑が置いてけぼりにしても、赤に黄色が楽しませてくれるさ。虹は一色じゃないだろう。

(二、二、一—五)

とクールにとぼけて見せる。だがフランチェスキナにとって、フリーヴィルを失うことは顧客一人と生活の糧を失う以上に、唯一無二の愛を失うことを意味した。

アナタ、ワタシノ愛、ワタシノ名誉、ワタシノ身体全部ヲ零《ゼロ》ニシテシマッタ。

フランチェスキナは娼婦であり、複雑な偏見を背負わされたオランダ人であることから、二重にイギリス社会から疎外されたアウトサイダーであった。しかし、メアリ・フォーのいう「このイギリス男――誓って言うが、まじめな紳士」との契りは、彼女にロンドンで不法ながら一定の居場所を見出す希望を与えるものであった。彼女は性的快楽を共有することで自分がフリーヴィルにとって娼婦以上の存在になったと錯覚した。「愛シテイルト言ウテクレタ、恋人ニナレト命カケテ望ンデクレタ」フリーヴィル専有の恋人になることは、不特定多数の、それも諸国籍の男性たちに利用される“common whore”ではなく、ただ一人の男性に帰属し献身する部屋住みの“mistress”,“concubine”への昇格を意味する。いや、フリーヴィルが生きている限り他の男を愛せないと語る彼女の言葉は、「死が我らを引き離すまで」という一婦一夫制の排他的結婚愛の誓いの模倣である。「アア、可愛イ、可愛イ、アナタ、千モ万モ、イイトコアル、ワタシノ恋人、ワタシ一番好キナ人!」との純一の擬似結婚愛を夢見た彼女は、フリーヴィルに去られて、「ニペンスで一丁あがり」の“whore”のひとりとして社会秩序外をさすらう外国人娼婦の立場に逆戻りする。

（二、二、七―八）

アア、惨メ、捨テ去ラレタコノ心!

（二、二、一〇六）

彼女がビアトリスを憎みその指輪を奪おうと執着するのは、ビアトリスが娼婦には許されぬ「法にかなった」結婚愛の保持者であるからだ。

フリーヴィルは娼婦とは「罪の女、生まれながらの好色の権化」「魂のない肉体、死後三カ月たった死体」「心のない影像」「娼婦が売るのは身体だけ、愛情なんかこれっぽっちも売りはしない」と決めつける。だがフランチェスキナは、フリーヴィルが去った直後に近づくマルルーを拒絶して嘆く。

オオ、イヤラシイ人、ワタシコト何ント思ウカ？　獣ト思ウカ、身体ダケデ愛シ、心デ愛スルコトデキナイ女トデモ思ウカ？　アア、ナント厭ワシイ事！

（二、二、一二八―一二九）

身体の奥底から絞り出すようなこの叫びは、シャイロックの「俺はユダヤ人だ。ユダヤ人には目がないのか？　ユダヤ人には手、内蔵器官、五体、五感、愛情、情熱がないとでも言うのか……」（『ヴェニスの商人』三、一、五一―五四）という訴えを思い出させる。フランチェスキナはフリーヴィル殺害をマルルーに依頼した後でさえ、「アノ男、ワタシコト十万ノ千バイモ愛シテタ」と彼への強い愛執を見せる。「魂のない肉体」「心のない影像」であるのは、娼婦を「持ち運び自由の家具、密通の道具」として物体化、対象化、商品化して、彼女の中に愛情や人間としての尊厳を見出し得ないフリーヴィルの方である。『オランダ人娼婦』では、善と悪の座は微妙にゆらぎ、教化されるはずの社会秩序外の娼婦がむしろ正統な価値観、道徳の持ち主であり、教化する側の体制内ジェントルマンが非人間的で非道徳的であるアイロニカルな関係となる。

マーストンが描く娼婦の中で、フランチェスキナには女衒メアリ・フォーの無頓着な現実主義も、『不平家』で一〇年間宮廷の奥で女官たちの色事を取り仕切ってきた女衒マケレルのたくましい職業意識も、『色好みの伯爵夫人』のイザベラのあくなき性愛の追求も見られない。『オランダ人娼婦』が初演された一六〇五年前後の円熟期のエリザベス朝喜劇には個性的で知的で、才能、魅力を備えた娼婦たちが何人も登場する。例えばトマス・ミドルトン『年寄りをつかまえる策略』（一六〇四―七）のジェーン、『気違い沙汰だね、旦那方』（一六〇四―七）のフランク・ガルマン、『ミクルマス開廷期』（一六〇四―六）の田舎娘、ベン・ジョンソン『錬金術師』（一六一〇）のドル・カモン、シェイクスピア『ヘンリー四世』第二部のドル・ティアシートなどである。彼女たちは、A・M・ハセルコン言うところのルネサンス的起業家精神を発動させて[11]娼婦という職業を受け入れ、これを利用して自主的に客を選び（ドル・ティアシート）、金品をだましとり（ドル・カモン）、上手く立ち回って正妻の地位という respectability を入手したりする（ジェーン、フランク・ガルマン、田舎娘）。もし、フランチェスキナに彼女たちの戦略があれば、要領よくフリーヴィルからマルルーに乗り換えてその正妻に収まることも可能であったかも知れない。だがフリーヴィルへの娼婦らしからぬ感情移入の強さから抱いた殺意ゆえに彼女は自滅する。エリザベス朝喜劇に登場する娼婦役は数多いが、フランチェスキナほど娼婦という鋳型に追し込められた女の愛への渇望と孤独を生々しく感じさせる娼婦は他に類を見ない。

娼婦は肉体を売って金銭を受け取る。しかしその取引に男が金銭以外の侮辱を与えて女を辱め、傷つけ、貶める権利は含まれていない。フリーヴィルとコクルドモィは「狂乱の女郎」"punk rampant"（二、二、八四：四、三、一五）という最も下劣な蔑称を二度投げつけてフランチェスキナを逆上させる。悪魔的な悪意や復讐心はフランチェスキナの本性のものではない。しかし、長く社会の敵意に晒され、男の侮辱にまみれて、彼女は自らの本来の性が醜悪で邪悪なものへとねじ曲げられてゆく無念さに胸張り裂けんばかりである。

男ニヨッテ憎ムベキ存在ニナッタ女ヲ男ハ憎ム。

（二、二、一一七―一九）

アア、騙サレ、馬鹿ニサレ、笑ワレタノニ、フン、十万ノ悪魔ヨ、アンナ男、アノ男ノタメニ！

（四、四、六五―六六）

フランチェスキナは黄金の心をもって悔い改める娼婦でも、泣き寝入りして観客の同情を乞う弱々しい娼婦でもない。彼女はいかなる社会制度にも馴致せず、むきだしの喜怒哀楽によってしか生きられない自然児である。公民権を剝奪されて屈辱を晴らす合法的な手段を持たない娼婦ゆえに、彼女はフリーヴィル暗殺を思い立つ。だがその計画は熟慮の計略ではなく、自暴自棄の思いつきに過ぎず、敗北して嘲笑される運命は最初から予想され、殺人をルルーに託す二幕二場を最後に彼女の言動は劇的意味を失う。だが身中にたぎる絶望と怒りをオランダ語なまりの卑俗な片言英語でたたきつけるフランチェスキナの復讐の誓いは、爆笑と悲しさが同時に来る名場面になっている。

アア畜生！ 敵《かたき》トテヤル！ 十万ノ悪魔呪ウガイイ。アノ悪党チョンギテヤル。アイツ恋人、友達、親兄弟じンブヒドイ目ニ合ワセヤル、殺スヤル。首ククルアル。悪魔ノ軍隊アイツカマエロ。ペスト、丹毒、キツイノ梅毒、アノ男クサラセルアル！

（二、二、四二―四七）

ウン、敵《かたき》トテヤル。十万ノ悪魔トリック良イ！ ワタシノ中、情熱ダケ、神様イリマセン、怒リダケ考エナイヨ、血《ち》流スダケ霊アリマセン。ワタシ善イ思ウコトナイ、ケド、ソレ他ノ人苦シムコトヨ。

（四、三、四一―四四）

六 鏡 像

劇の冒頭、教養ある裕福な若紳士として登場したフリーヴィルは、彼と同じくキケロを読み、ラテン語の挨拶をするなど教養はあるが、詐欺と窃盗ゲームに熱中する街の不良青年コクルドモィを反社会的な「悪党」と見下していた。しかし、劇の進展とともにフリーヴィルはコクルドモィと同じ「金はたっぷりあり、頭も回るが、誠意はさっぱりない男」であることを自ら証明してしまう。コクルドモィは床屋、召使、夜警、行商人、巡査と七変化の変装でマリグラフからゴブレット、金袋、鮭の片身、財布をだまし取り、足枷に付け、果ては縛り首寸前の苦境に追いつめる（この笑劇部分は人気を博し、宮廷で『コクレ・ドゥ・モイ』という題名で独立して演じられることもあった）。コクルドモィの鏡像としてのフリーヴィルは、フランチェスキナをマルルーに取り持つ女衒役を務めた後、フランス人用心棒ドン・デュポンに変装してフランチェスキナの殺人計画を推し進め、彼女をブライドウェルの投獄とむち打ちの刑に追いやり、変装の解除を故意に遅らせてビアトリスを瀕死の苦しみに、マルルーを殺人犯として縛り首寸前の窮状に追いつめる。

主筋の材源であるニコラス・ドゥ・モントリューの『ジュリエットの牧歌』は、友情のために愛する娼婦を友人に譲り、他の女性を娶る青年の物語であるが、「気まま」の名前通り倫理観と責任感を欠くフリーヴィルに友情の悩みはない。彼はフランチェスキナを「着古した上着」のようにマルルーに投げ与える。マルルーがフランチェスキナの美しさに夢中になる様を物陰から覗き見して、「鳥よ、さあ近づけ……や、捕まった、こいつは大笑いだ！」と手を打ち、友人がそれまでの禁欲主義と肉欲との狭間で「地獄の苦しみ」を味わう様を高見の見物をして愉しむ。またビアトリスが彼の死の誤報を聞いて悲しむ様を眺めながら「悲しみは愛をはぐくむ」と一人サディスティックな喜びをかみしめる。

コクルドモィはマリグラフを徹底的に「刈り込み」“poll”、「そぎとり」“shave”、「摘み取り」“trim”して金品のみならず、「市参事会員になろう」という彼の野心や自尊心をぶちこわし、はては生命までも危うくするが、「マリグラフをいたぶったって当然のことよ。羊の毛を刈り取り、雌鳥から卵、ロバから卵酒、馬からエビのフライを取り上げるようなもの」と平然と言い放つ。

フリーヴィルも、フランチェスキナの「愛」と「名誉」と「身体」「全部を無にしても」、宝石商シャトー方に身を隠すとのマルルーとの約束を破って彼に殺人犯の汚名を着せても、ビアトリスとの誓いを反古にして指輪を娼婦に与えても、何の痛痒も感じない。コクルドモィとフリーヴィルにとって、奸計を駆使して他者をいたぶることは自らの頓知《ウィット》と策略《アート》を誇示して愉しむことに他ならないのである。遊び好きの放蕩者として反道徳的な行為を続けながら、彼らは自己免責によって罰を逃れる。

すべては我が頓知を見せびらかすためにやったこと。（五、三、一三八）

楽しさが利益をもたらせば、策略も赦される。（五、二、七五）

主筋と副筋は一見無関係に独立して進行するように見える。だが、主筋のフリーヴィルと副筋のコクルドモィは対照的に見えてじつは同じ行動原理にしたがって互いのアクションを模倣、補完し、別の立場で増幅させているのである。娼婦フランチェスキナと貞淑な人妻ビアトリス、謹厳なマルルーと悪徳商人マリグラフも互いに対照的に見えてフリーヴィルやコクルドモィの犠牲者であるという共通の立場で結ばれた二人組である。反対と見える者も裏返して見れば同じという人物構成そのものが「価値の相対化」や「隠されたリアリティの露出」という喜劇のテーマを提示しているのだ。マーストンは前口上で「この気楽な劇はかなり急いで書いた」と雑ぱくな仕上がりを謙遜して見せるが、A・C・スウィンバーン（一八三七—一九〇九）は「当時の最良の喜劇とロマンティック劇の中で、着想、構成、措辞のどれをとっても『オランダ人娼婦』ほど上手く書かれ、素晴らしく楽しめる作品はない」という有名な賛辞で本劇の緻密な構成を讃えたのである。

七　ビアトリスとクリスピネラ

対比的構造は、旧弊な道徳観に従順なビアトリスと、反抗的な妹クリスピネラとをセットで描いている点にも見られる。人妻でも娼婦でもない快活な娘クリスピネラは、「きびきびした」「歯切れのいい」を意味する名前通りの卒直さで自分自身と世界について語る。彼女はセックスをタブー視する「偽善的で、貞淑ぶった、処女の言い方」を批判し、モンテーニュ『エセー』三、五、七八を踏まえて、

私はごまかしのないありのままが好き。しきたりやお世辞で飾ったりせず、思ったことは言葉に出し、言葉には真実を、真実には大胆さを加えるわ。正直に自由に自分の考えを話すことを美徳とする女は、自然に良いことだけを考えるようになるの。（三、一、三五—四〇）

と直言する。だが、「正直に自由に自分の考えを話すことを美徳とする」よりも、「慎み深い言動こそ女の美徳」と信じるビアトリスは、生身の感情を抑えて夫に従うことを婦徳と心得ている。シェイクスピアの『ロミオとジュリエット』のバルコニーの場のパロディーと言える二幕一場で、ビアトリスは上舞台に立ち、婚約者のフリーヴィルを見下ろす位置にあるが、激しい愛の告白で恋をリードするジュリエットとは逆に、「わたくしはあなた様にお仕えいたします者」とへりくだる。さらに「疑うことを知らぬわたくしの単純さを愚か者よとお嫌いになりませぬよう」と身を低くし、

アア、私はあの方に私だけを愛していただくなどと最高の幸せを高望みなどいたしませんでした。私、この哀れな心には、自分だけがあの方を愛したと言うだけで喜びでございました。

（四、四、六二―六四）

と、夫の愛にも多くを求めない。「あまり情熱的にならないで下さい。極端なものは長続きしません」と中庸の徳を説くビアトリスは、娼婦は分を守って恋愛などせず適当に客あしらいすべしと説くメアリ・フォーと奇妙に似ている。フランチェスキナがフリーヴィルの愛人であったと告げた時でさえ、ビアトリスは「この方を私も愛さなければ。夫が愛した人を憎むなどできません」と無私の寛容で受け入れる。

一方、クリスピネラは既存の結婚制度には、男性には放埒を許し、女性には純潔を要請する男性中心の二重基準があることを指摘して、

そう、確かに結婚って素晴しいことだし、必要でもあるわ。でも結婚につきものの「ねばならぬ」って言葉が問題なの……だって殿方たちは「でもよし」“may”なのに妻は「ねばならぬ」“must”でしょう。

（四、一、三〇―三二：三六）

と語る。モンテーニュ『エセー』三、五、七を踏まえて「美徳って自由で、愉快で楽しいもの」と信じるクリスピネラに言わせれば、姉のように夫に対して過度の卑下と遠慮と寛容を示す妻は、

つむじ曲がりの無知な内気、ひねくれた、しゃちこばった融通の利かない引っ込み思案で、肌はかさかさ、糞《ふん》詰まりになるのが席の山よ――ああ、いやだ、いやだ、無意味なものを守るしか能がないなんて。

（三、一、五〇—五三）

ということになる。事実フリーヴィルとビアトリスの間には真の信頼関係は確立しておらず、しゃちこばった不信がある。フリーヴィルはビアトリスとの婚約を窓辺のセレナーデ、バルコニーを見上げての求愛、ソネットの贈呈、マスクの演出などのロマンティックな儀式で飾り立てるが、「君の類まれな優しさが他の男にはわからないで欲しい、私が安全であるように」と自分が間男されることを怖れている。ビアトリスも「あなた様を心より信じておりますので、欺くなどこの上なく酷いこととお考えになって」と、夫の背信への不安を漏らす。はたせるかな彼女の危惧は的中して、フリーヴィルは自らの「忌まわしい性的非行」は棚に上げて、ビアトリスの貞操を試すために自らの死と不倫の芝居を打つ。

私を愛さぬともひどいことをなさったわけではない。でもわたしを馬鹿にしたのはひどいことだわ。……ああ、苦しい、フリーヴィルは死よりもひどいことをなさった。不実でいらした。

（四、四、五九—六〇：七〇—七一）

というビアトリスの悲痛な嘆きは、「アア、騙サレ、馬鹿ニサレ……アノ男ノタメニ！」というフランチェスキナの怒りと響きあう。劇の「解題は娼婦と妻の愛情の違い」であるが、フランチェスキナとビアトリスの場合、偽りのない愛への希求において、背信への嘆きと怒りにおいて、妻と娼婦の愛情に違いはないのである。

S・B・センパティが示唆するように[12]、フェミニズム批評の古典と言うべき『屋根裏の狂女』[13]のひそみに倣えば、フリーヴィルの背信にじっと耐えて嘆くビアトリスと、荒れ狂うフランチェスキナは抑圧された一人の女性の表裏の二面と見ることができる。ロチェスターに捨てられたクレオールのベルタが言葉でなくうなり声と不気味な笑いでジェーン・エアを脅かすように、オランダ人娼婦フランチェスキナは夫ではないフリーヴィルの「不実」を責める権利を持たず、母国語でない稚拙な片事英語で恋人の背信への恨みを訴えるのである。

型にはまった婦徳を押しつける因習に抗して「私は自分らしく女の人生を生きたい、“I'll live my own woman”」たとえ最悪の事態になろうとも、馬鹿でいるより、頭のまわるお転婆でいたい」と言い切るクリスピネラは、娼婦しからぬ愛を生きようとして破滅した娼婦フランチェスキナの心情を理解し、彼女と繫がる可能性を持つ女性であるが、「教えるのでなく、ひたすら楽しませる」喜劇という枠組みの中で、二人が直接対話する場面は慎重に回避されている。だがクリスピネラの存在はジェントルマンの結婚が「人間の肉を売る金目当てのもの」と非難される娼婦の性の売買と同じであることを訂らずも立証する。五百ポンドの寡婦給与で若い彼女を嫁に買おうとする男やめのサー・ライオネル・フリーヴィルの申し出をきっぱりと断るクリスピネラはいみじくも言う——「人間と馬が違うように、美徳と結婚は全く別物なのよ」と。

おわりに

二〇世紀におけるマーストン再評価の気運を加速させた「ジョン・マーストン論」（一九二四）の中で、T・S・エリオットは、「他の何人もなし得なかったことをなした」マーストンの独自性に注意を促し、彼は内面に「根深い不満と反抗心を抱いていて……実際に書いているアクションや人物の見かけ以上のものを言いたがっている」と指摘している。(14)

たしかに『オランダ人娼婦』の見かけは「教えるのでなく、ひたすら楽しませる」「気楽な」喜劇であるが、皮肉な笑いの皮膜の下にマーストンの「根深い不満と反抗心」が感じとった同時代イギリス社会の諸問題が透けて見える。たとえば、商業道徳の堕落、低地地方とオランダ人女性の性的放恣を強調するイギリス人の愛国的不安心理、国内平和のためにオランダを利用するイングランド、性の商品化、性の格付と差別、虐げられた女性の復讐心、結婚制度の二重基準、女性の自己表現を阻む抑圧、旧弊に抗う新しい女の出現、富裕な有閑階級のしゃれ者《ギャラント》たちの快楽主義、利己主義、無責任、浅薄な禁欲主義、弱者の痛みへの徹底的不感症などである。フランチェスキナが最後に「負けてしまった」と敗北宣言をして退場する代わりに、自分を罰する体制側の欺瞞性を一言二言批判する台詞を語れば、他の部分を少しも変えなくとも本劇は喜劇でなく問題劇となる。M・ドランは、喜劇の枠組みの中で「アクションの中心に深刻な問題を抱える」本劇を悲喜劇と呼び[15]、M・ハセルコンは「問題のありかを衝きながら、原因究明や解決への模索には無関心で、社会の矛盾をそのまま笑いに収斂させる」本劇を王党派の喜劇群に分類している[16]。

マーストンは前口上でこの作品は「誰も怒らせない」と断っているが、おそらくコクルドモィが変装した床屋アンドルーの台詞にあるジェイムズ王の宮廷の男色趣味の流行への諷刺の咎もあってか、一六〇八年六月に短期間ながらニューゲイトに投獄されている。一五九九年の焚書処分以来の度重なる筆禍事件に疲れて、より危険の少ない生活を望んだのか、マーストンは一六〇五年（本劇初演の年）に、ジェイムズ王のチャプレインの一人の娘メアリ・ウィルクスと結婚して筆を折り、一六〇八年には所有していた女王饗宴少年劇団の株を売却して演劇界から完全に引退、一六三四年に死亡するまでイングランド国教会牧師として生きた。没年の一年前の一六三三年に、『オランダ人娼婦』を含む六編のマーストン戯曲集がウィリアム・シアーズの編纂により出版されたが、作者自身の希望により作者名は消されていた。彼の墓碑銘 “Oblivioni Sacrum”「忘却に捧げられしもの」が示唆するように、彼は自らの創作活動を若き日の逸脱と捉えて、忘却の彼方に葬り去ろうとしたのであろう。初期の諷刺詩集「悪徳の懲罰」（一五九九）の最終ページでマーストンは予言的に「忘却」“Everlasting Oblivion” に呼びかけている――「自分の書いた詩が永遠に人々の間で好評を得つづけることを願うのは他人に任せておけばいい。だが、どん欲な「忘却」よ、僕のことはすぐさま、貪り喰ってくれ。……僕自身のことも、そして、僕が書いた諷刺詩も共に覆い隠してくれ」と。

聖職者へのマーストンの転向は、父親を悲しませた「わがままで反抗的な息子」を夢中にさせた「芝居や空しい勉強や愚行の楽しみ」と訣別してジェントルマンとして respectability の世界に生きることを意味した。人生の後半を牧師として生き、ロンドンで死に、テンプル教会の父親の墓の傍らに葬られた一人息子を、父親は満足して赦し受け入れたであろう。

だが幸運なことに、マーストンの作品群は忘れ去られることはなかった。彼の死後およそ三百年の空白を経て二〇世紀のT・S・エリオット、A・カプティ、P・J・フィンケルパールらの評論以降、マーストン再評価の動きは続いている。特に、オランダ人娼婦の存在を試金石としてそれぞれの人物のリアルな人間性をえぐりだす本劇が、性という心の奥底にある問題を通して人間を理解する現代のフェミニズム批評の対象となっているのは自然の流れであろう(17)。

しかし、筆者にとって特に興味深いのは、マーストンが自画像をいくらか投影しているフリーヴィルを通して英国中産階級の若者の安寧志向を鋭く諷刺している側面である。自由で知的で放埒なミドル・テンプルの雰囲気の中で大いに羽を伸ばしてマーストンとともに諷刺詩や芝居上演で青春の才能を競い合った法学院生たちは文筆家として立つ者も少なくなかったが、多くは卒業後ジェントリ階級の子弟らしく法曹界や宮廷に身を投じていった。批判精神旺盛で、権威を諷刺し、パロディー化するのが大好きだが、現実には権威の絶対的体制の枠組みから逃れられず体制の中に組み込まれてゆくのが法学院生の大勢なのである(18)。

「可愛い、生き生きした目のオランダ娘」に惹かれるナイーヴな感性を「卑しい欲情、空しい情熱といったもろい下枝としてきれいさっぱり刈り取って」堅気のビアトリスとのジェントリとして有利な結婚を選んだフリーヴィル同様、マーストンもミドル・テンプルでの十年足らずの文学活動を青春の熱病として切り捨て、牧師の娘との結婚によって聖職者という安定路線を選んだ。名の通り気まま三昧に遊び暮らしながら抜け目なく功利的に身を処して恥じることのないフリーヴィルの姿に、我が身のある分身を見出してマーストンを含む法学院学生観客は、ほろ苦く笑ったのではあるまいか。ここにはひたすら他人の痴愚をあげつらうそれまでのマーストンの諷刺詩と一味違って、自らの生き方の保守性を見つめる皮肉な視線がある。オランダ語なまりの稚拙な英語で人間のリアリティを問い続けるオランダ人娼婦の叫び声は、聖職者に転じた後のマーストンの脳裏にも時に蘇って、忘却の彼方に封印したはずのミドル・テンプルでのあの熱と興奮に満ちた遊蕩と創作の日々をひそかに思い出させたのではあるまいか。

*

多様な人間が集まるロンドンは、エリザベス朝劇作家にとって書くべき対象が山ほど転がっている豊穣の都市空間であった。ロンドンの細部（地域、界隈、路地、通り）に住み分けた人々の暮らしをいきいきと描きだしたベン・ジョンソン、トマス・デッカー、トマス・ミドルトン、ジョン・マーストンらの都市喜劇はその記録性によって初期近代のロンドンの地誌、風俗史としても価値がある。その中でデッカーの『靴屋の祭日』とマーストンの『オランダ人娼婦』は国際都市ロンドンにおけるオランダ人にスポット・ライトを当てた特異な喜劇である。『靴屋の祭日』は、オランダ人靴職人とオランダ人船長に遭遇することでしがない靴職人の親方がロンドン市長に出世する物語であり、『オランダ人娼婦』は、際立つ美貌で男心を魅了するオランダ人娼婦が、捨てられて復讐を企てるが敗北し、嘲笑され、退場する物語である。前者は労働から解放された職人たちの休日にふさわしい都会伝説譚で、オランダ人は幸運をもたらす使者として歓迎されている。後者は放蕩息子の改心という喜劇にふさわしい枠組みながら、アクションの基調は裏切り、詐欺、復讐と暗く、オランダ人娼婦は他所からの闖入者、誘惑者として排斥される。われわれは両作品を分ける楽天的気分とシニシズムに劇作家デッカーとマーストンの資質の違いを見るが、ロンドンの都市エトスも、生産的で向日的なエリザベス朝の雰囲気からステュアート期の消費的で懐疑的な世相へと大きく旋回したことを感じないわけにゆかないのである。

注

（1）一六世紀のはじめドイツに興こりオランダに伝わった再洗礼派《アナバプティスト》の神秘主義的、無律法主義的キリスト教の一派。誕生時に無意志で受けた洗礼は無効であるから、成人して再び洗礼を受ける必要があるとの主張がその名の由来。財産の共有、聖職政治など急進的教義を提唱。オランダで弾圧され、イギリスに広まったが一五八〇年に勅令で禁止された。

（2）Ton Hoenselaars, "The Topography of Fear: The Dutch in Early Modern Literature", *The Elizabethan Theatre* XV, eds., C. E. McGee and A.L. Magnusson, P.D. Meany, Toronto, 2002, pp.232-37

（3）A.M. Haselkorn, *Prostitution in Elizabethan and Jacobean Comedy*, The Whitston Publishing Company, New York. 1983, p.73
David Crane, "Introduction" to *The Dutch Courtesan*, The New Mermaids, 1997, p.xi

（4）キケロがアテナイに留学中の息子マルクスにあてた助言集（英訳公刊　一五三四）で、ジェントルマンの礼儀作法書として読まれた。

（5）David Crane, "Introduction" to John Marston, *The Dutch Courtesan*, New Mermaids, W.W. Norton, New York, 1997, p.xi

（6）*The Diary of John Manningham of the Middle Temple 1602-1603*, ed. Robert Parker Sorlien, New England U.P., Hampshire, 1976, p.13

（7）エリザベス女王は大陸派兵に慎重であったが、議会に押され一五八五年八月二〇日、オランダを支援するためのナンサッチ条約でイングランドは騎兵四百、歩兵六千（後に八千に変更された）と年六〇万フローリンの補助金の供出を約束、代わりにオランダ側はオーステンデ、ブリーレ、フラッシングをイングランドの「担保都市」"cautionary towns"（債務の支払いや義務の履行などの担保として、街の支配権および、歳入が外国に譲渡されている都市）とする条約を締結し、レスター伯ロバート・ダドリー（一五三二―八八）率いる歩兵六千、騎兵一千を派遣した。フィリップ二世はこれを宣戦布告と捉えて、一五八八年に一三〇隻もの無敵艦隊をイギリス本土に差し向けてきた。

（8）Haselkorn, p.13

（9）須永隆著『プロテスタント亡命難民の経済史――近世イングランドと外国人移民』昭和堂、二〇一〇年、六二頁

（10）Hoenselaars, pp.238-39

（11）Haselkorn, p.12

（12）S. B Senapati, *Wenches, Wives, Widows, Whores, and Witches: Representations of Woman and Discourses of Gender Identity in the Plays of John Marston*, South Florida U. P., 1995, p.200

（13）サンドラ・ギルバートとスーザン・グバール共著『屋根裏部屋の狂女』*The Mad Woman in the Attic*（一九七九）。シャルロット・ブロンテの『ジェイン・エア』で一五年間三階の屋根裏に拘禁された狂女つまりロチェスターの前妻バルタとヒロインの

ジェーン・エアとを一人の女性の抑圧の二様の発露の姿と論じた。

（14） T.S. Eliot, *Elizabethan Dramatists,* Faber & Faber, London, 1963, pp.152-66

（15） M.Doran, *Endeavors of Art: A Study of Form in Elizabethan Drama,* Wisconsin U.P., Madison & London, 1954, p.213

（16） Haselkorn, pp.33-73

（17） たとえば Susan Baker, "Sex and Marriage in *The Dutch Courtesan", Another Country: Feminist Perspective on Renaissance Drama,* eds. Dorethea Kehler and Susan Baker, Metuchen, N.J.: Scarecrow, 1985
Coppelia Kahn, "Whores and Wives in Jacobean Drama", *Another Country: Feminist Perspective on Renaissance Drama,* eds., Dorothea Kehler and Susan Baker, Metuchen, N. J.: Scarecrow, 1985

（18） 法学院卒業生の著名人リストは P.J. Finkelpearl, *John Marston of the Middle Temple*, Harvard U.P., 1969 pp.261-64 を見よ。

第3部

王国の運命——シェイクスピア

第7章　『リア王』の時代背景

――われらの最良の時代はすでに過去のものになった――

（『リア王』一、二、一一二）

はじめに

シェイクスピアの『リア王』は一六〇五年頃に創作され、一六〇七年一一月二六日に出版組合に登録され、一六〇八年に四つ折版（以下、Qと記す）、一六二三年に二つ折版（以下、Fと記す）で出版された。FはQの台詞約三百行を欠いており、Qのある場面全体がFにはないこともあり、FにあってQにはない台詞も百行ほどある。

リア王をめぐる主筋の主材源として、作者未詳の劇『レア王とその三人娘、ゴネリル、レーガン、コーデラの実録年代記』（一五九〇年代に上演、一六〇五年五月八日出版登録、以下『レア王』と記す）が、グロスター伯をめぐる副筋の主材源として、サー・フィリップ・シドニーの長編ロマンス『アーケイディア』（一五九〇）第二巻第一〇章の「パフラゴニア王の物語」が挙げられている。[1]

ジェフリー・モンマスの『ブリテン史』(一一三五頃)によれば、リア王は古代ブリテンの初代王ブルトゥスより数えて一一代目の国王であるという。王(父)と三人の娘の話は、元来ケルトの伝承民話のひとつで(「レア」"Leir")はケルト族の海神の名前であった)、この民話はさまざまな変種を生み、ヨーロッパ、オリエント、インド各地にも広く分布していた。中には父を塩のように愛すと言って、父の逆鱗にふれた孝行娘の話なども含まれている。シェイクスピアは、この古代民話をどのような劇作品に仕立てたのか。

*

グロスター伯は「近頃の日蝕や月蝕」(『リア王』は一六〇五年頃に創作されたと推定されるが、一六〇五年の九月と一〇月に英国では実際に日蝕や月蝕が観測された)は凶事の前兆であるとして、世相の乱れを「愛情は冷め、友情はこわれ、兄弟は背を向けあう。町には反乱、村には暴動、宮廷には謀反が起こる。親子の絆も断ち切られる」と嘆き、劇の展開を予告するかのように、「子は親に背き、王は天性の赴くところから失墜し、父は子を苛む」と言葉を続け、「われらの最良の時代はすでに過去のものになった」と結んでいる。

「王は天性の赴くところから失墜し」は、老衰のために退位、領土分割を独断専行して本来の権威から失墜するリア王の悲劇と、その結果ブリテン国にふりかかる未曾有の国難を暗示する。「子は親に背き……父は子を苛む」はリアとグロスター両家の父子の反目と、それに伴うすさまじい骨肉の争いを示唆している。『リア王』に浸透しているルネサンスの大小宇宙呼応の思想では、王を頂点とする国家の危機と、父親を家長とする家庭内の不和、そして個人の内面の不安は互いを映し出す鏡であり、リアの心の嵐に感応して大自然はあたかも感情を持つ生命体であるかのように、暴風雨に荒れ狂うのである。

グロスターが言う「われらの最良の時代」——安定と調和と秩序の時代はすでに過去のものになった。しかしひとつの時代の終焉は、硬直化して耐用年数切れの体制や諸制度の必然的変化や交代をも意味する。秩序の混乱に乗じてそれまで抑圧されていた者、不満を抱いていた者が頭をもたげ、おのれの欲望のままに新しい価値、新しい思想を生きようと戦いを挑む。『リア王』は王の老衰、退位、王国領の分割という社会構造の暴力的な変化を契機に崩壊する旧秩序と、新旧勢力が入り乱れる時代相を描く。そこには、一五三四年の国王至上法から一六四〇年代のイギリス革命までのおよそ百年、もう少し絞ればシェイクスピアが生きた一五六四年から一六一六年までのおよそ五〇年、一六世紀後半から一七世紀初頭、つまり後期中世から近代初期への激動の移行期の英国社会の諸相が色濃く反映している。ロザリー・コリーは、『リア王』はシェイクスピアの時代に深く根を下ろし、特に、その時代の貴族が置かれた特殊な状況への劇作家の洞察から力を汲み上げた作品であると評している。[2]

人物やエピソードのいくつかには、シェイクスピアも見聞きしたに違いない当時の実在の人物や事件との関連が見られる。それも単に表面的に似ているというに止まらない。ケント伯はオルバニー公とコンウォール公との間に生じた内紛の目に見える徴候の裏に、「あるいは何かもっと深いもの、それに比べれば、これらは飾りに過ぎない何かがあるのかもしれないが」と語っている。劇中のプロットの表面に現れた個々の人物の言動や事件の背後に、個人の経験を超えた時代の大きなうねり、それに伴う人々の意識の奥深い変化があるのだ。本論では『リア王』の王領分割という空間的テーマの展開を時代背景に目を向けながら読み解き、作品の奥行きの深さを明らかにしたい。

一　リアの「秘密の計画」

舞台は宮殿の大広間。グロスター伯の「国王陛下のおでましです」という高らかな声を合図に、セネット調のラッパが鳴り響き、王冠を戴いたリア王が威儀を正して、宝冠を捧げ持つ者、娘たち、家臣、従者一同を従え登場する。正面中央に進み出て、見事な長衣の裾を払って玉座に就くリアの姿は、威風あたりを払う。

リアは開口一番、フランス王とバーガンディ公（バーガンディはフランス東南部の地方、ブルゴーニュの古名の案内をグロスター伯に命ずることによって、国内統治の良好さはもとより、近隣諸国とも友好関係を築いてきた国王としての自信を観客に印象づける。そして「フランス王とバーガンディ公は末娘の愛を求めて競いあい、ひさしくこの宮廷に恋ゆえの滞在を重ねてきた」と付け加えることで、身分の高い二人の男性から熱心に求婚されている末娘の父親としての誇りをも滲ませる。長く王国を治めてきた有能な絶対君主にして幸福な家父長としてのリアの得意の姿である。

だが、一拍おいて、リアがおもむろに打ち明ける「わしの秘密の計画」は、自信に満ちたその外貌とは裏腹に、政務に疲れ、死の影におびえる孤独な老人の心情を写し出す。

ところで、いまこそわしの秘密の計画を打ち明けよう。……
地図をもて。いいか、わしは王国を三つに分けた。
わしの固い意志だが
すべての煩わしさと務めをこの老いの身から振り落とし、
それらを若い力にゆだね
重荷を下ろして、地を這って死に赴こうとしておるのじゃ。

（一、一、三五—四〇）

「ところで」"Meanwhile" の語で、それまでの公的な自己顕示に区切りをつけ、リアは、私的な内緒話として「わしの秘密の計画を打ち明けよう」"we shall express our darker purpose" と切り出す。"dark" には "secret" "private" の、"purpose" には "aim" "intention" "proposal" などの含意もあるが、比較級 "darker" の動的な魔術的喚起力によって、まばゆい灯りに隅々まで照らされていた大広間の公的空間は翳りはじめ、それまで隠されていたリアの内奥の世界が朧に見えてくる。長い統治に倦み、「すべての煩わしさと務め」からの解放を切望しつつ、先には死に赴く自己の姿しか見えないリアの暗澹たる心境である。"crawl" の一語が、地面を這ってゆっくりと墓に向かう老人の姿を映像化してなまなましい（リアは「重荷を下ろして」"Unburdened" の死を望んでいるが、終幕ではコーディリアの遺体を重く抱いて息絶える）。

我が婿コンウォール、
それに劣らず愛してきたオルバニー、
いまここでわしは娘たちに残す財産を定め、
公に発表したい。それによって
将来の争いをいま防ぐことができよう。
フランス王とバーガンディ公……にも応えよう。

（一、一、四〇―四四：四八）

劇冒頭の序劇で、ケント伯とグロスター伯は、「王はこれまでコンウォール公よりオルバニー公をご寵愛だと思っていたが」「われわれもいつもそう思っていた」と語りあっている。劇の展開とともに明らかになる温和なオルバニーと冷酷なコンウォールの性格の対比が、リアのオルバニー偏愛の正当性を裏付けるが、王国割譲にあたって、リアは私情を抑え、コンウォールの名をあえて先に挙げ、婿たちへの公平な処遇への「固い意志」を強調している。しかし、「将来の争いをいま防ぐ」というリアの善意にも拘わらず、その「計画」には将来に禍根を残す問題点だらけである。リアは子供が娘だけであることを一言も嘆いていないが、嫡男相続制の一六、七世紀当時、男性相続者がいないということ自体が大きな問題であった。ロレンス・ストーンは、一五四〇年から一六六〇年の間の英国貴族の全初婚の一九パーセントは子供が生まれず、二九パーセントは息子が生まれない、男子後継者の欠如のために絶えた貴族の家系は非常に多かったと指摘している[3]。

息子のいないリアは、娘たちに財産分けをするというが、結局彼は国王の全権を娘ではなく娘の夫に委譲し、家父長制を遵守しようとしている。しかし、家父長制は長子相続を基本にしている。それゆえ血のつながらない娘婿に王国を分割して配分する意味がまず問われる。そもそも、『ゴーボダック』（一五六四）のユウブラスが王に「一国内にはただ一人の統治者が最善です」（一、二、三三八）と忠告しているように、王国分割による権力分担は絶対王政になじまない。しかしリアはこの政治の基本原則を無視して国土を三分割するというのだ。かりにコンウォール、オルバニー、加えてコーディリアの婿のフランス王かバーガンディ公のどちらかの三者（そのうちの一名は外国籍である。エリザベス女王とフランスのアンジュウ公との縁談が一五九七年に持ち上がり、イングランドがフランスに乗っ取られるのではと危惧する世論が沸騰した）による共同統治が現実化した場合、当然予想される三者間の確執にリアはどう対処するつもりなのか。

次にリアのように、財産を生前贈与することの危険に関しては、『リア王』への聖書の影響を調べたロザリー・コリーが指摘するように[4]、聖書外典のひとつ「集会の書」、三三、一八―二二が「あなたが生きている間に支配権を息子、妻、兄弟、友達に渡してはならないし、財産を他人に譲り渡してはならない。さもないと後悔して取り戻したいと頼むようになるからである。生きて息がある限り、自分自身をいかなる人にも譲り渡してはならない。なぜなら、あなたの子供たちがあなたの助けを求めて懇願する方が、あなたが子供たちの手を求めて懇願するよりはましだからである。そうすれば結局のところあなたの業はうまくゆき、あなたの名誉は汚されることはない」と警告している。まさにリアのその後の悲劇を見越しての警告と感じられる聖句である。

だが、リアの「秘密の計画」の中でも最も有害な愚策は、父親への愛情表現を競わせて財産分与の高を決めるという、いわゆる愛情テストの提案である。

どうだな、娘たち
わしは国家の統治権も、領土の所有権も、
政務の煩わしさもかなぐり捨てたいのだが、
お前たちのだれがわしを一番愛してくれるかな、
親を想う心のもっとも深いものに、わしは
もっともゆたかな情愛を示したいのだ。
（一、一、四八―五三）

嫡男を持たないリアが、「国家の統治権」「領土の所有権」「政務の煩わしさ」のすべてを、生前贈与で娘たちに分与しようというハイリスクな計画を強引に推し進めようとしている真の動機が、国益を鑑み、後継者の適性を配慮しての深謀遠慮ではなく、娘たちの甘い愛の告白を聞くことで老いの孤独を慰め、衰えゆく生命を奮い立たせたいというリアの個人的、利己的、本能的で、それだけに一層切実な欲求であることが明らかになる。王国を私物視しばかげた愛情テストで恣意的に娘たちに分与するという、主権在民の今日の目から見ればとんでもない「計画」が、お伽話的なのどかな口調で語られるのである。そこに浮かび上がるのは、中世以来存在の偉大な鎖の宇宙観にあって、万物の頂点に立つ神の代理人としての絶対君主にして父なる権威の象徴として登場したリアの真相――公益よりも自己愛、老衰による公務放棄、恣意的な領土分譲、そして老いの最後の支えを娘の愛に求める一介の弱い老親の赤裸々な姿である。

主筋の主材源である『レア王』では、王妃亡きあとの寂寥、悪い大臣による姉娘たちの父王への追従のすすめ、愛情なき結婚はしないと言い張るコーデリアに父の望むことはなんでもしますと言わせ、アイルランド王との結婚な承諾させようとするレアの親心、コーデラへの姉たちの嫉妬や中傷などの動因が列挙されて、レアの愛情テストはある程度合理化されている。

だが、『リア王』では、叙事詩によく使われるin medias resという語り口――背景説明を一切割愛し、いきなり物語の途中、この場合はリアの退位、王国分割と愛情テストの「計画」の宣言から始められているために、外的要因のないリアの無謀な独断専行とそして老いゆえの焦燥感が強調される。

リアは八〇余歳。四八歳のケントが「灰色のひげの老人」と呼ばれる時代に、驚異的な長寿である。だが、武勇と美徳で史上名高いジョン・オブ・ゴーントが、年を重ねることで身につけた英知ゆえに「時によって栄誉を授けられた」"time-honoured"と称揚されている（『リチャード二世』二、三、七）のに対して、リアの不幸は、長生きが英知や洞察の深化に結果せず、むしろ判断力の低下や幼児性への退行を招いていることである。道化はずばり「知恵がつくまえに、年をとったらいけないんだよ」と苦言を呈している。

『お気に召すまま』のジェイクィーズは老人を「第二の幼児性」（二、七、一六四）と名づけている。ゴネリルはリアを評して「お年のせいか、お父様はたいへん気まぐれになられた」「いちばん元気でしっかりしていた時でさえ無分別であったのに、今では長年のこりかたまった性癖のうえにぼけて癇癪を起こす年になってしまった」と陰口をたたき、リーガンは「もうろくしたのよ。もともとご自分のこととなるとさっぱり分からない人だったけれど」と冷笑している。

死を目前に意識するリアにつきまとうのは娘たちの情愛ある言葉に包まれて死の恐怖を忘れたいという甘美な夢である。『レア王』の愛情テストで、姉娘たちの追従にレアは「ああ、お前の言葉はわしの死にゆく命を蘇らせてくれる」（一、三、二五三）、「フィロメラの歌声もこれほど甘美ではなかった」（一、三、二七三）と感涙にむせんでいる。他方リア王は、ゴネリルとリーガンの過大な愛情表現に対する満足感を気前のよい領土分割で示している。

この線からこの線に至る地域はすべて
鬱蒼たる森も、ゆたかな原も、沃野も、
魚影濃い川も、スカートを広げて座る牧場も
お前のものにするぞ。おまえとオルバニーの子孫に
永久に伝え遺すがいい。

（一、一、六三―六七）

お前とお前の子孫には末代まで
我が王国のこの肥沃な三分の一を与える。
その広さといい、豊かさといい、楽しさといい
ゴネリルに残したものにまさるともおとらぬ。

（一、一、七九―八二）

リアにとって、国土はただの冷たい土くれではない。大小宇宙の呼応の思想から、彼の血肉の延長としての熱き生命体にほかならない。そのかけがえのない領土も、ゴネリルの「この目よりも、限りない自由よりも大切な方」、リーガンの「私の幸せはお父様を愛することにしかありません」などの蜜のような言葉のためなら割譲して惜しくない。

そして最後にリアは末娘コーディリアの言葉にとろけようと、最大の期待をこめて促す。「さて、一番小さいが、我が喜びの一番小さくはない末娘。……お前は姉たちよりもっと豊かな三分の一を得るためにどう言うかな」と。ジェイムズ一世は、イングランドとスコットランドの分裂による弊害と連合の必要を当時の演説でしばしば強調し

ていたから、ブリテン王国の分割とその行方は観客の関心を惹いたテーマであったに違いない。

ジョン・W・ドレイパーによれば、「地図をもて。いいか、わしは王国を三つに分けた」と言う時、リアは縦長のグレート・ブリテン島を北部、中部、南部に三分し、北部スコットランドをゴネリルに、南部コンウォールをリーガンに、中部イングランドをコーディリアに与える心づもりをしていたが、結局コーディリアの取り分の中部を二分し、姉たちに分けたから、ゴネリルとリーガンの領地はおおざっぱにスコットランドとイングランドに該当する。それらは彼女たちの夫オルバニーとコンウォールの公領となる。古代のコンウォールは今日のそれより広域を指したから、リアは領土の南半分をコンウォールに与えたことになる。コンウォールの首都はグロスター市で、劇中グロスターの館の場所としてふさわしい。一方、史上のオルバニー公領が存在したのは一三九八年以来で、一六世紀のスコットランド女王メアリは結婚したダーンリー公ヘンリー・ステュアートにオルバニー公を名乗らせた。一六〇三年にジェイムズ一世の戴冠とともに嫡男ヘンリーはコンウォール公、次男チャールズはオルバニー公となり、一六一二年のヘンリーの死とともに、チャールズが両公爵位を継いだ。したがって観客はコンウォール公領とオルバニー公領の地理的地位についての感覚は充分に持ち合わせていたと考えられる。さらに国王一座の主力作家として『リア王』を書いたシェイクスピアは、ジェイムズ王に敬意を表して、劇中のオルバニー公をホリンシェッドの『年代記』に書かれている彼より善良で有徳の人物として描いたのではないかと推測される。(5)

リアはコーディリアを

一番可愛がり、
あれのやさしい慈しみ《ナーサリ》に余生をゆだねるつもりであった
（一、一、一二三―一二四）

やさしい「慈しみ《ナーサリ》」"nursery"は、嬰児が母親の胸に抱かれて安らぐ揺籃期を意味する。老いて幼児化したリアは、生命の根源たる母、コーディリアの抱擁に安らぎたいと願う切なる母性回帰願望を抱いている。'nursery'は女性性器を表す隠語でもあるから、リアのコーディリアへのひそかな近親相姦的愛をも暗示しているのかも知れない。

ジャネット・アデルマンは、死の脅威を押し止めてくれる限りなく豊かな母性への憧れの典型として、『ヘンリー六世』第二部で、サフォークが抱く母マーガレットの愛撫への渇望を挙げている。(6)

――あなたの姿を目にしながら死ぬこと、それは
あなたの膝に抱かれた愉しいまどろみに他ならないのでは？
ここで揺りかごの赤子のように、母の乳首を唇にくわえながら
やさしく穏やかに、死にゆくわが魂を空中に放つことができたら。
その時、あなたの姿から遠ざかる切なさに、わたしは狂ったように焦れて、
あなたにわたしの目を閉じてもらいたいと泣き叫び、
あなたの接吻でわたしの口をふさいでもらいたいと願うのだ。

（『ヘンリー六世』第二部三、二、二八九―九五）

赤子のように母の膝にまどろみ、唇（女性性器の象徴でもある）に母の乳首をくわえ、母の手で眼を閉じてもらい、母の接吻で口をふさいでもらいながら陶然と死に行く魂を天に放つ。これこそリアが母であり恋人でもあるコーディリアの抱擁《ナーサリ》のうちに夢見る恍惚至福の死にほかならない。彼にとって理想化された慈母コーディリアとの完全な合一においてのみ、死は耐えられるものとなる。そのためにはコーディリアの無条件の愛の確証がほしいのだ。「どう言うかな」の問いに、リアは命を賭ける。だが、「わたくしにとってお父様がすべてです。世界中の誰方より

もお父様を愛し、命にかけて大切にいたします」という返答を聞くべく全神経を張りつめるリアの耳を打つのは、思いもよらぬ“nothing”の一語のみである。

コーディリア　陛下、なにもございません。
リア　なにもない？
コーディリア　なにも。

（一、一、八七—八九）

リアの驚愕と衝撃とともに客席も静まりかえる。リアの受けた衝撃の大きさを理解せずにはその後の彼の狂気じみた怒りと錯乱を理解することはできない。コーディリアの返答はリアの存在基盤そのものを激しく動揺させるほどのものだったのだ。

コーディリアにとって、“nothing”の語は、姉たちの“large speeches”に対する「愛して、そして黙っていよう」との決意表明の結晶に他ならない。若い彼女には、すがりついてくる老父の淋しさ、甘え、愛情飢餓を慮って真実を嘘で飾って喜ばせようとの余裕はない。真実以外は口にするまいと決めている彼女は、誇大な愛情表現を強要する父を、「私は子の務めとしてお父様を愛しております。それ以上でも、それ以下でもありません」とつっぱねる。“bond”には子の「務め」のほかに、「契り」「絆」「約定」「契約」「責任義務」などの含意がある。『ヴェニスの商人』のシャイロックが、人肉裁判の場で繰り返し「契約《ボンド》通りに」と要請するように（四、一、二〇二：二三七：二四三：二五三）、“bond”は履行義務を伴う法的契約をも意味する。いかなる状況下においても——時に重荷になり、加害者にもなる父に、ただ父娘の契りある故に、ゆるがぬ愛を捧げ続けることの困難、厳しさ、尊さをリアは知らない（後に「お前の姉たちは、忘れはせぬ、わしをひどい目に遭わせおった。そうしていい理由はお前にはあるが、彼らにはない」と言うリアに、コーディリアが「理由などありません」と答えた時に、はじめて彼は「子の務め」の真意を思い知るのである)。

劇中、“bond”に限らず、「質草」“pawn”、「賃金」“wage”、「値段」“price”、「営業」“business”、「手つけ金」“earnest”、「財産」“living”、「年貢」“rent”、「身代金」“ransom”、「独占権」“monopoly”、「前払い金」“press money”、「十分の一税」“tithing”、「借地権保有者」“tenant”などの経済用語が人間関係の表現に使われている。ひたすら肉親の情を求めるリアに対して、コーディリアは商品経済が浸透しつつあった初期近代の契約の概念に基づいて、父娘の契りを結び、どこまでも遂行する責任義務を自覚しているのかも知れない。

シェイクスピア劇にあって、主要人物の第一声は、その人物の生の基本姿勢を暗示して重要であるが、コーディリアのそれは「コーディリアはどうしよう？　愛して黙っていよう」という自問自答の傍白である。母亡き宮廷で、姉たちとの対立、盲愛を注ぐが冷静な判断を欠く父の間で孤立するコーディリアは、事あるたびに自問自答しつつ身の処し方を選びとってきたのだ。自己主張が強い姉たちに比して、従順な印象の彼女だが、自らの信念に基づく否定語で父の期待に真向から反抗したのはコーディリアなのだ。彼女は父王が強要する役割を拒絶することで父を打ちのめし、家父長制の上下関係を望まずして覆したのである。

S・フロイトは、「否定」という論文の中で、「抑圧されている感情ないし思考は、否定されるという条件のもとで意識の世界の中に入ってくることがある」と述べている[7]。気前のいい領土分割を餌に、最大の愛情表現を引き出そうとの（「俺はお前にすべてを与えた」代わりに、コーディリアの“all”を独占しようとの）『秘密の計画』を“nothing”の語で否定され、リアの中で抑制されていた恐怖——自らの生の根拠を否定され、無意味な孤独死（ジェイクィーズの言う「歯もなく、眼もなく、味もなく、なにもない」（二、七、一六五—六六）“nothing”としての死しか残されていないことへの恐怖が強く意識される。フロイトは有名な「三つの小箱のテーマ」の中で、寡黙なコーディリアは死の女神であり、リアに生を断念し死を受容するように迫るが、リアは死の手前にありながら女の愛を断念しようとしない、ここにリアの悲劇の根本的な原因があるとも示唆している。[8]

リアがコーディリアの中に、“nothing”の一語をもって彼の生を否定し、無としての死に引きずりこもうとする不気味な死神の面影を見て飛び退ったことは、

安らかな死を迎えるためにも、いまこの女から
父親の情愛を取り上げておかねばならないのだ。

（一、一、一二六―七）

と口ごもるリアの独語からも想像される。恐怖のあまり錯乱したその瞬間を、リアは後に、「まるで拷問の道具のようにわしの五体をかたわになるまで捻じ曲げ、わしの心を一切の愛情からもぎ放し、憎悪の中にたたきこんだのだ」と振り返る。家父長的絶対君主として甘言に馴れたリアにとって、末娘の発した否定語は、存在の階梯の底から頂点の権威への反逆、「あの女が正直と呼ぶ傲慢《プライド》」という大罪に他ならない。

L・ストーンは一六、七世紀の父権制下の娘たちの状況について次のように述べている。「親からの最も厳しい圧力は必然的に娘たちにかかった。娘は自立できず、保護されるべき存在、より劣等な性に属し、親に従う以外に選択肢はほとんどなく、独身を通すより望まない夫でも結婚した方がましな存在だと思われていたからである。両親は娘を結婚させることに道義的責任を感じ、娘の方でも反抗することはできず、する気もなかった。父親は遺言書の中で財産の遺贈に、厳しい恭順の条件を求めることが多く、たとえば、第二代サザンプトン伯は、娘が遺言執行者に従わない場合は取り分と扶養料を削減するように命じた」[9]。

このような状況にあって、コーディリアが父が望んだ返答を断固拒否したことは、当時の観客にとっても衝撃的であったであろうと、R・A・フォークスは推量している。[10] ゴネリルの「お前には従順さがない」という非難は観

客の反応でもあったかも知れない。それ故「末の姫君の陛下を思うお心は姉君たちに劣りませぬ」と一人コーディリアを擁護するケントの勇気が際立つのである。

リアは切望した愛情表現をコーディリアから得られなかった失望と怒りを次の二行でぶつける。

Go to, go to, better thou
Hadst not been born than not to have pleased me better.

（一、一、二三五—二三六）

それまで使っていた君主の公的な自称「朕」を表す"we"や"us"をかなぐり捨てて、「俺」"me"という人称代名詞に変えたことで、リアは本音の私的感情をむき出しにする。一見易しいこの二行に注釈がついているのを見たことがないが、そのせいか、邦訳はまちまちである。

坪内逍遙「親に怒りを起こさするような汝、生まれとらなんがましじゃわい」
福田恒存「貴様など生まれてこぬほうがましだったのだ。俺の気に入る入らぬはどうでもよい」
木下順二「お前など生まれてこなければよかったのだ。俺を喜ばせようなどと考えんがいい」
斉藤勇「お前など生まれなければよかったのだ。気に入った入らぬは第二だ」
小田島雄志「わしの機嫌を損じるより、お前などはじめから生まれてこねばよかったのだ」
松岡和子「お前など生まれてこなければよかったのだ、おれの機嫌を損ねおって」

リアにとって、自分を喜ばせてくれるコーディリアの甘い愛の言葉は「どうでもいい」「考えんでもいい」「第二だ」どころか、これこそ王国を擲ってでも獲たいもの、彼の全生涯を肯定し、衰えゆく生命を今一度輝かせ、安らかな死に導いてくれるはずの命綱なのだ。だが、福田、木下、斉藤訳は解釈が違う。坪内、小田島、松岡訳は正しいと思うが、「怒りを起こさす」「機嫌を損じる」「機嫌を損なう」と否定的に訳すより"pleased"を生かして「俺を喜ばせることを言えんようなお前など生まれてこなければよかったのだ」としてはどうか。「お前など生まれなければよかったのだ」は、ロザリー・コリーが指摘するように[11]、「ヨブ記」三、三の「わたしが生まれた日々、そして男児をみごもったと告げられた夜は失われればいい」を踏まえており、死んでしまえという罵声よりはるかに深刻な存在の全否定である。

絶望のあまり理性を失ったリアはコーディリアを勘当、フランス王はコーディリアを伴いフランスに去る。リアはコーディリアに用意していた領土を含めて王国を二分して王の全権とともに姉娘たちに与え、我が身を非情の姉娘たちの後見に託す。さすがのゴネリルも「妹が一番のお気に入りだったのに、見境もなしにおっぽりだしてしまうなんて、正気の沙汰じゃないわ」と呆れるリアの暴挙である。リアの性急な処置を阻止しようと体を張る忠臣ケントをもリアは国外追放に処す（真実ゆえに憎み、虚偽ゆえに愛し、忠義ゆえに遠ざける、そんな逆立ちをした自己の判断の無謬性を過信しているリアのあり方に、王権神授説をふりかざし、国王の無謬性を強調したジェイムズ一世への諷刺を見ることは可能か）。

リアの「秘密の計画」がむき出しにする絶対君主の内実の脆弱さと女性的なるものへの依存、そして末娘の発するたった一言の否定語でもろくも動揺する家父長としての権威。これらを時代のコンテクストにおいて読めば、ストーンが論じるところの一六世紀後半から一七世紀半ばの英国社会における貴族制の危機と家父長制の弱体化の兆しの一寓話と捉えることもできよう。

だが、老いの孤独に耐えかねて、自信のなさから子の歓心を買いたい、とりわけ子のやさしい言葉を聞きたい一心で、モノ（土地、権力）を大判振る舞いし、かえって子をスポイルして捨てられる老親の心境には、時代を越えた人間の悲しさがある。そして巨大でわがまま一杯な専制君主と、その裏面である手放しの幼児性と無垢、むき出しの愛情飢餓との対比には、古代民話特有の泣き笑いを誘う骨太のおおらかさがある。われわれはリアを愚かだ、馬鹿だ、狂っていると罵りつつ、心のどこかで「リアはわたしだ」と愛おしまずにいられないのである。

人間共通の老いの横暴と哀れを描くシェイクスピアの『リア王』は、ひとつの原型的悲劇となり、時代と国境を越え、小説、戯曲、映画の各分野に同工異曲の作品を産み出してきた。たとえば小説に、バルザック『父ゴリオ』(一八三四)、ツルゲネフ『ステップのリア王』(一八七〇)、エミール・ゾラ『大地』(一八八八)、ジェイン・スマイリー『千エーカー』(一九九一)、髙村薫『新リア王』(二〇〇五)、橋本治『リア家の人々』(二〇一〇)、戯曲にネイハム・テイト『リア王一代記』(一六八一)、エドワード・ボンド『リア』(一九七一)、ロナルド・ハーウッド『ドレッサー』(一九八〇)、ハワード・バーカー『七人のリア』(一九九〇)、映画にジョセフ・L・マンキーウイッチ監督『見知らぬひとびとの家』(一九四九)、黒沢明監督『乱』(一九八五)などなど。今後もなんらかの意味で『リア王』に触発された創造活動は途切れることなく続いてゆくのではあるまいか。シェイクスピアの『リア王』はいつの世でも同時代の作品なのであるから。

二　抵抗するコーディィリア

コーディィリアには劇全体で約百行の台詞しか与えられていない。リアが「この娘の声はいつもやさしく、もの静かで、低かった」と述懐しているように、多弁の姉たちに比してコーディィリアは寡黙、静謐のひとである。

だが台詞の少なさにも拘わらず、彼女の存在感は大きい。フランスに去ったコーディィリアを慕う道化は「ふさぎこみ」、リアへの務めも怠りがちである。追放の身を百姓姿に窶して、落魄のリアに従うケントは、これはコーディリア様からのお手紙だ。
有難いことに俺が姿を変えて
王にお仕えしていることをご存じらしい。
いずれはこの乱れた世の中を救い、
その傷を癒してくださるだろう。

（二、二、一六四—六八）

と異国の彼女に世直しの希望を託す。コーディリアとケントとの間で交わされる手紙や使者の往来は、劇中盤のリアとグロスターの受難という暗澹たる前景の奥に瞬き続けるかすかな希望の灯りとなっている。

J・アデルマンは、エドガーと道化が交わす歌の断片には、海の彼方のコーディリアの帰還を願う切なる思いが込められていると言う[12]。

エドガー　おいでよ、ベッシー、国境を越えて——
道化　あの娘の小舟にゃ穴がある。
　お前のもとになぜ来れぬ、
　口には出せないその理由。

（三、六、二五—二八）

遠い祖国の父の身の上を案じるコーディリアの姿は、生身の女のそれと言うより、悲しみと慈愛のイコン、あるいはエンブレムとして次のように美しく描かれている。

日光と雨が同時に降り注ぐことがありますが、
お妃様の微笑と涙はそれ以上に美しい光景でした。
赤い唇に戯れる明るい微笑は、
目を訪れた客のなにびとなるかも知らぬげで、
また目から去る客はダイヤモンドからこぼれおちる真珠と見えました。
まことに悲しみほどいとおしいものはないでしょう。
だれにでもあれほど似合うならば。

（四、三、一八—二四）

リアはゴネリルとリーガンの屋敷から締め出されて、「このあたりは何マイルも木立ひとつない」荒野を、「頭に伸び放題の雑草や畔草、ゴボウ、毒ニンジン、イラクサ、キンポウゲ、毒麦など……役たたずの野草の王冠をかぶって」さまよう。王国分割の際には緑したたる豊饒の沃野であった国土が突然不毛の砂漠に、見事な王冠が、磔刑のイエスのと同じイラクサの冠に変わる。リアの心象風景の変化が、象徴的リアリズムとも言うべき手法で表現されているのである。

病み疲れたリアに再会したコーディリアは、「いまだ知られざる大地の薬草」を父に処方したいと望み、「命のもとである穀物畑」を砂漠にもたらす豊穣の穀物女神ケレスに喩えられている。そして、「子ゆえに虐げられ、子供に返った」リアを抱きしめるコーディリアの姿は、聖母がキリストの遺体を膝に抱くピエタを想起させ、リアは彼女をこの世のものでない「天国の霊魂」であると思い込む。このように、劇後半のコーディリアの描き方には象徴化、理想化、神格化の傾向が見られるが、それは後半のプロットが彼女に課す役割の特徴である。しかし、冒頭の一幕一場では、彼女の人間的な素顔——生き辛い状況にあって、なんとか真実を貫いて生きようともがく若い女性の傷だらけの姿がある。

コーディリアと姉たちとの対立は、根の浅いものではない。誇大な愛情表現で父を欺き、領土を獲得した姉たちに向かって、「お姉さま方がどんなお人か、わたしには分かっています」と言い切るコーディリアの台詞は、過去に二人との間に確執の日々があったことを暗示している。母不在の宮廷で、頼りにすべき姉たちとの不和、父の偏愛を受けますます疎まれ、友と呼べるものは分身とも言える道化しかいない（道化とコーディリアは同時に舞台に出ることはない。同じ俳優が一人二役で両者を演じたとも言われている）。「若い身にも真実はございます」と臆することなく父に抵抗し、「時が来れば、巧みに隠された悪事も露見します。隠された罪もいずれ恥辱に曝される危険があります」と姉たちに予言するその真率さは、彼女が「時」の娘である「真実」の化身であることを示している。

コーディリアの妥協を許さぬ潔癖さは、持参金にこだわるバーガンディ公に対しても、「どなたであれ、財産目当ての愛しかお持ちでなければ、その方の妻となりたくありません」という拒絶の言葉となって表れる。

コーディリアにとって、心の支えは父への想いしかない。彼女は追従を口にし得ない自分の不器用さを嘆くが、嘆きはやがて父へのゆるぎない愛への自信に変わる。

（傍白）ああ、哀れなコーディリア！
いえ、哀れじゃないわ、私のお父様への愛は
哀れな言葉など及ばぬほど深いのだから。
（一、一、七七―七九）

「愛」と「舌（言葉）」が秤にかけられ、愛の重みで分銅がぐっと下がる。具体的なイメージがコーディリアのリアへの愛の重さを実感させる。しかし、その愛の一途さがかえってリアとの離反を招く。

フランス王は、コーディリアがそれまでの父の篤い愛顧を瞬時に剝ぎとられたと聞いて驚き、「それはとても不思議なこと」「姫はいかなる恐ろしい罪を犯されたのか」と問う。「陛下、お願いでございます」と切り出すコーディリアの台詞に「陛下」とはフランス王かと思うと、実はリアなのだ。フランス士の問いには一言も答えず、リアの方を向いて、「人におもねる目つきやお世辞を言う舌先など、持っていなくて嬉しいと思うものを持たないため……」と懸命に弁明するコーディリアの態度は、父王への申し開きを焦るあまりフランス王にはいささか礼を失した感がある。弁明を聞いたフランス王が、「美しいコーディリア、あなたは富をなくしてもっとも富み、見棄てられてもっとも見直され、愛を失ってもっとも愛されるようになられた！ あなたをその汚れなき心とともども抱きしめよう。……冷たい仕打ちを受けた者が不思議なことにわたしの胸に熱い愛の火をつけた」と最高に情熱的な愛の告白をしても、コーディリアは無言である（『レア王』で父と運命に見放されたコーデラが、巡礼者に変装して真実の愛を求めに来たガリア王と約一五〇行におよぶ対話を交わした上で結ばれるのと対照的である）。

コーディリアは、フランス王との愛の喜びも、結婚への期待も口にしない。「わたしがもし結婚すればわたしの誓いを受けてくださる夫が、わたしの愛と心づかいと務めの半ばを持っていかれるに違いないと思います。わたしはお姉さまたちのように結婚してなお愛のすべてをお父様に捧げはしません」という言葉は、結婚によって父親への愛が減少させられることへの危惧ともとれる。父への愛の前に、青春の恋のときめきも、結婚愛への夢も眼中にないかのようなコーディリアの態度は、シェイクスピアの描いた若い女性の中で異例である。劇中コーディリアの大フランス王への想いの吐露はただ一度、それも父のためのブリテン侵攻を赦してくれたことへの謝辞のみである。

ああ、お父様、
わたしがここへ参りましたのもあなたのため、
ですからフランス王も、

涙ながらの願いを哀れみ、赦してくれたのです

挙兵という生命がけの行動の動機も、父への愛以外にない。

（四、四、二三—二六）

軍をおこしたのも野心のためではなく、愛のため、

ご老齢のお父様への愛と、その大権を守りたいため、

一刻も早くお声とお顔に接したい！

（四、四、二七—二九）

『レア王』のコーデラがガリアに渡ってから、つねにガリア王と話しあい、行動を共にしているのに対して、『リア王』のコーディリアがフランス王と同時に舞台に出る場面はない。出陣のト書きも、「太鼓と軍旗を先頭に、コーディリア、紳士たち、役人、兵士たち」であり、フランス王は「なにか本国に残してきた問題があり、ご出陣後に思い出されてみると、このままでは国家の存亡に関わる重大事と分かって、やむなくご自身帰国された」という不可解な理由で不在である（あとに残って指揮を任されたはずのフランス元帥ラ・ファール将軍も舞台には現れず、コーディリアが先頭に立って軍を率いている印象である）。コーディリアとフランス王の関係はなぜか希薄なのである。

フランス王に対して口数少ないコーディリアも、リアへの献身という共通の目的で結ばれたケントには「ああ、ケント伯、あなたのご厚意に報いるにはどのように生き、どのように務めたらいいでしょう？　わたしの人生は短か過ぎ、どのような努力も力およびません」と衷心からの謝辞を惜しまない。

コーディリアがすべてを犠牲にして全生涯をかけて「うやまい、愛し、心から大切に思っている」父にただ一度反抗した時がある。一幕一場、コーディリアから期待した言葉を聞けなかった腹いせに彼女を勘当、その相続分の領土を姉娘たちに与えるリアにケントは、「王が愚行に走る時、直言するのが臣下の名誉」とリアに前言取り消しを迫る。激怒したリアが「下郎！」の一声とともに剣を抜いた瞬間、FにはQにはない

Alb. Cor.　Dear sir, forbear!

（一、一、一六八）

の一行が挿入される。通常これはオルバニー公とコンウォール公が割って入って、「陛下、どうか気をお鎮めください」と声を揃えると解釈される（第一節で挙げた六人の邦訳者は全員そのように訳している）。

しかしベス・ゴールディングは、“Cor.”はコーディリアのことだと述べている。[13] 理由は、（一）同じ娘婿という立場でオルバニーとコンウォールが岳父の暴走を諫めたとするのが自然と考えられてきたが、終始リアに憎しみを抱く冷酷無比なコンウォールの性格を考えると、彼にふさわしい言動とは言えない。（二）コーディリアは、リアに“my Lord”, “my good Lord”, “Good my Majesty”などと呼びかけているが、特に感情が昂ぶったときに、“Sir.”の語を使う傾向がある（“Sir, do you know me?” 4, 7, 46, “O, look upon me, sir, / And hold your hands in benediction o'er me! 4, 7, 57-58”など）。“Dear sir forbear!”は、忠臣ケントを理不尽にも斬り捨てようとするリアへの怒りと、父への抜きがたい愛に引き裂かれたコーディリアの苦悩の叫びである。（三）自分を擁護するために立ち上がったケントを守ろうとするコーディリアの責任感と、以後のケントとの強い絆への伏線などである。

ゴールディングは、従来コーディリアの特徴として称揚されてきた従順、忍耐、慈悲などの美徳より、むしろ「私はやろうと決めたことは語る前に実行します」という勇気と実行力、「私ひとりなら浮気な運命の打つ手を打ち返す

ものを」という運命に抗して道を切りひらく自己の能力への確信、夫に頼らずフランス軍を先導する力強さ（Qでは彼女はフランス軍に従っているが、Fでは先頭に立って軍を率いている。それもリアの大権を守るためとはいえ、フランス軍を率いての祖国への侵攻である。コーディリアの勇気はQよりFで強調されている）などの性格に着目する。

そのように主体的で勇気と責任感のあるコーディリアが、前述の緊迫した状況にあって、リアの暴挙に思わず進み出て、身を呈してケントを守ろうとするのは自然である。この瞬間、リアの白刃に命を曝してその行為を阻止し得る人物は彼女を措いて他にない。また舞台上の人物配置を考えると、リアとケントの間に立ちはだかるコーディリア、やや離れてコーディリアの側に立つオルバニー、凍りついたように動かず、遠巻きに見守るコンウォールと廷臣たち。ケント、コーディリア、オルバニーの三人の〝善玉〟が保護も助けもなく専制君主リアの怒りの前に身を曝す（この三人の立ち位置がその後の劇の展開における彼らの関係を明示している）。続くケントの「抜かれるがいい。良医を殺して悪疫に謝礼を払われるがいい」は、コーディリアと自分を差し迫った危険から守ろうとする命がけの抗議である。コーディリアは肉体的な力ではなく、愛と勇気によってリアに己の行為への反省を迫っているとゴールディングは結論づける。

ゴールディングは、Alb. Cor. というテクスト上の微細なト書きの検討から複数の人物の劇的関係を見直し、コーディリア像を従来の物静かで受身なイメージからより主体的、意志的、能動的な人格へと読み直し、とくに劇的瞬間における父への愛憎半ばする彼女の内面の葛藤を指摘することで、その性格造形に近代的な陰影と力強さを与えた。また舞台上の人物配置（ケントを後ろ手にかばってリアの剣先に立ち向かうコーディリアを舞台中央に立たせることで、彼女により積極的で重要な役割を与えている）から、人物間の心理劇を視覚化して見せる。ゴールディング説を全面的に支持するかどうかは別として、テクストの細かい差異の検討によって、人物の性格と劇のダイナミックスに新しい視点を供する彼女の論考は新鮮である。

劇の終盤、再会したリアとコーディリアは和解を果たすが、リアが切望してやまないコーディリアとの完全な合一が成り立つのは、リアが夢見る牢獄内の楽園幻想でしかないのが哀切である。

いや、いや、いや、さ、牢獄に行こう、
ふたりっきりで、かごの小鳥のように、歌って暮そう、
お前がわしに祝福を求めれば、わしはひざまずいて
お前に赦しを乞う、そのようにして生きていこう。
お祈りをし、歌を歌い、昔話をし、
金メッキの蝶のような連中を笑の種にし、卑しい者たちの
宮廷の噂に耳を傾むけよう。その連中の話に入り、
だれが勝ち、だれが負け、だれが上り坂でだれが落ち目と、
神のお使いのようにこの世の秘密に通じている
ふりをして語ろう。そして壁に囲まれた牢獄の中で
月とともに満ち引きする権力者たちの勢力の消長を
静かに眺めて過ごすとしよう。

（五、三、八―一九）

コーディリアと「ふたりっきり」の「壁に囲まれた牢獄」は、リアの意識の中で壁に囲まれた花の庭という中世以来の幸福な女体幻想――嬰児に化したリアを抱きとめ慰撫する母なるコーディリアの存在そのもの――に反転する。そこでのリアとコーディリアは、かごの小鳥のように安全で、世の辛酸を突き抜けた者だけが味わう晴朗な白

由の中で、赦しと祝福を交わし、天空から下界を見下ろす天の使いのように、「金メッキの蝶のような連中」の虚しい競争と、「月とともに満ち引きする権力者たちの勢力の消長」を遠く眺めて静かに笑う。

だがこの清浄至福の楽園幻想さえ実現する前に潰える運命にある。長い離別を経てやっとわが手で摑んだコーディリアをかき抱きながら、リアは「お前はわしの手から離れぬな？」と不安気に問う。しかしリアの問いかけにコーディリアはまたしても無言である。父親との永劫の別れを意味するエドマンドの死刑命令が直後に迫っていることを予知しているかのような彼女の沈黙である。偽りの約束で父親を喜ばせることに、コーディリアは最後まで抵抗し続けるのである。

三　庶子エドマンド

一幕二場、舞台に手紙を持って一人登場するエドマンドは、内奥の鬱憤を観客に向かって吐露する。本人には責任のとりようのない出生ゆえに、庶子を差別し相続権を奪う社会習慣を痛罵する独白は痛快である。

——大自然よ、お前こそ俺の女神、
お前の掟こそ俺の服する義務だ。
なぜ俺は忌わしい習慣に縛られ、
口さがない世間の思惑に
相続権を奪われ、黙っていなければならないのか？
たかが一年かそこら兄貴より遅れて生まれたという、
それだけの事で？　なぜ私生児だ、不正の子だ？

俺だって、見ろ、五体満足だ、思考力も抜群だ、
容姿端麗だ、正当な奥方が生んだご了息と
どこが違う？　なぜ俺たちに烙印を押すんだ、
やれ非嫡出子ゆえに卑しいの、私生児の、不正の子の、庶出の子と？
私生児は、自然の本能が人目をしのんで燃え上がる時、
作られるんだ、体力も気力も人一倍充実しているぞ、
気が乗らない、味気ない、あきあきしたベッドで
夢現《うつつ》の間に、産みつけられたそんじょそこらの
馬鹿者どもとは出来が違う。だからいいか、
ご嫡男のエドガーよ、あんたの土地はいただくぜ。
おやじの愛情は私生児のエドマンドにもあるんだ、
ご嫡男に劣らずな、いい言葉だよ、ご嫡男とは！　だがな、ご嫡男よ、
この手紙がうまく役立ち、俺の企みがあたれば、私生児エドマンドは
ご嫡男を見下ろしてやるぜ。俺は枝を伸ばし、
花を咲かせるのだ。
神々よ、私生児に味方したまえ！

（一、二、一―二二）

エドマンドが大自然を女神とあがめるのは、ひとつには大自然が身分や出自で人を差別しない平等の世界であると、ふたつには、彼の出生が人工（法と慣習）によらず、自然（本能と感情）によるものだからである。嫡出子の

みを正当とみなす家父長制的身分社会の「習慣」と「世間の思惑」を無視した親の情欲から生まれた彼は自然の子と言える。

だが、「庶子」"bastard"を表すラテン語 filius nullius の原義は son of nobody である。誰の子でもないゆえに、社会的アイデンティティを欠く庶子を「不法の子」と規定する英国のコモン・ローは、一九六九年の家族法の改正まで正式には庶子の相続権を認めなかった（ただしそれ以前から庶子の母方からの相続は慣習的に行われていたようである）。

アリソン・フィンドリーは、父親の権威を中心に組織された一六、七世紀の英国社会では、庶子には父親の土地財産、地位、権力の相続権がなく、公職就任、商業組合をはじめとする各種職業組合加入資格、その他の社会生活においてさまざまな差別を受けたと述べている[14]。

また、「たかが一年かそこら兄貴より遅れて生まれたという、それだけの事で？」の台詞は、庶子に限らず、長子相続制のもとで相続権から疎外された二、三男以下の者たちの抱く不満にも訴える台詞である。

「なぜ私生児だ、不正の子だ？……なぜ俺たちに烙印を押すんだ、やれ非嫡出子ゆえに卑しいの、私生児の、不正の子の、庶出の子と？」と、"bastard"や"base"の語を連呼する台詞は、一六〇四年六月から一六〇五年六月まで星室庁で争われた有名な訴訟事件を想起させる。エリザベス女王の寵臣レスター伯、ロバート・ダドリーの庶子サー・ロバート・ダドリーが、嫡出性を訴求したが敗訴した事件である。レスター伯は一五七三年のレイディ・ダグラス・シェフィールドとの結婚を女王の寵を失うことを恐れて秘密にしたため、生まれた子ロバートの嫡出性を認めず、財産の多くをその子に残したにもかかわらず、遺書ではその非嫡出性を"bastard"あるいは"base"の語を一七回も繰り返して強調したと言われる。

そして「私生児は、自然の本能が人目をしのんで燃え上がる時、作られるんだ……気が乗らない、味気ない、あきあきしたベッドで……産みつけられた……馬鹿者どもとは出来が違う」という台詞に苦笑しながらひそかに首肯した観客も少なくなかったであろう。婚外子の優れた資質を云々する台詞は、詩人サー・フィリップ・シドニーがステラ（星の君）と詠った才色兼備のペネロピー・リッチが、夫がありながらチャールズ・ブラウント（のちのマウントジョイ伯）と一五九〇年頃から愛人関係を結び、五人の庶子を生み、リッチ卿と離婚後一六〇五年にブラウントと正式に結婚、子供たちを嫡出化しようとしたが不首尾に終わったこれまた衆知の事件を想起させる。

次にエドマンドが端麗な容姿を自賛する台詞だが、なるほど彼は、初対面のケントをして「なんと立派な」と感嘆せしめるほどの美丈夫である。「五体満足だ」と自慢するとき、"dimension"は「均斉」を、"compact"は「無駄なスペースがない」を意味する。彼は単にhandsomeという以上に、均斉のとれた四肢を、完全な正円と正方形に、無駄なすきまなく内接させるいわゆるウィトルウィウス的人間の姿形を想定している。そして自らの肉体美（神と照応する人間の形態というルネサンスの神人同形同質説《アントロポモルフィズム》）と抜群の「思考力」、創意に満ちた「企み」を駆使して嫡出子以上に「枝を伸ばし、花を咲かせ」ようと決意している。

だが、エドマンドの心境は複雑である。階級なき自然を是認し、法を無視した本能と情熱で産み出された庶子の生命力を讃え、神と見まごう己が肉体美と知力を誇るが、現実に彼が生きる貴族的身分社会の差別は身に沁みている。彼が、「私生児に味方したまえ！」と神々に願うとき、この「私生児」は自分以外の庶子一般を含めて複数形である。庶子や相続権のない二、三男は勿論、さまざまな理由で自己の能力が正当に評価されていないと感じている世のすべての不平家たちの不満を代表するエドマンドの訴えは、観客、とくに若者層には共感をもって迎えられたのではないか。

そして「いい言葉だよ、ご嫡男とは！」というつぶやきが示す嫡出の兄エドガーへの嫉妬と怨念、卑しい私生児不正の子とレッテルを張られる自己への嫌悪と軽蔑、そのような庶子に産みつけた父への反発から、エドマンドは自然から与えられた優れた肉体と頭脳を悪用し、偽の手紙を捏造することで兄を陥れようとしている。兄を蹴落として自分が嫡子に成りすます以外に土地を獲得する方法がないからである。嫡子よりも優れた庶子という誇り高いアイデンティティを自ら裏切り、敵視してきた法という「忌わしい習慣」と「口さがない世間の思惑」が是認する嫡子に不法な手段で変身せざるを得ないエドマンドの悲劇はこの独白から始まるのである。エネルギッシュで機知縦横の独白で観客を魅了したエドマンドだが、やがて恐るべき策士に変貌、卑劣な企みを重ねるにつれて、当初観客との間に築いた同情と共感の絆は失われてゆくのである。

　庶子の問題は一六、七世紀の英国社会ではマイナーな問題ではなかった。そもそも国の首長のエリザベス女王からして、一五三六年の継承法《サクセッションアクト》では庶子と宣告され、一五五八年に即位した時には法律的には非嫡出であり、一五五九年の承認法《レコグニションアクト》をもって「正しく、直系の、正当の」王位継承者であることを承認されたが、カトリック教徒の中には女王がヘンリー八世の子でなく、アン・ブリンとその愛人との庶子であると言い立てる者が少なくなかった。ジェイムズ一世も、スコットランド女王メアリの夫ダンリーの息子ではなく、メアリの秘書リチィオの庶子であるという噂が絶えなかった。

　フィンドリーによれば、世紀変わり目の一六〇〇年頃をピークとして一六二〇年代に減少に転じるまで、英国の庶子の出生率は非常に高く、聖ポール大聖堂のある説教師は、性的放縦への処罰がなければ、教区で生まれる子供の半数以上が庶子になるであろうと警告した。庶子出生は貧困と深く関わっており、凶作（とくに一五九四―八年の）、囲い込み、人口増加（一六世紀半ばから一七世紀半ばまでに二五パーセント増）などによって嫁資のない女性と婚外子が増加した。

　『マクベス』の魔女たちの「あばずれ女が溝に捨てた、生まれてすぐに絞め殺された赤子」（四、一、三）という台詞が暗示する嬰児殺しや捨て子も多発し、一五三一年の救貧法は父親のいない子供の養育を教区の責任と定めたから、庶子の養育は教区の大きな経済的負担となった。たとえばストウの『ロンドン概観』（一六〇三）にはロンドンのクライストチャーチ病院には約四〇〇名の父親のない貧しい子供が収容されていると記している。[15]

　妻以外の女性に産ませた子供を庶子というなら、その子供の出生の責任は当然父親が負わなければならないが、庶子誕生の「不当性」を父でなく、「あばずれ女」の罪として糾弾した点に家父長制の欺瞞がある。『リア王』冒頭の序劇で、グロスターはケントに庶子エドマンド出生の秘密を次のように明かす。

ケント　よく理解できないが、

グロスター　妊娠したのですよ。おかげでこれの母親の腹が丸くなって、夫をベッドに迎える前に赤子をゆりかごに迎えてしまったというわけです。ちょっとした過ちの匂いがするでしょう？

（一、一、一二―一五）

“conceive”の語の「理解する」「妊娠する」の二義の地口を用いたグロスターの口調には廷臣らしい機智はあるが、父性愛は感じられない。若き日の「ちょっとした過ち」を半ば得意気に吹聴するグロスターに、謹厳なはずのケントも美形のエドマンドに目をやりながら「その過ちがなければよかったとも言えぬな。これほどりっぱな実を結んだとすれば」と、性的放縦に対して寛容な貴族社会の風潮に調子を合わせている。

グロスターにはエドマンドに庶子として社会的に大きな不利益を負わせたという自責も、正妻に与えた痛みへの反省も、名前さえ不詳の「さんざん愉しい思いをさせてもらった」美人の妾のその後の境遇への気遣いもない。嫡男とは言ってもそれだけ可愛いとは思わぬ」とことわっているが、本音では、「正当な腹から生まれた」嫡男エドガーこそ我が子であり、「倅と認めるたびに赤面していた」エドマンドは「娼婦の子」“whoreson”に過ぎない。

庶子誕生の経緯を、本人の面前で冗談めかして語るグロスターの無神経、無反省をエドマンド自身がどう受け止めたかはその如才ない対応からは分からないが、後の彼の言動から父と兄への根深い憎悪が明らかになる。エドマンドは「九年間ほど外国にいたが、また出かけることになりそうだ」というグロスターの台詞から、父子間の疎遠と、意思の疎通の欠如、エドマンドの自由で根無し草的生活などが推察される。エドマンドは長く外国（おそらくイタリアかフランス。そこで彼がマキァヴェッリなどの新思想に触れたことは容易に想像できる）にあったが、祖国の王の退位と王国分割の噂に、旧来の社会秩序の転覆と、抑圧と差別への意趣返しの機会到来の気配を察知して急ぎ一時帰国したのであろう。

庶子誕生に自己責任なしとする身勝手な男性の意識は、グロスターだけのものではない。リアはゴネリルとリーガンの冷たい仕打ちに、彼女たちを庶子だと決めつける（一、四、二四五：二、二、三二〇―二二）が、責任は亡き妻の不貞にあるという（二、二、三二〇―二二）。しかし、リアは親を顧みない姉娘たちが、正規の婚姻から生まれた嫡子、自身の血肉の一部であるという逃れようのない事実を認めざるをえない。

だが、お前はわしの肉、わしの血、わしの娘だ、
というよりわしの肉を苛む病だ、それでも
わしのものであることに変わりはない。

（二、二、四一〇―一二）

激怒したリアは、嫡子たる姉娘たちの不妊を自然の女神に祈る。子の不妊を願うとは、ゴネリルとオルバニーの子孫へと祝福と共に王国を分譲したリアとしては、自身の未来をも否定する最大の呪詛である。

グロスターの妾腹の子の方が、
法に適った婚姻の床で生まれた
わしの娘たちより父親想いだ。

（四、六、一一四―一六）

というリアの錯覚だらけの認識に、嫡子と庶子とのアイロニカルな関係が浮かび上がる。
シェイクスピア劇に出る庶子としては、エドマンド以外ではフィリップ・ファルコンブリッジ（『ジョン王』）、ドン・ジョン（『空さわぎ』）、サーサティーズ（『トロイラスとクレシダ』）、キャリバン（『テンペスト』）がいる。サーリティーズは、社会において名前も、居場所もない、庶子のネガティヴな性格について、「おれは庶子として生まれ、庶子として教えられ、精神において庶子、勇気において庶子、すべてにおいて不法な存在」（『トロイラスとクレシダ』五、七、一一六）と自己規定している。

フィンドリーによれば、社会規範のアウトサイダー、他者として社会の中枢から弾き出される庶子と、ロンドン市内から締め出され、郊外のリバティーという一種の治外法権地区に設置された劇場群から社会の内側に鋭い諷刺の矢を放つエリザベス朝商業演劇とは一種の親和関係にある。それ故ルネサンス演劇の中で、社会の構造的矛盾を浮き彫りにする庶子が活躍する作品は多く、一六世紀末から一七世紀半ばの庶子がキャラクターとして出る劇作品が百近くリストアップされる⒃。

社会のアウトサイダーである庶子は、劇中においても他の登場人物から距離《ディタッチト》をおいた存在であり、その台詞には独白や傍白が多い。前出のエドマンドの独白も直接観客に訴えて彼らを共犯関係に巻き込んでしまう。彼は舞台中央前方で独白を述べるが、フィンドリーはエリザベス朝の舞台後方は、宇宙のヒエラルキー秩序というバックグラウンドを象徴し、前方のオープンステージはルネサンスの個人主義を披歴するためのプラットフォームであるというG・カーノドルの見解を紹介している⒄。

迷信深いグロスターが「近頃続いて現れた日蝕月蝕」など自然界の混乱のせいで人間界に悪事や動乱が引き起こされると嘆くのを聞くと、近代的な合理精神の持ち主であるエドマンドは

人間ってやつ、ばかばかしさもこうなると天下一品だな、運が悪くなるとたいていはおのれが招いた災いだと

いうのに、それを太陽や月や星のせいにしやがる。……人間の悪事はすべて天の力によるってわけだ。チェッ、ばかな、まるで悪党になるのは運命の必然、阿呆になるのは天体の強制、ごろつき、泥棒、裏切り者になるのは星座の支配、のんだくれ、嘘つき、間男になるのは惑星の影響、っていうようなもんだ。……チェッ、ばかな、俺は今のままの俺だったろうぜ、たとえこの私生児誕生のとき天上のもっとも貞淑な星が輝いていたとしてもだ。

（一、二、一一八―二五：一三一―三三）

と自由意思を持つ個人の自律と責任を強く主張している。これは、イアゴーの「俺たちがこうなるのも、ああなるのも、みな自分の力量しだいさ……こうしようとか、ああ直そうとか決めるのは、みんな自分の意志じゃないか」（『オセロー』一、三、三一九―二〇）や、キャシアスの「人間、ときにはおのれの運命を支配する者だ、だから、ブルータス、俺たちが人の風下に立つのは運勢の星が悪いのではない。罪は俺たち自身にあるのだ。」（『ジュリアス・シーザー』一、二、一三九―四一）を思い出させる。エドマンド、イアゴー、キャシアスら合理主義的エゴイストたちは、シェイクスピアの時代のコンテクストに即して言えば、中世の他律的な農村共同体や、教会の互恵的枠組みを逃れて、個人の意思、力量と自己責任による自由競争を重んじる初期近代の新興中産階級の意識の持ち主と言える。

ゴネリルとリーガンも、エドマンドたちの合理精神に強く共振する女性たちである。彼女たちは元来「過剰に支配をうけたくない」という自律志向である上、父王の退位を機に、「言いたいことを言う機会をつかみたい。いえ、かならずつかんでみせる」と決意している。コーディリアは真実に忠実なあまり、望まずして父の権威に抵抗したが、ゴネリルとリーガンは初めから家父長権による支配を否定しておのが欲望のまま生きようとする新しい女性たちである。彼女たちはエドマンドが庶子であることなど少しも気にかけず、「あの方の優れた資格は、ご自分の天性にあるのよ」とひたすら彼の力量を評価して、出自によって人を区別する古い身分制度を否定している。
彼女たちは当時の習慣にしたがっておそらく親の定めた相手と結婚したであろうが、猛々しいゴネリルは「ミルクのような」「お人好し」「びくびくした臆病な性格」の温和な夫オルバニーと不仲で、リーガンは冷酷な性格において、夫と似合いの夫婦であるが、エドマンドに「おれを父親だと思ってくれ」というコンウォールはおそらくリーガンよりずっと年上の夫であろう。二人は若くエネルギッシュなエドマンドに魅了されるが、特にゴネリルは「女が真心を尽くすのはあなたよ！」と夢中になる。

もし、このキスが口をきいたら、
それを聞いてあなたの魂は有頂天に舞い上がるでしょう、
お分かりになるわね。

（四、二、二三―二四）

擬人化された「キス」がゴネリルに代わって口をきけば、その愛の告白は、エドマンドの「心」“spirit”――（“spirit”は心のほか性的潜在能力や錬金術における水銀を意味し、sperma（精子）をも連想させる）――を天空高く舞い上がらせ（“stretch”には、性的快感を与えて降参させるという俗な意味もある）、彼にゴネリルの真意を「理解」させる（“conceive”の「妊娠する」という別の含意が、ゴネリルの狂おしいリビドーを暗示する）。ゴネリルの台詞は『リア王』の言語にしばしばデーモニッシュな生命感を与える無生物の生命化や多義語の使用の一例である。
リアへの対応では鉄の結束を見せていた姉妹だが、ゴネリルは「今度の戦いに負ける方がましだ。妹に負けてあの人を奪われる位なら」とリーガンに敵愾心を燃やし、ついに殺意を抱くに至る。しかしエドマンドは、「姉と妹の両方に愛を誓っておいた。お互いに相手を疑いの目で見ている。蝮にかまれた奴が、蝮を見る眼つきで」と冷やかにうそぶく。リーガンはリアを「ご自分のこととなるとさっぱり分からない人」と酷評していたが、彼女たち自身、自分たちの情欲がエドマンドの野心の道具として利用されているのに少しも気づかない。権力欲と肉欲を二つながら満たそうと焦る「強い」女たちの凄まじくもどこか滑稽なあがきを描いてシェイクスピアの筆は冴える。彼女たちを邪悪な女という一言で片づけることはできない。因習から抜け出したはいいが、制御しがたい自我と欲望に苦悩するまさに現代的なこの女性たちを演じることは、今日の才能ある意欲的な女優にとってやりがいのある仕事であろう。

エドマンドは、演劇に親和する庶子らしく、「生まれでもらえない領地を頭で奪ってやる」という企みを実行するにあたり、エドガーと自分にふさわしい役柄を割り振って、陰謀劇を演出する。

いいところに出てきやがるぜ。昔の喜劇の大詰めってところだ。そうなると俺の役は憂鬱質の悪党ってやつか。ベドラムのトムみたいに溜息をついて。ああ、あの日蝕月蝕は不和あつれきの前兆であったか！　ファ、ソ、ラ、ミ。

（一、二、一三四―三七）

エドマンドは狂言まわしのヴァイスよろしく、父親殺しを仄めかすエドガーの手紙を捏造してグロスター父子を離反させ、エドガーとの架空の殺傷沙汰を自作自演して、エドガーを勘当、追放、放浪のお尋ね者へと追い込む。「騙されやすい親父に、お人好しの兄貴」を破滅させる企みを、エドマンドは俳優兼演出家として劇中劇の形式で成功させる。彼はエドガーの父親殺しの計画をばらすといった時に、エドガーが彼を罵倒したという台詞を次のように脚色する。

この一文なしの私生児め、俺が反対したら、お前の信用、人柄、身分を考えてみろ、だれがお前の言葉を信じる？　とんでもない話だ。俺は否定してやるぞ。……それはすべてお前の教唆、扇動、悪だくみに乗せられてのことだと言ってな。

（二、一、六七―七三）

エドマンドは不法の庶子が合法世界で成功しようとすれば採らねばならない不正な手段で悪役をエドガーに押し付けるのだが、その時エドガーが口にするはずの「一文なしの、信用のない、人柄の悪い、身分の低い私生児」という悪罵は、世間一般の庶子評であるとともに、実はエドマンド自身の自己評価でもあるのだ。エドマンドは先の独白で、身分のない自然にあこがれ、出自で差別する法の世界を罵倒し、純粋な情熱の所産である庶子たる自己の優位性を誇った。しかし、その矜持も世に白眼視される庶子性への自己嫌悪に引き裂かれ、庶子としてのアイデンティティを自己否定して偽の嫡子に成り代る。謀られたグロスターはエドガーを「あれは俺の子ではない」と、エドマンドを「親思いの正当の息子だから俺の領地を与える」と宣す。エドガーとエドマンドは立場が逆転し、エドガーは社会のアウトサイダーとして放逐され、エドマンドは合法社会のインサイダー、土地持ちの嫡男扱いとなる。エドマンドはかつて独白で観客との間に築いた共感の絆を失い、放浪のエドガーが代わって諷刺家、コロス役として観客との連帯を築く。さらに、エドマンドはグロスターが秘密裡に受け取ったコーディリアの手紙を密告することでコンウォールから「グロスター伯」に取り立てられる。

こいつは俺の手柄になりそうだ。親父が失うものすべてが俺のものになる。
年寄りが倒れるときには若者が上昇するのさ。

（三、三、二二―二四）

副筋の主材源であるサー・フィリップ・シドニーの『アーケイディア』のリオネイタスが、庶子プレクサータスによって、地位を追われ、両目をえぐられたように、グロスターは庶子エドマンドの密告によって反逆者とされ、拷問の苦しみとともに、両目をえぐられる[18]。

父親の土地と爵位を奪うことで満足しないエドマンドは、王家の亀裂に乗じて王位を窺う。彼の画策の拡大につれ、彼が予告した「親子の断絶、死と飢饉、友情の崩壊、国内の対立、国王や貴族に対する迫害や呪詛、理由のない猜疑、友人の追放、軍隊の分裂、分裂、夫婦の離別、まだまだある」は、リア、グロスター両家の親子の断絶の拡大、リア、ケント、グロスターへの迫害、コンウォール、アルバニー両公の反目と夫婦の離反、姉妹間の軋轢と殺意の芽生え、そしてフランス軍隊のブリテン侵攻などの形で現実化する。『リア王』のプロットを推し進めるのはエドマンドその人であり、彼の活動は変化に乏しい主筋に多岐にわたる展開を加え、主・副ダブルプロットの劇的効果を高めている。

シェイクスピアは初期近代の英国で、中世的な共同体の人間関係のゆるみに乗じて、エドマンド、ゴネリル、リーガン、(イアゴー、キャシアス)のような個人主義的合理主義者が突出してくる歴史的必然性に一定の理解を示した。だが、これらの人物すべてが利己的欲望の肥大化によって他者を犠牲にし、自らも悲惨な死を遂げる運命が、マックス・ウェーバーが合理主義をつきつめると獣性に陥ると警告した近代の個人主義的合理精神の陥穽を早くも予言しているように思える。

『リア王』にあっては、他人の苦しみを我がこととして「感じる」"feel"能力こそが、人間の精神的成長に欠かせない要素とされる。わが身の不幸を嘆くばかりであったリアは、供回りの者が霧散した後、ひとり主人に従い荒野をさすらう道化の苦労にふと気づく。

おい、なあ、小僧、どうした、寒いか?

わしも寒いぞ。……
なあ、阿呆、わしは心の片隅で
お前を哀れと思うようになったぞ。

（三、二、六八―六九：七二―七三）

リアが自分以外の人間の苦しみに初めて共感した瞬間である。生きることの「寒さ」をともにすることで、人は苦しみを軽減できるとエドガーは言う。

一人苦しむ者こそもっとも苦しい思いをする……
さいわい、悲しみに友があり、悩みに連れがある。

（三、六、一〇一：一〇三）

「みじめな者たちが感じる苦しみを身をもって感じる」ことによって、リアは分かちあいの大切さに思い至る。

ああ、わしはいままでこのことに気づかなかった。
栄華に奢るやつは薬でも飲んで出直すがいい、
みじめな者たちが感じる苦しみを身をもって感じればいい。
そうすれば余分なものを
貧乏人にわけ与え、天の正義を示すようになるだろう。

（三、四、三四―三八）

ただし、リアは、「余分なもの」"the superflux"を（パンくずのように）「振り落とす」"shake"だけであるが、グロスターは社会的な「富の分配」"distribution"の必要を言う。

ありあまるものを持ち、
欲望をほしいままにし、神の定めをないがしろにする輩らは
己が感じない故に見えないのだ。
彼らに天の力を感じさせたまえ、そうすれば富の配分も公平となり、
どの人も衣食が足りるようになろう。

（四、一、七〇—七四）

この台詞をグロスター自身の運命にあてはめるならば、庶子に産みつけたエドマンドの苦しみを「感じない故に」真実が「見えなかった」彼は、エドマンドに裏切られて塗炭の苦しみを舐め、両目を失って、初めて「天の力を感じさせられる」。父を助けると同時に批判するエドガーは言う。

神々は正しく裁かれる。人間が不義の快楽にふければ
それを道具として罰を下される。父上は
暗い邪淫の床でお前をもうけた報いに、
両目を失われた。

（五、三、一六八—一七一）

両目を失うことで、グロスターはかえって心の目を開かれ、

わたしは（世の動きを）感じることで見るのだ。

（四、六、一四五）

W・エンプソンは、ダブル・プロットの劇の場合、一般的に副筋にはできるだけ平凡な人物をあてることで王や聖人を主人公とする主筋の物語に現実味を与えると述べる。[19]『リア王』の副筋の主人公であるグロスターも、エヴリマンとも言える凡庸、御都合主義、自己満足の人となりであるが、ケントやリアの苦悩を我が身に引き受け、命がけの献身を通して精神的に大きく成長し、はじめとは異なる人格として死ぬ。

だが、苦しみを通して最大の自己超越の契機をつかむのはエドガーである。彼はただの「お人好しの兄貴」以外の何者でもない無人格者として登場するが、弟の姦計と、父の浅慮の犠牲となって社会の底辺をさまようお尋ね者に身を落とす。彼が経験した「村から村へ鞭で追い立てられたり、足枷をはめられたり、牢屋にぶちこまれたりする」苦難は、一五九八年の浮浪者取締法による当時の浮浪者対策そのままの写しである。救貧法が一五六三、一五七二、一五七六、一五九七、一六〇一年と矢つぎ早に発令されたことでも分かる一六世紀後半の深刻な失業者・浮浪者問題を背景にしたエドガーの境遇である。またS・グリーンブラッドは、サミュエル・ハースネットが『カトリック教徒による途方もない詐欺行為への反対宣言』（一六〇三）の中で糾弾したイエズス会修道士ファーザー・エドマンズの悪魔払いの儀式を気違いトム（実は懐疑主義的な庶子エドマンドのプロテスタンティズムに迫害される合法的嫡子エドガー）の台詞に利用している『リア王』は、迫害されるカトリック教徒の状況に対してハースネットより同情的ではないかとの見解を述べている。[20]いずれにしても、シェイクスピアは当時の現実の貧困問題や宗教問題を踏まえてエドガーの受難を描いているのである。

しかし、「ああ、今がどん底などと誰が言える？　そう言った時よりさらに悪くなるのだから」という苦境の深刻化に反比例して、エドガーの生きる意欲と生命を尊ぶ気持ちは限りなく強くなる。

ああ、生きることのなんという喜びよ、
一刻一刻が死の苦しみでも、ただちに死ぬよりは
生を選びます――

（五、三、一八三―八五）

あなたが生きていることは奇跡です。

（四、六、五五）

エドガーは艱難によって生の尊厳に目覚め、「この世に来ること去ることに耐えなければならない。覚悟がすべてです」と肝を据え、悲しみを「とことん感じたおかげで」為政者として最も必要な「思いやり」“good pity”を身につける。

運命の打撃に慣れてしまった哀れな男、
悲しみを知り尽くし、とことん感じたおかげで
思いやりだけはたっぷり持っています。

（四、六、二二一七―一九）

オルバニーとケントの辞退によって、エドガーはリア亡き後の王位に就くが、世襲ではなく適性ゆえに推挙された比較的身分の低い貴族出身者であり、社会的弱者の実情を知り尽くした点で、リアより優れた為政者になるであろうことが予想される。終幕でエドガーは「この悲しい時代の重荷に耐えていく他ない。言うべき儀礼的なことではなく、感じるままに話し合おう」と、控えめながら意味深長な言葉で劇を結ぶ。「言うべき儀礼的なこと」、つまり建前を語ることの空しさと、骨身にしみて「感じる」経験のみが真実であることを知り抜いた者だけが口にすることのできる台詞である。

リア、グロスター、エドガー、とくにエドガーは他者との深い共感を通して精神的成長を遂げる。シェイクスピアは、他者の痛みへの共感、そこから生じる今で言う福祉や社会保障の思想の萌芽に、新しい社会秩序再生の希望を託しているように思われる。エドマンドが「いまは我が身を守ることがまず大事だ」と保身に専念することで他者への情感と倫理性を喪失し自滅してゆくのに対して、どん底に落ちたエドガーは、「思いやり」を身につけることで国の将来を背負う為政者へと成長してゆく。グロスターは、二人の息子のうち、ひとりは王家全滅に至るブリテン国の災禍の主謀者となり、もうひとりは弟が残した国の傷痕を修復すべき次期国王となることなど夢にも知らぬままこの世を去る。

運命の車輪が一廻りしてどん底の庶子に戻ったエドマンドは、いまわの際にゴネリルとリーガンの遺体をながめて自らを慰撫する。

エドマンドはやはり
愛されていたのだ、俺のために姉は妹を毒殺し、
そのあと自殺したのだ。

（五、三、二三七―三九）

人を愛することの絶えてなかったエドマンドにして、なお愛されたことを確認せずには死ねない。絶対君主として君臨したリアは生涯の最後に娘の愛にすがる弱さを見せたが、bastard villainとして悪行のかぎりを尽くしたエドマンドは、最後に愛への渇望を漏らして深い孤独感を漂わせる。だがエドマンドの死後、かつて彼が独白で訴えた怒り――庶子という出生ゆえに有為の青年を差別、疎外する社会の不条理への怒りは、いまだ未解決のまま観客の胸の裡に重くよどみ続けるのである。

四　被後見人

コーディリアを勘当したリアは領土を二分してゴネリルとリーガンに与え、王の名のみを残し、王位に伴う権限と収入の一切を譲渡し、一月おきに両家に寄寓すると宣す。

姉娘二人の領土に、妹の三分の一もつけくわえるぞ。
あれは率直とか称す高慢を持参金に結婚するがいい。
お前たち両名に、わしの持つ至上の権力、
権威、その他王位に伴う一切の栄誉を
譲りわたすことにする。この身は今後一月おきに、
両家の負担によって養われる騎士百人を伴い、
それぞれの屋敷に厄介になろう。わしの手にとどめておくのは
国王の名前と資格のみだ。
統治、収入、その他国政の実権は

ことごとく愛する息子たち、その手にゆだねるぞ。その証に
この宝冠を分かち与えよう。

（一、一、一二九—一三九）

そして無一物となったリアは姉娘たちを後見人、自らを被後見人と定める。

お前たちをわしの後見人、代理人にした、

（二、二、四四〇）

子供を老親の「後見人」"guardian"、「代理人」"depositary" とすることの意味を示すのが、副筋のエドマンドの陰謀である。エドマンドは、兄エドガーが常々語る言葉として、次のような意見を父グロスターに告げ口する。

兄上はよく口にしておられましたが、息子が成人し、父親が老衰したら、父親は息子の被後見人 "ward" となり、息子が父親の財産を管理するのが当然だというのが、兄上の考えのようです。

（一、二、七一—七四）

この意見の根拠として、エドマンドは捏造したエドガーの手紙を読み上げる。

老人を敬まうという因習があるために、人生の花盛りにあるわれわれ若者にとって、この世はせちがらいものになっている。せっかくの財産も手にすることができず、譲り受けたときはすでに年老いて、それを楽しむこ

とができないのだ。このごろ俺は思いはじめたのだが、老人の暴虐に屈服するのは、無意味で愚かな束縛に身をゆだねることではないのか。老人が支配するのは、彼らに力があるからではなく、われわれがそれを甘受しているからだ。

（一、二、四六―五一）

なるべく早く老親の財産管理をしたいというのが、エドマンドはもちろん、ゴネリルやリーガン、コンウォールらの願いであろう。観客の若い層にもそうした願いを胸に秘めた者もいたに違いない。エリザベス朝における老親と若い世代の緊張関係を如実に伝えるのが、『リア王』のモデルとも考えられる以下の一件である。すなわち、エリザベス女王の老臣で、三人の娘を持つブライアン・アンズリー（?―一六〇四）が、長女の企みにより、老耄のため狂ったとして、財産管理能力の有無を問われた一六〇三年一〇月の裁判と、末娘コーデルによる父の弁護（コーデルのロバート・セシル宛嘆願書が残っている）という事件[21]である。結局事件はコーデルの勝利に終わるのだが、老耄のために財産管理能力を失い、家長としての実権を子に奪われることを恐れる世の老親にとって、無関心ではいられない事件であった。

エドマンドが捏造したエドガーの手紙のむすびの言葉、

もし父上が俺に起こされてもいつまでも眠っているようになれば、その収入の半分は永久にお前が享受するところになり、お前は俺の愛する弟となるであろう。

（一、二、五二―五四）

が老グロスターの潜在的な恐怖心をかきたてたのか、彼はたちまち冷静さを失い、エドガーに会って真実を正すこともしないで、彼を父殺しを企む「忌わしい悪党め！　ひとでなしの憎むべき犬畜生め！　犬にも劣る畜生め！」と決めつける。息子の「被後見人」になると仄めかされただけで逆上し、「かつて父親がこれほど愛した息子はない」最愛の嫡男エドガーを勘当し、追放してしまうのである。グロスターの過剰にも思える反応を理解するには、シェイクスピアの時代の社会問題としての後見権や後見裁判所のことを知る必要がある。

そもそも後見人制度とは、元来は封建的軍役時代に、戦いで亡くなった家臣の未成年孤児の救済保護を目的とした制度であった。しかし、一六、七世紀には本来の目的が形骸化して、後見権 wardship は、孤児となった未成年貴族の子弟の土地財産を管理し、結婚を決めるという利益の多い権利として商品化され売買の対象となった。後見権の売買の仲介と認可を取り扱った後見裁判所 Court of Wardship の長官職は、利得の多い地位として垂涎の的であった。大野真弓は、後見裁判所の任務と、長く後見裁判所長官を務めた（秘書長官・枢密議員と併任）ウィリアム・セシル（一五二〇―一五九八）について次のように述べている。[22]

後見裁判所は、国王の封建的な後見権に由来するもので、一五四〇年設置され、直属受封者の死後未成年相続人の土地や身柄の後見に関する事務を扱い、土地からの収益や後見権・結婚権の売却などから収益を得たが、その後一五四二年相続人が成人に達した場合の封土引き渡しの事務がこれに加わり、正式には後見・封土引渡令状裁判所 Court of Wards and Liveries と呼ばれるに至った。

ところで後見人裁判所長官の地位は人々の羨望の的であった。それは、長官として部下の任命権を握る重要な官職であったばかりでなく、収入の多い有利な官職でもあり、財務府長官に昇任する前階梯と目されたからである。『エリザベス朝の被後見人』（一九五八年）を著したハーストフィールドは長官を「テューダー朝イギリスの最有力な官職」と評している。セシルは、ウィンチェスター侯爵ポーレット、エングルフィールド、パリーの三代の長官のあとを受けて、一五九八年没するまでその職にあったから、在職三七年に達した。上記のように後見裁判所は一五四〇年設置され、ピューリタン革命の一六四六年廃止されたものであるから、一〇六年の歴史を有するが、セシルはその三分の一以上の期間を在職したわけであり、同裁判所の歴史に大きい足跡を残した。

大野真弓はさらに言う。[23] 後見裁判所長官の俸給は一三三ポンド余りであったが、いろいろと役得があり、ウィリアム・セシルは晩年後見権の売却から年二、五〇〇ポンドを得たと言われるから俸給の一〇倍以上に当たっている。彼だけではない。エリザベス朝の中央政府の指導的官僚のうち、ニコラス・ベイコンは一五四七年後見裁判所の上級事務弁護士となり富と勢力を蓄えた。ウィリアム・セシルの次男ロバート・セシルは父の死後一五九九年後見裁判所長官に任命され、一六一二年死没するまで在職し秘書長官・財務府長官の官職との収入が総計年六、九〇〇ポンドに達したと言われる。

また、塚田富治は、ジェイムズ一世が国王大権としての後見権から得た収入は一六一〇年には六万五千ポンドに達し、議会の批判を招いたと述べている[24](国王大権としての後見権は、王権への議会側の批判を強めた点で、革命への地均しに貢献したと言える。絶対王政の成立とともに一五四〇年に開設された後見裁判所が廃止されたのは王政が廃止されるピューリタン革命時の一六四六年である)。

本来は未成年のまま孤児となった臣下の救済保護を目的とした後見人制度が、一六、七世紀にはスミスフィールドの馬市の馬のように人間を売り買いする制度と酷評されるようになったのだ。エリザベス朝悲劇の中には後見人制度がもたらす災禍を描いた作品がいくつかある。作者不詳の家庭悲劇『ヨークシャーの悲劇』(一六〇五年頃)や、ジョージ・ウィルキンズの悲喜劇『強制された結婚のみじめさ』(一六〇六年頃)の主人公たちの乱行の原因が、相愛の妻がありながら、第二の妻を娶った二重結婚の不幸であることが暗示されるが、その背景に後見人による結婚の強制がある。トマス・ミドルトンの傑作悲劇『女よ女に心せよ』(一六二一)の副筋は、その名も「被後見人《ウォード》」という金持ちの白痴の青年と無理やり結婚させられた娘の悲劇である。シェイクスピアの『シンベリン』でも、対ローマ戦で功績のあった英雄の孤児ポステュマスの後見人となったブリテン王シンベリンが、ポステュマスの結婚に過干渉して批判をあびている。これらは未成年の被後見人の悲劇であるが、先述のブライアン・アンズリーの裁判が示すように、老衰のために責任能力なしとされ、子供あるいは他人の被後見人となる場合も少なくなかった。

グロスターは、嫡男エドガーが父親の後見人となり、その土地財産を自由に使いたがっていると、エドマンドから耳打ちされただけでエドガーを謀反人扱いしたが、子供の被後見人という立場にリアは自ら進んで我が身をおくのである。

リアは老齢ゆえに政務からの解放を望んだが、国王の権威《オーソリティー》はそのまま保持できる、全財産を与えた後見人たる姉娘たちからはしかるべき厚遇を受けるのは当然と考えていた。しかし、領土と王権のすべてが譲渡された直後に、ゴネリルは「お父様に今のようなお気持ちで権威をふりまわされたのでは、譲っていただいても、かえって迷惑だわ」と早くも懐疑的である。ゴネリル方に被後見人として寄寓したリアを変装のケントが訪問して、「ご主人と呼びたくなる権威」が備わっているお方と奉公を申し出て、リアを喜ばせるが、ケントがリアの面影に見た権威は実体ではなく、全盛期の国王としての権威の幻影に過ぎない。ケントがリアの権威について語る台詞の三〇数行前に、ゴネリルが退位後のリアについて、「ボケかけたおじいさんだわ、一旦譲った権威をいつまでもふりまわそうとなさるのだから」と明言しているのであるから。

実権を失ったリアは、「リアの影法師」、「豆を抜いたサヤエンドウ」に過ぎず、道化に「いまじゃ数字なしのゼロ。あたしの方がまだましだぜ。とにかくあたしは阿呆ではあるが、あんたは“nothing”なのだから」とからかわれる始末である。コーディリアの“nothing”の答えにあれほど激怒したリアが、いまやnothingそのものと化したのである。リアは国王として、また家父長としての自己のアイデンティティの喪失に、「誰か教えてくれ、わしは何者だ?」と悲痛な問いを発するが、応えて道化いわく、娘の被後見人となったリアは「娘たちを母親にし、鞭を与えズボンをおろして尻を出した」のである。道化は歌う。

親父がぼろ布身につけりゃ、
子供は見ても見ないふり、
親父が財布を身につけりゃ、
子供は親を思うふり、
運命はなうての淫売で、
貧乏人は知らぬふり。

（二、二、二三八—四三）

果たせるかな、リアがゴネリル方に身を寄せて二週間もしないうちに「陛下に対するもてなしが以前ほど礼儀にかなった温かいものでなくなり」、「わしの楽しみにけちをつけたり、供の数を減らしたり、乱暴な口答えをしたり、扶持の金額を削ったり」と待遇が悪化する。リーガンいわく、

あなたはもう御年です、
自然が与えてくれる寿命も限界まできています。
あなたのことを
ご自分以上によく分かっておられる方々の
分別ある指示に従っていただかないと、困ります。

（二、二、三三五—三九）

お父様、弱い者は弱い者らしくしてください。

（一、二、三九〇）

父娘の立場は逆転したのだ。姉娘たちのかつての愛の甘言の正体を知ったリアは、「ひとびとは言葉通りの人間ではない。やつらはわしはすべてにまさる“everything”なお方だなどと言いおった。嘘だ」と思い至る。ひとびとが「わしの言うことになんでも調子をあわせ、はいだの、いいえだの答えおった」のは、リアの人格にではなく、現職の国王としての「権威」に敬意を表したに過ぎないのだ。

そこに権威というものの巨大な姿が見られるのだ。
犬も権威ある役職にあれば、
人間を従わせることだってできるのだ。

（四、六、一五三―五五）

人間関係の実体、とりわけ姉娘たちとの関係の真実を突きつけられて愕然とするリアに道化は歌う。

ヒバリは育てたカッコウの雛に食い殺されるとは、
結構じゃないか。
こうして蠟燭の灯は消えあとに残るは闇ばかり

（一、四、二〇六―〇八）

ふざけとまじめ、男と女、老人と子供、知恵と愚のどちらでもなくどちらでもある両義的な存在である道化の介入によって、悲劇と喜劇の境は曖昧になり、アイロニーは鋭くなる。矛盾だらけの道化の「預言」の一部を引用すれば、

あらゆる訴訟が正しく裁かれ、
貧乏な騎士やもっと貧乏なその従者が借金をしないようになれば、
悪口が人の口にのぼらず、
スリや巾着切りが人ごみの中に入りこまないようになれば、
高利貸しがおおっぴらに金勘定をし、
女郎や女郎屋の亭主が教会を建立することになれば、
さて、そのときは、わがアルビオン王国は
大混乱に陥るだろう。

（三、二、八五―九二）

つまり体制の秩序と平和を支えているのは、皮肉にも人間のさまざまな悪行や悪習であるということになる。後見人制度に関して、この道化の預言リストに付け加えるとすれば、

後見人が欲得ぬきで預かった孤児をかわいがり、
子が被後見人となった老親に真心こめて仕えれば、
わがアルビオン王国は大混乱に陥るだろう。

ということになる。
リアは娘たちを後見人に定めるにあたってつけた条件、百人の騎士の扶養をめぐる諍いで両家から締め出され、嵐の夜をさまよう。全財産を与えた老親を見捨てた子の忘恩を嘆いて、リアは怒髪天を突き、天地と海陸の顚倒を願って砂漠を疾走するが、道化に言わせれば、なに驚くことはない、その嘆きこそ人間の常態なのだ。

頭に知恵のない人は、
ヘイ、ホウ、風吹き、雨が降る。
運に満足せにゃならぬ。
雨は毎日降るものさ。
（三、二、七四―七七）

『レア王』で姉娘たちに虐待され零落したレアが、身の哀れを善き家臣ペリアとともに嘆き慰めあうとメロドラマになるが、『リア王』で道化がそらとぼけた歌で突き放せば、リアの苦境は個人的な悲しみを越えて、人間共通の根源的な悲喜劇となる。
あらゆるものを商品化する初期近代の趨勢の中で、後見人制度の当初の目的であった戦没臣下の遺児救済という大義は薄れ、一六、七世紀における後見権は、貴族の二一歳未満の孤児の土地財産と結婚を自由にできる利権として売買され大きな社会問題となった。また老耄の親に代わって親の土地財産を管理する後見権も、裁判沙汰になるほど若い世代にとって魅力ある利権となった。シェイクスピアは、社会問題としての後見権のありかたを十分に認識したうえで、リアとグロスターの悲劇の動因のひとつに子供の被後見人となる老親の弱い立場を取り上げたのであろう。

五　百人の騎士

リアは退位に際して、姉娘たちを後見役と定めたが、「国王の名前と資格」の象徴たる百人の騎士の供回りの確保を条件とした。

お前たちをわしの後見役、代理人にしたが、
それにはひとつ条件があったはずだ、
百人の供をつけるという

（二、二、四四〇―四二）

しかし、後見役となったゴネリルとリーガンは、「両家の負担によって養われる騎士百人」は過重負担であると苦情を言い、騎士の削減を求めてリアと対立する。騎士の数を、五〇、二五、一〇、一……へと減らされ、ついにすべての供回りを奪われたリアは両家の「無情な館――石でできているが、その石よりも無情な館」から締め出され、一人嵐の荒野をさまよう。百人の騎士を巡る葛藤はリアの運命にとっても、劇の構成の上でも重大な転換点である。

リアが名ばかりとはいえ、国王たる身分の不可欠の飾りとして残した「百人の騎士」とは、私見によれば、テューダー朝末期にもなお衰弱した形で存在していた従臣制 Retainers の生き残りと考えられる（ゴネリルはリアの騎士団を、“retainer”と同意語の“retinue”と呼んでいる）。大野真弓、J・J・ゴアリング、L・ストーンなどの論考を参考に、テューダー朝の軍制における従臣制の輪郭を次に述べる。[25]

テューダー朝の軍制は、「国民的」national な民兵 Militia と「疑似封建的」quasi-feudal な従臣制 Retainers との二

重軍制をとっていた。前者は国璽を捺印した民兵徴収礼状に基づいて州、郡、教区から兵員を募集する制度で、後者は御璽捺印勅書に基づいて貴族やジェントルマンが自分のテナント、奉公人、その他の従者から兵員を徴集する制度である。本来の封建制は、封土を媒介とする主従の保護、奉仕の関係だったが、国王は個々の貴族とインデンチャー Indenture（年金や給与などの貨幣を媒介とする主従関係を保証する契約文書）による契約を結び、これによって貴族に一定期間、一定の金額で一定数の兵員を供出させた。

たとえば、一四八九年ヘンリー七世のブルターニュ遠征に際し、ブルグ男爵ロバート・ウィロビーは四名の騎士、二六名の武装兵、九七〇名の弓矢兵からなる従臣を、一四九七年ドーベリー男爵ジャイルズ・ドーベニーはスコットランド攻撃のために、一五八名の長槍兵、三一名の短槍兵、三六九名の弓矢兵を供出した。次王ヘンリー八世は、従臣制を強化して、一五一二年に開戦した対フランス戦では、一五一三—一四年にバッキンガム公エドワード・スタフォードが五五〇名の兵員を、ウィルトシャー伯トマス・ボレインは一、五〇〇名の兵員を出した。一五二二年の対フランス戦の全軍の三分の一が従臣制で賄われたという。テューダー朝初期には、国王たちは武装、訓練、機動力に優れた従臣を大いに利用したのである。エドワード六世とメアリの時代もさかんに従臣制は利用され、一五五四年ヴェニス大使はイギリスの貴族が従臣の数でヨーロッパに傑出していると報告している。

従臣には、貴族の家中に居住した者、契約によって終身もしくは長期に貴族に奉仕する者、給金を支給されて臨時的に雇われ、記章や正服によってのみ貴族との結びつきを示しうる者の三種類があったが、中で家中奉公人はもっとも信頼できる者であった。リアの百人の騎士は、主君と排他的な忠誠関係で結ばれたこの家中奉公人からなる従臣の末裔と言える。リアはおのが騎士たちの質の高さを誇っている。

わしの家来は選り抜きのすぐれた者だけだ、
臣下の勤めは十二分に心得、

なによりもまず
おのれの名誉を重んずる者たちだ。

（一、四、二五五―五八）

娘たちの忘恩を呪うあまり正気を失っても、家中奉公人としての騎士たちへのリアの愛着は変わらず、荒野で遭遇した気違いトム（変装のエドガー）への好意を、騎士団への加入許可を与えることで示そうとする。

お前をわしの百人のお供の一人に加えてやろう。ただ服装は気にいらんぞ、ペルシャ風とでも言いたいのだろうが、そいつは変えてもらおう。

（三、六、七五―七八）

乞食姿のトム（リアは彼を「学識深い裁判官」と錯覚する）の半裸体の格好《なり》を遠慮がちに「ペルシャ風」と批判する台詞に巧まざるユーモアがあるが、気の狂《ふ》れたリアの脳裏に去来する往時の従臣たちの雄姿――パリッとしたそろいの正服に記章をつけた誇らしげな家臣団の姿を彷彿させる台詞である。

従臣制では首長である貴族、そして彼らを引き具して出陣する君主には当然武勇の徳が求められた。戦乱の時代、武術こそは王位につく者の重要な資格の一つであった。リアは「昔はわしも鋭い大太刀をふるって敵を飛び上らせたものだ」と若い日の雄姿を述懐している。リアがケントの口応えに思わず刀に手をかけ、オズワルドの無礼に殴りかかり、コーディリアを絞殺した下郎を素手で殺すなどは、武力を恃みに生きてきたリアの生涯の習性を暗示している。危機に瀕して彼の口をついて出る武器をもて、武器を、剣を、火を！

ならば、殺せ、殺せ、殺せ、殺せ、殺せ

（三、六、五四）

（四、六、一八三）

などは、戦国武将の雄叫びの断片に他ならない。

『ハムレット』でハムレットの父王ハムレットは、亡霊となっても、武具甲冑に身を固めて正装の武人の姿で現れる。英雄的騎士道では、それが首長たるものの理想の姿とされていたからだ。デンマークとノルウエーとの間の国境をめぐる争いは、両国の国王同士の一騎打ちによって解決され、先王ハムレットによって勝利がもたらされたが、敗北したノルウエー王の息子フォーティンブラスも、失われた領土をこれまた武力で取り戻そうと秘策を練っている。彼らは武力による制圧こそが君主たるものの務めと考えているのである。だが、先王を謀殺した新王クローディアスの時代になると、恃むのは武力ではなく、ノルウエーやイギリスとの巧みな外交交渉や謀略である。英国でも一六世紀後半、戦乱の世は遠く、政治的指導力は戦闘技術ではなく、頭脳的な駆け引きの能力が中心となった。秘書長官ロバート・セシルは脊椎に障害のある虚弱体質でありながら、エリザベスとジェイムズの二君に有能な宰相として仕えた。個人的武勇よりも合理的行政能力、周到な情報収集と外交手腕、巧緻な政治工作、時代を読んでの議会操作、説得力のある演説などが新しい時代の政治指導者にとっての必要条件となったのである。

従臣制はヘンリー七世および八世、エドワード六世、そしてメアリの時代までは盛んに用いられたが、エリザベス朝になると、従臣制に代わって、国民的な民兵が軍制の中心的地位を占めるようになった。絶対主義の眼目は、王権による権力と武力の一元的掌握にあったから、個々の貴族が抱える従臣たちの存在は、貴族同士の流血の小競り合いや国家に対する反逆集団になりかねない迷惑な存在と考えられ、その数は抑制されるようになったのである。

エリザベス女王は、退位して英国に軟禁された元スコットランド女王メアリに対して、武装した従臣を絶対に許可しなかった。女王メアリとの結婚とエリザベスの廃位を画策したとされ、反逆罪で一五七二年に処刑された第四代ノーフォク公爵トマス・ハワードは、ノーフォクからロンドンに上京する際、常に潜在的軍事力として百名の従臣を従えていた。

そして女王の寵臣であったエセックス伯ロバート・デヴルーが、アイルランド遠征の失敗その他の失策で寵を失い、自暴自棄となって武力で宮廷を制圧しようと、一六〇一年二月八日、約二百名の武装した青年貴族やジェントリーを伴ってロンドン市街に向かって、反逆罪の罪に問われ、二月二五日に処刑された件は、王権への暴動の温床になりかねない従臣への女王の危惧が的中した事件であった。時代は、個人的な武力の誇示の否定という方向へと向かっていたのだ。それでも従臣制は全廃されることはなかった。一六四二年の内乱勃発当時、緒戦で王党軍が議会軍に圧勝したのは、王についた貴族たちが訓練のゆきとどいた従臣を引き具して戦ったからで、寄せ集めの民兵に頼った議会軍は歯が立たず、いわゆるニュー・モデル軍を編成して巻き返しを図るしかなかった。従臣は封建的貴族制の主従関係の要であったのである。

だがゴネリルやリーガンは、自家に迎えるべきリアの百人の騎士を「費用もかかるし危険でもある」迷惑な存在と認識している。待遇への不満から、武装集団がいつ何時暴徒化するか分からないと恐れ、ゴネリルは騎士の数の削減を要求する。被後見人としてころがりこんできたリアは、彼女にとってもはや国王でも父でもない、ただの「あの人」“the man”に過ぎないのだ。

騎士を百人！

賢い安全な策だわ、あの人に武装した騎士を百人をつけておくのは。だってそうでしょ、夢を見ても、噂を聞いても、妄想、不平、不満をいだいてもそのたびにあの人は自分の耄碌を武力で守り、わたしたちの命を手中にできますからね。
（一、四、三一五―二〇）

ですから
お願いします。お付きの者を少し減らしてください。
いやだとおっしゃっても勝手にそうします。
（一、四、二三八―四〇）

リーガンも同調する。

あの人のお供は命知らずの乱暴者ばかり、
おだてに乗りやすいあの人を唆のかして、
なにをしでかすか分からない。要心するのが賢明です。
（二、二、四九五―九七）

一六世紀後半、軍制だけでなく、貴族の邸宅の規模や生活様式、主従の関係も変化しつつあった。リアの居城は王宮とはいえ、封建時代の豪族の首長たちが、戦乱の世に備えて家臣を集めて住んだ城郭——周囲に濠を巡らせ、跳ね橋や攣り橋、銃丸壁をそなえ、武器を貯え、堅固な守りを誇った要塞——の面影を残していたのではなかろうか。その古風な居城を後にさまよい出たリアと騎士団は、民兵というマスケット銃で武装した職業軍人の世界、政治的指導力が戦闘技術とは関連がなくなった世界、そして守りの強さより個人の生活の快適さや贅沢が重視される世界では生き残った恐竜のように場違いな存在で、ふさわしい居場所を見つけることは困難であった。

ゴネリルは、リアに騎士の削減を要求しながら、二五人の「倍もの召使が私の邸にはいる」と胸を張る。ロザリー・コリーは、五〇名もの召使を擁するゴネリルやリーガンの邸宅は、リアの古いタイプの要塞型の居城とは違い、守りの堅さより見た目の派手さと、快適な居住性を重視した近代的で広壮な邸宅ではないかと推測している。(26)

ゴネリルは家臣を"my gentleman"と呼んでいるが、彼らをリアの騎士たちより「身分が高い《ベター》」と認識している。リーガンは体を「温めてもくれぬ豪華な」「薄もの」を身にまとい、ゴネリルの腹心の執事オズワルドは、百姓姿に変装したケントが「きさまをつくったのは流行つくりの仕立て屋か」と悪態をつくほど、身に華美な装いを凝らしている。オズワルドは『ハムレット』のオズリックや『終わりよければすべてよし』のパローレスのような派手好きで浮薄な廷臣の仲間なのだ。

ゴネリルやリーガンにとって、リアの騎士たちは館を汚す狼藉者の集団に過ぎない。

お付きの家来たちはみんな無礼のしほうだい、
ことごとに文句をつけ、喧嘩をし、あげくのはては
目にあまる乱暴狼藉、もうがまんできません。

(一、四、一九二—九四)

あなたが連れておいでの騎士や従者は百人になります。
それも、乱暴、無法、無神経な人たちばかり、
おかげでこの屋敷はあの人たちの不作法に染まり、
まるで騒々しい宿屋です。酒と女に明け暮れて、
立派な宮殿というよりはいかがわしい居酒屋か
女郎屋といったありさまです。恥さらしはもうたくさん、
即刻改めなければなりません。

（一、四、二三二―三八）

騎士たちの粗暴、無軌道、好色ぶりを激しく非難するゴネリルの口吻は不寛容なピューリタンのそれを思わせるが、彼女自身のその後の淫行と殺人に至る狼藉とを思えば、禁欲を装う彼女の偽善性は明らかである。

主従関係も変化している。リアの第一の忠臣はケント伯だが、彼はリアを「国王としてあがめ、我が父上として敬愛し、我が主君として従い、我が保護者として祈りの中でその名をとなえてきた」。理不尽に国外追放された後も、ケントは「変装して仇とも言うべき王に従い、奴隷さえも恥じるようなご奉公をされた」のである。彼は「やむをえないときは戦います」と言い、「知恵より血の気が多い」方で、気に食わないオズワルドを足蹴にかけ、剣を抜いて威すなど、武力を恃む古武士だが、「私はこの外見以上の人間です」と貴族身分の矜持を忘れたことがない。そして死にゆくリアに「わたしはまもなく旅に発たなければならぬ。いやとは言えない。ご主君のお召しとあらば」と従容として従い、忠臣として一生を全うする。

第二の忠臣グロスター伯は、「そのために命を失おうとも、そうなるぞと威かされてはいるが、本来のご主君である王をぜひともお救いせねば」と決意し、直属の上司であるコンウォール公に背いてリアの救済に尽力したために

両目を失う。進んで盲目のグロスターの手を引く老人は、「旦那さま、わたしはあなたのお父さまの時からずっとご領地に住んでおります。もう八〇年になります」と語る。八〇年とはほぼリアの年齢である。グロスター伯の領地はコンウォール地方のグロスターにあり、彼の館をリーガンは「小さい」と評する。リアの生きた過去八〇余年の間、ささやかな領主館に安住したグロスター親子二代の地主貴族は、領民と安定した関係を維持してきたが、それは国王リアと貴族グロスター伯との安定した主従の絆の写しでもあった。

そして第三の忠臣たる百人の騎士たち。騎士のひとりは、オルバニー夫妻がリアを冷遇しはじめた最初の兆候を注進におよんで、主君大事の忠誠を示している。

　陛下が不当な扱いを受けておられるのを見て、臣下の義務として黙っていられなかったのです。

（一、四、六三―六四）

ケントは荒野に出てゆくリアにつき従う騎士に親近感を抱き、「わたしはあなたのことを知っている」と二度までも呼び掛け、財布と指輪を与え、コーディリアへの伝言を託す。一時霧散したかのように姿を消す騎士たちだが、最後にリアをドーヴァーまで送り届けるのは騎士たちである。

　お付きの騎士、三五、六名が王の行方を
　懸命に探したすえ、城門のあたりで出会い、
　ほかの家来たちと一緒に王を守って
　ドーヴァーに向かいました。そこに行けば
　武装を整えた味方の者たちがいると高言しております。

つまりリアの時代では、王と貴族、領主と領民、王と従臣が同じ保護と奉仕の信頼関係で堅く結ばれ、王を中心として主従の絆が、幾重にも重なる同心円の輪になって、王国全体にゆるぎない社会秩序を築いていたのである。しかし、ゴネリルとリーガンの世界では、不変の主従関係などない。ゴネリルの執事オズワルドにとって、昨日までの国王も、今日は女主人たる「奥方さまのお父上」に格下げされ、「今までよりすげなく応対していい」相手となる。なにしろ道化やエドマンドが助言するように

（三、七、一五―一九）

風向きに合わせて笑顔を向けないとすぐに風邪ひくぜ。

（一、四、九九―一〇〇）

大きな車が山の上から転げ落ちるときは手を放すもんだ、いつまでも摑まっていたら、首の骨をへし折るのが落ちだ。だが大きな奴が山の上に登って行くときは、しっかりつかまって引っぱりあげてもらうもんだ。

（二、二、二六一―六三）

いいか、人間は時に応じて生きるものなのだ

（五、三、四一）

から。変わり身の早いオズワルドをケントは「いいも悪いもご主人さまの風向き次第、屋根の上の風見鶏よろしくくるくると自由に向きを変える」奴と罵倒する。オズワルドはゴネリルの「心の部下」として、親書の秘密をリー

ガンに漏らさないなど彼なりに女主人への忠勤を励むが、彼の価値基準はあくまでも「俺の出世のため」である。リーガンから出世を餌に頼まれたグロスター暗殺を遂行しようとして、彼はあえなくエドガーの剣に倒れる。

道化は、落ち目のリアに肩入れして足枷につけられたケントには、阿呆のとさか帽が似合うとからかいながら、風向き次第で逃げるような悪党にはなるまいと自分の立場を明らかにしている。

慾が目当てのご家来衆は
　うわべの忠義も眉唾だ、
風向き変わればご主人さまを
　嵐に残しておさらばだ。
阿呆の俺は逃げ出さないが、
　利口なお人は逃げるだろう。
逃げる悪党は阿呆になるが、
　阿呆は悪党にならぬだろう。

（二、二、二六七—七四）

道化は「逃げない阿呆」としてケントの愚直な忠勤ぶりに共感を示し、利口で逃げる悪党のオズワルドを皮肉っている。だが、オズワルドに言わせれば、八〇年も同じ主人にしがみついて忠勤を励んでいれば安泰という時代は過去のものなのだ。昨日の国王が今日は子供の被後見人として居候の身を子にいたぶられる時代ではないか。赫赫たる武勇を誇った従臣の生き残りと言える百人の騎士たちもリアとともに行き場を失ってドーヴァーまで落ちのびてゆく時代ではないか。あのリアに忠実で、本当のことを言っては憎まれる皮肉屋の道化だって、哀れコーディリアと運命をともにして絞殺されてしまうではないか。All が瞬時に nothing に、抑圧されていた弱者が突如力を得て社会の前面に成り上がるこの激動の時代を生き抜くためには、いやでも変わり身の速さを身につけなければならないのだ、と。

シェイクスピアは、このようにケントらとオズワルドとを対比させて、主従関係の変化とその背景を描いたが、加えて、忠義な臣下が主君の愚行や暴虐に直面して、やむなく上下関係を逆転させて主君に反省を迫ったり、命がけで刃向かったりする劇的瞬間をも活写している。

リアが無謀な退位と王国分割を決めた瞬間、ケントは思わず進み出て

なにをなさるおつもりか、ご老人?（一、一、一四七）

とつめよる。長年敬愛してきた主君のあまりに愚かしい決断への驚愕と、怒り、老耄への憐れみからケントは主従関係を忘れ、一介の老人 "old man" リアに自省を促さずにいられないのだ。

グロスターはコンウォール夫妻に「ご立派な公爵さま、我が主君、かけがえのない天蓋、そして我が後ろ盾」と絶対の信頼を寄せてきたが、夫妻は客の立場にありながら館を乗っ取り、リアを締め出し、王の使者を足枷にかけ、グロスターを反逆者として逮捕して髭をむしりとる。

なにをなさいます? わたしはお二人の味方、
お二人はわたしの客ではありませんか。（三、七、三〇―三一）

彼らの暴虐が人間としての則を超えたとき、グロスターは敢然と直上の主君を裏切りリアを助ける。

わたしは見たくなかったのだ、あなたが残忍な爪で
あわれな老王の目をくりぬくのを、
またあなたの姉が猪の牙で王の五体を引き裂くのを。

（三、七、五五―五七）

グロスターの反抗は、彼の人間的成長を示すとともに、召使1を鼓舞してコンウォール殺害に至らしめる。コンウォールは貴族として最高位の公爵身分であり、かつ王女の婿として権勢を極めたが、（そんな彼をオルバニーは「王のおかげで一人前になり、公爵となった男なのに」と評している）子飼いの召使1に刺されて死ぬという貴族として最低の恥辱にまみれる。グロスターの両目をえぐるという公爵の蛮行に耐えきれず召使1が「怒りの剣」を抜いたからである。公爵の死を契機に、エドマンド、ゴネリル、リーガンらの内紛が始まり、悪の一党は急速に滅亡へと向かう。

このように臣下のやむにやまれぬ反逆を繰り返し描いたシェイクスピアは、大権による圧政をもはや時代が許さないことを意識していたのではなかろうか。主従関係を逆転させて主君を刺殺した召使1の行為と、それを支持する召使2、3の「どんな悪いことでもしたくなるな、あんな人がしあわせになるなら」「それに奥さんの方だって、あれで寿命を全うするようなら、女はみんな化け物になるだろうよ」という公爵夫妻批判は、下からの批判の声がもはや無視できない力になりつつあることを示している。君主の暴虐への不満や批判の先は、絶対王権の独裁に抗ってついに国王処刑を断行する革命へのはるかな道に続いているのだから。

劇の最後は、新旧の風習が入り乱れる過渡期を描くこの作品に相応しく、エドガーとエドマンドの一騎打ちとい

う、封建的、英雄的騎士道の時代に逆戻りしたかのような古風な儀式でしめくくられる。エドガーはエドマンドを神々、兄と父、オルバニー公爵への謀反人として告発し決闘を挑む。大逆罪で訴えられた者は一騎打ちで身の潔白を証明できるという貴族社会の慣習を支えるのは、神意は必らずや正しい者の味方をして勝利に導くという中世以来の信念である。エドマンドは、「騎士道の掟によれば名乗らぬ相手の挑戦に応えるいわれはないが」とつぶやきつつ、相手の気品に気圧されて挑戦に応えて倒される。破れても「貴族なら赦してやろう」と勝利者を是認するエドマンドと「おたがいに赦しあおう」と寛容の徳を示すエドガー。貴族社会の「慣習」に強く反発して個人主義に生きたエドマンドだが、生涯の最後に貴族的価値に服して従容として死ぬ。そのことが彼の死に、一種の気品を添えている。夫殺害計画を暴かれても「法律は私のもの……誰が私を裁くことができて」と女王の至上権によって我が身を守ろうとするゴネリルの我執と対照的に。

＊

『リア王』は王国の分割（主筋）と世襲所領の継承（副筋）という空間的テーマの展開を枠組みとして、老い、孤独、愛、真実と追従、離反と和解、変節と忠誠、共感と共生、死などの最も人間的で普遍的な問題追究の背後にシェイクスピアが生きた一六世紀後半から一七世紀初頭、すなわち中世後期から近代初期への過渡期の英国社会の諸相を浮き彫りにした。権力構造は時代とともに変化する。貴族社会は脆弱さを露呈し、身分制度はゆらぎそれまで抑圧されていた弱者が意趣返しの策謀を巡らす。家父長制はゆるみ、家族関係、主従関係が変化し、新しい女性も現れる。庶子の問題、貧者の群れ、宗教問題、後見人制度、従臣制の衰退なども当時の大きな社会問題であった。シェイクスピアは、『リア王』において、古代のケルト民話に想を得ながら、確かな時代感覚をもって同時代のリアルな人間ドラマを作り上げたのである。

注

（1）Geoffrey Bullough ed., *Narrative and Dramatic Sources of Shakespeare,* vol.vii, Routledge and Kegan Paul, London, 1973, pp.269-400

（2）Rosalie Colie, "Reason and Need: King Lear and the Crisis of the Aristocracy", *Some Facets of King Lear: Essays in Prismatic Criticism,* Heinemann, London, 1974. p.189

（3）Lawrence Stone, *The Crisis of the Aristocracy 1558-1641,* Abridged Edition, Oxford Paperback, 1967, pp.77-78

（4）Colie, "The Energies of Endurance: Biblical Role in *King Lear*", *Some Facets of King Lear,* p.122

（5）John W. Draper, "The Occasion of *King Lear*", *Studies in Philology,* xxxiv, (1937), pp.176-85

（6）Janet Adelman, *Suffocating Mothers: Fantasies of Maternal Origin in Shakespere's Plays, 'Hamlet' to 'The Tempest',* Routledge and Kegan Paul, New York and London, 1992, p.117

（7）S・フロイト著、高橋義孝訳『フロイト著作集』三、上、人文書院、一九七九、三五九頁

（8）Helmut Bonheim, ed., *The King Lear Perplex,* Wadsworth, San Francisco, 1960, pp.62-64

（9）Stone, p.273

（10）R. A. Foakes, "Introduction" to *King Lear,* The Arden Shakespeare, 1997, p.38

（11）Colie, "The Energies of Endurance: Biblical Role in *King Lear*", *Some Facets of King Lear* p.128

（12）Adelman, p.123

（13）Beth Golding, "Cor.'s Rescue of Kent", Gay Taylor and Michael Warren eds., *The Division of the Kingdoms: Shakespeare's Two Versions of King Lear,* Clarendon, Oxford, 1983, pp.143-51

（14）Alison Findlay, *Illegitimate Power: Bastards in Renaissance Drama,* Manchester U.P., Manchester and New York, 1994, p.5

（15）Findlay, pp.2-32

（16）Findlay, pp.213-57

（17）Findlay, p.220

（18）Bullough, pp.402-08

（19）W・エンプソン著、柴田稔彦訳『牧歌の諸変装』研究社、一九八七、二七頁

（20）Greenblatt, Stephen, *Shakespearean Negotiations: the Circulation of Social Energy in Renaissance England,* Clarendon Press, Oxford, 1988, pp.121-22

（21）Bullough, pp.270-71: pp.309-11

(22) 大野真弓著『イギリス絶対主義の権力構造』東京大学出版会、一九七七、五八—五九頁

(23) 大野真弓、前掲書、一五頁

(24) 塚田富治著『近代イギリス政治家列伝——かれらは我らの同時代人』みすず書房、二〇〇一、三九頁

(25) 大野真弓、前掲書、一—三九頁

J.Goring. "Social Change and Military Decline in Mid-Tudor England", *History*, vol.60, 1975, pp.185-97

Stone, pp.96-113

(26) Colie, "Reason and Need: King Lear and t.ne Crisis of the Aristocracy", *op. cit.*, pp.200-01

第8章　『シンベリン』――「場所《プレイス》」の力学《ダイナミックス》

――つまり、ものが大きくも小さくも見えるのは場所《プレイス》のせいなのだ。――

（『シンベリン』三、二、九三）

はじめに

ルース・ニーヴォーは、『シンベリン』[1]はシェイクスピアのジャンル批評の上で、もっともややこしい作品の一つで、「これは魚肉でも獣肉でも旨い赤鰊の身でもなく、史劇、悲劇、喜劇、ロマンスのいずれとも読めない」と評している。[2]たしかにこの作品は、古代ブリテン国のシンベリン王の治世を描いているが歴史劇とは言えず、個人の内面を深く探求する悲劇でもなく、明るい喜劇でもなく、ロマンスの特徴である語り手（たとえば『ペリクリース』のガウアや『冬物語』の「時」のような）もいないし、語り手に代わって他の人物を紹介し、物語を方向づける強力な人物（たとえば『テンペスト』のプロスペロウ）もいない。

P・M・シモンズは一六、七世紀にイタリアを中心に流行した牧歌的悲喜劇を「ルネサンスの悲喜劇」と呼び、このジャンルの傑作としてタッソーの『アミンタ』（一五七三）、グアリーニの『忠実なる羊飼』（一五九〇）、そしてシェイクスピアの『シンベリン』（作一六〇九―一〇年頃）の三作を挙げている。そして、ベン・ジョンソンの『全集』（一六一六）の表紙のためにウィリアム・ホールが作成した木版画（図1）から、当時流行した「ルネサンスの悲喜劇」の特徴を説明している。すなわち「どの主題（ジャンル）も称賛をもってふさわしい地位を与えられている」という意味のホラティウスの『詩学』からのラテン語の引用句が添えられたこの木版画の中央最上位に、「悲喜劇」が王冠をかぶり錫を手に君臨し、中位に半獣のサトゥルヌスあるいは羊飼いが表象する「牧歌劇」が、下位の左右に「悲劇」と「喜劇」が位置している。つまり「ルネサンスの悲喜劇」とは、悲劇、喜劇、牧歌劇を統合したものであり、牧歌劇には未開の自然に跳梁する野人《サトゥルヌス》か、耕作された田園に住む羊飼が活躍する。そして『シンベリン』の洞窟の三住人は野生的な野人《ワイルドメン》であるという。[3]

図1　ベン・ジョンソン『全集』(1616)の表紙

本章では、シモンズに従って、ひとまず『シンベリン』を「ルネサンスの牧歌的悲喜劇」の一つとジャンル規定する。宮廷と牧歌的な〝緑の世界〟との対比は、シェイクスピアが『夏の夜の夢』『お気に召すまま』『冬物語』『テンペスト』その他の作品で繰り返し用いた図式だが、『シンベリン』の牧歌的世界は、緑したたる森でも、穏やかな田園でも、絶海の孤島でもなく、ウェールズの荒々しい山岳地帯である点に新味がある。岩屋の三住人はシモンズの言うように、見かけは野人には違いないが、実は出自正しい宮廷人と王子たちの仮の姿であり、この劇の真にサトゥルヌス的人物は愚鈍で好色なクロートンである。もっとも彼は〝緑の世界〟の平等意識に生きる人物ではなく、逆に宮廷の身分意識を持ち込もうとして〝緑の世界〟に受け容れられず殺されてしまう。宮廷でも「どうしようもなくだめなやつ」と蔑まれながら、道化クロートンはいつのまにか諷刺的な悲喜劇の中で重要な役割を担うようになるのである。

『シンベリン』のプロットは、ブリテン国の王女イモジェンと紳士ポステュマスの結婚を軸に、王女の貞操をめぐるイタリア人ヤーキモーとポステュマスとの賭の顚末、廷臣ベレーリアスと彼が誘拐した二人の王子の身の上、そしてブリテン国とローマとの関係という三つの話が複雑に絡み合って進行する。そしてそれぞれの話に材源があることが知られている。[4]

この劇では進行係をつとめる語り手はおらず、五幕二八場という多くの場面が、回り舞台や、走馬燈やパジャントリの一コマ一コマのように、次々に展開して物語が進む。リアリズムから自由なこの劇では、古代ブリテン国の半ば伝説的な王シンベリン[5]（その治世二三年目にキリストが誕生したとホリンシェッドの『年代記』は伝える）の宮廷とヤーキモーが活躍するルネサンス・イタリアは同時代のものとして扱われ、ポステュマスの夢の幻想の中では死んだ両親は蘇って息子に語りかけ、ジュピター神は鷲にまたがって天空からウェールズの荒野に舞い降りる。語られるエピソードも後妻の言いなりになる国王が娘に不孝な結婚を強要する、トランクに隠れた男が王女の寝室に忍び込む、王女が宮廷から逃避行を企てる、誘拐された王子たちが洞穴で育てられる、三人の野人と一人の百姓の働きによって逆転勝利する戦争など、およそ実際にあり得ない非現実的な話ばかりで、その荒唐無稽さにのみ目を向けると、ドクター・ジョンソンならずとも「あまりにばかばかしくて批評する気にもならない」ということになる。だが、作中“Howso 'er' tis strange..., Yet is it true”（1.1. 67-69）という台詞があるが、多くの民話やお伽話がそうであるように、荒唐無稽さゆえにかえって人間の真実をえぐりだすエピソードもあるのだ。

本章では、特に移り変わる舞台の「場所《プレイス》」と人物との関係という空間的テーマに着目して本劇を読み解きたい。三幕、四場、洞窟の前でベレーリアスは二人の息子（実は誘拐して育てた王子たち）に呼びかける。

さあ、狩りにゆくぞ。あの山に上るのだ。
おまえたちの脚は若いから。俺は平地をゆく。
いいか、あの上から見下ろすと俺がカラスぐらいに見えるだろう。
つまり、ものが大きくも小さくも見えるのは場所《プレイス》のせいなのだ。

（三、三、九〇―九三）

これは、舞台の背景画がなかった当時、『リア王』でエドガーが「下をのぞくと目がくらんで怖くなる。途中で羽ばたくカケスやカラスがカブトムシの大きさにしか見えないとは」（四、六、一一―一四）と独語してドーヴァーの崖の高さをグロスターに実感させるように、言葉の力でウェールズの峻厳な山なみを観客の目前に現出させ、狩りに明け暮れる老人と若者たちの質実な生活を実感させる力強い台詞である。精悍な老人の長身も、高い山頂から見下ろせば、ただの黒点でしかない。“place”（場所、位置、立場、状況）が変われば同じものでも大きさや価値が変わって見えるという言い方は、この劇の作劇術の本質を衝いている。全体のパースペクティヴの中で、複数の地点から複数の見方が生まれる。置かれた場所が変わると、人物たちはそれまでと違う側面を見せる。次々に現れる相貌に必ずしも一貫性や連続性はなく、矛盾したり逆のものが突然現れたりする。「場所」の変化とともに「見える」「見えない」「見かけと真実」「意識と無意識」「事実と錯覚」など、視覚にとどまらない認識論的テーマも出てくる。主人公イモジェンとポステュマスを中心に、人物たちの移り変わる居場所の中から、宮廷、ローマ、寝室、ミルフォード・ヘイヴン、洞窟、狭い道の六つを選び、人物たちの見せるさまざまな相貌を追って見たい。

一　宮廷（さかさまの世界《トプシー・ターヴィー》）

劇の冒頭の紳士1の「どちらを向いても不機嫌な顔ばかりだ」という台詞は、シンベリンの宮廷にみなぎる不満と不安の雰囲気を伝える。不穏な空気の原因を貴族2が次のように総括している。

ああ、お気の毒な姫、
天使のようなイモジェン、どんなにお辛いことか、
後妻であるお妃の言いなりになるお父上と、
四六時中なにごとかたくらんでいる継母と、
愛するご主人の不当な追放より、さらに忌まわしい
巧まれている恐ろしい離婚沙汰より、さらに憎むべき
あの求婚者の間に挟まれておいでとは。
神々があなたの操の城壁を堅く守り、清らかな心の神殿を
ゆるぎなきものとなし給うように！　そしてあなたの手に
追放されたご主人と、この偉大な国が戻りますように！

（二、一、五四―六三）

国王シンベリンは後妻である王妃の勧めるままに、王妃の連れ子である愚鈍で好色なクロートンとの結婚をイモジェンに強要し、彼女が選んだ有徳の紳士ポステュマスを国外追放し娘を監禁に処す。「姫の払った犠牲を見れば、

(ポステュマスが)どんなに大切な人となったか分かるし、彼がりっぱな人物であることは、姫に選ばれたことで明らかでしょう」と紳士1は言う。廷臣たちの見るところ、ポステュマスとクロートンでは月とスッポン、隼と鳶、大気と土塊(Clotenは土くれ"clod"を連想させる)の差がある。王妃の息子という身分をかさにふんぞりかえって「喧嘩相手のいないシャモみたいにほっつき歩く」クロートン[6]のバカ殿様ぶりが笑いを誘う。一方ポステュマスはといえば、その父シシリアスはシンベリンの先王二人に仕え、対ローマ戦で武功を挙げ、「獅子の心を持つ」の意の尊称リーオネイタスを授けられたが、二人の息子の戦死を悲しみ、三番目の子を妻の胎内に残したまま死ぬ。妻も産褥で亡くなり生まれた子は「親の死後生まれた」の意のポステュマスと名付けられた。シンベリンは孤児ポステュマス・リーオネイタスを引き取り、教育を授け、「王の寝所つき小姓」また王女イモジェンの「遊び相手」として可愛がったが、イモジェンが彼を結婚相手として選んだことで、にわかに態度を硬化させ彼を国外追放に処す。シンベリンは自身紳士階級の後妻を娶りながら、紳士階級出のポステュマスを王位を汚す「乞食」と難じる。かつて「人生の春というのに早くもゆたかな実りを収めた」ポステュマスだったが、王妃の言葉通り、「ポステュマスの運命はいまやご臨終。その名も死の床にあえいでいる」。

その間「わたしがいくら悪事をはたらいても、いつも王の方から悪かったと謝まってきて、わたしのご機嫌をとる」と独語する野心家の王妃は、息子を王位につけるべくイモジェンとの縁組みの画策に余念がない。彼女は毒薬の調合(国王と王女の毒殺が目的であることが後に判明する)にも熱心で、医師コーリアスに「そのような実験をなさるとお心が冷酷に固くなってしまいます」と警告されている。腹黒い王妃の独裁ぶりは、王をさしおいて彼女がローマ大使リューシャスの前に進み出て、ブリテン国としてローマに貢ぎ物を献納する義務を拒絶しようと雄弁をふるう場面にも表れている。

かつてローマが我が国から貢ぎものを取り立てた時の

あの有利な条件は、いまわたしたちの手にあります。
お忘れなさいますな、陛下、
ご先祖の王たちのご業績を、
そしてまたこの島が難攻不落の天然の要塞であることを。
わがブリテンは海神の庭とでも申しましょうか、
切り立つ絶壁を石垣とし、逆巻く荒海を堀とし、
さらには敵の船を転覆させ、帆柱まで吸い尽くす
浅瀬によって守られております。たしかにシーザーは
一応我が国を征服したかに見えましたが、
さすがの彼も、「来た、見た、勝った」と高言することもできず、
彼として初めて恥辱の苦しさを味わいつつ、
この海岸から叩きかえされたのです。

（三、一、一七—二九）

ジュリアス・シーザーがブリテン島に上陸した（前五五）ものの征服には至らず帰国した[7]、しかし約百年後のユリウス・アグリコラの勝利（七八—八四年）によってブリテン島はローマの属州となり、以後約四百年間ローマの支配下におかれるという史実を踏まえて、王妃は難攻不落の国の守りを強調する。しかし、彼女の愛国的熱弁も、ローマとブリテン間の友好関係を破壊し、両国間の戦争を招くという点で「みんながみんなひとつ心になって、いいことばかり考えればいいのだが」と和合と平和を強調するこの劇全体のヴィジョンに抵触するものであり、劇の最後で貢ぎ物の慣習を破ったのは「邪な王妃にそそのかされてのこと」とシンベリンによって退けられる。ジョディ・

ミカラッキは、王妃をローマ支配に反逆した古代ブリテンの女闘士ボウディッカに喩え、劇の最後でリューシャス将軍に「ご奉公させていただきます」と述べてローマへの恭順を表明するイモジェンと対照的に描かれていると指摘している。(8)

宮廷の〝さかさま〟は、王が邪悪な王妃に隷属し、王女が「正しい選択故に懲罰され」、ポステュマスが「誠実であるゆえに追放され」、憎むべき愚鈍なクロートンが王に愛顧されている事態にとどまらない。本来であれば情愛で結ばれるべきシンベリン父娘の関係も、

親不孝者め、
わしの若さを回復させてくれるはずの
お前が俺に年を重ねさせる。

（一、一、一三三―三五）

お父様が登場して、
まるで嵐の北風のように
わたしたちの愛のつぼみが育つのを吹き散らしてしまう。

（一、三、三五―三七）

という不毛の関係である。国王の判断の誤ちを正すべきは廷臣たちの役割のはずだが、「われわれの気分は天体の影響に支配されるが、それと同じく、廷臣たちは王にあわせて表情を作る」慣習から、王の不機嫌にあわせて「表向きの悲しみ」を取り繕い、しかも王女の選択を「内心喜んでいない者はいない」というねじれた関係に堕している。

ウェールズの荒野で自由に暮らすベレーリアスは、権力者の愛顧と富と身分を失う恐怖から、人間としての尊厳を失いかねない宮廷生活の不自由さを批判する。

ああ、ここの暮しのほうが
不興を買わないかと怖れる暮しより気高いし、
未成年者のために何もしないより豊かだ。
代金を払っていない美服の絹ずれの音をたてるより誇り高い。
そんな想いで手に入れた高い身分をみせびらかしても、
勘定書は未払いのままだ。そんな暮しは俺たちのものではない。

（三、三、二一―二六）

「未成年者のためになにもしない」"doing nothing for a babe"とは孤児になった未成年者の後見人となり、被後見人wardのためになることは何もしないでその土地財産を処分し、結婚を決める権限によって利益を得る、当時の悪名高い「後見人制度」wardshipへの諷刺と考えられる。一旦は引き取ったものの孤児ポステュマスを虐待するシンベリンへの暗示とも取れる。ベレーリアスはかつてシンベリンの寵臣で、かつ勇敢な軍人でもあったが、ローマに通じているとの讒言にあって寵愛を失い、「俺の熟した実や、茂った葉までも振り落され、丸裸にされてしまった」という苦い過去を持つ。誠実と忠勤ゆえに追放されたのはポステュマスだけではないのだ。ベレーリアスは「領地を奪い取られた仕返しに跡継ぎをなくしてやろうと思って」三歳と二歳の王子を盗み出し、以来二〇年間ウェールズの洞窟で息子として養育してきた。世継ぎを拉致された王は、警備体制の甘さと捜査不十分の怠慢ゆえに廷臣たちの不満を買っているが、周囲の批判に気づいていない。シェイクスピアはポステュマスや王子たちをめぐる荒唐無稽なエピソードの中に、当時の英国社会の厳しい土地制度の現実（貴族と王権にとって利殖の重要な手段であった後見人制度や、個人の社会的アイデンティティの証明である土地を奪うことは一国の王位継承者を奪うに等しい重大事であったことなど）をさりげなく滑り込ませているのである。

臣下にとって王は父のような存在であることを考えるなら、ベレーリアスは父を失い、同時に王子たちも父を失った。ポステュマスは生れながらに両親を失い、シンベリンに捨てられることで二度孤児になった。イモジェンも実母と死別し、継母と父の憎しみに耐える孤児である。そのシンベリン自身、若き日に父と慕い愛顧を受け爵位を授けてもらったローマ皇帝オーガスタスから捨てられ、今戦争に突入しようとしている。ばらばらなエピソードの多様な立場の人物たちが、孤児であるという共通の悲運で結ばれているのである。

父王の「怒りの目」と、王妃の「邪悪な目」（作中「目」"eyes"は「上着」"garment"とともに重要なメタファーである）に射すくまれたイモジェンは、ひるまず敢然と抵抗する。彼女は自己の状況を独白で要約している。

むごいお父様、腹黒い継母、
夫のある身に求婚するバカ息子、
その夫は追放されている――
ああ、その夫こそ私のこの上ない悲しみ、

（一、六、一―四）

シェイクスピアにあって、主人公の第一声は性格の開示と劇の方向づけで重要な意味を持つが、イモジェンの最初の台詞は王妃の欺瞞をあばき、父王への抵抗の決意を表明する次のような傍白である。

おお、そらぞらしい好意！　この暴君のようなお女《ひと》はなんと上手に
くすぐると見せて、人の心を深く傷つけるのだろう！　大切な夫《あなた》、
わたしは父の怒りを少しはこわいと思うけれど――、
子としての神聖なつとめを破ったわけではないのだから、
父の怒りがたとえどんな仕打ちに出ようとも――少しもこわくありません――

（一、一、八五―八九）

彼女は苦境に立たされてじっと耐え忍ぶだけのグリセルダ型ではなく、凛乎として自己主張する意志の強い女性である。シェイクスピア晩年の劇のヒロインたちが多く乙女であるのに対して、イモジェンはひとり既婚の女性である。そのことが結婚して一層ゆるぎなく輝く精神の魅力を彼女に与えている。『夏の夜の夢』で父の定めた結婚を拒否したハーミアが死刑または尼寺行きを言い渡されることを思い出せば、国王の一人娘でブリテン国の王位継承者であるイモジェンが、父王の命ずる結婚を拒絶することの重大さが分かる。イモジェン自身、後に「それがありふれた行為ではなく、非常な決意を要するものであった」と振り返っている。それでもなお父の激怒を「少しもこわくない」と言い切るイモジェンの男性的な意志の強さは、家長であり国の指導者たるべき父王の弱体化に、やむなく男性化した彼女が、王位継承者としての自己の地位を簒奪者クロートンと王妃とから守ろうとする責任感に裏付けされている。「お兄様たちのように誘拐された方がよかった」「わたしが農夫の娘、私のリーオネイタスが隣に住む羊飼の息子であればよかったのに！」という彼女の独白は、王位継承者であることの重圧感と、身分のない〝緑の世界〟への憧れを伝えて後の展開の伏線となっている。

宮廷の場の作劇上の工夫は、情報通の紳士1、新参者の紳士2、体制派の貴族1、批判的なアウトサイダー貴族2など意識に段差のある複数の視点を用意した上に、真意の表出を容易にする独白や傍白、そして人物たちの登

場・退場のタイミングとを上手く組み合わせて、状況を立体的かつ多角的に浮き彫りにした点に見られる。その結果明らかにされるのは、意志薄弱な王のもとで独裁権をふるう王妃の野心と悪意であり、親は子を捨て、子は親に逆らい、廷臣は追従者に堕落し、戦争の危機が迫るシンベリン宮の混乱と窮状であり、苦難に抗して立つイモジェン姫の雄々しい姿である。

二　ローマ（見ても見えない）

ところが、場所がポステュマスの追放先であるローマに移ると、人物たちを見る新しい視覚が加わる。二世《にせ》の契《ちぎり》を誓い別離に耐えて、純愛を守り抜こうとする理想の恋人であったはずのポステュマスとイモジェンの姿が、やや違って見えてくるのである。イモジェンの貞操をめぐる賭のプロットの材源であるボッカチオの『デカメロン』二日目、第九話ではイタリア人商人たち仲間の賭であるが、『デカメロン』に基づく作者不詳の英語の再話『ジェノアのフレデリック』（一五一八年初版、一五六〇年第三版）では複数の外国人が登場する。[9]『シンベリン』のポステュマスが寄寓するフィラーリオの家には『フレデリック』と同様ポステュマスの他に、イタリア人ヤーキモー、フランス人、オランダ人、スペイン人などが同席している。外国人たちの同席は国際都市ローマの雰囲気を伝えるが、同時に文化的先進国ローマやフランスの人間が辺境の地の田舎者ブリテン人に注ぐ皮肉な眼差しも感じさせる。[10]フィラーリオ自身「あの男（ポステュマス）の父親とは戦友だった」が、ポステュマスのことはよく知らないといって同国人の彼にやや距離を置いている。一定の距離を置いて対象を眺めるディタッチメントこそ悲喜劇のスタンスなのである。シンベリンの宮廷では紳士1はポステュマスを「ふたりとない誠実な人」と評価していたが、ローマではそのような見方はナイーヴ過ぎると馬鹿にされている。フランス人はポステュマス程度の人物なら「フランスにはいくらでもいる」と言うし、ヤーキモーはかつてブリテンの宮廷を訪れた時、ポステュマスは「日の出の勢い」、つまり王の寝所つき小姓として寵愛をほしいままにしていたが、「カタログ化された彼の美点を精査してもそう感嘆しなかった」と言う。さらに「王の一人娘と結婚した一件であの男は本人の値打ち以上に買い被られているのだ」、「その上追放されたことで同情が集まり、あの男をむやみにほめあげるのだ。そうしないと、姫はなんの取り柄もない乞食男を選んだということになり、姫の判断力がやわな砦のように砲弾一発で崩壊するわけだ」との辛辣な見方である。

しかし、その後のポステュマスの言動を見ると、フランス人やヤーキモーの見方は当たらずといえども遠からず、二枚目の優男のはずであったポステュマスは次第に三枚目の道化クロートンの似像に近づき、その評価も限りなく下落せざるを得ない。

クロートンが舞台に初登場するのは、宮殿を退出しようとするポステュマスに無用の喧嘩を売り、「生贄の牛のように湯気をたて」汗と臭気にまみれ獣性まるだしの姿であり、宮廷の「だれからもほめられ、愛される若者たちの手本」のポステュマス像と対照をなしていた。だが、ローマ在住のポステュマスは、妻の美貌と純潔の自慢話で「オルレアン」「夕べ」そして「今日」と三度まで剣を構えての喧嘩騒ぎを起こし、フランス人から「あんなつまらない、取るに足らぬことで命をやりとりするなど見ていられない」と軽蔑されている。クロートンとポステュマスは喧嘩早いという共通点があるばかりか、クロートンがゲームに負けて、「一〇〇ポンドすった」のに対して、ポステュマスはヤーキモーとの賭に負けて、愛の徴のダイヤモンドの指輪とブレスレット（輪状の装身具には性的意味がある）に加えて、かけがえのない妻まで失うことになる。

ブリテン国の対ローマ政策に関しても、クロートンが「ローマ皇帝がお日様を毛布でくるんだり、お月様をポケットにしまったりできるなら貢ぎ物を収めるかもしれないけれど、でなけりゃ収めないからな、ね、父さん」と、とぼけたバカ話ながら母親の開戦論を後押しすれば、ポステュマスもフィラーリオに「今度は戦争になるだろうと思います。……貢ぎ物が支払われたという報らせは来ないで」と開戦を期待する口ぶりである。

そしてイモジェンの陵辱をもくろむクロートンが放つ暴力的な台詞、「あの女を弄んだら、なぐったり蹴飛ばしたりしながら宮廷まで連れて帰るのだ。楽しそうにぼくを軽蔑した女だから、楽しんで仕返ししてやらなきゃな」は、妻の不貞を軽信したポステュマスの「ああ、あいつがここにいたら八つ裂きにしてくれるのに！　いや、あの宮廷に戻って、八つ裂きにしてやる、父親の目の前でな。ただですむものかー」にこだまする。一見反対に見えるポステュマスとクロートンだが、裏に回って見れば、ふたりは同じことをやっているのである。

ジョン・ピッチャーは、クロートン役の解釈と演出次第でこの劇の雰囲気はがらりと変わるという。イモジェンにつきまとって邪険にひじ鉄をくらわせられ続ける愚かなクロートンを、単なるラーフィング・ストックとして捉えれば、『シンベリン』は喜劇となる、しかし彼をポステュマスの深層心理の反映、またはポステュマスの分身《ダブル》として捉えれば、ダークな問題劇または悲喜劇としてのアイロニーは鋭くなる。[10] ラカンの精神分析学を援用して『シンベリン』を読むルース・ニーヴォーは、クロートンをポステュマスの「抑制されたリビドー」と捉え、ふたりの関係を論じている。[11] 舞台にポステュマスとクロートンが同時に立つ場面はない。一人の役者、おそらくリチャード・バーベッジが一人二役で演じたのではないかとピッチャーは推量している。[12] 誠実高潔の士として登場したポステュマスが場面《プレイス》の変化とともに敵役のクロートン的側面を徐々に顕してゆく過程は、諷刺性の強い「ルネサンスの悲喜劇」としての本劇の見所の一つであろう。

表面からは窺い知れないポステュマスの暗い裏面を引き出すきっかけになるのが例の賭である。だがヤーキモーはなぜ一面識もない、恨みもないイモジェンの貞操を中傷する暴挙に出るのか。

> 女の肉というものは、たとえ一グラム百万ダカットであなたが買ったとしても、いつまでも腐らせないでとておくことはできません。
>
> （一、四、一三一―三三）

というヤーキモーは、人の信義を信じることができぬ小イアゴーである。彼は妻の操の堅さを高言するポステュマスの自信たっぷりな確信に我慢ならず賭を挑む。

だがどうやらあなたはまだご自分を固く信じておられるようだ。そのようにこわがっておられるところを見ると。

（一、四、一三三―三四）

わたしはそのご婦人の貞節よりも、あなたの自信たっぷりな確信に対して賭を挑むのだ。

（一、四、一〇七―〇八）

たしかに名義の上ではその女《ひと》をあなたは我がものにしているのかもしれないが、隣の池に見知らぬ水鳥が舞い降りることもありますからね。

（一、四、八五―八六）

「名義」“title”上は夫婦であるポステュマスとイモジェンの絆の意外なもろさをヤーキモーは見抜いているのだ。別れに際して、ポステュマスとイモジェンは「取るに足らぬ身をあなたと交換して、あなたに測りしれぬご損をかけました」「わたしのために追放とは、高い代価を払い過ぎました」と相手の犠牲の大きさを思いやるが、ヤーキモーの観察通り、ふたりは「一国の王女との結婚」と「国外追放」という重大事の代価にばかりに目をとられ、肝心の相手の内面の真実を見通していない。

ポステュマスが相手かまわず妻の美貌と貞淑さを吹聴するのは、彼の自信のなさの裏返しに感じられる。ヤーキモーの見るところ、ポステュマスは王女に選ばれたことで買い被られ、追放されたことで同情が集まり、イモジェンの判断も実際以上に評価されているのだ。事実宮廷の紳士1は「姫の払った犠牲を見れば、どんなに大切な人となったか分かるし、彼がりっぱな人物であることは、姫に選ばれたことで明らかだろう」の二点を二人への評価の判断基準としていた。

そもそも、「彼女はもっとも貞淑であるはずだ。でなければ、その美しさを窓からのぞかせ、浮気な男心を誘ってかってに浮気でもすればいい」という台詞が示すように、ポステュマスの頭には、女と言えば「太陽にあたったことのない雪のように純潔な」女と、格子窓に佇んで男を誘う「娼婦」の二種類しかない。心と肉体を持った生身の女を彼はどこまで理解していたのか。ポステュマスの観念的な女性理解の貧しさに比べれば、クロートンの「美しくって、気高くてどの女より、あらゆる女より、女たち全部より、ずっと上品で、賢くって、みんなの一番いいところを集めて、練り上げていて、だれよりもまさっている。だから俺は好きなんだ」というイモジェン賛美の方がまだしも具体的で人間味がある。オセローやリオンティーズの場合がそうであったように、ポステュマスの両極端にぶれやすい観念論の底には、女性のセクシュアリティに対する抜きがたい怖れと不安と不信がある。だからヤーキモーから全く根拠のない「納得のゆく不貞の証拠」を告げられると、ポステュマスのイモジェンへの信頼はたちまち崩れ去り、憎しみと殺意に反転し、「ありとあらゆる欠点は、いや、地獄で知られているすべての悪徳は、半分というより、全部、女のものだ」と“woman's part”（女の性情、男に対する女の役割、女体の局所の意）への呪詛となる。

偽の推薦状を持ってイモジェンのもとを訪れるヤーキモー同様、偽の手紙でミルフォード・ヘイヴンに妻を誘い出し謀殺しようと謀るポステュマスは、クロートン並みのフールであるばかりでなく、ヤーキモーと同様の悪党となる。ニーヴォーは「イタリアの悪魔」と呼ばれるヤーキモーをポステュマスの「抑圧的超自我」であると呼ぶ(13)。

このような心理学的用語で説明しなくとも、ポステュマスの行為がヤーキモーの得意とする愛を装っての悪意の偽装工作と同質であることは明らかである。
ポステュマスの変貌ぶりは忠実な召使ピザーニオをして、

ああ、旦那様、あなたの奥さまに対する心情は、かつてのあなた様の身分のように低い。

（三、二、九―一一）

と嘆かしめるほどである。
一方、父王が「遊び相手」としてあてがったポステュマスを、クロートン以外の唯一の選択肢として選んだイモジェンだが、彼の内面を深く理解する機会はほとんどなかったと言える。拘禁の身で、ローマに旅立つポステュマスを港まで見送りにゆけない惜別の想いを彼女は口にする。

わたしなら、目の神経がちぎれてもいいから
じっとお見送りしたでしょう。
どんどん遠くなって
あの人が針の先のようにかすかなものになるまで、
いいえ、ブヨのように小さなものから
空の中に溶けこんでしまうまで見つめたのに。

（一、三、一七―二二）

と。しかし、この台詞がオウィディウスの『変身譚』の一節の変奏であることをピッチャーは指摘している。[14]

船が遠ざかるに連れて、彼女の目はできる限り長く去りゆく彼の船の後をじっと追うが、彼の姿を見分けることができなくなった。船が遠くなり過ぎてはっきり見えなくなっても彼女はマストの先から帆がはためいているのをじっと見つめていた。ついに帆さえ視界から消えてもなお、重い心を抱いて腰をおろしている寝椅子にむなしく視線を泳がせた。

（オウィディウス『変身譚』、一、四六三―七二）

イモジェンは、三幕三場で三時間も『変身譚』を読みふけっている。彼女の恋愛観は、愛読の教科書『変身譚』から学んだもので、ポステュマスに劣らず観念的である。港での見送りの風景も理想的な恋人であればこうありたいという彼女の可憐な憧れであろう。「地上に降り立つ神さながら、ひときわ輝く名誉が、人間以上のものと見えるまで彼を高めているのです」とポステュマスを神格化してほめちぎるヤーキモーの追従を無条件に肯定するイモジェンには、いくら「目の神経がちぎれるほど」目を凝らして見ても、夫の深層心理までは見えてこない。自分たちの恋を阻む敵は国王、王妃、クロートンだけではなく、自身の未熟さでもあるということをポステュマスもイモジェンも気がついていない。

ああ、男はみんな狂っているのか？　……大自然から目を与えられ、あの大空を、海陸のゆたかな産物を見渡すことができるのに、そして、天空に輝く日月を、どこの浜辺にも見られる双子岩をはっきりそれと見分けることもできるのに、そのように貴重なものを見る道具を授かりながら、美と醜の見境がつかぬのか？

（一、六、三一―三七）

というヤーキモーの嘆きは、男女を問わず肝心なものは見ても見えない人間共通の盲目性への慨嘆に他ならない。

陳腐で荒唐無稽な『デカメロン』の賭の話も、本劇の悲喜劇的視点から描くと、人間の認識論的盲点に対する新鮮な諷刺の場となるのである。

三　寝室（夫の不在）

シェイクスピアは『冬物語』で一六世紀のイタリア人画家ジュリオ・ロマーノを「永遠性をもって作品に命を吹きこむ」（五、二、九五―九六）と称賛しているが、ヤーキモーの「目のはげしい動き」が捉えるイモジェンの寝室内の風景にもイタリア・ルネサンスの絵画美が溢れている。部屋には住む人の美意識が表れるというが、帝政ローマの爛熟期の文化を代表するオウィディウスを愛読するイモジェンの美意識と、一六世紀ルネサンスの耽美的な美意識の持ち主であるヤーキモーの鑑識眼が合致して選んだ華麗な室内装飾の描写である。

あの部屋には、
そこで自分が寝たわけではないが、
十分観察するに値するものがあった――
壁には絹地に銀の糸で刺繍した壁掛けがかかっていた、その図柄は
誇り高きクレオパトラがアントニーと出会う場面で、
シドナス川の水が、群がる船のためか、誇りのためか、
両岸に溢れんばかりになっている。

（二、四、六六―七二）

"Cydnus swelled above the banks" の語句が愛欲にふける誇り高きクレオパトラの（そしてイモジェンの）堰を切ってみなぎり溢れる若い生命力の横溢を表現している。

部屋の南側には暖炉があって、
その装飾は、清らかな月の女神
ダイアナが水浴している図だ。
一瞬本物の女神が現れたのかと想ったよ。
あれを彫った彫刻師はもの言わぬもうひとつの自然というか、
いや自然以上だ、動かず、息をしないだけで。

（二、四、八〇―八五）

貞潔の女神ダイアナは、クレオパトラの道ならぬ愛欲を暗に非難しているようだが、そのダイアナの裸身も、背後から覗くアクタエオンの熱い視線に晒されている。

部屋の天井には
金色の天童たちが浮き彫りになっている。そうだ、
言い忘れたが、炉の薪のせ台は銀でできている。盲目のキューピッドの一対だ、
それぞれ松明にもたれ、片足で姿よく立っている。

（二、四、八七―九〇）

シドナス川、水浴、炉、薪、天井。水、火、土、空（空気）の四大を暗示する要素で飾られたこの部屋は「もうひとつの自然」、つまりイモジェンの内的世界を暗示する小宇宙である。クレオパトラとダイアナ、金と銀、エロスとアンテロスなど対位法はイモジェンの肉体と精神など対立物の共存を示している。一六世紀イタリア絵画にはティツィアーノの「ヴィーナスとリュート師」「ダイアナとアクタエオン」、パリス・ボルドーネの「ヴィーナスとサテュロスとアモル」、ティントレットの「スザナの水浴」など、禁じられた美を盗み見る快楽を描いた作品が少なくない。ヤーキモーも、イモジェンに一目会ったときから「ああ、この頬に口付けした上で、この手に一度ふれただけでも魂の底から忠誠を誓わずにいられない」と激しい欲情を掻き立てられるが、触れることの許されないその寝姿に忍び寄り、見てはならぬ美を窃視する快楽に身を震わせる。

コオロギが鳴き、人間の疲れ切った感覚は
眠りによって癒される。かつてローマのタークィニアスは、
貞女ルクレシアを犯さんと、やはりこのように
床に敷いた藺草を踏んで行ったのだ。ああ、ヴィーナスよ、
この寝姿のなんというあでやかさ！　咲き初めた白百合だ！
シーツよりさらに白い！　触れることができたら！
キスすることができたら、一度でいい！　このたぐいまれな
ふたつのルビーはキスしあっているではないか。この部屋が
このように芳香に満ちているのはこの人の息のせいか。
蠟燭の炎までこの人の方にたなびいて、
まぶたの下をのぞき込もうとしている。

空の青さに縁どられたこの二つの窓の下に
収められているはずのまばゆい光を拝みたいのだ。
（二、二、一二一―二四）

ルクレティアを陵辱したタークィニアスと違って、ヤーキモーは視線でイモジェンの美を陵辱する。夜のしじまにかすかに聞こえるコオロギの音、藺草を踏む足音と触感、白百合の純白、ルビーのきらめく赤、空の青。息の芳香。甘いキスの味。聴覚、視覚、触覚、嗅覚、味覚の五感すべてで享受する美の饗宴である。男根を連想させる蠟燭の炎まで、生命と感情を持つかのように、身を伸ばしてイモジェンのまぶたの下をのぞきこむ。ここに描かれるイモジェンの寝姿には、劇冒頭の宮廷の場での毅然として禁欲的なその姿とは相容れない輝くばかりのエロティックな美しさが溢れている。

急げ、急げ、夜の竜たちよ、一刻も早く暁が
カラスの目を開かせるように！　なんだかこわくてたまらない。
そこにいるのは天使だが、ここは地獄だ。
一つ、二つ、三つ、時間だ、時間だ！
（二、二、四八―五一）

これは、マーロウの“lente lente currite noctis aqui!/ The stars move still, time runs, the clock will strike”（『ファウスト博士』（一九、一四二一―四三）の本歌どりだが、急げ、急げ、夜の竜たちよ……一つ、二つ、三つ」のリズムは罪の意識と興奮で高まるヤーキモーの心臓の鼓動と呼応している。

最後にヤーキモーはイモジェンの不貞の動かぬ証拠として

左の胸もとに
小さな黒子が五つ、まるで九輪草の花びらに秘められた
真紅の露のようだ。

（二、二、三七―三九）

を見たとポステュマスに報告する。ルース・ニーヴォーは無意識や夢の視点から見ると、ヤーキモーの視淫症的視線はタークィニアスとテリュースの視線と重なり、彼はイモジェンの寝姿に性行為の白日夢を夢見ている、そして彼が見つけた彼女の胸の下の「九輪草の奥の真紅の斑点」は無垢なパストラルのヴェールをかぶせた処女喪失のイメージであるという。さらに同時にそれはイモジェンにとっても夢の中での出来事だという。なぜならイモジェンは、寝る前にオウィディウスの『変身譚』を三時間も読んでいて、

遅くまで読んでいたな、
テリュースの物語か、姉の夫である彼にフィロメラが
力つきて犯されたところでページが折ってある。

（二、二、四四―四六）

フィロメラの陵辱の恐怖と興奮が「眠りの中で、悪い妖精たちや夜の魔物たち」のように無意識に夢として現れた彼女の夢の場面とも考えられるからだ。そしてイモジェンは自己のセクシュアリティと微妙な緊張あるいは不調和

の状態にあるとして、ニーヴォーはヒロインの無意識の次元における性的衝動を強調するのである。(15)

イモジェンとポステュマスは「結婚はしたが、夫は追放の身」であり、consummation には至っていない。『終わりよければすべてよし』のヘレナの台詞を借りれば "the shadow of a wife ...and not the thing" (5.2, 301-02) の状態である。寝室に共寝すべき夫は不在で、窓辺では大嫌いな求婚者クロートンが求愛の歌を唱っているという悲喜劇の構図である。クロートンは、"penetrate her with your fingering", "try with tongue" などとあけすけな冗談を連発しながら、楽師たちに甘美な暁の愛の歌《オーバード》を歌わせる。

太陽神の馬たちは花杯の朝露の泉で
のどの渇きを癒しています。
そして目を閉じていた千寿菊がその黄金の目を開きます。
すべての美しいものと一緒にいとしい人よ、起きて、起きて！
（二、三、二一―二四）

この歌には "arise"（四回）、"lie"、"winking"、"buds" など性的含意のある語が頻用されるが、とりわけ馬（好色の象徴）が花杯の泉で水を飲むという性的なイメージが強烈である。満たされない情欲のイメージは、イモジェンの不貞を信じたポステュマスの独語にも表れる。

復讐だ、復讐だ！
あの女はこの俺に夫婦の喜びを与えず、
婚礼の日までは我慢してくれと言う、

バラ色に頬を染めながら。
それを見れば、老神サトゥルヌスさえ胸をときめかすであろう。

（二、四、一六〇―六四）

「バラ色に頬を染めて」“A pudency so rosy”は恥じらって頬を赤らめる慎み深さを表すが、同時に老神サトゥルヌスさえ“warm”（性的に興奮して熱く）させる女性の局部“pudenda”をも暗示する。ヤーキモーの「九輪草の奥の真紅の斑点」、クロートンの「馬が水を飲む花杯」、ポステュマスの「バラ色の秘所」という性的妄想は、イモジェン自身が抱える「堰き止められた愛の痛み」“the pangs of barred affection”（1.1. 83）と同質の脅迫観念である。全く別の存在と見えるヤーキモー、クロートン、ポステュマス、そしてイモジェンの四人は性的疎外感という共通項でひそかに結ばれているのだ。

四　ミルフォード・ヘイヴン（テューダー朝の始源）

ああ、翼を持つ馬がほしい！　あの人はいまミルフォードにおいでよ。

（三、二、四七）

……どのくらい遠い所なの？
ねえ、どのくらいの距離なの、その祝福されたミルフォードまで？　ついでに聞くけれど
どうしてウェールズはそんなに幸せな土地なの？
そんな港《ヘイヴン》があるなんて。

（三、二、五七―六〇）

ローマ在住のポステュマスから「カンブリア（ウェールズ）のミルフォード・ヘイヴン」で逢いたいとの手紙を受け取ってイモジェンは驚喜する。“haven”と“heaven”の連想から、彼女にとってミルフォード港《ヘイヴン》は、夫との再会を約束する天国《ヘヴン》となる。手紙の真の目的が、妻を殺すためにミルフォードにおびき寄せることと知っている観客には、一途に夫を慕うイモジェンのいじらしさが一層哀れに感じられる。同時に行方も知れぬ目的地に向かって盲滅法突き進もうという彼女の猪突猛進ぶりが可笑しくも感じられる。

わたしは目の前を見ているだけ、ここも向こうも
ずっと先のほうは、霞にかすんだようにボォーとして
見通すことなどできやしない……
もうなにも言うことはない。
ミルフォードへ行く道のほか、わたしになにも用はない。

（三、二、七七―八一）

ピザーニオはイモジェンに「視界の充分に開けた安全な道を辿るべきです」と諫める。だがポステュマスが牢番に「いや、俺のゆく旅にはだれでも自分の目という案内人を持っているのだ。ただそれをつぶって役立てようとしないだけだ」と言うように、人は人生航路の案内人として目を与えられながら、自分の行く先はなにも見えないのだ。そしてイモジェンがラドタウン（ロンドンの古名）から二百マイル以上の悪路を乗り越えてやっとミルフォード付近にたどりついてみれば、ピザーニオから、夫の裏切りと殺意を告げられ、さすがの彼女も悲嘆に暮れる。故なき疑義に絶望した彼女は自問する。

不義ってなに？
ベッドで夜通し眠らずあの人に思いをはせること？
一時間ごとに涙を流すこと？　ついうとうとして、
あの人の身に恐ろしいことが起こった夢を見て、
うなされて飛び起きること？　それが不義なの？

（三、四、三八―四二）

裏切られた者がいかに心を傷つけられようと、
裏切った者はもっとみじめな目に遭うことになる。
だから、ポステュマス、あなたはわたしを唆のかして
父である国王の意に背かせ、わたしと同等の
王侯貴族たちからの結婚の申し込みを冷ややかに
はねつけさせました。それがありふれた行為ではなく、
非常な決意を要するものであったことは、いずれ
お分かりになるでしょう。そのあなたが、いま我を忘れて
むさぼり食べている女にやがて飽きがきた時、
わたしのことを思い出して、いかにお苦しみになるか、
それを思うと胸がいたみます。

（三、四、八三―九三）

イモジェンは、夫との結婚の代償の大きさを思うが、それ以上に、裏切った夫の将来味わうであろう苦しみの大きさを案じる。ロマン派の批評家ハズリットはイモジェンを「シェイクスピアの女性の中で彼女がおそらくもっとも優しく、もっとも巧まない人である」と評した[16]。ヴィクトリア朝には貞淑で慈悲深いイモジェン像が好まれ、イモジェン崇拝 Imogenolatry と称されるほどの賞讃を得た。しかし、今日の目で見て、イモジェンのもっとも魅力的な資質は、窮地にあってしなやかに対処するその自由でユーモアに富む精神ではあるまいか。ウィルソン・ナイトいわくイモジェンは「弱いが勇気があり、……繊細だが、不屈の精神があり、王女らしい気品がある」[17]。ハーマイオニーとイモジェンの役を演じた女優のエレン・テリーが「不当な非難を受けながら尊厳を失わず、揺るぎない愛を保つ点でハーマイオニとイモジェンは共通しているが、どちらが好きかと問われればイモジェンの名が自然に口をついて出る」[18]と述べているのもそのしなやかな魅力の故であろう。

夫の背信でミルフォードを目指した意味は失われたが、「宮廷はいや、お父様もいや、それにあの粗野で、低脳で鼻ばかり高いいろくでなしのクロートンとごたごたするのもいや」と自ら退路を断った彼女は、ひるむことなく未知の世界に飛び込んでゆく。

では、どこに住むの？
太陽が照らすのはこのブリテンだけ？　昼と夜は
ブリテンにしかないの？　この島国は、世界という書物の
一ページではあっても、それは抜け落ちた一ページ、
大きな池の中の白鳥の巣。
ブリテン以外の土地にも人は住んでいるわ。
（三、四、一三四—三九）

「大きな池の中の白鳥の巣」は王妃の言う「海神の庭」を思い出させるが、王妃がナショナリズムをふりかざすのに対して、イモジェンはより広い世界をめざす。彼女の見方ではブリテンは世界という本の一ページ（小部分）であるが、抜け落ちた（切り離され孤立した）一ページに過ぎない。孤独を代償に自由を手にした彼女は、ブリテン島国をあとに外の広い世界に羽ばたこうとしている。人妻から美少年姿に変身した彼女は、「王子の勇気をもって最後までやりぬくわ」と意気軒昂、敵将リューシャスの小姓として仕えるべく、ウェールズの荒野に踏み出してゆく。

三幕、五場、ローマ大使リューシャスが帰路の護衛を要請するとシンベリンは「セヴァン川を渡りきるまで」の護衛を確約している。ウェールズを南下してブリストル湾に注ぐセヴァン川は、テムズ川に次ぐ英国最長の河川で、イングランドとウェールズを分ける自然の境界線である。セヴァン川以西のウェールズは、当時シンベリンの領土ではあったが法支配が直接及ぶ直轄地ではなかった。国外追放者のベレーリアスをはじめクロートンが数え上げる「山賊、犯罪者、悪党、泥棒」などの類やイモジェンが道を尋ねる乞食などのアウトローが徘徊する一種の無法地帯であった。グィディーリアスは「法律はわれわれを守ってくれない」と言うし、ベレーリアスは「無法者たちがこの洞穴に住み、狩猟し、いずれは強力な一団となりかねぬ、という噂が宮廷に届いたのかもしれぬ」という。だが、無法地帯は自由の天地でもある。ベレーリアスは「この二〇年間、この岩とあたり一帯をわが世界とし、そこで正直に、自由に日を送ってきた」と胸を張る。ウィルソン・ナイトは、『シンベリン』のウェールズの場面には原初の自然の壮大な美しさを映しだす詩人の創造的な魔法があふれていると絶讃している。[19] たとえばベレーリアス父子が岩屋を出て太陽や大空に向かって「おはよう」と唱和する声が山々にこだまする場面は「野人劇」の爽快感に溢れている。

ベレーリアス　ああ、いい天気だ、こんな低い天井の住みかに
閉じこもっているような日ではない！　頭を下げて出てくるがいい、

この天然の門はあがめることを教え、
おまえたちに朝の礼拝をさせる。ところが王宮の門は
高いアーチになっているので、大男どもがその頭に
天を怖れぬターバンを巻いたまま、太陽に向かって
おはようとも言わずのさばり通る。おはよう、大空よ！
岩を栖としてはいても、世間の驕り高ぶる者のように
あなたを冷たくあしらいはせぬ。
グィディーリアス　大空よ、おはよう！
アーヴィラガス　おはよう！　大空

（三、三、一―一一）

太陽と大空を、血の通った仲間として“hail”（古いノルド語で「元気であれかし」の意）と呼びかける。Low, stool, bow など謙譲の語を繰り返すかたわら、大自然の岩屋を尊い神の家（house の古英語 hus の原義は「神の家」である）と認識している。大自然を友に、岩屋に住む誇り高き野人たちの心意気である。

『シンベリン』には楽師たちの演奏にあわせた暁の愛の歌《オバド》やアーヴィラガスの挽歌などの歌があり、マスク形式で幽霊や神が登場するスペクタクル・シーンもある。イモジェン、ポステュマス、ヤーキモーの独白などアリアとして表現するにふさわしい台詞も多い。劇全体を演技と歌と踊りを交えたミュージカルに仕立てて演出すればさぞ効果的であろう。野獣の毛皮を身にまとった三人の高貴な野人たちが、角笛を吹き鳴らしつつ力強く踊り唱う場面など楽しい見せ場になるに違いない。

イモジェンは野人たちの中に宮廷人以上の高い品性を見出す。それは彼女に価値観の変革を迫る新鮮な「経験」

であった。

なんてやさしい人たち。いままで聞いていた話は嘘だった。
宮廷人は、宮廷外のものはすべて野蛮人だと言っている。
経験してみれば、噂が大間違いだったことが分かる、

（四、二、三四―三六）

とくに若者二人（王子グィディーリアスとアーヴィラガス）は気品をそなえた自然児である。

スミレの花の下を吹き抜けながら
その可憐な頭を揺らさぬ春のそよ風のようにやさしいが、
しかしながらいったんその気高い血が激すると、
峰の上にそびえ立つ松の木の頭をひっつかみ、
谷底に向かってねじ曲げる
暴風のように荒々しくなる。

（四、二、一七一―七六）

いかなる王侯貴族も、
この洞穴の大きさほどの宮殿しか持たず、
召使もなくて自分のことは自分でしなければならず、

移り気な民衆の空虚な追従の言葉にも乗せられず、
ただ自分の両親が認める才能しかないとしたら、とても
この二人の気品には及ぶまい。

（二、六、七九―八四）

〝緑の世界〟では身分、権力、富などをはじめ、一切の宮廷的虚飾が剝がれ、生来の人間的価値だけが明らかになるのだ。ウェールズの荒野に迷い込んだクロートンは王妃の息子という身分を誇示して威嚇するが、剛直なグィディーリアスは「少しもこわくない」と笑いとばしあっさりその首をはねる。ディオニュソスの巫女マイナスに斬殺されたオルフェウスの首同様、クロートンの首は「岩屋の後ろの谷川に放り込まれ、母のもとに使者として送り出された」。自己の男性的な力の源泉であった息子を失った王妃は狂死する。グィディーリアスは意識せずしてブリテン国の正当の王位継承権を王妃母子の手から奪い返したことになる。

しかし宮廷の毀誉褒貶を経て荒野の自由を謳歌するベレーリアスに比して、若い王子たちにとって岩屋は「無知の牢獄」であり、名誉ある行為から疎外された「とらわれの身の運命」である。

父上、生きていたってなんの楽しみがあるのです。
行動や冒険を避けていては？

（四、四、三―四）

やがてわたしたちが
父上の年になったとき、なにを話したらいいのでしょう？

暗い十二月の夜、激しい風雨の音を聞きながら？
この狭い洞穴の中で、凍るような時を紛らわすのに、
どんな話をすればいいのでしょう？　わたしたちは世の中を
まったく見ていない。まるで獣だ、獲物を追えば
狐のように敏捷だし、餌食を前にすれば狼のように獰猛だ。
勇気といえば逃げるものを追いかけるだけ、歌といえば、
かごに入れられた小鳥のように、とらわれの身の運命を唄うのだ。

（三、三、三六―四四）

同じ洞窟も見方を変えれば天国とも地獄とも見えるのだが、ここでは、〝緑の世界〟に長くとどまることが許されず、やがて対ローマ戦で活躍という「行動や冒険」を経て宮廷に戻り王子として国を担うべき二人の運命が予告されている。洞窟の三人の野人に宮廷では得られなかった「愛する家族」を見出したイモジェンは、お伽話の白雪姫のように彼らのために、「天使のように唱い」「ニンジンを花文字形にきざんだり、スープをおいしく味つけたり」と家庭の主婦として細やかな働きをする。

小鳥が死んでしまった、みんなで
あんなに可愛いがっていたのに。

（四、二、一九七―九八）

眠っているところを蝿にでもくすぐられたかのように、

右頬をクッションにあてて倒れていました。

（四、二、二一〇―一一）

夏が続くかぎり、わたしがここにいるかぎり
おまえの墓をもっとも美しい花で飾ってやろう。
青白い桜草も、静脈のような
青い筋のあるツリガネ水仙も、野バラの葉も。
悪口を言うのではないが、バラの花だってお前の息のかぐわしい
香りにはとても及ばない。この花を全部、やさしい
駒鳥がくちばしで――お前のところに運ぶだろう。

（四、二、二一八―二四）

アーヴィラガスの歌に描かれるイモジェンの寝姿（仮死の姿）は、宮廷での毅然とした態度や、寝室でヤーキモーの窃視症的視線に半裸の寝姿を無防備に晒したエロティックな姿とも異なるパストラルの無垢、清浄の雰囲気にふさわしく、小鳥や昆虫や野の花に囲まれた繊細で可憐な姿である。シェイクスピアは花の名の選択にも慎重で、王妃が毒薬を作るために摘んだ花の中で桜草は、「青白い桜草」となってイモジェンの墓を飾り、九輪草はヤーキモーが覗き見た彼女の体の秘所となり、スミレは王子たちの青春のシンボルとなる。人だけでなく、花も「場所《プレイス》」によって異なる表情を見せるのだ。

人物の動きを見ると、イモジェンの宮廷からの脱出を合図に、ほかの登場人物たちも一斉にミルフォード・ヘイヴンを目指して動き出す。クロートンはイモジェンの後をつけてウェールズに乗りこみ、ミルフォード・ヘイヴン

で殺害される。ガリア（フランス）に駐屯していた将軍リューシャスはローマ軍を率いミルフォードに向かい、ポステュマスはローマ軍の一員としてミルフォードに行き、ヤーキモーもジェントルマン層からなるローマ軍隊を率いてミルフォードに向かう。そしてシンベリンその人もブリテン軍を率いてミルフォードに向かいローマ軍と対決する。劇中ウェールズまたはカンブリアの語は四回、ミルフォード、またはミルフォード・ヘイヴンの語は一五回も繰り返される。なぜか。

まずウェールズという地は、手つかずの荒々しい自然の表出にふさわしいばかりでなく、ジェイムズ一世およびステュアート王家とのつながりが深いという利点がある。ジェイムズ一世はマーガレット・テューダーにつながる血筋によってイングランドの王位継承権を主張したが、同じように、ウェールズの血を引く者として王位に対する要求を強めることができた。つまり『マクベス』に描かれているように、バンクォーの息子フリーアンスはマクベスの手を逃れウェールズに落ち延び、プリンス・オヴ・ウェールズ（もともとウェールズのケルト族の首長の称号だったが、ウェールズを征服したエドワード一世が後のエドワード二世にこの称号を一三〇一年に授けたことに由来する英国国王の法定推定継承人である長男に国王によって授けられる皇太子の称号）であったルーエリンの宮廷に赴き、そこで彼の娘と結婚し、ふたりの間に生まれた息子がスコットランド王家の執事「ロード・ハイ・ステュアート」となり、ステュアート王家の始祖となったからである。

またエンリス・ジョーンズを始め、多くの批評家が、ミルフォード・ヘイヴンの地名とテューダー朝（およびその正統の後継者たるステュアート朝）の始源神話との関係を指摘している。[20] つまり、テューダー朝の始祖、ウェールズ出身の貴族リッチモンド伯ヘンリー・テューダーが、一四八五年にドーヴァーからウェールズ最西端の港ミルフォード・ヘイヴンに上陸、リチャード三世をボズワスフィールドに破ってヘンリー七世として戴冠したのである。古代ブリテンにおいて、ミルフォード・ヘイヴンが大陸からの最良の港であったことは『シンベリン』のリューシャス将軍がブリテン軍をこの港に集結させて進攻をしたことからも分かる。『リア王』で、コーディリアがフランス軍を率いてブリテンに上陸したのもミルフォード・ヘイヴンを経てのことであろう。

『シンベリン』の正確な創作、初演年代を特定することは難しいが、サイモン・フォーマンという占星術師が一六一一年（日付は記されていない）に『シンベリン』を見たと言ってそのプロットを書き残しているためこの劇がそれ以前に創作されたことは確かで、一六一〇年頃の作かと推定されている。同年六月四日にジェイムズ一世の一八歳の嫡男ヘンリーがプリンス・オヴ・ウェールズの称号を国会の承認を得て授与され、約一週間にわたって催された祝賀行事の宮廷マスクや野外劇《パジェントリ》で、テューダー朝始源の地としてミルフォード・ヘイヴンの名がたびたび言及された。[21] シェイクスピアはミルフォード・ヘイヴンを舞台に選び、その地名を連呼することでテューダー朝始源神話を喚起し、ヘンリー王子の称号授与への祝意を表明したのである。ただシンベリンの三人の子とジェイムズのヘンリー、チャールズ、エリザベスの三人とを並行させるフランシス・イェイツの見方[22]は、脆弱なシンベリン王に現国王を比すのはおかしい、歴史的解釈にこだわり過ぎて劇の普遍的価値を狭めるなどの批判を受けている。

そもそも、イモジェンの名はトロイアのアイエネスの曽孫ブルトゥス（その子孫であるアーサー王をジェイムズ一世は祖と仰いだ）の妻でブリトン人の母、「イモジェン」あるいは「イモーゲン」の名を踏まえている。劇の最終部で、ジュピター神が眠るポステュマスの胸の上に置く書には、イモジェンとポステュマスの結婚により「ブリテン国が幸多き時代を迎え、平和と豊饒のうちに栄える」という予言が書き記されている。イモジェンの結婚は私事を超えて祖国再興の任務を担うことになる。シンベリン王の家庭劇と見えた『シンベリン』は、「祝福されたミルフォード・ヘイヴン」の地に舞台が移ることでテューダー朝始源の記憶と結びつき、歴史的奥行きを獲得するのだ。

五　洞窟（錯覚）

四幕二場、洞窟の中で仮死から目覚めたイモジェンが、ポステュマスの「上着」"garment"を着たクロートンの首なし死体をポステュマスのものと思い違いして取りすがる場面は、観客の失笑や嫌悪感を買うのでないかとの懸念で、批評家や演出家を当惑させてきた。だが、これは本劇のクライマックスの一つ、劇のターニング・ポイントとして無視できない重要な場面である。

仮死の眠りから目覚めた瞬間、イモジェンは愛する者すべてを失った自分自身を見出す。夫に捨てられ、忠実な召使に去られ、洞窟の父子たちとの束の間の幸せな〝家庭生活〟も夢と消えた。リューシャスから何者かと問われて、「何者でもありません、いえ、それ以下の者です」と答える彼女にとって唯一つ、顔のない死骸が〝bedfellow〟として残されている。

クロートンは生前、ポステュマスと「容姿の美しさでは肩を並べ、若さでは負けず、強さでは勝っている」と自慢していた。ポステュマスの衣服も彼に「ぴったりなのである」。二人の肉体的条件は酷似しているのだ。ジョージ・チャップマンは、『ビュッシイ・ダンボア』で、立派な肉体を持ちながら精神が欠落している人間のありかたを、自然がすばらしい素材で作りながら首なしのまま放置した不気味な彫像のイメージを用いて描いている。

自然は人間と同様、でたらめに仕事をする。
足の先から喉までは
手に入るかぎりのすばらしい素材を選びぬき、
念入りに釣り合いを考えてものを造るのに、
首なしのまま、放置するのだ。

（『ビュッシイ・ダンボア』五、二、二四―二八）

同じチャップマンの悲喜劇『未亡人の涙』（四、二）には夫の死の虚報のおかげで遺体は存在しないのに、騙された未亡人が取りすがって泣く「空気以外は何もはいっていない」空の棺が描かれる。「空の棺」は〝貞淑な未亡人〟という名誉に固執する未亡人の涙の虚しさや、彼女が生前夫と誓いあった信義の頼りなさ、ふたりが思い描いた互いの理想像の実体のなさと彼らが生きる世界そのものの中心の喪失を象徴する。首（理性、精神）のない見事な肉体と、遺体（実体）が入っていない棺に取りすがって泣く女の悲喜劇的イメージである。

『シンベリン』で洞窟にころがる首なしの堂々たる肉体は、肉体性を肥大させ精神を失ったクロートンの（そしてポステュマスの）姿のアイロニカルな表象であろう。クロートンは首のないまま埋葬されてしまうが、ポステュマスにはまだ精神の再生の可能性が残されている。だが、イモジェンは「人の目は分別と同じように当てにならない」と独白する。プラトンは『国家』第七巻五一ａで、人間を洞窟の中で鎖でつながれ、光を背に奥の壁を見つめる囚人たちに喩え、彼らの感覚が捉えるのは真実（イデア）ではなく、壁に映る事物の灯影に過ぎないと言った。またフランシス・ベイコンはプラトンを踏まえて『学問の進歩』第二巻で誤謬を生み出す先入観のひとつを「洞窟のイドラ（幻像）」と呼んだ。洞窟のイモジェンは、夢うつつの中で、首なし死体について

悪夢はまだ続いている。目が覚めても
夢はわたしの外にも内にもある

（四、二、三〇六―〇七）

とつぶやく。彼女の目が捉えたポステュマスの上着は、彼女の断ちがたい夫への愛執とその姿への先入観と結びついて彼女を惑わせる。イモジェンはクロートンの体をまさぐりながら「この脚の形には見覚えがある。この手はあの人の手だ、マーキュリーの踝、マルスの太股、ヘラクレスの腕」と叫ぶ。感覚と欲望と先入観が生み出す狂気じみた錯覚である。ピッチャーは、こうした不条理演劇の〝異化効果〟を思わせるグロテスク・ファニイな場面こそ、

グアリーニ一派のいわゆる「ルネサンスの悲喜劇」の特徴であるという。[23] 首なしの遺体に取りすがって泣くイモジェンの姿で思い出すのはシェイクスピアの長詩『ヴィナスとアドニス』の最後で、猪に殺されたアドニスの「かたまった血潮で顔を汚した」（一一二二行）ヴィナスの姿である。同じように、イモジェンは、「あなたの血でわたしの青ざめた頬を染めてください。……ああ、あなた、わたしの夫！」と叫び、血で顔を汚しながら遺体の上に倒れ込む。血で顔を染めるのは交接の、倒れ込むのは、性的エクスタシーと同義の死の象徴的しぐさである。かつてポステュマスの想像の中でイモジェンはヤーキモーと同衾したが、いまクロートンとも共寝する。だがルース・ニーヴォーは、この「床入り」"consummation"によってイモジェンのエロスは、エロスの暗い仲間であるタナトスによって昇華、解消すると言う。[24] イモジェンの墓に捧げるアーヴィラガスの抒情的な挽歌が思い出される。

しずかに想いを遂げよ"Quite consummation"。
そうすればその墓は栄えあるものとなろう。

（四、二、二八〇―八一）

夫と信じたクロートンとの consummation によって、イモジェンの無意識の性衝動は昇華、解消され、彼女は穏やかな自己を取り戻す。イモジェンが飲んだ王妃の毒薬は、医師コルネリアスの調整によって一時的な仮死状態をもたらすが、目覚めれば前よりも元気になるという死と再生を促す秘薬であった。理性を取り戻したイモジェンはその後リューシャス将軍の小姓として、「これほど親身に、忠実に、勤勉に、時に応じて、これほど賢明に誠実に、機敏に、まるで乳母のように尽くしてくれる小姓はほかにない」と賞讃されるほど理想の女性像に近づいてゆく。

また、ポステュマスとヤーキモーも洞窟の場面以後に登場する時は、あたかも憑きものが落ちたかのように、かつての自己を悔い、殊勝な心がけを見せる。ポステュマスは妻が「些細なあやまち」を犯したことを依然信じているが、「自分より優れた妻」を殺害した罪の大きさにおののき、贖罪の死を覚悟している。相手を責めていた自身の卑小さを自覚したのである。かつて他人の観察に熱心で自己を顧みることのなかったヤーキモーも別人のごとく「この胸のうちにわだかまる罪の意識」に深刻に悩んでいる。

『テンペスト』のプロスペロウは暗愚のキャリバンについて「この暗黒のものはわたしのものであることを認めます」(五、一、二七五―七六)という。人間だれしも心の中に暗い部分があってそこには情欲や暴力が潜んでいるということである。『シンベリン』のクロートンを生涯駆り立ててやまなかった満たされぬ情欲も、彼の専有ではなく、ポステュマス、ヤーキモー、そしてイモジェンも共有する心の暗い部分であったことはすでに見た。劇中もっとも聡明なはずのイモジェンが夫のものと錯覚したクロートンの首なし死骸をひしとかき抱くことで、クロートンの暗い情欲は解消したはずである。しかしもっとも笑うべき錯誤によって果たされたこの consummation によって、クロートンのみならずイモジェン、ポステュマスそしてヤーキモーにもそれまでの懊悩を昇華解消させ、新たなレベルの精神状態に転移する劇的転換点がもたらされるのである。生涯サトゥルヌス的獣欲に振り回された挙げ句無念の横死を遂げた上、首なし遺体のまま放置される哀れなクロートンの存在が一同に精神的救済をもたらすという悲喜劇的瞬間である。暗い洞窟に場違いな宮廷風の美服に堂々たる肢体を包んで大地に重く横たわる首のない死体は、本劇の悲喜劇のエッセンスを凝縮した秀抜なイメージであることは間違いない。

六　狭い道(逆転勝利)

不思議なことがあれば、あるものだ、
狭い道《ストレートトレイン》と一人の老人と、二人の少年の物語か。
(五、三、五二―五三)

ホリンシェッドの「スコットランドの歴史」にある、デーン人との戦いで苦戦していたスコットランド軍を助けて「道《レイン》」に踏ん張った百姓ヘイと二人の息子の話㉕(ヘイの物語への言及は、ジェイムズ王の寵臣サー・ジェイムズ・ヘイへの追従としての意味があったという)をふまえたベレーリアスと二人の息子(王子)、それとブリトン人百姓に変装したポステュマスの奮戦で敗色濃かったブリトン軍はローマ軍に圧勝する。ただしリューシャス将軍はシンベリンに「あなた方にとってその勝利が偶然によるものであったことをお忘れなきよう」と釘を刺している。「どちらを向いても不機嫌な顔ばかり」という台詞で始まった劇は、「みんな喜こんでいる」というシンベリンの台詞で大団円に向かう。

人物の中でもっとも年若く、か弱い女性イモジェンの宮廷からの逃避行(それも夫の殺意を善意と読み違えての悲喜劇的動機の脱出だが)に導かれるように、他の人物すべてがウェールズのミルフォード・ヘイヴンに集結した結果、思いがけずすべての人物に再会と自己回復と和解の幸福がもたらされる。ローマからウェールズに移動した時、ポステュマスは「外面より内面を尊ぶ風習を始めたい」と言い、ヤーキモーは「この地の空気までが復讐心をもって俺の力を萎えさせる」とつぶやく。虚飾を剝ぎ自己の本質へと眼差しを向かわせるのが〝緑の世界〟の効用なのだ。

ああ、俺は何者だ?
三つ子を生んだ母親か? 俺以上に出産の喜びを味わった
母親はおるまい。

(五、五、三六八—七〇)

自分は何者かと改めて自問したシンベリンは、二人の王子と一人の王女を取り戻し、後妻亡き後、国王の威信をも回復する。さらにポステュマスを婿と正式に認め、ベレーリアスを義兄弟として受け入れる。シンベリンの家族が再会し結束を新たにしたばかりではない。ポステュマスの死んだ両親も二人の兄とともに夢の中で蘇り、息子の加護をジュピター神に懇願することで、生前果たせなかった親としての役割を演じる。

『デカメロン』や『フレデリック』では、賭で偽りの証言をした中傷者は極刑に処せられるが、ポステュマスはヤーキモーを赦し、その寛容な処置を見習ってシンベリンはリューシャス以下すべてのローマ軍捕虜を釈放し、戦勝国であるにもかかわらずローマへの貢ぎ物の復活を決め両国の友好を強化する。ベレーリアスの王子誘拐の罪も、グィディーリアスのクロートン殺しの罪も不問に付される。

ポステュマスはイモジェンを生意気な小姓と見間違えて殴り倒すという相変わらずのへまをやらかした挙げ句「わが魂よ、木の実のようにそこにすがりついてくれ、この幹が枯れるまで」と生命の木（または男根）と木の実というパストラルの比喩を用いてめでたく結婚にこぎつけるが、「どうしてあなたは結婚した妻をお捨てになったの？　今、岩の上に立っているとお思いの上で、もう一度わたしを投げ捨ててご覧なさい」とつめよるイモジェンの言葉を聞けば、この成立したばかりの若いカップルの将来のかかあ天下ぶり（邪悪な王妃の尻に敷かれたシンベリンの暗いかかあ天下とは反対の）が微笑ましく予想される。

わたしとしては
この世でもっとも可愛い道連れを失うわけですが、
どうか、天上の神々の祝福が、王子たちの頭上に
露とふり注がれますよう、のちには星となられて
天を飾るにふさわしいお二人ですので。

（五、五、三四八―五二）

というベレーリアスの子別れ、親別れの感動的な台詞は大向こうを泣かせたに違いないが、それは新旧世代の交代という劇全体の重要なテーマであり、すぐれた王位継承者を確保し得たブリテン国の、そしてヘンリー王子という有望な王位継承者を得た（ただしヘンリーは二年後の一六一二年に一八歳で急死するが）ステュアート朝イングランドの明るい未来への祝福の言葉でもある。

占い師は、ブリテンとローマとの新しい関係を予告する。

ローマの鷲が、
翼を広げて南から西へと空高く飛んでゆき、
次第に姿が小さくなりついに太陽の光の中に
消えるというものでした。つまりそれは
ローマの鷲であられる大シーザーがここ西の方に
燦然と光り輝くシンベリン王と友情の手を握られる
前兆であったのです。

（五、五、四五八—七四）

かつてフィラーリオの家では、世界の中心としてのローマ帝国から辺境のブリテン人の後進性に投げかける侮蔑的な眼差しが感じられたが、劇の最終部では逆に南のローマ皇帝が身を低くして「西方に燦然と光り耀やく」シンベリンの友情の手を求めている。立場が逆転したのである。「西の方」に輝く希望の光とは、ひたすらな西方への航行が新大陸発見という輝かしい成果につながった時代の特別の方向感覚であったかもしれない。

一同そろってのラドタウンの宮廷への凱旋で幕は下りる。宮廷から〝緑の世界〟に出かけた人々が、それぞれの成長を経て宮廷に戻るという牧歌劇のパターンが完結するのである。ベレーリアスがものの大きさを決めるのは「場所」だと言ったように、宮廷からローマ、寝室、ミルフォード・ヘイヴン、洞窟、狭い道へと移動するにつれ、人物たちはさまざまな相貌を見せる。シェイクスピア劇の中でも『シンベリン』ほど空間の移動を人物描写に巧みに結びつけて描いた作品は他にない。とくに居場所の変化によるヒロイン・イモジェンの表情の移りはめざましい。宮廷での毅然とした抵抗の姿勢、寝室でのエロティックな寝姿、ミルフォード・ヘイヴンでの新世界への跳躍、岩屋での家庭の優しい主婦役と狂的な錯乱、その後の精神的再生。その変化に、多様な空間での試練を経て自己開拓してゆくひとりの若い女性の成長の物語を読み取ることができる。ただし生気溌剌たるこのヒロインは決して理想化されていない。彼女が経験したひとつひとつの試練が、他人のことはよく見えても、自分のことだけは見えない盲目性、意識と無意識のずれ、外面と内面の違いが生む誤解や錯覚などの人間の愚かしさを笑う悲喜劇的視点で描かれているからだ。人間の表裏を距離をおいてながめるディタッチメントの精神こそ「ルネサンスの悲喜劇」の精髄と言える。劇の終了とともにイモジェンの道行きが終わるわけではない。好奇心の強い姫が新しい場と出会いを求めて辿るべき旅路は未来に向けて開けているからである。

注

（1）John Pitcher, ed., *Cymbeline*, Penguiin Books, 2005

（2）Ruth Nevo, "*Cymbeline*: the rescue of the King", *Shakespeare's Other Language*, Methuen, New York and London, 1987, p.63

（3）P.M. Simonds, *Myth, Emblem, and Music in Shakespeare's Cymbeline: An Iconographic Reconstruction*, Delaware U.P., London and Tronto 1992. pp.29-169

（4）G. Bullough, ed., *Narrative and Dramatic Sources of Shakespeare*, vol.viii, Routledge and Kegan Paul, London, 1975, p.42

（5）Bullough, p.43

（6）クロートンの原型は材源の一つである作者不明のロマンティックな古劇『愛と運命の不思議な勝利』（出版一五八九）で相手の身分の低さを理由に妹である王女の結婚に反対する兄に求められる。Cf. Bullough, p.8

（７）　Bullough, pp.41-43

（８）　Jodi Mikalachki, "The Masculine Romance of Roman Britain: *Cymbeline* and Early Modern English Nationalism", *Shakespeare Quarterly* 46, 1959, pp.303-322

（９）　Bullough, pp.50-78

（10）　John Pitcher, "Introduction" to *Cymbeline*, Penguin Books, 2005, p.lx

（11）　Nevo, p.87

（12）　Pitcher, p.lx

（13）　Nevo, p.87

（14）　Pitcher, pp.xxxiii-xxxiv

（15）　Nevo, p.79

（16）　William Hazlitt, *Characters of Shakespeare's Plays,* The World's Classics, 1916, p.1

（17）　G.Wilson Knight, *The Crown of Life,* Methuen, London, 1947, pp.152-57

（18）　Judith Cook, *Women in Shakespeare,* Harrap, London, 1980, p.81

（19）　Knight, p.157

（20）　Emyrys Jones, "Stuart *Cymbeline*", *Essays in Criticism,* II, 1961, pp.84-99, Frances A. Yates, *Shakespeare's Last Plays: A New Approach,* Routledge and Kegan Paul, London, pp.47-52

（21）　Jerzy Limon, *The Masque of Stuart Culture,* Associated U.P., Salem, 1990, pp.116-22

（22）　Yates, pp.41-61

（23）　Pitcher, p.lvii

（24）　Nevo, p.87

（25）　Bullough, pp.46-50

第4部

マニエリスム演劇の空間構成

第9章　マニエリスムとしての『復讐者の悲劇』

はじめに

シリル・ターナーの作品と推量される悲劇[1]『復讐者の悲劇』を一読して、私はエル・グレコやティントレッ－、特にティントレットの絵画との共通性を直観した。たとえば、魔的な夜の闇の中に超自然的な光が渦巻く幻想的な空間構成、空間の底知れぬ深奥感、全体の非現実的な枠組みの中に嵌めこまれた細部の恐るべき鋭利なリアリズム、奇怪にデフォルメされた人物たちの相貌、動因が不明で謎めいた彼らの姿勢や身振りなどである。やがて、私はこれらの特徴こそ、一六世紀の後半ヨーロッパ全体を風靡したあの「マニエリスム」と呼ばれる特異な芸術様式の特徴であることを知ったのである。

ターナーとティントレット。一七世紀初頭の英国の劇詩人と一六世紀中半のヴェニスの画家。時代も国もジャンルも異なり、個人的な影響関係も見られぬ二人の作品を似ていると言ったところで、それだけでは無意味であろう。しかし、パノフスキーが言うように、二つの歴史的現象は、それらが一つの「関係の枠組み」の中で結びつけられるかぎり同時代的なものとなり、また測定しうる一時的な相互関係を持つことになる[2]。また、マリオ・プラーツが言うように、詩と絵画とは古来姉妹芸術として互いに表現の目的と手段を張り合いながらも、絶えず手に手をとって進歩してきたのであり、比較に堪えるだけの表現上の意図と対比できるだけの詩学とがあり、それが同系統の技法の媒体を伴っている場合には、対応関係を云々する権利が生ずるのである。[3] 特にシェアマンが指摘するように一六世紀には文学、絵画、彫刻、建築、音楽、舞踏などのアナロジーは当然のものとみなされ、諸芸術はその時代の理念と様式を共有したのである。[4] とりわけ、劇文学は舞台にかけられることによって視覚化され、詩や小説より一層絵画との親和関係が深いと思われる。また、マニエリスム絵画の本質は、いわゆる花鳥風月など外在的な自然の写生、模倣ではなく、人間の魂に内在する観念の視覚化、すなわち観念の相関物としての人為的自然の創造にある。そこには観念的なマニエリスム文学と同質の創作原理が働いているはずである。

それゆえターナーとティントレットは、活躍した時期が四〇―五〇年ずれており、言葉と形象という別々の手段を使いながら、マニエリスムという共通の芸術様式に帰属することによって「関係の枠組み」の中で結びつけられ、同時代的なものとなり、比較に堪えるだけの主題、構図、表現法などの媒体の一致をいくつか指摘され得るのである。私は、『復讐者の悲劇』のマニエリスティックな特徴の分析という本章の目的に役立つ限り、ティントレット、エル・グレコをはじめ多くの視覚芸術の分野の人々の作品を図版によって示したいと思う。言葉によって長々と説明するより、芸術様式の歴史的過程を直接かつ鮮明に示す視覚芸術の例を示す方がより有効な場合があるからである。

ところで、ハウザーが言うように、マニエリスムなる芸術様式の本体をあますところなく捉えて定義づけるということは至難のわざであり、その試みに成功した文献は今のところない。[5] そもそも一六世紀当時、マニエリスムという自覚的組織的芸術運動があったわけでは無論ない。一七世紀から一九世紀にかけて美術史家たちが自然らしさと整合性を重んずる新古典主義的理論に立って一六世紀芸術を振り返りその反自然主義、過度の技巧、放恣な幻想を否定的な意味で「マニエリスム」（わざとらしさ、人工性の意）と呼んだのであった。しかし、このような芸術観を一変させたのは、一九世紀のロマン派から、象徴主義を経て、現代の主知主義的、表現主義的芸術に至る革新的創造体験であり、特に第一次世界大戦後、近代自然主義、合理主義、客観主義に根ざした価値観の危機的動揺の中で、人間の不可視の神秘的な側面に光を当てたマニエリスム芸術への関心と見直しの気運が一気に高まったのである。一六世紀マニエリスム芸術の再評価は二〇世紀における最も目覚ましい文化史的事件の一つであり、その定義づけは無限にゆたかな可能性を予感させながら、その性格についても作品についても、統一見解はいまだなく、歴史家たちは各自の立場で恣意的に定義づけているのが現状である。

そして、一九五〇年代以後、クルツィウス、ホッケ、サイファーらによって、それまで美術史の概念であったマニエリスムが文学の領域に持ち込まれ、今日では美術文学音楽のみならず批評のあらゆる分野でマニエリスムの語が用いられているのは周知の通りである。クルツィウスやその高弟ホッケのように、地中海及び北ヨーロッパ文学を生命ある一つの統一体と見る人たちは、マニエリスムを一六世紀後半から一七世紀初頭の歴史的様式でなく、古代末期、中世末期、ルネサンス末期、一九世紀末、そして現代と、あらゆる時代に、あらゆる場所で生じた反古典主義的文化様式であるとして、マニエリスムを一般化、普遍化した[6]。しかし文学や美術は、没時間的領域の産物ではなく、時代精神を濃厚に反映するものである以上、各時代のマニエリスムは、形は似ていても内容も同じということはあり得ず、クルツィウスらの試みは非歴史性が強過ぎると考えられる。そこで私は、本章で扱うマニエリスムを、盛期ルネサンスの危機に発し、盛期ルネサンスとバロックの内に行われた特有の様式的展開と狭く歴史的に限定したい。そしてマニエリスムの上限をラファエルロの死の年すなわち一五二〇年とし、下限は一六一〇年頃に絶頂期を迎えた後期エリザベス朝演劇ともジャコビアン悲劇群とも総称される英国マニエリスム文学（『復讐者の悲劇』の推定創作時は一六〇七年頃）がようやく衰退に向かう一六三〇年頃としたい。バロックの上限を一六〇〇年とするなら前期バロックと末期マニエリスムは重なりあう。ある時代の全作品を純一な芸術様式が支配することはあり得ず、常に諸様式の並存と混稀が見られる以上、先述の時代区分は一応の目安に過ぎないことは言うまでもない。

さてマニエリスムの根木をなすマニエラとは、手法、様式の意を表すイタリア語であるが、ヴァザーリは、一五五〇年に『芸術家列伝』第三部序論の中で、マニエラを一六世紀固有の意味において初めて次のように定義づけた。

最も美しいものを、たえず写生することによって、また、最も美しい手や、頭部や体や脚などを一つにつなぎ合わせて、可能なかぎりこれらのあらゆる美を具有した一つの人体を作り出し、これをすべての作品すべての人物に応用することによって最も美しい様式《マニエラ》となった。まさにこのために、人々はそれを美しき様式《ベルラ・マニエラ》と呼ぶ。[7]

ここに言う最も美しいものとは、自然の事物から美的に選択されたものばかりでなく、古代及び現代（一六世紀）の優れた芸術作品から選択されたものを指す。一六世紀中半、ヴァザーリにとってイタリア美術はレオナルド、ラファエルロ、ミケランジェロ、コルレッジオら稀有の天才たちによって未曾有の完成と栄光の絶頂に至りつき、もはや付加すべきものは何もないと実感された。同時に、すべての黄金時代の習いとして、この栄光もやがて凋落と終極の運命を辿ることも予感された。だからこそヴァザーリは同時代の芸術家たちに、先人たちとくに「神の如きミケランジェロ」[8]が最高の技巧で達成した理想美を模倣統合し、一つの原型を作り上げ、これを自らの全作品に応用することによって理想美を永久にとどめ、芸術の光輝を不朽にするように奨めたのである。

その過程で重要なのは、あるがままの不完全な自然の模倣、再現、写生よりも、優れた芸術家が達成した人工の芸術作品を範例にするという点である。巨匠たちが成就したカノンを踏襲した美の原型、すなわち様式《マニエラ》はもはや自然との関わりなしに全作品に応用できるものとなり、ここに伝統や規則の受容、確実な造型言語の固定化、同型反復、その結果として創造力を失って硬直するアカデミズムという今日で言うところの悪しき意味でのマンネリズムというマニエリスムの一面の萌芽がある。

しかし、ヴァザーリは、同じ序論の別の箇所で次のようにも言っている。

> 規則の中には自由が欠けていた。この自由とは、かりに規則がなかったとしても規則の中に秩序づけられ、方式を乱したり、破壊したりすることなしに存在し得るものなのである。またこの秩序は、あらゆるものについてのゆたかな想像力と細部にまでゆき渡った美とを必要とする。それによって秩序《オルディネ》をより多くの装飾をもって示すことができる。比例には、正しい判断力が欠けていた。この判断力があれば人体を測ったりせずに計測された比例にまさる優美《グラツィア》を得ることができたにちがいない。[9]

ここに言う判断力とは、一六世紀ヨーロッパの精神界を席捲した新プラトン主義が言うところの人間精神に内在する「イデアあるいは形相」あるいは「内なる素描《ディセーニョ》」に他ならない。パノフスキーの説明によれば、新プラトン主義においては、神は人間を自分の姿に似せて創造した後、人間と神との類似性を保証するために、思索的知性としてのイデアを与えた。人間のイデアは感覚的体験に依存する点、神の精神とは区別されるが、人間は先験的に与えられたイデアに従って完璧な宇宙を新しく作り出す能力を持つ[10]。先人が達成したカノンの踏襲によって生み出す美しき様式にしても、単に模倣すれば事足りるのではなく、個人が内なるイデアに従って行う選択と統合という自律的創造行為が加わらなくてはならない。イデアすなわち判断力によって主観的に把握された名状しがたい価値（優美《グラツィア》）は、カノンの上に立つ合理的に計測された比例（美）にまさるものである。ここには、あらゆるカノンと形式主義を打ち破り、模倣と反復を超克して半神《デミ・ウルゴス》として神と競い合う創造の能力を人間に認めるルネサンス英雄主義が迸出する。

このように、規則と秩序内の自由、模倣と創造、伝統と革新というマニエリスムが内包する宿命的な二律背反、相反する矛盾概念は、様式《マニエラ》を最初に理論づけた一六世紀のフロレンス宮廷アカデミズムの代表者ヴァザーリの思想の中にすでにその根が見られるのである。マニエリスムを伝統の踏襲と洗練と見るか、あるいは人間精神の創造力を重視した革新と見るかによって、マニエリスムをルネサンス古典主義の堕落した末期現象と見るか、またはマニエリスム芸術を自律的芸術と認めるかという本質的かつ重要な問題が提示されるのである。

もっともマニエリスムの革新性とはカノンへの反抗と自然発生的な創意などという単純なものではない。若桑みどりが指摘するようにマニエリストたちはちょうど今日の我々自身と同じように、芸術の先例がすべて出尽くしたと感じられるある高い文化の極みにいて、絶えず過去の権威あるものに呪縛され、こだわらずにはいられなかった。彼らは我々と同じように過去の範例《カノン》をもじってその文脈からはずし、置き換え、意味を変え、装飾し、奇形や歪みやつぎはぎを作り出し、戯画化することを好んだが、これは決して革新性の表れではなく、伝統と創造のねじれた関係、つまり過去の範例を過剰に意識しつつ、そこから何とか新種を作り出して自己を顕示したいと焦る強迫観念の結果であった[11]。

クルツィウスは、マニエリスム文学の奇想主義、文飾主義について、そしてその研究の向かうべき方向について次のように要約している。

マニエリストは事柄を正常にではなく、異常なふうに言おうとする。マニエリストは自然的なものより技巧的、作為的なものを選ぶ。マニエリストは人の不意をつき、唖然とさせ、眩惑させようとする。事柄を自然なふうに言う仕方はただ一つしかないが、不自然な仕方は無数にある。したがって、これまで再三なされたような、マニエリスムを一つの体系にすることは見込みもなければ無駄でもある。その結果は、競合し矛盾するいくつかの体系が生じ、それらが互いに無益な反目をしているに過ぎない。このような争いによって事実認識は促進されるよりは混乱させられる。文芸学が訓練も積まれず、方法的にも確立されていない今日のような状況では、そのような体系への試みは放置しておいて、その代わりに、マニエリスムの歴史のために新しい具体的な資料を提出することが有用であるように思われる[12]。

しかし、マニエリスム文学の個別研究はこれからというのが現状である。私はそこで、マニエリスムの一資料として『復讐者の悲劇』を取り上げ、その分析を試みたい。

クルツィウスの言葉のある部分は、この劇の登場人物の台詞の中にそのまま谺している。召使のドンドロは、女主人のカスティザから晦渋で持って回ったいやらしい言い方はやめて普通の言い方で話すように言われて、激しく抗弁している。

は、は、そんなのはその辺にころがっているシリング硬貨みたいにありふれた言い方じゃございませんか。わたしゃ、偉い方々のご案内役というお役目についておりますプライドを、ちっとはお見せしたいので。ただの召使風情の言葉など、どうしても使いたくございません。

（一、一、二二一—二二四）

ドンドロによれば「普通の言い方」などは侮蔑すべき卑しいものであって、自己を示すために凝った技巧的修辞法を工夫することが彼の生甲斐なのである。他人の意表を衝く珍奇な着想や計略を生み出したいという異常な執念とその能力への自負は、主人公ヴェンディスの胸にも煮えたぎっている。

こちらの頭の中は
珍奇な着想で膨れあがっているのでして。

（一、二、一三二—一三三）

どんな神さまのお蔭か知らないが、
またもや見事な計略が頭に浮かんできたのだ。

（四、二、二二七―二八）

ラシュリオーゾは「政略」好きであるし、アンビシュオーゾは「トリック」が得意である。そして劇中「もっとも愚かな」という名前をいただくスーパーヴァキオさえ自分の創案した奇計を誇っている。

僕に感謝しなくちゃ、なにしろ僕の計画ですからね……
裁判官を出し抜くというのは僕の考えですから。

（三、六、三：五）

そして、思いがけない新案、奇想、工夫を得たときの彼らの興奮や有頂天ぶりには狂気《マニー》、激昂、狂躁に直ずるマニエリストの創造的狂喜が溢れている。

ああ、嬉しくって、楽しくって、すばらしくってうっとりしちゃうな。

（三、五、一）

どんな男だってこれを聞いたら思わず飛び上がって
頭をあの銀色の天井にぶつけてしまうよ。

（三、五、三―四）

クルツィウスが言うように、自然な言い方は一つしかないが、普通でない不自然な言い方は無数にあるのだ。ヴェンディスは工夫なら二千個だって編み出せると自慢し（一、三）、言葉の言い換えなら、まるで秋季のミクルマス法廷期——（英法）一一月二日から二五日までの昔の上級裁判所の開廷期——に代官が法廷の命令に対して行う八回の報告のように幾通りにでもやってのけられると豪語する。

こんな言い方ならいくらでもできる。三通りくらいじゃ追いつかない。せめてミクルマス法廷期の代官の報告なみに八通りは言い換えてみたいものだ。

（五、一、六—七）

そして彼の弁舌の冴えは、

悪魔を相手どってうまく言いくるめるのにおまえほど説得力のある男はいない

（四、三、九六—九七）

と怖れられるほどである。しかし、我々はマニエリスム文学のこのような奇想主義、知的遊戯、隠喩法、修辞的技巧などの表面的技巧にあまりにも目を奪われ過ぎてきたのではなかろうか。マニエリスムが表層の意外性と外連味をひたすら追求するだけのものであるなら、それは徒らに末梢神経を疲労させる二流の芸術にとどまる。しかし、マニエリスム芸術はその時代と文化の最も深い意識の底から湧き出した想像力に支えられている故に、優れた芸術に必須の力強い生命感に溢れ我々を惹きつけてやまない。マニエリストの表現様式が盛期ルネサンス古典主義のそれと違うとすれば、それは、彼らがこれこそ人間と宇宙の真実であると信じたヴィジョンの表現に、古典主義が合致しなくなっていたからであり、もっとふさわしい新しい形式を彼らが選びとったからに他ならない。その表現法は彼らの人間観、世界観にとってのっぴきならない必然性を持っていたのだ。『復讐者の悲劇』のマニエリスムを分析することによって、一六世紀後半から一七世紀初頭のヨーロッパの世界像の一端に肉薄すること、それが本章の目的である。

一　夜の光

幕が上がると舞台は夜の闇である。眼をこらすと、整然と遠近法で正しく描かれたルネサンス様式の柱廊が鋭い斜方向の空間へと続いて奥行きを強調している。黒装束のヴェンディスが出て柱の陰に佇む。やがて公爵、公爵夫人、公爵の嫡男ラシュリオーゾ、庶子スピュリオが綺羅を飾り廷臣、侍女たちを従えて登場する。行列の前後左右に松明をかかげた従者たちが歩む。華々しい一行は、笑いさざめきながら仮面舞踏会が開かれる宴席に向かう途中である。

舞台の平面線に沿って人物を連続的に並列させるのでなく、対角線状に配して実際より奥行きを深く見せる錯覚的深奥的空間の設定とともに、ゆらめき動く灯火の効果はマニエリストが愛用したすぐれた演出法の一つである。すべてを等分に照らす不動の光源は、物体に、はっきりした縁取りを与えて形体を固定化、安定化させるが、またきながら動く灯火に照らされると、物体の輪郭と指示性は曖昧になり、暗示性がゆたかになる。物体の資質の生硬さや堅固な静力学的構造は失われ、軟化し、やがて周りの空間の中に溶解しはじめる。ゆらめく灯火をあびて、舞台の冷ややかな石の柱や天井の強固で幾何学的な線や秩序は消えて、まばたく薄明のリズムと化す。暗い空間のすみずみが急に生気を帯びて息づきはじめ、奥深く須臾的な幻想空間となる。行列を作ってゆっくりと歩む人々の影も、複数のゆらめく灯火の神秘的な運動にしたがってその大きさや形が刻々と変化する。ある時は化物のような大きさの人影が天井を這い、かと思うと小人のように縮んで足もとに絡まり、柱の陰に隠れてしのび笑いをしたり、思いがけない方向から重なって飛び出したりまるでそれ自体生命ある生物のように隠顕出没する。

　人物の頭髪、とくに複雑な型に結いあげた女たちの髪、つややかに火照る肌、襞《ひだ》の多いどっしりと光沢ある絹の衣裳、動物の眼のようにきらめく宝石などが虹のような光を交錯させる。舞台上のあらゆる物の形は遊動し始め、光や陰影は独立的要素となって高きから高きへ、深きから深きへと相互に絡め合い連なり合い、絶えず湧き出て停止することのない運動と化す。ヴェルフリンはクラシックを実在《ザイン》の芸術であるが、バロックは（ヴェルフリンの言うバロック概念はプレ・バロックとしてのマニエリスムにも該当する）仮象《シャイン》の芸術であるといい、[13]サイファーはマニエリスム芸術には存在《ビーイング》がなくて生成《ビカミング》しかないと言う。[14]『復讐者の悲劇』の冒頭の場面でゆらめき動く松明の灯影は舞台空間の自然主義的な不動の実在感、日常性、経験的意味を曖昧にし、その代わりに絶えずエネルギーと動きを孕んで変幻する非現実的な象徴世界へと観客を誘いこむのである。

　舞台の中央軸からずれた片隅の前景に佇むヴェンディスは目前を過ぎゆく行列の主要人物四人を観客に紹介する。

　公爵だな、好色の王様、白髪頭の姦淫男がゆく、
　つづく息子も父親に劣らず悪徳に浸る。
　次なる息子は妾腹だが、悪の道では嫡男、
　最後は公爵夫人、悪魔とだって寝る女だ、
　そろいもそろった悪の役者たち。
（一、一、一―五）

これに続く冒頭のヴェンディスの長い独白によって、観客は舞台がイタリアのとある宮廷で、老公爵は、九年前にヴェンディスの婚約者を邪淫の犠牲として毒殺し、ヴェンディスは復讐の意志に燃えていること、公爵の若い後妻と嫡男および庶子がいずれも淫蕩な背徳者であることを知る。ヴェンディスはマニエリスム絵画によく使われる「語り手《スプレッヒャー》」の一人である。彼の同類は例えば、ティントレットの「マリアの寺詣で」（図1、以下、図版は三三七頁以降に掲載）の左片隅の人物、エル・グレコの「オルガス伯の埋葬」（図2）で驚愕の表情で上空を見ている右側の白い法衣の主祭と左方の少年の二人、カヴァローリの「羊毛工場」（図3）の左隅の男、ベドゥーリの「無原罪受胎」（図4）の前方の人物、パルミジャニーノの「聖ジェロームの夢」（図5）の前景人物などである。「語り手」とは、サイファーの説明によれば、強いアクセントを置かれた前景人物で、顔を観客の方に向けながら一方舞台の内側に身を捩り背後に展開されている事件の方へゼスチュアや視線を向けている。(15)「語り手」は二〇世紀半ばの現代演劇の理論家アントナン・アルトーの提唱する「残酷演劇」（舞台と客席の区別を廃して俳優の身体表現で観客の全存在に訴え、生の実感を取り戻そうとする試み）につながる手法である。「語り手」としてのヴェンディスは、他の人物には聞こえない独白で直接我々に呼びかけて外部の非演劇的世界に棲む我々をいきなり彼の体験の核心に引きずりこみ、演劇に必然の舞台と観客との距離を抹殺する。彼は登場人物の一人として勿論会話や事件《アクション》に参入するが、時には他の人物たちから身を引いて彼しか知らない真実の知識によって、事件や人物を説明批評するコロス役も果たす。彼は舞台と観客、虚構と現実、夢と現実、詩と真実の両世界に両脚をさし入れることによって両者の間に流通自在な心理空間を切り開くのである。

『復讐者の悲劇』は、終始主人公ヴェンディスの眼を通して見、彼の口を通して語られる彼の心象風景である。彼は事象を肉体の眼で外側から観察するのではない。彼の魂の眼はX線のように、美しい肉体の下に醜悪な骸骨を透視し、仮面の下の心の奥底を洞察する。ティントレットが「エジプトの聖母マリア」（図6）でマリアを「白描」つまり白い線で輪郭を縁取って人物を非肉体化したように、ヴェンディスの悪夢の中で人々は肉体的輪郭を失い内的本質だけを明らかにするのである。

『復讐者の悲劇』の舞台は、公爵の城内か、城からほど遠くないヴェンディスの母親グラシアナの家の室内に限定され、清々しい風と明るい陽光を感じさせる戸外の場面は一つもない。

内密の話のためにこの悲しみの部屋を選んだ……

（五、一、九二）

マニエリストは窓のない小部屋や人工洞窟を好んだ。エル・グレコは日中でも厚いカーテンを降ろしてロウソクを立てて仕事をした。ポントルモは人との交わりを好まず、画室を階上に設けて、梯子を引き上げ余人を近づけなかったと言われる。トスカーナ大公フランチェスコはパラッツォ・ヴェッキオの広大な「五百人の大広間」の片隅に異常に狭い窓のない書斎《ストゥディオーロ》を造った。これらの暗い密室は芸術家の内面の小宇宙《ミクロコスモス》であり、彼らはそこで闇の中でしか見えぬものを一心に追い求めた。『復讐者の悲劇』の宮廷内の密室も人物たちの内面世界を表し、そこで生起する事どもも自然主義的な表面の下にひそむ内密で象徴的な意味を我々に語りかけるのだ。

城の中には常に夜の闇が立ちこめている。昼間には見えなかった世界が顕れ、理性が捉え難い無意識の実存が姿を明らかにする夜は、マニエリストが一日の中で最も好んだ豊饒の時間である。主な事件《アクション》はすべて夜起こる。公爵夫人の末子が貴族アントニオの妻を凌辱し自殺させる仮面舞踏会（一、一）、ラシュリオーゾが公爵の寝室を襲う場面（二、二）、ヴェンディスが公爵を毒殺し、公爵夫人と公爵の庶子スピュリオが密通する場面（三、五）、新公爵ラシュリオーゾの没落を予告する不吉な彗星が現われ、雷鳴が轟く場面（五、五）、そして流血の粛清が行われる仮面劇（五、五）などはいずれも真夜中の出来事である。闇は快楽と罪を醸造し、

女と逢うのは陽の差さぬこの四阿《あずまや》、
ここは昼間でも真夜中。

（三、五、二〇—二一）

快楽は香をたきしめた濃霧の中でこそ出会うもの。

（三、五、一五一）

真夜中こそ罪深い快楽にふさわしい。

夜の夜中の四十八手の裏表、一つ一つの秘術をお聞かせしたら、たちまち
頬を紅く染める者もここには多かろう。

（二、二、一六五—六六）

しかし、この劇では夜の闇は、必ずまばゆい光とのどぎつい明暗法で描かれる。とくに宴席の明るさと周りにひしめく闇の深さとの対比は強烈である。夜会で快楽に酔い痴れる人々を照らす松明の光は、宮廷の安逸と偽りの光輝を表し、真夜中に人工の昼を作り出す。

先の宴会の夜のこと、
松明の光は宮廷をめぐって
昼を欺むく輝かしさ。

太陽がその座から飛び出して
夜の最中に真昼を作り出したのか？

（一、四、三二―三四）

最も華やかで明るい宴席で仮面劇が最高潮に達した時、裏切りと殺戮が行われるのだ。

（二、三、二五―二六）

仮面劇は謀反にとって頼りになる隠れ蓑、
仮面は人殺しの顔にとりわけよく似合う。

（五、一、一九六―九七）

喜びの最高潮、甘い歓楽に酔い痴れている最中に
彼らは無念の血を流す。

（五、二、二三―二四）

きらびやかな宴会は劇の冒頭と、中央の公爵毒殺のクライマックスと、最後の修羅場と三回繰り返され、プロットを三角形にしめくくっている。夜会のまばゆい光の中で行われる罪と死は、美と恐怖を結びつけるマニエリスト得意の演出法の一つである。

宮廷での歓楽を照らす、夜を欺むく人工の光は公爵の老骨の中で燃えさかる肉欲の業火でもある。

ああ、あの骨髄の干からびた老人が
うつろな骨に罰当たりな欲望を詰め込み、
乾いた放埒な血官の中で
活力の代わりに地獄の業火を燃やすとは、
かさかさにしなびながら色欲のかたまりの老公爵だ。

（一、一、五―九）

その火はまた抜き身の剣を引っ下げたラシュリオーゾを駆り立てて父親の寝所を襲わせた狂気の激情の火花でもある。

どうやら宮廷には火薬が仕掛けてあって、
夜の夜中に火の手があがる、
あいつも見境なくいきり立っていたからな。

（二、二、二〇一―〇三）

そして公爵夫人が公爵の庶子との不倫の恋を誓い、夫の死を願った時に見た青い燦光を放つ妖しい炎でもある。

でも向こうに光るあの青白い火にかけて
夫のことは忘れて。さもないと夫には毒を盛ります。

（三、五、二二四―二五）

または泥酔した放蕩息子が飛びこむ地獄の紅蓮の劫火かも知れぬ。最も明るい者が最も暗いのだ。なにしろ酔っぱらったまま地獄に堕ちるのですからね。地獄の火にバケツで水を一杯かけるようなものですよ。

（五、一、五七）

しかし、怒りと悲しみの闇に閉ざされたヴェンディスの胸の中には、真実と義の炎が隠れていて、時至ればついに爆発して白い稲妻となる。

さあ隠し持った怒りの炎を稲妻のように燃え立たせ、
罪で苦しむこの非道の公爵領を焼き尽くそう。
今こそ、皆さんの心魂を力一杯振り絞ってください。

（五、二、四―六）

貧しさの闇の中であくまでも純潔の灯を高くかかげるヴェンディスの妹カスティザの魂にも神的な知性の光が宿っている。暗さに閉じこめられた者こそ内面の光を持っているのだ。

……もしお前の心の中に
聖なる魂の火種が少しでも残っているなら
わたしの息でそれをもう一度燃え上がらせて大きな炎にしておくれ。

（四、四、一三一―一三三）

こうして光は同時に罪と狂気と知性と純潔の象徴になり、「明るいは暗い、暗いは明るい」というマニエリスティックな矛盾命題をさし示すのである。『復讐者の悲劇』では夜、闇、光などの自然現象は経験的リアリティから絶えず離脱して非自然主義的な精神化された内容を持つ。ドヴォルシャックはマニエリスム復権宣言ともいうべき一九一〇年の講演「グレコとマニエリスム」の中でマニエリスムを物質に対する精神の創造力の勝利であると評価した[16]。自然らしさや整合性を重んずるルネサンス古典主義に比して、マニエリスムは非現実的精神主義、象徴的表現主義に傾く内向的主観主義芸術である。『復讐者の悲劇』では特にゆらめき動く松明の灯が、舞台の写実的外観を溶解して非物質化し、強烈な明暗法で描かれる夜の光が、人物の内面表出に著しい効果を上げているのである。

二　無限界の幻想空間

『復讐者の悲劇』の冒頭で、対角線状に退行する柱廊や、斜行する人物たちの動きが舞台の深奥感を実際以上に錯覚させ、観客は深くうがたれた細長いトンネルをのぞき込む感じになることは前節で触れた。その上ゆらめき動く複数の光源は天井、壁、床の堅固な構築性を取り払って薄い紗のカーテンのようなものに変容させ、観客はその奥に見究め難く奥深い象徴空間がどこまでも広がっているのを感じるのである。

さらに行列がゆっくりと舞台奥に近づくと最奥部の扉が重々しく開かれて次の間の宴会場からまばゆい光の束が軽やかな音楽とともに斜め方向に暗い舞台空間に走り出る。人々は逆光を浴びて黒いシルエットになり目も眩むような光の渦の中に次々に吸いこまれてゆく。ドヴォルシャックがバロック芸術について論じている言葉を借りれば、観客は、扉を通って奥行きにも継続してゆくこの場面を、完結したものとしてでなく、むしろ、もっと大きな恐ろしい事件のほんの一部に過ぎないように感じさせられるのである。[17] 後方の扉が開いて次の部屋を見わたす仕組み、または画面の最奥部に神秘的に開かれた開口部を設置して、幻想空間を暗示する試みはマニエリスム芸術では珍しくない。例えばベッカフーミの「聖母の誕生」(図7)では部屋部屋の連なりが深奥を強調しているし、ヴァザーリの「パラッツォ・ウフィーツィの庭」(図8)では、サイファーが言うように、長い吸入管のような細い庭に発したエネルギーはクライマックスに達することなく、[18] 奥の開口部から不可解な方向に放散してゆく。また、ティントレットの「聖マルコの遺体の発見」(図9)でも我々は、暗く不思議な洞を奥深くのぞき込み、はるか後方の極みに夢幻的に開かれた開口部の逆光に、人物が小さく幽霊のように描かれているのを見る。マニエリスム芸術だけではない。フランカステルによれば、一八世紀のある種の図書館の入口は、外見上どこにあるのかわからないように擬装が施され、この種の入口には「未知の国への旅」という名が与えられる慣わしがあったという。[19] つまりこれらの開口部や扉は、人々が日常的な現実世界から異次元の幻想世界へ旅立つ魔法の出入口なのである。

『復讐者の悲劇』の行列が吸い込まれていった宴会場では、公爵夫人の末子がアントニオの妻を拉致して自害させるという恐ろしい事件が起きるのであり、一行は重い扉を開けて地獄に辷りこんでいったことになる。また公爵の庶子スピュリオは義母と結ばれた瞬間、開いた女の口唇に大きく開かれた地獄の門を重ね見て、二人が手を携えて地獄門をくぐり闇の奥に消えてゆく幻想を見る。

ああ、ただ一度の罪深い口づけが地獄の門を押し開く。(一、二、一九五)

地獄は特定の場所ではなく、心の中に遍在し、邪悪のささやき、地獄は耳もとにある。
人々は日常の中で容易に堕地獄の危険に曝されるのだ。（二、二、一三一）

かまうものか、千鳥足で地獄行きだ。
ひとつの地獄の底には、まだより深い底なしの地獄が退行的遠近法で描かれている。（五、一、五三）

悪党め、まだこの他に地獄があると言うのか？（三、五、一九六）

しかし『復讐者の悲劇』の世界に実在するのは地獄だけではない。ヴェンディスは、はるか頭上に天使たちが羽音高く天を打ち、カスティザの純潔を称える音を確かに聞いている。

ああ天使たちよ、天に羽ばたく翼の音で
この乙女に清らかな拍手を送ってください。（二、一、二六六―六七）

そしてカスティザを守護する天使の軍団と母親グラシアナに取り憑いた悪魔の群れとの戦闘をまざまざと幻視す

る。その様はポントルモらマニエリストに多大の影響を与えたドイツの版画家デューラー描くところの「天使の闘い」（図10）にそっくりである。

天の兵隊たちよ、隊伍を組んで妹の魂を守ってください、
向こうの母親には悪魔の大軍が味方についているのですから。
（一、一、一六六―六七）

また、ヴェンディスは神の「永遠の眼」（一、三）が天の一角から人間の流転の営みを通して真実を凝視していることを感じ、此世の頽廃を怒った天が稲妻で暗雲を引き裂き雷鳴を轟かせ、腐敗政治家の失脚を予告する赤く輝く不吉な彗星を明滅させたのを知っている。ティントレットの「聖マルコの遺体を運ぶ」（図11）には『復讐者の悲劇』と同質の嵐模様の天が広がり、この世ならぬ悽愴の気が張っている。超自然的な稲妻が走る暗緑色の空は、渦巻く混沌と化して恐ろしい予感に満ち、幽界じみた広場で亡霊のように柱廊に逃げこむ人間たちや、突風に吹きまくられるカーテンの端を摑んで倒れる男の動因不明のヒステリックな身振りが不安感を高めている。中心軸をはずれた右手下方で運び出されようとしているマルコの重い遺体。急激な遠近法で奥行きを誇張された荒涼とした歩道。一切が正常な均衡と関連を失い狂乱と疎外の暴風雨にあおられてよろめく非現実的な心理空間である。

『復讐者の悲劇』の世界もまた、無重力で無限界の超時空的幻想空間である。上は青味がかった超越的な光が渦巻く天国の薄明から、どす黒い情念に突き動かされて人間が右往左往している地上、そして赤く燃える地獄の底なしの深みへと三層に広がりその果ては見極めもつかない。しかも劇という時間を含む心理的事件の形式の中で刻々と様相が変幻する。それは大地にどっしりと構築され、縦横をしっかり限定され閉じられた三次元空間ではなく、どこともしれぬ自由空間に宙づりにされ、たえずエネルギーと動勢ではちきれんばかりに渦巻いている非現実の抽象

空間である。ルネサンス・リアリズムの本質である三次元空間の合法則的な模索の廃棄と、それに伴う一切のリアリズムの崩壊こそマニエリスムの最も明白で顕著なメルクマールの一つと言えよう。

周知のように、ゴシックの平面性を克服して画面に合理的な法則に従って二次元のイリュージョンを構築することがルネサンス的空間の誕生であった。フランカステルの説明を借りれば、縮小された宇宙とも言うべきこの表現立方体の内部では、われわれの世界の物理的、視覚的法則が支配していて、すべての部分が同一の目盛りで計測され、幾何学的な場と物とが、どちらも距離の如何にかかわりなく、水平線と垂直線との二重の保存法則によって決定される幾何学的座標と、さらに地上一メートルのところに固定された一点から見られる単一視覚との合致したところにあるのである。[20] このように限定されて構築された宇宙空間の中に配された人体を他との関係において正しい遠近感と比例の相のもとに描き出すことが求められる。古典主義の理論家アルベルティは「美は諸々の部分の合致とそれらが属しているものへの共鳴であり、特定数、輪郭決定および配置を通じて、また均整、すなわち自然の絶対的な第一の理論的方法が要求したであろうようにしてもたらされた[21]」と言う。彼の言う正しい配置、よき均整、比例、遠近法の前提として人間が世界を見わたす視覚への信頼と、その視覚が普遍的な妥当性を持つことへの確信、さらには世界を視る人間と、視られた世界の調和的関係への信頼がある。

ルネサンス古典主義の空間と『復讐者の悲劇』のマニエリスム的空間の相違はラファエルロの「アテネの学堂」（図12）と先に挙げたティントレット「聖マルコの遺体を運ぶ」を一見すれば明瞭である。マクロコスモスとミクロコスモスの調和を象徴する完全円形たる三層の力強いアーチ構造でしっかりと限定され閉じられた三次元空間と、見究め難い方向に開かれた幽界めいた幻想空間。頭光的光源のもとに描かれる中央の主要二人を中心に、左右相称、各々の精神内容にふさわしい比例と遠近法で描かれる哲学者たちと中央軸から極端に偏った前景に不均衡に配置された不安なオブジェ。

『復讐者の悲劇』の冒頭の場で、主人公ヴェンディスは中央軸からずれた暗い片隅に佇み世界に対して不調和な違和感しか抱けない自己の心理状況を嘆いている。

父上が亡くなってからというもの、僕は
生きていること自体がなにか不自然な、無理に生きているような、
こうして生きている今も、死んでしまった方がいいような気持ちなのです。

（一、一、一三三—一三五）

「生きていること自体なにか不自然な、無理に生きているような」感じ、世界と人生に対する言いしれぬ違和感、疎外感、不安と懐疑こそマニエリスム芸術の特色である。ヴェンディスと同じように生と人間への違和感を訴える他のイギリスマニエリスム演劇の台詞——「近頃——なぜだか分からないが——愉快な気分がすっかり失せてしまって——このすばらしい世界もぼくには不毛の岬にしか見えないし——男を見ても、女を見ても心楽しまない」（『ハムレット』二、二）、「俺は、生きていることのありがた味を、前ほどのおいしさで味わうことができなくなった。だんだんと人間に嫌気がさしてきて、人と人とのつながりが信用のならない血塗られた交友関係のように思えてくる」（トマス・ミドルトン『チェンジリング』五、二）、「すべての人間とのかかわりを、俺は永遠にごめんこうむりたい」（『同上』五、二）、「わたしは一体ここで何をしているのだろう。ここにいる人たちは皆見知らぬ人ばかり、知っているのは彼らの悪意だけ」（ミドルトン『女よ女に心せよ』五、二）などが思い出される。人間が世界と調和し安らぎを感じているとき、彼は社会及び自然との一体感を、自分を中心の立脚点となす秩序正しい堅固な三次元空間で表現するが、世界と敵対するとき、彼は不安な幻想空間を選び、中央軸からずれた片隅に身を置き、比例を無視して身を捩って苦哀の激しさを表現するのである。マニエリスムが危機の芸術であると言われる所以である。

三　リアルな細部描写

『復讐者の悲劇』の世界は自然主義的な堅固な三次元空間ではなくて、強い精神性を持った多層で無限界の象徴的心理空間であるが、その全体の幻想的な枠組みの中で、細部にはくっきりとした輪郭をもって、一七世紀初頭のイギリス社会の現実が入念に彫り込まれているのである。第一に、この劇の背景であるルネサンス・イタリアの架空の宮廷にはジェイムズ一世の宮廷が二重写しになっている。廷臣ヒッポリトは、兄のヴェンディスに、このごろの宮廷の様子はと聞かれて「金銀珊瑚あやにしき、こんなに華美だったことはかつてなかった」（一、一）と答えている。これは、奢侈と浪費に流れて経済的危機に陥ったジェイムズ王の宮廷の諷刺であると思われる。また、「どうやら宮廷には火薬が仕掛けてあって、夜の夜中に火の手が上がる」（二、二）には一六〇五年議会を爆破してジェイムズ一世を殺害しようとしたカトリック教徒の火薬陰謀事件《ガンパウダープロット》への暗示が感じられる。

宮廷の人工的虚飾、不正、虚偽、傲慢、権謀術数は田舎の質素、清廉、つつましさと対置される。「宴会と逸楽と笑いさざめきに満ちた」「呪われた宮廷」（一、一）では廷臣たちが、「素顔より立派な仮面をかぶり」（一、四）、甘言と追従に憂身を窶している。心深い誠実な言葉は忘れられ、廷臣たちの細い舌先は炎のように翻って空疎な修辞法を弄ぶだけである。

宮廷ではみんなの挨拶は燃え上がる炎のよう、
鋭い舌先で目にも止まらぬ舌戦の真最中。
（四、二、五〇―五一）

淫靡な宮廷の雰囲気の中で、ヒッポリトは「公爵夫人のスカートにしっかり摑まって」(一、一) 出世する。「真実を言えば絞首台に送られるならば、本当のことを言う人は誰もいない」(五、一) し、折角厳しい裁判の判決が出ても「甘言と賄賂がすっかり判決の毒気を抜いてしまう」(一、二)。「美徳」と「貞淑」と「羞恥心」は、田舎にしか住んでいないので (一、二)、正直な男は宮廷から遠ざかる。

徳高い紳士を二、三人連れてというのもいいな、
宮廷にいない者の名前を挙げるがいい。
(三、五、一三一—一三二)

この貴族の言うことだけは本当だ、どうやら宮廷にはふさわしくない男、田舎に住んでいたのだろう。
(五、一、一一九)

あるいは、宮廷の権謀術数の争いに敗北して憔悴して死ぬしかない。

たしかに父上は失意で亡くなられたのだ、
高貴な人物の心を蝕むあの失意のために。
(一、一、一四二—一四三)

そして「アラス織りの陰に隠れて、いちゃつく連中から料金をとること。それに夜中の一二時、床に敷かれた藺草の上に脱いだペティコートは全部取り上げる。そいつの独占権てやつで」(二、一二) というヴェンディスの台詞は、

ジェイムズ王の安易な独占権授与についての諷刺であると思われる。宮廷の最上層部を構成する官職保有者たちが、種々の独占権を通じて吸いあげ、また吐き出す巨大な富は一七世紀初頭の英国経済に著しい流動性を与えた。それは、当然商業資本と直結して宮廷は「田舎」を飛び越えて都市の新興の大商人たちと手を結んだ。『復讐者の悲劇』は、貨幣経済の浸透によって、土地に根ざした田舎の自給自足的な共同体が崩壊し、都市化の波に容赦なく洗われる歴史的現実を概嘆する。肥沃な田畑や緑の牧場、「畑の額を美しく縁どっていたやさしい髪飾りのような緑陰涼しい木立」はどんどん売り払われ、裕福な地主は新興ジェントルマンとして新しい支配層となった。

彼女より顔も身分もずっと貧弱な奴らが
何エーカーもの田畑を背中にしょって歩いている。
美しい牧場も切り売りされて緑の衣装に化けてしまう、
女にとってこれ以上の幸せはないってわけだ、
百姓の息子たちは寄り寄り相談、合点して、
手を洗ってジェントルマンに成り上がる。
以来お国は繁栄の一途、まずはおめでたいことで、
物差しで測っていた土地も、手間を省いて
仕立屋が馬で乗りつけ土地の寸法に合わせて衣装を作ってくれる、
畑の額を美しく縁どっていたやさしい髪飾りのような緑陰涼しい木立も
切り倒されて髪飾りに化けてしまう——とこれだけしゃべっても
言い残したことは山ほどある。

（二、一、二三五—四六）

先祖伝来の世襲財産や封土権は蕩尽され、美しい果樹園も根こそぎ売り払われ、土着的定着的な旧秩序、中世的荘園経済組織は急速にその実体を失いつつあった。

折角親から継いだ土地は洗いざらい蕩尽され、
豊かな果樹園は消え失せ、汚い私生児に化けてしまった。
取られた広い土地を返してくれと
訴訟を起こそうにも、
インクを乾かす砂粒ひとつバカ息子には残されていない。

（一、三、六一—六五）

立派な領地が売られてしまうのも妾を囲って
はかない恍惚の一瞬の恩恵に与るため。

（三、五、七七—七八）

しかしターナーは保守的で郷愁的な秩序願望をもって地方的荘園社会の崩壊を嘆き、新興階級の強欲な経済搾取を批判しただけではない。彼は暗黙の対位法をもって崩びゆく側の暗黒面をも指摘せずにおかない。滅亡を運命づけられながらも硬直しつつ生きのびていた封建体制は、ますますその圧政を強めていた。劇中幾度も言及される領主と領民の関係がそれを物語っている。例えばすでに弔いの鐘は鳴り響き、口もきけないくらい衰弱しているのにまだ大きな金庫を抱え込んで貧しい小作人たちを貢祖義務不履行科料（forffeture）や債務証書（obligation）で絶えず脅かし痛めつけている金持ちの領主の様子をヴェンディスは多少のおかしみをもって描く。

偉い大金持ちは死に瀕して貧しい靴直しが弔いの鐘を鳴らしているのに、目の前に大きな金庫がどっかり座っているのを見ているので、なかなか死ねない。大事な箱を全部指さしてどんどん持って来させる。死ぬ時にはすべてを忘れるはずなのに、噂では、領主は最後まで年貢の取り立ての科料や、貸し付けの証文について考えているらしい。まわりの人には喉のごろごろ言う音しか聞こえず、もうご臨終と思われる時でも、当人は貧しい小作人を懸命に脅かしつけているつもりなのかも知れない。

（四、二、七七─八〇）

この絵図は一二世紀前半のフランス・オーヴェルニュ・サンタンドレ教会の柱頭を飾る「悪しき金持ちの死」（図13）を思わせる。場面はルカ伝一、一九─二一の「悪しき金持ちと貧しきラザロ」の物語で臨終の金持ちのベッドの下には金庫が大きく描かれ、死ぬと裸の子供の姿をしたその魂はたちまち三人の悪魔に捕まって地獄に連れて行かれる。ヴェンディスの台詞は、領民の生存権を左右した貢租義務の過酷さを伝える。封建領主はその領地に所属する農奴に対してほとんど無制限の処分権を持っていたのだ。

また領主は労働力の流失を阻止する結婚税を徴収した上、一八歳以上の男子と一四歳以上の女子に婚姻を強要する権利をも持っていた[22]。

夕暮れ時には生娘だった女が
今や小作台帳に登録されて春をひさぐ。

（二、二、一五二─五三）

"Ith Toale-booke" は「小作台帳に登録される」と「市場に出される」という含意があり、領主が女の農奴や隷農を性的に利用したいわゆる初夜権の行使をも暗示している。

『復讐者の悲劇』の大団円の宮廷仮面劇で粛清されるのは圧政を続けてきた一握りの封建貴族たちであり、

長い間、皆さん方を押さえつけてきた数名の貴族たちは
仮面劇の仕上げの準備に大わらわです。

（五、二、一二―一三）

クーデターの中核となったのは、ジェントルマンの一団であった。

活躍しているのは五百人のジェントルマン、
彼らが手をこまぬいて見ているはずはない、必らず行動を起こしてくれるはずです。

（五、二、三一―三二）

一七世紀中半のイギリス革命の中心的な担い手が、新興ジェントルマンとブルジョアジーであったことを思い出すなら、『復讐者の悲劇』は、三〇余年前にイギリス革命の勃発とその本質を予言していたと言える。要するに、中世封建社会の殻を破って近代英国が誕生しようとしている産みの苦しみを、ターナーは、新旧両勢力への諷刺を通してネガティヴな視点から透視している。超現実的で内省的な幻想空間の中に嵌めこまれたぴりりと鋭い現実諷刺、幻想と現実のこうした異種混淆こそ、マニエリスムの顕著な特色の一つなのだ。

四　人体のデフォルメと霊肉の乖離

『復讐者の悲劇』の登場人物たちは、ヴェンディス（復讐者、変装してピアトと名乗ると「身をひそめた」の意味となる）、ラシュリオーゾ（好色）、スピュリオ（私生児）、アンビシュオーゾ（野心）、スーパーヴァキオ（きわめて愚鈍な）、カスティザ（純潔）、グラシアノ（恩寵）、ネンショー（馬鹿）、ソーディド（卑劣）、ドンドロ（間ぬけ）など倫理的抽象概念を表す名前を持っている。それは、よく言われるように中世道徳劇の伝統の踏襲と見ることもできるが、それ以上に、人物の性格を偏った視角から一面のみを誇張して取り出すマニエリスティックな歪像でもある。マニエリストは、自然で合理的、普遍的な人体の性状をバランスがとれて充実した立体効果のうちに表現することを放棄し、人体を触知しえぬ人間の内面、不可視の倫理的内実、物質的な形体に翻訳できない魂の表現であると考えた。人体が人間の情動的な魂の表現となる時、それは眼に見える構造から撓み、歪み、引き伸ばされて炎や蛇やピラミッド型になぞらえられる。非物体化され、重力と堅固な肉付けを失い精神のみが強調される『復讐者の悲劇』の人物造型の理解にはエル・グレコの「ラオコーン」（図14）や「黙示録の第五封印」（図15）が参考になる。画中の人物はすべて経験的現実からはみ出した比例と大きさと身ぶりを示し、炎のようにゆらめく形で超絶的な霊魂そのものの表出となっている。

パノフスキーが言うように、ルネサンスの人体比例論の背景には、大小宇宙の調和、比例理論、美学的完成の根本原理としての人体の建築的均整と神人同形同性説《アントロポモルフィズム》がある。[23] すなわち、人体を宇宙の中心的定住者と定め、人体《シンメトリ》の中心はすなわち宇宙の中心とする。ウィトルヴィウス、アルベルティ、レオナルドなどの人体比例図（図16）では、人は両手両脚を堂々と広げて宇宙の中央に立つ。正方形と円形の中に置かれた人間は歪むことが不可能である。また、サルトの「アルピエの聖母」（図17）やジョルジオーネの「聖母と聖人たち」（図18）では人物は安定した三角構図、中央軸に対して左右対称、対位法、正面性、立体性、大地についた脚などをもって描かれ、堅固な均整を保ち、盛期ルネサンス古典主義の威厳、充実、静謐の雰囲気をたたえている。

しかし、『復讐者の悲劇』では、旋風のように渦巻く過熱気味の倫理的雰囲気に吹きまくられ、自らの内部の激しい情動に突き動かされて人々は歪めるだけ歪み、極端な不均整に陥っている。

これほど人が醜く不格好な形姿になり得る
とは愕くべきことだ。

（一、一、九三—九四）

人々は通常の倫理法則の外にはみ出した特殊心理や情念に取り憑かれて行動する。宮廷の最高為政者たる老公爵は心正しい廷臣を冷遇して失意のうちに死なしめ、その息子の恋人を犯し毒殺する。彼の激しい肉欲と枯渇した肉体との対比は不気味である。

血潮も枯れてやっと息をしている老人が
跡取りの放蕩息子並みのご乱行とは？

（一、一、九—一〇）

年若い後妻の公爵夫人は夫の毒殺を図り、義理の子と密通する。彼女にとって悪魔的な悪意と罪こそが快楽なのである。

嬉しいことに、姦通の罪があの人を一番傷つけるの、
だから、わたしは姦通と手を結ぶのです。

（一、二、一七七―七八）

公爵の甥男ラシュリオーゾは

情欲の深みにはまって
泳ぎきるか、溺れるかの瀬戸際なのだ。

（一、三、一〇一―〇二）

庶子スピュリオは

できることなら宮廷中の人間を
皆殺しにしたい。

（一、二、三九―四〇）

公爵夫人の息子アンビシュオーゾとスーパーヴァキオは義兄ラシュリオーゾの命を狙い義父の公爵位を窺ってい
る。アントニオの妻を凌辱し自殺させた

末子の罪の大胆さは彼の若年をはるかに越えている。

（一、二、二九）

ヴェンディスは、妹カスティザとラシュリオーゾの間を取りもつ女衒役を果たす。実の娘に堕落をすすめる母親グラシアナは、息子たちから「邪悪で不自然な親、女の姿をした悪魔」（四、三）と罵倒されている。常軌を逸した過剰な情念で、はちきれんばかりの悪の巨人群は、マニエリスム特有の非自然的、反規範なものへの傾倒であり、針小棒大の誇張趣味である。

悪党め、よくも俺をこんなに不自然な
化け物に仕立ててくれたな。

（二、二、一二―一三）

茅屋を高楼に建て替えるのも
我らの意のまま。

（四、一、六二―六三）

ホッケの表現で言えば、超マニエリスム的過剰展開、巨人症的謎絵、人々を呆然自失せしめる驚異、恐怖奇計に対する美学的悪趣味、変質狂的汎悪趣味である[24]。

人物たちは「罪の匂いのしない甘美な快楽はない」（三、五）という倒錯的論理の中で姦淫、近親相姦、兄弟殺し、親殺しなどの異常な悪行に没頭しているが、皮肉にも絶えず、神、天、名誉、宗教、恩寵、罪などの語を口にしている。だが、彼らの過剰な自意識の中でそれらの敬神の言葉は実質を失い、皮相な修辞法として空転するばかりである。実体を失っている故にますます観念的に尖鋭化するモラル意識、あるいは現実とモラルの断絶と乖離こそがジャコビアン悲劇のエトスと言える。

挨拶の中で「神さま」なんて言ったところで
誰ひとり相手にする者なんてありゃしない！
（四、二、五〇―五一）

折角の結構なご忠告も
あいにく僕には無用です。
（一、二、六一―六二）

『復讐者の悲劇』では天の一角を破って天使の軍団が飛翔し、深い闇夜を貫いて稲妻が走り雷の轟音がとどろく。しかし、劇中で天使の羽音に聴き耳を立て、天のメッセージたる稲妻を眼にし、神の警告たる雷鳴に傾聴したのはヴェンディス唯一人である。他の人物たちは、眼差しを下に向けて、瀆聖の戦慄と魅力に身を震わせながらひたすら下降してゆく。

ああなんと素早く地獄に堕ちるのか、あっさりと宗旨変えして、
悪魔だってもう少しは抵抗するだろうに、
たったのひとことで俺は言い負かされてしまった。
（四、四、四三―四五）

わたしたちにとって最良のものは天にとって最悪のものなのよ。

（二、五、二二一）

公爵夫人の末子は、死刑を前にして最後まで傲然と祈りと悔悛を拒み兄弟への呪いと敵意と怒りに悶え死にする。彼らにとって、堕地獄こそ誇らかな自己の存在証明なのである。

たとえ地獄の門が大口を開けていようとも情欲の
誘惑には勝てぬ、女たちもルシファーの転落を知っていながら傲然と構えている。

（一、三、八〇―八一）

絵空ごとではなく、本当に地獄に堕ちたい連中もいるわけでして。

（四、二、一〇三）

『復讐者の悲劇』では、暗黒の情念に生きる地上生活者たちは、疾しさと淫らさをもって上昇することをすっかり断念して専心下降し、天は彼らの、とうてい追いつけないような無限の高みに隔絶され、軽蔑と嫌悪と威嚇の眼差しで地上を見下ろしている。地上的なものと天上的なものの間に和合はなく、冷たくとげとげしい関係になっている。それはティツィアーノの「マリア昇天」（図19）やラファエルロの「聖体の論議」（図20）など、ルネサンス古典主義様式に帰属する作品が、天上場面と地上場面を調和とバランスの中で融合させたのに対してマニエリスムのティントレットの「キリスト昇天」（図21）や、エル・グレコの「オルガス伯の埋葬」は、天上界と地上界を明確に区別し対立させていることを思い出させる。同じラファエルロでも死の年に完成した絶筆『キリストの変容』（図

22）は明確に区別された上下二層を右下の悪魔に憑かれた少年のわざとらしい演劇的身ぶりによって無理に結びつけてマニエリスムへの傾斜を示している。

ハウザーは、天上的なものと地上的なもの、精神と肉体、魂と物質の乖離、離反こそマニエリスムの最も明白な特色の一つであると指摘している。(25) パノフスキーが言うように、天上愛、美徳、真理、卒直、誠実などを裸体像で表すのはルネサンスおよびバロック美術を通じて、最も人気ある擬人像の一つであった。(26) 特に一六世紀新プラトン主義の勃興とともに、裸体は肉体的官能的なものに対立する観念的知的なものを、また、本質が様々に変化する移ろいやすい諸相に対立する純粋で真なる本質を意味するようになった。

例えばティツィアーノの「聖愛と俗愛」（図23）では、裸身の聖愛は地上的な美と富と生産力を象徴する俗愛と同一人物か姉妹のようによく似ており、水平に並列して睦みあっている。二人は聖と俗、精神と肉体との対立や矛盾を表すのではなく、究極的には同じ目的を持つ、いずれも等しく高貴な同じことがらの二つの面に過ぎないという、あらまほしい生の姿を描いている。

だが、『復讐者の悲劇』では、肉欲と物欲という地上的欲望がほしいままな繁栄を謳歌しているのに、流行遅れの美徳は裸のまま暗く寒い部屋の中で凍え震えている。

　美徳は昔風の乙女の姿、溢れるような恩寵も
　裸の彼女に衣装を恵んでくれなかった。（一、三、一三―一四）

みんな繁盛しているのに貞淑だけは寒くて凍えている。（二、一、二四七）

形態的にも教義的にも対等な精神と肉体との愛による和合、つつましく清浄な浄福のうちに行われる聖俗の調和は失われたのだ。ボッティチェルリの「パルラスとケンタウロス」(図24)では、理性と精神を表すパレラスが獣欲、官能、肉体を表すケンタウロスの頭に親しみをこめて手を置き、肉体を克服する理性を象徴している。更に、レオナルド(図25)、リッピ(図26)、サルト(図27)らの受胎告知図は、一点透視の消失点が中軸に消える空間の古典的フォルムのバランス、合理的構成、遠近法的整合性の上に、完全な水平対置式半月型構図の天使とマリアの対話によって、対等な天と地の愛による和合というルネサンス的神人の出会いを象徴している。

しかしマニエリスムにおける天地の出会いはもっと劇的ですさまじい衝撃力に満ちている。例えば、ティントレットの「奴隷を救う聖マルコ」(図28)ではルネサンスの水平構図は廃棄されベネシュが言うように、聖者はあたかも逆の引力の働く他の天体からの使者のように画面の中に逆さまに落ちこんでいる。すべてがよろめき、人物像は対角線の中に保たれ、盛期ルネサンスの構図が堅持していた地上の確かな支えをもはや持っていない[27]。また、ロットの「受胎告知」(図29)では、天帝、天使、マリアが奥から前面へと前後に並べられ、追いつめられたマリアの表情が映画的クローズアップで観者を驚かせ、部屋を斜めによぎる黒猫がただならぬ雰囲気を一層高めている。

そして、ティントレットの恐ろしき「受胎告知」(図30)。天使は暴風の如く空中から室内に踊りこみ、たくましい腕を振りまわして威嚇する。闇の中に霊鳩の白光が昨烈し、狂暴な告知にマリアは失神せんばかりに後ろにのけぞっている。ここにはルネサンス様式に見られた甘美な静謐、人と神の愛に満ちた和合はなく、深い夜の闇を貫く神秘の閃光を以って人間の魂の奥まで射抜こうとする天の激越な脅威と、天の光輝に眩惑され打倒される人間の悲劇性が溢れている。『復讐者の悲劇』でも、自然状態では、神と人は決して出会うことも睦みあうこともなく互いに離反、対立したままである。そして雷鳴の大音響と、天と地の境界を引き裂く青白い稲妻とが、心ある人間にわずかに神の啓示と感じられるだけである。

五　人間関係の失効

『復讐者の悲劇』の人物たちは互いに調和関係を失いながら、自ら激しく動きつつ相手を動かそうと試みる。周囲の人間をことごとく手中に収めて意のままに動かそうとするヴェンディスは、自らの計画を語って飽くことを知らない。

俺はそいつを動かそうとして、
口説いて、口説いて、ぶっ倒れるまで口説いて
お祈りをしようにも言葉も出ない。
（一、三、一三三—三五）

ピアト（ヴェンディス）はラシュリオーゾを駆り立てて公爵の寝所を襲わせる。公爵を激昂させたラシュリオーゾは、あやうく死罪をまぬがれるとピアト逆襲に転ずる。

あいつは俺をけしかけてあらぬ方向に動かしたが……
こちらは立ち直って奴を破滅に追い込んでやる。
（四、一、四五：四七）

アントニオの妻を凌辱して死なせたジュニアは裁判官に悪業の動機を問われて応える。

何って、肉と血だ。
男を女へと動かすのに他に理由はあるものか？

（一、二、五四―五五）

グラシアナは娘カスティザを動かして転落に向かわせようとする。

あの娘を動かせるかどうかやってみよう。

（一、一、一四九）

女の気持ちを動かすのは女に限る。

（二、二、七六）

愚鈍なアンビシュオーゾとスーパーヴァキオさえ公爵を意のままに動かそうと懇請する。

我々はあまりにも強く殿様のお気持ちを動かしたくはございませんが……
なにとぞ優しいお手でごつごつした法律の頭をなでてなだめていただきたく……

（三、三、二八六‐二九〇）

しかし、人物相互の認識の程度と方向が違うために彼らの間に真のコミュニケーションは成立しない。

彼はあなたのことを知りませんが、あなたは彼のことを知っていると思いますよ。

（一、一、一〇〇）

マニエリスム絵画、例えばデュブルイユの「婦人の起床と化粧」（図31）には一人として正面向きの人物はないし、互いに同じ角度の頭部、あるいは身体の向きがなく、視線が噛み合うこともなく画面の中心には実体のない眩惑的な鏡像があるのみである。パルミジャニーノの「長い首の聖母」（図32）やポントルモの「十字架降下」（図33）の群像も各々が自我を通した視線を勝手な方角に向けて心理的焦点を失っている。人の数・眼の数だけ感情や論理の中心があり、交差することのない視線が収斂すべき焦点もない。『復讐者の悲劇』でも思惑や目的の違う人物たちの視線は噛み合わず、彼らの行為や言葉が互いの内面に届いて本質的な変化をもたらすことはない。

ヴェンディスは母親グラシアナに改心を強いるが、それはヴェンディスの言葉に感応した彼女の心底からの人格的変化ではない。外側から突然彼女に取り憑いた激情が短刀を突きつけられた瞬間、憑き物が落ちるように去っただけである。グラシアナは自分の身体を駆け抜けていった狂熱を不可解な異物であると感じている。

なんという狂熱がわたしに我を忘れさせたのかしら？
正しい考えが今やっと心に落ち着きつつあるのだけれど。

（四、四、一〇三―〇四）

この劇のプロットは、意図した計画や人間のぶつかり合いによって生じる本質的な心理的変化を契機に展開するのではない。不測の事態、計算外の偶然によって人の意図が阻まれ、

妹に対する奴の邪悪な目論みは
思いもよらぬ方法で阻まれてしまった。
まさか父親があそこに寝ていようとは
夢にも思わなかった。
想像もできなかったな。
（二、二、二三八―四二）

運命のいたずらや手違いから、人の生死が決まり、
お言葉通り、目を天に向けている間に
後ろから首を騙し取られる、
全く見事な手口だ。
（三、四、七七―七九）

ふざけながらお前の首をたたき落としてやる。
（三、六、一一五）

奴の次に妾腹まで殺し損ねた。どうやら風向きが変わったらしい。
（四、一、四三）

人間の企ての不毛性が嘲笑される。

人の企てでうまくいったためしがない。

（三、六、一一七）

人と人との調和的な関係のみならず、互いの内面を侵犯しあう心理的ぶつかり合いそのものを欠如させているマニエリスム演劇では、必然性、蓋然性、整合的因果律を厳しく要求するアリストテレス的演劇理論は虚構のものとして退けられ、偶因性、突発性、挿話性、推算不能の謎、理由なき逆転、心理的不連続性などの不確定性原理こそがありのままの人間の真実であることが強調される。問題提示、葛藤・解決というプロットの合理的構成は廃棄され、一貫性も統一もないその場限りの場面に分断される。そして、人物たちは彼らが雇われている芝居の筋書の即時的な要求に合わせて、自らは何の感情を持たずにその場面の劇的効果のためにのみ操られる人形と化すのである。

六　スピュリオ——蛇状の人体——

マニエリスムの人体形態の「ねじれ」はあらゆる関節をできるだけ対立するやり方で曲げる「屈折姿勢《アンギュラー・ポーズ》」またはS字型の「蛇状の人体《フィグュラ・セルペンティナータ》」と呼ばれる。楕円、双曲線とともにマニエリストに最も好まれたこの形態の発生を促した霊感源は、一五〇六年にローマで発見された「ラオコーン」群像（図34）であると言われ、ミケランジェロの「もっとも美しい彫刻とは、全体がピラミッド型に構成されていること、複数の人物で、組み立てられていること、全体の形が立ち上がる蛇がゆらめき昇る炎のようであること」[28]という有名な言葉がこの時代の彫刻家を支配した金科玉条となったことはよく知られている。ねじれた蛇の形象はミケランジェロの「黄銅の蛇」（図35）やティントレットの「黄銅の蛇」（図36）に、蛇状人体はミケランジェロの「勝利」（図37）や「最後の審判」の聖母像（図38）に典型的に見出せる。

若桑みどりが言うように、人体が万物の尺度であることは常に心理学的な真実であって、人体の描き方にはその時代の人間と空間との関わりについての根本概念が示唆される。[29] 大別して、ギリシヤ、ローマ、ルネサンス古典期の彫刻の伸びやかに四肢を伸ばし、自然なポーズで安らかに立っている立像は、その時代の人間と、それを取り巻く空間との間に完全な調和関係が成立していることを示し、マニエリスムの人体が、自然なポーズや自然な比例を失い複雑に屈折しているのは、外側の空間との間に何らかの軋轢が生じたことを示している。彼らは外側の力によって疎外され、押しつけられ、ねじ曲げられているばかりではなく自らの体形の内側に、避けがたい矛盾、理性が命ずる理想とは反対の自らの敵とも言える非合理な衝動、抗しがたい暗い情念を抱え込んでいる故に、苦衷に身をよじり歪んでいるように見える。ここでは自己の内外の抑圧から蛇のように身をくねらせているスピュリオを取り上げて蛇状人体を例証したい。庶子スピュリオは、父公爵に対して屈折した思いを抱いている。

　あの老いぼれの公爵、疑わしいあなたの父親

（一、五、一二一）

“doubtful”は「（本当の父親かどうか）疑わしい」と「疑い深い」との二重の意が込められている。自らの出目に確信を持てないスピュリオは自己をこの世に居場所のない身許不明の根無し草であると感じている。

　わたしは身元不確かな根無し草です。
　わたし以上に身元不確かな女から生まれたのです。

親父の厩の馬丁が父親だったのかも知れませんが、それもよく分かりません。馬丁だけあって馬を乗りこなすのが上手くて……すごく背が高くて、休みの日に半分開けた窓から部屋の中を覗くことができた。部屋の男たちはいやがって馬を降りろと言う。地に足をつけても軒先に頭が届く立派な男っぷり。馬に乗れば帽子が軒下に下がる看板に擦れて、床屋の目印の金たらいがガランガランと音を立てた。

（一、二、一五四―六二）

"vncertaine", "know", "know not" などの語の積み重ねがスピュリオの傷ましい狐疑逡巡を伝えている。彼のフロイト的夢想に顕れる父はいつも後姿である。背の高い顔のない男が馬に乗って（馬は強い性欲のシンボル）休日の半ば開いた窓を覗き込みながら『ドン・キホーテ』のマンブリオの兜を想わせる床屋の看板の金たらいに帽子をぶつけてガランガランと鳴らしてゆく図はおかしくもあり侘びしくもある。公爵がスピュリオから相続権を奪い不当にも庶子の焔印を押してこの世に送り出したことは、スピュリオ自身には責任の取りようのない外界の圧制であり、彼はその重圧に身をたわめ常にうつむきがちに生きてきた。

「一旦世に出て私生児として生きる悲しみ、母胎の呪い、造化の盗人、十誡の第七番目に背いて生まれ、受胎とともに、金の力でも動かすことのできぬあの永遠の定めによって半ば堕地獄が決められているこの身」（一、二）を想う度に、彼の血は狂おしく逆流し、父親への復讐の念が燃え上がる。

それを思うと気も狂わんばかりです。

よし、欲情に燃える悪魔になって父親に復讐してやるのだ。

（一、一、一七五）

わたしは地獄の呪いが身体の中で膨れ上がっているのを感じる。復讐して当然なのだ。

（一、二、一八六）

（、二、二一一）

嫡子である兄ラシュリオーゾに常に一歩譲ることに慣らされた「日陰の身」は、「宮中の人間を皆殺しにしたい衝動」を無理やり抑えてきた。機能的動作、たとえばものを運ぶとか、食事をするとか、本を読むとかの目的にかなった動作は、たとえそれが強い運動であっても人体に「ねじれた」作用を及ぼさないので、不自然に歪んだスピュリオのような蛇状人体とは明瞭に見分けがつく。

スピュリオは好色な義母、公爵夫人の求愛を受けた時も、その高位と母という禁断の関係にたじろぎ身を捩って避けようとするが、やがて「愛よりも憎しみによって」（一、二）邪淫を受け入れる。彼は父の淫逸を憎みつつ同じ宿痾《しゅくあ》が自己の血肉に染みつき自己の本性そのものと化していることを知っている。

公爵よ、ひどいことをしてくれたな、
お前の行為によって姦淫が俺の天性になったのだ。

（、二、一九七―九八）

そして姦夫と庶子の必然的連鎖関係によって父と同じ罪を犯すことを宿命として受け入れる。

公爵よ、その額に庶子のおれの印《しるし》を角にして生やしてやるぞ、

生まれついての妾腹だ、女を寝取って当然、
妾腹は女を寝取った男の息子なのだから。

（一、二、二二一—二四）

庶子と公爵夫人の密会の場所は光線嫌忌症の彼らにふさわしい陽の差さぬ暗闇、昼の夜である。

この陽の差さぬ部屋、
昼日中の夜、ここここそ公爵の魂を苦しめるために、
庶子と公爵夫人が密会のために選んだ
宮廷の奢侈の中心地にある場所。

（三、五、二〇—二四）

スピュリオは宮廷の奢侈と肉の逸楽を呪いつつ、これに魅せられている。宴席をめぐる深く美酒を湛えた盃のきらめき、笑いさんざめく貴婦人たちの熱く火照った頬、軽やかにひるがえる舞踏靴、階段の踊り場にヤモリのように張りつく女衒の影について述べる彼の口吻には恐怖と陶酔が入り混じっている。

俺は貪欲な正餐のあとに生まれた。精をつける料理が
俺の最初の父親、乾杯用の美酒を深く湛えた盃が
ゆたかにめぐり、貴婦人たちの頬が酒気を帯びて紅く燃え、
舌はひるがえる舞踏靴と同じくせわしなく軽やかに

甘ったるく、こってりした言葉を語り、
婦人たちは起きたかと思うと
うれしそうにまた転ぶ。
彼女たちが囁きながらひそかに退出する時、
卑しい女衒の男は階段の上で見張りを続け
俺はこっそりと孕まれた。ああ堕地獄の罪が
宴会と酩酊した姦淫と出会ったのだ。

（一、二、一九九―二一〇）

抗いつつ牽引され、憎みつつ愛する反対感情のアンビヴァレンスによってねじ曲げられ、また著しく短縮化された人像は、観者の眼を支配的なしかも満足のゆく一点に落ち着かせることがない。パノフスキー(30)やサイファー(31)が言うように、マニエリスムの人像は「多数の視点」あるいは「回転する視点」を持ち、角度と視点が変わると「二重の像をもって眼を欺むく」のである。

スピュリオの父への錯綜する愛憎による屈折姿勢を最もよく示すのは公爵の死の知らせを受けた時の彼の台詞である。

老いぼれた父親もとうとうくたばったか、
あいつが蒔き散らした罪の種の一粒に過ぎない俺は
跡継ぎ息子と同じ感謝の気持ちを心から運命の女神に贈る。
これからは、新しい流れに棹さして力尽きるまで漕ぎ進むまでだ。

（五、一、一二一―一二五）

父の死によって彼は長い間の父に対する重苦しく鬱積した呪詛から解放された。父親が植物の種を蒔くように蒔き散らした罪の一粒に過ぎない彼も生まれて初めて「真正の息子」としての感情を抱くがその想いは皮肉にも父の死に歓喜する嫡子ラシュリオーゾのそれと同じである。父と庶子の関係で「く」の字に曲げた線を「真正な息子の心からの祝福」に強烈なパラドックスを盛ることでもう一度ねじ曲げ、二つの角のある見事なS字形蛇状人体が造型される。スピュリオの正体を見ようとすれば、我々もまた正面から側面に、更に裏側へと蛇行しなければならないのだ。

七　ヴェンディス――心性《メンタル・》の断片化《スキゾマタイゼイション》

マニエリスム絵画では、人物の心理的変化を表すのに、同一画面に同一人物のいくつかの異なる分身たちを同時に登場させることがある。例えばサルヴィアーティの「ダヴィデのもとに赴くバテシバ」（図39）、ポントルモの「エジプトのヨセフ」（図40）、や「ポモナとウエルトゥム」（図41）、アローリの「イサクの犠牲」（図42）では一人の人物の様々の感情、心理状態を表現するために様々のポーズをとった同一人物がいくつも描かれている。これらの複数の形態は、連継的時空のもとに物語のなりゆきを追っているのではなく、観念の中では、いくつもの人間、いくつもの局面、いくつもの心理が、共存していることを示している。同一の画面内に時間的に矛盾するいくつかの出来事を描きこむこのマニエリスムの手法は、一六世紀人を深く浸した二元論的存在論――人間の調和ある統一的存在が解体して天と地、神と人、魂と肉体、祈りと享楽、夢と現実など相反する断片に引き裂かれつつある自己への危機意識――にスポットを当てる有効な手段となった。

『復讐者の悲劇』の主人公ヴェンディスも関連しつつ相反する複数の心情や性格を体内に共存させている。彼は、まず身に受けた不正と世の頽廃を怒り復讐を誓う英雄的な「復讐者」として登場する。

ヴェンディスでございます、殿下。
いい名前だ、
はい、復讐者ですから。

(四、二、一九〇—九二)

だが彼の内面には不活動の「憂鬱質がたっぷり巣くっている」(四、一) 故に行動を起こせない。九年間彼が一切の行動から疎外され、弟ヒッポリトが宮廷に出仕しているのに何ら生業に就かない貧しい「怠け者」であるのは、冷笑的、懐疑的、冥想的な憂鬱質の不活動性の徴である。またラシュリオーゾから受け取るわずかばかりの金銭を押し頂き、「この美しく輝く太陽が隠れないと目が開けられない」(四、二) と言い大事そうにポケットにしまい込む動作に憂鬱質の守銭奴ぶりが表れている。困窮と無為の中で自己を正当に評価しない社会に対する「不平不満」は彼の胸中にどす黒くわだかまっている。公爵の罪業への怒り、宮廷の頽廃への批判、自己の器量にふさわしくない不遇と貧窮に対する不満はヴェンディスに反体制的な不平家の相貌を与えている。

貧乏になったのは運命のせいだと思いこみ、
運命を呪って
一日中家にこもって欲求と不満に明け暮れております。

(四、一、五四—五六)

実は最初にあなたのことを不満で引きこもっている男と紹介しました。
(四、二、三三)

兄のヴェンディスです、不満でくすぶった男です。
(四、二、三九)

しかし、憂鬱質は非凡な知力と創造力を秘めた特権的な気質でもある。ヴェンディスは己の頬に「学者の徴である内気さが宿っている」(一、三)と人並み優れた知力を誇り、珍奇な創意工夫や計画で頭を一杯にしている。

面白い工夫がいろいろ浮かんできて、嬉しくてぞくぞくする。
(三、五、三一)

「不平不満」の憂鬱質が恐るべき知力と創意工夫や計画と結びついた時、それは為政者にとって危険きわまりない脅威となる。

凄い切れ味の憂鬱質じゃないか、
これほどの知力ならどんな男でも殺せる。
(四、二、一〇四―〇五)

「不満と貧窮は、悪党をこねあげる最良の粘土だ」(四、一)と語るラシュリオーゾは自らの悪行の手先としてヴェンディスを雇う。自己を評価しない社会を白眼視する頭のいい「不平家」が為政者の悪事の片棒をかつぎ富と権力を得ようとあがく例は、イギリス・マニエリスム演劇では、ウェブスター『白悪魔』のフラミネオや『モルフィ公爵夫人』のボゾラ、マーストンの『不平家』のマルヴォール、ミドルトンの『チェンジリング』のデ・フロレスなど枚挙にいとまがない。ヴェンディスもまたまともな手段によってではなく私怨をばねに権力者の悪の手先となって社会に復讐を図る「悪党《ネイヴ》」に転じる。

だから丁度いい、おれは悪党になりすましてやる。

（一、一、一〇一）

とんでもない悪党だ、
大胆不敵と言っていいくらいだ。

（一、三、三八—三九）

みごとな悪党ぶりだ。
道化役もたっぷり演じるのか。

（一、三、五七—五八）

「悪党《ネイヴ》」と「道化《フール》」はウィルフォードの言う「魔術的心性の裡に共通の根を持つ相棒、片割れ同士(32)」である故にヴェンディスは宮廷道化の一変形たる貴人に仕える取り持ちの好色漢「女衒《パンダー》」に変身する。

はっきり言うと卑しい質《たち》の女衒のことだ。
（一、一、八八）

宮廷の寵児、
そして彼こそはまさしくこの時代の申し子。
（一、三、四：二七）

彼は義のために怒る復讐者であると同時に悪の手先であり、孤独な憂鬱質であると同じく時代と宮廷の寵児、はしゃぎ屋の道化、女衒なのだ。意識の中では対立し合う価値の各項目がその対立関係を失うマニエリスム的「不一致の一致《ディスコルディア・コンコルダンテ》」の心性である。

ピアトに変身しようとするヴェンディスは、英雄としての本来的自己からできるだけ遠くに離脱、逃走して反対のものになろうとする。

どうだい？　以前の俺の姿は跡形もないだろう？
（一、三、一）

「自分自身を忘れている時が一番幸福である」（四、四）故に、「どんな状況にも応じて」（五、一）「必要とあらばすばやく身を変じ」（一、一）、元の自分は忘れ去りその痕跡さえ残さないのが変装術、変身芸の見せどころである。

旅に出たと思われているのだから、
仮の姿を幸い、本性を忘れ

彼らとは全く血の繋がりのないものとして振る舞うつもりだ。

（一、三、二〇三―〇五）

ホイジンガによると、劇 play の語源はアングロサクソン語の plegan（遊戯する。せわしい動き、身振り動作、手練、こつ、拍手喝采、楽器を奏でるの意）や spelian（他人の代理をする、他人であるふりをする、他人の地位を占めるの意）であるという。[33] 戯れに「自分でない自分になる」変身の喜びは演劇の根源的機能なのだ。すでに一度変えられたものが再び変容するというテーマを歌った処女詩「変容ふたたび」"The Transformed Metamorphosis"（一六〇〇）以来、変身と変容こそターナーの得意のテーマ、万物が不断の流動変質の過程にあるとのマニエリスムの世界観なのである。『復讐者の悲劇』の人物たちは、ヴェンディスのみならずこぞって喜びに身を震わせながら自分と反対のものに変身する。白髪の老公爵は青年の欲情を持つ姦夫に、その若妻たる公爵夫人は夫殺しを願う毒婦に、母親は娘の転落を願う女衒に。その変貌の激しさを目の当たりに見たカスティザは呆然自失して叫ぶ。

世界はすっかり変わり、人の形も別のものになった。
今じゃよほど賢い子供じゃないと、母親の姿を見分けられない。

（二、一、一八七―八八）

既成の秩序が崩壊して生物と無生物の境目が曖昧になり自由に融合、交替、合体する流動的な世界観の下で、マニエリスムの彫像はふいに眼を輝かせて媚態を示したり、石の乳房から白く暖い乳をほとばしらせたりする（図43、44）が、『復讐者の悲劇』でも柔らかい女体が冷たく輝く銀になり

このごろではどんな立派な女でも
　やすやすと銀貨に変わってしまう。

（二、二、三一―三二）

鉄面皮、無感動の女衒ピアトに変身したヴェンディスの額は「硬い大理石に、両の眼は不動の緑のサファイアに変わる」（一、三）。こうして別人になったヴェンディスは別世界からの闖入者としてあらためて宮廷に出現する。

別世界の男をこの世に連れてきた。
　どうやって来たのかさっぱり分からないが。

（一、三、二―三）

カモンによれば、ある演出法ではピアト役は襞の多い床まで届くフードつきのゆるい長衣を着ることによって彼の性別は曖昧化し、彼の可変性、可動性、可塑性は強調される(34)。ピアトは身をくねらせて「旦那、いいにおいだな、いつ一緒に寝ます？」（一、三）とホモセクシュアルな誘いの言葉をかけて、さすがのラシュリオーゾをも辟易させているが、男に女を取り持つ女衒の性質上彼自身は不能者となる。その代わり両性具有の道化という出入り自由、神出鬼没の境界人間的立場を利用してピアトはたちまち人々の内面に入りこみ秘密を探り出して動揺させる。

全く瘧《おこり》みたいに親しげに入り込んで、
　思いのままにわたしを揺さぶる。

（一、三、三九―四〇）

しかしラシュリオーゾのために最愛の妹カスティザを誘惑する仕事を命ぜられた時だけはピアト（ヴェンディス）もたじろぐ。「女はすぐに偽金を摑もうとする（一、一）」、「妻の役目は寝間の友と食事の仕度の二つだけ」（二、一）、「女に秘密をしゃべったら一晩明けりゃ小便と一緒に漏らしたやつを医者が見つける」（一、三）、「黄金と女がなければ、地獄も釜に火の消えた御大家の台所同然」（二、二）、「女は死ぬ時にも嘘をつくことができるのか！」（四、四）などの台詞には女の弱さと悪に対するヴェンディスの痛烈な皮肉が溢れている。しかし彼は母親と妹だけは女性一般から度外視している。彼は母を「この世で最初にわたしを受けとってくれた女」（二、一）として崇める一方、妹には異常なほどの愛執を注いでいる。ヴェンディスの激しい女性嫌悪、侮蔑を裏返せば女性の美と純潔への限りなき憧憬である。それは「女を通して悪はこの世に侵入する」と考えた中世の女性観が同時にマリア信仰を通じて女性を神聖視、絶対視したのと等しい。ヴェンディスは命がけで妹の純潔を守ろうと決意しているが、同時に女衒としての演技を尽くして彼女の操を試してみたいという演劇的愉しみに抗しきれない。

妹の操は必ずおれが守ってやろう。
城門の見張りは引き受けたぞ。

（一、二、一一二―一一三）

ここには「純潔の塔」を死守する守護天使たる門番と、戸口に張りついて暗闇を窺い不義を助ける女衒の姿が二重写しになっている。聖なるものと俗なるものを同時に志向し、引き裂かれるヴェンディスの両義性がここにも表れている。

ピアトと母親の鋭い舌蜂に抗して堅く純潔を守り抜く「水晶の処女」カスティザを視覚化すればロッソの「エテロの娘を救うモーゼ」（図45）の右上の少女像になるであろう。「マヌキャンの妖異なエレガンス[35]」になぞらえられる人形のように硬直した体、周囲にひしめくジグザグ状の動勢を一身に受け止める姿勢、驚愕の表情が凍りついた仮面のような顔、そして冷たい衣裳の表相に浮かび上がる青いエロティシズムはすべてカスティザのものでもある。一方「柔らかい蠟の女」グラシアナは、ラシュリオーゾの富と権勢の誘惑にたちまち溶解して叫ぶ、

ああ、もしわたしが若かったら喜んで身を任せるものを！

（二、一、二一五）

早死した有徳の夫の貧しさを嘆くグラシアナの世俗的欲望と倫理観の欠如、その夫の非力、公爵の好色を考えると、ヴェンディス自身が公爵とグラシアナの不義の子であったという可能性も否定できないとフリーアは述べている。[30] ヴェンディスは母親の腐りやすさを血肉を分けた自己のものとして実感する。ゴネリルに向かって「しかしおまえはわしの血、わしの娘だ。というよりわしの肉を苛む病だ、それでもわしのものであることに変わりはない」（『リア王』二、四）と叫ぶリア王のように、ヴェンディスは母の転落を見て、自分の汚れを見たくないと独語する。

ああ、忍耐強い神よ、わたしの自身の姿を見ないですむように、
あなたの見えない指先で
わたしの両目の大切な外側を裏返してください。

（二、一、一四二―四四）

母の堕落を自己の腐敗と感じること、それは我が身もまた魔的なものへの転落の可能性を秘めている存在であることを認めることである。

ヴェンディスは、それまで自己を批判の対象から除外してきた。彼が世にはびこる悪を非難するときその悪の中に自分は入れていなかった。彼は内面の自己は無傷のまま、「悪党」の仮面をつけはずしして自在に二様の自己を演出してきたつもりだった。

自分たち自身を見失ったが、
また見出した。

（四、二、二二五—二六）

万事、もとのままだ、やっと自分自身に戻りましたね。

（四、二、二）

そして自分の内面は不変なのに外観で変わる人の評価を「面白い誤解」と眺め愉しんできた。しかし、仮面はいつしか素顔に貼りついて素顔と化し、仮装は乗り移って本性となる。公爵がヴェンディスの「外側の形と内側の心が同じ材料でできている」と考えたのは誤解ではなく皮肉にも真実だったのだ。ヴェンディスはピアトの骨接ぎ人“a bone-setter”という自己紹介の言葉を公爵の老骨と毒を塗った骸骨を交接させることで実現させた。彼は公爵のグロリアナへの欲情を変則的な形ではあるが成就させたのである。ヴェンディスは真正な女衒ピアトになりきることによって初めて復讐を遂げることができた。今やヴェンディスとヒッポリトと公爵は同質化された悪党になる。

われわれは知らぬ間にとんでもない悪党になってしまったのだ。

（一、三、一九二）

お前たち二人はなにものだ？
お前と合わせて悪党三人さ。

（三、五、一六一―六二）

演技と本性との見極めがつかず、自分の名のもとに行われながらいつの間にか自分の意図を越えて増殖してゆく自分。把握し切れぬ自分と自分との間の奇妙なへだたり。自分で自分の意志を裏切る自分。自分であって自分でない違和感に錯乱したヴェンディスは叫ぶ。

ああ、俺は自分が本当に俺自身なのかどうか
疑わしくなってきた。

（四、四、三一―三二）

劇のほぼ中央に置かれた公爵毒殺のクライマックス以後、ヴェンディスの性格に微妙な弛緩と卑俗化が見られる。劇の前半に比して後半の彼の台詞は短くなり暗喩主義《メタフォリズム》が減退し散文が多くなる。あまりに長い間公爵暗殺を目的として生きてきたヴェンディスは、公爵とともに自己自身の核心的部分を葬り去ったのである。その上、彼の内部で自己自身をも含めた人間の条件そのものへの絶望と虚無が極限まで深まってゆく。

夜よ、お前は葬式の時に紋章官が張りめぐらす黒幔幕のようだ。
朝には折りよく取り払われるが、今は見事に垂れ下がって
何の美しさもない罪を美しく飾っている。

世界の寝台には満潮の潮が漲ぎり溢れ、
どちらを向いても欺瞞ばかり、夕暮れには処女であった娘が
今は市場に出されて春をひさいでいる。
この女はしどけなき薄物を身にまとい
船で漕ぎ寄せる恋人を引き入れる。こちらの女は
扉に革の蝶番を取り付けて、
悪事が公になるのを避ける狡賢さ。
いまや寝取られ男がどんどんどんどん増えるわ増えるわ、
夜の間に糸を紡ぐ用心深い姉妹たちは
昼間は自分たちと女衒を養うのだ。

(二、二、一四八―六〇)

これは私が秘かに「ヴェンディスの夜の歌」と名づけている絶唱である。凝縮された詩的エネルギーの迸出が公爵毒殺を目前に控えたヴェンディスの生命的昂揚を伝えており、聴いているヒッポリトは思わず「兄さん、溢れるような口調ですね」と感嘆の声を上げている。この時までにヴェンディスはすでに公爵、ジュニア、公爵夫人とスピュリオ、ラシュリオーゾ、アンビシュオーゾとスーパーヴァキオ、そして我が母親の魂の暗黒をつぶさに見てきた。罪深い情動が自己を含めたすべての人間存在の根源的条件であることを思い知ったヴェンディスの胸中に、深々とした暗夜の闇がたれこめる。コリンズによれば"fees"は葬式の時にかけまわす黒幔幕"the black freize"のことである。[37] 成瀬駒男によれば"Heraulds"(紋章官)とは一六、七世紀当時、伝令、布告、先導、紋章記録保管、家系図作製、宮殿と街路を飾る紋附旗の調達など、宮廷の栄光を声と筆と画筆で顕揚する光栄ある役目を持ち、貴人の葬儀

では三千人からの葬列先導の役目を果たすこともあったという。[38] ここでは人間の罪深い営為を隠す夜が壮麗な葬儀で紋章官が張りめぐらせるどっしりと重い黒幔幕にたとえられている。幔幕には貴族の紋章 "heraldry" の華麗な縫いとりがついていたのかも知れぬ。しかし "fees" には当然手数料の意があり紋章官が手数料を貰うとも考えられるが後行の "a Dame cunning" や "bawds" の語と呼応して分厚いアラス織のカーテンの裳からそっと手を出して手数料を受け取る女衒の姿を髣髴させる。"Heraulds fees" の語に紋章官と女衒の姿を重ねてマニエリスティックな聖俗二義の緊張を読み取ることもできる。次に "grace" の語を重ねた言語遊戯の後に、月のない夜、魔的な光にほのかに光る満潮の海にただ一つ浮ぶベッドというシュールリアリスティックなイメージが来る。これは不意に訪れてくる夢の静けさにおける世界知覚像である。そこには奇を衒うわざとらしい技巧に堕しがちなマニエリスムにあって稀に達成される本物の幻想、ひたひたと想像力を浸す謎めいた催眠力と不可避性とがある。虚偽と罪の象徴である夜の潮は張り溢れ、しどけなき薄物を着て恋人を迎える女の盲目的欲情となって彼女の体内を流れ、漕ぎ寄せる男の船を浸し、冥界の黒いスティクス川へと流れ込む。ティントレットの「救出」(図46)を思わせる白くたおやかな裸体と騎士の甲冑の暗い金属の硬さの対極的コントラストが秘めやかに挑発的なエロティシズムを生んでいる。フリーアは夜に糸を紡ぐ姉妹たちのイメージに①人間の生の糸を織る運命の三女神、②ヴェンディスの妹への近親相姦めいた執着と彼女の貞操への強迫観念、③夜に織った布を朝全部ほどいて求婚者たちから貞操を守ったペネロペ伝説(図47)を連想している。[39] ペネロペは夜織った布を朝ほどいたが(夜かけられた葬式の黒幔幕は朝になると降ろされた)この三姉妹は夜織った布で我が身と女衒を養っている。その布は例の黒幔幕と裸女の薄物とも秘かに呼応している。しかし、ペネロペは一二九人の求婚者と交わりパーンの神々を生んだとする別話もあり、そうなると布織る女の像の意味もますますマニエリスティックに錯綜してくる。

ともあれ、運命の女神が軽やかに回す機の単調なリズミカルな音 "apace, apace, apace, apace" につれて同じ顔をした "Cuckolds" が鋳型で作られた硬貨のようにとめどなく飛び出してくる。罪深き不完全性は男女不問、すべての人間に共通の本性なのだ。

素行が悪いなんてことは世界共通のこと。
だが名前と値段をかかげた
おおっぴらな悪事より、
秘密のあくどい取引の方が多いらしい。

（三、五、四一―四三）

名うての悪党である老公爵一人を抹殺したところで第二、第三の公爵がにょきにょきと生えてくる。

公爵領にも新しい頭が必要になった。
どんな頭が出てこようが、出てきた奴はかたっぱしからたたき切ってやろう。

（二、五、一三九―四〇）

しかも今やヴェンディスは、公爵と同質の悪党、女衒となった以上自身を人間の条件の不毛性から除外することはできない。彼は公爵を毒殺する時、最後の仮面舞踏会でラシュリオーゾを刺殺する時、悶絶しようとする相手に向って自分の顔と名前を確認させずにいられない。

面と向って刺してやる、俺の顔を見ながらあいつは死ぬのだ。

（二、二、一〇一

そうだ、俺だ、ヴェンディス、俺のことだ。

（三、五、一七八）

お前を殺したのはヴェンディスだ
おお、
親父を殺したのもヴェンディス、
おお、
そしてヴェンディスとは俺のこと、誰にも言うな。

（五、三、一一三―一一七）

これは溶解し去ろうとする英雄的「復讐者」としての自己の同一性を繋ぎとめ、悪党と自己を区別しようとするヴェンディスの必死の、しかし空しいあがきである。復讐者が加害者である悪党の一人である以上、彼は自分の敵である自己を自分で抹殺しなければならない時が必ず来る。

自分が自分自身の敵になった時は死ぬ時だ。

（五、三、一五四）

座して殺されるのも自分なら、立って自分を殺すのも自分なのさ。

（五、一、五）

ヴェンディスは自分で振り上げた斧に当たって死ぬ『無神論者の悲劇』のダンヴィル同様、自分で自分を告発して断頭台に引かれてゆく。彼は「激昂した怒り」（五、一）によってラシュリオーゾ殺しを決意し、公爵暗殺の奇計を思いつけば狂喜して我を忘れ、「復讐の好機を逸すると狂ったように口惜しがる」（五、一）。彼は逞しい知力を誇り、冷静な計算と緻密な見通しには絶対の自信を持っていた。だが復讐が成就した瞬間、頼まれもしないのに犯行を自白して、自らの予言通り最も利口な者が最も馬鹿であることを証明する。

時がくれば必ず
人殺しは自分で自分の罪をあばいて
馬鹿を見るのさ。
（五、二、一六七―六八）

劇中に散りばめられた多数のドラマティック・アイロニーは人間が自らの意識的策略を裏切って受ける報復を暗示する。「意識せずして自己の真実を漏らし」（二、一）、「知らずして自己の破滅を努力する人間」（四、一）、理性的「自分から逸脱して、越えたり離れたりする」（二、二）人間、これこそ真正の狂気の証しでなくて何であろうか。一見して狂人と分かる人間はそれなりの対応を他者に要求するから無害であるが、自分が正気だと信じている者の独断は気違いより始末が悪い。アンビシュオーゾとスーパーヴァキオの「善意の」思い込みは最愛の弟の命を奪う。肉の美を本質の美と取り違えた誤解が、肉の快楽と虚飾のためにすべてを犠牲にする人間の狂熱を生む。狂気とは自分自身の欠乏への盲目性であるという認識から、「狂人は狂人の衣裳（外観）をつけているに過ぎないが、我々は理性の衣裳の奥に破壊的狂気を隠し持っている」（三、五）という真理が引き出される。

さらに『復讐者の悲劇』には人間の狂熱的意志が凝縮し白熱化して火花を散らす「瞬間」が数多く見られる。

復讐は殺人に伴う地代、だからこそ
復讐は悲劇の家臣と呼ばれる。
頼むから復讐の時を違えるな、一日、一時間、一分たりとも。
（一、一、四二―四四）

彼の寝床は
偽りの一瞬によって廃嫡される。
（一、二、一八七―八八）

地獄に堕ちるのは夜中の十二時に決まっている、
十二時だけは逃れられない。
それは時間の中でもユダの時間だ、その時こそ
清らかな救いは裏切られて罪に堕す。
（一、三、七四―七七）

今夜、この時間――この瞬間、今だ。
（二、二、一八三）

この瞬間に俺は公爵になった。
（三、一、一六）

さあさあ、九年間の復讐をこの一瞬に凝縮しよう。（二、五、一二五）

ヴェンディスの公爵殺しも、ラシュリオーゾ殺しもそうした決定的「瞬間」の一つであった。しかし、これら個々の「瞬間」に先鋭化された行為が、意味ある目的に向かう方向性のある時間の下で、有機的に繫がりあい、太い束となってエネルギーを蓄え一気に爆発して破壊と共に浄化をもたらし、やがて鎮まってゆく伝統的大団円《カタストロフィ》はない。たしかに公爵、ラシュリオーゾの旧体制は一掃され、老貴族アントニオが秩序再生の任務を担って新公爵となった。しかし、アントニオは公爵を殺した男が「やがてわたしをも殺すであろう」（五、三）と予言して自己を卑少化、相対化してしまう。新体制のためのヴェンディスの「復讐」は意味を失い、「瞬間」は空中に飛び散ってしまった。そして劇は卑小な公爵とその生命をつけ狙う臣下というまさに始まったシチュエーションで終幕を迎える循環構造となる。ここにはいかなる成就もカタルシスもない。いかなる解決も確信も保証もない。マニエリスム演劇は最終場面が前提としての導入場面の論理的解決となる、三段論法のごとき整合的パターンを拒否する。行為の説明や動機づけを排除するだけでなく、合理的に形式化された結論さえも拒絶して不可解な方角に開かれた未決状況のまま終わる。『復讐者の悲劇』という題名自体が、復讐者ヴェンディスのもたらした大量の死を意味するのか、或いは、ヴェンディスの復讐のたゆまぬ努力の無益と究極の死を意味するのかマニエリスティックな謎のままである。ただ、人間の行為の不毛性と不条理性をたじろがぬ強靭な眼差しで見つめ、不可避の自己の条件として受け入れて刑場に赴くヴェンディスの高らかな洪笑が闇に谺するだけである。

おわりに

マニエリスムの魔術的哲学者ジョルダーノ・ブルーノは『無限、宇宙と諸世界について』の中で、「感じられもせず、見えもせぬからといって事象を否定する者は、実体や本質そのものを否定せんとする者です[40]」と述べている。ルネサンスの可視的、可触的空間から、実在しているが、不可視、不可触、混沌、暗黒の内的空間に視点を移しかえたこと、これがマニエリスムの第一の特徴である。中世ゴシック人も自己の内面を省察したが、彼らは熾烈な神への思慕にひたることによって自我を否定解消させた。しかしマニエリストは、ルネサンスとともにようやく日覚めた人格意識と、自己主張を以って、不安な自我を凝視した。彼らは、感性や知性の表面的な欺瞞の下に広大な非合理の下層がひそむことを知った。われわれの本質の秘奥にあるこの豊かな神秘的世界に比べれば、表層の外的空間は存在の一部、それも比較的重要でない一部に過ぎないことを彼らは感じた。故にマニエリストは常に世界を外側と内側、仮面と素顔、現実と仮象、夢と虚構の二重構造において捉える。『復讐者の悲劇』でも、徹底的に写実的手法で描かれる部分と、異次元の幻想的、象徴的部分とが奇妙に混在している。眼に見えない隠された内的空間を描くマニエリスムの言語は当然、模倣、写実を離れ、寓意主義《アレゴリズム》、暗喩主義《メタフォリズム》に富み変則的で複雑な暗示法をとる。時に過剰な装飾や無意味な遊戯性に陥いることがあっても、マニエリスムの修辞法がいかに豊饒な詩的言語を開拓したかは、『復讐者の悲劇』で我々が見てきた通りである。

広大無辺の仄暗いマニエリスムの内的世界は、比例の法則で整合的に構築され縦横をしっかりと閉ざされたルネサンス的三次元空間ではなく、見極めのつかぬ無限界の幻想空間である。『復讐者の悲劇』でも対角線状に短縮された遠近法が奥行きを強調し、天国にも地獄にも連続する無窮の象徴空間を現出させている。

そしてこの幻想世界の住民たる人物も当然眼に見える姿、外側の形ではなく、その内部の姿で描かれる。彼らは唐突な無動機の激情に身をよじって情動の激しさ、情念の不連続性と不条理性を訴えている。マニエリストは肉体と精神、理性と官能、聖と俗のルネサンス的調和、均衡、融合は理想的虚構に過ぎず、人間は両極に引き裂かれ、深淵にのみこまれる危険にたえず晒されていると感じた。トロイラスは自らの魂の亀裂を凝視して戦慄とともに呟やいている。

俺の魂の中では不思議な戦いが始まっている。本来離ればなれになるはずのないものが、天と地よりもはるかに大きく離れてしまった。しかもその無限のへだたりの間には、機織りの神アリアクニーのあの細い横糸を通すほどの間隙もない。

（シェイクスピア『トロイラスとクレシダ』五、二、一四二―五二）

『復讐者の悲劇』でも霊肉は無限に乖離し、人物たちは誇張された善悪二極の倫理性を具現している。そして彼らの反理性的情念が理性の統御を破って昂ずれば錯乱と狂気と化す。一六世紀初頭のプラントの『阿呆船』、エラスムスの『痴愚神礼讃』から一七世紀初頭のセルバンテスの『ドン・キホーテ』に至る一世紀は愚者文学、狂気文学の爆発的流行期であったが、特に一六世紀末から一七世紀初頭のマニエリスム期イギリスでは狂気のモチーフを含んだシェイクスピアの『間違いの喜劇』『夏の夜の夢』『マクベス』『リア王』『ハムレット』『トロイラスとクレシダ』『十二夜』などが書かれた。一七世紀も中半になるとフーコーの言う「大いなる閉じこめ」（狂気を精神病理学的不幸事とみなした国家権力が、衛生、治安、慈善の観点から狂人を社会から抽出、分割、排除、隔離、追放、管理閉鎖すること。一六五七年のパリ一般施療院創設と一六七六年のロンドン・ベトレヘム（ベドラム）精神病院の新設が狂人閉じこめ開始のメルクマールとされる）[41]が始まり狂気は矮小化、無力化されるが、マニエリスム期はその直前、狂気の実存的認識が最も深化、尖鋭化された時期であった。『復讐者の悲劇』においても狂気は、特殊で偶然的な病気として排除されることなく人間存在の不可欠の条件として受容されている。知恵と狂気の連続的円環を承認することこそ人間の認識に限界があることを悟る「知」の大いなる徴なのである。

更にプラトン的な神的狂気と夜の気質である憂鬱質《メランコリー》が結びつくと、マニエリストが最も高く評価した霊感を与えられたメランコリーとなる。チャップマンは「夜の讃歌」で、夜は昼の愚かしく無意味な骨折仕事から人間を解放し「沈黙と思索と安らぎと眠り」[42]に誘う創造的な時間であると歌う。第二の神たる自負に満ちたマニエリストの創造力は世俗的活動と無縁な夜の孤独、メランコリーの入神的集中の中でこそ最高に発揮されるのだ。『復讐者の悲劇』でも憂鬱質のヴェンディス以下人物すべては偏執狂的自己表現妄想に駆られて独創的な奇想、奇計、機智の発見に異常な執念を燃やしている。

しかしマニエリストは神と比肩する人間の創造的才能を強調する一方、無力と寄辺なさのうちにある自己を痛感していた。ヒエラルキーの定まった中世的世界が崩壊し、空漠たる時空に何の庇護もなく投げ出されたと感じた彼らは、ブルーノの『無限、宇宙と諸世界について』のブルキオのように失われた神的秩序の行方をパセティックな声で問いかけた。

そうなると、あの美しい秩序は、どこにあるというのですか。土という厚く濃い物体から、密度の粗い水へ、薄い水蒸気へ、さらに薄い空気へ、もっとも薄い火へ、そして神的な天上のものへと昇ってゆくあの美しい自然の階段は。暗いものから、暗さの少ないものへ、明らかなものへ、より明らかなものへ、もっとも明らかなものへと昇ってゆく。暗闇から光り輝くものへ、変化と腐朽からその解放へ。もっとも重いものから、重いものへ、さらに軽いものへ、軽いものからもっと軽いものへ、そしてもはや軽くも重くもないものへ。動から中心へ、中心から動へ、そしてついに中心を巡る運動となる「あの美しい秩序」[43]は？

マニエリストは宇宙秩序における自己の位置と運命を不安、動揺、見捨てられているという感情の中で捉えたばかりでなく、自己と人間同士の関係をも耐えがたい不調和、緊張、混乱のうちにあると感じた。『復讐者の悲劇』の人物たちは世界に違和孤立しているばかりでなく、各々が自我中心の狭い特殊な目的を追求している故に、統一原理を失い、対話と意志疎通が不能になっている。彼らの間にあるのは信頼と調和ではなく不信、憎悪、誤解である。マニエリスム芸術の下層をなしているのは世界との内的親和関係を失った人間の憂苦《メランコリー》と疾しさの感情なのだ。

更に不断の変化と変容の相のもとに生きるマニエリスム的人間は、心的断片化、心的散逸の中で自己同一性を見失う。『復讐者の悲劇』のヴェンディスはいつの間にか英雄的復讐者から道化的悪党に変質し、人間の条件の不毛性の中で、復讐の意義を失う。しかし、天を仰ぎつつ下降し、聖なるものに憧れつつ悪に牽引されこれと同化し、達成を切望しながら無為に終わる人間の絶望的ディレンマに直面し、これを不可避のものとして受け入れ、高らかに笑うことのできたヴェンディスは、頽廃とは無縁の真に強靭な精神と言わなければならない。彼は悲劇と笑劇、恐怖と笑いを結びつける名人なのだ。(44)

『復讐者の悲劇』は被害者を加害者と、復讐者を被復讐者と同質化させ復讐を無効化させることによってキッド以来の勧善懲悪的復讐悲劇の伝統にマニエリスティックな「ねじれ」を与えたばかりでない。蓋然性、必然性、連続性、首尾一貫した統一性、全体性、完結性を要請するアリストテレス的演劇そのものを、非現実的、非人間的様式化された虚構として否定し、非合理性、偶然性、不可測性、不連続性、唐突性、即興性、挿話性、そして未決の原理を人間の真実の条件として提示した。これらの未確定的原理による演劇は現代のいわゆる不条理演劇とその模索の方向を根底において等しくする。我々は、マニエリスム芸術のあるものが、我々自身の関心と問題を、きわめて近似的に表現していることに驚く。実際、我々の時代の問題の根源を過去に探し求めるならば、我々の眼差しは必然的に「初期近代」のマニエリスムに向かわざるを得ない。そして、『復讐者の悲劇』が、マニエリスム芸術の基本原理のいくつかを内在させている代表的文学作品の一つであることが本章によって証明されたのである。

注

（1）『復讐者の悲劇』の初版四折本の扉には、左記のように作者名は記されていない。

The/REVENGERS/TRAGEDIE./As it hath beene sundry times Acted,/by the Kings Maiesties/Servants./AT LONDON/Printed by G. ELD, and are to be sold at his/house in Fleete-lane at the signe at the/Printers-Presse./1607

一六五六年、出版業者エドワード・アーチャーが出版した広告用の戯曲リストには、この作品の作者はターナーと記され、一六六一年と七一年に出版業者フランシス・カークマンが出版したリストには作者はシリル・ターナーと明記されている。しかし、これらのリストの信憑性は、必ずしも高くないために、『復讐者の悲劇』の作者をターナーの他、ウェブスター、マーストン、あるいはミドルトンに帰する諸説がある。特にここ五〇年間はターナー説と、ミドルトン説を往復している。作者問題の論証の詳細に関しては、S. Schuman, "*The Revenger's Tragedy*: Authorship", *Cyril Tourneur*, Boston, Twayne Publishers, 1977, pp.57-78を参照。

なお、私はA. H. Bullen, ed., *The Works of Thomas Middleton*, 8 vols., Boston, Houghton, Mifflin and Company, 1885-86に収められたミドルトンの全作品を読んだが、その主題、語句、雰囲気のいずれにも『復讐者の悲劇』との類似性は見出せなかった。

（2）E・パノフスキー著『視覚芸術の意味』中森宗義、内藤秀雄、清水忠訳、岩崎美術社、一九八一、一八頁

（3）M・プラーツ著『記憶の女神ムネモシュネ――文学と美術の相関関係』前川祐一訳、美術出版社、一九七一、一〇―一一頁

（4）J. Shearman, "The Sister Arts", *Mannerism*, Style and Civilization Series, Penguin Books, 1979, pp.30-39

（5）A・ハウザー著『マニエリスム――ルネサンスの危機と近代芸術の始源』若桑みどり訳、岩崎美術社、一九七〇、上巻、二八頁

（6）E・R・クルツィウス『ヨーロッパ文学とラテン中世』南大路振一、岸本通夫、中村善也訳、みすず書房、一九八二、三九六―九八頁

G・R・ホッケ著『文学におけるマニエリスム』種村季弘訳、現代思潮社、一九七二、上巻、三―一一頁

（7）G・ヴァザーリ著『ヴァザーリの芸術論』辻茂、高階秀耶、佐々木英也、若桑みどり、生田園訳、注解、研究、平凡社、一九八〇、二一七頁

（8）G.Vasari, "Life of Michelangelo Buonarroti", *Vasari's Lives of the Painters, Sculptors and Architects*, vol.IX, Medici Society, 1912-15, p.3

（9）G・ヴァザーリ、前掲書、二一八頁

（10）E. Panofsky, *Idea:A Concept in Art Theory*, trans. by J.J. S. Peake, New York, Harper and Row, 1968, pp.85-93

（11）若桑みどり著『マニエリスム芸術論』岩崎美術社、一九八〇、一〇―一五頁

（12）クルツィウス、前掲書、四〇八頁

(13) ヴェルフリン著『美術史の基礎概念——近世美術における様式発展の問題』守屋謙二訳、岩波書店、一九八二、三九頁
(14) W・サイファー著『ルネサンス様式の四段階——一四〇〇年—一七年における文学、美術の変貌』河村錠一郎訳、河出書房新社、一九七六、一九六頁
(15) サイファー、前掲書、一六二頁
(16) M・ドヴォルシャック著『精神史としての美術史』中村茂夫訳、岩崎美術社、一九二二、二七八—七九頁
(17) M・ドヴォルシャック著『イタリア・ルネサンスの美術』下巻、岩崎美術社、一九八一、三三六頁
(18) サイファー、前掲書、一五三頁
(19) P・フランカステル著『絵画と社会』大島清次訳、岩崎美術社、一九八〇、七四頁
(20) フランカステル、前掲書、三四頁
(21) L・B・アルベルティ著『建築論』相川浩訳、中央公論美術出版、一九八二、二八四頁
(22) A・ベーベル著『婦人論』上巻、伊東勉、土屋保男訳、大月書店、一九五八、九二—九三頁
(23) パノフスキー、前掲書、九二—九三頁
(24) G・R・ホッケ著『迷宮としての世界』種村季弘、矢川澄子訳、美術出版社、一九六六、一五二—六〇頁
(25) ハウザー、前掲書、上巻、二四—三五頁
(26) パノフスキー『イコノロジー研究』一三五頁
(27) O・ベネシュ著『北方ルネサンスの美術——同時代の精神的知的動向に対するその関係』前川誠郎、勝国興、下村耕史訳、岩崎美術社、一九七一、一六五
(28) J.Shearman, p.81
(29) 若桑みどり、前掲書、一七四—七五頁
(30) E・パノフスキー、前掲書、一四八—五〇頁
(31) W・サイファー、前掲書、一七六—七八頁
(32) W・ウィルフォード著『道化と錫杖』高山宏訳、晶文社、一九八四、一三九、一八二頁
(33) ホイジンガ著『ホモ・ルーデンス：人類文化と遊戯』高橋英夫訳、中央公論社、一九七一、七五頁
(34) F.A. Camon, *The Revenge Convention in Tourneur, Webster, and Middleton*, Salzburg, U.P., 1972, pp.42-43
(35) G・R・ホッケ、前掲書、五七頁
(36) C.Freer, *The Poetics of Jacobean Drama*, The Johns Hopkins U.P., London, 1981 pp.74-76

(37) C. Tourneur, *The Works of Cyril Tourneur*, ed. by A.Nioll, Russell and Russell, New York, 1963, p.317

(38) 成瀬駒男著『ルネサンスの謝肉祭』小沢書店、一九七八、二四頁

(39) Freer, pp.74-76

(40) G・ブルーノ著『無限・宇宙と諸世界について』清水純一訳、現代思潮社、一九六七、三四頁

(41) M・フーコー著『狂気の歴史——古典主義時代における』田村俶訳、新潮社、一九七五、二一—九九頁
R.S.Kinsman, "Folly, Melancholy, and Madness: A Study in Shifting Styles of Medical Analysis and Treatment 1450-1675" in *The Darker Vision of the Renaissance*, ed.by R.S. Kinsman, California U.P., Los Angeles, 1974, pp.273-320

(42) G. Chapman, *Poems* ed. P.B.Bartlet, Russel and Russel, New York, 1962, p.24

(43) ブルーノ、前掲書、一一四頁

(44) N.Brooke, *Horrid Layghter in Jacobean Tragedy*, Open Books, London, 1979, pp.10-27

図1　ティントレット「マリアの寺詣で」

図2　エル・グレコ「オルガス伯の埋葬」

図3　カヴァローリ「羊毛工場」

図6　ティントレット
「エジプトの聖母マリア」

図4　ベドゥーリ「無原罪受胎」

図5　パルミジャニーノ
「聖ジェロームの夢」

図7　ベッカフーミ「聖母の誕生」

図8　ヴァザーリ
「パラッツォ・ウフィーツィの庭」

図9　ティントレット
「聖マルコの遺体の発見」

図10　デューラー「天使の闘い」

図11　ティントレット
「聖マルコの遺体を運ぶ」

図12　ラファエルロ「アテネの学堂」

図13「悪しき金持の死」サンタンドレ教会

図15　エル・グレコ
「黙示録の第五封印」

図14　エル・グレコ「ラオコーン」

図18　ジョルジョーネ
「聖母と聖人たち」

図17　サルト「アルピエの聖母」

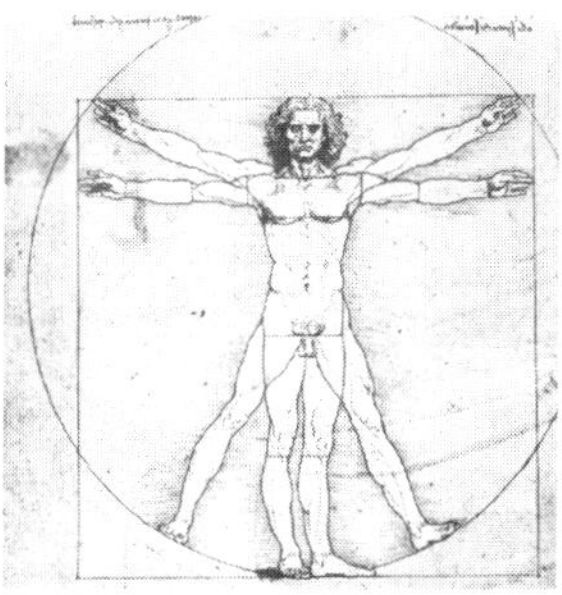

図16　レオナルド「人体比例図」

図20　ラファエルロ「聖体の論議」

図19　ティツィアーノ
「マリア昇天」

図24　ボッティチェルリ
「パルラスとケンタウロス」

図22　ラファエルロ
「キリストの変容」

図21　ティントレット
「キリスト昇天」

図27　サルト「受胎告知」

図23　ティツィアーノ「聖愛と俗愛」

図25　レオナルド「受胎告知」

図28　ティントレット「奴隷を救う聖マルコ」

図26　リッピ「受胎告知」

図 30　ティントレット「受胎告知」

図 29　ロット「受胎告知」

図 33　ポントルモ「十字架降下」

図 32　パルミジャニーノ
「長い首の聖母」

図 31　デュブルイユ
「婦人の起床と化粧」

図 35　ミケランジェロ「黄銅の蛇」

図 34　「ラオコーン」前 1 世紀頃,
ローマ出土 1506 年

図 38　ミケランジェロ
「最後の審判」の聖母像

図 37　ミケランジェロ「勝利」

図 36　ティントレット「黄銅の蛇」

図 43　ポントルモ
「エジプトのヨセフ」
（部分）

図 40　ポントルモ「エジプトのヨセフ」

図 41　ポントルモ「ポモナとウェルトゥム」

図 39　サルヴィアーティ
「ダヴィデのもとに赴くバテシバ」

図 45　ロッソ「エテロの娘を救うモーゼ」

図 42　アローリ「イサクの犠牲」

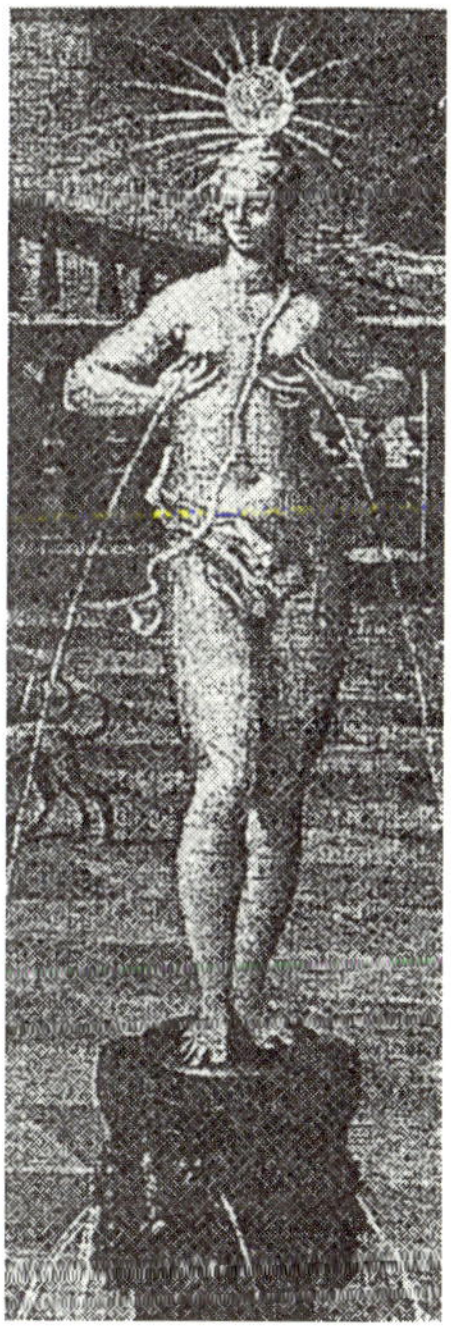

図 44　カロン
「アウグストゥスと
女預言者」(部分)

図 46　ティントレット「救出」

図 47　ストラダーノ「機を織るペネロペ」

第10章　緑陰から地下世界へ——ジョージ・チャップマン『ビュッシイ・ダンボア』

ジョージ・チャップマンの悲劇『ビュッシイ・ダンボア』(1)（作一六〇四頃、初版一六〇七）は宗教戦争下のアンリ三世の宮廷を舞台にビュッシイ・ダンボアの愛と死を描く。

ビュッシイことルイ・デュ・クレルモン・ダンボワーズ(2)（一五四九—七九）とは、ヴァロア王朝の末期、アンリ三世（在位一五七四—八九）の宮廷に実在した美貌の剣士で、彼と王弟の狩猟頭《ムシュウ》モンサリー伯爵夫人との密通と謀殺死は、後にアレクサンドル・デュマが歴史ロマン『モンソローの奥方』(3)（作一八四五—四六）の題材に用いたほど、ルネサンスのフランス宮廷の有名なエピソードのひとつであった。劇中一幕二場のアンリ三世の宮廷で「フランス宮廷の流行のファッション」を「猿まね」する英国人の愚かしさが話題になっていることから察せられるように、文化先進国としてのフランス宮廷の事情は当時の英国人の関心事であったから、ビュッシイ暗殺の噂は英国にも届いていたに違いない。チャップマンは英仏に流布した同時代のビュッシイの噂話や、母方の祖母のいとこでフランス史家のエドワード・グリムストンから得た情報などをもとに、『ビュッシイ・ダンボア』を著したらしい。また史実の王弟アランソン公アンジュウはエリザベス女王の婿がねとして一五七九、八一、八二年の三回来英し、彼と女王との縁談に賛否両論が国内で沸騰し結婚に反対の意見を女王に進言したジョン・スタッブスが右腕を切られサー・フィリップ・シドニーが宮廷を追われたことなどを覚えていた観客もいたであろう。一五七二年の聖バルトロメオ大虐殺の大立者ギューズ公やカトリーヌ・ドゥ・メディシスの暗躍ぶりもクリストファー・マーロウの『パリの虐殺』（作一五九二頃）などで周知されていたであろう。その他の時事的事象[4]にも多く言及しているのは観客の関心を呼ぶ際物でヒットを飛ばしたいという劇作家チャップマンの思惑であろう。

しかし、チャップマンのビュッシイは、史上の人物であると同時に、つかの間の歴史的決定の彼方にある普遍的な人間のあり方をも担う形而上学的存在でもある。彼が直接体験するリアルな経験の背後には、つねに宇宙における人間の地位とその運命への問いかけがある。劇全体が歴史と普遍、具象と抽象、リアルと幻想という異なる位相を絶えず行き来する二重構造なのである。同時期のフランス史のひとこまを、時事的一元的に描いたマーロウの『パリの虐殺』と比べると、『ビュッシイ・ダンボア』の複雑で奥行きのある構成がよく分かる。

聖バルトロメオの大虐殺（一五七二）、ビュッシイ・ダンボアの暗殺（一五七九）、王弟の病死（一五八四）、アンリ三世の暗殺（一五八九）。相次ぐ死の気配に満ちた時代の不安と宿命への予感が語られる。

ささやき声しか聞こえない。嵐の前の
静けさのよう。押し黙った空気が
大地に耳をそっとつけて、
なにか脅かすものの近づいてくる足音を聞いている。
我らもやってくる宿命の気配に耳をそばだてる。

（『ビュッシイ・ダンボア』四、一、一〇三―〇七）

ヴァロア王朝末期の爛熟、頽廃、閉塞の宮廷に突然現れた美貌の剣士ビュッシイ、「美徳によって出世したい」という彼の高邁な志を裏切るタミラとの密通、貞潔な月の女神と謳われる清らかな表情にふと蠱惑的な微笑を浮かべるタミラ、ビュッシイへの「外側の愛を内側の憎しみに変えた」王弟の内面に黒々とわだかまる王位簒奪への野心、妻の背信を知って「扉を開けて燃えあがる嫉妬の溶鉱炉」に変貌するモンソロー伯、敬虔な告解僧でありながらいそいそと女衒をつとめる怪僧コモロウ。高貴と卑俗、貞潔と淫蕩、愛顧と憎悪、理性と情動の葛藤に苦悩する人物たちはいずれも

自分の敵を自分の腕の中にひしと抱きしめている　　　　（二、一、二三）

矛盾した存在である。『ビュッシイ・ダンボア』は観客を喜ばせる歴史劇風メロドラマの枠組みの中で、たえざる自己超越によって存在の高みを目指しながら限りなく堕ちてゆく人間存在の自己矛盾という哲学的命題を追求した。怒気と興奮にみちた熱い雰囲気、しびれるような恍惚感に誘う詩的長台詞、主役を張ったネイザン・フィールドの熱演によって、本劇は国王一座の当たり演目となった。ビュッシイの精神的道行は緑陰から地下世界への下降という空間的結構の中で演劇的に視覚化されるのである。

＊

劇の冒頭の場面は、鬱蒼とした樹木の昼なお暗い、涼しく快い木陰である。「職のない兵士」であるビュッシイ・ダンボアがひとり登場し、大木の下にごろりと大地に横たわり世の成り行きに思いを致し独語する。

理性ではなく運がものごとを支配している、
報酬は後ろ向きに、名誉は逆立ちして歩いている。

（一、一、一―二）

これはシェイクスピアが『尺には尺を』（二、一、三八）で「ある者は罪によって出世し、ある者は美徳によって破滅する」と描いたのと同じ逆立ちした世界風景である。ビュッシイは更に思う――「君主の寵愛は顚倒し」、教会に集う者たちは「神への信仰という教義の最終項を逆に信じて、悪事を諫める説教から悪事のやり方を学び」、「貧しさだけがすべての人間に形相と価値を与える」。ならば彼は「逆立ちした」現実世界との接触を断ち、緑陰の清貧と瞑想という浄福に身をひそめるしかない。

プラトンやアリストテレスの学園が樹陰深い神域にあり、ソクラテスやキケロが樹陰の対話を好んだように、緑陰の清浄な静寂は古来哲学的瞑想の場であった。一七世紀詩人マーヴェルは緑陰の純心、安息、静寂の想いを「緑陰緑想」(5)と歌い、同じく一七世紀の宗教詩人ヴォーンは「緑の影濃き棕櫚の都」(6)への回帰を希求し、チャップマンの喜劇『気まぐれな日の愉しき出来事』の清教徒的モラリスト、伯爵夫人フロリラも、早朝人気ない神聖な緑陰でひとりもの思いにふけるのを日課の楽しみとしていた。(7)フィチーノも「神に到達したいと望むものは誰でもできるだけ群集と動きを避けるべきである」(8)と言い、活動と群集を避け、孤独の中で自己自身の中心に引きこもることによって、精神は初めて活気づくとした。

ビュッシイも世の喧騒を離れて、世の人々が「ガラスのようにもろい栄華の大波と、政治の深淵を通りぬけて、あらゆる称号を頭に頂く」さまを遠く眺めている。ちょうどチャップマンの喜劇『ムシュウ・ドリーヴ』の主人公が世の栄枯盛衰を傍観するように。

わたしはひっそりと隠れて
政治の荒海を近く、また遠く乗り越えてゆく人たちの姿を見ていた。

大きなガレアス船がうねる波の上に持ち上げられ、
上《のぼ》ったかと思うと、次の波で真っ逆さまに落下する。
身分の高い人々はある時は象、牡牛、
鼠と姿を変える雲のように、
魔窟に棲む変幻自在の魔物のように、
今日はサテンの美服に身を包み、明日は粗衣に落ちぶれる。
その間わたしはつつましい庵に座して、
稲妻や突然の雷に脅かされずに
貧しい女神《ミューズ》と対話を交わしていた。

（『ムシュウ・ドリーヴ』一、二、八七―九七）

世塵を離れ、薄暗い木陰の大地にまどろみ瞑想するビュッシイの姿は、チャップマンが初期の詩「夜の讃歌」で、「甘美なまどろみの中でかえって盛んに活動する叡智的魂が、暗がりの沈思によって物的重荷から解放され、隠された真理に到達する」(9)と称揚したプラトン的不活動の瞑想的生の姿を象徴している。そうであれば、緑陰の孤独な瞑想に引きこもり、貧困と不遇に自己限定し、プロティノス派の大衆蔑視と世界拒否、キニク派ディオゲネスの無一物、エピクロス派の平静、ストア派の無感動などヘレニズム哲学の否定的、消極的徳性を実践しているビュッシイの姿こそ最高の存在形態であるはずだ。

だが、富貴の象徴である小姓ふたりを伴ってビュッシイの後をつけて緑陰にやってきた王弟は独語する。

ダンボアの後をつけてこの緑の避難所にやってきた。

あいつは怖れを知らぬ剛胆な男だ、
(自分の価値が認められないことが不満で)
光を避けて薄暗い隠れ家を愛している。
(一、一、四五―四八)

彼はビュッシイの心の底のいらだちを見抜いている。ナルシスティックな孤独と嫌光症的暗さに冷たく凍りつき、不機嫌と不満の暗い表情をして怠惰な不活動にさび付いているその姿は、図像学的には憂鬱質《メランコリー》のそれである。ルネサンスに再評価された憂鬱質は、秀でた創造的知力と洞察力に恵まれ、孤独で偏執狂的な瞑想の中で凡俗の及ばぬ真理に到達する潜在力を持つ一方、本来的に権力欲、名誉欲、富への執着、自己能力への過剰な矜持を持ち、体制批判、不平家であるという複合的性向を抱えた矛盾存在である。

　王弟が見るところ、ビュッシイは「若く誇り高く、出世を望んで火がつきやすく、権力志向で、繁栄したがっている」。王弟はビュッシイの後ろ盾となることを約束し、彼に「緑の避難所」の「やせた暗さ」を去り、宮廷で「幸運がそなえた祝宴に光を掲げて座る」ようにと勧める。王弟の下僕マフェから王弟の下賜金千クラウンを全額奪うエピソードが暗示するように、ビュッシイは名誉欲と権力欲のみならず、憂鬱質の「強欲」と「吝嗇」をも兼ね備え、報われぬ地上的欲望に悶える不平家でもある。土星のもとに生まれた憂鬱質の主成分は土である。生気なく地面に伏し、「生きながら大地と化した」ビュッシイの大地的性格は、「王弟が鋤を入れて耕し、金貨の種を蒔くなめらかな土」、「土から生まれた百個の頭を持つ怪物タイフォン」、「腐敗の母親である冷たい大地の湿気で腐るもの」などの台詞で強調される。

　だが、不活動の土であるビュッシイに潜在する恐るべきエネルギーと生命力を、誰よりも正確に見抜いているのも王弟である。

彼の恐るべき精神は決して鎮まらない。それはまるで海のよう、
一部は自身の内部からの熱によって、
一部は星々の日夜の動きと
燃える熱と光によって、そして一部は岸と海底のさまざまな地形によって、
そして何よりも月の影響によって、
大波は逆巻き、決して鎮まらない。
そう、すべての力を集めたその精神が爆発するとき、
穏やかな水泡の王冠を頭上にいただくまでは
波は岸辺に退いて鎮まることは決してないのだ。

（一、二、一五三―六一）

ここには人間という小宇宙の生命が、海潮の満干や月星の運行などの大宇宙のダイナミズムに支配されるという新プラトン主義的な大小宇宙の呼応の思想が力強く表現されている。頻用される“not”，“never”の否定語が、波の動きを抑制することでかえってそのエネルギーを圧縮し内圧を高める。また三回繰り返される“partly”は、寄せては返す海濤の律動を彷彿させる。やがて“but chiefly”で最高に盛り上がった大波が、「逆巻く」“bristled”という歯擦音できしんだ後、一気に「爆発」“burst”し、恐ろしいエネルギーを飛散開放させる。うねる人波はやがて穏やかな水疱へと徐々に鎮まってゆくが、小波のやさしいささやきの底に「王冠を頭上にいただくまでは……鎮まることは決してない」との低音が響き、穏やかな水面からは窺い知れないビュッシイの権力志向が暗示されて不気味である。また、ビュッシイの生命が「なによりも月の影響」に左右されるとの指摘は、万物の崩れやすい恒久性と変化の象徴である「月の女」タミラに支配され、「満ち欠け」させられる後の彼の運命の予告となっている。

月は（神が創造したすべてのものの中で）
万物の満ち欠けを示す最も ふさわしい図像、
あるいは鏡であるばかりでなく、
高さと動きにおいて力強く万物を指揮して
満ち欠けさせる
圧倒的な影響力を持つものです。
そのように、女は（無から作られたすべての中で）
月の最も完全な偶像であります。

（四、一、九―一六）

月が「圧倒的な影響力を持つ」月下世界で、ビュッシイは特に大地と海に親和して生きているが（タミラも「男たちが迷いやすい荒野」、「欲情の測りがたい深海」にたとえられる土と海の女である）、土と水からなる物質的生命は、新プラトン主義的な宇宙のヒエラルキーの中では下層に位する存在である。それは霊の光から遠いために暗く、ものうい不活動の存在であり、「イデア」の働きを受けることによってのみ高貴なものと交わりうるとはいえ、それ自体では能動的でも創造的でもあり得ない物質の根源的状態である。

樹下の大地に重く身を横たえ安らうビュッシイの横臥姿勢は、無為至福の緑陰の瞑想生活の安息と自足を示すと同時に、自由と参加と活動から疎外され、土と緑の牢獄に閉じ込められたエネルギッシュな地上的欲望の耐え難い不満と抵抗をも表している。ビュッシイは瞑想しつつ活動に憧れ、集中と求心を意志しつつ外向と拡大に惹かれ、物欲に悶えながら精神的価値を第一義と考えている。相反価値のどちらも選択できず、どちらにも安住できない自己矛盾的な未決状態なのである。

王弟は無形相で受身の「土」としてのビュッシイに、「立て、人間《マン》！　太陽はお前の頭上で輝いているぞ」と呼びかける。緑陰の影の世界の対極にあるまばゆい宮廷で、第一の権勢を誇る王弟は、「暗闇に蹲る猛虎ビュッシイに光を当てる」「太陽神ハイペリオンまたはタイタン」である。だが王弟がビュッシイの名を言わず、普遍的な「人間」と呼びかけているのには意味がある。

ビュッシイを固有名詞でなく普遍的な「人間」と呼ぶのは、王弟だけではない。タミラもビュッシイに「人間」と呼びかけ、「人間というのは王者にふさわしく名誉あるお名前です」と語る。国王アンリ三世も、廷臣たちにビュッシイを「生まれつきの気高さを高くかかげるまことに善良な人間」と紹介するし、彼を亡き者にしようと企む劇後半の王弟やギューズ公でさえ、ビュッシイを「全き人間」と呼び、死後帰天しようとする彼の魂に向かって修道士コモロウの霊は、「さらば、完全な人間の名残りよ」と呼びかけている。史実のビュッシイに付加されたこの原型的な「人間」、あるいは「全き人間《コンプリートマン》」という性質は、新プラトン主義の中核に組み込まれたヘルメス文書「ポイマンドレース」が描く原人《アントローポス》（地上に生きる現実の人間ではなく、普遍的で理想的な原型としての人間）の性格と一致する。

チャップマンの人間観や宇宙観に深く浸透したルネサンスの新プラトン主義が、プラトンやプロティノスの思想の無条件の継承、追随ではなく、ヘルメス文書を中心としたヘルメス主義の影響を受けて独自の次元に達していたことは、F・イェイツやE・ガレンらの研究[10]によってつとに知られている。ルネサンスにおけるヘルメス文書の大流行の発端となったのは、一四六〇年頃コジモ・デ・メディチの要請によるフィチーノによるヘルメス文書の一部、『コルプス・ヘルメティクム』の代表的冊子「ポイマンドレース」のギリシャ語からのラテン語訳であった[11]。M・ジャコウはチャップマンの長詩「平和の涙」の材源のひとつが「ポイマンドレース」であると指摘している[12]。

「ポイマンドレース」は人間の原型としての原人の誕生を、「さて、万物の父であり、命であり、光なるヌース（叡智）は自分にひとしい原人を生み出し、これを自分だけの子として愛した。というのも彼は父の像を持ち、はなはだ美しかったからである。すなわち父は本当に自分の似姿を愛したので、自分の全被造物をこれに委ねたのである」[13]と記している。『ビュッシイ・ダンボア』の冒頭の緑陰に棲む無垢で始原的な「全き人間」としてのビュッシイはこの原人の一人と考えられる。しかし、原人はビュッシイと同様に一元的に無垢な存在ではない。「ポイマンドレース」は続けて原人が本然的に二重存在であることを告げる。「原人は他の生き物と異なって二重性を持つ。肉体のゆえに死ぬべき者であり、本質的人間のゆえに不死なるものである。不死であり万物の権威を有しながら、運命に服して死ぬべきものを負っている。こうして世界組織の上に立つ身でありながら、その中の奴隷と化している。男女《おめ》なる父から出て男女《おめ》であり、眠ることのない父から出ているゆえに眠りを要らぬ者であるのに、愛欲と眠りに支配されている」[14]と。つまり原人の一人としてビュッシイは純一で本質的な神の似姿であると同時に、物質性と地上的欲望に支配され、世界を支配する自由を持ちながら奴隷状態にあるという二重存在なのである。

だが、「ポイマンドレース」とともによく読まれたヘルメス文書「アスクレピオス」はギリシャ的自然観の根底にある生成概念を強調し、(ギリシャ語の「自然《フェシス》」は「成長」を意味する)、「人間は自らの限界を超えて神的なものに向かって飛躍しうる可能性を持ち」、「すべての形に生まれ変わりうる」と規定した。[15] 造主《デミウルゴス》の似姿である人間《アントローポス》が全被造物を支配する権限を委ねられ、自らを自由に形成してゆくというこのダイナミックな人間観はフィチーノやピーコに継承された。フィチーノは人間のその精神の運動は最高善に向かって合理的に秩序づけられていると述べ[16]、ピーコは、

人間は、あたかも自分自身の専断的な名誉ある造り主であり、形成者であるかのように、自分の選り好んだどんな姿形にでも自分自身を形つくることができる。獣であるところのより下位のものに堕落することもできるであろうし、自らの意向しだいでは神的なものであるところの、より上位のものに再生することもできる。[17]

と言い、自由意志によって自ら選ぶものであり得る自由こそ人間の尊厳であると主張した。宇宙の中程に位置し下位の獣性への転落の危機を常に秘めながら、高次の神性をめざして能動的、積極的に自己形成してゆく人間の自律性と可能性を高らかに強調するこのヘルメス的新プラトン主義は、不動固定のヒエラルキーに受動的な被造物として人間を閉じ込めていた中世のスコラ的世界像を粉砕し、ルネサンスという近代の入り口に立つ人々に人間が自力で開拓すべき無限に豊かな可能性と開かれた世界像を指し示したのである。

チャップマンの『ビュッシイ・ダンボア』も、自ら変化しうるものとしてのルネサンスの新しい人間の条件に目覚めた青年の自己形成の物語と読める。緑陰に横たわるビュッシイは潜在的に大きなエネルギーを秘めているとはいえ、いまだ宇宙の基底にまどろむ混沌とした未定形の物質的生命としてあるが、ようやく重い身を起こして自己超越による上昇を開始する。ただしルネサンスも末期、一六世紀の後半から一七世紀初頭に生きたチャップマンには、およそ百年前にフィチーノやピーコが抱いた人間に対する晴れやかな全幅の信頼は失われている。ビュッシイの動きを見つめる彼のまなざしには不安と懐疑がつきまとい、果たして人間は肉体を克服して神的なものと合一できるのか、自由意志によって自己の姿形を選びとることができるのかと問い続ける。

王弟は横たわるビュッシイを「立たせることでわたしの気前のよさを光らせよう」と目論んでいる。人の直立姿勢は、四つんばいで目を大地に落として生きる生物の中で、唯一理性によって天界を観照し、神の知恵に至るべく与えられた人間の特権である。王弟は緑陰の瞑想生活の非生産性と反社会性を批判し、テミストクレスやエパミノンダスらの公益的活動の価値を鼓吹するが、ビュッシイは古代の偉人よりも同時代の冒険的船乗りたちの世界をめぐる果敢な活躍に胸躍らせる。

偉大な船乗りたちが、富と技を尽くして
大海原の深く見えない道を探り、

丈高く堂々と作られ、黄銅の肋材を付けた船に乗って
世界に帯を巻き、
(仕事を果たして港近くに帰ったとき)、
合図の号砲を打ち鳴らし、故郷の陸影が見えない沖には
出たことがない、貧しく心落ち着いた漁師にたのんで
船を港に入れてもらいたいと思うのだ。

(一、一、二〇—二七)

「世界に帯を巻く」が示唆するドレイクの一五八〇年の世界周航を記念するエンブレムでは、へさきに結んだ帯が世界をめぐり、その一端を神の摂理の手が握っている。プーレの言う「人間が、宇宙という円環の中心点としての点であることに満足ができず、限りなく円形を成して拡大してゆこうとするルネサンスの英雄的征服者の神話」[18]の表象である。「故郷に陸影が見えない沖には一度も出たことのない漁師」のように緑陰にまどろむビュッシイは、「立て」と命ずる王弟に横臥から直立形に鋳造され、意味ある生に導かれようとしている。だがチャップマンの長詩「平和の涙」はカオスに「完全な形《イメージ》を刻印するのは“learning”であり」、「“learning”とは欲望を魂に変える法を学ぶこと」であるという。[19]チャップマンのいう“learning”は、高い倫理性の習得を意味し、世俗的策略“policy”の対概念である。だが、皮肉にも王弟は「徳義の習得が大嫌いな策略家」learning-hating policy(一、一、一二五)であるから、王弟がビュッシイに促す上昇への成形は始めから下降の契機を内包している。プラーツの指摘によれば、マキァヴェッリはpoliticoの語を「悪政の」「失政の」の意であるcorrottoの反意語として肯定的に用いた。つまり“policy”は一五世紀のマキァヴェッリにあって豊かな政治経験に支えられた方策、対策、技術を意味したが、一六世紀末のチャップマンを含めたエリザベス朝劇詩人たちにとってはdeceit, dishonesty, falsehood, fraudなどの同義語

として否定的な意味を持つ[20]（劇中、王弟に関して頻用されるpolicyやpoliticの語は、史実の王弟が主宰した宗教的宥和策を目的とする「ポリティーク党員」Politiqueをも暗示している）。
ビュッシイは王弟が公益的活動の最良の場として示す宮廷という「時めく人々の棲む水源の淵」を覗きこみ、虚栄と虚無を予感して戦慄する。

水源だって？　その魔鏡でどうしようというのか？
そこに見えるのは魔物？
娼婦のように、表情を凍りつかせ
顔を硬く結びながら、
心をしどけなくゆるめる練習？
それとも、なぞなぞ好きの女教師のように
二枚舌を使って言い逃れの練習？
権力者に取り入って、
誰のおかげで出世したかをたえず思い出させること？
あるいは科《しな》をつくって気難しい貴婦人を喜ばせ、
頭痛薬がよく効くようにつまらぬ話をして差し上げるとか、
男の一生をため息や訪問で費やした挙句、
女主人の心のように虚ろな目つきになってしまうこと？

（一、一、八四—九六）

「なぞなぞ好きな女教師のように」の語句は、後に侍女ペロが王弟に持ちかける「貞操」をめぐるbawdyななぞなぞ遊びの場面で視覚化され、「誰のおかげで出世したか……」の台詞は、公爵夫人が新入りの廷臣のビュッシイに「ねえ、あなた、段々に上がっていかなければなりませんわ」と宮廷での出世術を指南する台詞で具体化される。

宮廷の頽廃を予測してためらうビュッシイに、王弟は「盲目の幸運の女神の翼ある強い手」を摑まないと好機は瞬時に飛び去ると囁く。劇の冒頭でビュッシイが「物事を決めるのは理でなく、運なのだ」と独語していたように、この劇を支配するのはフィチーノの言う最高善に向かって合理的に順序だてられた神的秩序ではなく、予測しがたい蓋然性、偶因性、意外性、無秩序の法則としての「運命」である。長くビュッシイを見知っていた国王が彼の存在を無視してきたのは、仕立て屋である「運」が王の認識をビュッシイの身丈に合わせて切り詰めてくれなかったからであり、王弟が彼を抱えようと考えたのは、王冠獲得の「あり得る幸運」に備えて、屈強な若者を身辺に置こうと思いついたからだ。それが熟慮でなく偶然の思いつきに過ぎなかったことは、やがて一夜で突出した「幸運のキノコ」のように権勢をきわめるビュッシイに、王弟の愛顧はたちまち憎悪に反転し、彼が「魔よけの円を書かないでうっかり呼び出してしまった悪魔」であるビュッシイ排撃の急先鋒となることからも察せられる。

F・ギルバートの指摘によれば、一五世紀のアルベルティやマキァヴェッリは運命と互角に闘う人間の能力virtueを認めたが、一六世紀人はもはや歴史の中に真直ぐな方向も合理的な目的も認めることができず、自ら推し測ることのできぬ運命という偶然の無秩序に身を任せたのである[21]。ビュッシイは「運命」がもたらした王弟の申し出を「個人の幸福を刻む時間の深い刻み目の合図」と受容し、マンテーニャ派の寓意画「急がば回れ」の若者のように、慎重な「知恵」が引き止める言葉も聞かず、不安な球体を転がして逃げ去る「好機」を捉えんと焦って緑陰を去る。ただし「わたしは偉くなるというより誠実に生きたい。宮廷で美徳によって出世するという新しい流行を作り上げることができたら」という理想をかかげながら。

だが一幕二場でビュッシイが宮廷に出仕する直前にギューズ公とチェスゲームに興じるアンリ三世は、宮廷は乱雑な市場のような無秩序状態だが、「純正な改革は失政よりもさらにひどい結果となる」と言い、ビュッシイの目指す「新しい流行」を受け容れない宮廷の旧弊な体質を暗示している。実際、宮廷に初登場したビュッシイの在りようは、改革の志などどこへやら、「わたしはまだ廷臣ではないが廷臣になりたいと思う」と宮廷馴化に励んでいる。

見かけと本質の乖離はすべてのチャップマン劇に通底するテーマだが、悲喜劇『未亡人の涙』では太守の親族という身分と高官の推薦状という「他人のラードを身体に塗りつけて太っている」痩せたスパルタ貴族レビュや、粗衣の時と中味は変わらないのに、美服で高く評価されるサルサリオや、低脳なのに「無分別な運に導かれて高位についている」総督などの姿が笑いを誘った。貧しい服装からマフェに「そんなしけた身なりじゃ、まず詩人かな」と値踏みされていた緑陰のビュッシイも宮廷に出仕したとたん「羽毛を厚く入れた服を着ないと認められない宮廷で」「美服のもたらす変貌」によって「王弟が投げ与えた服に感泣して王弟になったつもりの伊達者」ぶりである。王弟は「成熟する前に腐ってしまった廷臣」になったビュッシイを「着て」“wear” 廷臣たちや貴婦人たちの愛顧に「縫いつけよう」“enseam” と四苦八苦する。

『ムシュウ・ドリーヴ』で無為の蟄居からいきなり宮廷の晴れがましい表舞台に引き出されたドリーヴが、公爵と同格になったと錯覚して公爵夫人に無礼を働きひんしゅくを買う場面は、宮廷に出て「王弟になったつもりの」ビュッシイの姿に応用される。ビュッシイは「賭け事師のような」口調で、“enter”, “prick”, ‘leap’ などの bawdy な軽口をたたいてギューズ公爵夫人に言い寄り、廷臣たちの反感を買う。「やあ、ダンボア殿の急な引越しか、債務者牢から公爵夫人の御寝所へ」と皮肉られ、「鞭うち」と「毛布投げ」で罰せられるビュッシイの姿はまさしく宮廷道化のそれである。しかし、緑陰の場で、すでに彼はマフェから「木刀 “wooden dagger”=bauble（道化の錫杖、陽物の象徴）」を下げた「道化《ジェスター》」と呼ばれていた。憂鬱質の下に潜在していた本人も気づかぬ反対物の道化性が意識を裏切って飛び出してきたのである。

ビュッシイの憂鬱質から宮廷道化への変貌は、彼の公益的英雄性への観客の期待を喜劇性の発見へとねじまげるが、使者《ナンティアス》が、武勲詩の壮重体でビュッシイと廷臣たちの決闘の模様を「まことに驚異に満ちた価値ある物語」として語り出すと、観客の気持は今一度英雄的行為への期待に向かう。使者は「アトラスやオリンポスの山が頭を上げるあたり」「風によって発せられる言葉」「高みで仰ぎ見られる姿、聞かれる言葉」など天上的、大気的イメージを頻用し、決闘者をヘクター、パリス、メネラウスなどの英雄にたとえることで彼らの決闘の華々しさと高揚感を強調する。しかし決闘の実体は、祖国の命運をかけたトロイ戦争の英雄たちの戦闘に比して、いかにも卑小な廷臣たちの嫉妬と私怨による「殺人鬼的勇気」の暴発に過ぎない。プラトンは人間の死すべき魂の中でも向こう見ずで宥めがたい怒気と勇敢さを備えた無知な魂を横隔膜と頸の間に住まわせたが、ビュッシイの決闘は彼の魂の本性ではなく、激しやすい勇気的部分が刺激された発作的所為に過ぎない。獅子奮迅《ふんじん》のその勇姿には「公共の森の大かがり火」「火に投じられて火花と火の粉を散らす月桂樹」など土に対して高次の火のイメージが用いられるが、「すぐに燃え尽きるもみがら」「火であると同時に灰である紙」など、もろくも消え去るはかない火のイメージも混入されてアイロニーを響かせている。

三対三の敵味方がくっきりと幾何学模様を描いて戦った後、ビュッシイとバリゾーの一騎打ちの経過は、敷衍《ふえん》すれば「三度ビュッシイは剣を引き抜き、三度突きを入れた。バリゾーから火の如く自由に飛びのいたビュッシイが剣を引き抜くと、バリゾーは突き、信じがたいことだが、ビュッシイは機敏な目、手、体をもって逃れ、ついに恐ろしい剣先を押し出し、いまだひるまない敵を力一杯打ち据えたので、バリゾーは傷を受けてますます猛り狂った。偉大なダンボアはひるみ少し地歩を譲ったが、たちまち盛り返し危険にあって勇気倍増、バリゾーの心臓に怒りの封印をした」となるが、原文の代名詞が表すものを括弧内の語で補うと次のようになる。

Thrice pluck'd he（Bussy）at it（Bussy's sword）, and thrice drew on thrusts,
From him（Barrisor）that of himself（Bussy）was free as fire,

Who (Barrisor) thrust still as he (Bussy) pluck'd, yet (past belief!)
He (Bussy) with his subtle eye, hand, body, scap'd.
At last, the deadly bitten point (of Bussy) tugg'd off;
On fell his (Bussy's) yet undaunted foe so fiercely
That only made more horrid with his (Barrisor's) wound
Great D'Ambois shrunk and gave a little ground;
But soon return'd, redoubled in his (Bussy's) danger,
And at the heart of Barrisor seal'd his (Bussy's) anger.

（二、一、八四―九三）

チャップマンにとって、代名詞は同音異義語とともに存在の定めがたさや多重性を表現するのに常に有効な手段である。"he", "him", "himself", "who", "his" などの代名詞はその都度ビュッシイまたはバリゾーを表すが、逆も可である。自由に交代し流動する二人の立場は旋風のような動きの中で混乱し見極めがつかず、やがて互いの名前も正体も大義も敵味方の区別さえつかない無記名性の中に溶解してしまう。代名詞の多用が彼らの戦いの主体性の無さと無意味さを巧みに映し出している。最後に、「その剛直さゆえに何百万人もの殺人鬼の攻撃にも生き残る」ビュッシイはただ一人、血の海に屹立する。

そしていまや、六人すべての中でただひとりダンボアだけが
無傷のまま、他の人たちの血潮に染まって立ち尽くした。

（二、一、一三一―三二）

たしかに緑陰に寝ていたビュッシイは起き上がり直立した。だが大義なき私闘で到達したその血まみれの直立姿形には高邁な祖国愛や正義が欠落し、「形は立派でも中に瓦礫の詰まった空洞化した巨像」のそれである。彼は五人の廷臣の殺害の罪の罰を「自分が自分の主人公である人間は地上的な法の拘束を受けない」という理由で逃れ、王からは「我が鷲[22]」と呼ばれる宮廷一の寵臣となり、「満腔に風を孕んではためく旗」の勢いで、世の不正に対する弾劾演説を獅子吼する。しかし、「貧しさだけがすべての人間に形相と価値を与える」という彼自身の緑陰の予感通り、ビュッシイの権力と富への上昇は誤謬に満ちた無形相への転落の始まりであった。

人間の最初の上昇は転落の第一歩なのだ。
（一、一、一四一）

起きるのは
転ぶのが目的なのだ。
（三、二、一五三―五四）

『ビュッシイ・ダンボア』のプロットは直線的に発展しない。ビュッシイの起立が示唆する公益的活動への志向は道化性へとねじまがり、道化性は擬似英雄的闘争へと突出する。その稲妻形の動線が、今一度鋭角に逸脱するのはタミラとの「密通《ダークラヴ》」によってである。この恋はいかなる整合的な動機も必然性も伏線もなく、突発事として提示される。宮廷一の「貞潔のシンシア」と謳われ、権力者である王弟の執拗な誘惑を厳しく拒絶したタミラが、突然「女性であること、美徳、そして名声から逃走して狂ったように知らない男に走りよる」。この劇のプロットと性格が連続的発展と統一を欠いている点は、作者の視点の両義性（チャップマンが主人公の擁護者なのか批判者なのか不明）

と芝居全体の意味の曖昧さとともに、劇作品としての致命的な弱点として大方の批判を浴びてきた。しかし、T・S・エリオットは「チャップマンは形式を欠き、劇的必然性に全く無頓着だが、彼の劇は劇的形式に向かう傾向において全く自立した劇なのだ[23]」と伝統的な作劇術と断絶したこの劇の独自性を示唆したが、示唆以上のことは述べていない。

チャップマンと同時代のモンテーニュは人間存在の不合理さについて次のように述べている。

> 人間の本性のうちには暗黒の、表面には現れない状態、時にはその本人にさえも知られない状態があって、これが突然の場合に出現し目覚める。私の知恵がそれを洞察し、予見することができなかった時にも私はそのことに関してわたしの知恵を不満に思うことはない。知恵の役割はその限界の中に留まっており、出来事がわたしを打ち負かしたのである[24]。

『ビュッシイ・ダンボア』では実体がつねに意識を裏切る。「わたしの動きは意志に反逆する」とつぶやくビュッシイは、「宮廷で美徳によって出世するという新しい流行を作り上げる」という高い志を自分でも気づかぬ現実迎合的道化性に破られ、ひたすら宮廷に適応して「成熟する前に腐ってしまった廷臣」に堕し、意識する以前にタミラの恋に囚われて自由を失う。彼と同じく『わたしの意志は生命に反逆する」タミラは、「もっとも憎むものを愛し、自身に死をもたらす者を抱きしめなければ生きられない」。「彼が一歩前に出るたびわたしの胸は高鳴るけれど、番大切に想う人によそよそしく見えない位なら死んだほうがまし」である彼女は、「見知らぬ人」と答える時に最もビュッシイを知っており、「最後の審判の日のように彼を忌避する時に、最も彼に惹かれている」。要するに彼女は最も彼女自身でないときに彼女自身であるのだ。ビュッシイとタミラの恋の仲立ちをする修道士コモロウも「愛は逃げながらやってくる。一番激しい愛は拒まれるときに成就する」「愛するものすべてを得るよりも、女は男の愛をすこしも求めていないと男に思わせる方を選ぶ」と語る。ジョルダーノ・ブルーノは、愛の不条理について、ソネットで「ああ、狂気に強いられてわたしはわたしの悪にしがみつく。愛はわたしにそれが最高善だと思わせるのだから……わたしは帆を広げ、風は私から憎むべき善を奪い、嵐となって甘美な破滅へとわたしを導くのだ[25]」と詠い上げた。

モンテーニュは自分で自分を裏切る人間の自己矛盾について、「われわれはなぜか知らないが、われわれ自身において二重である。そのためにわれわれは自分の信じているものを信じない。われわれは自分が悪いと思っていることから抜け出せない[26]」と述べた。「ポイマンドレース」はすでに人間の霊肉の二重性を指摘していた。しかし、フィチーノやピーコは理性によって二重性を克服統合して神的なものへと自己を高めうる人間の可能性を信じ、自己と万物に働きかける人間の積極性に限りない希望を託した。しかし、チャップマンのビュッシイやタミラはつねに内在的な二重性に引き裂かれ、上昇を望みつつ下降するという逆説的自己矛盾に苦悩する。

堕落した廷臣たちという外敵に対して「直立」して戦ったビュッシイは、いま自己の内に肉的欲情という最大の敵を見出して苦衷に身をねじる。『バイロンの悲劇』の主人公が「なぜ、わたしは魂をこんなに暗い光の中に置かなければいけないのか？　その黒い光はわたしを捉えて、自分自身を見失わせてしまうのに[27]」と自問するように、チャップマンは自己実現を阻む人間の反理性的な暗い情動に強い眼差しを注ぐ。

ビュッシイはさまざまな情動に駆動されて刻々と変幻してやまない自身への不安を訴える。

いつも同じものはない。悲しみと喜びが
交代でわれわれを支配し、
分裂したわれわれの王国を時にまかせて統治する。
（四、一、二六―二八）

タミラは方向性のない時間の中で解体、細片化してゆく自らの生のはかなさを嘆く。

いつも美徳の道を歩くことはできないわ。
どの部分もすべて同じものなどあるかしら？
どの日も他の日と違う。どの時間もどの分も違う。
そう、わたしたちの生の狂った時計では
すべての考えがしばしば円周を逆回りする。
わたしたちはある時はこうで、別の時にはああなの。

（二、一、七二—七七）

タミラの言う「考えがしばしば円周を逆回りする」「生の狂った時計」とは予測しがたい蓋然性、偶因性、無秩序の象徴としての時間の流れである。彼女にとって、個人の一生に生起することをその中で意味づけ、そこに帰納させるべき神の秩序、救済の確証、永世へと向かう時間はすでにない。彼女は単に流れ去り消えゆく非実在的な継起としての時間の中に取り残されている。一三世紀末から多用された機械時計は苛立たしい分刻みの音で生を細分化し、刻一刻を虚無に突き落とす。その中でタミラは持続と成熟の機会を奪われ、いわば突発事から突発事へと飛び移るように細分化された生の瞬間を生き、非恒常性の原理に服して限りなく変貌してゆく。時間の中の「点」であると同時に空間の中でも「点」である自己、一個の原子としての自意識は無意味と孤独とよべるなさの感覚を生む。「世界が元の原子となってふたたび砕け散った」と詠ったダンと同じように、タミラも科学によって中心を失った無限空間をあてどなく浮遊する塵の粒子と化した近代人の混迷と虚無を知っている。

太陽に比して塵に過ぎないわたしたちは、
太陽の秩序だった光線の中をあてどなくさまよっている……。

（三、一、八三―八四）

このような状況にあって、事件や人間が因果律に縛られて持続と完成を目指して一直線に進むアリストテレス的作劇術こそ真実に反した虚構であり、プロットや性格が瞬間ごとに新たな方向に向かって出発する非連続性、飛躍と跳躍のたびに意外な局面を見せる断片性、矛盾と両義性こそが人間の真実に即した新しい作劇術となる。『ビュッシイ・ダンボア』のプロットの不整合と曲折、性格の不統一はチャップマンの劇作家としての稚拙さや未熟さの証ではなく、それこそが彼が描こうとした初期近代の人間のあり方なのだ。同じ題材を描いてもデュマの『モンソローの奥方』は、王弟と愛を争うモンソロー伯がディアーヌ（タミラ）を誘拐、強制結婚した翌日にディアーヌとビュッシイが出会い恋に落ちるという古典的な因果律に忠実な作りである。デュマより二百年も前のチャップマンの方が現代から見て、よほど前衛的な作劇術の実験を行っていることに驚かされる。

　ビュッシイの性格描写は新プラトン主義的公式に縛られてやや生硬であるが、タミラには生身の女の情感と香りが溢れている。アンリ二世の寵姫ディアーヌ・ドゥ・ポワティエに想を得たとも思われるタミラの冷ややかな美のエロスである。王弟の言によれば、タミラは「ご自分で選んで宮廷に住み、娯楽や行事にもよく参加し、若い男たちとのつきあいも欠かさない」。うら若い伯爵夫人として享楽的な宮廷生活を享受しながら、彼女はふと「形式のための結婚をしなければよかった」と癒しがたい精神的飢餓感を漏らす。「香水をつけた麝香猫」のような廷臣たちの群とは異質の、原初の人間《アントローポス》らしい清新な野性味を感じさせるビュッシイの出現に衝撃を受ける彼女。タミラが王弟の献呈を拒み、ビュッシイに捧げるしっとりと輝く大粒の真珠の首飾りは、海、月、そして女性に集約される聖なる胎生の力を象徴すると同時に、“pearl”= variant of purl（knitting or union）（*OED*）の連想から、形式的ではない真実の契り《ユニオン》への彼女の切なる希求を表している。

タミラの情熱が突然理性の制御を突き破って溢れ出る時、まばゆい宮廷の光の中にあった彼女の世界は暗転して夜の闇となる。この劇における複雑な象徴体系では、光も闇もそれぞれが多義的である。冒頭の緑陰の暗がりは、魂の覚醒を促す聖なる闇であったが、タミラの夜は昼の明るい理性が眠り、意識下の欲望が目覚める時である。彼女は夫への背信を隠す夜の暗さと恋の盲目とが相乗して生じる特別に濃密な暗闇の中で、ビュッシイへの愛の加護を「夜を司どる摂政たち」に祈る。

さあ、夜を静かに司る摂政たち、
音も無くすべりおちる流れ星、
萎える風、ひたひたと滴り落ちる噴水のつぶやき、
やるせない心、不安な穏やかさ、
しびれる恍惚、死のような眠り、休息のすべての友、
人の命を蘇らせるお前たちの力を広げて、
この魔法の時間を
宇宙の中心のように不動のものにして、
小止みなく回転する時間と運命の恐ろしい車輪を止めておくれ。そうして、
(創造主の宝である) 大いなる実在を、
近づいてくる恋人とお坊様とわたしだけに見せておくれ。

(二、二、一〇八—一一八)

これは後期エリザベス朝演劇（ジャコビアン悲劇）の中でも希有な、異次元の宇宙的広がりを感じさせる恋愛歌である。「暗い愛」を深々と包み隠す夜。星が音もなくすべり、風が落ち、噴水の滴りだけが低く呟やくしじまの中で、万物は不吉な予感にしびれたように黙し息を殺して宿命の瞬間を待っている。パノフスキーによれば、流星、風、水は新プラトン主義的宇宙観では腐朽するばかりではなく不完全で効力を持たない、無数の欲望に支配された、行動すれば相互に争い合って滅んでしまう不完全な月下界の物質である。[28] だが、移ろいやすい月下の影の世界に住みながら、タミラの愛が白熱高揚する恍惚の一瞬、彼女の魂は無限の高みに舞い上がり、生身に許されぬ「大いなる実在」"great existence"を垣間見る。この魔法の時、一切を食い尽くす強大冷酷な破壊者「時間」も、恣意的な無秩序で人間を翻弄する「運命」も静止して、真の実在としての超絶的イデア、単純で不動、対立的な混合物のない神の精神の内なるものの範例が顕現する。タミラの恋は、結婚蔑視と暗夜の愛の秘儀、死への愛慕、障害が大きければ大きいほど燃え上がる情熱、神的なものとの合一において絶頂に達するエロスにおいて、ルージュモンの言うグノーシス派、マニ教、オルフェウス派、新プラトン主義、カタリ派に受け継がれた反キリスト教的な異教起源の愛の神秘哲学の世俗化された一形式である。[29] 彼女の魂は現世的愛欲の彼方に超出して神的実在を抱擁してその中に融け去ってしまうまでは決して安らぎを得ることができない。ジョルダーノ・ブルーノは『英雄的狂気』で、人間には合一することが許されない神的な美を一瞬垣間見る知性（アクタイオン）を描いたが、タミラの恋も人間的限界にとどまりながら感覚的愛が神的直観へと跳躍する瞬間を美しく描き出している。

タミラは愛欲の不可避性を「わたしではなく、押しつけてくる宿命」のせいであると言う。劇の前半「運命」は無秩序な偶然性の原理であったが、後半になると避けがたい「宿命」や「必然」として人々を支配する。

宿命は武器より強く、反逆罪より狡猾だ、
わたしは宿命に手も足も縛られている。

（五、四、三八―三九）

「ポイマンドレース」は原人《アントローポス》（ロゴス、男性原理）とフェシス（女性原埋、自然、本性、四元素の母胎、可視的自然を生み出す質料）との不可避の愛欲を次のように描き出す。

そして、死ぬべきロゴス無き生き物に対する全権を持つ者（人間《アントローポス》）は、天蓋を突き破り、天界の枠面を通して覗き込み、下降するフェシスに神の美しい姿を見せた。フェシスは支配者たちの全作用力と神の似姿とを内に持つ者の尽きせぬ美しさを見た時、愛をもって微笑んだ。それは水の中に人間の甚だ美しい似姿の映像を見、地上にその影を見たからである。他方彼はフェシスの内に自分に似た姿が水に映っているのを見てこれに愛着してそこに住みたいと思った。すると思いと同時に作用力が働き、彼はロゴス無き姿に住みついてしまったのである。するとフェシスは愛する者を捕らえ、全身で抱きしめ互いに交じわった。彼らは愛欲に陥ったからである。[30]

グノーシス主義特有の暗い美しさを湛えて「ポイマンドレース」中の白眉と讃えられるこの一節は、ビュッシイとタミラの契りの描写に不思議なほどふさわしい。タミラは初めてビュッシイに会ったとき「一見したところ廷臣のような方」と呟くが、これは彼女が史上に名高いビュッシイの美貌に心打たれた瞬間であり、神に似た美しい人間《アントローポス》の姿を見て嫣然と微笑むフェシスの姿を思わせる。そしてビュッシイは水面に浮かぶフェシスの面に己が美の写しを見て、天蓋を突き破って下界に落ちた人間のように、タミラの美に惹かれて禁を破って彼女の私室に侵入する。自己の反映と分身に魅入られ、互いに求めつつ求められるビュッシイとタミラの円環的想像力の中でナルキッソスモチーフは明らかである。

「ポイマンドレース」の原人《アントローポス》とフェシスの結びつきとの関連で見る時、ビュッシイとタミラの愛欲は、フランス宮廷に語り継がれた偶発的なスキャンダルのかけらではなく、人間の不可避な運命の啓示と感じられる。二人の密通《ダークラヴ》は社会的侵犯として悲劇の転回点となり、愛欲は根源的悪として彼らを支配するが、彼らの愛は廷臣たちの「恋愛遊戯《プロアンドコントラ》」"court service"とは異質の本質的絆《ユニオン》である。二人を結びつける女衒役の修道士も卑俗性と聖性との正反同居的存在である。

しかしタミラはつねに疚しさに身をよじり破局の予感に慄いている。彼女は恍惚の最中にあっても「一者」の目に射抜かれて安らぐことがない。

すべての扉を固く閉めても……
目覚めている方が、一人おられる。
その方の目は、扉も暗闇も、わたしたちの思いをも見通す。
（二、二、二一五―一七）

「一人」とはプロティノス的な「大いなる実在」「一者」であり、万物をことごとく知る知者であるが、「一者」の目は劇中卑俗化されて、タミラの私室の壁とアラス織りの壁掛けの穴を通して女主人とビュッシイの逢瀬を窃視する侍女ペロの目となる。だが、タミラを最も脅かすのは他者の視線ではなく、彼女自身の自意識の眼差しである。彼女は夫の後ろ姿に向かってそっと呟やく。

さようなら、わたしの光であり命である方！　――でも、この人にではない、
わたしの暗い愛と光が向かうのは、もうひとり別の人。

ああ、愛の月が欠けてゆく時、
満ちてゆく偽りで補おうとするわたしたち、
偽りの中で若い娘は母になる、
弱い女は多産なの、ひとつの罪が別の罪を生む。

（二、二、九五—一〇〇）

タミラは自らの偽りに満ちた二重性を直視している。彼女は近代人の視覚の中に類型づけられる本質的自我の凝視、「個人の自我が自我との対決の距離感の上に立って魅入られたように自我を凝視する眼差し[31]」の不気味さ、不安と圧迫をすでに知っている。「敬虔な罪」を恥じて初々しく身をよじり、広大な宇宙空間にひとり佇み己が運命を凝視する孤独なタミラ。チャップマンはタミラの中に近代的な自意識と憂愁美を併せ持つ新しいヒロインを創造したのである。

ビュッシイは修道士の手引きで、「地下道あるいは地下の部屋」（vault）を通ってタミラの私室に忍び込む。「迷路」“maze”、「洞窟」“cavern”、「洞穴」“cave”、「深い割れ目」“gulf” などと言い換えられている “vault” は、ビュッシイの恋の通い路であり、修道士の遺体の隠し場所であり、修道士が地下から呼び出す「土の精霊たち」——ベヘモト（ヘブライ語で巨獣レビヤタンの意）、カートファイラックス（文書の守護霊）、アストレト（竜にまたがった醜悪な堕落天使）などの下級の悪霊たちが松明や煙や花火とともに飛び出す深淵であり、偽装のセンソロー伯が届けるタミラの血染めの手紙に応えてビュッシイが暗殺の場に赴く死出の旅路の通い路でもある。

チャップマンは喜劇『メイデイ』の四幕二と四場で梯子を使って日常世界と異次元の愛の世界を立体的に演出したが、『ビュッシイ・ダンボア』でも “vault”（舞台の奈落）を用いて緑陰から地下世界へ、昼から夜へ、現実から幻想への推移を巧みに演出している。タミラの「私室《マイチェンバー》」（宮殿の公的空間から区別される私的領域にある、夫やごく親しい者しか入れない小部屋。彼女の内面世界の暗喩）の秘密の隠し扉（舞台の落とし戸）がそっと開くと、宮廷という明るい祝祭的饗宴世界の垂直下に誰も知らない地下の“vault”の広大な闇世界が広がる。

ほら、ほら、扉が開く。
主人であり夫である人も、そのほかの誰も知らない扉、
愛するあの方を連れてくるお坊様とわたしのほか誰も知らない扉が。

（二、二、一二七―二九）

“vault”は弓なりのアーチ型天井を持つ閉ざされた空間、つまり子宮のシンボルである。緑陰の牢獄から自由を求めてさまよい出たビュッシイは、結局タミラの体内の“gulf”,“cavern”,“cave”（それらの形態からタミラの genital や vagina のシンボルであることは明らかである）に吸い込まれ、彼女の子宮の中に閉じ込められたのである。土と緑の牢獄を出たらそこもまた牢獄で、という悪循環の牢獄めぐりの心理である。暗い情動に埋没することで理性を失ったビュッシイは、「わたしの落ち着いた精神はかつてこんな精霊の教えや励ましを必要としたことは一度もなかったのに」と気弱くつぶやきながら、地下世界の悪霊たちの教唆を求めにゆく。そのとき「暴力的な熱気のこもった」密室では、ビュッシイという小宇宙内の霊肉の和解しがたい分裂という二重性を表して、「空気は密室の天井高くのぼり、おびえた大地は震えてわたしの足もとに震えしりごみしている」。

タミラの私室をめざしてビュッシイがしのびゆく地下の間道は、「彼の心の中の曲がりくねった細い道や洞穴」や「彼の心の奥底に掘られた秘密の坑道」でもある。ビュッシイが心の中に秘密の迷路を隠し持つなら、タミラもまた、内面に荒野の迷路を抱えている。妻の密通という出口なしの荒野に迷い込んだモンソロー伯は嘆く。

女の顔の迷いやすい荒野では
荒野を照らす彗星の明かりが明滅しても
男には出口が見つからない。
蝮が微笑みながら日向にうずくまり
バシリスクが蝮の目から毒を飲むのを知っていても、
男には荒野を這い出て女の心に到達する道筋が分からない。
それでも男はさまよいつづけ、とどまることをしない。

（五、一、八三―八九）

嵐模様の荒野に明滅する彗星（大災厄の兆候）は、ビュッシイとタミラが初めて結ばれたとき、暗い夜空をよぎりた流星であり、修道士が「夜のもっとも深い神秘」から呼び出す魔霊たちの上に降る「星たち」であり、ビュッシイが死ぬとき「音もなく落ち、恒天に爆発する流星」でもある。地を這う蝮とバシリスクは大地の、そして土の女タミラの表象であり、土、蛇、水、月、女、死、は神秘的な連鎖でつながっている。

大航海時代の異国趣味が喚起されると、タミラの肉体は深い濃霧に閉ざされた奇岩や渦潮を秘めた遠い深海の迷宮と化す。

ああ、女の底知れない愛欲の海、
それは一番静かな時が一番危険なのだ。
女の海面には浪ひとつ見えないのに、
心の奥にはスキラやカリブディスなどの危険な渦巻きや暗礁が

暗くじっとうごかぬ霧に隠れている。
そこには陽もささず、草木一本生えはしない。
女の清らかな表情のベールに隠された
迷路の片隅は、地獄の犬ケルベラスさえ覗きこんだことのないが
そこにはどんな農夫も名前を知らない雑草や毒草だけが生えているのだ。

（三、二、二八九―九六）

鏡のような海面下にひそむ渦巻きや暗礁や怪物は冒険航海時代の経験的実感であった。そして「農夫も知らない雑草や毒草」のイメージには一六―七世紀に相次いで出版された動植物誌を通じて飛躍的に増大した動植物、薬草、薬効の知識と、アメリカ、アジア、東インド諸島への旅行者が持ち帰った新奇な動植物へのヨーロッパ人の好奇心が感じられる(32)。

だが、意識下に暗い「心の坑道」や荒野の「迷路」や「底を知れない海」を擁しているのはビュッシイやタミラだけではない。モンソロー伯は、劇の前半、常に「朝」、「光」、「よき日」などの明るいイメージと共に登場する。彼は王弟やギューズ公ほどの野心家ではないが、組織化された宮廷のヒエラルキーに心地よく嵌め込まれた高級官僚として快活に生きてきた。タミラとの結婚は閨閥のための「形式」に過ぎなかったとしても、宮廷一美しく貞淑な妻は「一点の汚点もない完全円の世界」であり彼の誇りであった。しかし、妻の背信が明らかになった瞬間、突然彼の「内部に夜が流れ、混沌がざわめきながら逆流する」。晴れわたっていた伯の空は「見えざる女衒の姿を隠す濃霧」で翳り、清澄な朝の光は、「扉を開けて燃え上がる嫉妬の溶鉱炉」に変貌する。とりわけ敬愛する修道士が女衒であったことを知った伯は、衝撃に打ちのめされる。

とんでもない異変だ！
どんな新しい炎が天から飛び出し
前代未問の説を唱え出したのだ？
地球が動き、天が静止するとは本当か？
その天すらも腐敗を免れない。
世界はあまりにも歪んでしまったので
下半身をせりあげ、口を極めて嘲っていた
こちらの半球に向けて放屁する。

（五、一、一五八―六五）

これは超新星の出現（一五七二年）、地動説――コペルニクス『天体の回転について』（一五四三）――、新大陸の発見による旧世界の没落など一六世紀をゆるがせた大変革の黙示録的ヴィジョンである。「天空も、星々も、宇宙の中心であるこの地球も、序列、階位、地位、規則、進路をきちんと守っている」（『トロイラスとクレシダ』一、三、八五―八六）と詠われた宇宙空間の秩序の崩壊である。修道士女衒という前代未聞の新種は不気味な妖星の出現を思わせる。不動の地球は動き出し、足下をすくわれた伯は転倒する。「天」であるべき妻と修道士の失墜に、転倒した伯の世界でせりあがった下半身の世界（妻の密通）が旧世界（伯の旧来の価値体系）に向けて思いきり"brave"（挑戦、自慢、放屁する）。晴朗な理性を失った伯は、鍵のかかる密室の蠟燭の灯のもとで、タミラの白い肉体を拷問にかけ、痛苦淫楽的、観淫症的嗜虐美を堪能する。

一方王弟は、モンソロー伯とギューズ公以外は誰も入れるなとマフェに厳命し、扉を固く閉ざした私室にふいに闖入してきたビュッシイとやむなく対峙し、互いの胸中を探り合う。愛顧と敬愛の装いの下に憎悪を隠した両名の緊迫した対話が続く。ビュッシイがけたたましい警鐘のように繰り返す「国王殺し以外ならなんでも」の叫びが、ついに「殿下こそ国王殺しを望む唯一の源泉なのだ」という絶叫に極まるとき、王弟の胸中奥深くしまいこまれた王位簒奪の黒い欲望が顕わになる。(33) ビュッシイの「地下道」と悪霊を呼び出す「小部屋」、タミラの「隠し戸のある私室」、モンソロー伯の「拷問部屋」、王弟が王位簒奪への隠された意志をビュッシイにこじあけられる「扉を閉めた部屋」、これらの「禁じられた部屋」は主要四人の人物の内奥の迷宮である。それは他者と外界から遮断され、内壁に凹面境を張り巡らせ、内閉された自我の歪像を無限に増殖させて、狂気と錯乱に導くマニエリスムの原房に他ならない。『ビュッシイ・ダンボア』は戸外の緑陰で始まるが、王弟に誘われたビュッシイは宮殿の入り口でマフェに阻まれ、これを殴り倒して内部に闖入する。王侯貴族、貴婦人が談笑する明るい公的大広間を過ぎて内奥に進めば、王宮の陽のささぬ私的領域にいくつもの小迷宮が隠れている。劇の視点は外から内へ、表から裏、上から下へと内攻し、壮麗な宮殿が、いや劇全体がいくつもの迷宮を要した巨大な迷宮、あるいは人間の謎めいた暗い内面世界の肉体化された秘密文字《ヒエログリフ》となる。

　チャップマンの『ビュッシイ・ダンボア』は、科学的宇宙観や大航海時代の地理上の発見によって世界像が刻々と変化動揺した一六世紀の時代相を背景に、あくことなき自己超越を望む青年のもがきと挫折を描いた。主人公の緑陰から地下世界への道行きは、超俗的な瞑想生活に安住せず、公益的活動をめざして立ち上がった彼が、地下の“vault”が象徴する反理性的な愛欲に飲み込まれて自滅する過程である。劇中、ビュッシイがタミラの私室の秘密の隠し戸を通って登り降りする地下の“vault”または“gulf”は、人間の理想や意図に反逆する暗い情念世界の表象として、舞台空間の「奈落」を利用して演劇的に効果的に表現される。

　劇の終盤、精霊の忠告を無視して刺客が待つタミラの私室に急ぐ「ダンボアが、“gulf”に現れる」というト書きは、盲目的な愛欲に殉ずる男の覚悟を示している。

わたしの太陽は血潮となった。その真っ赤な輝きの中で、
ピンダス、オッサの両嶺（純白の雪に埋もれて
わたしの心と肝の上にそそりたつ）から血潮は流れて、
（岩を食む二本の奔流のように）
すべての人の命の大洋に流れ込み
大海原をわたしの血潮で苦く染めるのだ。

（五、四、一三四―三九）

死を前にしたビュッシイの幻想の中で、彼の太陽というべき理性は沸き立つ欲情の血潮と化し、そのために流されたビュッシイとタミラの鮮血が陽を受けて燦然と輝く二本の激流となり飛沫をあげて岩山を駆け下る。赤々と朱を照り返す純白の雪を戴くピンダス、オッサの両嶺（が座す「肝」"liver"は欲情の生まれる場所）は血しぶきを浴びたタミラの真白い双胸を暗示する。その血潮はすべての人間の命の太洋に流れ込み、理性を狂わせる激情はビュッシイ個人の悲劇に止まらず、人間すべての宿命であることを告げるのである。理想を現実化することも、現実を理想化することもできぬ心理的矛盾の緊張。救われざる者としての人間の本質が悲哀と寂寥感をもって歌われる。

人は風の中に掲げられた松明、ひとすじの夢
ありたけを集めても影に過ぎない。

（一、一、一八―一九）

わたしたちが力をこめた未完の仕事を

必然がはかない蜘蛛の巣のように吹きとばす。

（三、一、六八—六九）

ローソクの灯りは上を仰ぎ見ながら
下に向かって我が身を焼きつくす、われらの愛もまた。

（五、四、二〇八—〇九）

大宇宙をつらぬく天軸の両端が接合することがないように、モンソロー伯と妻タミラの和解は永遠にありえないとの宣言で劇は結ばれる。宇宙空間の中程に位置した人間に、自在に上下する可動性を認めるダイナミックなルネサンスのヘルメス的新プラトン主義を踏まえながら、天の階梯をよじ上る人間の偉大性より、上昇を切望しつつロゴスを失い無形相の情念世界に墜ちる人間の悲劇を描いた『ビュッシイ・ダンボア』は、フィチーノやピーコの楽天的上昇主義と統合主義に対するチャップマンの懐疑を示している。同じルネサンスの精神風土に育まれながら、チャップマンはフィチーノやピーコとは決別し、近代の懐疑主義に一歩踏み込んでいったと言える。

注

（1）『ビュッシイ・ダンボア』には初版（一六〇七）と、加筆された再版（一六三四）の二種があるが、本章で引用したのは後者のひとつ R.J.L ordi ed., *Bussy D'Ambois*, Regents Renaissance Drama, 1964 である。
他の悲劇と喜劇と詩は
T.M. Parrot, ed., *The Tragedies of George Chapman*, 2 vols., Russell and Russell, New York, 1961
T.M. Parrot, ed., *The Comedies of George Chapman*, 2 vols., Russell and Russell, New York, 1961
P.B. Bartlett, ed., *The Poems of George Chapman*, Russell and Russell, New York, 1962 による。

（2）史上のルイ・クレルモン・ダンボアーズ（一五四九—七九年八月一五日）は貧しくも不遇でもなく、アンリ三世と王弟《ムシュウ》に仕えた貴族。美貌、多情、喧嘩早いことで知られ、一時期アンリ四世王妃マルグリット・ド・ヴァロアの恋人。一五七二年聖バルトロメオ大虐殺でいとこのユグノーのアントワーヌ・ド・クレルモンを殺害。一五七五年アンジュー地方行政官。一五七八年フランダースに従軍、フランシス・ウォルシンガムと折衝して王弟とエリザベス女王との結婚交渉を推進。王の狩猟頭モンソロー伯爵夫人フランソワーズ・ド・マリドールとの情事発覚後伯に謀殺される。

（3）アレクサンドル・デュマ著、小川節子訳『モンソローの奥方』日本図書刊行会、二〇〇四

（4）劇中の時事的言及は、ドレイク世界周航（一、一、一二三）、ジェームズ一世即位後の騎士爵位乱造（一、二、一二一）、ジェームズ一世とともに来英帰化した大量のスコットランド人（一、二、一六九）、一五七二年の聖バルテロメオ人虐殺と指導者ギューズ公（一、二、一二五—二六）、ロンドンの債務者牢と貴族階級の困窮（一、二、一六五）、アイルランド紛争の泥沼化（四、一、一五二—五三）、超新星出現、地動説、地理上の発見（五、一、一五八）など。

（5）Andrew Marvell, "The Garden", 6, 1, 48

（6）Henry Vaughan, "The Retreat", 2, 25-26

（7）Chapman, *An Humourous Day's Mirth*, IV, 15-29

（8）フィチーノ著、佐藤三夫訳「人間の尊厳と悲惨についての手紙」『ルネサンスの人間観——原典翻訳集』、有信堂高文社、一九八四、一七五頁

（9）Chapman, "Hymnus in Noctem", 10-12

（10）F. A. Yates, "The Hermetic Tradition in Renaissance Science", C.S. Singleton, ed., *Art, Science, and History in the Renaissance*, Johns Hopkins Press, 1967, p.255

E・ガレン著、清水純一、斉藤泰弘訳『イタリア・ルネサンスにおける市民生活と科学・魔術』岩波書店、一九七五、二五〇—五六頁

（11）F. Yates, *Giordano Bruno and Hermatic Tradition*, Chicago U.P., Chicago, 1964, pp.20-43

（12）J. Jacquot, *George Chapman (1559-1634), sa Vie, sa Poèsie, sa Theatre, sa Pensée*, Annales de l'Université de Lyon, Paris, 1951, pp.7[illegible]-76

（13）Walter Scott ed. and trans., *Hermetica: The Ancient Greek and Latin Writings Which Contain Religious or Philosophic Teachings Ascribed to Hermes Trismegistus*, Shambhala, Boston, 1993, p.121

（14）*Scott*, p.123

（15）*Scott*, pp.295-97

（16）M. Ficino, "Five Questions Concerning the Mind", E. Cassirer, P. O. Kristeller, J.H. Randall eds., *The Renaissance Philosophy of Man*

Chicago U.P., 1948, pp.193-212
(17) G.P.D. Mirandola, "Oration on the Dignity of Man", E. Cassirer, P. O. Kristeller, J.H. Randall eds., *op. cit.,* p.225
(18) G・プーレ著、岡三郎訳『円環の変貌』(上) 国文社、一九七三、五三頁
(19) Chapman, "The Teares of Peace", 376-77; 559
(20) M.Praz, *The Flaming Hearts,* A Doubleday Anchor Original, New York, 1958, pp.91-145
(21) F.Gilbert, *Machiavelli and Guicciardini: Politics and History in the Sixteenth-Century Florence,* Princeton U.P., 1965, pp.269-70
(22) アンリ三世は宿敵である神聖同盟《リーグ》の首領アンリ・ド・ギューズ公の死を祝って蛇に勝つ鷲のエンブレムを採用した。モットーでは悪を征服する勇者の代表として国王が登場する。R・ウィトカウアー著、大野芳材、西野嘉章訳『アレゴリーとシンボル——図像の東西交渉史』平凡社、一九九一、七六頁
(23) T.S. Eliot, *Selected Essays,* Faber and Faber, New York, 1950, p.94
(24) モンテーニュ著、松浪信三郎訳『エセー』下、河出書房新社、一九七六、一八九頁
(25) ジョルダーノ・ブルーノ著、松浪信三郎、加藤守通訳『英雄的狂気』東信堂、二〇〇六、七六―七七頁
(26) モンテーニュ、前掲書、下二〇頁
(27) Chapman, *The Tragedy of Byron*, 5, 4, 68-69
(28) E・パノフスキー著、浅野徹、阿天坊耀、塚田孝雄、永野峻、福部信敏訳『イコノロジー研究』、美術出版社、一九七一、一五頁
(29) ドニ・ド・ルージュモン著、鈴木健郎、川村克己訳『愛について——エロスとアガペー』岩波書店、一九五九、七一―二五〇頁
(30) *Hermetica,* op. cit., pp.121-23
(31) 中井正一著『美学的空間』新泉社、一九七三、九頁
(32) A・G・ディーバス著、伊東俊太郎、村上陽一郎、橋本真理子訳『ルネサンスの自然観——理性主義と神秘主義の相剋』、サイエンス社、一九八六、五九―九一頁
(33) 一五七七年に王弟は国王暗殺計画の嫌疑がかけられ、ビュッシイも訊問を受けたが間もなく両名とも釈放された。

第11章　『白悪魔』における遠近法的技巧《パースペクティヴ・アート》

ジョン・ウェブスターは『白悪魔』の巻頭につけた「読者への手紙」の中で、この劇が「真正の劇詩」ではないと非難されるなら、自分はそのことを「分かっていないわけではなく」、「無知なロバのように理解力のない大衆」の好みを考えて、「荘重スタイルや厳粛な人物」、「朗々たる合唱隊」、「重厚な使者」など「堂々たる悲劇」の条件をことごとく廃棄するという「過ちを故意に犯したのである」と述べている。

これは一六一二年冬のクラーケンウェルの赤牡牛座《レッド・ブル》におけるアン女王一座による『白悪魔』初演の興行的失敗に対する弁解とも、自分の芸術を理解できない無知な観客への怒りとも、フレッチャーやマーストン流の見せ場の多いごった煮的悲喜劇の流行を無視できない自己への自嘲の言葉とも聞こえるが、見方を変えれば、アリストテレス的古典主義悲劇へのウェブスターの訣別の辞、そして伝統的悲劇とは異質の新しい悲劇創造への彼の決意の表明ともとれる。

実際、『白悪魔』の特徴が、秩序の原理で統一され首尾一貫した筋と性格を備えた「真正な」古典主義的悲劇とは対照的な「迂回的でゆるやかで放漫なエピソードの集合体としての筋」(I・スコットキルヴァート)(1)、「喜劇と悲喜劇の言語と形式を持つ悲劇」(J・ピアソン)(2)、「統一された印象のない多面的な人物の性格」(M・C・ブラッドブルック)(3)、「行為の動因の曖昧さ」(W・G・ドリイア)(4)、「非現実的な約束事《コンヴェンション》とリアリズムの混乱」(T・S・エリオット)(5)、

「劇全体の意味の不明」（W・サイファー）[6]であることは諸家の指摘するところである。しかし、これらの特質がウェブスターの作家としての未熟、稚拙の結果ではなく、彼が明確な反古典主義的芸術意志をもって選びとった新様式の特徴であることは先の彼自身の言葉が証明している。そして、その新様式こそ、後世の史家が一七世紀マニエリスムと呼ぶところの特異な芸術様式ではなかったか。

『白悪魔』のフラミネオは、特殊な「遠近法的技巧《パースペクティヴ・アート》」を用いれば、ものは二重に見えるという（perspective の語は透視画法の他、事物の相関関係、配景、展望、ものの見方などの意味を含む）。

台の上の一二ペンス貨一枚が二〇枚に見えるように遠近法的技巧を凝らした眼鏡を見たことがある。

（一・二・一〇〇―一〇二）

そしてこの劇の主要人物で二重に見えない者は一人もいない。主人公のヴィットリアは「暗闇の中で最も明るく輝くダイヤモンド」のように美貌の底に邪悪な意志を秘めた「白悪魔」（偽善者）であり、ブラキアノは純情と残忍さを併せ持つ分裂した人物である。フラミネオは「俺の内部に名づけようのない奇妙なものがある」と言い、イザベラは「それは胸中深くとどめるべし」と呟き、フランチスカは「俺がなにをやろうとしているかお前には分かるまい」とほくそ笑み、各々が表面とは違うものを内部に隠し持つ二重の人物であることを示している。

しかし、人物たちはその複雑な内面を一気に開示しない。ウェブスターは直線的より迂回的に、直接的より間接的に目的に向かうのが好きなのだ。フラミネオは語る。

川が大洋に至ろうとして
立ちはだかる堤の下を曲りくねって流れるように、

山頂を極めるためには
道は折れ曲がり冬眠中の蛇の巧妙なとぐろ同様九十九折だ。
策略とその本質を知る者は
曲がりくねった間接的な方法を見つけなければならない。

（一・二・三四二―四七）

ウェブスターは「内へ、奥へ」と向かう遠近法を「下からの」視角に構え、人物がA・コールタデ言うところの「複数の焦点を形成しながら蛇行する筋[7]」の中で、自ずとその内面の秘密を露呈するに任せる。繰り出される多様の相が相互矛盾するものであってもそれが人物の真実である限りウェブスターは統一しない。『白悪魔』には序劇、劇中劇、黙劇、仮面劇、式典、行列、変装など劇中劇的構成を持つエリザベス朝演劇の約束事が豊かに取り入れられているが、それらは舞台空間に目覚ましい視覚的効果《スペクタクル》を生み出すだけでなくウェブスターの遠近法的妙技の見せ場となるのである。

ウェブスターは劇という虚構空間に、更に象徴的で寓意的な劇中劇の虚構空間を設定して現実と非現実の重層化された遠近法を可能にする上、登場人物と舞台上の観客の間に交差する異種の遠近法を作り出す。

俺たちは見られているぞ。あの二人組がどんな風に悲しんでいるか見ろよ。

（三・三・八〇）

ロドヴィコに呼びかけるこのフラミネオの台詞は「見られる」「見せる」「見る」という関係で結ばれたこの劇の複雑な人間関係の基本図をよく表している。

劇中、一人の人物だけが舞台に上る場面は皆無である。多くの場合三人以上が「見られながら見せる」登場人物（行為者）と「見る」観客（目撃者、立ち会い人、解説者、批判者）の関係で存在する。裁判や式典が衆人環視のもとで行われるのはもちろん、最も内密な経験である筈の恋愛や殺人にまで目撃者が存在する。ブラキアノとヴィットリアが初めて結ばれる場にもフラミネオ、ザンケ、コルネリアが立ち会うし、二人が「二つの旋風」のように罵しり合う痴話喧嘩にもフラミネオが介在するし、ロドヴィコがブラキアノの顎当てに毒を塗る場にもフランチスカが忍びこんで冷笑を浮かべつつ流し目をくれている。

つまりほとんどの場面も構造的に劇中劇的なのである。そしてある場合の登場人物が次に観客になって他の人物を見物する側にまわり、それまで目に入らなかったその人物の精神状態や動機や行為を包み隠さず明らかにするといった演出が頻繁に用いられる。カメラ・アイのように絶えず視点を移動させるウェブスターの複雑な遠近法は、古典主義悲劇の一元的人間像とは全く異質の両義的で多重的な性格群を描き出すのである。

劇は「追放された！」という怒気を含んだ叫び声（〝悪徳の栄える国〟としてのイメージがエリザベス朝イングランドに定着していたイタリア・ローマとパドヴァを舞台に、背徳の血塗られた人間模様が繰り広げられるこの作品の開始の合図にふさわしい）とともに始まる。ローマから追放されたロドヴィコが処罰の不当性を悲憤慷慨する一人芝居を二人の友人が見守る序劇《インダクション》である。友人たちはロドヴィコのこれまでの放蕩ぶりと殺人の前科をあばき、彼の怒りの理不尽さを示すとともに、彼の不幸を笑う市民について語る彼ら自身の「化粧した慰め顔」の下に隠した嘲笑をロドヴィコに見られてしまう。

他人の不幸を笑う彼らの笑いは、夫に裏切られたイザベラの苦しみを笑う世間の「大笑い」、ブラキアノの肖像画にイザベラ殺しの毒をたきしめる医師の「笑い」、フラミネオの運命の凋落を笑うロドヴィコの「笑い」、「俺の悲劇にもふざけた笑いが必要。そうでなければ面白くないからな」と呟き、「くすぐりながら殺し、笑い死にさせる」を旨とするフランチスカが贈る「真実の愛の結び《トルー・ラヴ・ノット》」（絞首による懲罰）、それをブラキアノに届ける刺客たちのふざけた「笑い」などに繰り返され、笑いと残酷が結合したグロテスクな悲喜劇的効果を生み出している。
一幕二場、初めて舞台に出るブラキアノは「全く途方に暮れた」と呟き、分別盛りの中年にありながら、高位、学識、妻子を捨てて人妻の色香に迷った男のよるべなさを漏らす。

有能な手に
自由の王笏を握って生まれ、
自然から恵まれた才能ゆたかに、
高い学問を修めた男盛りに
畏れ多き玉座をなおざりにし、
柔床に飽くなき
色香を求めるとは

（二、一、二七―三三）

と評されるブラキアノは、世俗的な成功の中で「わたしはそんなに幸せか？」と自問する。なぜか心に空虚な欠落感を抱える彼は、倫理的な中心を欠く悲喜劇的要素の多いこの悲劇にふさわしい主人公と言える。
そんな彼を「無分別にも愛欲に溺れて」と揶揄しつつ、「今夜妹の眼差しが殿の行く先々を追ってたのをご覧にならなかった？」と唆《そそのか》すフラミネオの台詞の背後に、つつましく寡黙な態度と裏腹な、ヴィットリアの挑発的な眼差しが透視される。女衒として「稲妻」のように神出鬼没の奉仕に励むフラミネオは演出家の役をつとめ、ブラキアノをその場から退出させ（ブラキアノは隣室で舞台のやりとりに聴き耳を立てる）カミロを舞台の端に追いやり、傍白によってカミロの一見政治家、学者、紳士風の外見の裏面の無能と好色ぶりをあばき立てる。鋭い観察眼という「眼鏡」を通して虚偽をあばく機智縦横の批判家、不平家、諷刺家、そして反面権力者の手先として悪事の片棒を担ぐ悪党というフラミネオの（そして彼の分身としてのロドヴィコにも共通の）Ｅ・ストールの言う「心理的にも倫理的にも一貫性のない二面性」(8)が示されるのである。

中世の民衆劇以来の「聾《つんぼ》桟敷におかれた嫉妬深い夫」の役を振り当てられたカミロが、フラミネオとヴィットリアが言い交わす自分への悪口が聞こえないために、知らぬが仏の上機嫌で「立派な兄貴を持ったものだ」とフラミネオに感謝する様は爆笑を誘う喜劇だが、舞台の一方で、ヴィットリアはカミロを「ここから（"henceforth"はこの部屋からと、この世からの二義）追い払う方法」に秘かに思いを回らせ、早くも悲劇的展開を予感させる。舞台上の人物配置という空間的工夫によって人物間の意識のズレが生み出す悲喜劇的効果を巧みに演出した例である。

ザンケが広げる色柄美しい絨毯は劇中劇の舞台となり、美形のブラキアノとヴィットリアがその上にクッションを並べて座せば、目も醒めるような絵となる。華麗な絨毯は貧しい貴族であるカミロ邸の薄暗い一隅を四角に切り取って、そこだけ官能と快楽の香り溢れる幻想の楽園を現出させる。絨毯とクッション、裁判の場で人々の目をそばだたせるヴィットリアの華麗な薄物の衣装、枢機卿の緋の衣、裁判と式典に居並ぶ各国大使の意匠を凝らした正装、新法王のきらびやかな礼装、ブラキアノの結婚式の行列の豪華な衣装。マニエリスム芸術に固有の虹のように明るいそれらの色彩が「冬の陰鬱な時期の、屋根のない暗い」（ウェブスター「読者への手紙」）公衆劇場赤牡座《レッドブル》の簡素な舞台でどれほど華々しい視覚的効果を生み出したかは想像に難くない。これらの色彩美は単なる視覚効果にとどまらず、人物たちをそれへの欲望に駆り立てて滅ぼす地上的な「栄耀栄華、それは蛍のように遠くでは輝くが、近くでは熱も光もない」光彩の象徴として劇の中心テーマを暗示する重要な役割を担っているのである。

だが敷物を広げるムーア人ザンケの黒い姿は、明るい色彩の氾濫の中で小さな汚点となる。劇中「黒い淫欲」「悪事の黒い連鎖」などが示すように黒は悪や陰謀の象徴である。今、恋人たちの幸福にかすかな不安を与えるザンケの黒点は、やがてブラキアノ、ヴィットリア、フラミネオを滅ぼすムーア人カプチン僧に変装したフランチスカ（ザンケはフランチスカに恋する）の復讐に燃える巨大な黒い姿に結びついてゆく。（正義を旨とする）「白い」フローレンス公爵から、（陰謀を秘めた）「黒い」胸に白い大義を隠す復讐者に転じて劇の後半フラミネオに代わって舞台の狂言廻しを演じるフランチスカは、「あらゆる策謀において包囲された都市のように用心深い」劇中最大の「黒い」策士である。色という視覚的要素に内面的な意味を持たせるのもウェブスターの遠近法的明暗法の一部なのである。

絨毯の上で「こんなにも幸福であっていいのか」、「時を止めることができたら」と感極まってヴィットリアをかき抱くブラキアノを眺めてフラミネオは、自作品の仕上りを喜ぶ作家の満足をもって「限りなく幸福な結びつきだ」と呟く。だが、物陰にひそむコルネリアが発する「我が息子が女衒とは……暴力的な愛欲は後に一物も残さず破壊する」という叫びは、その「幸福な結合」が実は兄が我が身と妹の出世を計って妹の操を主人に売った結果であり、自他を滅ぼす不毛の情事に過ぎないという事実を告げる。かりそめの愛の成就に介入してその結合のはかなさを告げるコルネリアの存在は、生の歓びに酔い痴れる恋人たちの不意を衝く死と運命の死を想え《メメント・モリ》の構図である。また、中央にブラキアノとヴィットリア、左右にフラミネオ、ザンケとコルネリアを配する三角構図は道徳劇によく見られる、人間を中心に善悪両天使、または天上的美徳と地上的快楽を配する寓意図の変種と言えるが、ウェブスターは一つの対象に対立する二つの見方（遠近法）があることを示して、価値の相対性という近代的な見方を提起していいるとも言える。

絨毯の上でヴィットリアが語る「たわいない夢」の話は、鮮明なイメージによって彼女の隠された心象風景をさまざまと写し出す。黒々と枝葉を広げる水松《イチイ》Eu Tree の巨木、水のように冷たい月の光に照らされて籬《マガキ》が黒い格子模様の影を落とす墓石にしなだれるヴィットリア。水松を根こそぎにし、萎れたリンボクを植える作業はS・シューマンの言う「結婚愛の破壊と不倫の寓意」(9)である。

ヴィットリアを生き埋めにしようと鶴嘴と錆びたシャベルをふるうカミロとイザベラ。狂気のようなその身ぶりも非難の叫びも黙劇《ダムショウ》のように無音である。月光に白く散乱する骨片、一陣の強風とともに落下して二人を圧殺する大枝。不思議な美しさと不気味さを湛えたイメージ群である。ヴィットリアの輝しい美貌から窺い知れない意識下の悪意と殺意が二人に蔽いかぶさる水松の黒い葉群のイメージに凝縮し、繰り返されるEuはYouと聞こえてブラキアノにイザベラとカミロを殺害する企みを促す。仄めかされた殺人計画を漏れ聞いて「この死んだような真夜中に、殿よ何をなさいます、花の上に毒黴をしたたらせないで」と叫ぶコルネリアの台詞によって、暗示された悪意と殺意はたちまち花の毒殺という毒々しくも美しい映像に結晶し、この場の恐怖は一層増幅される。ヴィットリアの夢物語は人間の内面、とくに無意識の深層心理に深くさぐりを入れる現代心理学を先取りするかのようなウェブスターの秀抜な内的風景の一例である。

ヴィットリアには愚かしいまでの純情を見せるブラキアノは二幕一場ではイザベラに石のような無感動と冷酷さで離婚宣言する。厳しい家父長制下に生きるイザベラは夫の背信という「さざいな非行」を全面的に許す貞女であることを強制されているが、ブラキアノに嫌悪される薬と砂糖菓子の過食は彼女の心身の抑圧の深さを語っている。彼女は夫と兄フランチスカの離反を防ぐために離婚の責めを我が身に引き受け、「愚かな狂気の嫉妬深い女」を演じる「一幕物を打つ」（二幕一場）。夫と兄を観客にして夫と自分だけが知っている夫の言葉をそのまま返して離婚宣言し、狂乱の女を演じる彼女の迫真の演技には、生身の女の耐えがたい悲しみと怒りがほとばしり出る。意図した偽装にかえって彼女の内面の真実が露われ、彼女は自分自身でないときに最も本音を語るのである。

二幕二場には二つの黙劇がある。イザベラ、カミロの殺害過程を劇化した第一黙劇はヴィットリアの夢に挑発されたブラキアノの思いを具象化したものだが、黙劇を見物しながらブラキアノは「うまく仕上がったな」と自己満足気に呟く。演じられる殺人劇と傍観する彼との空間的距離はその心理的距離に一致し、殺人の真の動因はブラキアノ自身よりも黙劇の背後に姿を隠してブラキアノを突き動かすヴィットリアの無言の存在であることを感じさせる。彼女は全一六場のうち僅か四場にしか姿を現わさないが、その目に見えない影響力はどの場面の背後にも厳然と感得されるのである。

S・シューマンが特筆するように、この第一黙劇はウェブスターの遠近法的妙技の見せ場である[10]。劇場の観客の前の舞台（真夜中のヴィットリア邸の一室）には生身のブラキアノと魔術師が喋り動きまわっており、その奥の内舞台《スタディ》では動きはあっても無音の劇が演じられ、更にその内奥にもう一つの舞台が仮設され、カーテンを引くと動きも言葉もないブラキアノの肖像画が凍りついている。不毛の愛欲に荒廃したブラキアノの現実の顔とそれをじっと見返す彼の理想化された肖像画の顔との対比は滑稽でもあり人間の二面性の寓意像として秀逸である。奥に向かうほど虚構性の高い三重の複式舞台によって美的空間は引き伸ばされ、現実と非現実が同時進行する。人間の内的本質を抽出して象徴性と寓意性を高める黙劇[11]が実際は内舞台で演じられる遠景でありながら生身の人間が動き回る前舞台の現実より心理的によりリアルな前景であると感じさせるマニエリスムの逆遠近法である。

医師が火を消して一旦暗闇になった内舞台にゆらめく灯を従えて白く清らかな夜着のイザベラが出る。物質性を削ぎ落として霊化した彼女は自動人形のようにぎこちなく儀式化した身振りで肖像画に三度跪拝、接吻して倒れる。彼女の苦悶の表情も、毒から子供を遠ざける必死の仕草も、付き人たちが胸を打ち髪をかきむしる悲嘆の動作も遠い夢の中の出来事か幻燈の影絵のような幻想味を帯びる。愛のために死ぬイザベラを憎しみの眼差しで見守るブラキアノ。彼の内面で結晶した計画の劇化は、視覚的言語で心象風景を写したヴィットリアの夢より更に直接的に人間の内奥のとらえ難い幻影を舞台の上に視覚化したのである。

第一黙劇の神秘的で内省的な雰囲気とは対照的に第二黙劇ではふざけた騒宴の棒馬遊びの最中、フラミネオがカミロを謀殺する。馬は好色の寓意であり落馬して首を折る死はカミロにふさわしい。彼はフラミネオの友情めかした裏切りを知ることなく死に、女衒の罪に殺人の罪を重ねたフラミネオは自滅の道を歩み始める。マニエリスム演劇に固有のバーレスクと悲劇の不協和な混合である。

劇の前半の二つの黙劇と呼応する形で劇の終末部の五幕四場に置かれているのがコルネリアの有名なマルセリオ

葬送の場である。フラミネオが「横断幕を引くと」（またしても内舞台での劇中劇的演出である）マルセロの遺体を囲んで女たちが儀式的な配景《パースペクティヴ》で座している。マニエリスム演劇では現実の不動性は否定され、リアリティの位相は容易に移動する。ウェブスターは劇中劇的構造で、現実との境界が曖昧な美的幻想空間を創造する。コルネリアはその境界を通り抜けると、呪いと復讐の言葉をわめき散らしていた彼女の以前の凶暴な姿は失われ、わが子の若い死を悼む純粋な母の魂へ生まれ変わる。彼女は心の乱れを表す儀式的で舞踏的な身ぶりをしながら寓意的な献花を行い、低い声で歌う。

赤胸駒鳥とミソサザイを呼んでおくれ、
日陰の墓の上をたゆたうように飛んで、
埋葬されない友なき亡骸を
葉っぱや花でやさしく覆ってくれるから、
弔いのために
蟻や野ネズミ、モグラも呼んでおくれ、
ちいさな塚を築いてあの子を暖めてくれるから、
そうすれば（他の立派な墓が発かれても）あの子の墓は無事だろう。
でも人の敵である狼は近づけないで、
爪で亡骸を掘り返してしまうから。

（五、四、八九―九八）

亡骸をいたわる小鳥や小動物の優しい仕草と、墓を掘り返す狼の不吉な姿で自然の明暗を暗示するこの挽歌も、劇中劇という非現実の幻想空間でこそ、胸に沁みいる哀切な響きをひびかせるのだ。

そして『白悪魔』のクライマックスである三幕二場のヴィットリアの裁判もまた劇中劇的構成で演じられる。「標的はわたくしね。点つけ役になって玉の当り外れを教えて差し上げましょう」という台詞が示すように、舞台中央に立ち非難の矢を一身に受けながら一歩も退かず、炎のように抗弁するヴィットリア。彼女を囲む原告は教会と国家の権力を代表するモンティセルソとフランチスカと裁判官。彼らを囲んで特等席から見物する観客は、モンティセルソがわざわざ「分別をもって出席を召喚した」六人の各国大使。更にその周りに被告の一部として控えるフラミネオ、マルセロ、ザンケ。幾重にも花びらが重なった大輪の花か花火のようにデザイン化された華麗な配景である。

絨毯の場のしびれるような恋の魔術空間をコルネリアがいきなり侵犯したように、ブラキアノは「招かれざる客」として聖なる裁判の配景に割り込み、見事な長衣を惜し気なく敷いてヴィットリアの傍に座す。しかしヴィットリアが最も彼の援助を必要とする瞬間にふいと退場してしまうブラキアノの不可解な行為は、ロドヴィコのイザベラへの理由なき恋やモンティセルソの中途半端な復讐の放棄、ブラキアノとヴィットリアの結婚後急に彼らにつき従うコルネリアとマルセロの説明し難い翻心、そしてフラミネオの唐突なマルセロ殺しと同様、動因の不明さにおいて心理の因果律の整合性を重視する古典主義悲劇にはあるまじきマニエリスム演劇の偶因性を示している。マニエリスムにおいて、心理は堅固な基盤を持たず、ふいに足元から陥没する。ひとつの心理は更にその底にある別の深層心理に裏切られるかのように、表明された意志とは反対の行為が突出するのである。

ヴィットリアは「わたくしが受ける告訴が聞き慣れぬ言葉で曇らされたくありません」とあくまでも真相の究明を要求する。一方モンティセルソも常に観客を意識して「見せる」マニエリスムの演劇的顕示欲をむき出しにして「カーテンを引いてお前の肖像画を見せてやる」と言い、ヴィットリアの頬を染める人工の化粧より「自然な赤と白で」彼女の真相を描くと意気込む。彼は「食する人を腐らせる砂糖菓子」「凪《なぎ》の難破船」「煤と灰に帰す見事な果物」

などの矛盾語法を駆使して、彼女の美と娼婦性の二律背反を指摘し、彼女のブラキアノとの情事がカミロの変死に無関係ではないことを仄めかす。だが、ヴィットリアはこれらの非難はすべて「こしらえあげた悪の影」に過ぎず、脆い「ガラスの槌《つち》」（男根のイメージ）のように彼女の真実の「ダイヤモンド」（宝石は女性の性的魅力の象徴）に当って砕け散ると勝ち誇る。

ヴィットリアの姦通と彼女の意識の中で遂行された二つの殺人を知っている観客は、彼女の無実の主張の虚偽を知っている。しかし、国家と教会の権威にたじろがぬ彼女の昂然たる態度と白い肢体に生気を漲らせて更生院送りの判決は正義に対する「強姦だ、強姦だ！」と反抗の叫びをあげる彼女の潑溂たる魅力に圧倒されない者はない。古典主義悲劇において明確であった倫理的焦点は撹乱され、この劇ではフラミネオが言うように「欠点を隠す術を持つ女には欠点がない」のである。邪悪な加害者の魅力が善良な被害者を圧倒するとき、正統的な復讐劇の伝統を支えた倫理的な支柱も崩壊し、「悪の美しさ」という新しい主題が生まれる。「闇の中で最も強く輝くダイヤモンド」のように、邪悪なものを秘めているが故になお一層妖しい光芒を放つ「白悪魔」は「白ければ白いほどなお穢い」というマニエリスム演劇固有のアイロニカルな視点を呈示しているのだ。

ヴィットリアの勝利は舞台上の観客の反応の変化の過程に明らかである。

仏大使　あの女はふしだらな生活をしてきたのだ
英大使　そう、だが枢機卿は厳し過ぎる
英大使　あの女は勇気ある精神の持ち主だ

（三・二・一一〇：一一一：一四四）

絨毯の仮設舞台で抱擁する恋人たちに対してウェブスターはフラミネオとコルネリアという正反対の見方（遠近法）を用意したが、裁判の場では劇中劇の観客である大使たちに時間の経過と共に移動するマニエリスムの「回転視点」が応用される。

固定した視点からものごとの大小、順序を計り世界を整合的に秩序つけたルネサンスの一点透視の数学的遠近法は完全に崩壊した。マニエリスムの複式遠近法では眼の数だけ遠近法が存在し、各々の焦点も刻々と変化する。マニエリストにとって「真実らしく見えるもので嘘らしく見えないものはない」（モンテーニュ「レイモン・スボンの弁護」）。彼らにとってものごとの真理を本当に知らしめるものは反対の価値判断が可能な仮象にすぎず、互いに矛盾撞着する不確実な蓋然性としての判断しか下せないのである。

更に大使たちの背後でモンティセルソの判決の結語を聞いていたフラミネオは

モン　そこにいる女衒、
フラ　（傍白）俺のことか？　モン　ムーア女じゃ、
フラ　（傍白）また助かった。

（三・二・二七三―七五）

と呟き、モンティセルソの裁判官としての判断の不確実さを観客に印象づける。ヴィットリアの罪深い相貌を見ていたモンティセルソはうっかり自身の弱さを「見られてしまった」のだ。彼はやがて「黒木《ブラックブック》」（「市周辺の名うての犯罪者名簿」）収集で「大砲より落し穴」を得意とする黒い策謀家の側面を見せるが、更に四幕三場の法王就任式では下舞台で召使たちが法王選にまつわる「賄賂や手紙が入っていないかどうか」料理皿を点検するというバーレスクを演じる直後に、新法王としてきらびやかな威儀を正して上舞台《テラス》に進み出る。上下舞台の巧みな使用による悲喜劇的演出は「不正な手段で出世の階段をよじのぼろうとする罪」はフラミネオ、ヴィットリア一族だけのものではなく、彼らを裁くモンティセルソのものでもあることを無言のうちに物語る。マニエリスム演劇では善悪二種の人間が存在するのではない。フラミネオが「医学にとって貴重な寄生木が建築用の樫の木に生えると傍には必ず毒曼陀羅華が生えている」と述懐するように、一つの存在には善悪明暗が不可分な形で結びついているのだ。

抜群の眼力でカミロやブラキアノの弱点を把握操作し、正気と狂気の使い分けによる保身能力を誇ってきたフラミネオも、カプチン僧に変装したフランチスカの主体を「見分ける」ことができず、たちまち「見られて」計られる立場に転落する。ブラキアノとヴィットリアの結婚で「長い退屈な人生の夜がやっと明けた」と喜んだ瞬間（五幕一場）が皮肉にもフラミネオの破滅の始まりであった。主人と妹との結婚の達成によって無用の長物になったフラミネオは、ブラキアノに疎んじられ「宮廷の約束」の空しさを知る。舞台をゆっくりとよぎってゆく夢幻的なまでに美しい婚礼の行列は主人公三人の欲望の達成と束の間の幸福の象徴であるが、行列を見守る結婚の仕掛人フランチスカの手によって彼らの死もまた達成されようとしているのである。

T・スペンサーは演劇的な技巧の一部としての「死」の最も興味深いあり方は、死を人物の真の性格が開示される瞬間としてとらえることであると述べている。[12]『白悪魔』において主人公たちの死は単に彼らの生に終止符を打つための肉体の死ではない。死こそ彼らの生の意味を容赦なくあばき出し、ごまかしのきかぬ貸借対照表をつきつけ、幾重にも隠されていた最奥の人間性を照射する劇的な瞬間なのだ。

ブラキアノの死もまた五幕三場の劇中劇的構成で演出される。構成主義を愛するマニエリストとしてウェブスターは決定的な劇的瞬間には必ず人物たちを、現実から「救い出して」劇中劇という人工的虚構空間に移し変えずにはいられないのである。悶絶しようとするブラキアノを見守る観客の様々の反応——「お父様」と泣き叫び駆け寄るジョヴァンニ、自分つまりフロレンス公が仕組んだ毒殺に「これはフロレンス公の仕業に違いない」とコメントして鉄面皮な策謀家の面目をみせる変装のフランチスカ、自己愛をむき出しにして「わたしは永遠の破滅」と叫ぶヴィットリア、「死んでゆく君主はなんと淋しいんだろう」と傍観的な瞑想にふけるフラミネオ——も回転視点の例である。瀕死のブラキアノは私室（内舞台）に移され臨終のベッドが劇中劇の舞台になる。

毒によって錯乱したブラキアノは幻想の中でフラミネオの複雑な本性（真珠の瓶をつめた前袋をつけた召使＝女衒。バラの花で割れたひずめを隠す悪魔＝欺瞞。両手に金袋を下げての綱渡り＝忠義、実は拝金）を透視する。フランチスカのにせ恋文に激怒した際も、ブラキアノは不思議な詩的幻視力を発揮して「水晶の中の悪魔」としてのヴィットリアと「異教の犠牲牛のように音楽と花の軛をつけて永遠の破滅へ引かれてゆく」我が身の真の姿をまざまざと見る。狂気や激怒という理性から逸脱した特別の「遠近法」の「眼鏡」を通して見た時、正気のときには見えなかったものの真実が見えるという皮肉である。

カプチン僧に変装した刺客たちは聖なる終油式をパロディ化して執り行い本性を顕してブラキアノに呪いの言葉をあびせかける。かつての加害者は被害者となり、この世の栄華を極めた奢りに生きたブラキアノも貧しく愚鈍なカミロと等しく武具をつけたまま宴の半《なかば》で謀られみじめな死を遂げる。彼の口唇に接吻して毒にふれて死んだ哀れなイザベラの運命も、ブラキアノへの邪淫という毒にふれて謀殺されるヴィットリアの身の上に繰り返される。そしてイザベラとは最も遠い存在になったブラキアノは、子供を必死に毒から守ろうとしたイザベラの身ぶりを今死の苦しみの中で繰り返すことで不意に彼女と再び結びつく。対極にあるものに内的一致を見るマニエリスムの正反合の原理によって、一見無関係なエピソードの集積に見える『白悪魔』の筋が作者の意図によって秘かに統合されていることが明らかになるのである。

スペンサーによれば、刺客たちがブラキアノに叫ぶ「みじめな犬か悪党のように」「密儀の説教も終らぬうちに忘れ去られよう」という予言ほど、エリザベス朝人にとって恐ろしい臨終の呪いはなかったという。地上的な光と逸楽に対するルネサンス人の覚醒と共に、かけがえのないこの世の生活との惜別に加えて彼らの生の痕跡さえも忘却の彼方に抹消されることへの言い知れぬ恐怖がいや増した。(13) とりわけ地上的快楽にのみ生きたブラキアノにとって死という言葉さえ「たとえようもなく恐ろしい」。迫りくる死の恐怖と絶望の中で最後に彼の脳裡に浮かぶのは、あらゆるものを犠牲にして全身全霊を以って愛した女の面影であり、彼女への断とうとして断てぬ想いである。

ヴィットリア、ヴィットリア！

（五、三、一七〇）

突然今際《いまわ》の息の下から絞り出すような恐ろしい絶叫が響きわたる。強欲、虚偽、残忍、非道の限りをつくして生きた男にしてなお心底人を愛し得るという厳粛な事実が正義を標榜しながら死者をいたぶる復讐者たちの悪ふざけと異様な対比を生む。ボゾラは汚辱の底でなお「それでも星は光っている」と独語した。善良な被害者にして高貴な復讐者という伝統的復讐劇の方程式を失効させるウェブスター劇の最も緊張に満ちた瞬間は、悪の底まで堕ちた人間の内部に、思いがけない高貴な精神の光が嵐模様の稲妻のように走る啓示の一瞬なのである。

五幕六場の大団円でロドヴィコは「俺たちは仮面劇《マスク》を演じに来た」と密室に踊り込む。復讐劇の伝統では復讐の大詰めを仮面と剣と華やかな衣裳をつけた復讐者の輪舞《マスク》で飾ることは常道である。ベン・ジョンソンは反仮面劇《アンティ・マスク》を「仮面劇を引き立てるための奇抜なスペクタクル見せ物」（『女王の仮面劇』序文）と定義づけた。ヴィットリアとフラミネオが獣性をむき出しにして互いの生命を狙う凄惨な場は、彼らの壮絶な死という本番の仮面劇を引き立てる反仮面劇と位置づけられよう。

常に「欠点を隠す技」を凝らして生きてきたヴィットリアは死を前にして初めて自己と正面から向きあう。「わたしの最大の罪はわたしの血にあった。今わたしは血でそれを償うのだ」「宮廷を見たことのない人、噂でしか権力者を知らない人は幸福だ」。苦い悔恨と共に来し方を振り返る彼女の言葉に嘘はない。ひたすら「この世の事」に翻弄されて生きた生のむなしさと救いのない死を彼女はまばたきもせずに見つめる。「暗い湖」に向かったブラキアノの魂と同様、彼女の「魂は暗夜の嵐の小船のよう。何処へ流されてゆくか行方も分からない」。フラミネオもまた、死以外に何物も報酬として受け取るもののなかった奉仕と「黒々とした納骨堂のような一生」の責任を誰にも転嫁しない。「自己自身で始まり、終わる」ことを決意した彼は与えられた死を選び直すことによって死を超克し「死ぬことでもはや死なない」と言い切る。彼らの死の証人として召喚された劇場の観客は自己責任において存在のむなしさに耐える二人の雄々しさに激しく巻き込まれ、フラミネオとともに「お前は気高い妹だ。今こそ俺はお前を愛そう」「さらば輝やかしい悪党たち」と唱和せずにいられない。性格の変幻する形の最終のそして最良の相を照射する「死」はウェブスターにとって人物造型上の最も有効な遠近法であったと言えよう。

W・サイファーはマニエリスムの遠近法について「マニエリスムは不均衡と崩れたバランスの多様な技巧の実験であり、ジグザグ、螺旋揺動の実験、渦巻空間や路地空間の実験、遠回しのあるいは流動的な視点と、確定値よりも近似値を出すだけの奇怪な――異常ですらある――遠近法の実験である。マニエリスムはルネサンス芸術が外界に当てがった明晰な数学的遠近法を内面の焦点に屈折させる。マニエリスムはルネサンス壮重スタイルの調和ある閉じた世界を「切り開き」混乱させあるいは崩壊させる(14)」とまとめている。

『白悪魔』において、ウェブスターはすべての人物に対して隠れた内面の角度から遠近法を構える。彼は劇場の観客が直接舞台の登場人物に対峙することを許さない。彼はエリザベス朝演劇の約束事である種々の型の劇中劇を援用して登場人物と観客の間に舞台上の観客を介在させる。そして彼らと登場人物の間にたえず方向が錯綜する複雑な視線を作り出した上で、劇場の観客の見方（遠近法）を舞台上の観客の複数の対立（ジグザグ）、あるいは回転（螺旋、揺動、流動）する視点で撹乱させる。また、彼は様式化された人物配景を好み、黙劇のような奥に向かう路地空間や、絨毯やベッドを仮設舞台に見立てた異次元空間、垂れ幕で簡単に仕切った幻想空間などを作り出し、上下舞台に移動する視角を工夫する。

その結果、焦点は複数化し、中心は失われ、人物たちは明晰な輪郭を失って人間精神の最も下劣な面と高貴な面を、グロテスクな笑いと悲痛な悲劇性を、現実性と幻想性を不協和なままに併せ持つ奇怪な混合物となる。しかし、初演当時不評であった『白悪魔』は、およそ二〇年後の一六三〇年のヘンリエッタ女王一座による不死鳥座における再演は好評で、翌年出版された。価値の多元化というマニエリスムの新しい世界観を表現するために、ウェブスターが舞台空間に試みた遠近法的技巧に、観客の受容能力がようやく追いついたということであろうか。

テキスト

The Complete Works of John Webster 4vols., ed. F.L .Lucas, Chatto and Windus, 1927

注

（1） Ian-Scott-Kilvert, *John Webster*, Longman, 1964, p.18
（2） J. Pearson, *Tragedy and Tragicomedy in the Plays of John Webster*, Manchester U.P., 1980, p.53
（3） N. C. Bradbrook, *Themes and Conventions of Elizabethan Tragedy*, Cambridge U.P., 1953, p.93
（4） W. W. G. Dwyer, *A Study of Webster's Use of Renaissance Natural and Moral Philosophy*, Salzburg U.P., 1973, p.i
（5） T. S. Eliot, Selected Essays, Faber and Faber, 1932, p.116
（6） W・サイファー著『ルネサンス様式の四段階』河村錠一郎訳　河出書房新社　一九七六、一四〇頁
（7） A. Courtade, *The Structure of John Webster's Plays*, Salzburg U.P., 1980, p.16
（8） E. E. Stoll, *John Webster*, Alfred Mudge and Son, 1955, p.124
（9） S. Schuman, *The Theatre of Fine Devices: The Visual Drama of John Webster*, Salzburg U.P., 1932, p.146
（10） *Ibid.*, p.57
（11） D. Mehl, *Elizabethan Dumb Show*, Methuen, 1964, p.154
（12） T. Spencer, *Death and Elizabethan Tragedy*, Pageant Books, 1960, p.201
（13） *Ibid.*, pp.135-6
（14） サイファー、前掲書、一三二―一三三頁

第12章　ビアトリスの城——トマス・ミドルトン『チェンジリング』

お前はわたしにこの城の全貌を見せてくれるのだろうね?

（『チェンジリング』二、二、一五八）

トマス・ミドルトン、ウィリアム・ローリー共作の悲劇『チェンジリング』（一六二二年、ドルアリ通りの不死鳥座初演）の主舞台は、一七世紀初頭のスペイン東海岸の港町アリカントにそそり立つ古城である。城館として また城砦として建てられたこの堅固な城は、海に突き出た岬かゆるやかに極まり、にわかに果てる台地の上にあって、はるか水平線の彼方までまぶしく光る海や港、海辺の街を足元に引き寄せて統合し、城門や葡萄畑、ヒナゲシの咲く平原、そしてスペイン特有のごつごつした赤茶色の岩山の彼方へ延ばし連ねていた。高い視点で山岳や丘陵を遠く見渡し、海浜や入江を他方に置くパノラマ風景は、一六世紀マニエリスム芸術の一ジャンルであった「世界風景」の構図である。[1] それは、自然に対するきわめて敏感な感覚を基礎としながら、目の前の現実の風景を切り取って写生模倣した風景画ではなく、心の中で人工的に合成された幻想の風景である。装飾的風景画の一形態であるヘレニスティック様式やゴシックの幻想的な岩石表現の伝統を引くこの俯瞰構図は、直截な自然観察を最小限にとどめて、人間の棲む世界像としての自然を普遍化した巨視的ヴィジョンである。この理想化された原型的世界像の中心に、『チェンジリング』の城は堂々と峻立しているのだ。古来、塔、ピラミッド、城などおよそ中心部に建てられる聖なる建築物は天と地を結ぶ垂直の世界山、宇宙の中心軸のシンボルである。遠くから一目でそれと分かるこの城の秀麗な姿も、城主ヴァーマデルロのアリカント領主としての盛名と、彼の一人娘ビアトリスの輝かしい美貌の象徴として人々の称讃の的であった。

この城の美しさは遠くまで聞こえています。（三、四、八）

劇中「美」“beauty”は常に「歪形」“deformity”と対比される均斉美である。そして端正な均斉美を誇るこの城の形姿の背景には、神に似た美しい人間の姿を建築に反映させようとする古典古代からルネサンスにかけての人間的空間の思想がある。すなわちウィトルウィウスからアルベルティ、デューラー、レオナルドに至る西欧の建築学の主流的理念において、空間の尺度は常に人間であり、建物は人体になぞらえられ、その構造の根底には人体比例が置かれた。例えば、ウィトルウィウスは、人体の各部を表す肢体《メムブラ》という言葉を建築の各部を意味する語として使い、建築美の根本を個々の肢体の全体に対する調和《シュムメトリア》であると考えた。彼は『建築書』の中で、「調和とは建物の肢体そのものより生じる工合よき一致であり、個々の部分で全体の姿に照応することである。ちょうど人体において、その美しい外貌《エウリュトミア》の質が肱《ひじ》、足、指その他の細かい部分で調和的であるように、建物の造成においてもその通りである」[2]と述べている。そして「頭部顔面は顎《あご》から額の上毛髪の生え際まで一〇分の一、同じく掌も手首から中指の先端まで同量、頭は顎からいちばん上の頂まで八分の一、首の付け根を含む胸のいちばん上から頭髪の生え際まで六分の一……」という風に各肢体の計測比を挙げてこの「割付け」の数値を建築物に応用する必要を説いている。[3]

アルベルティは『建築論』で、建築美の原則は各部分（肢体）の変化と諧調ある比例的平衡にあり[4]、その調和の比率は快い音楽の音律の数々と正確に一致するといい[5]、縦、横、奥行のある人体比例基準寸法図《モデュール》を作製した[6]。

建築物の構造に数学的に計測しうる理想的な人体の全プロポーションを対応させるこの古典的空間概念の根底には、比例理論のピタゴラス＝プラトン的宇宙論的解釈がある。すなわち宇宙の調和的原理が人間の身体の比例の中に実現されていると信じ、人間（ミクロコスモス）がそれ自体巨大な人体である大宇宙（マクロコスモス）と同心円的相似関係にあると考え、更に建築物を人間と宇宙との中間比例項として位置づける人文主義的神人同形同質的《アントロポモル》世界像《フィズム》である[7]。そしてそれはあくまでも宇宙の創造主が人間とその周囲の世界とを調和的に創造したとする調和的世界観に立脚する理念なのである。

したがって『チェンジリング』の城の建築的均斉美は、そこに住む人間の各部分（精神と肉体、理性と感覚、客観と主観）が過不足なく比例調和しており、各個人（ミクロコスモス）と社会（マクロコスモス＝アリカントという町共同体、更にそれを同心円的に包む大宇宙）とが理想的調和関係のうちにゆるぎない秩序と力を構築していることを無言のうちに物語っている。つまり城は人間と社会を貫通して統合する調和と秩序の砦なのである。

　これは、本当に広大で難攻不落の砦ですね。　（三、一、四）

事実、ヴァーマデルロは「我が街の主要な力」である城に君臨し、ヴァレンシア一帯に強権をふるう領主である。天空を切り裂くように垂直に屹立する城の形姿はヴァーマデルロの男性原理の象徴であり、彼は絶大な家父長権をもって一人娘ビアトリスを城に閉じこめ支配し、自己の後継者としてふさわしい名門貴族ピラックォを婿がねと定めた。

ところが城の理性的権威の支配が及ぶ社会の最下層に位置するのが「頭のイカレタ《ブレイン・シック》」「馬鹿《フールス》と気違い《マッドメン》のための病院」あるいは「学校《コレッジ》」である。「馬鹿と気違いたち」を「主力商品《ステープル・コモディティ》」として病院経営している院長アルビウスは手下ロリオとともに領主ヴァーマデルロに従属しつつ患者たちを支配し、理不尽な夫権で妻イザベラを地下室に閉じこめている。そしてその地下室の底、複層的支配抑圧の基底に呻吟する狂人たちは、「巡査が捕まえ、牢番が閉じこめ、小役人が鞭うち、それでも治らなかったら、執行人が縛り首にして治す」ことになっている。モデルになったと言われるジャコビアン・ロンドンに実在したベトレヘム（ベドラム）病院（第二部ロンドン略図参照）が比翼造りであった[8]のに比して、アルビウスの病院では「馬鹿」病棟と「狂人」の領域が立体構造化され、ヴァーマデルロを頂点とし「狂人」を底辺とする知と力の垂直的位階秩序を遺憾なく強調している。

しかし「馬鹿」と「狂人」たちは、そのみじめさによって上にのしかかる城の知と力の光輝をきわだたせるという従属的で添えもの的な役割に甘んじてはいない。彼らの奔放なエネルギーは「鞭」と「少なすぎるパン」と「晒し台」と「首にかける縄」を武器に、「形」にはめこもうとするロリオの懸命の努力を突き破って氾濫し、「形も姿もめちゃめちゃな荒々しい混乱した調子」の歌や踊りで非合理な混沌の威力を見せつけている。狂人の歌舞という奇抜な趣向は、その衝撃的な驚異《メラヴィリア》によって優雅な宮廷マスクやバレーに退屈した宮廷の観客を熱狂させた。

気違い病院の副筋（ローリー担当）は城を舞台とする主筋（ミドルトン担当）に対して一種の幕間劇《インテルメッツォ》、あるいは間奏曲《インタルード》の役割を果たしている。幕間劇とは、厳密にはドラマではなく、ドラマの間に行われるショーであり、スペクタクルであるが、一六世紀には幕間劇の方が主となりドラマが従となることもあった。シェアマンは一六世紀幕間劇こそマニエリスムの最も総合的表現であるという。そしてメディチ家の結婚式などで行われた幕間劇では舞台にオリンポスの山が造られ、神々や怪物、ニンフや妖精が登場し、合唱、マドリガル、ダンス、花火、雷光、虹、本物の水を使った波、様々の香りまで演出されたという。[9]『チェンジリング』の狂人と馬鹿たちの絶叫と踊りもこれらの趣向や仕掛けに負けない嶄新なショーであった。劇中、病院は城と同じく大きく描かれ城と交互に舞台に上る。病院の場面の猥雑なアクションや台詞の残像や残響が次に来る城の悲劇に対する観客の受容感性に影響を与え、その逆の場合もあって、悲喜劇特有の不協和な倍音を響かせる(資質の異なるミドルトンとローリーの共作のダブル・プロットの効果)。主劇の中心になるもの(城)に比して副次的な幕間劇の舞台(気違い病院)を異常に大きく前景に描く一種の主客転倒や異質なものを衝突連結させる不一致の一致は、強い表現力を狙うマニエリスム芸術の特徴である。

しかも一見、相反しながら閉鎖と抑圧の内的類縁関係で結ばれている城と気違い病院に閉じこめられていたエネルギーは、城にアルセメロという他国者が、病院にアントニオとフランシスカスという偽の狂人がともに未知の外界からの訪問者として闖入する事件を契機に突如爆発し、既成の秩序を一気に吹き飛ばしてしまうのだ。

せきとめられた流れは、堤防守がいくら注意深く見張っていても堤防を突き破って溢れ出るもの。
(三、二、二二一―二三)

アルセメロの父ジョンが戦死したジブラルタル海戦と、もしそれがなかったらアルセメロ自身も戦死していただろうと語られる「休戦協定《リーグ》」(一六〇九)は、一七世紀初頭、旧態依然たる社会構造を持つスペインが新興国オランダに敗退し、ヨーロッパの覇権を譲り渡していった趨勢を告げる重要な歴史的事件であった。ヴァーマデルロはジョンとともに祖国のために華々しく戦った過ぎし若き日々をふりかえり、「本当に生き甲斐のある時代でした」と呟やいている。「スペイン黄金の百五十年」を支えた無敵の要塞の一つ、ヴァーマデルロの城の栄光にもようやく落日の翳りが忍び寄ってくる気配である。ミドルトンは、硬直化した封建体制ゆえに近代的勢力に敗退してゆくスペインの危機的時代を背景に、理性と秩序の象徴としての「城」の崩壊の悲劇を描こうとしている。

しかし、劇の冒頭で黒々とした石の城(家父長の庇護と支配の象徴)を背景に進み出るビアトリスはまばゆいばかりの美しきに輝いている。ヴァーマデルロの掌中の珠、従順で貞淑な娘として婚礼を待つばかりの彼女は、しかし、海の彼方から訪れた若き貴族アルセメロと一目で恋におちた。婚約者ピラックォの魅力は急に色褪せ、彼女は生まれて初めて父の権威を激しく憎む。彼女の内面の高揚と不安はその慣慢な美貌に一段と燃えるような光彩を添えてアルセメロを惹きつけるが、彼女が初めてアルセメロにかける言葉は「あなた様は学者ですか?」である。ヴァーマデルロの知的権威のもとで育ったビアトリスにとって価値の最高位は「理知」であり、彼女は感覚の歩哨である「眼」がみたアルセメロの好もしさを「判断」に認可してもらわないと安心できないのだ。

わたしの眼は、判断の歩哨で、
自分たちが見たものにある判断を与えます。
でも眼は時々慌ててありふれたものをまるですばらしいものであるかのように言うことがあります。
そのことを判断が見つけると眼を叱りつけて
あなたは盲目だというのです。

（一、一、七二―七六）

アルセメロも負けずに互いの美を享受する「感覚」の喜びと内面の価値を認知する「判断」の一致を唱和する。

でもわたしの方がもっと上手《うわて》です。
きのうわたしは眼を使い、
そして今日、眼は判断を連れてきました。
両者の意見は一致して上院下院とも衆議一決、

あとは女王様、あなたの御手の確認を待つばかりです。

（一、一、七七—八一）

「眼」と「判断」は『チェンジリング』の鍵語の一つである。ビアトリスとアルセメロの言う「眼と判断の衆議一決」即ち感覚と理性、肉体と精神、主観と客観の調和一致こそ、ヴァーマデルロとビアトリスの城の均斉美が象徴する理想であった。すなわち神の被造物であるビアトリスが被造界を認識する中心としての自己（城）から周囲にそのみずみずしい眼差しを向けて、自然の森羅万象の驚異的な美しさを歓びをもって感受するとき、誤りやすい感覚的視覚的世界に満足することなく、自然の中から合理的に計測しうる調和的均斉の尺度にかなうものを判断（理性）によって選び出し、全体の中で正しい遠近法（比例）のもとに位置づけること。観察のとらえた個々の現象を全体に結びつける精神活動によって明確化し、普遍的絶対価値へと高めること。アルセメロは理性は、上級裁判所（上院）のように超客体的諸法則を感覚（下院）に下達して感覚の経験を規定統合する権威を持つと述べている。そしてアルセメロとビアトリスは完全に調和した選ばれた男女として堕落以前の人類の「祝福された故郷」（楽園《エデン》あるいは二人が最初に出会った教会）へと立ち帰り、ふりそそぐ光の中にうっとりと立ちつくすはずであった。
　しかし、城には、一人「場違いな男」下僕デ・フロレスがいる。彼はビアトリスがそれを見るたびに「いい知れぬ不安をかきたてられる」面貌の「豚のごとき歪形」によって美しい城にふさわしくないばかりでなく、「気違いじみた眩暈」によって城より気違い病院にふさわしい人間である。彼は劇が始まるずっと以前から人知れずビアトリスへの刺すような肉欲に苦しめられて気も狂わんばかりである。

彼女の指が俺に触れる！　彼女は琥珀の香りがする。

（二、二、八二）

あの射るような眼差しが
俺の心をこなごなに打ち砕く。

（三、四、一五二―五三）

女主人ビアトリスの激しい侮蔑と嫌悪を浴びながら、なお彼女の白き肉体への妄執をつのらせて付きまとわずにいられぬデ・フロレスは理性の城に潜在する黒い汚点、非合理で不可解な情動である。そしてビアトリスとアルセメロの美と調和の楽園を脅す邪悪な蛇（ビアトリスは後に彼を「皮を脱ぐ」「蛇」「最初の番《つが》いの相手の毒蛇」と呼ぶ）でもある。

いつ城に忍びこんで居着いたのか誰も知らない醜怪なデ・フロレスは、劇の題名『チェンジリング』が示唆する「取り替え子」（さらった子の代わりに妖精たちが残していった醜い子）なのかも知れない。だが、*OED*の記述によると、有名なR・スコットの『妖術の発見』（一五八四）の一節（七、一五、一二二）に「われわれは妖精、鬼婆、取り替え子、夢魔、ロビン・グッドフェロウ……その他のお化けに脅かされるが、それらはもしかしたらわれわれ自身の影《シャドウ》かもしれないのだ」とある。醜い取り替え子のデ・フロレスはことによると美しいビアトリスやアルセメロの影の部分なのかも知れない。美と理性においてデ・フロレスの対極にあるかに見えるビアトリスとアルセメルも、唐突な恋の狂熱に取り憑かれた点で彼と同類であるからだ。二人の内部でほのめく「わたしの内部にある眩暈《めまい》」と「俺の内部のなにか隠れた病気」はデ・フロレスの「眩暈」と呼応する。彼は副筋の病院に闖入する変装の痴愚者《チェンジリング》アントニオとともに人を「侵犯《トランスグレッション》」に誘う闇の力なのである。

劇の冒頭、港から吹いてくる突風に乗ってきれぎれに聞こえてくるアルセメロとジャスペリノの狂おしい叫び声――「あんたは騙されているのだ。僕の判断では逆風だ」「君は自分がどこにいるのか分かっていない」「わたしはこのことがどうなるのか見当がつかない」――などは、判断の不確実さを暗示して不気味である。「チェンジリング」はまた「たえず変化するもの」や「身代わり」をも意味する。不動、不変のものは何一つない。万物は常に流転変幻の過程にあり、異質なものの取り替え、身代わりはつねに可能であるとのマニエリスティックな認識のもと、変身と身代わりが頻出する本劇の方向が示唆される。こうして理性で一元化された堅固な一枚岩と見えたこの城もビアトリスの「初恋からの逸脱《チェンジ》」を契機に内部から不安に動き出す。

だが城の内部を覗きこもうとする我々の視線をきっぱりと拒んでヴァーマデルロは語る。

我々は、我が街の主要な要塞を
外国人に容易に見せるようなことはいたしません。
この城は、岬の先端にあって、
よそ目には大変目立っておりますが、内部は秘密です。

（一、一、一六三―一六六）

劇中、城の内部まで入りこめるのはヴァーマデルロとその家族（ビアトリス、侍女ディアファンタ、下僕デ・フロレスその他の召使）以外は、ピラックォとその兄トマソ、アルセメロとその友人ジャスペリノの四人のみである。ヴァーマデルロは特別に心を許した少数の者にだけ城の奥（心の内部）に踏みこむ大いなる特権を与えるのである。中でも、ビアトリスはこの城で生まれ育った。彼女は城以外の世界を知らず城は彼女の全世界に等しい。城はビアトリスそのものと言ってよかった。彼女はアルセメロを一目見て心を奪われたとき、父に『城を見せてあげるのにふさわしいお方』と彼を紹介し「城を自由にする権利」を父から得て彼に与える。彼女の感覚では城を自由にすることは、彼女自身を自由にすることと、ほとんど同じ意味なのである。終幕でデ・フロレスがディアファンタの部屋に火を放つと提案した時ビアトリスは思わず「そんなことをしたら館全体が危ない」と叫び、ピラックォの亡霊が露台をよぎれば「この館にはなにか不吉なものが取り憑いている」と身を震わす。城に加えられる危害は即彼女自身の致命傷であり、彼女は全存在をかけて、城と運命をともにするのである。
だが、いよいよピラックォとの婚礼が迫り、追い詰められたビアトリスは城の私室にアルセメロを呼び寄せ愛を告白する。父の絶対命令に対する命がけの反抗である。しかし、いざ城の内部に闖入しようとして、アルセメロは城の入口で逡巡してしまう。不吉な予感が彼をひきとめるのだ。

俺は城の中に踏みこめるだろうか？
門のところで殺人者（大砲）が放たれているのに。

（一、一、二二一—二二三）

彼は謎めいた古城の恐ろしい内部——かつて夢見た神的調和にみちた愛の楽園とは似ても似つかぬ情念の底なしの渦に踏みこむ予感が彼を戦慄させる。しかし、アリアドネの糸にたぐられるテセウスのように、アルセメロはついにディアファンタに導かれるまま、ビアトリスの私室に通ずる細い「秘密の通路《プライベート・ウェイ》」へと吸い込まれてゆく。ビアトリスは父への恭順と裏腹な欲望に苦悩する自己を「わたしは夜を抱いています」と表現している。城の内部は彼女の夜の情念の解放区であり、堅固な均斉美を誇る外貌とは似ても似つかぬ薄暗い軟構造である。錯覚的遠近法を用いてトンネルのように奥深く見せた長い廊下が絡みつく大小の不定型の部屋の奥にあるビアトリスの私室。侍女ディアファンタが曖昧な微笑を見せながら「ここらは私の領域です」と示すその空間は、女の匂いが濃密に立ちこめる秘密の聖域である。
『チェンジリング』の主なアクションはすべて城内で行われる。アルセメロと、秘かに逢った私室でビアトリスはアルセメロへの愛を確認し「眩暈」とともにピラックォ殺害を決意する。醜いデ・フロレスに憎いピラックォを暗殺させて二人ともども葬り去るという思いつきを「賢い」計画と自讃するビアトリスの姿は、気違い病院でイザベラとロリオがクスクス笑いで語る「月にふれて狂った恋人」の話の「愛は同時に馬鹿にも気違いにもなるのかしら」という台詞によって、もっとも賢いと自認する時、人は最も痴愚と狂気の近くにいるというパラドックスの表象となる。

ビアトリスとアルセメロの密会を物陰からじっと窺うデ・フロレス。彼はビアトリスの内奥の秘密を聞き出すことで城（ビアトリス）の最奥に入る「裏門の鍵」を手に入れた。

そうです。ここに鍵が全部あります。
裏門の鍵がないかと心配しましたが、これです。
全部持っています。全部。これが側塔の鍵です。

（三、一、一一三）

「鍵」も『チェンジリング』の鍵語の一つである。鍵は外と内、表面と深奥に二重化された存在を打ち壊し中味をあばく契機であり、ビアトリスは堅く閉ざした城（自我）の「裏門の鍵」をデ・フロレスに不意をつかれてこじあけられてしまったのだ。端麗な外貌から決して窺い知れぬビアトリスの肉体の想い。自らの肉欲のために他を犠牲にしてはばからぬ破壊的な情念の渦巻。その暗黒の淵において彼女と「死と恥辱の道連れ」となったデ・フロレスはビアトリスの表層である理性しか見ぬアルセメロの身代わりとして彼女の真の花婿となる資格を得たのだ。

『チェンジリング』において、マニエリスム的空間構成の面白さが最もよく発揮されているのは、ピラックォ殺害をビアトリスから請け負ったデ・フロレスがピラックォを連れて城内の「通路《パッセジェズ》」を経巡る三幕一場と二場である。城の外貌がルネサンスの古典様式で描かれているなら、城の内部はまさにマニエリスム的空間である。マニエリスム建築の本質は、古代からルネサンスにかけての人間的空間《アントロポモルフィク》の理念を究極までおし進めて建物全体に人間の生命的運動と、機能と呼吸を読みとる点にある。(10) 先に挙げたウィトルウィウスやアルベルティが、建築物を人体になぞらえた時、彼らは生きている有機体としての身体を考えたわけではなく、宇宙の縮図としての人間、神の形に似せて創られた天体の、または音楽の協和音の運動を決定する、同じく完璧な調和によって創られた抽象的形を理想化された人体比例図に表したのであった。(11) しかしマニエリスム建築の起点となったミケランジエロが「建築の部分はたしかに人体各部に由来している」(12) と語る時、その人体の手、鼻、手は生き生きと脈打ち、動き、息づいているのだ。全宇宙を充たす神人同型性的《アントロポモルフィク》なエネルギーをかつてないほど敏感に感じとったルネサンス末期の芸術家の特異な感性は建物を生体化し、建物にグロテスクな人体や生物体の形を適用させた。マニエリスム建築は生体と同じく脳細胞、神系系統、筋肉組織の機能を持ち、緊張《テンション》、圧縮《コンプレクション》、応力《ストレス》などの機能を持つ。(13)『チェンジリング』の城内も無機質の構造体であるのに動物的な生気が張り、生きもののように語り、叫び、身をよじって感情を表現する。

この場所は二度とあなたに会わないつもりです。

（四、二、三五）

おお、この場所は
それ以来復讐を求めて泣き叫んでいたのだ。

（五、三、七二―七三）

構造の中に非合理な情動に満ちた生命体を見るマニエリスム建築様式こそビアトリスの城にふさわしい。理性を表す城の外貌は宇宙の中心軸に正しく一致する心柱に対して各部分が左右対称、整然たる比例関係に配置されていたが、情動表現としての域内には中心はどこにもない。中心的なものより、周縁的なものが強調され、実用性より装飾性が、機能性より遊戯性が、単純さより奇想が好まれ、すべては比例を無視した無秩序の中につめこまれるのだ。

デ・フロレスは、ピラックォ暗殺の場所と密かに決めてある地下室に直降しない。「丸天井のある地下室」"vault"はその形状から子宮の代喩であることは第10章の『ビュッシイ・ダンボア』で既述した。デ・フロレスの目的地は、そのためにピラックォが犠牲になるビアトリスの情念の極まるところ、彼女の子宮であることは間違いない。"vault"は地下の納骨場をも意味するから、ピラックォ殺害に「丸天井の小部屋はなかなか役に立つ」のである。だが、デ・フロレスは目的地に着く前に、目標の周りをぐるぐる回りながら途中の過程にたっぷり時間をかけて楽しもうとする。「過程」という幕間劇を好んだマニエリスムの精神である。

通路のあるものは小道になったり、狭くなったりしておりますが、
それにうんざりなさいませんでしたら、
それだけの時間を割いてもご覧になる価値は十分にあると存じます。
(三、二、一五九—六一)

こんなものは皆大したものじゃありません。
間もなくあなたが夢にも見たことのない場所をご覧に入れます。
(三、二、一—二)

たしかに城内には不思議な美しさが溢れていてピラックォを眩惑する。日常世界からの飛翔を特徴とするマニエリ

スム建築では、古典的な水平線、垂直線、方形の代わりに女体を思わせる曲線、螺旋《らせん》、卵形の輪郭線が好まれる。壁面や柱は身をくねらせる人体が植物や動物と合体するグロテスク模様と化し、蛇のようにうねる階段は滝のごとく流れ落ちる。外壁を飾るべき円柱が内壁に不等間隔に埋めこまれ、だまし絵《トロンプルイユ》の窓や扉が目をあざむき、浅すぎて何も置けないニッチが遊戯的に作られる。空所恐怖症さながら天井のフレスコ画を埋め尽くす形象には複雑で謎めいたアレゴリーやエンブレムがみちみちている。(14)

ピラックォの眼はデ・フロレスが指し示す色も形も常ならぬ意匠のここかしこにさまよう。「まるでゴンドラに乗っているみたいだ」と夢うつつに叫ぶ彼は、船酔いにも似た酩酊と眩暈に茫然となるばかりだ。

　　やあ、ずい分多種多様の意匠があるのですね、デ・フロレス！

（三、二、九）

デ・フロレスはついに地下へ降りる細い階段の入口に来て立ち止まる。

　　あなたにはもっとよいものをお見せします。
　　この下り階段はいくらか狭くて
　　武器をはずさなければ通れません。そんなものは邪魔になるだけです。

（三、一、五—七）

「武器をはずさなければ通れない」狭い階段は、人間の理性下に広がる暗黒の深淵、プーレの言う「悪魔どもがわれわれを引きまわす不安な暗い園、魂の始源的祖国、われわれの下層に存在し、われわれに対するその働きかけを決してやめることのない人間存在の原初の領域[15]」への下降を意味する。
マニエリスム建築では特に階段が好まれた。階段は異次元世界を立体的に結びつける「間《ま》」「過程」ひとつの「幕間劇」なのである。初期や盛期ルネサンスでは階段の建築デザイン的意味は少なく、必要最底限の機能性と空間しか与えられなかったが、マニエリスム空間においては階段は前面に誇示され、複雑なデザインが凝らされた。違う水準の床のどちらでもあり、どちらでもないという両義性が不安と緊張を生み、宙吊りにされた心理が階段を劇的な場所とする。[16]デ・フロレスが、ピラックォを連れて降りる階段も、理性的世界から意識下の情念のアナーキーへと下降する通過儀礼の場であり、ここでは武具（理性）をはずさなければ夜の底へと降りてゆくことができないのだ。前後して一段一段降りるデ・フロレスとピラックォの背後に病院で「馬鹿」のフランシスカスが歌う陽気なざれ歌が浴びせかけられる。

下へ、下へ、下へ、下へ
それから、ひとっ跳びお月さんの額を蹴っとばし、彼女の弓づるを切ってやれ。

（四、三、一六三―六四）

武器（理性）を捨てたデ・フロレスとピラックォは、不安で変わりやすい月（ビアトリス）の弓づるを切ろうと逸気《はやり》つつ、あやめもわかぬ闇の底へ沈んでゆく。プラトンの魂の三分説でも横隔膜以下の内臓的領域は欲情の棲みかであったが、ピラックォはデ・フロレスに案内されてビアトリスの内臓世界の最下層の子宮である円天井の地下室にたどりつきそこで息たえるのである。彼の死を傷むかのように彼のかたわらには「貴人の葬式に鳴り響く葬いの鐘のように轟く大砲」が鈍い光を放ってうずくまっているのだ。
気違い病院でも狂女に扮したイザベラが「さあ、迷宮の下の方の道にゆきましょう」とアントニオを誘い、イカルスの転落を暗示する恐ろしい叫びをあげる。

落ちる、落ちる、なんという恐ろしい速さであの人は落ちるのだろう！

（四、三、一〇九）

「落ちる」"fall"は物理的に下降するばかりでなく、女が貞操を失う、アダムとエバが楽園から堕ちるなどの含意がある。落ちたのはデ・フロレスとピラックォだけではない。ビアトリスも愛欲のために婚約者を殺した罪によって、劇の冒頭でアルセメロと夢見た堕落以前の楽園から失墜し、「失楽」の原女性エバの象徴となるのである。

デ・フロレスはピラックォの死体から切り取った指輪をはめたままの指を証に、殺人の報酬としてビアトリスと肉欲の「饗宴につく」ことを要求する。「われら二人、同じ罪に同じ深さで嵌りこんだのだから、二人はくっついていなくてはならない」。思いもよらぬ要求に、ビアトリスは「私はお前の言うことが理解できない」と呟やき「私は迷路に踏み迷ってしまった」と自失する（病院でもイザベラが「下の方の迷路を歩きましょう」とアントニオを誘っている）。ピラックォとデ・フロレス両者を亡き者にしてアルセメロと結ばれる「自由を作り出す」というビアトリスの「賢い」計画は粉砕され、彼女はデ・フロレスに屈従の身となる。

「その邪悪な心にもかかわらず、俺はこの女を愛した」と言い切るデ・フロレスは、霊肉の乖離を示す典型的なマニエリストである。根源的な肉の威力としての彼は、長い間自分を卑しいもの、低次のもの、汚いものと貶めてきた「精神」と「理性」に復讐し、「肉」こそ人間を生命を源において支配しつづけてきた宿命の力であることを厳粛に宣言するのだ。

あなたは宿命をその定められた目的から泣き落とそうというのか？

問もなくあなたはわたしを泣かせようものを。

（三、四、一六二一—六二）

ビアトリスの存在の根をつかんで彼女と合体したデ・フロレスは以後主従逆転して、彼女を意のままに支配するが、ビアトリスの真の姿をついに知り得ないアルセメロは忽ち影の如く退行し、偽花婿という屈辱的な座に転落する。ピラックォ殺害を契機にひしと抱き合うビアトリスとデ・フロレスの姿は、気違い病院でイザベラとロリオが「私の体を楽しむつもりなら、お前の喉をあいつにかき切るように命令してやるから」「あんたの中には男を喜ばす何かがある。そこに手を置かせて下さい」と戯れ合う場面の追認であり、城と気違い病院の内的同一化という主題がはっきり示されている。

そして本然的な肉欲の祝祭たる婚礼をグロテスクにパロディ化するビアトリスとアルセメロの偽の婚儀が城の大広間で盛大に執り行われる。デ・フロレスとの真正な結婚で処女を失った偽の花嫁のビアトリスと、当日の朝ピラックォの失綜により慌てて首だけすげかえられた偽の花婿のアルセメロとの結婚。二人の前に乱舞絶叫する狂人たち。「裏切られた花嫁」という悲劇的な主題が、偽の花嫁と合成された花婿、それに踊り狂う狂人という奇抜な組合わせで猥雑なグロテスクと化し、観客の同情を突き放す。感情移入をはばむ悲喜劇の異化効果を見事に示すミドルトン・ローリーの優れた共作場面である。美しい花嫁とその内面のみじめさの差異は、気違い病院で囁かれる「奴の内側と外側を比べてごらん」「内側に注意」などの台詞であてこすられ、外観と真実のパラドックスという劇のもうひとつの主題を提示する。

続くビアトリスの「懐妊及び処女鑑定テスト」——悪名高いエセックス伯夫人フランセス・ハワードの裁判（一六一三）で行われた伯との結婚の無効性を証明するための処女テストの諷刺とされる——と「身代わり花嫁」のプロットも、悲劇と滑稽と猥雑がごたまぜになったグロテスク効果をあげている。劇の冒頭で名誉と美の絶頂にあったビアトリスが卑猥《ひわい》なトリックによって夫の眼を欺く女賭博師へ変容する恐ろしい速度は「女は夫という一点から離れると、算術のように一、十、百、千、一万と横にも縦にも伸びてゆく」というデ・フロレスの「女の堕落に関する公理」や、アントニオの「百たす七は、七百たす一」という「気違いの算術」の正しさを証明している。気違い病院ではイザベラがしきりに「形と変容、破壊と再生」と呟きながら絶対的な不動の秩序の非在と絶えず変化してゆくものとしての人間の本質を示唆している。劇の冒頭でビアトリスを魅了したアルセメロの知性が彼女を脅かす「大きな災難」に変わり、あれほど彼女が嫌悪したデ・フロレスの醜怪な面貌が今や「東の空よりも美しく」、おぞましかった彼の存在そのものが「なくてはならない男」に変容するのだ。

ビアトリスはアルセメロの小部屋の戸棚に差し込まれたままになっていた鍵で「処女鑑定秘薬」を取り出す。そしてアルセメロがジャスペリノに「その鍵はお前をちょっとした秘密に導くぞ」と言えば、気違い病院でもイザベラがロリオに「戸棚の鍵に注意」と囁いている。ビアトリスの身代わり花嫁となる侍女ディアファンタは「貴婦人たちが一番大切なものをしまって鍵をかけておく小引き出し」と呼ばれている。ここでも鍵や鍵のかかる戸棚や机の小引き出しが人々の内面の秘密の暗喩《メタファ》として巧みに用いられている。アルセメロの小部屋も彼の内面の小宇宙の象徴となり、皮肉にもビアトリスは最後にここでデ・フロレスに刺殺される。

ビアトリスは「名誉」に縛りつけられて、夫を欺き続け自己偽瞞を重ねるが、病院の狂人たちは本能の赴くまま鳥にも獣にもなって自由奔放に生きている。支配と抑圧の垂直構図は逆転、今こそビアトリスは狂人より更に下層の束縛のもとにある。

デ・フロレスがピラックォ殺しの代償としてビアトリスの肉体を要求した運命的密会は「館の裏のある場所」からディアファンタとジャスペリノに立ち聞きされ、アルセメロに密告される。ビアトリスとアルセメロはそれぞれが「我が胸」と呼ぶ最も信頼する侍女と親友に裏切られ滅びてゆく――「人は大地に立っていられないのだ」。身代わり花嫁のディアファンタの部屋とアルセメロの寝室を結ぶ「人目につかぬ廊下」。アルセメロの小部屋の近くには城の庭に出る小扉があり、その「庭に通じる裏戸」を利用してビアトリスはデ・フロレスのもとに通う。それを「庭からの眺め」によって凝視するアルセメロとジャスペリノ。ビアトリスとデ・フロレスの密通の証言者ディアファンタを焼殺するために火が放たれる彼女の部屋。ピラックォの亡霊が「星の光をさえぎって」デ・フロレスの前に立つ露台。弟の血の復讐を求めてトマソが執念深く覗きこむ城内の暗い隅々。分厚い壁の裏には必ずヤモリのように張りついて聞き耳を立てる黒い人影があり、姿はなくとも思いがけない方向からこちらを窺っている鋭い視線がある。人々は不信と不安におののき孤独な心を抱いて巨大な蟻塚のように穿たれた城の無数の穴から出たり入ったりして決して出会うことがない。

自己愛に盲目になった人物たちは相互コミュニケーションが不能である。アルセメロはビアトリスに「お嬢様、あなたはわたしの話を聞いていない」と叫び、互いに「この人こそわたしのために定められた人」と思い定めた二人は皮肉にも最後まで「他人」のままであり、ビアトリスは「人間の中で憎い唯一人の男」と嫌悪したデ・フロレスと固く結ばれる。ピラックォは兄の忠告を無視してビアトリスに自己の理想像を押しつけて破滅する。トマソは弟の暗殺者デ・フロレスを「正直者」と勘違いしている。そして娘の気持を無視して一方的に自己の価値観を強制したヴァーマデルロは一切の悲劇から疎外され、彼女が下僕デ・フロレスに刺殺された時初めて「敵の一軍が我が城砦を襲った以上に」驚倒する。自己中心的な人々の視線は勝手な方向に拡散し、交錯することも他者の内面に届くこともない。孤独な人物の中で唯一人デ・フロレスだけは自他の距離を正確に計り、自分の欲するものを我がものにする。しかしデ・フロレスの視線には劇の冒頭で城からヴァーマデルロやビアトリスが周囲を見渡した視線の持つ遠近法——一点透視の直線に森羅万象を整然と秩序づけたかのルネサンスの遠近法は失われている。ひたすら「下」「裏」「内」「肉」の視点から見るデ・フロレスの心眼に焼きつく映像は奇怪な歪像である。彼の網膜には前景に大きく毒々しい真紅の花のごときビアトリスの陰部が描かれ、あとはマニエリスムの狂的遠近法で描かれる怪異な幻像がひしめいている。気違い病院で「最も美しく慎重な狂人」「理解力のある狂人」「智恵が見つけた狂気の愉しさ」「恐怖を誘う悦楽」などの矛盾語法が多用されるごとく、デ・フロレスの狂的遠近法はものの大小、配列のみならず価値体系をも混乱させ、彼にあって快楽は常に苦痛であり天国は即地獄、地獄は即天国である。ルネサンスの遠近法は一元化された価値の整然たるパノラマ風景を描いたが、マニエリスムの歪んだ遠近法はすべてを混沌へと解体せしめ、存在の両義性、多義性、複層性連続的円環性を照射するのだ。

不信が不信を招き、血が血を呼んで緊迫感がいやがうえにも盛りあがるスリラーめいた劇の進行に城内の入り組んだ立体的空間構造は巧みに利用されている。禁じられた部屋、のぞき窓、隠し戸、戸棚、引き出し、秘密の通路や階段、丸天井の地下室などの仕掛けに富んだ複雑な域内構造なくしてこの劇の成功は考えられない。

やがてクライマックスの五幕一場の真夜中の露台の場。聖セバスチャン寺院の時計が、一時、二時、三時と時を告げるにつれて、身代わり花嫁ディアファンタの帰りを待つビアトリスは恐怖と焦燥に駆られて闇の中に、白い夜着の裾を乱して走る。そしてついにはるかな平原の空に清らかな明けの明星の白い光を見つけて今はこれまでと立ち竦んだ瞬間、彼方にデ・フロレスが放った火の手が上がる。地獄の劫火のごとき紅蓮の炎は恐怖で錯乱したビアトリスの蒼白の額をものすごく照らし出す。だが、火事によって自らの「名誉」が救われたことを知った彼女は狂女のごとく笑い出す。

漆黒の闇に人の意表を衝いて燃えあがる赤やオレンジ色の明るい炎はマニエリストが愛好したどぎつい明暗法《キアロスクーロ》である。暗夜に炎上するトロイやソドムの都市、暗闇に火照る地獄の劫火、真夜中の花火や超自然の光などは詩的想像力を刺激するマニエリスムの優れた主題であった。今、火事は「城全体を危機におとし入れ」、ビアトリスは、炎と烈風に長い髪をなびかせながら己れ一個の生命を救うためにディアファンタ殺戮を命じ、全世界の破局《カタストロフィ》を我身に招きよせんと絶叫する。

あの女が、たとえ千の生命を持っていても

その最後の一つまで破滅させてくれよう。

（五、一、六五―六六）

なんでもいい、破滅をもたらせと助言しておくれ、
それ以外に助かる道はない。

（五、一、二六―二七）

破滅するビアトリスとともに闇に屹立した荘麗な城が炎上しつつ崩れ落ちる幻想のスペクタクルが現出する。

あなたは、崩れ落ちて
すべての恩寵と善きものの下敷きになってしまった

（五、三、四四―四五）

世界の破局感覚はマニエリストの強迫観念であったが、堅固優美なビアトリスの城も今デジデリオの『ソドムの壊滅』の如くに互解してゆく。一六世紀マニエリスム期にはセット・ピース（舞台の装置）が非常に発達した時代であり、建築もセット・ピースのような効果を作り出そうとしたとシェアマンは指摘している(17)。五幕一場の城郭の露台はひとつの華麗な大舞台であり、その舞台上でビアトリスは北方マニエリスムの巨匠ブリューゲル描く「狂女マルゴ」――狂乱と狂暴の守護女神――を演じる。比例を無視して一きわ画面に大きく描かれるマルゴ＝ビアーリスが憑かれた眼差しで真一文字に突き進めば地獄の狂者、盲者がこぞって彼女の後につき従う。終幕、ビアトリスを刺し、自刃を前にしてデ・フロレスはアルセメロに言う。

俺はあんたの連れ合いとあの時鬼ごっこしていたのだ。
今俺たち二人は地獄に取り残されてしまった。

（五、三、一六二―六三）

この台詞は、気違い病院で狂人たちが叫ぶ、

それつかまえろ、地獄にいる最後の一組を捕まえろ

（三、三、一七二）

の裏返しである（“hell”には鬼ごっこの「陣地」、「地獄」、「陰部」などの含意がある。）デ・フロレスとビアトリスは狂人たちに捕まり狂気地獄に堕ちたのである。アルセメロはビアトリスに言う。

お前が愛欲劇の一場を
黒い観客の前で完全に演じきる時、
ほえ声や、歯ぎしりがお前にとって音楽となるであろう。

（五、三、一一五―一七）

かつての華やかな婚礼で、城の「賢い」人たちの前に招かれた狂人たちは「狂人たちのモリスダンス」を披露したが、今度はビアトリスの方が狂人や馬鹿の「黒い観客」の前で、彼らの歯ぎしりやうなり声を背景に、愛欲劇を演じて、みせる番なのである。役者と観客は完全に入れ代わり、価値顛倒が行われ、劇の冒頭で不動に見えた城と気

違い病院の知と権力の垂直的位階秩序は逆転し、ビアトリスこそ狂気に支配され、翻弄されるもっとも非力な者となったのである。死を目前にしてビアトリスは狂乱と背理の苦悩の中で肉の身の宿命的な腐りやすきを鋭く感じとる。

　星々の下あの流星の上に腐りやすいものの間に、
　わたしの宿命がかかっていたのです。
　わたしは、どうしてもそれをあの男から引き離すことができませんでした。

（五、三、一五五―五七）

「あの男」――理性的なアルセメロではなく徹底的な肉体性と錯乱の男デ・フロレスこそ不完全な己れの生の真の動因であったことを彼女は知る。ビアトリスは宇宙に内在する理性的秩序がそのまま人間の身にも反映するというルネサンスの調和的世界像の虚構性を悟った。理性には狂気が内在し、いつでも交代する相関関係にあること、理性に固有の狂気を拒否し、排除し閉じこめることはそれを倍加しもっとも無謀な狂気に陥ることと知った。ソーコーは「狂女マルゴ」の中央の人物の上の船にかかる灯のような透明な球体は完全な知の象徴であるという。(18) ビアトリスは「賢い」と自認していた時は狂気と無知の中にあったが、今「狂気の祝福」の中で、真実の自己認識という神的知識に達し、狂気への転落こそ真理への道であることを悟ったのである。

　ルネサンスの理性主義に対する懐疑から人間の意識下の不可視、不可解、非合理の暗黒の領域への関心を限りなく、深化させていったマニエリスム期にあって、出口なしの迷路を抱えるビアトリスの城は、内在化された人間存在の不条理を具現するメタファの一つとなったのである。

テキスト

Thomas Middleton & William Rowley, *The Changeling,* ed., Patricia Thomson, The New Mermaids, Ernest Benn, London, 1964

The Works of Thomas Middleon, vols. 8, ed. A.H. Buller, Houghton, Mifflin and Company, Boston, 1935

註

（1）K.Clark, *Landscape into Art,* John Mupray, 1949, pp.94-100

（2）ウィトルウィウス著『建築書』森田慶一訳、東海大学出版会、一九七九、一二頁

（3）前掲書、六九頁

（4）アルベルティ著『建築論』相川浩訳、中央公論美術出版、一九八二、八頁

（5）R.Wittkower, *Architectural Principles in the Age of Humanism,* Alec Thranti, 1952, p.97

（6）E・パノフスキー著「様式史の反映としての人体比例理論史」『視覚芸術の意味』中森義宗、内藤秀雄、清水忠訳、岩崎美術社、九四—九六頁

（7）若桑みどり著「人間的空間の系譜」『東京芸術大学音楽部紀要』一九八〇、四九頁
パノフスキー、前掲書、九一—九三頁
J・S・アッカーマン著『ミケランジェロの建築』中森義宗訳、彰国社、一九七九、二九—三〇頁

（8）N.W. Bawcutt, "Introduction" to *The Changeling,* Methuen, London 1958, p.36

（9）J.Shearman, *Mannerism,* Pelican, London 1967, pp.104-112

（10）若桑みどり、前掲書、八三頁

（11）アッカーマン、前掲書、二三—三〇頁

（12）前掲書、二八頁

（13）前掲書、二三頁

（14）F.Wuternberger, *Mannerism,* trans, from the German by M. Heron Holt, 1962, pp.82-100

（15）G・プーレ著『人間的時間の研究』井上究一郎、山崎庸一郎、二宮フサ、小林善彦、篠田浩一郎訳、筑摩書房、一九六九、六七頁

（16）海野弘著『部屋の宇宙誌』TBSブリタニカ、一九八三、一二四—一二八頁

（17）Shearman, *op. cit.,* pp.112-133

(18) M・フーコー著『狂気の歴史——古典主義時代における』田村俶訳、新潮社、一九七五、三七頁

おわりに

第1部から第4部まで、扱った一〇編その他の作品を振り返ると、「空間」の意味が変わってゆくことが感得される。

第1部の「空間」は土地であり地域社会である。一六世紀後半、修道院解散後の土地ブームを背景に土地家屋への異常な執着をメインテーマとした家庭悲劇群を嚆矢としてエリザベス朝の商業演劇は一般大衆にも身近な存在となった。「フェヴァシャム」「エドモントン」「ヨークシャー」など地名を題名に織り込んだ家庭悲劇の出現は、観客の側の自分たちが住む地域社会への関心の高まりを示している。たとえば『フェヴァシャムのアーデン』でアーデンをつけ狙って殺し屋たちがケントの水辺の濃霧の中を手探りで進む様子に、その地に特有の気象条件と人々のモラルの混迷が重ねて表現される。遺棄されたアーデンの遺体の形通りに二年間草木が生えなかった地面はアーデンの土地買収が地域社会に与えた傷痕の生々しさを伝える。『エドモントンの魔女』ではその偏狭なムラ社会の人間関係が、『ヨークシャーの悲劇』ではその地の荒涼たる風土が、作品のぬきさしならぬ背景である。同じヨークシャーを舞台にしても『優しさで殺された女』では田園都市の日常風景が巧みに生かされている。

第2部はヨーロッパ随一の活気に満ちたロンドンという「都市空間」の細部への飽くなき好奇心と愛着である。ジョンソン、デッカー、マーストンらの都市喜劇には観客が熟知している〝わが町ロンドン〟の街角の細部描写が欠かせない。たとえばジョンソンの『悪魔はまぬけ』で街の洒落者と隣家の若夫人が二つの窓越しに恋愛遊戯を楽しむ場面は密集して隣接するロンドンの住宅事情抜きでは成り立たない。デッカーの『靴屋の祭日』のタワー通り界隈の職人街や、マーストンの『オランダ人娼婦』のチープサイドの商店街もドラマにふさわしい環境として選ばれている。

だが、第1部、第2部に共通して言えるのは、住空間への関心と愛着の強まりとともに、土地の囲い込みと私物化（『フェヴァシャムのアーデン』）、地域社会の公益より私生活優先（『優しさで殺された女』）、異質な者、貧しい者、他国者《よそもの》の排斥（『エドモントンの魔女』『オランダ人娼婦』）などの傾向も顕著になっていることである。

第3部に来て「空間」の意味は一気に広がる。『リア王』はエリザベス朝演劇特有の空間認識――有機的な自然観と広大無辺の宇宙感覚――を具現している。国王のリアが「この線からこの線に至る地域はすべて……お前のものにする」と王国を分割する時、彼は己が肉体の延長そのものである領土を切り刻んで割譲している。グロスターは「近頃の日蝕と月蝕」を凶事の前兆として自然現象と人事を直結させ、合理主義者のエドマンドでさえ「大自然よ、お前こそ俺の女神」と自然と一体化している。リアが「風よ吹け」と怒号して巻き起こす暴風雨は彼の「心の不安な嵐」の反映である。個人の内面という小宇宙と自然という大宇宙が呼応して、リアは大宇宙の意志を代弁して「球体の地球をぶっ潰して……忘恩の人間の種をことごとく絶ってしまえ」と命ずる。エリザベス朝の劇場が天国と地上と地獄の三層を含む象徴空間であることは本書の「はじめに」で既述したが、それはリアの言う一人の人間の「帯から上は神々のお造りになったもので、腰から下は悪魔の領分、地獄だ、闇だ」の写しと言える。天国と地獄を内包する人間存在を拡大した劇場の構造、そして劇場を包み込む自然（大宇宙）もまた体温と感情を持つ巨大な人型の生命体として深々と息づいているのである。この有機的な自然観はベレーリアスの「自然讃歌」（『シンベリン』二四六―四七頁）、ヴェンディスの「夜の歌」（『復讐者の悲劇』三二一―二三頁）、やタミラの恋愛歌（『ビュッシイ・ダンボア』三六七頁）にも脈々と受け継がれている。

『シンベリン』はブリテンのラドタウンとローマ、宮廷とウェールズの山岳地帯（緑の世界）、セヴァーン川と洞窟とミルフォード・ヘイヴン、過去と現在、死者と生者、神話と歴史、虚構と現実などさまざまなレベルの異質なエレメントが混在する不思議空間である。それは自然の内包する融通無碍な多様性と包摂性を表している。そして「場所《プレイス》」の変化に応じて登場人物のさまざまな側面を引き出す「場所の力学」をこれほど巧みに作劇術として利用した作品はエリザベス朝演劇の中でも他に類をみない。

第4部の「空間」は第三部までの土地、都市、領土などの客観的、物質的、実体的な空間とは異次元の、主観的で非現実的な人間内部の幻想空間、謎と矛盾に満ちた魂の領域である。四作品のそれぞれの主人公は、深奥感を強調した暗い舞台の片隅で身をよじって世界との違和感を訴え（『復讐者の悲劇』）、混濁の世をすねて離人症的な孤独と憂欝のなかで緑陰に蟄居し（『ビュッシイ・ダンボア』）、内舞台を利用しての劇中劇で多元的で分裂した自己を演出し（『白悪魔』）、出口なしの城内の迷路に踏みまどい狂気に陥る（『チェンジリング』）。調和より違和、達成より挫折、統一より両義性、理性より狂気を表出するこれらの後期エリザベス朝マニエリスム演劇は楽観的で向日的なルネサンスの影の部分の劇化と言える。夜の闇、どぎつい明暗法、舞台と観客を仲介する「話者」の設定、幻想空間に挿入されるリアルな細部。旧来の世界像を激変させた地動説や無限宇宙説。大航海時代の新世界の顕現。迷宮、遠近法の錯乱、舞台上の人物の配置、内舞台、上舞台、奈落、階段、廊下、窓、戸棚の意味深い使用など人工的で複雑な空間処理の技巧が冴える。第一部から第三部までは国内のローカルな場所を舞台にした作品が多いが、第四部ではイタリアのどこか、パリ、ローマ、パドヴァ、アリカントなど外国を舞台にしている点に珍奇なもの、遠いものを好むマニエリスムの異国趣味が表れ、イタリアやパリの退廃的な宮廷の描写はジェイムズ一世の宮廷への批判や諷刺と二重写しになっている。

第1部から第4部まで共通してエリザベス朝演劇では土地や地名と同じく「家」「城」「館」などが重要な「空間」のイメージである。商用で不在中に妻とその情夫に占拠されアーデンが居場所を失う「家」、フランクフォードの微温的な中産階級的安寧志向を象徴する「田舎屋敷《カントリーハウス》」。屋敷から締め出されたフランクフォードが、妻と友人の私通の現場をそっと窺う姿は、存在の基盤から疎外されたまさにunheimichな男の哀れを感じさせる。ロンドンの疫病を避けて田舎に逃げ出した主人の留守をいいことに召使フェイスら一味が住み着いて似非錬金術で荒稼ぎをたくらむブラックフラーヤーズのラヴウィットの「家」。住み慣れた「城」をあとにしたリアの受け入れを拒むゴネリルやリーガンの「無情な館──石でできているが、その石よりも無情な館」。客人であるコンウォール公爵夫妻に乗っ取られるグロスター伯の「小さな館」。「無帽のまま」砂漠を疾走するリアの姿は、一切の庇護を失った人間の姿を象徴する。リアは「領土を譲るという馬鹿げた考え」が頭という「門」から闖入したばかりに、カタツムリさえ持っている「家」を失い、「すべての屋根を捨てて大気の敵意に身をさらす狼やフクロウの友となり」「家なき貧者」の仲間入りするという「うんと高い地代」を払わされたのである。そして罪を隠蔽するために放たれた火に炎上するビアトリスの「城」は、業火に包まれたソドムを思わせる世界破局《カタストロフィ》のイメージである。ルネサンスの神人同質同形説《アントロポモルフィズム》によって所有者の人格と一体化した「家」「城」「館」は、主人と命運をともにするのである。

　そして家に劣らず重要なのが「部屋」や「場所」などの小空間である。アーデンがビジネスの損得計算に精を出した「事務室《カウンティングルーム》」、フランクフォードの私生活の中心であった「書斎《スタディ》」と「寝室《ベッドチェンバー》」、ヴォルポーニが厨子の宝物を数える「小部屋」、サイモン・エアと靴職人たちが働く「工房」、バンサイドあたりのメアリ・フォーの「店」、イモジェンが無防備な寝姿をヤーキモーの視線にさらす「寝室」。クロートンの首なしの遺体が横たわる洞窟。ラシュリオーゾが襲う父親の「寝所」、ヴェンディスが老公爵と毒を塗った骸骨とを交接させる「陽のささぬ場所」。ビュッシイ・ダンボアと修道士コモロウだけが知っている隠し戸のあるタミラの「私室」、モンサリー伯が蠟燭の灯で妻を責める「拷問の部屋」、王弟《ムシュウ》が王位簒奪の野心を隠し持つ扉を閉めた「私室」。ブラキァノの劇中劇の舞台となる「内舞台」、「絨毯」、法王の就任式が行われる「上舞台」、ヴィットリア裁判の「場」。ビアトリスがアルセメロを引き入れる「私室」、デ・フロレスがピラックォを殺す「丸天井の地下室」、デ・フロレスが殺人の報酬を要求する「密室」など。核心的なアクションはいずれもこれらの小空間で行われる。それらの場所で人は隠しもった本心を打ち明け、正体《アイデンティティ》をむきだしにする。

　ヴァージニア・ウルフ（一八八二―一九四一）は精神の自律のためには「自分だけの空間」が必要だと言ったが、ウルフより三〇〇年以上前、初期近代のエリザベス朝演劇はすでに精神の自由と自律を求めて自分だけの「私室」に執着する人物たちを描いた。私有地や自宅や私室にこだわる人々の心性は本書の「はじめに」で述べたエリザベス朝演劇の時代背景である近代化の流れに伴う私権の確立、主体意識、自己愛と利己衝動への傾向と深くかかわっている。自然と人間を含めた一切の他者を自らの有用価値を漁る狩猟地として対象化する自由意志の芽ばえである。とくに「個室」と「私室」の尊重は自我の不可侵性と充足を重視する近代的個人主義の要請であった。しかし、個の確立と独立は、凝視する自我と向き合う孤独と他者との共感や共生を断つ排他主義と裏腹である。初期近代のエリザベス朝演劇、なかでも第４部で扱ったマニエリスム演劇の人物たち――人と世界に違和して「私室」に引きこもる彼らの憂鬱に、我々は自分たちとの同類の心性を見出す。個の尊厳と安全を保証するアジール（平和聖域）としての「個室」や「私室」が時に出口のない密室に自己を閉じこめる牢獄ともなるのである。ひたすら自我の確立と解放をめざしてすすめてきた近代化が、逆に個の孤立化と閉塞をもたらすという皮肉に我々は気づかされているのである。近代のエゴイズムが行き詰まり、超近代が模索されている今日こそ、個人が自律しつつ「私室」や「個室」の密室から踏みだして、他者と真摯に向かいあい、絆を結ぶための風通しのよい「空間《オープンスペース》」が強く求められているのかも知れない。

　エリザベス朝演劇は近代のとば口に立って早くも近代の諸問題の明暗を予言的かつ迫真的に描きだした。そして

「空間」と人間の関係はそれらの諸問題を内側から解明するひとつの有効な切り口となりうるのである。

*

振り返ると、東京女子大学と東京都立大学大学院でお世話になった恩師（いずれも故人）――松浦嘉一、高橋道、ミス・マジョーリ・ミラー、加納秀夫、小津次郎、篠田一士各先生――から受けた教えの根本は「文学作品は全身全霊をあげて精読すべし、それが自分のものになったと実感するまではなにも言うな」ということであったと思う。エリザベス朝演劇に関しては小津次郎先生のクラスで初めて『ビュッシイ・ダンボア』を読み衝撃を受けて以来、五〇年間細々ながら読み続けてきた。多くのテキストを完全に自分のものにしたなどとはおこがましくてとても言えないが、本書で取り上げたような作品の登場人物ならば、すぐそばで息をしている友人のように身近な存在となり、物言いたげな表情でこちらをじっと見ている彼らの視線を感じたり、心の中で彼らと対話を交わす時もしばしばある。彼らとの別れが近づいた年齢になって、自分なりに受け止めた彼らの姿――四百年前の特殊な時空の刻印をとどめつつ普遍的な人間の真実をそれぞれにくっきりと具現している彼らの生の在り方を書き留めておきたいと本書にまとめた。各論の初出は以下の通りである。

ジャンルとしての家庭悲劇と、『フェヴァシャムのアーデン』――修道院領地とアーデン……作者不詳『フェヴァシャムのアーデン』川井万里子訳、成美堂、二〇〇四

広間《ホール》の衰退――『優しさで殺された女』における田舎屋敷《カントリーハウス》……『オベロン』六三、第三三号、第一巻、南雲堂、二〇〇四

ベン・ジョンソンとロンドン……『オベロン』四六、第一九巻、第二号、南雲堂、一九八二

ロンドンのオランダ人――トマス・デッカー『靴屋の祭日』とジョン・マーストン『オランダ人娼婦』……『オ

ベロン』六八、第三八巻、第一号、南雲堂、二〇一一
『リア王』の時代背景……『オベロン』六七、第三七巻、第一号、南雲堂、二〇一〇
『シンベリン』――場所《プレイス》の力学《ダイナミックス》……『オベロン』六六、第三六巻、第一号、南雲堂、二〇〇九
マニエリスムとしての『復讐者の悲劇』……東京経済大学『人文自然科学論集』六五号、六六号、六八号、一九八三―八四
緑陰から地下世界へ――ジョージ・チャップマン『ビュッシイ・ダンボア』……『オベロン』六五、第三五巻、第一号、南雲堂、二〇〇八
『白悪魔』における遠近法的技巧《パースペクティヴ・アート》……『エリザベス朝演劇』（小津次郎先生追悼論文集）、英宝社、一九九一
ビアトリスの城――トマス・ミドルトン『チェンジリング』……『英米文学の女性』（高橋道先生追悼論文集）、南雲堂、一九八六

これまで導いて下された恩師の先生方、教育と研究の場を与えて下された東京経済大学と学生たち、ともに勉強してきた『オベロン会』（加納秀夫先生主宰、後を引き継がれた早乙女忠先生）と東京女子大学ルネサンス研究会の仲間たち、旧い原稿をパソコンに入れて下された笹川渉先生そして人生をともに歩んでくれた大利久に深く感謝している。

九州大学出版会のご厚意によって本書を出版することができたこと、推薦文をお書き下された今西雅章先生に厚く感謝申し上げる。そして、特別のご配慮をいただいた九州大学出版会編集部の永山俊二氏に改めて心よりの感謝を捧げる。

二〇一三年　早春　　　　川井万里子

索　引

ア行

『アスクレピオス』*Asklepios*　354
アダムズ Adams, H.H.　3, 4
アッカーマン Acherman, J.S.　401, 410
アットウェル Atwell, D.　30
アデルマン Adelman, Janet　159, 166
アリストテレス Aristotle　4, 306, 333, 348, 366, 381
アルヴァ公 Alva, Duke of　108
アルトー Artaud, Antonin　276
アルベルティ Alberti, Leon Battista　286, 294, 358, 400, 410
アン女王一座 Queen Anne's Men　5, 381
アンジュウ Anjou, Duke of　154, 345
アンズリー Annesley, Bryan　194, 197
アンリ Henry II　366
アンリ Henry III　345, 346, 353, 358
イェイツ Yates, F.A.　253, 353
イギリス革命（ピューリタン革命）the English Revolution　i-iii, 151, 196, 214, 293
イプセン Ibsen, Henrik Johan　24
幕間劇《インタルード》 interlude　106, 402-03, 411-13
ヴァザーリ Vasari, Giogio　268-69, 283
ウィッチャリ Wycherley, William　72
ウィトルウィウス Vitruvius, Marcus Pollio　177, 294, 400, 410
ウィリアムズ Williams, Tennessee　24
ウィルキンズ Wilkins, George;『強制された結婚のみじめさ』　14, 196
内舞台 inner stage（study）　viii, 389-90, 395, 427
ウェーバー，マックス Weber, Max　186
ウェブスター Webster, John;『白悪魔』　viii, 11, 23, 36, 315, 381, 427, 429;『モルフィ公爵夫人』36, 315
ヴェルフリン Wolfflin, H.　275
ヴォーン Vaughan, Henry　348
ウルフ Woolf, Virginia　429
エセックス伯 Essex, Earl of　103, 206
エドワード Edward III　108
エドワード Edward VI　26, 109, 203, 205
エパミノンダス Epaminondas　355
エピクロス Epicurus　349
エラスムス Erasmus, Desidelius;『痴愚神礼讃』　331
エリオット Eliot, T.S.　79, 141, 143, 363, 381
エリザベス女王 Elizabeth　154, 176, 178, 205-06
遠近法 Perspective　viii, 274, 284-85, 301, 330, 381-84, 387, 393-98, 405-08, 417-18
エンプソン Empson, W.　189
オウィディウス Ovidius, Publius ;『変身譚』　234-35, 240
王子一座 Prince Charles's Men　6
王立シェイクスピア劇団 Royal Shakespeare Company　20
大野真弓　195-96, 202-03, 389
小田島雄志　163-64
オニール O'Neill, Eugene G.　24
オーリン Orlin, Lena-Cowen　26, 35, 53
オールダム Oldham, John　71

カ行

懐疑主義 scepticism　378
海軍大臣一座 Lord Admiral's Men　5, 6, 8, 21

回転視点 turning viewpoint　viii, 311, 393-95, 397
カヴァロリイ Cavalori, Mirabello　276
カスト Cust, L.　26,
家庭悲劇 domestic tragedy　vi, viii, 3-24, 28, 36, 46, 48, 196, 425
カーテン座 Curtain　iv
カトリーヌ Catherine, de Medici　346
家父長制 patriarchy　iii, vii, 22, 34-35, 154, 161-64, 176-79, 215, 388, 401-03
カプティ Caputi, Anthony　143
カモン Camon, F.A.　318
火薬陰謀事件 Gunpowder Plot　288
ガレン Garin, Eugenio　353
キケロ Cicero, Marcus Tullius　125, 135, 348
キッド Kyd, Thomas;『スペインの悲劇』　77, 333
木下順二　163-64
希望座 Hope　iv, 77
ギルバート Gilbert, Sandra　グバー Gubar, Susan『屋根裏の狂女』　140
ギャスコイン Gascoigne, George, G. ;『ある英国人娼婦の改心』　61
キャムデン Camden, William ;『ブリタニア』『年代記』　72
ギューズ Guise, 3rd duke of (Henri de Lorraine)　346, 374
救貧法 Poor Law　87, 178, 189
行列 pageant　383, 386, 394
ギル Gill, R.　35
ギルバート Gilbert, F.　358
グアリーニ Guarini, Giambattista ,『忠実なる羊飼』　219,256
宮内大臣一座 Lord Chamberlain's Men　5-6
グノーシス Gnosis　368-69
クラーク Clark, A.　4
グリムストン Grimeston, Edward　345
グリーン Greene, Robert　61
グリーンブラッド Greenblatt, S.　189
クルツィウス Curtius, Ernst　267, 270-71, 273
グレコ Greco, El　265-66, 276-77, 282, 299
グレシャム Gresham, Sir Thomas　iii, 97
黒沢明『乱』　165
クロムウェル Cromwell, Oliver　ii
クロムウェル Cromwell, Thomas　i ii, 26
クローリー Crowly, Robert　43
ゲイ Gay, John　71
ゲインズ Gaines, B.　16
劇場座 Theatre　iv
劇場戦争 Poetmachia　119
劇中劇 the play within the play　viii, 59, 184, 383-84, 386, 390-95, 397, 427
ゴアリング Goring, J.　202
幸運座 Fortune　95
『公共福祉論』(作者不詳) *A Discourse of the Common Weal*　107
後見裁判所 Court of Wards　195-96
後見人制度 Wardship　vii, 195-96, 200-01, 215, 226-27
国王一座 King's Men　5-6, 158, 347
国王至上法 Act of Supremacy　i, ii, 151
国王増収裁判所 Court of Augmentation　ii, 26, 29-31, 53
黒僧座 Blackftiars　iv, 77, 119, 125
ゴシック gothic　286, 330, 399
コジモ Cosimo, de'Medii　353
コットン Cotton, Robert　69
古典主義 classicism　270, 273, 275, 282, 286, 295, 299, 381-84, 391-92, 409
コペルニクス Copernicus, N.　375
コメディア・デラルテ commedia dell'arte　104
コメンソリ Comensoli, V.　8, 15-16
コーリー Cawley, A.C.　16

コリー Colie, Rosalie L.　151, 154, 164, 208
コリンズ Collins, Churton　323
コールタデ Courtade, A.　383
ゴールディング Golding, Beth　171-72
コルレッジオ Corregio　268
コングリーヴ Congreve, William　72

サ行

斉藤勇　163-64
サイファー Sypher, Wylie　267, 275-76, 283, 311, 382, 397
サグデン Sugden, E. H.　72, 96
サックヴィル Sackville, Thomas; ノートン Norton, Thomas;『ゴーボダック』　i
サリヴァン Sullivan, G.A.　43
サルヴィアーティ Salviati, Francesco　312
サルト Sarto, Andlea de　294, 301
サンプトン Sampton, William ;『婚約を破った女』　6, 7, 14, 20-23, 28, 36
シーヴァー Seaver, S.P.　99, 103, 111-12, 114
シェアマン Shearman, J.　266, 402, 419
シェイクスピア Shakespeare, William　iv, 23 ;『アントニーとクレオパトラ』11, 36 ;『ヴィナスとアドニス』256;『ウィンザーの陽気な女房たち』107 ;『ヴェニスの商人』133, 160 ;『お気に召すまま』156, 161, 219 ;『オセロ』182, 186, 232-33 ;『終わりよければすべてよし』208, 241 ;『空さわぎ』181 ;『尺には尺を』348 ;『十二夜』331 ;『ジュリアス・シーザー』182, 186 ;『ジョン王』181 ;『シンベリン』vii, 197, 218-62, 426-27 ;『タイタス・アントロニカス』77 ;『テンペスト』181, 218-19, 257 ;『トロイフスとクレシダ』181, 331, 375 ;『夏の夜の夢』219, 228, 331 ;『ハムレット』iii, 77, 205, 208, 287, 331 ;『冬物語』218-19, 233, 236 ;『ペリクリース』218;『ヘンリー四世』第二部　134;『ヘンリー五世』107;『ヘンリー六世』第二部　85, 159 ;『マクベス』　17, 178, 252, 331 ;『間違いの喜劇』121-23, 130, 331 ;『リア王』v, vi, 149-217, 221, 252-53, 320, 331, 426, 428 ;『リチャード二世』156 ;『ロミオとジュリエット』138
ジェイムズ James I,　43, 71, 86, 120, 142, 157-58, 164, 178, 196, 205, 252-53, 258, 289, 427
『ジェノアのフレデリック』（作者不詳）*Frederyke of Jennen*　229, 259
式典 ceremony　383-84, 386
シドニー Sidney, Philip　177, 345 ;『アーケイディア』　149, 186
シドニー Sidney, Robert　55
シーモア Seymour, Edward, 1st Duke of Somerset　26
シモンズ Simonds, P.M.　219-20
『弱者は壁に向かう』（作者不詳）*The Weakest Goeth to the Wall*　106
ジャコウ Jacquot, J.　353
シャーリー Shirley, James　72
宗教改革 the Reformation　i-ii, v, 8, 26-27, 53
集会の書 the book of Sarach　154
従臣制度 Retainers　202-06, 215
修道院解散 Dissolution of Monasteries　i-ii, iv-vi, 26-27, 38, 46, 53, 425
出版組合登録簿 Stationer's Register　119, 149
シューマン Schuman, S.　387, 389
ショウ Show, G. Bernard　24
女王饗宴少年劇団 the Children of Her Majesties Revels　119, 142
序劇 Induction　72, 153, 179, 383-84
庶子 bastard　vii, 8, 174-81, 184-86,

189, 192, 215, 275, 277, 280, 283, 294, 307-08, 310-12
ジョルジョーネ Giorgione　294
ジョーンズ Jones, Inigo　69, 71
ジョンソン Johnson, Samuel　71, 220
ジョンソン Jonson, Ben　vi, 8, 23-24, 52, 67-94, 98, 119-20, 219, 426 ;『悪魔はまぬけ，またはだまされたペテン師』68-69, 74, 77, 84, 426 ;『ヴォルポーニ』68, 89, 91-94, 428 ;『エピシーンまたは無口な女』67-68, 73, 84, 87-88 ;『気質直し』71, 82 ;『キャティライン』70 ;『磁気の女，または和解した気質《ヒューモア》』68, 72, 84 ;『シジェイナス』70, 93 ;『十人十色』68, 72, 77, 84 ;『シンシアの宴』71, 82 ;『新聞屋』68, 72-73, 77, 84, 87 ;『森林，あるいは発見』78-79 ;『全集』219 ;『ドラモンドとの対話』78 ;『取り返された愛』88 ;『バーソロミューの市』68, 79-81, 84 ;『東行きだよ』67-68, 73-74, 77, 81-84, 120 ;『へぼ詩人』71 ;『錬金術師』68, 76, 84, 86, 88-91, 94, 134, 428
死を思え memento mori　387
神人同形同性説 anthropomorphism　177, 294, 401, 410, 428
人体比例図 symmetry of human body　177, 294, 400-01, 410, 428
新プラトン主義 New Platonism　269, 300, 351-55, 366, 368, 378
スウィンバーン Swinburne, A.C.　137
スコット Scot, R.;『妖術の発見』　406
スコットキルヴァート Scott-Kilvert, I.　381
スタッブス Stubbs, John　345
スタブズ Stubbes, Philip ;『悪弊の解剖』　107
ストウ Stow, John ;『ロンドン概観』　30, 178
ストラダーノ Stradano, Giovanni　324
ストール Stoll, E.E.　386
ストーン Stone, Lawrence　27, 153-54, 162, 164, 202
須永隆　109-10, 129
スマイリー Smiley, Jane;『千エーカー』　165
スペンサー Spenser, Gabriel　77
スペンサー Spencer, T.　394-95
セシル Cecil, Sir Robert　81, 194, 196, 205
セシル Cecil, Sir William　109, 195-96
窃視症 voyeurism　238, 251, 370
セナパティ Senapati, S.B.　140
セルデン Selden, John ;『テーブル・トーク』　52
セルバンテス Cervantes, M. ;『ドン・キホーテ』　308, 331
ソクラテス Socrates　348
ゾラ Zola, Emile『大地』　165

タ行

ダヴナント Davenant, William ;『プリマスからの便り』　106
高村薫 ;『新リア王』　165
タッソー Tasso, Torquarto ;『アミンタ』　219
ターナー Tourneur, Cyril ;『復讐者の悲劇』vii, 265-336, 426, 429 ;『無神論者の悲劇』327 ;「変容ふたたび」317
ダブル・プロット Double Plot　vii, 56, 186, 189, 402-03
ダン Donne, John　69, 365
ダンリー Darnley, Lord（Henry Stuart）　158, 178
地球座 Globe　iv-v, 70, 77
チャップマン Chapman, George　vii, 69, 81, 120「ガイアナ」83 ;『気まぐれな日の愉しき出来事』348 ;『バイロンの悲劇』364;『東行きだよ』67-68, 73-74, 77, 81-84, 120 ;『ビュッシイ・ダンボア』vii, 254, 345-80, 411, 426-27, 429,

430 ;「平和の涙」353, 356 ;『未亡人の涙』254-55, 359 ;『ムシュウ・ドリーヴ』348-49, 359;『メイ・デイ』22, 103, 371 ;「夜の讃歌」332, 349
チャールズ Charles I (Prince) ii, 99, 158
チョーサー Chaucer, Geoffrey ;『カンタベリー物語』 55
塚田富治 196
坪内逍遙 163-64
ツルゲネフ Turgenev, Ivan S. ;『ステップのリア王』 165
ディアーヌ Diane, de Poitiers 366
ディオゲネス Diogenes 349
ティツィアーノ Tiziano, Vecellio 238, 299-300
テイト Tate, Nathan;『リア王一代記』 165
ティントレット Tintoretto 238, 265-66, 276, 283, 285-86, 299, 301, 306, 324
デジデリオ Desiderio, Monsu 419
デッカー Dekker, Thomas 95, 98, 104, 116, 120, 144, 426 ;『エドモントンの魔女』6, 14, 16-20, 28, 425-26 ;『靴屋の祭日』vi, 95-118, 121, 124, 144, 426 ;『貞淑な娼婦』第二部 123-24, 125 ;『東行きだよ』67-68, 73-74, 82, 84, 120 ;『プリマスのペイジ』8
デミストクレス Themistokles 355
デュブルイユ Dubreuil, Toussant 304
デュマ Dumas, Alexandre ;『モンソローの奥方』 345, 366
デューラー Durer, Albrecht 285, 400
上舞台《テラス》 138, 393, 397, 427
テリー Terry, Ellen 245
デロニー Deloney, Thomas ;『紳士の職業』 96, 100, 104
ドヴォルシャック Dvorak, Max 282-83
道徳劇 morality play 4, 23, 67, 294, 387
独白 monologue 174, 178, 181, 185, 192, 227, 228, 276, 347
トーニー Tawney, R.H. 34
トムソン Thompson, M. 49, 52
ドライデン Dryden, John 71
ドラン Dolan, F. 4, 10, 142
ドレイク Drake, C. Francis 356
ドレイパー Draper, J.W. 158
ドワイア Dwyer, W.W. 381

ナ行

ナイツ Knights, L.C. 99
ナイト Knight, Wilson 245-46
ナブス Nabbes, Thomas;『花嫁』 106
奈落 the platform trap v, 371-72, 376, 411, 418, 421, 427
成瀬駒男 323-24
ニーヴォー Nevo, Ruth 218, 231, 233, 240-41, 256
ニューマン（メン）new man (men) iii, vi, 27, 30, 33, 35-36, 45-46, 53 ; ニューウーマン（ウィメン）new woman (women) iii, vi, 27, 35, 46, 182
ネーデルラント Netherlands 108-09, 116, 123-24, 129-30
ノース North, Edward, 1st Baron North 29, 34
ノース North, Sir Thomas 30
ノートン Norton, Thomas; サックヴィル Sachville, Thomas ;『ゴーボダック』 i, 154

ハ行

ハウザー Hauser, Arnold 266, 300
ハーウッド Harwood, Ronald『ドレッサー』 165
バーカー Barker, Howard『七人のリア』 165

白僧座 Whitefriars　77
白鳥座 Swan　iv, 77
ハケ Hake, Edward ;『今の時代への試金石』　107
橋本治『リア家の人々』　165
ハースネット Harsnett, Samuel　189
ハズリット Hazlitt, William　245
ハセルコン Haselkon, A.M.　125, 129, 134, 142
パノフスキー Panofsky, E.　265, 269, 294, 300, 311, 368, 401
バーベッジ Burbage, James　iv
バーベッジ Burbage, Richard　iv, 231
薔薇座 Rose　iv
バルザック Balzac, Honore de ;『父ゴリオ』　165
パルミジャニーノ Parmigianino　276, 304
バロック baroque　267, 275, 282, 300
バワーズ Bowers, Rick　58
ハワード Howard, Thomas, 4th Duke of Norfolk　206
ハワード Howard, Frances　415
ピアソン Pearson, N.C.　381
悲喜劇 tragicomedy　3-4, 14, 61, 196, 201, 218-20, 229, 231, 236, 241, 256-58, 261, 381, 385-86, 393, 403, 415
ピーコ Pico della Mirandola, Giovanni　354-55, 364, 378
被後見人 ward　192, 195-97, 200-01, 206, 212, 226
『美人への警告』（作者不詳）*A Warning for Fair Women*　5, 7, 8-11, 36
ピッチャー Pitcher, John　231, 234, 255-56
ビード Bede ;『英国教会史』　52
フィチーノ Ficino, M.　348, 353-55, 358, 364, 378
フィリップ Philip II　108
フィールド Field, Nathan　347
フィンケルパール Finkelpearl, Philip. J.　143
フィンドリー Findlay,Alison　176, 178, 181
『フェヴァシャムのアーデン』（作者不詳）*Arden of Favasham*　vi, 3, 5, 6, 8, 16, 21, 25-47, 425, 428
フォークス Foakes, R.A.　162
フォード Ford, John　6-7 ;『エドモントンの魔女』　6, 14, 16-20, 28, 425-26
福田恒存　163-64
フーコー Foucault, Leon　331, 421
不死鳥座 Phoenix　73, 77, 398, 399
不平家 malcontent　386
『富裕と健康』（作者不詳）*Wealth and Health*　106
プラウタス Plautus　104
プラーツ Praz. M.　265, 356
ブラッドブルク Bradbrook, N.C.　4, 381
プラトン Plato　255, 332, 348-49, 353, 360, 413
フランカステル Francastel, P.　283, 286
ブラント Brant, Sebastian;『阿呆船』　331
フリーア Freer, C.　320, 324
ブリューゲル Brueghel, P.　80, 419
ブリン Boleyn, Anne　32, 178
フルウェル Fulwell, Ulpian ;『類は友を呼ぶ』　106
ブルック Brook, Christopher　69
ブルック Brooke, N.　333
ブルーノ Bruno,Giordano　330, 332, 364, 368
プーレ Poulet, G.　356, 412-13
フロイト Freud, Sigsmund　161-62, 308
ブロウ Bullough, Geoffrey ;『シェイクスピアの材源』　149, 194, 220, 224,

229, 258
浮浪者取締法 Beggars Act　87, 189
プロティノス Protinos　349, 353, 370
ヘイ Hay, James　258
ヘイウッド Heywood, Thomas;『英国人旅人』61;『俳優の擁護』4 ;『優しさで殺された女』vi, 5, 7, 8, 21, 28, 36, 48-64, 425-26, 428
ヘイクウィル Hakewill, William　69
ベイコン Bacon, Nicholas　196
ベイコン Bacon, Francis;『学問の進歩』第二巻　255
ベヴィングトン Bevington, David　107-08, 113
『ベオウルフ』　52
ベッカフーミ Beccafumi, Domenico　283
ベドゥーリ Bedoli, Girolamo　276
ベトレヘム（ベドラム）病院　331, 402
ベネシュ Benesch, Otto　301
ベルゼイ Belsey, C.　37
ヘルメス文書 Hermetica　353-55, 369
ヘンズロウ Henslowe, Philip;『日記』58, 95
変装 disguise　84, 142, 204, 246, 294, 316-17, 321, 383, 386-88, 394-95, 406
ヘンリー Henry, Prince　158, 253, 260
ヘンリー Henry VII　i, 203, 205, 252
ヘンリー Henry VIII　i, 26-27, 32, 125, 178, 203, 205
ヘンリエッタ女王一座 Queen Hanrietta's Men　398
フォード Ford, John　6, 17 ;『エドモントンの魔女』6, 16-20, 28, 425-26
ホイジンガ Huizinga, Johan　317
ポイマンドレース *Poimandres*　353-54, 364, 369-70
傍白 aside　161, 181, 227-28, 385, 393
ホエンセラーズ Hoenselaars, Ton　106, 124, 131
牧歌 Pastoral　vii-viii, 71, 218-19, 259, 261
ホスキンズ Hoskins, John　69
ボッカチョ Boccaccio, Giovanni ;『デカメロン』　229, 236, 259
ホッケ Hocke, Gustav Rene　267, 297 319
ボッティチェルリ Botticelli, Sandro　301
ボーモントとフレッチャー Beaumont, Francis and Fletcher, John ; 381『乙女の悲劇』　36
ホラティウス Horace　71, 219
ホリンシェッド Holinshed, Raphael ;『年代記』　25, 30, 34, 37, 44, 46, 158, 220, 258
ホール Hole, William　219
ボールド Bald, R. C.　95-96
ボルドーネ Bordone, Paris　238
ホワイト White, M.　43
ボワロー Boileau, Nicolas　71
ボンド Bond, Edward ;『リア』　165
ボンド Bond, John　69
ポントルモ Pontormo, Jacopo da　277, 285, 304, 312

マ行

マーヴェル Marvell, Andrew　348
マーガレット Margaret, Tudor　252
マキァヴェッリ Machiavelli, Niccolo　180, 356, 358
マクネイア McNeir, W.F.　61
マクラング McClung, William　52-54
仮面劇（マスク）masque　69, 127, 140, 277, 279, 293, 325, 383, 396, 402
マーストン Marston, John　95, 120, 144, 381 ;「悪徳の懲罰」119, 142 ;『色好みの伯爵夫人』133 ;『オランダ人娼婦』vi, 95, 119-146, 426, 428 ;『ソフォニスバの悲劇』17 ;『東行きだよ』67-68, 73-

74, 77, 81-84, 120 ;「ピグマリオンの像の変容と諷刺詩数編」119 ;『不平家』133, 315
松岡和子　163-64
マーティン Martin, Richard　69
マニエリスム Mannerism　iii, vii, 265-336, 382-88, 389-91, 394-95, 397-99, 402-03, 407-09, 410-13, 417-19, 421, 429
マニンガム Manningham, John ;『日記』127
マーロウ Marlowe, Christopher ;『ダイドウ・カルタゴの女王』37 ;『タンバレン』77 ;『パリの虐殺』346 ;『ファウスト博士』239
マンキーウィッチ Mankiewicz, Joseph L. ;『見知らぬひとびとの家』　165
ミカラッキ Micalachki, Jodi　224-25
ミケランジェロ Michelangelo　268, 306-07, 410
緑の世界 Green World　vii, 219-20, 228, 249, 250, 258, 260
ミドルテンプル法学院 Middle Temple 120, 125, 127, 143, 144
ミドルトン Middleton, Thomas　23, 144 ;『女よ女に心せよ』11, 196, 287;『気違い沙汰だね，旦那方』133 ;『チェンジリング』（ウィリアム・ローリー Rowley, William との共作）viii, 287, 315, 399-422, 429 ;『年寄りをつかまえる策略』133 ;『魔女』17 ;『ミクルマス開廷期』134
ミュンスター Munster, Sebastian　122
ミラー Miller, Arthur　24
メアリ Mary, Tudor　203, 205
メアリ Mary, Queen of Scotland　158, 178, 206
迷宮，迷路 labyrinth, maze　viii, 371-76, 413-14, 421, 427
モア More, Sir Thomas　83
黙劇 dumb show　viii, 10, 23, 383, 388-89, 397
モラル・エコノミー Moral Economy 43, 63
モンテーニュ Montaighne ;『エセー』119, 124, 126, 138-139, 363, 364, 393
モントリュー Montreux, Nicolas de ;『ジュリエットの牧歌』　119, 136
モンマス Monmouth, Geoffrey of ;『ブリテン史』　150

ヤ行

ヤリングトン Yarington, Robert ;『二つの嘆かわしい悲劇』　5, 7, 11-13, 16, 28
ユウエナリス Juvenalis, D. Junius　71
憂鬱質 mlancholy　184, 313-14, 316, 332-33, 350, 359
『ヨークシャーの悲劇』（作者不詳）*A Yorkshire Tragedy*　5, 14-16, 28, 196, 425
「ヨブ記」The book of Job　164
米村泰明　106

ラ・ワ行

ライトソン Wrightson, K.　12-13
ラカン Lacan, Jacques　231
ラファエロ Raffaello, Santi　267-68, 286, 299
リチオ Riccio, David　178
リチャード Richard III　252
リッチ Rich, Penelope　177
リッピ Lippi, F.F.　301
リリー Lyly, John ;『公明正大な争い』123
ルージュモン Rougemont, Denis De 368
ルーベンス Rubens, P.Paulus　78
『レア王とその三人娘，ゴノリル，リガン、コーデラの実録』（作者不詳）*The True Chronicle History of King Leir and his three daughters, Gonorill, Ragan, and*

Cordella　149, 155-56, 169, 170, 201
レオナルド Leonardo da Vinci　268, 294, 301, 400
レスター伯 Leicester, earl of　176
赤牡牛座 Red Bull　381, 386
ロッソ Rosso, Giovanni Battista di Jacopo　319
ロット Lotto, Lorenzo　301
ロマーノ Romano, Giulio　236
ローリー Raleigh, Sir Walter　69, 83
ローリー Rowley, William　6, 17 ;『エドモントンの魔女』 6, 14, 16-20, 28, 425-26;『チェンジリング』 viii, 287, 315, 399-422
若桑みどり　270, 307, 401, 410

主要参考文献

第1部

Brooke, Tucker ed., *The Shakespeare Apocrypha,* Clarendon Press, London Library 1969

Cannon, Charles Dale ed., *A Warning for Fair Women,* Mouton, Hague and Paris, 1975

Cawley, A. C. and B. Gaines, eds., *A Yorkshire Tragedy,* Manchester U.P., 1986

Crowley, Robert, "The Way to Wealth: A Remedy for Sedition", *The English Experience,* No. 724, Walter Johnson, Amsterdam, 1975

Heywood, Thomas, *The Dramatic Works of Thomas Heywood,* Now First Collected with Illustrative Notes and A Memoire of the Author in Six Volumes, Russell and Russell, New York, 1964

Heywood, Thomas, *A Woman Killed with Kindness,* ed. R. W. Van Fossen, The Revels Plays, Methuen, London, 1961

Rowley, W., T. Dekker, J. Ford, *The Witch of Edmonton,* eds. P. Corbin, D. Sedge, Manchester U. P., Manchester and New York, 1999

Sampson, W., *Vow-Breaker,* ed. H. A., Wallrath, Uystruyst, 1914, Reprinted Kraus Reprint LTD, Vaduz, 1963

Sturgess, Keith, ed., *Three Elizabethan Domestic Tragedies,* The Penguine, English Library, Harmondsworth and Baltimore, 1969

White, A.Martin ed., *Arden of Faversham,* The New Mermaid, A & C Black, London, 1990

Wilkins, George, *The Miseries of Enforced Marriage,* ed. G. H. Blayney, Malone Society, Oxford, 1963

Wine, M.L. ed., *Arden of Fevasham,* The Revels Plays, Methuen, London, 1973

Yarington, Robert, *Two Lamentable Tragedies,* ed. S. John Farmer, Methuen, London, 1973

＊

Abbot, Mary, *Life Cycles in Enland 1560-1720,* Routledge, London, 1996

Adams, Henry Hitch, *English Domestic or Homiletic Tragedy 1575- to 1642,* Columbia U.P., 1943

Amussen, Susan, D., *An Ordered Society: Gender and Class in Early Modern England,* Basil Blackwell, Oxford, 1988

Beier, A.L., *Masterless Men: The Vagrancy Problem in England 1560-1640,* Methuen, London, 1985

Beier, A.L., *The Problem of the Poor in Tudor and Early Stuart England,* Methuen, London, 1983

Blayney, G. H., "Enforcement of Marriage in English Drama", *Philological Quarterly* 38, 1950, pp. 459-72

Belsey, Catherine, "Alice Arden's Crime", *The Subject of Tragedy: Identity and Difference in Renaissance Drama,* Routeledge, London, 1993, pp. 129-40

Bluestone, Max, "The Imagery of Tragic Melodrama in *Arden of Feversham*", M. Bluestone

and N. Rabki eds., *Shakespeare's Contemporaries,* New Jersey, 1970. Reprinted from *Drama Survey,* vol.5 1966, pp. 71-82

Bowers, Rick, "*A Woman Killed with Kindness*: Plausibility on a Smaller Scale" *SEL* 24, 1984

Bradbrook, M.C., *Themes and Conventions of Elizabethan Tragedy*, Cambridge U.P., Cambridge. 1960

Comensoli, Viviana, *"Household Business" Domestic Plays of Early Modern England,* Toronto U.P., Toronto, 1996

Cust, Lionel, "*Arden of Fevasham*", *Archaeologica Cantiana* XXXIV, 1929, pp. 101-26

Dolan, Frances, "The Subordinate('s) Plot-Petty Treason and the Forms of Domestic Rebellion", *Shakespeare Quarterly,* vol. 43, 1992, pp. 317-40

Dolan, Frances, *Dangerous Familiars: Representations of Domestic Crime in England 1550-1700,* Cornell U.P., Ithaca, 1994

Fletcher, Anthony and John Stevenson, eds., *Order and Disorder in Early Modern England,* Cambridge U.P., Cambridge, 1985

Haller, W., "The Puritan Art of Love", *Huntington Library Quarterly* 15, 1941-42, pp. 235-72

Harbage, Alfred, *Annals of English Drama 975-1700,* Methuen, London, 1964

Judges, A.V., *The Elizabethan Underworld: A Collection of Tudor and Early Stuart Tracts and Ballads,* George Routledge and Sons, London, 1896,

Leggatt, Alexander, "*Arden of Faversham*", *Shakespeare Survey,* vol.36, 1983, pp. 121-33

Lieblein, Leanore, "The Context of Murder in English Domestic Plays 1590-1510", *SEL* 23, 1983, pp. 181-96

Marshburn, Josheph H., *Murder and Witchcraft in England 1550-1640 As Recocounted in Pamphlets, Ballads, Broadsides, and Plays,* Oklahoma Press, Norman, 1971

McClung, W. A., *The Country House in English Renaissance Poetry,* California U.P., Berkeley, 1977

Orlin, Lena Cowen, *Private Matters and Public Culture in Post-Reformation England,* Cornell U.P., Ithaca and London, 1994

Orlin, Lena Cowen, "Man's House as His Castle in *Arden of Feversham*", *Medieval and Renaissance Drama in England* 2, 1985, pp. 57-89

Ousby, Jan, "Art and Language in *Arden of Faversham*", *Durham U. Journal,* vol.68, 1975, pp. 47-54

Stone, Lawrence, *The Family, Sex, and Marriage in England 1500-1800,* Abridged and Revised Edition, Pelican Books, 1979

Thompson, Michael, D., *The Medieval Hall: The Basis of Secular Domestic Life 600-1600 AD,* Secular Press, Aldershot, 1995

Youngblood, Sarah, "Theme and Imagery in *Arden of Fevasham*", *Studies in English Literature,* III, 1963, pp. 207-18

第2部

Dekker, Thomas, *The Shoemaker's Holiday,* ed. R.C. Bald, *Six Elizabethan Plays,* Houghton

Mifflin Company, Boston, 1963

Dekker, Thomas, *The Shoemaker's Holiday or the Gentle Craft,* ed. with Critical Essays and Notes by Alexis F. Longe, ed. C.M. Gayley, *Representative English Comedies,* vol.III, Macmillan, New York, 1914

Jonson, Ben, *The Works of Ben Jonson,* eds. C.H. Herford & Simpson, Clarendon Press, Oxford, 1925

Marston, John, *The Dutch Courtesan,* ed. David Crane, The New Mermaid, W.W. Norton, New York, 1997

Wood, H. Harvey ed., *The Plays of John Marston,* in 3 Volumes, Oliver and Boyd, London, 1939

*

Barton, Anne, *Ben Jonson Dramatist,* Cambriage U.P., Cambridge, 1984

Butler, Martin ed., *Representing Ben Jonson: text history, performance,* Macmillan, London, 1999

Captuti, Anthony, *John Marston, Satirist,* Ithaca, N.Y., Cornell U. P., 1961

Doran, M., *Endeavors of Art: A Study of Form in Elizabethan Drama,* Wisconsin U.P., Madison & London, 1954

Eliot, T.S., *Elizabethan Dramatists,* Faber & Faber, London, 1963

Finkelpearl, P. J., *John Marston of the Middle Temple,* Harvard U.P., 1969

Haselkorn, A. M., *Prostitution in Elizabethan and Jacobean Comedy,* The Whitston Publishing Company, New York, 1983

Hoenselaars, Ton, "The Topography of Fear: The Dutch in Early Modern Literature", *The Elizabethan Theatre XV Papers Given at the Fifteenth and Sixteenth International Conferences on Elizabethan Theatre Held at the University of Waterloo,* Ontario, P. D. Meany, 2002

Knights, L.C., *Drama and Society in the Age of Jonson,* Chatto and Windus, London, 1937

Smith, D. L., R., Strier, D. Bevington, eds., *The Theatrical City: Culture, Theatre and Politics in London 1576-1649,* Cambridge U.P., Cambridge, 1995

Senapati, S. B., *Wenches, Wives, Widows, Whores, and Witches: Representations of Woman and Discourses of Gender Identity in the Plays of John Marston,* South Florida U. P., 1995

Sugden, E.H., *A Topographical Dictionary to the Works of Shakespeare and His Fellow Dramatists,* Manchester U.P., Manchester, 1925

Wharton, T.E., *The Critical Fall and Rise of John Marston,* Camden House, Columbia, 1994

プロクター，エイドリアン，ロバート，テイラー共編，小池滋訳『地図で読むエリザベス女王時代のロンドン』（16世紀のロンドン），本の友社，1979

小津次郎・小田島雄志編『エリザベス朝演劇集』筑摩書房，1974

須永隆『プロテスタント亡命難民の経済史：近世イングランドと外国人移民』，昭和堂，2010

マーストン，ジョン著，山田英教訳『オランダ人娼婦』早稲田大学出版部，1997

木村泰明著「[illegible]に描かれる酩酊の戒め」『埼玉大学紀要 人間学部篇』，第9号

第3部

Shakespeare, William, *King Lear,* ed. R. A. Foakes, The Arden Shakespeare, 1997

Shakespeare, William, *Cymbeline* ed. John Pitcher Penguin Books, 2005

Wilson, D. ed., *The Works of Shakespeare,* Cambridge Cambridge, U.P., 1950

*

Adelman, Janet, *Suffocating Mothers: Fantasies of Maternal Origin in Shakespeare's Plays, "Hamlet" to "The Tempest",* Routledge and Kegan Paul, New York and London, 1992

Bell, H. E., *An Introduction to The History and Records of the Court of Wards and Liveries,* Cambridge U.P., Cambridge 1953.

Bonheim, Helmut ed., *The King Lear Perplex,* Wadsworth, San Francisco, 1960

Bullough,Geoffrey ed., *Narrative and Dramatic Sources of Shakespeare,* vol.viii, Routledge and Kegan Paul, London and New York, 1975.

Colie, Rosalie. "Reason and Need: *King Lear* and the Crisis of the Aristocracy", "The Energies of Endurance: Biblical Role in *King Lear*", Rosalie Colie and F.T. Flahiff, eds., *Some Facets of King Lear: Essays in Prismatic Criticism,* Heinemann, London, 1974

Draper, John. W., "The Occasion of *King Lear*", *Studies in Philology,* xxxiv, (1937), pp.176-85

Jones, Emyrys, 'Stuart *Cymbeline*', *Essays in Criticism,* II, 1961

Findlay, Alison, *Illegitimate Power: Bastards in Renaissance Drama,* Manchester UP, Manchester and New York, 1994

Fineman, Joel, *Shakespeare's Perjured Eye: the Invention of Poetic Subjectivity in the Sonnets,* California U.P., Berkeley, 1986

Golding, Beth, "Cor.'s Rescue of Kent", Gay Taylor and Michael Warren eds. *The Division of the Kingdoms: Shakespeare's Two Versions of King Lear,* Clarendon, Oxford, 1983

Goring, J., "Social Change and Military Decline in Mid-Tudor England", *History* vol. 60, 1975, pp. 185-97

Greenblatt, Stephen, *Shakespearean Negotiations: the Circulation of Social Energy in Renaissance England,* Clarendon Press, Oxford, 1988

Jerzy, Limon, *The Masque of Stuart Culture,* Associated U.P., Salem, 1990

Knight, G.Wilson, *The Crown of Life,* Methuen, London, 1947

Mikalachki, Jodi, "The Masculine Romance of Roman Britain: *Cymbeline* and Early Modern English Nationalism", *Shakespeare Quarterly* 46, 1959

Nevo, Ruth, "*Cymbeline*: the rescue of the King", *Shakespeare's Other Language,* Methuen, New York and London, 1987

Rossitter, A.P., *Angel with Horns: Fifteen Lectures on Shakespeare,* Longman, London, 1964

Simonds, P., *Myth, Emblem, and Music in Shakespeare's Cymbeline: An Iconographic Reconstruction,* Delaware U. P., London and Toronto, 1992

Stone, Lawrence, *The Crisis of the Aristocracy 1558-1641,* Abridged Edition, Oxford U.P., 1967

Yates, Frances A. *Shakespeare's Last Plays: A New Approach,* Routledge and Kegan Paul, London and New York, 1979

大野真弓著『イギリス絶対主義の権力構造』東京大学出版会，1977

塚田富治著『近代イギリス政治家列伝――かれらは我らの同時代人』みすず書房，2001

第4部

Bullen, A.H. ed., *The Works Of Thomas Middleton,* 8 vols, AMS Press, 1964

Chapman, George, *Bussy D'Ambois,* ed. R.J. Lordi, Regents Renaissance Drama, 1964

________ *The Tragedies of George Chapman,* 2 vols., ed. T.M. Parrot, Russell and Russell, New York, 1961

________ *The Comedies of George Chapman,* 2 vols., ed. T.M. Parrot, Russell and Russell, New York, 1961

________ *The Poems of George Chapman,* ed. P.B. Bartlett, Russell and Russell, New York, 1962

Hermes Trismegistus, *Divine Pymander,* ed. P.B. Randolph, Reprinted by Yogi Publications Society, 1871

Lucas, F.L. ed., *The Works of John Webster,* 4 vols., Reader U.P., 1958

Middleton, Thomas and & William Rowley, *The Changeling,* ed. Patricia Thomson, The New Mermaids, Ernest Benn, London, 1964

Middleton, Thomas, *The Changeling,* ed. N.W. Bawcutt, Methuen, 1958.

Tourneur, Cyril, *The Works of Cyril Tourneur,* ed. A. Nicoll, Russell and Russell, New York, 1963

Webster, John, *The White Devil,* ed. F.L. Lucas, Reader U.P., 1958

Ficino, M., "Five Questions Concerning the Mind" in E. Cassirer, P. O. Kristeller, J.H. Randall eds., *The Renaissance Philosophy of Man,* Chicago U.P., 1948

Hesiod, *The Theology,* an English Translation by H.G. Evelyn-White, Harvard U.P., 1967

Mirandola, G.P.D, "Oration on the Digity of Man" in E. Cassirer, P. O. Kristeller, J.H. Randall eds., *The Renaissance Phiosophy of Man,* Chicago U.P., 1948

Ovid, P.N., *Metamorphoses,* 2 Vols., an English translation by F.J. Miller, William Heinemann, London, 1966

Scott, Walter ed. and trans., *Hermetica: The Ancient Greek and Latin Writings Which Contain Religious or Philosophic Teachings Ascribed to Hermes Trismegistus,* Shambhala, Boston, 1993

アルベルティ，L.B.著，相川浩訳『建築論』，中央公論美術出版，1982

デュマ，アレクサンドル著，小川節子訳『モンソローの奥方』，日本図書刊行会，2004

ウィトルウィウス，M.著，森田慶一訳『建築書』，東海大学出版会，1979

『キケロ・エピクテトス，マルクス・アウレリウス』鹿野治助編集，中央公論社，1980

ブルーノ，ジョルダーノ著『英雄的狂気』，松浪信三郎・加藤守通訳，東信堂，2006

ブルーノ，ジョルダーノ著，清水純一訳『無限・宇宙と諸世界について』現代思潮社，1967

フィチーノ，M.著，佐藤三夫訳「人間の尊厳と悲惨についての手紙」『ルネサンスの人間観――原典翻訳集』，有信堂高文社，1984

モンテーニュ，M.著，松浪信三郎訳『エセー』上下，河出書房新社，1976

『プラトン全集』15 Vols.（別巻１），岩波書店，1980
『プロティノス，ポルピュリオス，プロクロス』田中美知太郎編集，中央公論社，1980

＊

Bliss, Lee, *The World's Perspective: John Webster and the Jacobean Drama* The Havester Press, 1983

Bousquet, J., *La Peinture Manieriste: Ides et Calendes,* Neuchâtel, 1964

Braunmuller, A.R., *Natural Fictions:George Chapman's Major Tragedies,* Delaware U.P., Newark, 1992

Brooke, N., *Horrid Laughter in Jacobean Tragedy,* Open Books, London, 1979

Camoin, F. A., *The Revenge Convention in Tourneur, Webster and Middleton,* Salzburg, U.P., 1972

Clark, E.G., *Ralegh and Marlowe: A Study in Elizabethan Fustian,* Russell and Russell, New York, 1965

Clark, K., *Landscape into Art,* John Mupray, 1949

Courtade, A., *The Structure of John Webster's Plays,* Salzburg, U.P., 1980

David, M. Holme, *The Art of Thomas Middleton: A Critical Study,* Clarendon, Oxford, 1970

Dorothy, M. Farr, *Thomas Middleton and the Drama of Realism,* Oliver and Boyd, Edinburgh, 1973

Dwyer, W.W.G., *A Study of Webster's Use of Renaissance Natural and Moral Philosophy,* Salzburg, U.P., 1973

Eliot, T.S., Selected Essays, Faber and Faber, London, 1932

Ellis-Fermor, Una, *The Jacobean Drama,* Methuen, London, 1958

Freedberg, S., *Circa 1600: A Revolution of Styly in Italian Painting,* Harvard U.P., Cambridge, 1983

Freedberg, S., *Painting in Italy 1500-1600,* Penguin Books, 1960

Freer, C., *The Poetics of Jacobean Drama,* Johns Hopkins U.P., London, 1981

Gilbert, F., *Machiavelli and Guicciardini: Politics and History in Sixteenth-Century Florence,* Princeton U.P., Princeton, 1965

Gombrich, E. H., *Symbolic Images: Studies in the Art of the Renaissance,* Phaidon, New York, 1972

Haydn. H., *The Counter-Renaissance,* Harcourt, New York, 1950

Jacobson, D. J., *The Language of the Revenger's Tragedy,* ed. by J. Hogg. Salzurg, U.P., 1974

Jacquot, J., *George Chapman (1559-1634), sa Vie, sa Poésie, sa Theatre, sa Pensée,* Annales de L'Université de Lyon, Paris, 1951

Kilvert, Ian-Scott, *John Webster,* Longman, 1964

Kinsman, R. ed. *The Darker Vision of the Renaissance; Beyond the Fields of Reason,* California, U.P., Los Angeles, 1974

Maclure, Millar, *George Chapman: A Critical Study*, Toronto U.P., 1966

Mehl, D., *Elizabethan Dumb Show,* Methuen, London, 1964

Murray, L., *The High Renaissance and Mannerism: Italy, the North, and Spain 1500-1600,*

Oxford U.P., London, 1977
Orgel, S. ed., *The Philosophy of Images,* vols. 22, Garland, 1980
Pearson, J., *Tragedy and Tragicomedy in the Plays of John Webster,* Manchester U.P., 1980
Praz, M., *The Flaming Hearts,* A Doubleday Anchor Original, New York, 1958
Rondon, M., *L'Art Visionnaire,* Fernand Nathan, 1979
Salingar, L. G., "Tourneur and the Tragedy of Revenge" in *The Age of Shakespeare,* ed. by B. Ford, Penguin, New York, 1955
Schuman, S., *Cyril Tourneur,* Twayne Publishers, Boston, 1977
Schuman, S., *The Theatre of Fine Devices: The Visual Drama of John Webster,* Salzburg, U.P., 1932
Shearman, J., *Mannerism,* Pelican, London, 1967
Spencer, T., *Death and Elizabethan Tragedy,* Pageant Books, 1960
Stoll, E.E., *John Webster,* Alfred Mudge and Son, 1955
Waddington, R.B., *The Mind's Empire: Myth and Form in George Chapman's Narrative Poems,* Johs Hopkins U.P., Baltimore and London, 1974
Wittkower, R., *Architectural Principles in the Age of Humanism*, Alec Thranti, 1952
Wuternberger, F., *Mannerism*, trans. from the German by M. Heron, Holt, 1962
Yates, F.A. *Giordano Bruno and Hermatic Tradition,* Chicago U., Chicago, 1964
Yates, F.A., "The Hermotic Tradition in Renaissance Science", C.S. Singleton ed., *Art, Science, and History in the Renaissance,* Johns Hopkins Press, 1967
アッカーマン，J.S. 著，中森義宗訳『ミケランジェロの建築』彰国社，1979
アーツ，F. 著，望月雄二訳，『ルネサンスからロマン主義へ：美術・文学・音楽の様式の流れ』音楽之友社，1983
ヴァザーリ，J.G. 著『ヴァザーリの芸術論』辻茂・高階秀爾・佐々木英也・若桑みどり・生田園訳，平凡社，1980
ヴァザーリ，J.G. 著『ルネサンス画人伝』平川祐弘・小谷年司・田中英道訳，白水社，1982
ヴェルフリン著，守屋謙二訳『美術史の基礎概念：近世美術に於ける様式発展の問題』岩波書店，1982
ガレン，E. 著，清水純一・斉藤泰弘訳『イタリア・ルネサンスにおける市民生活と科学・魔術』岩波書店，1979
クルティウス，E. R. 著『ヨーロッパ文学とラテン中世』南大路振一・岸本通夫・中村善也訳，みすず書房，1971
コンディヴィ，A. 著，高田博厚訳，『ミケランジェロ伝』岩崎美術社，1978
サイファー，W. 著，河村錠一郎訳『ルネサンス様式の四段階』河出書房新社，1976
セズネック，J. 著，高田勇訳『神々は死なず：ルネサンス芸実における異教神』美術出版社，1977
ドヴォルシャック，M. 著，中村茂夫訳『精神史としての美術史』岩崎美術社，1966
ドヴォルシャック，M. 著，中村茂夫訳『イタリア・ルネサンスの美術』上下 岩崎美術社，1966

中井正一著『美学的空間』新泉社，1973
ハウザー，A. 著，若桑みどり訳『マニエリスム』上中下，岩崎美術社，1970
パノフスキー，E. 著『イコノロジー研究』浅野徹・阿天坊耀・塚田孝雄・永沢峻・福部信敬訳，美術出版社，1971
パノフスキー，E. 著『視覚芸術の意味』中森義宗・内藤秀雄・清水忠訳，岩崎美術社，1981
パノフスキー，E. 著『イデア』中森義宗・野田保之・佐藤三郎訳，思索社，1982
フーコー，M. 著，田村俶訳『狂気の歴史――古典主義時代における』新潮社，1975
プラーツ，M. 著，前川祐一訳『記憶の女神ムネモシュネ』美術出版社，1979
フランカステル，P. 著，大島清次訳『絵画と社会』岩崎美術社，1968
プーレ，G. 著，岡三郎訳『円環の変貌』上下，国文社，1973
プーレ，G. 著『人間的時間の研究』井上究一郎・山崎庸一郎・二宮フサ・小林善彦・篠田浩一郎訳，筑摩書房，1969
フリードレンダー，W. 著，斎藤稔訳『マニエリスムとバロックの成立』岩崎美術社，1973
ベネシュ，O. 著『北方ルネサンスの美術』前川誠郎・勝国興・下村耕史訳，岩崎美術社，1971
ホッケ，G.R. 著『迷宮としての世界』種村季弘・矢川澄子訳，美術出版社，1963
ホイジンガ，J. 著『中世の秋』兼岩正夫・里見元一郎訳，創文社，1964
ホイジンガ，J. 著『ホモ・ルーデンス　人類文化と遊戯』高橋英夫訳，中央公論社，1966
ホッケ，G.R. 著『文学におけるマニエリスム』上下，種村季弘訳，現代思潮社，1971
ホーウシュテッター，H. 著，種村季弘訳『象徴主義と世紀末芸術』美術出版社，1970
マール，E. 著『ヨーロッパのキリスト教美術――12世紀から18世紀まで』柳宗玄・荒木茂子訳，岩波書店，1980
マソン，A. 著『寓意の図象学』末松寿訳，白水社，1977
ルーイス，C.S. 著，玉泉八州男訳『愛のアレゴリー，ヨーロッパ中世文学の伝統』，筑摩書房，1972
ルージュモン，ドニ・ド・著鈴木健郎，川村克己訳『愛について――エロスとアガペー』岩波書店，1959
ルーセ，J. 著『フランスバロック期の文学』伊東広太・斎藤磯雄・斎藤正直他訳，筑摩書房，1970
若桑みどり著『マニエリスム芸術論』岩崎美術社，1980
若桑みどり著「人間的空間の系譜」『東京芸術大学音楽部紀要』1980
若桑みどり著「ミケランジェロの人体像における枠の原理――様式論の試み」，『ミケランジェロ研究』平凡社，1978

〈著者紹介〉

川井万里子（かわい　まりこ）

一九三八年生まれ。東京女子大学卒業、東京都立大学大学院修士課程修了、東京経済大学名誉教授。

共著：『英米文学の女性』南雲堂、一九七九年、『エリザベス朝演劇』英宝社、一九九一年。

単訳：ジョージ・チャップマン著『みんな愚か者』成美堂、一九九三年、作者不詳『フェヴァシャムのアーデン』成美堂、二〇〇四年。

共訳：サー・フィリップ・シドニー著『アーケイディア』九州大学出版会、一九九九年、カール・J・ヘルトゲン著『英国におけるエンブレムの伝統――ルネサンスの視覚文化の一面』慶応義塾大学出版会、二〇〇五年、キャサリン・ダンカン＝ジョーンズ著『廷臣詩人サー・フィリップ・シドニー』九州大学出版会、二〇一〇年。

「空間《くうかん》」のエリザベス朝演劇《ちょうえんげき》
――劇作家たちの初期近代――

二〇一三年六月二〇日　初版発行

著　者　川井万里子

発行者　五十川直行

発行所　財団法人 九州大学出版会
〒八一二―〇〇五三
福岡市東区箱崎七―一―一四六　九州大学構内
電話　〇九二（六四一）〇五一五
URL http://kup.or.jp/

印　刷　城島印刷㈱

製　本　篠原製本㈱

ISBN978-4-7985-0090-4